HEYNE
BÜCHER

Von derselben Autorin erschienen außerdem
als Heyne-Taschenbücher

Der Efeubaum · Band 372
Begegnung in Delphi · Band 447
Das Jahr auf Valmy · Band 466
Die Bucht der Delphine · Band 629
Lauter Kapriolen · Band 708
Die Geisterhunde · Band 817
Delphin über schwarzem Grund · Band 878
Rubin mit kalten Augen · Band 920
Reise in die Gefahr · Band 957
Frau im Zauberfeuer · Band 5075
Der Erbe · Band 5336

MARY STEWART

FLAMMENDER KRISTALL

Roman

WILHELM HEYNE VERLAG
MÜNCHEN

HEYNE-BUCH Nr. 5035
im Wilhelm Heyne Verlag, München

Die englische Originalausgabe erschien unter dem Titel:
THE CRYSTAL CAVE
Deutsche Übersetzung: Günter Panske

8. Auflage

Genehmigte, bearbeitete Taschenbuchausgabe

Printed in Germany 1979
Umschlaggestaltung: Atelier Heinrichs, München
Gesamtherstellung: Presse-Druck Augsburg

ISBN 3-453-00356-X

INHALT

Dem Andenken an
MOLLIE CRAIG
in Liebe

PROLOG

Der Fürst der Finsternis

Ich bin jetzt ein alter Mann, doch in der Blüte meiner Jugend stand ich ja schon nicht mehr, als Artus zum König gekrönt wurde. Die Jahre seither erscheinen mir jetzt trüber und fahler als jene frühe Zeit. Ich bin wie ein alter Baum. Alle Kraft hat sich erschöpft, und es bleibt nichts als das Gelb des Grabes.

Es geht mir wie allen alten Männern: Jüngste Vergangenheit sinkt zurück unter Nebelschleiern, während früheste Erinnerungsbilder in klaren, hellen Farben leuchten, selbst Szenen aus meiner Kindheit — scharf umrissene, bunte Gebilde wie ein weitgefächerter Obstbaum vor weißer Wand oder wie Banner im Sonnenschein unter sturmbewölktem Himmel.

Gewiß funkeln die Farben lichter, als sie je waren; dessen bin ich sicher. Denn jene Erinnerungen, die hier in der Dunkelheit vor mir auftauchen, sehe ich mit den neuerweckten Augen des Kindes – so fern von mir liegt jene Zeit, daß ihr Schmerz sich längst verloren hat, und ihre Bilder entfalten sich wie etwas, das nicht mir widerfuhr: nicht dem müden, erschöpften Gebein, dem diese Erinnerung doch zugehört, sondern einem anderen Merlin, jung und frei und unbeschwert, schwebend in Lüften und Frühlingswinden wie jener Falke, nach dem man mich einst nannte.

Mit späteren Erinnerungen ist das anders; glutheiß und umschattet tauchen sie vor mir auf, wie in Flammen erspäht. Denn dies ist einer der wenigen Zaubertricks (Zauberkraft kann ich's nicht nennen), jetzt, da ich alt bin und zu menschlichen Dimensionen geschrumpft. Noch habe ich die Fähigkeit, zu sehen ... nicht mehr so klar und nicht mehr mit Trompetenschall wie früher einst, sondern so wie ein Kind sich etwas träumt und ausmalt. Noch kann ich die Flammen auflodern oder erlöschen lassen, gehört dies doch zu den einfachsten Zauberkünsten, leicht erlernt und kaum je vergessen. Was mir der Traum nicht wiederbringt, sehe ich in den Flammen, im roten Herzen des Feuers oder in den zahllosen Spiegeln der Kristallhöhle.

Dunkel und feurig zugleich ist die erste Erinnerung: eine Erinnerung aus Zeiten noch bevor ich war und wurde. Woher mein Wissen stammt, wird man später schon verstehen. Und gewiß würde so mancher es weniger Erinnerung nennen als vielmehr einen Traum von der Vergangenheit, etwas im Blut, ein Entsinnen durch ihn hindurch, als er mich noch in seinem Körper trug. So mag es sein. Ich jedenfalls glaube, daß es so etwas gibt. Und so erscheint es mir richtig, mit ihm zu beginnen, der vor mir war und der wieder sein wird, wenn ich nicht mehr bin.

Dies nun ist die Geschichte von dem, was in jener Nacht geschah. Ich sah es, und es ist wahr.

Es war dunkel und kalt, doch er hatte ein kleines Holzfeuer entfacht, das trübe qualmte und wenig Wärme gab. Den ganzen Tag über hatte es geregnet. Vom Gezweig dicht vor dem Eingang der Höhle tropfte es immer noch, und über den Rand des Brunnens floß ein stetes Rinnsal, das den Boden durchnäßte. Etliche Male schon hatte er voll Unruhe die Höhle verlassen. Jetzt ging er wieder hinaus: zum Hain unterhalb des Felsens, wo sein Roß angebunden war.

Bei Einbruch der Dunkelheit hatte der Regen aufgehört, und ein Nebel war aufgekommen, der kniehoch durch die Bäume kroch, so daß sie wie Geister standen und das weidende Roß einem schwimmenden Schwan glich. Grau war es und wirkte jetzt, ruhig grasend, geisterhafter noch als sonst. Das Gebiß am Zaum hatte er mit Tuchfetzen umwunden, damit ihn auch ja kein Klirren verriete. Das Gebiß war vergoldet, und das Tuch war Seide, denn er war eines Königs Sohn. Wäre er ihnen in die Hände gefallen, so hätten sie ihn getötet. Er zählte erst achtzehn Jahre.

Er hörte, wie leise Hufschläge das Tal heraufkamen. Sein Kopf fuhr herum, und sein Atem ging rascher. Auf dem Schwert, das er mit fester Faust hob, glomm Licht. Das graue Roß hörte auf zu grasen und streckte den Kopf über die Nebelschwaden. Seine Nüstern blähten sich, doch kein Geräusch wurde laut. Der Mann lächelte. Die Hufschläge klangen näher. Schulterhoch hob sich ein braunes Pony aus dem Nebelmeer. Sein Reiter, eine kleine und leichte Gestalt, war zum Schutz gegen die Nachtluft in einen dunklen Umhang gehüllt. Das Pony blieb stehen, schleuderte den Kopf empor und ließ ein lautes, langgezogenes Wiehern hören. Jetzt erst erkannte man, daß das Tier keinen Reiter, sondern eine Reiterin trug. Einen Laut des Unmuts auf den Lippen, glitt sie herab und griff nach dem Zaum ihres Ponys, um dessen Wiehern im Tuch ihres Umhangs zu dämpfen. Sie war noch sehr jung. Ängstlich blickte sie sich um, bis sie den jungen Mann sah, der, das Schwert in der Hand, am Rande des Gehölzes stand.

»Du machst ja mehr Lärm als eine ganze Reiterschar«, sagte er.

»Es trug mich wie im Fluge her. Im Nebel wirkt alles so unwirklich.«

»Niemand hat dich gesehen? Niemand ist dir gefolgt?«

»Niemand. Doch war es mir unmöglich, früher zu kommen.

Seit zwei Tagen durchstreifen sie die Straßen bei Tag und bei Nacht.«

»Das habe ich mir schon gedacht.« Er lächelte. »Jetzt bist du endlich hier. Gib mir den Zügel.« Er führte das Pony unter die Bäume und band es an. Dann küßte er sie.

Nach einer Weile schob sie ihn von sich fort. »Ich darf nicht lange bleiben. Die Sachen habe ich mitgebracht. Falls ich also morgen nicht kommen kann –« Sie brach ab. Ihre Augen glitten über sein Roß: über den Sattel, über die gepackte Satteltasche, über das mit Tuch umwundene Gebiß. Hastig griff sie nach seiner Brust. Seine Hände strichen über ihre Finger und preßten sie an sich. »Ja«, sagte sie. »Ich hab's gewußt. Selbst im Schlaf letzte Nacht habe ich's gewußt. Du gehst.«

»Ich muß. Heute nacht noch.«

Sie schwieg einen Augenblick. Dann sagte sie nur: »Wie lange?«

Er begriff, was sie meinte.

»Ein oder zwei Stunden bleiben uns noch.«

Sie sagte tonlos: »Du wirst zurückkehren.« Und als er zum Sprechen ansetzte: »Nein. Nicht jetzt. Jetzt nicht mehr. Wir haben alles gesagt, was zu sagen ist. Jetzt haben wir dafür keine Zeit. Aber ich weiß, daß du alles heil überstehen und gesund zurückkehren wirst. Glaub mir, ich weiß um diese Dinge. Ich kann in die Zukunft blicken. Du wirst zurückkehren.«

»Um das vorauszusagen, braucht man kaum in die Zukunft zu blicken. Natürlich werde ich zurückkehren. Und vielleicht wirst du mich dann anhören –«

»Nein.« Wieder unterbrach sie ihn, zornig fast. »Das macht keinen Unterschied. Woher auch? Uns bleibt nur eine Stunde, und hier stehen wir und vergeuden unsere Zeit. Laß uns hineingehen.«

Schon zog seine Hand die juwelengeschmückte Nadel heraus, die ihren Umhang zusammenhielt. Er legte den Arm um ihre Schultern und führte sie auf die Höhle zu.

»Ja«, sagte er. »Laß uns hineingehen.«

ERSTES BUCH

Die Taube

1

An dem Tag, da mein Onkel Camlach heimkehrte, war ich erst sechs Jahre alt.

Ich erinnere mich noch genau, wie er mir damals erschien: ein hochgewachsener junger Mann, feurig wie mein Großvater, mit blauen Augen und dem rötlichen Haar, das ich bei meiner Mutter so schön fand. An einem Septembertag, kurz vor Sonnenuntergang, kam er mit einer kleinen Schar von Männern nach Maridunum. Da ich noch klein war, befand ich mich bei den Frauen in jenem langgestreckten, altmodischen Raum, wo sie webten. Meine Mutter saß am Webstuhl, und ich erinnere mich noch an das Tuch: scharlachrot mit einem schmalen grünen Muster am Rand. Ich hockte dicht bei ihr auf dem Boden und vertrieb mir die Zeit mit dem Knöchelspiel, rechte Hand gegen die linke. Schräg fielen Sonnenstrahlen durch die Fenster und malten ovale Tümpel aus gleißendem Gold auf den rissigen Mosaikboden; in den Kräutern draußen summten Bienen, und selbst das Rasseln und Rattern des Webstuhls hatte einen schläfrigen Klang. Leise und mit zusammengesteckten Köpfen unterhielten sich die Frauen über ihre Spindeln hinweg, und Moravik, meine Kinderfrau, war auf ihrem Schemel tatsächlich eingenickt.

Als vom Hof her Hufschläge und dann Rufe erschollen, verharrte der Webstuhl mit plötzlichem Ruck, und die Frauen verstummten. Moravik schrak auf. Meine Mutter saß sehr aufrecht und mit lauschend gerecktem Kopf. Das Weberschiffchen war ihrer Hand entfallen. Ich sah, wie ihr Blick Moraviks Augen suchte.

Ich war auf halbem Wege zum Fenster, als Moravik mich scharf zurückrief. Irgend etwas in ihrer Stimme ließ mich ohne Protest gehorchen. Sie begann, an meiner Kleidung herumzunesteln und mir das Haar zu glätten. Offenbar war der Besucher also jemand von Bedeutung. Erregend und überraschend wurde mir bewußt, daß ich ihm vorgestellt werden sollte; als Kind war ich's gewohnt, von allem ferngehalten zu werden. Geduldig stand ich, während Moravik mich kämmte und über meinen Kopf hinweg einige kurze, atemlose Worte mit meiner Mutter tauschte. Ich lauschte auf das Stampfen der Pferde im Hof, auf die rauhen Männerstimmen, laute Wortfetzen hier und dort, doch in einer Sprache, die weder Walisisch noch Lateinisch war, sondern Keltisch mit einem Akzent, der dem des Niederen Britannien ähnelte. Ich verstand alles gut, denn Moravik war Bretonin, und ihre Sprache war mir so geläufig wie meine eigene.

Das dröhnende Lachen meines Großvaters. Dann eine andere Stimme, die Antwort gab. Beide Stimmen entfernten sich. Offenbar führte Großvater seinen Gast ins Haus. Einziges Geräusch war jetzt das Stampfen der Pferde und das leise Klingeln ihres Zaumzeugs. Sie wurden in die Ställe gebracht.

Ich löste mich von Moravik und lief zu meiner Mutter. »Wer ist es?«

»Mein Bruder Camlach, der Sohn des Königs.« Sie blickte mich nicht an, sondern deutete auf das Weberschiffchen. Ich hob es vom Boden auf und reichte es ihr. Langsam und fast mechanisch setzte sie den Webstuhl wieder in Bewegung.

»Ist der Krieg denn vorbei?«

»Der Krieg ist schon lange vorbei. Dein Onkel war beim Hohen König im Süden.«

»Und jetzt kommt er heim, weil mein Onkel Dyved gestorben ist?« Dyved, des Königs ältester Sohn, war plötzlich unter großen Schmerzen und Magenkrämpfen gestorben, und Elen, seine kinderlose Witwe, war zu ihrem Vater zurückgekehrt. Natürlich war, wie üblich, von Gift gemunkelt worden, doch niemand nahm das Gerede ernst; denn Dyved war sehr beliebt gewesen, ein gleichermaßen rauher wie umsichtiger Krieger und nicht ohne wohlabgewogene Großmut. »Es heißt, er wird heiraten müssen, Mutter. Stimmt das?« fragte ich aufgeregt und fühlte mich tief in die Geheimnisse eingeweiht. Schon sah ich den Hochzeitsschmaus vor mir. »Wird er Keridwen heiraten, wo mein Onkel Dyved jetzt –«

»Was?« Das Weberschiffchen verharrte, und sie wandte sich überrascht zu mir herum. Doch meine unschuldige Miene schien sie zu beschwichtigen. Der zornige Ton wich aus ihrer Stimme. Mit leicht gerunzelten Augenbrauen blickte sie mich an. Hinter meinem Rücken hörte ich Moraviks vorwurfsvolles Murmeln. »Wo, um alles in der Welt, hast du das nur her? Du hörst zuviel, egal ob du es nun verstehst oder nicht. Vergiß es und halte deine Zunge im Zaum.« Langsam begann das Weberschiffchen sich wieder zu bewegen. »Hör mir gut zu, Merlin. Wenn sie kommen, um dich zu sehen, so verhalte dich ruhig. Verstehst du?«

»Ja, Mutter.« Ich verstand sehr wohl. Schließlich war ich's gewohnt, dem König aus dem Weg zu gehen. »Aber werden sie denn auch kommen, um mich zu sehen? Mich? Warum?«

Heftig klapperte wieder der Webstuhl. Sie führte den grünen Faden ein, und ich sah eine kleine Ungenauigkeit, einen Fehler, der jedoch so hübsch aussah, daß ich nichts sagte. Still blieb ich dicht bei ihr stehen, bis dann der Vorhang über der Tür beiseite geschoben wurde und die beiden Männer eintraten.

Sie schienen den ganzen Raum auszufüllen, Graukopf und Rotschopf, kaum eine Elle von den Deckenbalken entfernt. Mein Großvater trug ein Gewand von blauer und grüner Farbe mit goldener Borte. Camlach war ganz in Schwarz. Später sah ich, daß er sich nie anders kleidete. Er hatte Geschmeide an den Händen und an den Schultern. Neben seinem Vater wirkte er noch sehr jung, sein Körper schien fast schmal, doch zäh und biegsam wie eine Gerte.

Meine Mutter erhob sich. Sie trug ein Hauskleid von tiefem Braun, torffarben fast, und im Kontrast dazu glänzte ihr Haar wie seidiger Weizen. Doch keiner der beiden Männer würdigte sie eines Blickes. Es schien, als sei niemand im Raum außer mir, so klein ich auch noch war.

Mein Großvater schleuderte seinen Kopf und sagte nur ein Wort: »Hinaus.« Sofort eilten die Frauen, eine schweigende, raschelnde Schar, aus der Kammer. Einzig Moravik behauptete, aufgeplustert wie eine Henne, für Sekunden noch das Feld. Doch dann blickten die durchbohrenden blauen Augen sie an, und auch sie ging. Ein leises Schnauben der Empörung war alles, was sie wagte. Die blauen Augen kehrten zu mir zurück.

»Der Bankert deiner Schwester«, sagte der König. »Dort ist er. Sechs Jahre alt in diesem Monat. Aufgeschossen wie ein Kraut und keinem von uns ähnlicher als des Satans höchsteigener Brut. Schau ihn doch an! Schwarze Augen und schwarzes Haar und so voll Furcht vor kaltem Eisen wie ein Wechselbalg von den hohlen Hügeln. Sag mir, daß der Teufel selbst ihn gezeugt hat, und ich glaube dir!«

Mein Onkel sagte nur ein Wort, und er sagte es zu ihr: »Wessen?«

»Glaubst du etwa, wir haben sie nicht gefragt, du Narr?« sagte mein Großvater. »Gepeitscht wurde sie, bis die Frauen jammerten, sie würde das Kind verlieren. Ihr selbst war kein Wort zu entreißen. Vielleicht wäre es besser gewesen, sie hätte eine Totgeburt gehabt. Die Weiber erzählten sich unsinnige alte Ammenmärchen von Teufeln, die im Dunkeln zu jungen Mädchen kriechen... und nach seinem Aussehen könnten sie sogar recht haben.«

Camlach blickte aus seiner goldköpfigen Höhe zu mir herab. Seine blauen Augen waren so durchdringend klar wie die meiner Mutter. Auf seinen Stiefeln aus Rehfell saß trockener Schlamm. Er roch nach Schweiß und Pferden. Stehenden Fußes und ohne sich vom Reiseschmutz zu säubern, war er gekommen, um mich zu sehen. Und er starrte auf mich herab, während meine Mutter schweigend stand und mein Großvater finster vor sich hinblickte, rasch und rauh atmend, wie stets, wenn er erregt war.

»Komm her«, sagte mein Onkel.

Ich tat einige Schritte auf ihn zu. Näher wagte ich mich nicht. Ich blieb stehen. Aus der Nähe wirkte er noch größer. Riesig ragte er über mir den Deckenbalken entgegen.

»Wie heißt du?«

»Myrddin Emrys.«

»Emrys? Kind des Lichts, den Göttern zugehörig ...? Das scheint kaum der Name für einen Dämonensproß.«

Der milde Klang seiner Stimme ermutigte mich. »Sie nennen mich Merlinus«, sagte ich. »Das ist ein römisches Wort für eine Falkenart, den *Corwalch*.«

»Falke!« rief mein Großvater verächtlich und schleuderte die Hand, daß seine Armringe rasselten.

»Ein kleiner Falke«, sagte ich trotzig und verstummte dann unter dem nachdenklichen Blick meines Onkels. Er strich sich über das Kinn und sah dann mit emporgezogenen Brauen meine Mutter an. »Samt und sonders seltsame Namen für ein christliches Haus. Ein römischer Dämon vielleicht, Niniane?«

Sie hob das Kinn. »Vielleicht. Woher soll ich das wissen? Es war ja dunkel.«

Ein Hauch von Belustigung schien über Camlachs Gesicht zu gleiten. Doch der König fuhr auf. »Siehst du? Das ist alles, was man von ihr hört – Lügen, Zaubermärchen, Frechheiten! Zurück an deine Arbeit, Mädchen, und daß du mir den Bankert aus den Augen hältst! Jetzt, da dein Bruder wieder hier ist, werden wir einen Mann finden, der uns euch beide vom Halse schafft. Und du, Camlach, begreifst jetzt wohl, warum du dich vermählen solltest: Ein Sohn von dir, und mir bleibt nicht nur dieser Wechselbalg als Erbe!«

»Bin gern dazu bereit«, sagte Camlach leichthin. Weder er noch der König achteten länger auf mich. Erleichtert öffnete ich meine wie im Krampf geballten Hände und wich zurück, einen halben Schritt, einen ganzen. »Aber habt Ihr, Sir, nicht eine neue Königin, und heißt es nicht, sie trage ein Kind unter dem Herzen?«

»Laß dich das nicht verdrießen. Nimm dir eine Frau, und zwar bald. Ich bin ein alter Mann, und dies sind schwere Zeiten. Den Knaben hier magst du getrost vergessen. Wenn der, der ihn zeugte, wer immer es auch war, sich sechs Jahre lang nicht gemeldet hat, so wird er es auch jetzt nicht tun. Und sei selbst Vortigern, der Hohe König, sein Vater – an diesem Sproß hätte er keine Freude. Ein verstocktes Kind, das sich in Ecken und Winkeln herumdrückt. Das nicht mit anderen Knaben spielt – aus Angst vermutlich.«

Er wandte sich um. Über meinen Kopf hinweg suchte Camlachs Blick die Augen meiner Mutter. Stumm schienen sich beide zu verständigen. Dann sah Camlach wieder zu mir herab. Er lächelte.

Und ich weiß noch genau, was ich empfand. Obschon die Sonne und mit ihr die Wärme verschwunden war, wirkte der Raum plötzlich taghell.

»Noch«, sagte Camlach, »ist er ja nur ein unflügger Falke, Sir. Seid nicht zu streng zu ihm. Vergeßt nicht, daß Ihr schon so manchen Mann das Fürchten gelehrt habt.«

»Wie dich, das meinst du doch?«

Der König, schon in der Tür, warf mir unter buschigen Brauen einen funkelnden Blick zu. Dann sagte er ungeduldig: »Nun ja, lassen wir das. Hölle und Henker, ich habe einen Bärenhunger. Aber du wirst dich sicher erst baden wollen nach gottverdammter Römerart. Laß dich jedoch warnen: Seit du von hier fort bist, war keiner der Öfen mehr in Gang ...«

Mit wehendem blauem Umhang ging er hinaus. Hinter mir hörte ich, wie meine Mutter erleichtert aufatmete. Mein Onkel legte mir die Hand auf die Schulter.

»Komm, Merlinus, und erzähle mir etwas, während ich in eurem kalten walisischen Wasser bade. Wir Prinzen müssen einander doch kennenlernen.«

Ich stand wie angewurzelt. Meine Mutter schwieg, und ich wußte nicht recht, was tun.

»Komm«, wiederholte mein Onkel freundlich und lächelte mir wieder zu.

Ich zögerte nicht länger.

In jener Nacht schlich ich durch das Hypokaustum, den Heizraum.

Hier hatte ich mein Versteck, wo ich den größeren Knaben entkommen und meine eigenen Spiele spielen konnte. Ja, ich liebte es, mich in Ecken und Winkeln herumzudrücken, da hatte mein Großvater schon recht. Doch aus Furcht geschah das keineswegs, obwohl die Söhne der Edlen mich in ihren rauhen Kriegsspielen nur allzu gern zum Prellbock machten – falls sie meiner habhaft werden konnten.

Gewiß, zu Anfang war das anders gewesen. Da hatten mir die unterirdischen Tunnel der verzweigten Heizungsanlage nur als Unterschlupf gedient. Doch bald schon bereitete es mir ein Vergnügen eigener Art, die dunklen, nach Erdreich riechenden Räume unter dem Palast zu durchforschen.

Großvaters Palast war früher einmal das weitgestreckte Landhaus eines römischen Notabeln gewesen. Großer Landbesitz am

Flußtal hatte dazugehört. Obschon arg mitgenommen von der Zeit, dem Krieg und (an einem Flügel des Gebäudes) Feuersbrunst, stand der Hauptteil des Hauses noch. Intakt waren auch noch die alten Behausungen der Sklaven rund um den Hof, wo jetzt die Köche und sonstiges Gesinde arbeiteten, und das Badehaus mit seinem rauhen Strohdach, das die schlimmsten Schäden deckte. Den Heizofen hatte ich noch nie in Betrieb gesehen. Wasser wurde über den Feuerstellen auf dem Hof gewärmt.

Den Eingang zu meinem geheimen Labyrinth bildete das Schürloch im Kesselhaus: kaum kniehoch und unter altem Gerümpel wohl verborgen. Von dort konnte man zu den Räumen unterhalb des Badehauses gelangen, doch waren diese schon so lange unbenutzt, daß sie selbst mir zu schmutzig und zu stickig schienen. Und so schlug ich den entgegengesetzten Weg ein, der mich unter den Hauptblock des Palastes führte. Hier war das alte Heißluftsystem so sorgfältig erbaut und gepflegt worden, daß der nur kniehohe Raum immer noch trocken und gut gelüftet war. Gestützt wurde das Gebäude von Pfeilern aus Ziegelsteinen, hier und dort schadhaft, gelegentlich auch zusammengestürzt, insgesamt jedoch noch gut instand. Die Öffnungen, die von Raum zu Raum führten, waren fest gefügt. Und so, von niemandem gesehen oder gehört, konnte ich, wenn ich wollte, bis zu des Königs Gemach kriechen.

Wäre ich erwischt worden, hätte die Strafe wohl nicht bloß auf einfaches Auspeitschen gelautet: Denn zweifellos wurde ich in aller kindlichen Unschuld Ohrenzeuge mannigfacher Staatsgeheimnisse und wohl auch privater Angelegenheiten; das jedoch begriff ich nicht. Im übrigen schien es nur natürlich, daß niemand sich heimlicher Lauscher wegen sorgte. In früheren Zeiten hatten Sklavenkinder die Heizröhren gesäubert, klein genug, um sich in der unterirdischen Enge bewegen zu können. Hier und dort hatte selbst ich Mühe, mich hindurchzuwinden.

Meist kroch ich zu einem Raum, den ich meine ›Höhle‹ nannte. Sie lag unterhalb eines Abzugsschachtes, der oben zusammengestürzt war, so daß ich zum Himmel blicken konnte. Aufgespürt hatte ich diesen Ort eines Mittags: Hindurchspähend entdeckte mein Auge im lichten Blau einen blaß funkelnden Stern, ganz unverkennbar. Eigentümlicher Zauber, der mich von da an gefangenhielt. Wenn ich mich jetzt, des Nachts, auf mein Lager aus gestohlenem Stallstroh streckte, konnte ich die langsam wandernden Sterne beobachten und mit dem Firmament Wetten abschließen: ob etwa das Mondlicht herabtauchen würde durch den Schacht, mir somit die Erfüllung eines Herzenswunsches für den nächsten Tag verheißend.

In dieser Nacht stand der Mond über mir, voll und hell, und das Licht, das sich auf mein emporgewandtes Gesicht ergoß, war so weiß und rein, daß ich mich daran wie an Wasser zu laben schien. Still verharrte ich noch, als die Silberscheibe längst verschwunden war und in ihrem Gefolge ein kleiner Stern aufschimmerte.

Auf dem Rückweg kam ich unter einem Raum vorbei, der bislang leer gewesen war. Jetzt hörte ich Stimmen.

Camlachs Gemach. Natürlich. Ich erkannte seine Stimme. Er unterhielt sich mit einem Mann, der, dem Akzent nach, zu seiner Schar gehörte. Soweit ich wußte, waren sie von Cornwall gekommen. Rasch, doch sorgsam darauf bedacht, mich durch kein Geräusch zu verraten, kroch ich zwischen den Pfeilern näher. Und doch passierte es: Mit der Schulter stieß ich gegen ein rissiges Stück Heizungsrohr, und ein Brocken Mörtel oder gebrannter Lehm prasselte herab.

Der Mann aus Cornwall unterbrach sich abrupt: »Was war das?«

Dann die Stimme meines Onkels, klar klingend durch das schadhafte Rohr, als befände er sich nur eine Handbreit neben mir.

»Nichts. Eine Ratte. Das war unter dem Boden. Ich sage ja, der ganze Palast fällt nach und nach in Stücke.«

Ich hörte das Scharren eines Stuhls. Dann Schritte quer durch den Raum, von mir fort. Die Stimme meines Onkels klang leiser. Der Mann aus Cornwall sprach, doch so dick und unverständlich, daß mir das meiste entging. Gedämpftes Plätschern und Gluckern ertönte. Offenbar wurde ein Getränk eingeschenkt. Langsam, unendlich langsam begann ich an der Wand entlangzukriechen.

Mein Onkel kam zurück.

». . . und selbst wenn sie ihn ablehnt, so spielt das doch keine Rolle. Hier wird sie nicht mehr lange bleiben – nicht länger, als es meinem Vater gelingt, den Bischof abzuwehren und sie bei sich zu behalten. Da sie sich auf das beruft, was sie das höhere Gericht nennt, habe ich nichts zu fürchten – und käme er selbst.«

»Solange du ihr glaubst.«

»Oh, ich glaube ihr schon. Denn alle, die ich gefragt habe, sagen das gleiche.« Er lachte. »Wer kann schon wissen? Vielleicht werden wir eines Tages, ehe das Spiel vorüber ist, dankbar dafür sein, in ihrem himmlischen Gericht eine Fürsprecherin zu besitzen. Nach dem, was ich höre, ist sie fromm genug, um uns alle zu retten – wenn sie nur will.«

»Du könntest es noch nötig haben«, sagte der Mann aus Cornwall.

»Durchaus.«

»Und der Knabe?«

»Der Knabe?« wiederholte mein Onkel und verstummte dann. Leise klangen über mir seine Schritte. Ich reckte den Kopf, um besser zu hören. Kein Wort durfte mir entgehen. Warum das auf einmal so wichtig wurde, wußte ich kaum. Bankert, Feigling, Teufelsbrut – im Grunde kümmerte es mich wenig, so genannt zu werden. Was ins Gewicht fiel, war etwas anderes: Heute nacht hatte der volle Mond über mir gestanden.

Camlachs Schritte kehrten zurück. Laut und deutlich und überraschend milde klang seine Stimme.

»Ja, richtig, der Knabe. Ein sehr gescheites Kind, wie mir scheinen will, viel klüger, als alle Welt hier glaubt . . . und zugänglich, wenn man ihn anständig behandelt. Ich werde ihn fortan nicht mehr aus den Augen lassen. Vergiß nicht, Alun: Ich mag ihn . . .«

Er rief einen Bediensteten herein und befahl ihm, den Weinkrug neu zu füllen. Ich nutzte die Gelegenheit und stahl mich fort.

Und so fing es an. Tagelang folgte ich ihm überallhin, und er duldete, ja ermutigte mich sogar. Daß ein sechsjähriges Kind ihm, dem einundzwanzigjährigen jungen Mann, nicht immer willkommen sein konnte, begriff ich nicht. Moravik schalt mit mir, doch meine Mutter schien's zufrieden: Sie gebot Moravik, mich in Ruhe zu lassen.

2

Es war ein heißer Sommer gewesen, und in diesem Jahr herrschte Frieden. Und so überließ Camlach sich in den ersten Tagen nach seiner Heimkehr ganz dem Müßiggang. Er ruhte oder ritt mit seinem Vater oder den Mannen durch die abgeernteten Felder und durch die Täler, wo die Äpfel bereits reif von den Bäumen fielen.

Südwales ist ein wunderschönes Land mit grünen Hügeln und tiefen Tälern, saftigen, blumengelben Wiesen, wo das Vieh weidet, Eichenwäldern voller Wild und dem aufragenden blauen Hochland, wo im Lenz der Kuckuck ruft, im Winter aber die Wölfe heulen. Und Blitze habe ich dort selbst im Schneegestöber gesehen.

Maridunum liegt dort, wo sich der Fluß ins Meer ergießt: Tobius heißt er auf militärischen Lageplänen; die Waliser hingegen nennen ihn Tywy. Hier ist das Tal flach und breit, und der Fluß windet sich in tiefen und stillen Mäandern durch Sumpf und Wasserwiesen zwischen den sanften Hügelhängen. Die Stadt erhebt sich auf dem trockengelegten Nordufer. Eine Heerstraße verbindet sie im Binnenland mit Caerleon; nach Süden zu führt eine guterhaltene Steinbrücke zu einer Straße, die hügelaufwärts verläuft, am Palast des Königs vorbei. Dieser Palast war natürlich das bedeutendste Gebäude im ganzen Ort. Daneben fielen noch die Unterkünfte seiner Mannen ins Auge, alte Mannschaftsquartiere bei der Feste, die der Römerzeit entstammte, und, nicht weit vom Palast am Ufer, das Nonnenkloster, wo einige heilige Frauen lebten. Gemeinde von St. Peter nannten sie sich, doch der Name, den die Stadtbewohner dem Kloster gaben, lautete anders: *Tyr Myrddin* – nach dem alten Gottesschrein, der vor urdenklichen Zeiten nahe St. Peter unter einer Eiche gestanden hatte. Und schon als Kind hörte ich, daß die Stadt *Caer-Myrddin* genannt wurde. Es stimmt also nicht (wie heute behauptet wird), daß man sie nach mir benannt hat. Vielmehr bin ich (wie die Stadt und auch der Hügel dahinter mit dem heiligen Quell) benannt nach jenem Gott, den man auf Hängen und Höhen verehrt. Gewiß: Auf Grund der Ereignisse, von denen ich noch berichten werde, ist die Stadt mir zu Ehren umgetauft worden. Doch lange zuvor schon gab es diesen Gott, und wenn ich seinen Hügel jetzt besitze, dann nur weil er ihn mit mir teilt.

Das Haus meines Großvaters stand inmitten von Obstgärten, die unmittelbar am Fluß lagen. Schwang man sich über einen Apfelbaum auf die Mauer empor, so hatte man weiten Ausblick über Pfad und Fluß und sah von fern schon herbeistiebende Reiterscharen oder einlaufende Schiffe.

Nun ließ Moravik mich zwar nie zum Pflücken auf die Apfelbäume (so daß ich mich mit Fallobst zu begnüge hatte), auf die Mauer selbst durfte ich jedoch stets: So nämlich erfuhr sie früher als jeder andere im Palast, was draußen vor sich ging – ob etwa überraschende Besucher kamen. An einem Ende des Obstgartens befand sich eine kleine Terrasse mit geschwungener Ziegelmauer und windgeschütztem Steinsitz, und dort hielt sie es, oft über ihrer Spindel einnickend, stundenlang aus, während die heiße Sonne die Eidechsen aus ihren dunklen Winkeln auf die Steine lockte und ich meine Meldungen von der Mauer herabrief.

An einem sonnenprallen Nachmittag, etwa acht Tage nach Camlachs Heimkehr, saß ich wie gewöhnlich auf meinem Posten. Auf Brücke und Straße keine Spur von Leben. Nur am Landeplatz, von Neugierigen umdrängt, ein mit Getreide beladenes Lastschiff; und dicht unten an der Mauer ein alter Mann in Kapuzenumhang, der Fallobst auflas.

Ich blickte zu Moravik auf der Terrasse. Spindel auf den Knien, schlief sie. Ich schleuderte den fallweichen Apfel, den ich angebissen hatte, von mir fort und spähte begierig den Baumwipfel empor, der, gelb vor dem blauen Himmel, voller Äpfel hing. Und sah einen, den ich erreichen zu können glaubte. Rund und glänzend, fast sichtbar reifend unter der strahlenden Sonne. Mir lief das Wasser im Mund zusammen. Ich langte nach einem Ast und begann zu klettern.

Nur noch ein knappes Stück von der begehrten Frucht entfernt, hörte ich plötzlich, von der Brücke her, einen lauten Ruf, gefolgt von Hufgetrappel und dem Klirren von Metall. Ich fuhr zusammen. Mich wie ein Äffchen an den Baumstamm klammernd, schob ich mit der rechten Hand das Blattwerk beiseite und äugte zur Brücke hinab. In ebendiesem Augenblick wurde sie von einer Reiterschar überquert, die sich in Richtung Stadt bewegte. Ein Stück voraus ritt ein einzelner barhäuptiger Mann auf riesigem braunem Roß.

Es war weder Camlach noch mein Großvater, und auch die übrigen Reiter waren Fremde: Sie trugen Farben, die ich nicht kannte. Als sie, näher kommend, die Brücke fast schon hinter sich gelassen hatten, sah ich, daß Haupt- und Barthaar des Anführers schwarz waren. Seine Kleidung wirkte ausländisch. Auf seiner Brust schimmerte es golden. Die Schar, so schätzte ich, zählte etwa fünfzig Mannen.

König Gorlan von Lanascol. Was mir, deutlich und ganz unverwechselbar, den Namen eingab, wußte ich nicht. Vielleicht etwas, das ich in meinem Labyrinth erlauscht hatte? Oder ein achtlos hingeworfenes Wort von den Erwachsenen in meiner, des Kindes, Gegenwart? Womöglich gar ein Traum? Von Schilden und Speerspitzen blitzte mir widerglänzendes Sonnenlicht in die Augen. Gorlan von Lanascol. Ein König. Gekommen, um meine Mutter zu heiraten und mich mit sich zu nehmen in ferne Lande. Meine Mutter: eine Königin. Und ich . . .

Schon war sein Roß am Fuß des Hügels. Halb rutschend, halb kletternd glitt ich den Baum hinab.

Und wenn sie ihn ablehnt? Ich erkannte die Stimme: der Mann aus Cornwall. Und dann mein Onkel: *Selbst wenn sie's tut, so spielt das doch keine Rolle . . . Ich habe nichts zu fürchten, und käme er auch selbst . . .*

Die Reiterschar dort bei der Brücke. Das Klirren der Waffen und das Stampfen der Hufe.

Er war gekommen. Er war hier.

Eine Handbreit über dem Mauerrand trat ich fehl und wäre um ein Haar abgestürzt. Doch der feste Griff meiner Hände bewahrte mich davor. Inmitten eines Blätterregens landete ich auf dem Mauersims, als Moravik schrill aufschrie:

»Merlin? Merlin? Wo, um Himmels willen, steckst du nur?«

»Hier – hier, Moravik. Ich komme schon.«

»Was ist denn da draußen los? Ich habe Pferdehufe gehört, eine ganze Schar, will mir scheinen. – Bei allen Heiligen, Kind, wie sehen deine Kleider aus! Erst diese Woche habe ich sie wieder geflickt! Da, der Riß! Eine Männerfaust könnte man dort hindurchstecken! Und schmutzig von Kopf bis Fuß wie ein Bettlerkind.«

Ich wich ihrer ausgestreckten Hand aus. »Ich bin gefallen. Beim Herabklettern, als ich dir berichten wollte. Ja, es ist eine ganze Reiterschar – Fremde! Moravik, es ist König Gorlan von Lanascol! Er hat ein rotes Gewand und einen schwarzen Bart!«

»Gorlan von Lanascol Das ist ja kaum zwanzig Meilen von meinem Geburtsort! Was mag er hier nur wollen?«

Ich starrte sie an. »Ja, weißt du nicht? Er ist gekommen, um meine Mutter zu heiraten.«

»Unsinn.«

»Es ist wahr!«

»Unsinn, sage ich! Denn dann wüßte ich bestimmt etwas. Rede also nicht so daher, Merlin, sonst gibt es nur Ärger. Wo hast du denn das aufgeschnappt?«

»Weiß ich nicht mehr. Jemand muß es mir erzählt haben. Meine Mutter, glaube ich.«

»Das ist nicht wahr, und du weißt es.«

»Dann habe ich's irgendwo gehört.«

»Irgendwo gehört, irgendwo gehört. Junge Schweine haben lange Ohren, sagt man. Und deine sind wohl besonders lang, wo du so viel hörst! Was lächelst du so?«

»Ach nichts.«

Sie stützte die Hände auf die Hüften. »Du hast deine Ohren überall. Immer wieder habe ich dir gesagt, du sollst dich in acht nehmen. Kein Wunder, daß die Leute so über dich reden.«

Ich war zu erregt, um mich, wie sonst, in vorsichtiges Schweigen zu hüllen. »Es ist wahr, das wirst du schon noch sehen! Wo ich's gehört habe, weiß ich jetzt nicht mehr, aber das ist doch auch egal, Moravik –«

»Was?«

»König Gorlan ist mein Vater, mein wirklicher Vater.«

»Was?« Wie ein scharfer Dorn stieß das Wort gegen mich vor.

»Hast nicht einmal du das gewußt«?

»Nein. Und auch du weißt ja nichts, gar nichts. Wehe dir, wenn du zu anderen davon – Woher kennst du überhaupt seinen Namen?« Sie packte mich bei den Schultern und schüttelte mich heftig. »Wie willst du wissen, daß es König Gorlan ist? Keine Menschenseele sonst konnte ahnen –«

»Das habe ich dir doch gesagt. Ich habe es irgendwo gehört, weiß aber nicht mehr wo. Jemand muß seinen Namen genannt haben, und ich weiß auch, daß er wegen meiner Mutter zum König kommt. Dann geht's nach Lanascol, und natürlich kannst du bei uns bleiben, Moravik. Wäre das nicht schön? Dort ist doch deine Heimat, und vielleicht –«

Ihr Griff spannte sich härter, und ich verstummte. Erleichtert sah ich, daß einer von des Königs Leibdienern durch die Apfelbäume auf uns zueilte. Keuchend blieb er vor uns stehen.

»Er soll zum König. Der Knabe. In die große Halle. Und rasch.«

»Wer ist es?« fragte Moravik.

»Rasch doch, rasch. Ich habe schon überall gesucht.«

»Wer ist es?«

»König Gorlan von der Bretagne.«

Sie ließ ein überraschtes Zischen hören. Ihre Hände gaben meine Schultern frei. »Was hat er mit dem Knaben hier zu schaffen?«

»Woher soll ich das wissen?« entgegnete der Mann atemlos und barsch. »Der Knabe *und* seine Mutter sollen vor dem König erscheinen, und wenn das nicht bald geschieht, wird er seinen Zorn an uns auslassen. Seit die fremden Reiter hier sind, ist er in großer Erregung.«

»Schon gut, schon gut. Geh zurück und sage, daß wir in wenigen Minuten kommen.«

Der Mann eilte davon. Moravik griff nach meinem Arm. »Bei allen Heiligen im Himmel!« Obschon Christin, schwor Moravik auf tausenderlei Talismane, von denen sie eine ganze Sammlung besaß; und nie ging sie an einem Götzenschrein vorbei, ohne ihm ihre Ehrfurcht zu bezeigen. Doch in Minuten der Not wurde sie wieder gläubig und fromm. »Süßer Cherub! Ausgerechnet heute läuft dieses Kind in Lumpen herum! Rasch doch, rasch jetzt, nur keine Sekunde verloren!« Unentwegt ihre Heiligen anrufend und mich zur Eile treibend, drängte sie mich auf das Haus zu. »Gnädiger St. Peter, warum habe ich nur die Aale gegessen und dann so tief geschlafen? Ausgerechnet heute! Hier –« Sie schob mich vor sich her in mein Gemach. »Zieh dir diese Lumpen aus und lege dein gutes Gewand an. Bald werden wir wissen, was der König von dir will. Rasch doch, Kind!«

Das Gemach, das ich mit Moravik teilte, war eigentlich nur eine dunkle Kammer neben den Räumen für das Gesinde. Stets roch es dort nach den Dünsten aus der nahen Küche. Doch mir gefiel das, und ich mochte auch den alten Birnenbaum draußen vor dem Fenster, wo im Sommer morgens die Vögel sangen. Mein Bett stand unmittelbar unter diesem Fenster. Eine Pritsche aus nackten Brettern, ohne jede Verzierung, ja ohne eigentlichen Abschluß am Kopf- oder Fußende. Dem Enkel eines Königs ganz und gar nicht angemessen, wie Moravik den übrigen Bediensteten sagte, wenn sie mich außer Hörweite glaubte. Mir gegenüber betonte sie jedoch, es sei ihr sehr lieb, so nahe beim Gesinde zu sein. Und zweifellos: Ich war's zufrieden, denn sie sorgte für eine saubere Strohmatratze und auch für eine Wolldecke, die nicht schlechter war als jene auf dem Bett meiner Mutter in dem Gemach dicht neben Großvaters Räumlichkeiten. Moravik selbst hatte auf dem Fußboden bei der Tür ihr Lager, das sie manchmal mit dem großen, sich kratzenden und Flöhe suchenden Wolfshund teilte, und manchmal mit Cerdic, einem Angelsachsen, der vor Jahren in Gefangenschaft geraten war und als Knecht diente. Er hatte hier geheiratet, doch Frau und Kind waren bei der Niederkunft gestorben. Den Hund duldete Moravik, trotz des Gestanks und der Flöhe, offenbar, weil sie des Nachts vor Eindringlingen geschützt sein wollte. Mit Ausnahme von Cerdic natürlich, den das Tier schwanzwedelnd willkommen hieß, die Lagerstatt bereitwillig für ihn räumend. In gewisser Weise hatte Cerdic wohl eine ähnliche Funktion wie der Wachhund. Und andere nebenher. Da Moravik nie von ihm sprach, hielt auch ich wohlweislich den Mund. Von einem Kind nimmt man an, daß es tief und fest schläft, doch so jung ich damals auch war – oft wachte ich mitten in der Nacht auf und beobachtete, still daliegend, durch das Fenster die Sterne, die wie funkelnde Silberfische im Netz des Baumgeästs eingefangen waren. Was zwischen Cerdic und Moravik vor sich ging, bedeutete mir nicht mehr, als daß er half, meine Nächte zu bewachen wie sie meine Tage.

Meine Kleider wurden in einer Holztruhe aufbewahrt, die an der Wand stand. Uralt war sie, bemalt mit Bildern von Göttern und Göttinnen, und ich glaube, daß sie aus Rom selbst stammte. Die Farbe, schmutzig und verwischt, blätterte teilweise ab, doch auf dem Deckel erkannte man noch, schattengleich, eine Szene, die in einer Höhle zu spielen schien. Ein Stier war zu sehen und ein Mann mit einem Messer und jemand, der eine Garbe hielt; und darüber, in einer Ecke, fast verlöscht schon, eine Gestalt mit Sonnenstrahlen um das Haupt und einem Stab in der Hand. Die Truhe war mit Zedernholz gesäumt, und Moravik, die meine Kleider selbst wusch, legte stets süße Kräuter aus dem Garten dazu.

Jetzt hob sie den Deckel so energisch hoch, daß er krachend gegen die Wand prallte. Dann zog sie das eine meiner beiden guten Gewänder hervor. Es war grün mit scharlachroter Borte. Sie rief nach Wasser, und sofort kam eine der Mägde damit gelaufen.

Der fettleibige Bedienstete, der uns im Garten aufgestöbert hatte, tauchte auf, um uns erneut zur Eile zu mahnen, und Moravik fuhr ihn unsanft an. Doch bald schon fand ich mich den Säulengang entlanggezerrt, durch das große gewölbte Tor ins Kernstück des Hauses.

Die Halle, in der der König Besucher empfing, war ein hoher, langgestreckter Raum. Auf dem Fußboden säumten weiße und schwarze Steine ein Mosaik, das einen Gott mit einem Leoparden darstellte. Gut erhalten war es allerdings nicht. Das Rücken schwerer Möbel und das dauernde Trampeln gestiefelter Füße hatten großen Schaden angerichtet. An einer Seite, zum Säulengang hin, war die Halle offen, und im Winter wurde dort, in losem Steinring, auf dem bloßen Boden ein Feuer entfacht. Was sich an Steinen und Säulen in der Nähe befand, war dementsprechend rauchgeschwärzt. Am anderen Ende der Halle befand sich der Thronhimmel mit einem großen Stuhl für meinen Großvater und einem kleineren für die Königin.

Und dort saß er jetzt, Olwen, seine junge Gemahlin, zur Linken, während Camlach rechts von ihm stand. Olwen war bereits seine dritte Gattin, jünger als meine Mutter und ein eigentümlich einsilbiges und recht törichtes Geschöpf. Sie hatte dunkles Haar, das ihr in Flechten bis zu den Knien herabhing, und milchweiße Haut. Auch konnte sie vogelgleich singen und verstand sich auf schöne Stickereien, doch zu viel mehr langte es nicht. Meine Mutter, glaube ich, mochte und verabscheute sie gleichermaßen. Wie dem auch immer sein mochte: Beide kamen recht gut miteinander aus, und Moravik behauptete, daß meine Mutter ein leichteres Leben habe, seit Gwynneth, des Königs zweite Frau, vor einem Jahr gestorben und bald darauf Olwen an ihre Stelle getreten war. Anders als Gwynneth, die mich gefesselt und verhöhnt hatte, behandelte mich Olwen in ihrer ruhigen, etwas vagen Art stets freundlich, und ich liebte sie wegen ihrer Musik. War der König nicht in der Nähe, lehrte sie mich Noten lesen und ließ mich sogar an ihre Harfe, so daß ich schon ein wenig spielen konnte. Sie behauptete auch, ich hätte Talent, doch da wir beide wußten, was der König von solchen Narrheiten hielt, betrieben wir es heimlich, und selbst meine Mutter wußte nichts davon.

Jetzt bemerkte sie mich nicht. Niemand bemerkte mich außer meinem Vetter Dinias, der neben Olwens Stuhl stand. Dinias war ein Bankert, den mein Großvater mit einer Sklavin gezeugt hatte; sieben Jahre alt, groß für sein Alter und rothaarig und jähzornig wie sein Vater; auch verfügte er über große Kraft und schien sich vor nichts zu fürchten. Mit fünf Jahren hatte er sich auf ein Pferd seines Vaters geschwungen, ein wildes braunes Füllen, mit dem er durch die Stadt gesprengt war. Erst am Flußufer hatte es ihn abwerfen können. Seitdem stand Dinias in des Königs Gunst, auch wenn dieser ihm zuerst eine kräftige Tracht Prügel verabreicht hatte, nicht ohne ihn anschließend mit einem Dolch mit goldenem Griff zu belohnen. Von da an nahm Dinias, wenigstens den übrigen Kindern gegenüber, den Titel eines Prinzen für sich in Anspruch und behandelte mich, der ein Bastard war wie er, mit äußerster Verachtung. Jetzt starrte er mich mit steinerner Miene an, machte jedoch mit der linken Hand verstohlen ein höhnisches Zeichen.

Unwillkürlich war ich im Eingang stehengeblieben. Moraviks Hand zupfte hastig mein Gewand zurecht und gab mir dann einen Stoß zwischen die Schultern. »Geh schon. Und halte dich gerade. Er wird dich nicht auffressen.« Doch schien dies selbst in ihren Augen eher ein frommer Wunsch zu sein. Sie begann ein Gebet zu murmeln, und ich hörte das leise Klicken eines Amuletts.

Die Halle war voller Menschen. Viele von ihnen kannte ich. Die anderen schienen zu jener Schar zu gehören, die vor kurzem über die Brücke geritten war. Ihr Anführer, von vielen seiner Mannen umgeben, saß nahe zur rechten Hand des Königs. Er war baumlang und dunkelhaarig. Kühn sprang seine Adlernase vor. Das scharlachrote Gewand schien kraftvolle Gliedmaßen zu verbergen. Auf der anderen Seite des Königs, doch unterhalb des Thronhimmels, stand meine Mutter mit zwei ihrer Frauen. Ihr Anblick gefiel mir sehr. Wie aus frischem Holz geschnitzt, fiel ihr langes, lichtes Kleid bis auf den Boden. Auch sonst trug sie sich wie eine Prinzessin. Ihr ungeflochtenes Haar wallte tief über den Rücken. Eine kupferne Spange hielt das blaue Übergewand zusammen. Ihr Gesicht war blutleer und wirkte sehr still.

Allerlei Ängste durchrannen mich. Die höhnische, drohende Geste von Dinias; die niedergeschlagenen Augen meiner Mutter; das Schweigen der Menschen hier in der Halle; die Leere des Mosaikbodens, über den ich schreiten mußte; und furchtsam mied ich jeden Blick zu meinem Großvater. Immer noch unbemerkt, hatte ich einen zaghaften Schritt gewagt, als er plötzlich mit einem Krachen wie von Pferdehufen beide Hände flach auf die Armlehnen seines Stuhls schmetterte und so heftig hochsprang, daß sein Thronsitz, ein schweres, wuchtiges Möbel, mit schnurrenden Füßen ein Stück zurücksauste.

»Beim Himmel!« Dunkel verfleckt schimmerte sein Gesicht. Zornig zogen sich die rötlichen Brauen über seinen wilden blauen Augen zusammen. Ein funkelnder Blick traf meine Mutter. Dann schnaubte er laut durch die Nase. Doch ehe er etwas sagen konnte, begann der Dunkelbärtige zu sprechen, der sich zusammen mit ihm erhoben hatte. Was er sagte, verstand ich nicht. Zu gleicher Zeit flüsterte auch Camlach auf seinen Vater ein. Der König schien sich zu besinnen. Schließlich sagte er: »Wie ihr wollt. Später. Schafft sie mir jetzt aus den Augen.« Dann zu meiner Mutter, sehr laut und sehr deutlich: »Dies ist noch nicht das Ende, Niniane, das verspreche ich dir. Sechs Jahre, das ist wahrlich genug! Kommt, Sir.«

Mit einem Arm seinen Umhang hochraffend, warf er seinem

Sohn einen Blick zu und stieg vom Thronhimmel herab. Dann nahm er den Bärtigen beim Arm und schritt mit ihm auf den Ausgang zu. Ergeben folgte ihm Olwen mit ihren Frauen, denen sich lächelnd Dinias anschloß. Meine Mutter verharrte starr. Der König schien sie nicht zu sehen. Bereitwillig machte ihm die Menge im Saal Platz.

Allein und verängstigt stand ich drei Schritte von der Tür. Sah dann, wie der König näher und immer näher kam. Und versuchte, mich hastig davonzustehlen. Und war doch zu langsam.

Ein Stück vor mir fuhr er mit wirbelndem blauem Gewand herum, und ein Zipfel des Tuchs traf mich im Auge, so daß es tränte. Blinzelnd schaute ich zu ihm empor. Gorlan, neben ihm, schien gleichfalls zornig, doch nicht auf mich. Überrascht fragte er den König: »Wer ist dieser Knabe?«

»Das ist ihr Sohn, dem Ihr habt einen Namen geben wollen, Sir«, war die Antwort meines Großvaters, und golden blitzte sein Armreif, als er seine mächtige Hand vorschnellen ließ und mich angewidert, als sei ich für ihn nicht mehr als ein lästiges Insekt, zu Boden schlug. Dann rauschte der blaue Umhang an mir vorbei. Gorlan folgte. Olwen beugte sich besorgt über mich, doch ein wütender Ruf des Königs ließ ihre ausgestreckte Hand zurückzucken. Rasch eilte sie mit ihren Frauen hinter ihm her.

Ich raffte mich vom Boden hoch. Moravik stand bei meiner Mutter und hatte den Vorfall gar nicht gewahrt. Ich versuchte, mich zu ihnen durchzudrängen, doch bevor ich sie erreichen konnte, verließ meine Mutter inmitten der schweigenden Schar ihrer Frauen die Halle durch die andere Tür. Niemand blickte sich zu mir um.

Irgend jemand sprach auf mich ein. Ich antwortete nicht. Rasch lief ich durch den Säulengang, über den Haupthof, und war dann endlich wieder im stillen Sonnenschein des Obstgartens.

Mein Onkel fand mich auf Moraviks Terrasse.

Blick auf eine Eidechse, lag ich mit dem Bauch auf den heißen Steinen, und von allem, was an jenem Tag geschah, ist die Erinnerung die eindringlichste geblieben: die Eidechse, flach auf glutgetränktem Grund, kaum eine Handbreit von meinem Gesicht und bis auf das Pulsen in der Kehle starr wie grünlich schimmernde Bronze. Kleine, dunkle Augen hatte sie, schieferfahl, und die Innenseite ihres Maules glänzte melonenfarben. Peitschengleich zuckte die lange, scharfe Zunge hervor. Und dann lief das Tier mit raschelnden Füßen über meine Finger und verschwand in einem Spalt zwischen den Steinen.

Ich wandte den Kopf. Mein Onkel Camlach kam durch den Garten herbei.

In seinen eleganten Flechtsandalen stieg er die drei flachen Stufen zur Terrasse empor und blieb dann, auf mich herabblickend, stehen. Ich schaute fort. Das zwischen den Steinen wuchernde Moos trug winzige weiße Blüten, nicht größer als Eidechsenaugen und jede in sich vollkommen wie ein geschnitzter Becher. Bis auf den heutigen Tag erinnere ich mich an ihre Form bis in jede Einzelheit.

»Laß mal sehen«, sagte er.

Ich bewegte mich nicht. Er trat zur Steinbank und setzte sich, Gesicht mir zugewandt, Hände zwischen den Knien.

»Sieh mich doch an, Merlin.«

Ich gehorchte. Eine Zeitlang betrachtete er mich stumm.

»Alle behaupten, daß du vor rauhen Spielen zurückscheust und vor Dinias Angst hast. Und sie sagen auch, daß aus dir nie ein Krieger, ja nicht einmal ein Mann werden wird. Aber den Schlag des Königs, der selbst einen seiner mächtigen Hirschhunde hätte winseln lassen, hast du weggesteckt, ohne mit der Wimper zu zucken.«

Ich schwieg.

»Mir will scheinen, daß man dich womöglich nicht ganz richtig einschätzt, Merlin.«

Ich schwieg auch jetzt.

»Weißt du, warum Gorlan heute gekommen ist?«

Ich hielt es für klüger, zu lügen. »Nein.«

»Er hat um die Hand deiner Mutter angehalten. Hätte sie eingewilligt, so wäre die Bretagne deine neue Heimat geworden.«

Mit dem Zeigefinger berührte ich eine der Moosblüten. Sie zerfiel. Ich streckte den Finger nach einer zweiten Blüte, und Camlach sagte scharf: »Hörst du mir auch zu?«

»Ja. Aber wenn sie ihn ablehnt, so spielt das kaum eine Rolle.« Ich blickte auf. »Nicht wahr?«

»Du möchtest also gar nicht mit Gorlan ziehen. Dabei hätte ich gedacht . . .« Er knetete seine hellen Augenbrauen. »Man würde dir alle Ehren erweisen. Und du wärst ein Prinz.«

»Ein Prinz bin ich ja schon. Und mehr Prinz kann ich niemals sein.«

»Wie meinst du das?«

»Wenn sie ihn zurückgewiesen hat«, sagte ich, »dann ist er auch nicht mein Vater. Und das hatte ich eigentlich geglaubt. Ich dachte, deswegen sei er gekommen.«

»Und woher willst du wissen, daß er dein Vater ist?«

»Ich weiß nicht. Aber –« Ich unterbrach mich. Wie sollte ich Camlach erklären, daß Gorlans Name wie ein Blitz in mir aufgetaucht war. »Ich habe es eben geglaubt.«

»Weil du schon lange auf deinen Vater wartest, Merlin«, sagte er mit ruhiger Stimme. »Doch Hoffen und Harren macht manchen zum Narren. Du mußt endlich die Wahrheit begreifen. Dein Vater ist tot.«

Meine Faust krampfte sich in das Moos. Ich sah, wie die Knöchel weiß wurden. »Hat sie dir das gesagt?«

»Nein.« Er hob die Schultern. »Aber wenn er noch lebte, wäre er schon längst gekommen. Da gibt es gar keinen Zweifel.«

Ich schwieg.

»Lebt er jedoch noch, ohne sich um deine Mutter und dich zu kümmern«, fuhr mein Onkel fort, »so ist es für alle Teile wohl so das beste.«

»Vielleicht. Vielleicht auch nicht«, sagte ich und zog meine Hand aus dem Moos, das sich sofort wieder entfaltete. Nur die kleinen Blüten waren fort. »Er hätte meiner Mutter viel ersparen können. Und mir auch.«

Mein Onkel nickte. »Es wäre gewiß klüger von ihr gewesen, Gorlan oder einen anderen König zum Gemahl zu nehmen.«

»Was wird mit uns geschehen?« fragte ich.

»Deine Mutter möchte in das Kloster von St. Peter treten. Und du – nun, du bist ja nicht dumm und kannst auch schon lesen, wie ich höre. Du könntest Priester werden.«

»Nein!«

Er runzelte die hellen Brauen. »Höre, Merlin«, sagte er. »Zum Krieger eignest du dich nicht. Und ein Priester führt doch ein ganz angenehmes Leben.«

»Nein! Nein! Ich möchte frei sein! Ich möchte in kein Kloster eingesperrt werden, und . . .«, rief ich hitzig und verstummte, weil mir die rechten Worte fehlten. Wie sollte ich ihm erklären, was ich selbst nur ahnte? Meine Augen suchten in seinem Gesicht. »Ich möchte bei dir bleiben. Und wenn du mich nicht gebrauchen kannst, dann – dann laufe ich fort, um einem anderen Prinzen zu dienen.«

»Nun«, sagte er und stand auf, »für solche Dinge ist es noch zu früh. Du bist sehr jung.« Er musterte mich. »Schmerzt dein Gesicht?«

»Nein.«

»Man wird sich darum kümmern müssen. Komm jetzt.«

Er nahm mich bei der Hand, und wir gingen. Ich sah, daß er mich auf den Privatgarten meines Großvaters zuführte, und blieb stehen.

»Das ist für mich verboten.«

»Nicht wenn ich bei dir bin. Außerdem ist dein Großvater noch bei seinen Gästen und kann dich nicht sehen. Ich habe etwas Besseres für dich als die angefaulten Äpfel hier. Man hat Aprikosen gepflückt, und ich habe aus einem Korb die schönsten herausgesammelt.«

Mit federndem, katzenweichem Schritt ging er auf eine Stelle an der Mauer zu, wo Aprikosen- und Pfirsichbäume standen. Der betäubende Duft von Kräutern und Obst lag über dem Garten. Drüben in ihrem Schlag gurrten die Tauben. Eine Aprikose lag zu meinen Füßen wie Samt in der Sonne. Ich stieß mit den Zehen dagegen, und sie rollte herum. Auf der Rückseite war ein großes fauliges Loch, in dem Wespen krochen. Ein Schatten fiel darüber. Mein Onkel stand an meiner Seite, in jeder Hand eine Aprikose.

»Nimm nur«, sagte er und reichte mir eine. »Wenn sie dich wegen Diebstahls prügeln, müssen sie mich mitprügeln.« Lächelnd biß er in seine Frucht.

Im Garten war es sehr heiß und sehr still. Das Summen der Insekten war der einzige Laut. Die Aprikose in der Hand, stand ich, ohne mich zu rühren. Sie glänzte wie Gold und roch nach Sonnenschein und süßen Säften. Ihre Haut war weich wie Samt. Ich fühlte, wie mir das Wasser im Munde zusammenlief.

»Was ist denn?« fragte mein Onkel ungeduldig. Der Saft seiner Aprikose lief ihm über das Kinn. »Steh doch nicht so da, Merlin! Beiß schon hinein! Oder gefällt dir die Aprikose etwa nicht?«

Ich schaute auf. Die blauen Augen starrten mich grimmig an.

Ich hielt ihm die Aprikose hin. »Nein, sie gefällt mir nicht. Denn sie ist innen schwarz. Schau doch. Man kann ja hindurchsehen.«

Er atmete tief. Plötzlich erklangen auf der anderen Seite der Mauer Stimmen. Wahrscheinlich die Gärtner mit leeren Körben. Mein Onkel griff nach der Frucht in meiner Hand und schleuderte sie von sich. Das goldene Fleisch zerplatzte an der Mauer, und Saft rann herab. Eine aufgescheuchte Wespe summte zwischen uns. Camlach schlug nach ihr mit schroffer Geste, und plötzlich klang seine Stimme voll Haß:

»Bleib mir vom Leibe, du Teufelsbrut. Hörst du? Laß dich nie wieder vor mir blicken.«

Er wischte sich mit dem Handrücken über den Mund und ging mit großen Schritten auf das Haus zu.

Ich blieb, wo ich war, Augen unverwandt auf der Aprikose, deren Saft die heiße Mauer herabrann. Eine Wespe ließ sich darauf nieder, kroch klebrig und torkelte dann summend zu Boden. Zukkend wand sich der winzige Körper. Das Summen schwoll zum Winseln. Dann streckte sich das Tier und lag still.

Doch all dies gewahrte ich nur undeutlich, weil ein Würgen in meiner Kehle saß, bis ich glaubte, ersticken zu müssen. Der goldene Tag verschwamm glitzernd in Tränen. Es war, soweit ich mich erinnere, das erstemal in meinem Leben, daß ich weinte.

Körbe auf den Köpfen, tauchten die Gärtner hinter den Rosen auf. Ich wandte mich um und rannte davon.

3

Niemand war in meiner Kammer. Ich kroch auf mein Bett und stützte die Ellbogen auf das Fenstersims. So verharrte ich lange Zeit, während draußen im Birnenbaum eine Drossel sang und vom Hof das monotone Hämmern des Schmiedes tönte.

Aber hier klafft in meiner Erinnerung eine Lücke. Ich weiß nicht mehr, wann Lärm und Stimmengewirr aus der nahen Küche mir schließlich bewußt machten, daß das Abendessen bevorstand. Cerdic, der Knecht, trat ein und starrte verdutzt, als er mein Gesicht sah: »Der Herr sei uns gnädig. Was hast du denn getrieben? Bist du etwa einem Stier vor die Hörner gelaufen?«

»Nein. Nur hingefallen.«

»Hingefallen. So. Dann möchte ich nur mal wissen, warum es ausgerechnet dich immer so schlimm erwischt. Wer hat dir diesmal so böse mitgespielt? Etwa wieder Dinias, das kleine Rauhbein?«

Als ich nicht antwortete, trat er näher heran. Er war ein kleiner Mann mit krummen Beinen und verwittertem braunem Gesicht.

»Hör mir mal gut zu«, sagte er. »Wenn du etwas größer bist, werde ich dir zeigen, wie man's macht. Ich meine, wie man mit einem Kerl fertig wird, der größer ist als man selbst. Ich kenne da ein paar Kniffe, die es in sich haben, das kannst du mir glauben. Bleibt einem ja nichts übrig, wenn man nur ein Zwerg ist. Aber glaube mir, ich lege auch schwere Kerle auf die Schultern – oder auch Weiber, wenn's darauf ankommt.« Er lachte und schien, den Kopf zur Seite wendend, ausspucken zu wollen, besann sich jedoch. »Wenn du mal groß bist, wirst du meine Tricks nicht mehr brauchen. Bist ja kein solcher Däumling wie ich. Aber um dein Gesicht sollte sich jemand kümmern. Sieht aus, als ob da eine Narbe bleiben könnte.« Er wies mit dem Kopf auf Moraviks Strohlager. »Wo ist sie?«

»Bei meiner Mutter.«

»Na, dann komm mal mit mir mit.«

Und so wurde der Riß auf meiner Wange mit Pferdeliniment behandelt. Später teilte ich dann sein Essen mit ihm, im Stall auf Stroh hockend, während mich eine braune Stute beschnüffelte und mein eigenes Pony, an seinem Strick zerrend, gierig jeden Bissen beäugte. Augenscheinlich verfügte Cerdic über ausgezeichnete Beziehungen zur Küche. Es gab Hühnerkeulen, Speck und frischen Kuchen, und das Bier war schmackhaft und kühl.

Vom Gesinde schien er gehört zu haben, was vorgefallen war, das verriet mir sein ernstes Gesicht. Doch er schwieg und setzte sich, mir mein Essen reichend, stumm zu mir.

»Die Leute haben's dir erzählt?« fragte ich.

Er nickte und sagte dann kauend: »Er hat eine schwere Hand.«

»Er war wütend, weil sie Gorlan abgewiesen hat«, sagte ich. »Er möchte, daß sie meinetwegen heiratet, aber bisher hat sie das immer verweigert. Und weil mein Onkel Dyved jetzt tot ist und nur Camlach als Thronfolger bleibt, haben sie Gorlan aufgefordert, sich mit ihr zu vermählen. Wahrscheinlich hat Camlach meinen Großvater dazu überredet, weil er fürchtet, sie könnte einen walisischen Fürsten heiraten und –«

Überrascht und erschrocken starrte Cerdic mich an. »Beim Allmächtigen! Kind, woher weißt du das alles? Wer hat dir das erzählt? Deine Verwandten doch sicher nicht. Sollte etwa Moravik den Mund nicht halten können –«

»Nein. Ich hab's nicht von Moravik. Aber ich weiß auch so, daß es stimmt.«

»Aber woher denn, woher, in Thors Namen? Vielleicht Sklavengeschwätz?«

Ich steckte der Stute den letzten Bissen zu. »Zu heidnischen Göttern schwörst du, Cerdic. Laß das ja nicht Moravik hören.«

»Ach was. Mit der werde ich schon fertig. Aber nun heraus mit der Sprache: Wer hat dir das alles erzählt?«

»Niemand. Ich weiß es eben. Woher – das kann ich dir nicht erklären ... Jedenfalls war mein Onkel Camlach genauso zornig wie mein Großvater, als sie Gorlan abwies. Er fürchtet nämlich, daß eines Tages mein Vater kommt, um sie zu heiraten, und ihn dann vertreibt. Aber davon sagt er meinem Großvater natürlich nichts.«

»Hm.« Er starrte mit halboffenem Munde. Speichel lief ihm über die Lippen. Er schluckte hastig. »Mögen die Götter – ich meine, mag Gott wissen, wo du dies alles herhast, aber es könnte schon wahr sein. Na, sprich nur weiter.«

Das weiche Maul der braunen Stute stieß sacht gegen mich. Aus geblähten Nüstern strich Luft über meinen Nacken. »Das ist alles. Gorlan schäumt natürlich, aber sie werden ihn schon irgendwie beschwichtigen. Du wirst schon sehen.«

Einen Augenblick schwiegen wir beide. Cerdic biß in das Fleisch und schleuderte den abgenagten Knochen durch die Stalltür hinaus. Sofort stürzte sich eine Meute von Hofkötern darauf und schleppte ihn kläffend fort.

»Merlin –«

»Ja?«

»Es wäre klug von dir, zu niemandem darüber zu sprechen. Zu niemandem, hörst du?«

Ich antwortete nicht.

»Das sind Dinge, die ein Kind noch nicht versteht. Dinge von höchster Wichtigkeit. Sicher, über dies und jenes wird ganz allgemein gesprochen, aber was du da von Prinz Camlach gesagt hast –« Er packte mein Knie mit kräftiger Hand und schüttelte es, wie um seinen Worten Nachdruck zu verleihen. »Glaub mir, Merlin, er ist gefährlich, dein Onkel. Rühr nicht daran und bleib ihm aus den Augen. Ich werde keiner Menschenseele ein Wort verraten, das schwöre ich dir. Aber auch du darfst zu niemandem davon sprechen. Selbst als rechtmäßiger Prinz wärst du deines Lebens nicht sicher, und solltest du auch in des Königs Gunst stehen wie dieser Balg Dinias. Aber bei dir ist das noch viel ...« Wieder schüttelte er mein Knie. »Hörst du, Merlin? Für dich ist es das beste, den Mund zu halten und deiner Wege zu gehen. Und jetzt sage mir endlich, wer dir all dies erzählt hat?«

Ich dachte an die Höhle im Hypokaustum und an den Himmel hoch oben über dem Schacht. »Niemand. Das schwöre ich dir.« Und als er mich, gleichermaßen unwillig und besorgt, musterte, rückte ich doch mit der Wahrheit heraus, soweit sie unverfänglich war. »Ja, es stimmt schon, hier und dort habe ich etwas gehört. Manchmal unterhalten sich die Leute über meinen Kopf hinweg, als ob ich gar nicht da wäre oder doch nichts verstünde. Doch oft –« Ich zögerte unwillkürlich. »– oft ist es auch, als ob da etwas zu mir spräche und ich Dinge sehen könnte ... Manchmal reden die Sterne zu mir ... und Stimmen und Musik klingen im Dunklen. Wie bei Träumen.«

Seine Hand hob sich wie zum Schutz. Er schien sich bekreuzigen zu wollen. Aber dann sah ich, daß er ein Zeichen machte: gegen den bösen Blick. Doch beschämt ließ er die Hand wieder sinken. »Träume, ja, das wird's sein, du hast recht. Wahrscheinlich hast du in irgendeinem Winkel geschlafen und unbewußt mit angehört, was die Leute so reden. Fast hätte ich vergessen, daß du ja noch ein Kind bist. Aber wenn du einen mit diesen Augen so ansiehst –« Er brach ab und zuckte die Schultern. Versprich mir, daß du niemandem etwas von dem sagst, was du gehört hast.«

»Gut, Cerdic. Ich verspreche es. Aber dafür mußt du mir auch etwas sagen.«

»Und das wäre?«

»Wer ist mein Vater?«

Das Bier schwappte aus dem Trinkhorn in seiner Hand. Er wischte sich den Schaum vom Mund, setzte das Gefäß dann ab und blickte mich beschwörend an. »Wie, bei allen guten Geistern, kommst du darauf, daß ich das wissen könnte?«

»Vielleicht hat Moravik dir etwas verraten.«

»Weiß sie es denn?« Seine Frage klang so überrascht, daß es keinen Zweifel geben konnte: Er sprach die Wahrheit.

»Ich habe sie danach gefragt. Aber sie sagte nur, es gäbe Dinge, über die man besser nicht spricht.«

»Und damit hat sie recht. Aber wahrscheinlich wollte sie dir damit auch zu verstehen geben, daß sie nicht mehr weiß als andere. Und das bringt mich auf etwas, das ich dir noch sagen möchte, Merlin. Stelle auch niemandem mehr diese Frage. Wenn deine Mutter wollte, daß du es weißt, so hätte sie es dir gesagt. Du wirst es schon zur rechten Zeit erfahren.«

Ich sah, daß er, halb von mir abgewandt, wieder jenes Zeichen machte. Schon wollte ich ihn fragen, ob er denn etwa jene Schauermärchen glaube, als er nach dem Trinkhorn griff und aufstand.

»Ich habe also dein Versprechen, ja?«

»Ja.«

»Ich habe dich beobachtet. Du gehst deine eigenen Wege, und manchmal habe ich den Eindruck, daß du der wilden Natur näher bist als den Menschen. Weißt du, daß sie dich nach dem Falken benannt hat?«

Ich nickte.

»Nun ja. Dann laß dir durch den Kopf gehen, was ich dir gesagt habe und vergiß für den Augenblick die Falken. Von denen gibt es viele, allzu viele, um die Wahrheit zu sagen. Hast du schon einmal die Ringeltauben beobachtet, Merlin?«

»Natürlich. Das sind doch die, die mit den weißen Tauben aus dem Springbrunnen im Hof trinken und dann frei davonfliegen. Ich füttere sie im Winter zusammen mit den anderen Tauben.«

»In meinem Vaterland sagte man, daß die Ringeltaube viele Feinde hat, weil ihr Fleisch süß ist und ihre Eier gut schmecken. Aber sie lebt und gedeiht, weil sie vor jeder Gefahr flieht. Und du, mein kleiner Merlin, bist noch kein Falke, auch wenn deine Mutter dich so genannt hat. Du bist nur eine Taube, vergiß das nicht. Mach's also wie die Tauben. Verhalte dich ganz still und begib dich nicht in Gefahr. Merk dir meine Worte.« Er nickte zur Bekräftigung und reichte mir dann die Hand, um mich emporzuziehen. »Schmerzt der Riß noch?«

»Es brennt.«

»Dann beginnt es zu heilen. Mach dir deswegen also keine Sorgen. Bald wird davon nichts mehr zu sehen sein.«

Tatsächlich verheilte die Wunde sehr sauber und ließ keine Narbe zurück. Doch in der ersten Nacht brannte und biß es so wild, daß ich kaum schlafen konnte. Cerdic und Moravik lagen still und ohne ein Wort. Wahrscheinlich fürchteten sie, daß ich sie schon häufig belauscht und mein Wissen um diese und jene Dinge also von ihnen bezogen hatte.

Als sie dann endlich schliefen, schlich ich an dem schwanzwedelnden Wolfshund vorbei und kroch wenige Minuten später ins Hypokaustum.

Aber in dieser Nacht hörte ich nichts von Wichtigkeit. Nur Olwens Stimme, lieblich wie das Zwitschern einer Amsel, die ein Lied sang, das ich noch nie gehört hatte: von einer Wildgans und einem Jäger mit goldenem Netz.

4

Nach diesen Ereignissen verlief das Leben wieder in gewohnten Bahnen. Die Weigerung meiner Mutter, sich zu vermählen, schien mein Großvater als unabänderlich hinzunehmen. Ein oder zwei Wochen noch maß er sie bei jeder Begegnung mit zornigen Blikken, aber dann legte sich sein Unmut. Schließlich war sein Sohn Camlach wieder da, und außerdem stand die Jagdzeit bevor. Die Eintracht schien ungetrübt.

Nur um mein Verhältnis zu Camlach stand es nicht zum besten. Nach dem Vorfall im Obstgarten hatte ich seine besondere Gunst verwirkt. Ich meinerseits fühlte mich nicht mehr zu ihm hingezogen. Aber er war nicht etwa unfreundlich zu mir, und einige Male nahm er mich gegen die anderen Knaben in Schutz, sogar gegen Dinias, der jetzt an meiner Stelle sein Liebling war.

Aber ich brauchte diesen Schutz nicht länger. Was ich an jenem Septembertag erlebt hatte, war mir eine Lehre gewesen. Mit Dinias konnte ich es allein aufnehmen. Auf meine Weise. Eines Nachts kroch ich auf dem Weg zu meiner ›Höhle‹ unter seiner Schlafkammer vorbei und hörte lautes Lachen. Mit Brys, einem seiner Anhänger, sprach er über einen Streich, den sie sich geleistet hatten: Heimlich waren sie Camlachs Freund Alun zu dessen Stelldichein mit einer Magd gefolgt und hatten alles beobachtet. Als Dinias mir dann am nächsten Tag auflauerte, fragte ich ihn, einige erlauschte Sätze wörtlich anführend, ob er denn schon Alun über den Weg gelaufen sei. Er starrte mich an. Blitzschnell wechselten Blässe und Röte in seinem Gesicht. Seine Furcht, vom jähzornigen Alun durchgeprügelt zu werden, war offenkundig. Er schien zu grübeln, woher ich meine Weisheit haben mochte, und drückte sich dann scheu beiseite, hinter dem Rücken das Zeichen machend. Er glaubte also, daß hinter meinem schlichten Trick Zauberei steckte. Mir konnte das nur recht sein. Von da an ließen die Kinder mich in Frieden.

Gerade zur rechten Zeit. Denn in jenem Winter stürzte im Badehaus ein Teil des Bodens ein, und mein Großvater ließ die Löcher zuschütten und Rattengift auslegen. Der Zugang zu der geheimen Quelle meines Wissens war mir also versperrt, und ich mußte mich auf andere Weise meiner Haut wehren.

Monate vergingen. Der Winter schwand. Der eiskalte Februar

wich ersten warmen Märztagen. Und dann hörte ich, wie Camlach, zuerst zu meiner Mutter, dann zu meinem Großvater, sagte, es sei an der Zeit, daß ich Schreiben und Lesen lernte. Das scheinbare Interesse, das er an mir nahm, gefiel meiner Mutter offenbar. Auch ich war von dem Gedanken angetan und trug meine Genugtuung bewußt zur Schau; doch über Camlachs wahre Beweggründe täuschte ich mich keinen Augenblick: Er setzte alles daran, mich für ein späteres Priesteramt vorzubereiten. Immerhin konnte es nichts schaden, ihn im Glauben zu lassen, ich sei der Sache inzwischen weniger abgeneigt. Seine schlimmsten Befürchtungen schienen ohnehin beseitigt: daß meine Mutter sich nämlich einen Gemahl nehmen könne, entweder meinen unbekannten Vater oder aber einen walisischen Fürsten, und er, Camlach, des Throns somit verlustig ginge. Sie hatte erklärt, nie heiraten zu wollen, und zog sich mit ihren Frauen mehr und mehr zurück. Auch sprachen ihre häufigen Besuche in St. Peter ihre eigene Sprache. Alles nahm also den von ihm gewünschten Verlauf.

Er konnte zufrieden sein. Noch vor Weihnachten hatte er sich eine junge Frau genommen, die jetzt, Anfang März, bereits schwanger war. Daß Olwen ihrerseits ein Kind erwartete, bedeutete kaum eine Gefahr für ihn, denn er stand hoch in seines Vaters Gunst, und daß ihm ein um so viele Jahre jüngerer Bruder je vorgezogen würde, war kaum anzunehmen. Auch gab es gar keinen Zweifel: Camlach hatte sich als Krieger wie als Anführer ausreichend bewährt, und in seinem Charakter verband sich brutale Rücksichtslosigkeit mit nüchternem Wirklichkeitssinn. Beides hatte er bereits unter Beweis gestellt. Das erste durch den Giftanschlag im Obstgarten; das zweite durch seine unpersönliche Freundlichkeit seit der Erklärung meiner Mutter. Ehrgeizige Männer, diese Beobachtung habe ich in meinem Leben noch oft machen können, fürchten selbst die leiseste Bedrohung ihrer Macht. Und zweifellos würde Camlach keine Ruhe geben, bis er mich im Priesterrock für seine Zwecke wohl aufgehoben sah.

Doch ich freute mich auf den Unterricht. Mein Lehrer war ein Grieche, der in Massilia als Schreiber sein Brot verdient hatte, bis er durch unmäßige Trinkerei in Schulden und später in Sklaverei geraten war. Dankbar, endlich von körperlicher Arbeit befreit zu sein, unterwies er mich mit äußerster Sorgfalt und ganz ohne jenen religiösen Hochmut, den ich von den Priestern kannte, welche mich schon hie und da unterrichtet hatten. Er hieß Demetrius und war ein kluger, umgänglicher Mensch und ein wahres Sprachengenie. Abwechslung fand er beim Würfelspiel und (falls er gewonnen hatte) beim Trunk. Gelegentlich traf ich ihn dann tief und glücklich über seinen Büchern schlummernd an. Doch verriet ich ihn nie, sondern nutzte die Möglichkeit nur allzu gern, meinen eigenen Angelegenheiten nachzugehen. Er seinerseits dankte mir meine Verschwiegenheit, indem er mir mein vereinzeltes Schwänzen nachsah und auch nicht nachforschte, wo ich mich herumgetrieben hatte. Und da ich meinen Studien zur vollen Zufriedenheit meiner Mutter und meines Onkels oblag, kamen Lehrer und Schüler, ihre Geheimnisse wechselseitig respektierend, prachtvoll miteinander aus.

Eines Tages im August, fast ein Jahr nach Gorlans Besuch an meines Großvaters Hof, stahl ich mich vom friedlich seinen Rausch ausschlafenden Demetrius davon und ritt hinaus in die Hügel hinter der Stadt.

Es war nicht das erstemal, daß ich diesen Weg einschlug. Einen Umweg eigentlich. Doch hätte die kürzeste Strecke mich durch die Stadt geführt, wo neugierige Blicke und neugierige Fragen unausbleiblich gewesen wären. So zog ich es vor, am Flußufer entlangzureiten, an St. Peter vorbei und dann, den Windungen des Wasserlaufes folgend, zur Mühle, wohin die Lastschiffe ihre Ladungen schleppten. Und dort, jenseits der Straße, lag ein Tal, durch das ein Bach floß, der in den Fluß mündete.

Es war ein heißer, schläfriger Tag. Adlerfarn duftete schwer. Über dem Wasser zuckten blauschimmernde Libellen hin und her. Dicke Wolken summender Fliegen hockten auf Sträuchern und Kräutern.

Es würde Stunden dauern, ehe man meine Abwesenheit entdeckte.

Dem Flußlauf folgend, schlängelte sich der Pfad in engen Windungen dahin, ehe er schließlich durch Dornengestrüpp und Eichengehölz in weitem Bogen den offenen Hang hinaufstrebte.

Die Sonne stand steil. Leichter Windhauch strich durch die Sträucher. Ich trieb das Pony an. Jetzt sah ich auch die ersten Kiefern, deren Stämme rötlich in der Helle schimmerten. Der Boden wurde rauher und härter. Kahles graues Gestein kroch durch die dünne Erdkruste. Wohin der Pfad führte, wußte ich nicht, ich wußte nur eines: Ich war allein, und ich war frei. Nichts verriet mir, was für ein Tag dies war oder welcher Leitstern mich führte. Dies lag ja noch vor der Zeit, da die Zukunft sich mir offenbarte.

Die Hitze sengte, und ich spürte Durst. Der Pfad lief nun unter einer niedrigen Felsnase dahin. Irgendwo über mir hörte ich das Geplätscher von Wasser zwischen den Steinen.

Ich hielt das Pony an, glitt hinab und führte es ins Gehölz, wo ich es anband. Dann machte ich mich auf die Suche nach dem Wasser.

Der Fels neben dem Pfad war trocken. Auch unterhalb des Pfades deutete nichts darauf hin, daß hier ein Rinnsal seinen Weg zum Bach suchte. Und doch hörte ich, stetig und unverkennbar, das Plätschern von Wasser. Kurz entschlossen klomm ich die büschelbewachsene Anhöhe seitlich vom Felsen empor und gelangte auf einen grasüberwucherten Absatz, über dem sich, ein wenig zurückgesetzt, eine weitere Felswand erhob.

Und plötzlich entdeckte ich sie, die Höhle mitten in dieser Wand. Eine enge und regelmäßig gerundete Öffnung, fast einem Torbogen gleich, führte ins Innere. Rechts von diesem Eingang lag eine kleine Kuppe – Felsgestein, das vor Jahren einmal herabgestürzt sein mußte. Und dort wuchsen Eichen und Ebereschen, deren Geäst die Höhle überschattete. Links und nur wenige Schritt vom Eingang entfernt fand sich die Quelle.

Ich näherte mich ihr. Ein winziges Glitzern nur zeigte an, wo das Wasser aus einem Felsspalt drang, ehe es sich mit stetem Plätschern in ein rundes Steinbecken ergoß. Einen Abfluß konnte ich nirgends entdecken. Vermutlich fand das Wasser durch einen zweiten Felsspalt einen Weg hinunter zum Bach. Durchsichtig klar war es, und ich konnte jeden Kiesel, ja selbst jedes Sandkorn auf dem Grunde des Beckens erkennen. Oberhalb der Steinschale wucherte Zungenfarn, an ihrem Rande wuchs Moos, und unterhalb breitete sich saftiges Gras.

Hier kniete ich nieder und wollte eben den Mund zum Wasser beugen, als ich den Becher entdeckte, der in einer winzigen Nische zwischen den Farnen stand. Er war etwa eine Handspanne hoch und bestand aus braunem Horn. Ich griff danach und sah plötzlich, zwischen den Farnen halb verborgen, die kleine aus Holz geschnitzte Figur eines Gottes. Ich erkannte ihn: Unter der Eiche bei Tyr Myrddin hatte ich ein solches Bildnis schon gesehen. Hier nun stand er in seinem Reich unter freiem Himmel.

Ich füllte den Becher und trank und schüttete einige Tropfen für die Gottheit auf den Boden.

Dann betrat ich die Höhle.

5

Sie war viel größer, als sich von außen vermuten ließ. Wenige kurze Kinderschritte nur, und sie öffnete sich zu einem weiten Gewölbe, oben von Schatten umhüllt. Sie schien dunkel und war doch (auch wenn ich dies zuerst nicht wahrnahm noch nach dem Grund dafür fragte) von einer unnennbaren Helle, so daß ich deutlich den glatttgeebneten, völlig leeren Boden erkannte. Angestrengt spähend, bewegte ich mich langsam voran, und tief in mir wurde jene wogende Erregung wach, die der Anblick von Höhlen stets in mir erweckt. Anderen Menschen geht es bei Wasser oder Feuer so, oder auch beim Anblick hoher Gipfel. Ich fühle mich immer von der Tiefe der Wälder oder der Tiefe der Erde gepackt. Und ich weiß jetzt auch, warum. Aber damals, ein Kind noch, wußte ich nur, daß ich etwas Neues entdeckt hatte: etwas, das ich mir in einer Welt, in der nichts mein eigen war, zu eigen machen konnte.

Plötzlich durchzuckte mich ein Schreck, und ich blieb stehen. Nicht weit rechts von mir hatte ich im Halbdunkel eine Bewegung gewahrt.

Ich stand wie erstarrt. Spähte mit zusammengekniffenen Augen. Und sah nichts.

Ich hielt den Atem an. Kein Geräusch. Prüfend sog ich die Luft ein. Es roch weder nach Tier noch nach Mensch. Nur der Geruch von Erde und Rauch und feuchtem Fels wurde spürbar. Und ein eigentümlich muffiger Dunst, den ich nicht identifizieren konnte. Instinktiv wußte ich, daß niemand in meiner unmittelbaren Nähe war.

Leise sagte ich auf walisisch: »Zum Gruß.« Doch in raschem Echo kamen die Worte vom vermutlich nahen Felswall zurück und verloren sich dann zischelnd in der Höhle.

Und aus dem Widerhall meines Flüsterns schien es zu steigen, ein Rauschen, das wuchs und wuchs, wie das Rascheln von Frauengewändern oder das Flattern eines Vorhangs in bewegter Luft. Dann fuhr mit schrillem, schier tonlosem Schrei etwas an meinem Kopf vorüber. Und mehr und immer mehr, Flocken zerrissener Schatten gleich, herabregnend aus der Höhe wie windgepeitschtes Laub: Fledermäuse, die aufgescheucht von ihren Schlupfwinkeln hinausströmten ins lichte Tal.

Ich stand bewegungslos. Dieser muffige Dunst, den ich da wahrgenommen hatte, stammte er vielleicht von ihnen? Nein. Der Geruch, den die vorbeifleuchtenden Tiere ausströmten, war anders. Immer noch stoben sie dahin, doch kein Flügelschlag berührte mich. In Tageshelle wie Nachtschwärze weichen Fledermäuse jedem Hindernis aus. Wie federleichte Blütenblätter scheint sie der Luftstrom um jedes Hemmnis herumzutragen. In dichter Flut bewegte es sich zwischen der Felswand und mir, und in kindlicher Neugier trat ich näher. Schon teilte sich die Flut und schoß weiter voran, während sachter Lufthauch gegen meine Wangen prallte. Und im gleichen Augenblick sah ich es: Mit mir hatte es sich bewegt, ein Wesen wie ich. Ich tastete mit ausgestreckter Hand. Meine Finger trafen nicht auf Fels, sondern auf Metall, und ich begriff, daß jenes fremde Wesen mein eigenes Spiegelbild war.

An der Wand hing eine matt glänzende Metallplatte, und ganz offenbar war sie die Quelle des diffusen Lichts in der Höhle. Die seidige Spiegelfläche fing vom Eingang her die Helle ein und sandte sie ins Höhleninnere. Unwillkürlich zuckte ich vor meinem geistergleichen Abbild zurück. Und sah, wie meine Hand, schon am Dolch in meinem Gürtel, sich erleichtert von der Waffe löste.

Die Flut der Fledermäuse war verebbt. Die Höhle lag still. Aufmerksam betrachtete ich mich im Spiegel. Ich erinnerte mich, daß meine Mutter einmal einen gehabt hatte, ein altes Stück aus Ägypten, bald wieder außer Gebrauch, da solche Dinge sie eitel dünkten. Natürlich hatte ich mein Gesicht schon oft im Wasser gesehen, doch hier erblickte ich mich erstmals ganz: ein dunkelhaariger Knabe, der aus aufgerissenen Augen neugierig und erregt starrte. Schwarz wirkten meine Pupillen hier im trüben Licht, schwarz auch mein dichtes, sauberes Haar, das mir wirr um den Kopf hing, schlechter geschnitten als die Mähne meines Ponys. Auch mein Gewand spottete jeder Beschreibung. Ich lächelte, und bereitwillig warf mir der Spiegel das Lächeln zurück. Plötzlich verwandeltes Bild: Nicht mehr gehetztes Tier, bereit zu Flucht oder Gegenwehr, sondern ein Gesicht voll Offenheit und Zutraulichkeit. Und schon damals wußte ich, daß nur wenige Menschen mich so kannten.

Ich ließ meine Hand über das Metall gleiten. Es war kalt und glatt und frisch geputzt. Es mußte also erst kürzlich jemand hier gewesen sein. Vielleicht lebte er immer noch in der Höhle. Jeden Augenblick konnte er zurückkehren.

Doch ich hatte kaum Angst. Auch in friedlichen Zeiten, wie sie in unserer Gegend herrschten, lernte man schon früh auf der Hut zu sein vor herumstreunenden Verbrechern und Vagabunden. Wer gern auf eigene Faust handelte wie ich, mußte sich seiner Haut zu wehren wissen. Für mein Alter war ich recht kräftig, und zudem vertraute ich auf meinen Dolch. Daß ich kaum sieben Jahre zählte, kam mir gar nicht in den Sinn. Ich hieß Merlin, und ob nun Bastard oder nicht: Ich war ein Enkel des Königs.

Ich drang weiter vor. Das nächste, was ich aufspürte, war eine Art Truhe nahe an der Wand. Darauf entdeckten meine tastenden Finger Feuerstein, Eisen und eine Zunderbüchse. Dann stießen sie gegen eine große ungefüge Kerze aus Schafstalg – und auf einen gehörnten Schafsschädel. Hier und dort in der Truhe staken Nägel, die durch Fetzen von Leder getrieben schienen. Doch als meine Finger die Formen befühlten, glitten sie über winzige Knochenskelette, von verschrumpfter Lederhaut umhüllt. Es waren tote Fledermäuse, ausgestreckt auf das Holz genagelt.

Eine Schatzhöhle fürwahr. Weder die Entdeckung von Gold noch von Waffen hätte mich mehr erregen können. Neugierig langte ich nach der Zunderbüchse.

Dann hörte ich, daß er zurückkam.

Mein erster Gedanke war, daß er mein Pony gesehen hatte. Doch offenbar näherte er sich der Höhle von oben. Kleine Steine prasselten herab, und ein oder zwei klatschten ins Wasserbecken draußen. Und dann war es zu spät. Er sprang herab auf das flache Gras neben dem Wasser.

Keine Zeit für falsche Tapferkeit: Der Falke verwandelte sich in die Taube. Rasch lief ich tiefer in die Höhle hinein. Eine Hand bog die Zweige beiseite, die den Eingang überschatteten, und für einen Augenblick wurde es lichter. Im Hintergrund der Höhle erkannte ich einen Hang mit vorspringender Felsnase und breitem, nicht allzu hohem Absatz. Funkelndes Sonnenlicht, vom Metallspiegel her, glitt über ein schattiges Loch dort oben. Lautlos klomm ich empor und verbarg mich in dem Spalt, der zu einer weiteren, kleineren Höhle führte. Wie ein Fischotter schlängelte ich mich hindurch.

Er schien nichts gehört zu haben. Das Gezweig am Eingang schnellte zurück, und die Helligkeit verlosch. Ruhige und feste Männerschritte näherten sich. Zielsicher strebten sie auf die Truhe zu, wo die Kerze stand.

Mißbehaglich verharrte ich in der winzigen Höhle, in die ich gekrochen war. In Form und Ausdehnung schien sie jenen Bottichen zu gleichen, die man am Hofe zum Färben benutzte. Ich stak wie im Inneren einer Kugel, deren Wände mit Nägeln gespickt schienen, mit kantig vorspringendem, scherbengleichem Gestein, das auch keine Handbreit glatter Fläche freiließ, und es war wohl nur mein geringes Körpergewicht, das mich vor Schaden bewahrte, als ich blind nach einer freien Stelle tappte, wo ich mich hinlegen konnte. Ich fand sie schließlich, leidlich glatt, und kauerte darauf nieder, Blick durch den trüb umrissenen Spalt in die Großhöhle gerichtet, Dolch schon in der Hand.

Ich vernahm das Gegeneinanderschlagen von Feuerstein und Eisen. Dann flammte der Zunder grell ins Dunkel. Und schließlich schimmerte der sanfte Schein der Kerze auf.

Schimmerte auf? Oh, nein. So hätte es wohl sein sollen: das langsame Anwachsen matten, milden Kerzenscheins. Statt dessen loderte es empor wie eine flammensprühende, flammenspeiende Fackel. Helle blinkte und blitzte weiß und rot und golden. Feuergarben blendeten mich. Furchtsam zuckte ich davor zurück und preßte mich gegen die dornenscharfen Wandungen meiner Höhle. Das ganze Verlies schien in Flammen zu stehen.

Und tatsächlich, jetzt sah ich es genau, war es ein kugelartiges Gewölbe, ausgekleidet mit Kristallen, fein und glatt wie Glas, doch klarer, als ich's je gesehen, und leuchtend wie Diamant. Und genau so empfand es mein kindliches Gemüt: Ich hockte in einer diamantenbestückten Kugel, funkelnd Edelstein in Edelstein, millionenfach hin und her geschleuderte Strahlenbündel, glänzende, glitzernde Lichterflut, regenbogenfarbig und sternengleich – die Umrisse eines blutrot hochgereckten Drachen an der Wandung und darunter, mit geschlossenen Augen und verschwommen nur, ein Mädchengesicht. Sengend brannte sich das Licht mir in den Leib, als müsse ich zerbersten.

Ich preßte die Augen zusammen und verharrte so sekundenlang. Als ich sie wieder öffnete, war das Licht dahingeschrumpft. Nur auf einer Stelle an der Wand lagerte ein heller Kegel, kaum größer als mein Kopf. Und von dort, ohne jedes Bildnis, ohne jede Erscheinung jetzt, sprühten wie zersplittert vereinzelte Strahlen.

In der großen Höhle unten war alles still. Keine Bewegung, kein Laut, nicht einmal das Rascheln von Kleidern.

Dann begann das Licht zu wandern. Langsam glitt der helle Kegel über die Kristallwand. Ziternd drückte ich mich gegen die spitzen Steine. Doch es gab kein Entkommen. Stück für Stück glitt der Strahlenfinger über die Rundung vor und berührte meine Schulter, meinen Kopf. Ich duckte mich, krümmte mich zusammen. Wie in aufgewirbelter Wasserlache jagte mein Schatten über die Hohlkugel hinweg.

Das Licht verharrte glitzernd auf der Stelle. Und erlosch plötzlich. Nur das Glühen der Kerze blieb: ein stetes gelbes Glimmen auf der anderen Seite der Felsspalte.

»Kommt heraus.« Klar und deutlich klang der Befehl. Und gefügig kroch ich über die scharfen Kristalle hinweg durch den Spalt. Draußen, auf dem Felsabsatz in der eigentlichen Höhle, richtete ich mich auf und lehnte mich mit dem Rücken an die Wand, in der Faust meinen Dolch.

6

Er stand zwischen mir und der Kerze, eine, wie mir schien, riesige Gestalt in grobgewirktem Gewand. Die Kerze wob einen hellen Kranz um sein Haupt. Das Haar wirkte grau, und er trug einen Bart. Sein Gesicht war nicht zu erkennen. Die rechte Hand hielt er in den Falten seines Gewandes.

Ich wartete angespannt.

Er sprach im gleichen Ton wie zuvor. »Laßt Euren Dolch und kommt herab.«

»Zeigt mir erst Eure rechte Hand«, sagte ich.

Er zog sie hervor und streckte sie aus. Sie war leer. »Ich bin unbewaffnet«, sagte er ernst.

»Dann geht mir aus dem Weg«, sagte ich und sprang. Mit wenigen Sätzen war ich an ihm vorbei und strebte auf den Ausgang zu, ehe er auch nur eine Bewegung machen konnte. Aber er versuchte es auch gar nicht. Als ich, schon an der Öffnung, die Zweige beiseite bog, hörte ich hinter mir sein Lachen. Unwillkürlich blieb ich stehen und drehte mich um.

Und von hier, im Licht, das jetzt die Höhle füllte, sah ich ihn deutlich. Er war ein alter Mann mit grauem Haar, das ihm, oben schon dünn, strähnig über die Ohren hing. Grau war auch sein gerader, grob gestutzter Bart. Seine Hände wirkten schwielig mit eingefressenen Schmutzspuren, doch waren die Finger offensichtlich früher wohlgeformt gewesen. Jetzt krochen, wurmgleich gebläht, knotige Adern über sie hinweg. Doch es war sein Gesicht, das mich gefangennahm: schmal, ausgehöhlt fast wie ein Totenschädel, mit hoher, gewölbter Stirn und buschigen grauen Brauen, jäh vorspringend über Augen, denen kein Zeichen des Alters anzusehen war. Dicht beieinanderliegend, schauten sie mit eigentümlich großem und klarem Blick aus schwimmendem Grau. Seine Nase war messerscharf. Der Mund, lippenlos fast, dehnte sich in breitem Lachen über erstaunlich guten Zähnen.

»Kommt zurück. Ihr braucht keine Furcht zu haben.«

»Ich habe keine Furcht.« Ich ließ die Zweige los und ging mit gespielter Tapferkeit zurück. Wenige Schritte vor ihm blieb ich stehen. »Warum sollte ich mich vor Euch fürchten? Wißt Ihr denn, wer ich bin?«

Grübelnd betrachtete er mich einen Augenblick. »Laßt mich mal nachdenken. Dunkle Haare, dunkle Augen, der Körper eines Tänzers und das Benehmen eines jungen Wolfes ... oder sollte ich vielleicht sagen, eines jungen Falken?«

Ich ließ meinen Dolch sinken. »Dann kennt Ihr mich also?«

»Nun, vielleicht ahnte ich, daß Ihr eines Tages kommen würdet. Vielleicht wußte ich sogar, daß heute jemand in der Höhle war. Und vielleicht war es das, was mich so früh zurückkehren ließ.«

»Ihr habt gewußt, daß jemand in der Höhle war? Ach, natürlich, Ihr habt die Fledermäuse gesehen.«

»Das kann schon sein.«

»Fliehen die immer davon?«

»Nur wenn ein Fremder kommt. Euer Dolch, Sir.«

Ich steckte ihn in den Gürtel zurück. »Niemand nennt mich Sir. Ich bin ein Bastard. Also gehöre ich keinem außer mir selbst. Ich heiße Merlin. Aber das wißt Ihr ja schon.«

»Und ich heiße Galapas. Habt Ihr Hunger?«

»Ja«, sagte ich. Und stockte im Gedanken an den Schafsschädel und die toten Fledermäuse.

Er begriff. Die grauen Augen zwinkerten belustigt. »Früchte und Honigkuchen? Und süßes Wasser von der Quelle? Selbst in des Königs Haus wird man kaum besser speisen.«

»Dort wäre ich zu dieser Stunde bestimmt schlechter dran«, sagte ich offen. »Seid bedankt, Sir. Ich will gern mit Euch essen.«

Er lächelte. »Auch mich nennt niemand Sir. Und genau wie Ihr gehöre ich keinem außer mir selbst. Geht hinaus und setzt Euch in die Sonne. Ich bringe, was wir brauchen.«

Die Früchte waren Äpfel, die genauso schmeckten wie jene aus meines Großvaters Obstgarten. Unwillkürlich warf ich meinem Gegenüber einen verstohlenen Blick zu. Hatte ich ihn vielleicht schon einmal gesehen, am Flußufer oder irgendwo in der Stadt?

»Habt Ihr ein Weib?« fragte ich. »Wer hat die Honigkuchen gemacht? Sie schmecken ausgezeichnet.«

»Nein, ich habe kein Weib. Wie ich schon sagte: Ich gehöre keinem außer mir selbst. Ihr werdet noch sehen, Merlin, wie Euer ganzes Leben lang Gitter um Euch errichtet werden. Aber Ihr werdet ihnen auch nach Belieben entkommen, bis Ihr sie aus freien Stücken selbst errichtet, um in ihrem Schatten zu schlafen . . . Die Honigkuchen bekomme ich vom Weib des Hirten, die genug für drei macht, und sie sind ja so gut, daß man auch Gäste damit bewirten kann.«

»Dann seid Ihr ein Eremit? Ein heiliger Mann?«

»Sehe ich wie ein heiliger Mann aus?«

»Nein.« Er sah wirklich nicht so aus. Jene heiligen Einsiedler zogen oft predigend und bettelnd durch unsere Stadt, und ich erinnere mich noch, daß sie die einzigen Menschen waren, vor denen ich mich damals fürchtete. Merkwürdige, hochmütige und anmaßende Gestalten mit verrückten Augen. Der Geruch, den sie verbreiteten, schien dem Abfall vor den Schlachthäusern verwandt, und oft genug wußte man überhaupt nicht, welchem Gott sie denn eigentlich dienten. Einige von ihnen, so wurde getuschelt, seien Druiden, Angehörige eines verbotenen Priesterstandes also, obschon bekannt war, daß sie in Wales immer noch ungehindert ihrem Amt oblagen. Viele waren Anhänger der alten Götter, deren Machtbereich, wenn man ihn so nennen mochte, meist sehr begrenzt war; und da ihre Beliebtheit bei der Bevölkerung je nach Jahreszeit schwankte, bezeigten die Priester bald diesem, bald jenem ihre Verehrung, je nach Einträglichkeit. Hiervon waren selbst die christlichen Gottesdiener nicht ausgenommen. Immerhin konnte man sie leichter erkennen, weil niemand anderer so schmutzig herumlief wie sie. Die römischen Götter und ihre Priester blieben ganz auf ihre zerfallenden Tempel beschränkt, doch über mangelnde Opfergaben konnten auch sie sich nicht beklagen. Die Kirche mißbilligte das Treiben, konnte jedoch kaum etwas dagegen ausrichten.

»Aber da draußen am Quell war doch ein Gott«, sagte ich.

»Ja, Myrddin. Er leiht mir seinen Quell und seinen heiligen Hügel und seinen Himmel aus verwobenem Licht, und ich bezeige ihm den schuldigen Dank. Es ist immer ratsam, der Gottheit eines Ortes Verehrung zu erweisen. Am Ende sind sie doch alle ein und derselbe.«

»Wenn Ihr kein Eremit seid, was seid Ihr dann?«

»Im Augenblick Lehrer.«

»Ich habe einen Lehrer. Er kommt aus Massilia, ist aber auch schon in Rom gewesen. Wen lehrt Ihr denn?«

»Bis jetzt niemanden. Ich bin alt und müde und möchte hier ganz für mich studieren.«

»Was sollen denn die roten Fledermäuse dort drinnen auf der Truhe?«

»Sie eben studiere ich.«

Ich starrte ihn an. »Studieren? Wie kann man denn tote Fledermäuse studieren?«

»Ich studiere ihren Körperbau und die Art, wie sie fliegen und sich paaren und sich ernähren. Wie sie leben. Und das nicht nur bei Fledermäusen, sondern bei allen Tieren und Pflanzen. Auch bei Vögeln und bei Fischen.«

»Aber das ist doch kein Studieren«, rief ich überrascht. »Demetrius, mein Lehrer, sagt immer, es sei nur Zeitverschwendung, Vögel oder Eidechsen zu beobachten. Unsinnige Träumerei. Bloß Cerdic, ein Freund von mir, hat mal gesagt, ich solle die Ringeltauben studieren.«

»Warum?«

»Weil sie so still und so flink sind und vor allem davonflüchten. Zwei Eier legen sie nur und werden von allen gejagt, und trotzdem überstehen sie alles.«

»Und man sperrt sie auch nicht ein.« Er trank etwas Wasser und sah mich dann an. »Ihr habt also einen Lehrer. Könnt Ihr denn auch lesen?«

»Natürlich.«

»Auch Griechisch?«

»Ein wenig.«

»Dann folgt mir.«

Wir betraten die Höhle, wo er die Kerze wieder anzündete und dann in die Hand nahm. Er hob den Deckel der Truhe. Darin sah ich eine große Anzahl von Schriftrollen. Er nahm eine, schloß die Truhe wieder und entrollte das Papier.

Voller Entzücken sah ich, was es war: die etwas zittrige und dennoch sehr deutliche Zeichnung des Skeletts einer Fledermaus.

Am Rande standen griechische Wörter, die ich, für den Augenblick selbst Galapas Gegenwart vergessend, sofort zu buchstabieren begann.

Bald spürte ich seine Hand auf meiner Schulter. »Gehen wir nach draußen.« Er zog die Nägel heraus, mit denen einer der trockenen lederartigen Körper auf dem Truhendeckel befestig war, und hob die tote Fledermaus vorsichtig hoch. »Blas die Kerze aus. Wir werden uns dies zusammen anschauen.«

Und so, ohne weitere Fragen und ohne weitere Umstände, begann meine erste Unterrichtsstunde bei Galapas.

Erst als die Sonne, tief über dem einen Flügel des Tals, lange Schatten den Hang hinaufschickte, erinnerte ich mich an jenes andere Leben, das da auf mich wartete, und an den weiten Heimweg.

»Ich muß aufbrechen! Demetrius wird nichts sagen, aber wenn ich zum Abendessen zu spät komme, schöpft man bestimmt Verdacht.«

»Und du wirst ihnen nichts erzählen?«

»Nein. Sonst dürfte ich gewiß nicht wieder herkommen.«

Er lächelte still. Und obwohl ich sicher war, daß er es mir nicht abschlagen würde, fragte ich doch aus Höflichkeit:

»Ich darf doch wiederkommen, nicht wahr?«

»Natürlich.«

»Wann das sein wird, weiß ich leider nicht. Ich meine, es läßt sich schwer sagen, bei welcher Gelegenheit ich wieder – frei bin.«

»Mach dir keine Sorgen. Ich werde rechtzeitig wissen, wann du kommst. Und hier sein.«

»Wissen? Aber wie denn?«

Er rollte das Papier mit langen, schlanken Fingern zusammen.

»Genauso wie heute.«

»Ach ja, richtig. Wenn ich die Höhle betrete, flüchten die Fledermäuse.«

»So wird es sein.«

Ich lachte vergnügt. »Du bist schon ein sonderbarer Mensch, Galapas. Rauchzeichen mit Fledermäusen! Niemand würde mir das glauben, nicht einmal Cerdic.«

»Du wirst auch ihm nichts verraten?«

Ich nickte. »Ihm nicht und auch sonst niemandem. Aber jetzt muß ich aufbrechen. Auf Wiedersehen, Galapas.«

»Auf Wiedersehen.«

Und so geschah es dann auch in den folgenden Tagen und Monaten. Wann immer ich konnte, ritt ich ein- bis zweimal wöchentlich das Tal hinauf zur Höhle. Er schien recht genau zu wissen, zu welchem Zeitpunkt ich kam, denn meist wartete er schon mit ausgebreiteten Schriftrollen auf mich; und war er einmal nicht dort, so rief ich ihn durch die auffleuchtenden Fledermäuse herbei. Mit der Zeit jedoch gewöhnten sie sich an mich, und ich mußte sie erst durch ein oder zwei wohlgezielte Steinwürfe hinausscheuchen. Später dann erübrigte sich dies. Im Palast nahm man meine häufige Abwesenheit mehr und mehr ungefragt hin, und ich konnte mit Galapas von Tag zu Tag feste Verabredungen treffen.

Seit, Ende Mai, Olwens Kind geboren worden war, hatte Moravik mich in zunehmendem Maße mir selbst überlassen; und als dann, im September, auch Camlachs Sohn zur Welt kam, machte sie sich zur Herrin über das königliche Kinderzimmer und ließ mich gleichsam völlig fallen. Meine Mutter schien es zufrieden, ihre Zeit in Gesellschaft ihrer Frauen zu verbringen; ich sah kaum noch etwas von ihr. Die einzigen, mit denen ich am Hof in engerer Verbindung stand, waren Demetrius und Cerdic. Demetrius wünschte sich aus wohlerwogenen Gründen ab und zu einen freien Tag, und Cerdic war mein Freund. Und als solcher stellte er beim Absatteln meines schweiß- und schmutzbedeckten Ponys keine neugierigen Fragen, sondern scherzte höchstens augenzwinkernd, wo ich mich denn nur in einem fort herumtriebe. Meine Kammer hatte ich jetzt ganz für mich, nur der Wolfshund leistete mir noch aus alter Gewohnheit Gesellschaft. Da seine Wachsamkeit nie auf die Probe gestellt wurde, weiß ich nicht, ob er sich im Notfall bewährt hätte. Aber ich fühlte mich auch so sicher genug. Im Lande herrschte Frieden; der König und sein Sohn standen gut miteinander; und ich selbst war dem äußeren Anschein nach nur allzu willig, in absehbarer Zeit in das Gewand eines Priesters zu schlüpfen; bis auf die Stunden bei Demetrius hatte ich keine Pflichten und konnte meiner eigenen Wege gehen.

Im Tal traf ich nie auf einen Menschen. Der Schafhirt wohnte nur im Sommer dort, in einer armseligen Hütte am Waldrand. Andere Behausungen gab es nicht, und der Pfad unterhalb von Galapas' Höhle wurde nur von Schafen und Hirschen benutzt. Er führte nirgendwohin.

Galapas war ein ausgezeichneter Lehrer. Dennoch empfand ich die Zeit bei ihm nie als Unterricht. (Unterricht war das, was ich bei Demetrius und den Priestern meiner Mutter erfuhr: Sprachen und Geometrie beim einen, Religion bei den anderen.) Im Grunde schien er nur Geschichten zu erzählen, denen ich gebannt lauschte. Als junger Mensch war er viel auf der anderen Seite der Erde gereist, in Äthiopien und Griechenland und Germanien und um das ganze Mittelmeer, und er hatte viele fremdartige Dinge gesehen und gelernt. Oft waren sie von praktischem Nutzen, und er unterwies mich darin: Wie man Kräuter sammelte und trocknete und als Heilmittel verwandte, und wie man gewisse Pulver und Säfte, auch giftige, gewann. Er ließ mich Vögel und anderes Getier studieren (oft fanden sich tote Kreaturen am Wege: Vögel und Schafe und einmal sogar ein Hirsch), und ich lernte viel über Körperorgane und Knochengerüst. Er zeigte mir auch, wie man blutende Wunden stillte und Knochenbrüche behandelte, wie man schlechtes Fleisch wegschnitt und die Wunde so säuberte, daß sie ordentlich verheilte, ja sogar (obschon dies erst später kam) wie man Fleisch und Sehnen näht, während das Tier mit Dünsten betäubt wird. Und ich weiß noch: Der erste Zauber, den er mich lehrte, war das Besprechen von Warzen – eine so mühelose Verrichtung, daß selbst Frauen sie vornehmen können.

Eines Tages entnahm er der Truhe eine Schriftrolle, die er mit besonderer Sorgfalt auseinanderbreitete.

»Weißt du, was dies ist?«

Ich hatte schon viele Skizzen gesehen und kannte mich gut mit ihnen aus. Diese Zeichnung jedoch sagte mir nichts. Sie war lateinisch beschriftet, und ich erkannte die Wörter Äthiopien und Glücksinseln und, links in einer Ecke, Britannien. Die Linien schienen wirr durcheinanderzulaufen, und überall fanden sich, winzigen Maulwurfshügeln gleich, gewölbte Kurven.

»Das – das sind wohl Berge?«

»Ja.«

»Dann ist dies ein Bild der Welt?«

»Eine Landkarte.«

Es war das erstemal, das ich so etwas sah, und obschon mir anfangs alles dunkel verschlüsselt schien, begriff ich doch bald, dank Galapas' Erklärungen, wie man die Zeichen zu sehen hatte: Wie ein Vogel aus großer Höhe, so blickte man hinab auf die Erde mit ihren Straßen und Strömen, weitverzweigt wie die Fäden eines Spinnwebs. Mühelos konnte man von Rom nach Massilia oder von London nach Caerleon reisen, ohne auch nur einmal nach dem Weg zu fragen. Diese Kunst wurde von dem Griechen Anaximander entwickelt, obschon manche behaupten, daß die Ägypter sie als erste beherrschten. Diese Karte hier war eine Kopie eines Werkes von Ptolemäus von Alexandrien, und Galapas trug mir schließlich auf, meine Schreibtafel zu holen und eine Skizze von meinem Land anzufertigen.

Als ich den letzten Strich getan hatte, warf er einen Blick darauf. »Was ist dies hier in der Mitte?«

»Maridunum«, sagte ich überrascht. »Erkennst du es denn nicht, Galapas? Schau doch, hier ist die Brücke und der Fluß – und dies ist die Straße, die über den Marktplatz führt.«

»Das sehe ich. Aber ich habe dich gebeten, dein Land zu zeichnen, nicht deine Stadt.«

»Ganz Wales? Aber woher soll ich wissen, was nördlich von den Hügeln liegt? Ich war ja noch nie dort.«

»Warte. Ich will es dir zeigen.«

Er legte die Schreibtafel beiseite, nahm einen spitzen Stock und begann, jeden Strich und jeden Punkt erläuternd, in die nackte Erde zu kerben. Was unter seinen Händen entstand, war ein langgestrecktes Dreieck, das nicht nur Wales wiedergab, sondern ganz Britannien, das rauhe Land jenseits des Hadrianswalles, wo die Wilden lebten, miteingeschlossen. Er zeigte mir Berge und Flüsse und Straßen und Städte, London und Calleva und die dichtgedrängten Ortschaften unten im Süden bis hin zu jenen Städten und Festungen am Ende des Straßennetzes, Segontium und Caerleon und Eboracum und die Städte unmittelbar am Wall. Und er sprach, als sei all dies ein einziges Land, obschon ich ihm doch wenigstens ein Dutzend Könige hätte nennen können, die in den verschiedenen Landstrichen herrschten. Ich erinnere mich daran nur auf Grund von Begebnissen, die später kamen.

Der Herbst schwand, und als im Winter die Sterne schon zeitig am Himmel funkelten, lehrte er mich ihre Namen und sprach von ihrer Macht. Genau wie man eine Landkarte anfertige, könne man auch eine Sternenkarte zeichnen, erklärte er und erzählte dann, daß die Sterne, indem sie sich bewegten, Musik machten. Er selbst verstand sich nicht auf diese Kunst. Doch als er erfuhr, daß Olwen mich darin unterwiesen hatte, half er mir, eine Harfe zu bauen, ein kleines und recht primitives Instrument aus Buchen- und Weidenholz, bespannt mit Schwanzhaaren meines Ponys, obschon, wie Galapas meinte, der Harfe eines Prinzen doch Saiten aus Gold oder Silber gebührten. Doch ich verwendete auch durchbohrte Kupfermünzen (womit ich die Saiten befestigte) und geglättete Knochen (als Stimmwirbel) und schnitzte in den Säulenhals das Abbild eines Merlinfalken. Mich dünkte mein Instrument schöner als Olwens Harfe, und es ließen sich ihm auch herrliche Töne entlocken, jenes süße Wispern, das seine Weisen aus der Luft selbst zu empfangen schien. Da mir der Palast nicht sicher genug schien, ließ ich die Harfe in der Höhle. Dort hatte ich ja den Gesang der Vögel im Birnenbaum, und manchmal war auch noch Olwens melodische Stimme zu hören. Und wenn die Vögel schwiegen und eisiges Licht den Nachthimmel überhauchte, so lauschte ich angespannt auf die Musik der Sterne. Doch ich vernahm sie nie.

Und eines Tages, als ich zwölf Jahre alt war, sprach Galapas von der Kristallhöhle.

7

Oft stellen Kinder gerade über jene Dinge, die ihnen am wichtigsten sind, keine Frage. Instinktiv scheinen sie zu erkennen, daß hier etwas ist, das ihr Begriffsvermögen noch übersteigt. Doch insgeheim nähren sie ihre Phantasie, bis jenes Unfaßbare alle Maße sprengt und sich wie ein Zauber oder auch ein Nachtmahr über ihre Seele legt.

So war es bei mir mit der Kristallhöhle.

Nie hatte ich zu Galapas von meinem ersten Erlebnis dort gesprochen. Ja, fast verschwieg ich mir selbst, was dann und wann mit Licht und Feuer in mir auftauchte. Träume, beschwichtigte ich mich: Erinnerungen jenseits aller Erinnerung, ein eigentümliches Spiel der Phantasie – wie jene Stimme, die mir Gorlans Namen verraten hatte, oder jener hellsichtige Blick, dem das Gift in der Aprikose nicht verborgen geblieben war. Und da Galapas seinerseits nie von der inneren Höhle sprach und der Metallspiegel stets bedeckt blieb, wenn ich dort war, stellte ich keine Fragen.

An einem frostklirrenden Wintertag ritt ich wieder einmal den gewohnten Weg. Vor dem Maul meines Ponys wölkte sich die Atemluft wie Drachenhauch. Das Tier trottete rasch dahin und fiel schließlich in Trab. Es war längst nicht mehr jenes falbe Pferdchen meiner frühen Kindertage, sondern ein kleiner walisischer Grauschimmel, den ich stolz Aster nannte. Er gehörte zu jener Rasse von Gebirgsponys, die wild in den Hügeln leben und sich manchmal mit Pferden römischer Herkunft kreuzen. Sie sind zäh und schnell und sehr schön mit ihrem schmalen Kopf, den kleinen Ohren und dem kräftig gebogenen Hals. Aster war von meinem Vetter Dinias gefangen und gezähmt worden. Nach zwei Jahren schonungslosen Reitens hatte Dinias dann ein echtes Kriegsroß vorgezogen. Unter mir benahm Aster sich zuerst recht störrisch, aber bald verlor sich seine Furcht vor mir, und nach dem hart rukkenden Zuckeltrab, den ich bei meinem früheren Pony gewohnt war, schien seine Gangart geradezu seidenweich.

Inzwischen hatte ich hier im Tal auch einen Unterschlupf für mein Tier gefunden. An dem Felsen unterhalb der Höhle wuchs ein Weißdorndickicht, in dessen Mitte Galapas Steine aufgeschichtet hatte. Die Rückwand bildete der Fels selbst. Äste und Adlerfarn formten ein dichtes Dach, und dieser kleine Stall bot dem Tier, zumal im Winter, eine warme Zuflucht; auch blieb es hier fremden Augen verborgen. Dieser Zwang zur Heimlichkeit war ein weiterer Punkt, über den wir nie gesprochen hatten. Aber ich begriff auch so, daß Galapas mir auf seine Weise half, Camlachs Pläne, soweit sie mich betrafen, zunichte zu machen (obschon ich mit fortschreitender Zeit mehr und mehr auf mich gestellt war), und so ließ ich jede nur erdenkliche Vorsicht walten, indem ich mich etwa auf einem halben Dutzend verschiedener Wege dem Tal näherte und für neugierige Frager am Hofe immer eine glaubwürdige Ausrede zur Hand hatte.

Ich führte Aster in den Verschlag, nahm ihm Sattel und Zaumzeug ab und warf ihm Futter aus der Satteltasche vor. Dann zog ich einen kräftigen Ast vor den Eingang und klomm rasch zur Höhle empor.

Galapas war nirgend zu sehen, konnte jedoch noch nicht lange fort sein, denn auf dem offenen Metallofen, der innen beim Eingang stand, lag noch Glut. Ich schürte sie, bis die Flammen emporzüngelten, und ließ mich dann ganz in der Nähe mit einer Schriftrolle nieder. Eine Verabredung hatte ich mit Galapas für heute nicht getroffen, doch da mir viel Zeit blieb, ließ ich die Fledermäuse in Frieden und las eine Weile still für mich.

Im Laufe der Jahre war ich schon oft allein in der Höhle gewesen, und so vermag ich nicht zu sagen, warum ausgerechnet an diesem Tag mich plötzliche Neugierde trieb. Jedenfalls legte ich die Schriftrolle beiseite, ging an dem verdeckten Spiegel vorbei und spähte zu dem Felsspalt hinauf, durch den ich vor fünf Jahren geflüchtet war. Ob sie wohl wirklich so aussah, wie ich sie in Erinnerung hatte? Ob jene Kristalle und die in ihnen funkelnden Bilder (der Drache und das junge Mädchen – ich wußte es noch genau) wohl nichts waren als Ausgeburten meiner erregten Phantasie? Irgend etwas Unnennbares, Neugier und doch mehr als Neugier, trieb mich jetzt. Rasch kletterte ich auf den Felsabsatz und spähte, mich auf Hände und Knie niederlassend, durch den Spalt.

Die innere Höhle war tot und kalt. Nicht der geringste Schimmer vom züngelnden Feuer fing sich darin. Vorsichtig kroch ich vorwärts, bis meine Hände auf die scharfen Kristalle trafen. Ja, es gab sie. Sie waren nur allzu wirklich. Mit wachsamen Augen und Ohren gegen Galapas' überraschende Rückkunft gewappnet, glitt ich rasch wieder hinaus, griff nach dem Reitwams, das ich neben dem Feuer abgelegt hatte und kletterte und kroch eilends durch den Spalt in die innere Höhle zurück, wo ich das Wams ausbreitete.

Und so ließ sich hier recht behaglich verharren. Still lag ich und lauschte auf das vollständige Schweigen ringsum. Allmählich gewöhnten sich meine Augen an die Dunkelheit. Mattes graues Glimmern kam von den Kristallen, doch von jenem zauberischen Licht, das damals hier geglüht hatte, fand sich keine Spur.

Plötzlich spürte ich einen leichten Hauch kalter, bewegter Luft, die selbst bis zu mir in dieses Verlies drang. Und dann hörte ich Schritte, die sich über eisiges Felsgestein näherten . . .

Als Galapas wenige Minuten später in die Höhle trat, saß ich beim Feuer, in der Hand mein Lehrbuch, die Schriftrolle, neben mir mein zusammengelegtes Wams.

Erst kurz vor Einbruch der Dämmerung legten wir unsere Bücher beiseite. Doch immer noch machte ich keine Anstalten zu gehen. Das Feuer loderte jetzt. Wärme und flackerndes Licht erfüllten die Höhle. Eine Zeitlang saßen wir schweigend.

»Galapas, ich möchte dich etwas fragen.«

»Ja?«

»Erinnerst du dich an den Tag, an dem ich das erstemal herkam?«

»Sehr deutlich.«

»Du wußtest, daß ich kam. Du hattest mich erwartet?«

»Habe ich das gesagt?«

»Ja, das hast du, und du weißt es auch. Aber wie konntest du nur von mir wissen?«

»Ich sah dich ja in der Kristallhöhle.«

»Oh, gewiß. Du hattest den Spiegel so gedreht, daß das Kerzenlicht auf mich traf, und du sahst meinen Schatten. Aber das meine ich nicht. Ich meine etwas anderes. Woher wußtest du, daß ich an jenem Tag das Tal heraufkam?«

»Eben diese Frage habe ich dir beantwortet, Merlin. Ich wußte es, weil ich dich, ehe du zur Höhle kamst, im Spiegel sah.«

Wir sahen einander schweigend an. Zischelnd flackerten die Flammen zwischen uns. Ich nickte stumm. Es war ein Geheimnis, das ich längst schon geahnt hatte. Nach einer Weile sagte ich: »Wirst du's mir zeigen?«

Er musterte mich einen Augenblick und erhob sich dann: »Es ist an der Zeit. Zünde die Kerze an.«

Ich gehorchte. Golden wuchs das kleine Licht und langte empor in die Schatten, die vom flackernden Feuer geworfen wurden.

»Enthülle den Spiegel.«

Ich zog am darübergebreiteten Tuch. Wolligweich fiel es mir in die Arme, und ich legte es auf Galapas' Bett an der Wand.

»Jetzt klettere auf den Felsabsatz und lege dich hin.«

»Auf den Felsabsatz?«

»Ja. Leg dich auf den Bauch mit dem Kopf zum Spalt, so daß du hineinsehen kannst.«

»In die Kristallhöhle selber soll ich nicht?«

»Nimm dein Wams mit, damit du eine Unterlage hast.«

Halb schon auf dem Fels, drehte ich mich um und sah, daß er lächelte.

»Du weißt also Bescheid, Galapas?«

»Ja, ich weiß, daß du vorhin in der Kristallhöhle warst. Aber eines Tages werde ich dir selbst mit dem *Blick* nicht mehr folgen können. Jetzt lege dich hin und beobachte still.«

Ich streckte mich auf dem flachen, breiten Felsstück aus, Kopf auf die gebeugten Arme gestützt, Blick zum Spalt gerichtet.

Unter mir sagte Galapas leise: »Schalte alle Gedanken aus. Ich halte die Zügel in der Hand. Noch ist dies nichts für dich. Beschränke dich aufs Schauen.«

Ich hörte, wie er zur Wand ging: Er trat zum Spiegel.

Die innere Höhle war größer, als ich geglaubt hatte. Sie streckte sich so weit empor, daß mein Blick der Wandung nicht mehr folgen konnte. Der Boden wirkte glatt, wie flachgeschliffen durch langen Gebrauch. Und selbst mit den Kristallen hatte ich mich getäuscht. Das Glimmern, das den Schein der Fackeln widerspiegelte, kam von Wasserlachen auf dem Boden und von einer feuchten Stelle an der Wand, über die ein winziger Quell zu rieseln schien.

Die Fackeln: In Felsrisse waren sie gezwängt, billiges Zeug, minderwertiger Plunder, der trüb in stickiger Luft brannte. Und obwohl es eisig kalt war, arbeiteten die Männer bis auf ihren schmalen Lendenschurz mit nackten Leibern. Schweiß strömte ihnen über Schultern und Rücken, während sie auf den Fels loshackten, stetes, unablässiges Pochen, das nicht den leisesten Laut hervorrief. Muskeln spannten und ballten sich. Auf dem Boden, mit dem Rücken lang in die Wasserlachen gestreckt, lagen zwei Männer, die mit kurzen, kräftigen Hieben nach oben auf den tief überhängenden Fels einhämmerten. Auf dem Handgelenk des einen sah ich die schweißglänzende Narbe eines alten Brandmals.

Von hartem Husten geschüttelt, krümmte sich einer der Arbeiter zusammen und raffte sich, einen scheuen Blick über die Schulter werfend, sofort wieder hoch. Heller wurde es in der Höhle. Von einer quadratischen Öffnung, hinter der ein gewundener Tunnel aufschimmerte, näherte sich Fackellicht.

Schmutzverkrustet und halbnackt erschienen vier Knaben, die große Körbe trugen. Hinter ihnen kam ein Mann in braunem, feucht verflecktem Gewand. Er war es, der die Fackel trug. In der anderen Hand hielt er eine Schreibtafel, auf die er mit gerunzelten Brauen starrte, während die Knaben zur Felswand liefen und abgehauenes Gestein in ihre Körbe füllten. Der Mann, Vorarbeiter offenbar, trat zu ihnen und betrachtete die Felswand mit hocherhobener Fackel. Dankbar für die kurze Atempause, bildeten die Arbeiter einen Kreis um ihn. Einer der Männer sprach. Er deutete auf die behauene Wand und dann auf jene Stelle am anderen Ende der Höhle, durch die unablässig Wasser rieselte.

Die Knaben schleppten ihre gefüllten Körbe fort. Der Mann im braunen Gewand zog achselzuckend eine Silbermünze hervor und schleuderte sie mit geübter Bewegung in die Luft. Die Arbeiter reckten die Hälse. Und fügsam nahm der Mann, der mit dem

Vorarbeiter gesprochen hatte, wieder seine Hacke in die Hand und schwang sie gegen den Fels.

Unter seinen Hieben öffnete sich ein Spalt und klaffte auf, weiter und weiter. Wirbelnd stürzte Erde hinein und verlöschte das Licht. Und nach dem herabprasselnden Staub kam das Wasser.

»Trink dies«, sagte Galapas. »Ein Gebräu von mir. Wird dir guttun. Trink nur.«

»Danke, Galapas. Die Höhle ist ja wirklich aus Kristall. Im – im Traum sah ich sie eben ganz anders.«

»Denk jetzt nicht daran. Wie fühlst du dich?«

»Eigenartig ... ich kann's nicht erklären. Bis auf die Kopfschmerzen fehlt mir nichts, aber ich fühle mich so ausgesogen. Wie ein leeres Schneckengehäuse. Oder nein. Wie ein Schilfrohr ohne Mark.«

»Ein Spielzeug der Winde. Ja. Komm jetzt zum Ofen.«

Als ich wieder auf meinem Platz saß, einen Becher heißen Wein in der Hand, fragte er: »Wo warst du?«

Ich berichtete ihm, was ich gesehen hatte, aber als ich ihn dann um eine Erklärung dafür bat, schüttelte er den Kopf. »Ich fürchte, daß ich dir damit nicht dienen kann. Ich weiß selbst nicht, was es zu bedeuten hat. Aber du mußt jetzt aufbrechen. Du hast wahrscheinlich keine Ahnung, wie lange du dort gelegen und geträumt hast. Der Mond steht am Himmel.«

Ich erhob mich. »Schon? Dann wird man im Palast wohl nach mir suchen. Sicher ist das Abendessen längst vorbei.«

»Noch sucht niemand nach dir. Denn inzwischen ist einiges geschehen, wie du selbst herausfinden wirst. Sorge dafür, daß du nichts versäumst.«

»Wie meinst du das?«

»So wie ich's sage. Setze alles daran, den König zu begleiten. Hier, nimm dein Wams.« Er warf es mir zu.

Ich starrte ihn wie geblendet an. »Der König verläßt Maridunum?«

»Ja. Doch nur für eine Weile. Wann er zurückkehren wird, weiß ich allerdings nicht.«

»Er wird niemals bereit sein, mich mitzunehmen.«

»Nun, das ist deine Sache. Die Götter, Myrddin Emrys, werden dich nur dann begleiten, wenn du ihren Weg wählst. Und dazu gehört Mut. Leg dein Wams an, bevor du gehst. Es ist draußen sehr kalt.«

Ich gehorchte. »Galapas, während ich mir bei einem dummen Traum von Sklaven in einem alten Bergwerk Kopfschmerzen holte, hast du etwas gesehen, das wirklich geschieht. Wann lehrst du mich endlich, zu sehen, wie du siehst?«

»Nun, eine erste Probe kannst du gern haben. Wenn du dich mit deinem Aster nicht beeilst, dann sehe ich jetzt, daß dich die Wölfe fressen.«

Er lachte wie über einen gutgelungenen Scherz. Ich lief rasch aus der Höhle, um mein Pony zu satteln.

8

Die Sichel des Mondes warf nur ein fahles Licht über den Pfad. Ungeduldig tänzelte das Pony und strebte mit gespitzten Ohren heimwärts, so daß ich Mühe hatte, das Tier im Zaum zu halten, denn der Weg war vereist, und ich hatte Angst vor einem Sturz. Doch Galapas' Warnung klang mir noch unbehaglich in den Ohren, und so ließ ich Aster geschwinder traben, als eigentlich ratsam war – bis wir dann bei der Mühle auf den Treidelpfad gelangten.

Dort endlich hatte ich deutliche Sicht. Und so trieb ich Aster zu vollem Galopp an.

Als wir uns der Stadt näherten, sah ich, daß irgend etwas im Gange war. Hinter der Stadtmauer mit ihren inzwischen längst geschlossenen Toren flammte überall Licht. Fackeln loderten, Stimmen und Schritte hallten. Vor dem Tor, das zu den Stallungen führte, glitt ich aus dem Sattel. Doch wenn ich erwartet hatte, mich ausgesperrt zu finden, so sah ich mich angenehm getäuscht. Denn kaum stand ich, als auch schon das Tor aufschwang und Cerdic, eine abgedunkelte Laterne in der Hand, mich hineinwinkte.

»Ich habe dich kommen hören. Den ganzen Abend liege ich schon auf der Lauer. Wo hast du denn bloß gesteckt, du liebestoller Knabe. War wohl heute besonders schön bei ihr.«

»O ja, natürlich. Hat schon jemand nach mir gefragt? Hat man mich schon vermißt?«

»Nicht daß ich wüßte. Die haben heute etwas anderes im Kopf als dich. Gib mir den Zügel, damit ich Aster erst mal in der Scheune unterstelle. Im großen Hof herrscht mir jetzt zuviel Treiben.«

»Wieso, was ist denn los? Der Lärm ist ja meilenweit zu hören. Ist ein Krieg ausgebrochen?«

»Nein, aber dazu kann es durchaus noch kommen. Heute nachmittag traf die Botschaft ein, daß sich der Hohe König auf dem Weg nach Segontium befindet, wo er ein oder zwei Wochen lang lagern wird. Morgen wird dein Großvater zu ihm reiten. Und daher ist hier alles in heller Aufregung.«

»So ist das also.« Ich folgte ihm in die Scheune, wo er das Pony absattelte, während ich aus einem Haufen einen Strohwisch zog, damit er das Tier abreiben konnte. »König Vortigern in Segontium? Wozu?«

»Um Köpfe zu zählen, heißt es.« Er lachte heiser auf und begann, das Pony mit dem Stroh zu bearbeiten.

»Um seine Verbündeten aufzurufen, meinst du? Dann spricht man also von Krieg?«

»Von Krieg spricht man, seit Ambrosius drüben in Niederbritannien mit König Budec als Rückenstärkung sitzt. Es gibt da Dinge, über die man besser nicht spricht.«

Ich nickte. Auch wenn niemals laut davon gesprochen wurde, wußte ich doch so gut wie jeder, auf welche Weise der Hohe König auf den Thron gelangt war: Er hatte als Regent für den jungen König Constantius geherrscht, der dann plötzlich starb; das Gerücht von Mord verbreitete sich wie ein Lauffeuer, und sofort flohen die jüngeren Brüder des Königs zu ihrem Vetter Budec nach Niederbritannien und überließen das Königreich dem Wolf und seinen Söhnen. Und Jahr für Jahr flammten die Gerüchte erneut auf, daß König Budec die beiden jungen Prinzen bewaffne; daß Ambrosius nach Rom gegangen sei; daß Uther als Mietling im Dienste des Ostkaisers stehe oder daß er die Tochter des persischen Königs geheiratet habe; daß die beiden Brüder mit einem vierhunderttausend Mann starken Heer die britische Insel erobern und brandschatzen würden oder auch, daß sie friedlich wie Erzengel kämen, um die Angelsachsen ohne Schwertstreich von den Ostküsten zu vertreiben. Doch über zwanzig Jahre waren inzwischen vergangen, und nichts war geschehen. Alles Gerede vom Kommen des Ambrosius glich jetzt eher einer Legende – so wie man etwa vom zweiten Erscheinen Jesu Christi sprach, obschon meine Mutter, als ich ihr diesen Vergleich wiedergab, vor Zorn außer sich geriet.

»O ja«, sagte ich, »Ambrosius kommt wohl wieder einmal, nicht wahr? Aber im Ernst, Cerdic: Was will der Hohe König in Nordwales?«

»Das habe ich dir doch gesagt. Um noch vor dem Frühjahr seine Verbündeten zusammenzutrommeln, er und seine angelsächsische Königin«, sagte Cerdic und spuckte aus.

»Warum tust du das? Du bist doch selbst ein Angelsachse.«

»Das ist lang her. Jetzt lebe ich hier. Schließlich war es doch wohl dieses flachsköpfige Luder, das Vortigern zu seinem Verrat angestiftet hat. Aber wie dem auch sei. Du weißt so gut wie ich, daß die Nordmänner wie Heidefeuer über das Land schwärmen, seit sie im Bett des Hohen Königs liegt. Wenn sie so ist, wie man sagt, dann wird keiner seiner erstgeborenen Söhne am Leben bleiben, um die Krone zu tragen.« Leise sprechend, warf er bei diesen Worten einen verstohlenen Blick über die Schulter. Dann spuckte er wieder aus und machte das Zeichen. »Nun, all dies weißt du ja – oder solltest du doch wissen. Aber wenn man natürlich seine ganze Zeit mit Büchern oder bei Leuten in den hohlen Hügeln verbringt, dann ...«

»In den hohlen Hügeln?«

»Ja. So sagt man allgemein. Aber mich interessiert das nicht. Herum mit dir«, befahl er dem Pony und begann, es auf der anderen Seite zu bearbeiten. »Es heißt, daß die Angelsachsen wieder im Norden von Rutupiae gelandet sind, und diesmal sind ihre Forderungen selbst für Vortigern zu hoch. Im kommenden Frühjahr wird ihm nichts übrigbleiben, als zu kämpfen.«

»Und mein Großvater an seiner Seite?«

»Darauf hofft er natürlich. Lauf jetzt, wenn du noch etwas essen möchtest. Niemand wird dich bemerken. Als ich vor einer Stunde etwas wollte, war in den Küchen der Teufel los.«

»Wo ist mein Großvater?«

»Keine Ahnung.« Er blickte mich schräg über den Pferderumpf hinweg an. »Warum möchtest du das denn wissen?«

»Weil ich mit ihm ziehen will.«

»Hah!« machte er, während er dem Pony Häcksel hinwarf. Es klang nicht gerade ermutigend.

Trotzig sagte ich: »Was ist denn dabei, wenn ich mal nach Segontium möchte?«

»Gar nichts. Möchte selber mal hin. Aber wenn du mit dem Gedanken spielst, den König zu bitten, daß er dich ...« Er brach ab und fuhr dann fort: »Natürlich ist es langsam an der Zeit, daß du aus den Wänden hier hervorkriechst und dich ein wenig im Lande umschaust. Bloß wie? Da liegt der Hase im Pfeffer. Den König würde ich an deiner Stelle lieber nicht fragen.«

»Warum denn nicht? Er kann ja nicht mehr tun, als es mir abschlagen.«

»Nicht mehr tun –? Beim Jupiter, hör sich einer diesen Grünschnabel an! Wenn ich dir einen Rat geben darf, dann laß ja die Finger davon. Und versuch's auch nicht bei Camlach. Zwischen ihm und seiner Frau hat's gerade einen gewaltigen Krach gegeben, und da ist mit ihm nicht gut Kirschen essen. – Du meinst das doch auch nicht im Ernst.«

»Die Götter begleiten einen nur, wenn man ihren Weg wählt.«

»Schon recht. Aber ein paar von ihnen haben so mächtige Hufe, daß sie einen nur zu leicht in den Boden stampfen. Möchtest du ein christliches Begräbnis?«

»Mal sehen«, sagte ich. »Noch bin ich ja nicht getauft und kann's mir aussuchen.«

Er lachte. »Du scheinst ja wirklich zu allem entschlossen. Na schön. Aber stärk dich erst, bevor du zum König gehst.«

»Das will ich tun«, sagte ich und ging, um etwas zu essen aufzutreiben. Später legte ich ein gutes Gewand an und machte mich auf die Suche nach meinem Großvater.

Ich fand ihn in seinem Schlafgemach, wohlig auf seinem großen Stuhl ausgestreckt, vor einem prasselnden Holzfeuer, seine beiden Jagdhunde lagen vor ihm. Zu meiner Erleichterung war Camlach nicht bei ihm. Aber auf einem zweiten Stuhl sah ich eine Frau, Olwen, wie ich zuerst glaubte. Doch dann sah ich, daß es meine Mutter war. Nähzeug auf dem Schoß, saß sie im Augenblick mit müßigen Händen. Überrascht lächelte sie mich an. Einer der Wolfshunde pochte mit dem Schwanz auf den Boden. Der andere öffnete glotzend ein Auge und schloß es sofort wieder. Mein Großvater musterte mich mit zusammengezogenen Brauen, sagte jedoch freundlich: »Komm doch schon herein. Es zieht ja ganz erbärmlich. Mach die Tür zu.«

Ich gehorchte und trat näher ans Feuer.

»Darf ich Euch sprechen, Sir?«

»Nun ja, was möchtest du denn? Hol dir einen Schemel und setz dich.«

Ich rückte den Schemel, der bei meiner Mutter stand, zwischen die beiden Stühle und nahm Platz.

»Nun, ich habe ja lange nichts von dir gesehen. Studierst du immer noch fleißig?«

»Ja, Sir.« Und da es heißt, daß Angriff die beste Verteidigung ist, kam ich ohne Umschweife zur Sache. »Ich . . . hatte heute nachmittag frei und ritt aus, und –«

»Wohin?«

»Den Fluß entlang, ohne besonderes Ziel, nur um mich im Sattel zu üben –«

»Was auch nichts schaden kann.«

»Ja, Sir. Aber dadurch habe ich erst später erfahren, daß ein Bote hier war. Es heißt, daß Ihr Maridunum morgen verlaßt, Sir?«

»Weshalb fragst du?«

»Weil ich mit Euch reiten möchte.«

»Ja, höre ich recht? Warum denn auf einmal?«

Ein wahrer Wirbel von Antworten schoß mir durch den Kopf. Aber welche war hier die richtige? Aus dem Augenwinkel gewahrte ich, daß meine Mutter mich mitleidig beobachtete. Mein Großvater wirkte gleichermaßen ungehalten wie belustigt. Ich entschloß mich, die Wahrheit zu sagen. »Weil ich noch nie von

Maridunum weg war, obwohl ich jetzt doch schon zwölf Jahre alt bin. Und weil ich, wenn ich nach Onkel Camlachs Willen Priester oder Gelehrter werde, bald ganz von der Welt abgeschlossen bin. Und –«

Drohend senkten sich die buschigen Brauen. »Willst du damit sagen, daß du keine Lust zum Studieren hast?«

»Nein, Sir. Ich studiere für mein Leben gern. Aber aus Büchern läßt sich viel mehr gewinnen, wenn man ein wenig von der Welt gesehen hat – wirklich, Sir. Und wenn Ihr mir erlauben würdest, mit Euch zu –«

»Weißt du auch, daß es nach Segontium geht? Das ist kein fröhliches Jagdtreiben, sondern ein langer und harter Ritt, bei dem schlechte Reiter nichts zu suchen haben.«

Nur mit Mühe hielt ich dem durchdringenden Funkeln seiner blauen Augen stand. »Ich habe viel geübt, Sir. Und ich habe jetzt auch ein gutes Pony.«

»Ja. Dinias' abgelegten Schinder. Ha! Da zeigt sich, wie du einzuschätzen bist. Nein, ich nehme keine Kinder mit.«

»Dann bleibt also auch Dinias hier?«

Meine Mutter schien zusammenzuzucken. Der Kopf meines Großvaters fuhr zu mir herum. Seine Fäuste umspannten die Armlehnen. Doch er schlug nicht zu. »Dinias ist ein Mann.«

»Und Mael und Duach, werden die mit Euch reiten, Sir?« Mael und Duach, beide jünger als ich, waren seine beiden Pagen, die ihn überallhin begleiteten.

Atemlos begann meine Mutter auf mich einzureden, doch eine Handbewegung meines Großvaters brachte sie zum Schweigen. Er musterte mich mit wachem, aufmerksamem Blick. »Mael und Duach sind für mich von einigem Nutzen. Und du?«

Ich sah ihn an. »Bis jetzt nicht, Sir. Aber hat man Euch nicht gesagt, daß ich Angelsächsisch genauso gut spreche wie Walisisch und daß ich Griechisch lesen kann und daß mein Latein besser ist als das Eure?«

»Merlin . . .«, hob meine Mutter an. Ich achtete nicht auf sie.

»Ich hätte auch noch Bretonisch und Cornisch hinzufügen können, doch werdet Ihr für diese Sprachen in Segontium kaum Verwendung haben.«

»Nun«, sagte mein Großvater sarkastisch, »dann nenn mir doch einmal einen einzigen vernünftigen Grund, warum ich mich mit König Vortigern in einer anderen Sprache als Walisisch unterhalten soll. Schließlich kommt er ja aus Guent.«

Aber der Klang seiner Stimme verriet mir, daß ich gewonnen hatte. Ich senkte den Blick vor den erbarmungslosen blauen Augen und fühlte mich wie nach siegreich beendeter Schlacht. Dann holte ich tief Luft und sagte sehr ergeben, sehr bescheiden: »Ich wüßte keinen, Sir.«

Er lachte schallend auf und stieß mit dem Fuß spielerisch gegen einen der beiden Jagdhunde. »Nun, vielleicht rollt trotz deines Aussehens doch etwas von unserem Blut in deinen Adern. Immerhin hast du den Mut, dem alten Löwen sogar in seiner Höhle die Stirn zu bieten. Also gut, du darfst mitkommen. Wer ist dein Knecht?«

»Cerdic.«

»Der Angelsachse? Befiehl ihm, alles zum Abritt vorzubereiten. Wir brechen beim ersten Morgengrauen auf. Nun, worauf wartest du noch?«

»Ich möchte meiner Mutter nur gute Nacht sagen.« Rasch erhob ich mich von meinem Schemel und trat zu ihr. Als ich sie küßte, schaute sie überrascht auf. Es geschah selten genug.

Hinter mir sagte mein Großvater schroff: »Du ziehst nicht in den Krieg. In drei Wochen bist du wieder zurück. Und jetzt mach dich fort.«

»Ja, Sir. Vielen Dank. Und gute Nacht.«

Draußen stand ich, gegen die Wand gelehnt, fast eine volle Minute, während mein wild hämmerndes Herz sich allmählich beruhigte und der Knoten von Übelkeit nach und nach aus meiner Kehle wich. *Die Götter begleiten dich nur, wenn du ihren Weg wählst, und dazu gehört Mut.*

Ich schluckte hart, wischte mir den Schweiß von den Händen und lief davon, um Cerdic zu suchen.

9

Und so verließ ich Maridunum zum erstenmal. Ein einzigartiges Abenteuer, wie mir damals schien: Inmitten der Schar, die Camlach und dem König folgte, hinauszureiten in frostiger Frühe, während die Sterne noch am Himmel blinkten. Ein eigentümlich schweigsamer Zug von Männern, die noch halb im Schlaf schienen, während in eisiger Luft der Atem vor ihrem Munde wölkte und die Hufe der Pferde auf der steinigen Straße Funken schlugen. Kalt klang selbst das Klirren des Zaumzeuges, und ich war so durchfroren, daß ich kaum die Zügel in meinen Händen fühlte. Erregt tänzelte mein Pony, und ich glaube, das einzige, was mich im Sattel hielt, war die Angst, in Schmach und Schande zurückgeschickt zu werden.

Mein Großvater hatte offensichtlich keine Verwendung für mich, und so blieb ich mir selbst überlassen inmitten der großen Schar von Knaben und Bediensteten. Einzelgänger, der ich war, besaß ich unter Gleichaltrigen keine Freunde. Gelegentlich mischte ich mich unter die Menge, welche die beiden Könige umdrängte. Später sollte ich noch dankbar dafür sein, daß sich weder Camlach noch mein Großvater meiner Existenz erinnerten und ich Vortigern somit nie vorgestellt wurde.

Segontium, von den Walisern Caer-yn-ar-Von genannt, weil es gegenüber der Meerenge von Mona, der Druideninsel, liegt, erstreckt sich ähnlich wie Maridunum an der Mündung eines Flusses, des Seint River. Es besitzt einen prächtigen Hafen, und auf einer Anhöhe, etwa eine halbe Meile davon entfernt, eine Festung, von den Römern erbaut, dann über hundert Jahre fast verfallen und von Vortigern schließlich wieder instand gesetzt. Etwas unterhalb dieser Festung befand sich eine zweite Wehr. Diese hatte, soweit ich weiß, Macsen, der Großvater des ermordeten Constantius, gegen irische Überfälle errichtet.

Die Landschaft war hier großartiger als in Südwales, doch in meinen Augen wirkte sie eher abstoßend denn schön. Möglich, daß sie sich im Sommer in sanftem Grün breitete, doch als ich sie in jenem Winter zum erstenmal sah, stiegen hinter der Stadt die Hügel wie Sturmgewölk hervor mit schieferblauen, schneebedeckten Kämmen und grau gesäumten Rändern aus kahlem und winddurchtostem Gehölz. Und hinter ihnen und über sie hinweg ragte der riesige umwölkte Gipfel des Moel-y-Wyddfa, den die Angelsachsen jetzt den Schneeberg nennen, die höchste Erhebung in ganz Britannien und die Heimstatt der Götter.

Vortigern residierte in Macsens Turm, während sein Heer (und in jenen Tagen hatte er stets an die tausend Krieger bei sich) oben in der Festung untergebracht war. Die Edlen meines Großvaters befanden sich beim König im Turm. Der Troß, zu dem auch ich gehörte, fand ein gutes, wenn auch etwas kaltes Quartier beim Westtor der Festung. Über mangelnde Rücksichtnahme konnten wir uns nicht beklagen. Vortigern, mit meinem Großvater entfernt verwandt, schien tatsächlich darauf bedacht, »Verbündete zusammenzutrommeln«. Er war ein großer Mann mit breitem, fleischigem Gesicht und dichtem, borstigem Schwarzhaar, in dem sich erste graue Strähnen zeigten. Und schwarze Härchen wuchsen ihm auch auf den Händen und aus den Nasenlöchern. Seine Königin hatte er nicht bei sich – aus wohlerwogenen Gründen, wie Cerdic meinte: Angelsachsen seien hier nicht willkommen. Als ich erwiderte, auch Vortigern sei hier nur gelitten, weil er sich sehr rasch wieder zu einem guten Waliser gewandelt habe, lachte Cerdic laut.

Unsere Tage verliefen recht gleichförmig. Meist jagten wir bis zum Sonnenuntergang und kehrten dann zu den wärmenden

Feuern und zu Essen und Trinken zurück. Später begannen die Könige und ihre Ratgeber dann ihre Unterredung, während die Trosse sich mit Würfelspiel und Hurerei die Zeit vertrieben.

Dann kam der Tag, an dem wir zur Heimkehr rüsteten, und der Hohe König begleitete uns ein Stück des Weges mit einer hundertköpfigen Schar.

Als die Sonne sich ihrem Gipfelpunkt näherte, kamen wir zu der Stelle, wo der Hohe König von uns scheiden sollte. Hier trafen sich zwei Flüsse, und die Schlucht öffnete sich zu einem weiten Tal, das von hohen, schneeüberkrusteten Felswänden flankiert wurde. Der große Fluß schleppte hochgeschwollene braune Fluten von geschmolzenem Schnee in Richtung Süden. Dort, wo die beiden Wasserläufe sich vereinigen, liegt eine Furt, und auf der anderen Seite führt eine gute Straße nach Tomen-y-Mur.

Nördlich von dieser Furt hielten wir, und unsere Anführer strebten auf eine geschützte Mulde zu, die auf drei Seiten von dicht bewaldeten Hängen begrenzt war. Kahles Erdengestrüpp und Schilfinseln verrieten, daß es sich um zugefrorenes Moorland handelte. An diesem Dezembertag lag es, gegen die Winde geschützt, warm in der Sonne. Hier blieben wir, um zu essen und zu rasten. Die Könige, ihre Edlen nicht weit von sich, saßen ein Stück abseits. Überrascht gewahrte ich Dinias bei ihren Begleitern, während ich selbst, wie gewöhnlich, zu keiner der Gruppen gehörte, nicht zu den Kriegern und nicht einmal zu den Bediensteten. Und so überließ ich es Cerdic, ein Auge auf Aster zu haben, und kletterte zwischen den Bäumen zu einer Senke, wo ich, außer Sichtweite der anderen, ganz für mich sitzen konnte. Einen sonnenwarmen Felsbrocken im Rücken, hörte ich von der anderen Seite her gedämpfte Männerstimmen und gelegentliches Lachen, das klirrende Geschirr der grasenden Pferde, das rhythmische Schweigen und Murmeln der Krieger, die sich mit Würfelspiel die Zeit vertrieben, während ihre Könige voneinander Abschied nahmen. Über mir kreiste ein Falke durch die kalte Luft, und bronzefarben schimmerte die Sonne von seinen Schwingen wider. Ich dachte an Galapas und das Funkeln seines bronzenen Spiegels. Und abermals tauchte die Frage in mir auf: Warum hatte er darauf bestanden, daß ich mit meinem Großvater nach Segontium zog?

Plötzlich hörte ich dicht hinter mir König Vortigerns Stimme: »Hier entlang. Und sagt mir doch, was Ihr denkt.«

Verdutzt fuhr ich herum und sah nur den Fels und begriff, daß Vortigern und der Mann, mit dem er sprach, sich auf der anderen Seite befanden.

»Fünf Meilen, heißt es, in jeder Richtung . . .« Die Stimme des Hohen Königs klang jetzt leiser. Er schien sich zu entfernen. Ich hörte Schritte auf vereistem Untergrund: raschelndes Laub und das Knirschen benagelter Stiefel auf Stein. Rasch erhob ich mich und spähte vorsichtig über den Fels. Ins Gespräch vertieft, schritten Vortigern und mein Großvater langsam durch den Wald davon.

Unwillkürlich zögerte ich. Was konnten sie einander noch Wichtiges zu sagen haben, nachdem in der Abgeschlossenheit von Macsens Turm zu vertraulicher Aussprache ausgiebig Gelegenheit gewesen war? Daß Galapas mich geschickt hatte, um sie jetzt zu belauschen, konnte ich nicht recht glauben. Warum aber sonst? Oder war dies vielleicht ein Auftrag des Gottes, dessen Weg ich gewählt hatte? Widerstrebend entschloß ich mich, ihnen zu folgen.

Doch schon beim ersten Schritt packte mich eine harte Hand. »Wo, zum Teufel, willst du hin?« zischte Cerdic mir zu.

Ich schüttelte ihn von mir ab. »Verdammt, Cerdic, du hast mich zu Tode erschreckt! Was geht es dich an, wo ich hinwill?«

»Ich habe auf dich aufzupassen.«

»Niemand hat mehr auf mich aufzupassen. Oder hat man dir den Auftrag gegeben?« Ich sah ihn scharf an. »Bist du mir schon früher gefolgt?«

Er lächelte. »Die Mühe habe ich mir nie gemacht. Hätte ich's etwa tun sollen?«

Ich ließ nicht nach. »Hat dir jemand den Auftrag gegeben, mich heute zu beobachten?«

»Nein. Aber hast du nicht gesehen, wer hier gegangen ist? Vortigern und dein Großvater. Und falls du die Absicht haben solltest, ihnen ein wenig nachzuspionieren, so überleg dir das lieber noch einmal.«

»Ich will ihnen doch nicht nachspionieren«, log ich. »Ich möchte mich hier nur ein bißchen umsehen.«

»Tu das lieber woanders. Sie haben ausdrücklich angeordnet, daß das Gefolge unten wartet. Und das wollte ich dir sagen, weiter nichts. Offenbar liegt ihnen viel daran, miteinander unter vier Augen zu sprechen.«

Ich setzte mich wieder. »Also gut, du hast mir's gesagt. Und jetzt geh bitte. Wenn's Zeit zum Aufbruch wird, kannst du mich ja rufen.«

»Ich soll gehen? Damit du ihnen doch nachschleichen kannst, sobald ich den Rücken drehe?«

Ich fühlte, wie mir das Blut in die Wangen stieg. »Hast du nicht gehört, Cerdic? Du sollst mich allein lassen.«

Er sagte trotzig: »Ich kenne dich doch, Merlin. Wenn du so dreinschaust wie jetzt, dann liegt irgend etwas in der Luft. Bloß nichts Gutes. Und schon gar nicht für dich. Was hast du vor?«

»Gehorche!« sagte ich wütend.

»Kehr nicht den Königsenkel gegen mich heraus, Merlin. Ich wollte dir nur eine Tracht Prügel ersparen.«

»Ich weiß ja, Cerdic. Tut mir leid – mir ging da etwas durch den Kopf.«

»Was denn? Kannst du mir das nicht sagen? Du bist doch schon seit Tagen so unruhig. Weshalb denn nur?«

»Unruhig? Ich? Nicht daß ich wüßte. Aber lassen wir das. Sag mir lieber, ob du weißt, wohin die Könige da gehen.«

»Auf eine Felshöhe. Es gibt da eine Stelle, von wo man freie Sicht über das ganze Tal hat. Früher hat dort ein alter Turm gestanden, Dinas Brenin, wie er genannt wurde.«

»Die Königsfeste? Ist es ein großer Turm?«

»Nur die Ruine steht noch. Warum?«

»Ich – nichts. Wann soll es denn weitergehen?«

»In einer Stunde, heißt es. Komm zum Troß. Da kannst du beim Würfelspiel mitmachen.«

Ich lachte. »Danke, Cerdic. Tut mir leid, wenn ich dich von deinem Vergnügen abgehalten habe.«

»Schon gut. Ich verliere sowieso immer. Also schön, dann laß' ich dich jetzt allein. Aber daß du mir keinen Unfug anstellst. Hat doch keinen Sinn, eine Tracht Prügel zu riskieren. Du weißt doch, was ich dir von der Ringeltaube gesagt habe.«

In ebendiesem Augenblick schoß in pfeilschnellem Flug eine Ringeltaube über uns hinweg. Wild wirbelten die Flügel durch die eisige Luft. Ein Stück darüber folgte in kurzem Abstand ein Falke, zum Stoß bereit.

Gleich einer Möwe vor aufschäumendem Wogenkamm schwang die Taube vor dem Hang ein wenig höher und hielt auf ein Dickicht am Rande der Senke zu. Kaum eine Armlänge trennte sie noch vom Boden, und hier wurde der Angriff des Merlin für diesen selbst gefährlich. Doch den Raubvogel schien Hunger zu treiben. Kurz bevor sein Opfer das rettende Dickicht erreichen konnte, stieß er zu.

Ein Schrei, ein gellendes *Kwik-ik-ik* vom Falken, ein Wirbel knackenden Gezweigs, dann nichts. Träge schwebten ein paar schneeweiße Federn herab.

Ich rannte los. »Er hat sie erwischt!« Was geschehen war, schien nur allzu klar: Der Falke, in die Taube verkrallt, war mit ihr durch das Dickicht gestürzt und zu Boden geschmettert, wo beide jetzt betäubt lagen.

Das Dickicht, ein tiefes, wie verklettetes Gehölz, bedeckte die eine Seite der Senke fast ganz. Ich schob die Äste beiseite und drängte voran. Verstreute Federn zeigten mir den Weg. Und dann fand ich sie. Brust auf dem Boden und die Flügel gespreizt, lag die Taube noch genauso, wie sie auf das Gestein geprallt war. Rot schimmerte das Blut auf ihren Halsfeldern. Auf ihr lag der Falke, und tief waren die stählernen, grausamen Krallen im Rückengefieder der Ringeltaube vergraben. Der Merlin lebte noch. Als ich mich über ihn beugte, bewegte er die Schwingen, und wild blitzten seine dunklen Augen mich an.

Hinter mir keuchte Cerdic. »Faß ihn nicht an, sonst zerreißt er dir die Hände. Laß mich.«

Ich richtete mich auf. »Da hast du deine Ringeltaube, Cerdic. Es ist wohl an der Zeit, daß wir sie vergessen, nicht wahr? Nein, laß die Vögel. Die liegen auch noch hier, wenn wir zurückkommen.«

»Zurückkommen? Von wo?«

Ich deutete stumm in die Richtung, in der die Vögel geflogen waren. Im steilen Hang hinter dem Dickicht klaffte eine quadratische Öffnung, ein verborgener Eingang, den nur gewahren konnte, wer sich den Weg durch das Dickicht bahnte.

»Sieht aus wie der Eingang zu einem alten Bergwerk«, sagte Cerdic.

»Ganz recht. Und das möchte ich mir einmal ansehen. Mach rasch eine Behelfsfackel und komm dann.«

Er begann zu protestieren, doch ich unterbrach ihn. »Du kannst mitkommen oder es auch bleiben lassen. Aber mach mir die Fackel. Und beeil dich. Wir haben nicht viel Zeit.« Murrend schickte er sich drein und las trockenes Reisig auf, während ich schon dem Stolleneingang zustrebte.

Kurz hinter der Öffnung lag ein Haufen aus zusammengestürztem Gestein und verfaulten Stützbalken, doch von dort an verlief der Tunnel glatt und sauber und stieß fast waagrecht in das Herz des Hügels vor. Die Flamme der Behelfsfackel warf groteske Schatten vor uns her. Ich konnte fast aufrecht gehen, und auch der kleinwüchsige Cerdic brauchte kaum den Kopf zu beugen. Auf dem Boden fanden sich die tiefen Spuren von ans Tageslicht geschleppten Lasten.

»Wo, zum Teufel, willst du hin?« fragte Cerdic nervös. »Laß uns umkehren. Das ist mir hier zu gefährlich. Wir leicht kann der Stollen einstürzen.«

»Der stürzt schon nicht ein. Halt die Fackel so, daß sie nach vorn leuchtet«, sagte ich kurz und schritt weiter.

Der Tunnel bog nach rechts und begann sich dann sacht abwärts zu krümmen. In welcher Richtung wir gingen, wußte ich nicht. Unten in der tiefen Erde verliert man das sichere Gefühl dafür. Aber ich vermutete doch, daß unser Weg zu jener Anhöhe führte, wo die Ruine des alten Königsturmes stand. Immer wieder zweigten auf beiden Seiten kleinere Tunnel ab, doch wir liefen nicht

Gefahr, vom richtigen Weg abzukommen, denn wir befanden uns hier im Hauptstollen. An manchen Stellen war Gestein abgebröckelt, doch ich stieg darüber hinweg und folgte unverdrossen dem Tunnel.

Cerdic blieb vor einem dieser Geröllhaufen stehen, den er im Schein der Fackel betrachtete. »Halt doch, Merlin, komm zurück, um Himmels willen! Dies ist doch reine Narretei. Viel zu gefährlich, glaub mir endlich. Nur die Götter wissen, was da vor uns im Felsen lauert. Komm zurück.«

»Sei kein Feigling, Cerdic. Die Steine da versperren dir doch nicht den Weg. Steig darüber weg und komm. Schnell.«

»Fällt mir nicht ein. Wenn du nicht sofort umkehrst, dann geh' ich zurück und sag's dem König, das schwöre ich dir.«

»Cerdic«, sagte ich, »dies ist sehr wichtig. Aber frag mich nicht, warum. Und fürchte dich nicht vor Gefahren. Natürlich kannst du zurückgehen, wenn du willst. Aber laß mir die Fackel hier.«

»Ich kann dich ja nicht allein lassen.«

»Ja, ich weiß. Du würdest nicht wagen, dem König vor die Augen zu treten. Wenn mir etwas zustieße, dann wärst du übel dran.«

»Sie haben schon recht, wenn sie dich Teufelsbrut nennen«, sagte Cerdic.

Ich lachte. »Du kannst deinem Groll auch noch später Luft machen, Cerdic. Jetzt beeil dich, bitte. Und glaub mir, daß du hier sicher bist. Dieser Tag steht unter einem guten Zeichen. Du hast ja gesehen, wie der Falke uns den Weg gewiesen hat.«

Er kam natürlich, der Arme, es blieb ihm ja auch keine Wahl. Doch als er dann, die Fackel in der Hand, neben mir stand, sah ich, daß er mich verstohlen anspähte und mit der linken Hand das Zeichen gegen den bösen Blick machte.

»Daß es bloß schnell geht«, sagte er. »Darum möchte ich dich bitten.«

Ein kurzes Stück weiter schlug der Tunnel einen Bogen und weitete sich dann zu einer riesigen Höhlung.

Ich gab Cerdic einen Wink, die Fackel höher zu halten. Sprechen hätte ich nicht können. Diese weite, grottenähnliche Ausbuchtung mitten im Herzen des Hügels, diese tödliche Stille in stickiger Luft, wo ich meinen eigenen Pulsschlag hören und fühlen konnte – ja, hier war es, ich erkannte den Ort wieder. Jede, auch die geringste Spur war mir vertraut: die Felswand, von Pickhakken zersplittert und von hereinstürzendem Wasser aufgesprengt; das hoch aufragende und in dunklem Dämmer verschwimmende Gewölbe; das rostige Metall in der Ecke, wo einmal die Pumpe gestanden hatte; die glitzernde Feuchtigkeit am Fels, nicht länger ein schmales Band, sondern ein breites Tuch schimmernder Nässe; und wo die Wasserlachen gewesen waren, unter vorspringendem

Gestein, ein weitgestreckter, stiller Teich – mindestens ein Drittel des Bodens war überflutet.

Fremdartiger Geruch hing in der Luft, der Atem des Wassers und des lebenden Fels. Irgendwo oben tröpfelte es, und jedes Pochen klang wie der Schlag eines kleinen Hammers auf Metall. Ich nahm Cerdic die qualmende Fackel aus der Hand und trat an den Rand des Wassers. Das Licht hoch emporhaltend und über den Teich streckend, spähte ich hinab. Doch nichts war zu sehen. Hart wie von einem gleißenden Schild prallte der Schein von der Wasserfläche zurück. Ich wartete. Schimmernd tauchte das Licht hinab und ertrank in Dunkelheit. Nichts war zu sehen als mein eigenes Spiegelbild.

Ich gab Cerdic die Fackel zurück. Er hatte kein Wort hervorgebracht. Mit großen, weißlich rollenden Augäpfeln folgte er jeder meiner Bewegungen.

Ich berührte ihn am Arm. »Jetzt können wir zurückgehen. Die Fackel ist ohnehin fast abgebrannt. Komm.«

Kein Wort wurde zwischen uns gewechselt, während wir den langen gewundenen Hauptstollen zurückschritten, vorbei an den Geröllhaufen und hinaus durch die Öffnung in die frostige Luft des Nachmittags. Der Himmel schimmerte in fahlem, milchigem Blau. Still und starr reckten sich die winterlichen Bäume gegen ihn, und die Birken standen bleich wie Gebein. Von unten her klang Hörnerruf, ein dringendes Signal.

»Sie brechen auf.« Cerdic ließ die Fackel auf den Boden fallen und trat sie aus. Ich zwängte mich durch das Dickicht. Steif und kalt lag jetzt die Taube. Auch der Merlin war noch dort. Ein Stück von seinem Opfer entfernt kauerte er bewegungslos auf einem Stein, und selbst als ich näher kam, rührte er sich nicht. Ich hob die Ringeltaube auf und warf sie Cerdic zu. »Verstau sie in deiner Satteltasche. Und daß diese Geschichte unter uns bleibt!«

»Ja. Aber was tust du da?«

»Der Falke ist gelähmt oder noch halb betäubt. Wenn wir ihn hier lassen, erfriert er. Ich werde ihn mitnehmen.«

»Vorsicht! Er ist schon ausgewachsen –«

»Er wird mir nichts tun.« Ich griff nach ihm. Zum Schutz gegen die Kälte hatte er das Gefieder aufgeplustert und fühlte sich so weich an wie eine junge Eule. Ich zog den ledernen Ärmel über das linke Handgelenk, und darauf ließ er sich, mit den Krallen fest zupackend, nieder. Seine wilden dunklen Augen waren geöffnet. Er beobachtete mich, blieb jedoch still hocken. Cerdic murmelte für sich. Und dann sagte er etwas, was ich noch nie von ihm gehört hatte: »Nun, dann kommt, junger Herr.«

Der Merlin verharrte fügsam auf meinem Handgelenk, als wir uns dem aufbrechenden Reiterzug anschlossen.

Und auch daheim in Maridunum unternahm er keinen Versuch, davonzufliegen. Ich entdeckte, daß beim Sturz durch das Dickicht einige seiner Flügelfedern beschädigt worden waren, und so behandelte ich sie, wie Galapas es mich gelehrt hatte. Später ließ er sich im Birnbaum vor meinem Fenster nieder und fraß, was immer ich ihm reichte.

Bei meinem nächsten Besuch nahm ich ihn zu Galapas mit.

Es war der erste Februartag. In der Nacht zuvor hatte der Frost dem Regen weichen müssen. Der Himmel war grau überzogen, tief hing Gewölk, und hartnäckig blies ein schwacher Wind gegen die fallenden Tropfen an. Im Palast zog es an allen Ecken und Enden. Türen wurden fest verschlossen, und eng in wollene Umhänge gehüllt, beugten die Menschen sich über die Glutbecken. Seit Tagen schon schien ein Schweigen von bleierner Schwere über dem Haus zu hängen. Mein Großvater, den ich nach unserer Rückkehr von Segontium kaum je sah, hielt mit seinen Edlen stundenlang Rat, und man tuschelte, daß er und Camlach oft hart aneinander gerieten. Als ich einmal zu meiner Mutter wollte, wurde ich von ihren Frauen abgewiesen: Sie sei gerade im Gebet. Ein Blick durch die halbgeöffnete Tür zeigte mir, daß sie vor dem Kruzifix kniete, und ich hätte schwören mögen, daß sie weinte.

Doch oben im hohen Tal war alles wie sonst. Galapas nahm den Merlin, besah sich den von mir behandelten Flügel und setzte den Vogel in eine geschützte Felsnische neben dem Höhleneingang. Dann forderte er mich auf, einzutreten und mich zu wärmen. Aus einem brodelnden Topf schöpfte er Fleischbrocken und hieß mich essen. Erst danach war er bereit, sich meine Geschichte anzuhören. Ich berichtete ihm alles, die Streitigkeiten im Palast und die Tränen meiner Mutter nicht ausgenommen.

»Ich schwöre dir, Galapas, daß es dieselbe Höhle war! Doch warum nur, warum? Es war ja nichts dort. Und es geschah auch nichts. Überhaupt nichts. Ich habe mich umgehört, so gut ich konnte, und auch Cerdic hat das Gesinde ausgefragt. Aber niemand weiß, worüber die Könige gesprochen haben oder warum Camlach und mein Großvater jetzt zerstritten sind. Aber eines haben wir immerhin erfahren. Ich werde beobachtet. Von Camlachs Leuten. Heute sind er und Alun und die übrigen fort, und da habe ich gesagt, ich wolle den Falken dressieren, und bin zu dir heraufgekommen.«

Als er schweigend verharrte, fragte ich ihn besorgt: »Was ist denn los, Galapas? Was hat das alles zu bedeuten?«

»Über deinen Traum und die Entdeckung der Höhle in jenem Hügel vermag ich dir nichts zu sagen. Aber was im Palast vor sich geht, läßt sich immerhin vermuten. Du weißt doch, daß der ersten Ehe des Hohen Königs einige Söhne entstammten: Vortimer und Katigern und der junge Pascentius.«

Ich nickte.

»War keiner von ihnen in Segontium?«

»Nein.«

»Zwischen ihnen und ihrem Vater soll es zum Bruch gekommen sein«, sagte Galapas. »Es heißt, daß Vortimer ein eigenes Heer um sich schart, um sich auf den Thron zu schwingen. Vortigern, ohnehin in Bedrängnis, muß also mit einer Rebellion rechnen. Rowena, die Königin, ist als Angelsächsin sehr verhaßt, während Vortimers Mutter alllgemein beliebt war. Außerdem wünschen die jungen Mannen sich einen jungen König.«

»Dann ist Camlach wohl für Vortimer?« fragte ich hastig, und er lächelte.

»Es scheint so.«

Ich grübelte einen Augenblick. »Heißt es nicht, daß, wenn die Wölfe sich streiten, die Raben zu ihrem Recht kommen?« Als Septembergeborener, unter dem Merkur, kam der Rabe mir zu.

»Vielleicht«, sagte Galapas. »Aber wahrscheinlicher ist, daß du eher in deinen Käfig gesperrt wirst, als du glaubst.« Doch seine Stimme klang abwesend; er schien mit den Gedanken woanders zu weilen.

»Galapas«, sagte ich eifrig, »wenn du auch nichts weiter über meinen Traum und die Höhle weißt – meinst du nicht, daß hier der Gott seine Hand im Spiel hatte?« Ich blickte zur Felsnische, wo der Merlin saß, Augen halb geschlossen, Schlitze aus widerglänzendem Feuerschein.

»Es scheint so zu sein.«

Ich zögerte. »Können wir nicht herausbekommen, was er – was es zu bedeuten hat?«

»Möchtest du wieder in die Kristallhöhle?«

»N–nein, lieber nicht. Oder vielleicht doch. Bestimmt kannst du mir sagen, was ich tun soll.«

Sekunden verstrichen. Dann erwiderte er gedehnt: »Ja, du wirst wohl wieder hinein müssen. Aber zuvor muß ich dich noch etwas lehren. Diesmal sollst du selbst das Feuer entfachen. Nein, nicht so«, sagte er lächelnd, als ich nach einem Ast griff, um das Ofenfeuer zu schüren. »Leg ihn nur wieder hin. Vor dem Ritt nach Segontium hast du mich gebeten, dir etwas Wirkliches zu zeigen. Und das ist auch das einzige, was ich dir noch zeigen kann. Ich hatte nicht gedacht . . . Nun, lassen wir das. Es ist an der Zeit. Nein, bleib sitzen. Bücher brauchst du jetzt nicht mehr. Schau mir nur zu.«

Von dem, was dann geschah, werde ich nicht berichten. Es war die ganze Kunst, die er mich lehrte, gewisse Kniffe des Heilens ausgenommen. Doch wie ich schon sagte: Dies war die erste Magie, die zu mir kam, und sie wird die letzte sein, die von mir weicht. Sehr mühelos erschien mir alles, selbst das Entfachen des eiskalten Feuers und des wilden Feuers und des Feuers, das wie eine Peitsche das Dunkel durchzuckt. Und das war gut so, denn ich war für solche Dinge noch sehr jung, und wer für diese Kunst nicht tauglich oder nicht gerüstet ist, der kann leicht an ihr erblinden.

Als er mir alles gezeigt hatte, war es draußen dunkel. Er erhob sich.

»Ich werde in einer Stunde zurückkommen und dich wecken.«

Sein Umhang hing verhüllend über dem Spiegel. Er nahm ihn herab und legte ihn sich um. Dann ging er hinaus.

Die Flammen klangen wie galoppierende Hufe. Hoch reckte sich eine lohrote Zunge und knallte peitschengleich. Mit einem Zischen wie Weiberseufzen fiel ein Holzscheit zur Seite, und dann kam das Prasseln von tausend Zweigen wie Flüstern, Wispern, Raunen . . .

Alles ballte sich zu stumm strahlender Glut. Der Spiegel blitzte. Ich nahm meinen Umhang und kletterte damit in die Kristallhöhle. Dort faltete ich ihn und legte mich darauf nieder. Meine Augen richteten sich auf das Kristallgewölbe über mir. Lohe auf Lohe folgten mir die gleißenden Flammen und füllten die Luft, bis ich umwoben war von einer Kugel aus Helle, deren Strahlen mehr und mehr stieg, bis sie urplötzlich zerplatzte und Dunkelheit fiel . . .

Galoppierende Hufe schlugen Funken aus dem Gestein der römischen Straße. Wieder und wieder knallte die Peitsche des Reiters, doch längst schon stob das Roß in voller Fahrt dahin, Nüstern weit gebläht, der Atem wie Dampf in der kalten Luft. Der Reiter war Camlach. Ihm folgten, in großem Abstand, seine jungen Mannen, und hinter ihnen, fast schon außer Sicht und sein lahmendes und triefnasses Pferd führend, kam der Bote, der dem Königssohn die Nachricht überbracht hatte.

In der Stadt wimmelte es von Fackeln. Menschenscharen strömten dem galoppierenden Roß entgegen. Ihrer nicht achtend, trieb Camlach seinem Tier die Sporen in die Weichen und durchquerte den Ort in sausender Jagd, hin zum Palast, in dessen Hof gleichfalls Fackeln schwangen. Ihr Licht schimmerte in seinem rötlichen Haar, während er sich von seinem Roß herunterschwang und einem wartenden Sklaven die Zügel zuwarf. Lautlos fast in seinen weichen Reitstiefeln, lief er die Stufen hinauf und den Säulengang entlang, der zum Gemach seines Vaters führte. Einen Augenblick verharrte die dunkle Gestalt wie verloren im Schatten unterhalb des Eingangs, dann warf er die Tür auf und trat ein.

Der Bote hatte recht berichtet. Es war ein schneller Tod gewesen. Der alte Mann, bedeckt mit einem Tuch aus purpurner Seide, lag auf dem geschnitzten römischen Bett. Kühn ragte sein grauer Bart in die Höhe. Eine kleine Stütze aus gebranntem Ton hielt seinen Kopf gerade, während der Körper wie in Eiseskälte immer mehr erstarrte. Keine Spur verriet, daß das Genick gebrochen war. Schon begann das greisenhafte Gesicht zu schrumpfen. Spitzer als sonst wirkte die Nase, dünner als je spannte sich die Haut über den Jochbögen, und mehr und mehr verwandelte sich das tote Fleisch in ein Abbild von kaltem Kerzenwachs. Die Goldmünzen, die auf dem Mund und den geschlossenen Augenlidern lagen, schimmerten im Licht der Fackeln an den vier Bettecken.

Am Fußende des Bettes, zwischen den Fackeln, stand Niniane. Sehr still und sehr aufrecht stand sie, Hände vor dem weißgewandeten Leib über einem Kruzifix gefaltet, Kopf gebeugt, und selbst als die Tür sich öffnete, blickte sie nicht hoch, sondern hielt die Augen auf das Purpurtuch gerichtet, nicht in Gram, sondern wie in eine namen- und sprachlose Ferne verloren.

Rasch trat ihr Bruder an ihr vorbei zum Bett, und von seiner schwarzen Gestalt schien ein Schrecken auszugehen, der sich wie lähmend über den Raum legte.

Er beugte sich über seinen Vater. Für einen kurzen Augenblick glitten seine Finger über die toten Hände auf dem Purpurtuch. Dann suchten seine Augen Niniane, hinter der, in den schwankenden Schatten des Gemachs, sich eine wispernde und tuschelnde Menge von Männern und Frauen und Bediensteten drängte, darunter auch, stumm und mit starrenden Augen, Mael und Duach. Und Dinias, dessen ungeteilte Aufmerksamkeit jetzt Camlach galt.

»Es heißt, dies sei ein Unglücksfall gewesen. Ist das wahr?« fragte Camlach seine Schwester leise.

Sie schien seine Stimme nicht zu vernehmen. Gereizt blickte er sie an und machte eine unwillige Geste. Dann sah er zu der flüsternden Schar und wiederholte seine Frage:

»War dies ein Unglücksfall? Antwortet mir.«

Ein Diener des Königs, ein gewisser Mabon, trat vor. »So ist es, Herr.« Er stockte und fuhr sich mit der Zunge über die Lippen.

Camlach schleuderte zornig den Kopf. »Was, in Dreiteufelsnamen, habt ihr?« Dann gewahrte er, daß aller Blicke an dem blutigen Dolch hingen, der in seinem Gürtel stak. Ärgerlich zog er ihn hervor und schleuderte ihn von sich. Die Waffe polterte über den Boden und prallte mit hartem Klang gegen die Wand.

»Was glaubt ihr wohl, was für Blut das ist?« fragte er mit lauter Stimme. »Hirschblut. Als die Botschaft kam, hatten wir das Tier gerade zur Strecke gebracht. Ich war mit meinen Mannen zwölf Meilen von hier.« Er starrte die bewegungslos verharrende Schar an. Niemand sprach. »Sprich weiter, Mabon. Der Bote berichtete, er sei ausgeglitten und gestürzt. Wie ist es geschehen?«

Der Mann räusperte sich. »Eine dumme Geschichte, Sir, ein reiner Unglücksfall. Es war ja nicht einmal jemand in seiner Nähe. Im kleinen Hof geschah es, dort, wo es durch die Gesindestuben geht. Einer der Männer hatte frisches Öl in die Lampen gegossen und ein wenig davon auf die ausgetretenen Stufen verschüttet. Noch ehe er es aufwischen konnte, kam der König völlig unerwartet und in großer Eile. Er tritt in das Öl, stürzt auf den Rücken und schlägt mit dem Kopf auf den Stein. So ist es geschehen, Herr. Es gibt Zeugen dafür, und sie sind bereit, das Gesehene zu beschwören.«

»Und der Mann, dessen Schuld es war?«

»Ein Sklave, Herr.«

»Hat man ihn zur Rechenschaft gezogen?«

»Herr, er ist tot.«

Inzwischen waren, mit stampfenden Schritten durch den Säulengang herbeieilend, auch Camlachs Leute ins Gemach des Königs getreten. Und noch während Mabon sprach, näherte Alun sich dem Prinzen und berührte seinen Arm.

»Gerüchte durchschwirren die Stadt wie ein Lauffeuer, Camlach. Vor dem Palast sammelt sich eine Menge. Ein wildes Gerede geht um – und bald wird es Ärger geben. Du mußt dich den Leuten zeigen und zu ihnen sprechen.«

Camlach warf ihm einen kurzen Blick zu und nickte dann. »Kümmere du dich darum, Alun. Und nimm Bran und Ruan mit. Schließ die Tore. Und sage der Menge, daß ich gleich komme. Ihr anderen schert euch jetzt hinaus.«

Das Gemach leerte sich. Dinias zögerte an der Tür, erhielt jedoch nicht einmal einen Blick und folgte den übrigen. Die Tür schloß sich.

»Nun, Niniane?«

Bislang hatte sie stumm und mit gesenktem Kopf verharrt. Jetzt hob sie die Augen. »Was möchtest du von mir? Was Mabon dir berichtet hat, entspricht der Wahrheit. Verschwiegen hat er nur, daß der König mit einer Magd herumgetändelt hatte und bezecht war. Doch ein Unglücksfall war es, und er starb . . . während du mit deinen Freunden weit von hier Hirsche jagtest. So bist du jetzt also König, Camlach, und kein Mann kann mit dem Finger auf dich deuten und sagen: ›Er hat den Tod seines Vaters gewollt.‹«

»Auch keine Frau kann das sagen, Niniane.«

»Ich habe es nicht gesagt. Ich sage nur, daß der Hader hier vorüber ist. Das Königreich gehört dir — und jetzt tu, wie Alun dir geraten hat, und sprich mit der Menge da draußen.«

»Zuvor muß ich mit dir sprechen. Warum stehst du, als wär dir alles völlig gleichgültig, als wärst du kaum hier bei uns?«

»Weil es vielleicht auch so ist. Du und deine Pläne, Bruder, kümmern mich nicht. Nur eine Bitte habe ich an dich.«

»Und die lautet?«

»Daß du mich jetzt gehen läßt. Er hat's mir nie erlaubt, aber du wirst es sicher tun.«

»Nach St. Peter?«

Sie beugte den Kopf. »Dies alles hier ist mir so fremd. Seit Jahren schon. Um wieviel mehr erst jetzt, da immerfort die Rede ist von Krieg im kommenden Frühjahr und von toten Königen und neuerrungener Macht überall ... Oh, sieh mich nicht so an: Eine Närrin bin ich nicht, auch hat mein Vater mit mir über so manches gesprochen. Doch zu fürchten hast du mich nicht. Nichts, was ich weiß, und nichts, was ich tun könnte, vermag deine Pläne je zu vereiteln, Bruder. Das einzige, was ich mir von diesem Leben noch erhoffe, ist, daß man mich und meinen Sohn in Frieden gehen und in Frieden leben läßt.«

»Dich und deinen Sohn? Das sind schon zwei Bitten.«

Zum erstenmal erwachte etwas in ihren Augen – Furcht vielleicht. Rasch sagte sie: »Es entspricht doch ganz dem Plan, den du immer schon für Merlin hattest. Und gewiß ist dir seit Gorlans Besuch hier klar, daß ich Merlins Vater nie heiraten würde, käme er auch eines Tages, Schwert in der Hand und dreitausend Mannen im Gefolge. Von Merlin droht dir keine Gefahr, Camlach. Er wird sein Leben lang ein namenloser Bastard bleiben, und daß er kein Krieger ist, weißt du sehr wohl. Nein, du brauchst nicht zu bangen, von seiner Seite droht dir nichts.«

»Und weniger als nichts, wenn er in eine Gelehrtenstube eingesperrt ist?« frage Camlach mit seidiger Stimme.

»Ja, weniger als nichts. Doch ich glaube, du spielst mit mir, Camlach. Woran denkst du jetzt?«

»An den Sklaven, der das Öl verschüttet hat«, sagte er. »Wer war es?«

Wieder jenes Flackern in ihren Augen. Hastig senkte sie die Lider. »Der Angelsachse, Cerdic.«

Er bewegte sich nicht, doch der Smaragd auf seiner Brust glitzerte plötzlich über dem Schwarz, als straffe sich die hohe Gestalt mit schroffem Ruck.

Sie sagte heftig: »Erraten konntest du das nicht. Du hast es also gewußt.«

»Nein«, sagte er gedehnt, »erraten habe ich es nicht. Aber als ich in den Hof ritt, fing ich etwas von dem lauten Geschwätz ringsum auf.« Und mit jäher Gereiztheit fügte er hinzu: »Wie ein Gespenst stehst du dort mit den Händen auf dem Leib, als müßtest du immer noch einen Bastard beschützen.«

Sie lächelte unvermittelt. »Das muß ich ja auch.« Und als der Smaragd erneut aufblitzte: »Sei kein Narr. Ich habe keinen neuen Bastard, woher denn auch? Doch Merlin muß ich schützen, bis er vor dir sicher ist – bis wir beide vor deinen Plänen sicher sind.«

»Ihr *beide* vor meinen Plänen? Ich schwöre dir, daß ich nichts –«

»Ich spreche vom Reich meines Vaters. Aber lassen wir das jetzt. Mein einziger Wunsch ist, daß St. Peter in Frieden gelassen wird . . . Und so wird es auch sein.«

»Hast du das im Kristall gesehen?«

»Hellseherei ist Christen verboten«, erwiderte Niniane, doch klang ihre Stimme ein wenig zu entrüstet, und er sah sie scharf an. Dann drehte er sich um, durchquerte mit unruhigen Schritten die flackernden Schatten und kam wieder zurück in die Helle der Fackeln. »Sprich«, sagte er schroff. »Was wird mit Vortimer?«

»Er wird sterben«, sagte sie gleichgültig.

»Sterben werden wir eines Tages alle. Aber du weißt, daß ich ihm jetzt verpflichtet bin. Kannst du mir nicht sagen, was in diesem Frühjahr geschehen wird?«

»Ich sehe nichts, und ich kann dir auch nichts sagen. Doch glaube nicht, daß es deinen Plänen nützt, wenn du das Gerücht verbreitest, der König sei ermordet worden. Sein Tod war wirklich ein Unglücksfall. Zwei Knechte sahen, wie es geschah. Auch die Magd, mit der er getändelt hatte, war nicht fern.«

»Hat der Mann etwas gesagt, ehe er getötet wurde?«

»Cerdic? Nein. Nur daß es ein Unglücksfall war. Weiter nichts. Er schien sich mehr um meinen Sohn zu sorgen als um sich selbst.«

»Das habe ich gehört.«

Schweigen fiel. Sie starrten einander an. Dann sagte sie: »Das hast du nicht gehört.«

Er antwortete nicht. Die Blicke ineinander verschränkt, standen sie, während ein Lufthauch durch das Gemach glitt und die brennenden Fackeln schwanken ließ.

Er lächelte und ging. Hinter ihm schlug die Tür zu, und ein Windstoß fuhr herbei, der die Flammen zum Tanzen brachte, bis Licht und Schatten unentwirrbar durcheinandertaumelten.

Die Flammen erstarben, und die Kristalle wurden trüb. Ich kletterte aus der Höhle und zerriß mir dabei meinen Umhang. Die Scheite im offenen Ofen zeigten ein dumpfes Rot. Draußen war es jetzt nachtschwarz. Ich lief auf den Eingang zu.

»Galapas!« rief ich. »Galapas!«

Er war dort. Langsam löste sich seine hohe, gebeugte Gestalt aus dem Dunkel. Er trat zu mir herein. Seine Füße, halb entblößt in den alten Sandalen, waren vor Kälte blau.

Ich stand vor ihm, einen halben Schritt entfernt, doch es war, als hielte er mich in den Armen.

»Galapas, sie haben Cerdic umgebracht.«

Er schwieg, doch sein Schweigen barg mehr Trost als viele Worte oder Gesten.

Eine Hand schien meine Kehle zu würgen. Ich schluckte, um sie abzuschütteln. »Wäre ich heute bloß nicht hierhergekommen ... Und kein Wort habe ich Cerdic gesagt ... Ihm hätte ich doch alles anvertrauen können ... Wäre ich im Palast geblieben ... vielleicht hätte ich dann ... etwas tun können.«

»Nein. Denn dort zählst du nichts. Das weißt du.«

»Und jetzt zähle ich weniger als nichts.« Ich fuhr mir mit der Hand über den schmerzenden Kopf. Vor meinen Augen verschwamm alles. Er nahm mich sacht beim Arm und drückte mich auf eine Stelle neben dem Feuer nieder.

»Was soll das heißen, Merlin? Berichte, was geschehen ist.«

»Ja, weißt du das denn nicht?« fragte ich überrascht. »Er füllte Öl in die Lampen im Säulengang und schüttete dabei etwas auf die Stufen. Und dort glitt der König aus und brach sich das Genick. Aber das war nicht Cerdics Schuld, Galapas. Er wollte das Öl ja wieder aufwischen. Aber ehe er dazu kam, geschah das Unglück. Dafür hat man ihn getötet.«

»Und jetzt ist Camlach König.«

Mit traumblinden Augen starrte ich ihn lange an, und mein Gehirn war nicht fähig, mehr als diesen einen Gedanken zu fassen.

Er fragte mit sanftem Nachdruck: »Und deine Mutter? Was ist mit ihr?«

»Was? Was hast du gesagt?«

Ich spürte, daß mir etwas in die Hand gedrückt wurde, ein Becher, der Form nach. Und dann stieg ein Geruch auf: vom gleichen Getränk, das er mir gereicht hatte, nachdem ich das erste Mal in der Höhle gewesen war. »Trink das. Du hättest schlafen sollen, bis ich dich aufweckte. Dann hätte es dich nicht so überfallen. Trink alles.«

Ich schluckte, und das scharfe Zucken milderte sich zu dumpfem Pochen. Nach und nach gewann meine Umgebung, durch

Schleier hindurch, wieder Gestalt. Und erste tastende Gedanken kehrten zurück.

»Verzeih, Galapas. Es ist jetzt gut, ich kann wieder denken, ich bin wieder hier ... Ich werde dir alles erzählen. Meine Mutter wird nach St. Peter gehen. Auch mich wollte sie dorthin mitnehmen, aber diesen Wunsch schlug Camlach ihr ab. Und ich glaube ...«

»Ja?«

Angestrengt grübelnd, sagte ich: »Ich habe nicht alles verstanden. Aber ich denke da an Cerdic. Denn ich glaube, Camlach wird versuchen, mich zu töten. Das unglückliche Ende meines Großvaters dient ihm als willkommener Vorwand: Er wird sagen, daß es ja mein Sklave war, der es getan hat ... Und wenn er mich in ein Kloster sperrt und ich einige Zeit später ohne jedes Aufsehen sterbe, dann wird das ausgestreute Gerücht inzwischen sein Werk getan haben, und niemand wird mehr nach mir fragen. Mittlerweile ist meine Mutter dann nicht länger des Königs Tochter, sondern nur eine der heiligen Frauen von St. Peter, deren Stimme nichts gilt.« Den Becher mit beiden Händen haltend, blickte ich zu Galapas. »Wie kann mich jemand nur so fürchten?«

Er antwortete nicht auf die Frage. Mit einem Kopfnicken wies er auf den Becher. »Trink aus. Und dann, Merlin, mußt du gehen.«

»Gehen? Aber wenn ich zurückkehre, dann wird man mich töten oder einsperren ... nicht wahr?«

»Wenn sie dich finden, werden sie's versuchen.«

»Galapas«, sagte ich eifrig, begierig fast, »wenn ich nun hier bei dir bliebe ... Niemand weiß den Weg zu dir. Und selbst wenn sie meinen Spuren folgten, so wärst du doch in keiner Gefahr. Wir haben weite Sicht über das Tal und würden sie kommen sehen. Und auch nachts würden wir durch die Kristallhöhle alles wissen, du und ich ... Nie könnten sie mich finden.«

Er schüttelte den Kopf. »Die Zeit ist noch nicht reif dafür. Eines Tages, ja, aber noch nicht jetzt. Jetzt kannst du dich ebensowenig verbergen, wie dein Merlin wieder in sein Ei schlüpfen könnte.«

Ich spähte über die Schulter nach der Felsnische, wo still wie Athenes Eule der Falke gehockt hatte. Er war fort. Ungläubig fuhr ich mir mit der Hand über die Augen. Doch es war wirklich so. Die vom Feuer erhellte Nische war leer.

»Galapas, er ist fort!«

»Ja.«

»Hast du ihn denn fortfliegen sehen?«

»Ja. Gerade als du mich in die Höhle zurückriefst.«

»Ich – in welcher Richtung denn?«

»Nach Süden.«

Ich schluckte den Rest des stärkenden Tranks und drehte den Becher dann um und verschüttete die Tropfen, damit auch der Gott zu seinem Rechte kam. Zögernd stellte ich das Gefäß hin und langte nach meinem Umhang.

»Ich werde dich doch wiedersehen, nicht wahr?«

»Ja. Das verspreche ich dir.«

»Dann werde ich also zurückkommen?«

»Das habe ich dir bereits versprochen. Eines Tages wird die Höhle mit allem, was darinnen ist, dir gehören.«

Von draußen aus stockfinsterer Nacht kam kalter Atemhauch, wie ein verirrtes Wehen, das mir gegen Umhang und Nackenhaare strich. Ein Prickeln glitt über meine Haut. Ich stand auf, legte mir den Umhang um die Schultern und befestigte die Nadel.

»Du brichst also auf?« fragte er lächelnd. »So sehr vertraust du mir? Wohin willst du?«

»Ich weiß nicht. Zuerst zum Palast. Aber das kann ich mir ja auf dem Wege dorthin noch überlegen. Noch bin ich auf dem Weg des Gottes. Denn ich fühle, wie der Wind bläst. Warum lächelst du, Galapas?«

Doch er antwortete nicht auf meine Frage, sondern erhob sich und nahm mich in seine Arme und küßte mich. Ein trockener, flüchtiger Kuß, der Kuß eines alten Mannes, wie totes Laub, das über junge, frische Erde treibt. Dann schob er mich auf die Öffnung zu. »Geh nur. Dein Pony habe ich bereits für dich gesattelt.«

Als ich das Tal hinabritt, regnete es immer noch. Kalt sprühend sammelte sich die Nässe auf meinem Umhang und zerrte an den Schultern und vermischte sich mit den Tränen, die mir über das Gesicht liefen.

Es war das zweite Mal in meinem Leben, daß ich weinte.

11

Das Tor zu den Stallungen war verschlossen. Doch ich hatte es nicht anders erwartet. Am Tage hatte ich ungescheut den Haupthof mit meinem Falken durchquert, und gewiß hätte ich in jeder anderen Nacht auf diesem Wege auch wieder Einlaß gefunden. Die einfache Erklärung, den Falken verloren und bis in die Dunkelheit vergeblich nach ihm gesucht zu haben, hätte genügt.

Heute nacht war das anders. Heute nacht wartete niemand auf

mich, bereit, meinen Erklärungen zu lauschen und mich einzulassen.

Obschon mir Eile im Nacken saß, zwang ich das ungeduldige Pony zu ruhigem Schritt und ritt die Palastmauer entlang in Richtung Brücke. Überall wimmelte es von Menschen und Fackeln. Lärm scholl. Ein Reiter sprengte in wildem Galopp über die Brücke nach Süden, und bald folgte ihm ein zweiter.

Das kahle, regentriefende Geäst des Obstgartens ragte über die Mauer hinweg. Unterhalb des hochstrebenden Walls befand sich ein Graben, über dem die tropfenden Zweige besonders tief hingen. Ich glitt von meinem Pony, führte es unter den vorgelehnten Apfelbaum und band es fest. Dann kletterte ich wieder auf den Sattel, stellte mich unsicher auf die Füße, schwankte einen Augenblick und sprang dann nach dem Ast über mir.

Die Rinde war glatt, und ich rutschte mit einer Hand ab, doch die andere hatte festen Halt. Ich schwang die Beine empor, streckte sie über den Ast und war dann im Nu auf der Mauer und von dort, ebenso rasch, im Gras des Obstgartens.

Trotz der Dunkelheit nahm ich meine Umgebung in deutlichen Umrissen wahr. Links lag die hohe Mauer, die den Garten meines Großvaters umgab. Rechts befanden sich der Taubenschlag und die Terrasse, auf der Moravik immer gesessen hatte. Vor mir, weitgestreckt und niedrig, dehnten sich die Unterkünfte des Gesindes. Zu meiner Erleichterung glomm nur spärlich Licht. Aller Tumult und alle Helle, die den Palast jetzt erfüllten, blieben auf das Hauptgebäude konzentriert, das hinter der Mauer zu meiner Linken lag. Und von jenseits des Hauptgebäudes drang gedämpft der Lärm der Straßen durch den Regen.

Doch kein Licht zeigte sich in meinem Fenster. Ich lief los. Und machte eine bestürzende Entdeckung: Man hatte Cerdic hierher zu seiner alten Schlafstätte geschafft. Sein Lager, sonst bei der Tür, war neben mein Bett geschoben worden. Und dort lag er, wie man ihn hingeschleudert hatte – mit verrenkten Gliedern, ein Arm zur Seite gestreckt und die Finger über den kalten Boden gespreizt. Wie er gestorben war, verriet die Dunkelheit mir nicht. Für ihn gab es keine Fackeln und kein Purpurtuch.

Ich beugte mich über ihn und griff nach der Hand. Sie war kalt. Auch der Arm war bereits starr. Ich schob ihn sacht zum Körper und holte dann von meinem Bett die wollene Decke, die ich über den toten Cerdic breitete. Eine laute Stimme ließ mich zusammenfahren. Irgendwo in einiger Entfernung rief ein Mann, und gleich darauf klangen Schritte am Ende des Säulengangs, und die Antwort kam:

»Nein. Hier ist er nicht hereingekommen. Ich habe die Tür im Auge gehabt. Ist das Pony schon zurück?«

»Nein. Nichts davon zu sehen.« Und als Antwort auf einen anderen Ruf: »Nun, er kann ja nicht weit geritten sein. Um diese Zeit ist er oft noch draußen. Was? Na, gut . . .«

Rasch verklangen die Schritte. Stille.

Durch die halbgeöffnete Tür fiel spärliches Licht von einer Lampe in der Kolonnade her. Bei diesem schwachen Schein tat ich, was zu tun war. Leise hob ich den Deckel der Truhe hoch und nahm die wenigen Kleidungsstücke heraus, die mir gehörten, darunter mein bester Umhang und ein zweites Paar Sandalen. All dies bündelte ich zu einem Packen. Auch den Elfenbeinkamm, mehrere Broschen und die Karneolspange vergaß ich nicht. Sie ließen sich zu Geld machen. Dann kletterte ich aufs Bett und warf das Bündel durchs Fenster und sprang wieder zurück zu Cerdic, wo ich niederkniete, die Wolldecke zur Seite zog und nach seiner Hüfte tastete – und fand, was ich suchte. Man hatte ihm den Dolch gelassen. Mit ungelenken Fingern gelang es mir schließlich, ihm den Gürtel abzuschnallen. Die Waffe war mein: der Dolch eines Mannes, doppelt so lang wie mein eigener und geschliffen zu tödlicher Schärfe. Ich legte mein Messer neben Cerdic auf das Lager. Vielleicht konnte es ihm dort, wo er jetzt weilte, von Nutzen sein. Doch ich bezweifelte es; seine Hände hatten ihm stets vollauf genügt.

Ich war bereit. Einen Augenblick stand ich noch und starrte zu ihm hinab und sah plötzlich, wie in der Kristallhöhle, meinen Großvater vor mir, purpurbedeckt und fackelumsprüht. Hier war nichts als Dunkelheit. Das klägliche Ende eines Hundes. Der Tod eines Sklaven.

»Cerdic«, sagte ich halblaut ins Dunkel. Ich weinte nicht mehr. Das war vorüber. »Schlafe in Frieden. Ich will dir das Geleit eines Königs geben.«

Ich trat zu Tür, lauschte kurz und glitt hinaus in den verlassenen Säulengang, wo ich eine Lampe aus ihrem Halter hob. Sie war sehr schwer. Öl schwappte über. Natürlich: Cerdic hatte sie ja just an jenem Abend aufgefüllt.

Ich trug sie zu ihm. Und sah voll Erschrecken, wie er gestorben war. Man hatte ihm die Kehle durchgeschnitten.

Es geschah, auch ohne daß ich es wollte. Die Lampe schwankte in meiner zitternden Hand, und heißes Öl sprühte auf die Wolldecke. Glut tropfte vom Docht und fiel und fing und zischte. Und ich schleuderte die Lampe auf die Leiche und starrte volle fünf Sekunden, während die Flamme nach dem Öl leckte und wie stiebender Gischt hochsprang.

»Geh mit deinen Göttern, Cerdic«, sagte ich und lief zum Fenster.

Ich landete mit den Füßen auf dem Bündel und fiel lang in das nasse Gras. Dann griff ich nach dem Packen und rannte zur Mauer am Fluß.

Um das Pony nicht zu erschrecken, warf ich den Packen ein Stück von ihm entfernt über die Mauer. Dann ging ich zum Apfelbaum zurück und schwang mich hinauf auf den Sims.

Erst von hier warf ich einen Blick zum Haus. Das Feuer fraß. Hinter meinem Fenster hockte Glut, rotstrahlend mit pulsierender Helle. Noch war kein Alarm gegeben worden. Doch es konnte nicht lange dauern, bis jemand die Flammen entdeckte oder den Rauch roch. Ich kletterte weiter, hing sekundenlang nur von meinen Händen gehalten und ließ mich dann fallen. Doch als ich mich unten wieder aufraffen wollte, sprang ein hochragender Schatten auf mich zu.

Den schweren Körper eines Mannes über mir, schlug ich lang hin. Gespreizte Finger preßten sich auf meinen Mund und erstickten meinen Schrei. Dicht neben meinem Kopf hörte ich rasche Schritte und das leise Kratzen, wenn eine Waffe gezogen wird. Hastig sagte eine Männerstimme auf bretonisch: »Warte. Bring ihn erst zum Sprechen.«

Ich lag völlig still. An der Kehle spürte ich das Messer meines Angreifers. Nach den Worten seines Kumpanen löste er die Klinge von meiner Haut und rückte mit einem unwilligen Grunzen zur Seite.

Halb überrascht sagte er: »Es ist ja nur ein Knabe.« Dann zu mir, schroff, in walisischer Sprache: »Kein Laut, oder ich schlitze dir die Kehle durch. Verstanden?«

Ich nickte. Er nahm seine Hand von meinem Mund, zog mich hoch und drückte mich, die Spitze seines Dolches warnend gegen meine Brust gepreßt, an die Mauer. »Was hat das zu bedeuten? Wer bist du, daß du aus dem Palast flüchtest wie eine Ratte, hinter der die Hunde her sind? Ein Dieb? Heraus mit der Sprache, du kleine Ratte, ehe ich dir die Luft abdrehe.«

Er schüttelte mich, als sei ich tatsächlich eine Ratte. Keuchend würgte ich hervor: »Nichts. Ich habe niemandem etwas getan. Laßt mich los.«

Die Stimme des zweiten Mannes klang leise aus der Dunkelheit: »Hier haben wir auch, was er über die Mauer geworfen hat. Ein Bündel.«

»Und was ist darin?« fragte der erste und herrschte mich dann an: »Bleib ja still, du.«

Aber seine Warnung war überflüssig. Ich glaubte den ersten Widerschein der Flammen zu gewahren, die wohl längst schon aus meinem Fenster hinaufschlugen, zum Dachgebälk. Rauchschwaden schienen zu ziehen. Ich drückte mich noch tiefer in den schwarzen Schatten unterhalb der Mauer.

Der zweite Mann durchsuchte mein Bündel. »Kleider ... Sandalen ... auch Schmuckstücke, soweit ich das fühlen kann ...«

Er stand jetzt auf dem Weg, der neben der Mauer verlief, und meine Augen, inzwischen an die Dunkelheit gewöhnt, konnten ihn jetzt leidlich erkennen. Ein kleines Wiesel von einem Menschen, mit gebeugten Schultern und schmalem, spitzem Gesicht unter wirrem Haar. Niemand, den ich kannte.

Erleichtert atmete ich auf. »Ihr gehört nicht zu den Mannen des Königs! Aber wer seid ihr dann? Und was wollt ihr hier?«

Der Wieselartige ließ unwillkürlich mein Bündel sinken und starrte zu mir.

»Geht dich nichts an«, sagte der Große, der mich immer noch festhielt. »Die Fragen stellen wir. Warum fürchtest du dich so vor den Männern des Königs? Kennst sie wohl alle, wie?«

»Natürlich kenne ich sie. Ich wohne ja im Palast. Ich bin dort – Sklave.«

»Marric«, rief das Wiesel plötzlich, »schau dort hinüber. Da ist ein Feuer ausgebrochen. Wie in einem Wespennest schwirrt das durcheinander. Wir vergeuden mit diesem Sklavenburschen nur unsere Zeit. Schneid ihm die Kehle durch. Und dann nichts wie fort.«

»Augenblick«, sagte der Große. »Vielleicht weiß er was. Hör her, Bursche, wenn du –«

»Warum sollte ich euch etwas sagen, wenn ihr mir die Kehle so und so durchschneidet?« fragte ich. *»Wer seid ihr denn überhaupt?«*

Er schob mir den Kopf entgegen und spähte mir ins Gesicht. »Krähst ja auf einmal ganz kräftig, Bursche. Was geht's dich an, wer *wir* sind? Ein Sklave, wie? Entlaufen?«

»Ja.«

»Hast wohl gestohlen.«

»Nein.«

»Nein? Und das Geschmeide in deinem Bündel? Und dies hier – ist das etwa der Umhang eines Sklaven?« Er packte mich bei der Brust, bis ich mich hilflos unter seinem Griff wand. »Und das Pony? Sprich jetzt! Heraus mit der Wahrheit!«

»Schon recht, Herr.« Ich versuchte, den ergebenen und demütigen Tonfall eines Sklaven nachzuahmen. »Es stimmt. Einige Dinge habe ich gestohlen. Das Pony gehört dem Prinzen Myrddin ... Ich – ich fand es verirrt am Wege. Und das ist die Wahrheit, Herr. Der Prinz ist noch nicht von seinem Ausritt heute zurück. Wahrscheinlich hat das Tier ihn abgeworfen. Er ist ein schlechter Reiter. Ich – ich hatte halt ein wenig Glück. Man wird das Pony erst vermissen, wenn ich über alle Berge bin.« Flehend zerrte ich an seinem Gewand. »Bitte, Herr, laßt mich gehen. Bitte! Wem könnte ich schon was zuleide tun –?«

»Verdammt nochmal, Marric, wir haben keine Zeit zu verlieren.« Züngelnd fraßen sich die Flammen immer weiter. Schreiende Stimmen schollen vom Palast herüber. Das Wiesel zog Marric am Arm. »Bald kommt Ebbe, und nur die Götter wissen, ob das Schiff bei diesem Wetter überhaupt dort ist. Hör dir doch nur das Geschrei an – jede Minute können sie hier auftauchen.«

»Kaum«, sagte ich. »Dazu sind sie viel zu sehr mit dem Löschen des Feuers beschäftigt. Als ich von ihnen fort bin, fing es gerade an.«

»Als du von ihnen fort bist?« fragte Marric und packte noch härter zu, ehe er, nach kurzem Überlegen, den Griff plötzlich lokkerte. »Hast etwa *du* das Feuer gelegt?«

»Ja.«

Jetzt endlich merkten sie voll auf, sogar das Wiesel.

»Warum?«

»Weil ich sie hasse. Sie haben meinen Freund umgebracht.«

»Wer?«

»Camlach und seine Leute. Der neue König.«

Sie schwiegen. Jetzt konnte ich Marric besser erkennen. Er war groß und sehr stämmig gebaut. Unter schwarzer Haarmähne glomm in ebenso schwarzen Augen der Widerschein der Flammen.

»Und wenn ich geblieben wäre«, fuhr ich fort, »hätten sie auch mich umgebracht. Deswegen habe ich den Palast angesteckt und bin geflüchtet. Bitte, laßt mich jetzt gehen.«

»Ich verstehe gut, daß sie dich jetzt töten wollen, wo der Palast wie eine Fackel brennt – aber warum vorher? Was hattest du ausgefressen?«

»Nichts. Aber ich war ein Sklave des alten Königs ... und hatte wohl so manches gehört. Sklaven bleibt ja nichts verborgen. Camlach hält mich für gefährlich. Er hegt gewisse Pläne ... von denen ich wußte. Glaubt mir, Herr«, sagte ich voll Ernst, »ich hätte ihm nicht weniger treu gedient als dem alten König. Aber dann tötete er meinen Freund.«

»Was für einen Freund? Und warum?«

»Ein Sklave wie ich. Ein Angelsachse namens Cerdic. Er verschüttete Öl auf den Stufen, und darin glitt der alte König aus. Es war ein Unglücksfall. Trotzdem schnitten sie ihm die Kehle durch.«

Marric drehte seinem Kumpanen den Kopf zu. »Hörst du das, Hanno? Es ist die Wahrheit. Genauso habe ich's in der Stadt gehört.« Und wieder zu mir: »Also gut. Erzähle uns jetzt mehr. Du sagtest, du kennst Camlachs Pläne?«

Wieder unterbrach ihn Hanno, verzweifelt fast. »Marric! Um Himmels willen! Wenn du glaubst, daß er uns was zu erzählen hat, dann nimm ihn mit. Das können wir uns auch auf dem Schiff anhören. Wenn wir noch lange warten, ist es bestimmt fort. Übles Unwetter scheint heraufzuziehen, und ich wette, daß sie nicht auf uns warten.« Und dann, auf bretonisch: »Wir können ihn ja später über Bord werfen.«

»Schiff?« fragte ich. »Ihr fahrt auf dem Fluß?«

»Wo denn sonst? Oder glaubst du etwa, daß wir damit auf der Straße fahren können?« fragte Marric spöttisch. »Also gut, Hanno. Sehen wir zu, daß wir von hier fortkommen.«

Er begann, mich über den Weg zu schleppen. Ich ließ mich schlaff hängen. »Wohin bringt ihr mich?«

»Das ist unsere Sache. Kannst du schwimmen?«

»Nein.«

Er lachte leise. Unwillkürlich kroch mir ein Frösteln über den Rücken. »Dann kann es dir ja egal sein, wohin wir wollen. Komm schon.« Wie vorhin preßte er mir die Hand über den Mund, schwang mich wie ein federleichtes Bündel empor und schritt über den Weg auf den dunkel schimmernden Fluß zu.

Das Schiff war ein Coracle, ein Boot aus Weidengeflecht also, mit Häuten überzogen, wie es in Wales gebräuchlich war. Es lag halb verborgen unter dem vorspringenden Ufer. Hanno stand schon bereit, abzustoßen. Marric rutschte die abschüssige Böschung hinab, schleuderte mich fast ins Boot und kletterte hinterher. Als das Coracle sich schwankend vom Ufer löste, spürte ich im Genick das kalte Metall seines Dolches. »Da«, sagte Marric. »Fühlst du's? Halt jetzt deine Zunge im Zaum, bis die Brücke hinter uns liegt.«

Hanno stieß ab und lenkte uns mit dem Paddel in die Strömung. Und kaum waren wir wenige Fuß vom Ufer fort, als auch schon der Fluß uns faßte und mit erhöhter Geschwindigkeit dahintrieb. Hanno beugte sich tief über das Ruder und hielt stracks auf den südlichen Bogen der Brücke zu.

Von Marrics kräftigen Fäusten gehalten, hockte ich mit dem Gesicht zum Heck. Und während die Strömung uns ergriff und wir in südlicher Richtung voranglitten, hörte ich Asters hohes, angstvolles Wiehern. Offenbar witterte er den Rauch. Und dann sah ich ihn im Schein des lodernden Feuers. Zerrissen baumelten die Zügel, während das Tier hervorsprengte aus dem Schatten der Mauer und wie ein Gespenst den Weg entlangstob. Ungeachtet des Feuers würde das Pony zu Tor und altvertrautem Stall galoppieren, wo man es natürlich finden mußte. Was würde man glauben, wo mich vermuten und suchen? Cerdic war inzwischen verbrannt und mit ihm meine Kammer mit der Truhe und der

Wolldecke. Würde man vielleicht annehmen, ich hätte Cerdics Leiche gefunden und in Furcht und Schrecken die Lampe fallen lassen? Und mehr noch? Daß nämlich mein eigener Körper, verkohlt zu nichts, dort in den Trümmern des Gesindeflügels läge? Nun, was immer sie denken mochten, mir konnte es gleichgültig sein. Cerdic war zu seinen Göttern gegangen, und ich, wie es schien, ging zu den meinen.

12

Der schwarze Bogen der Brücke flog über uns hinweg und war fort. Weiter flußabwärts ging die Fahrt. Der Gezeitenwechsel stand unmittelbar bevor. Frischer wurde die Luft, und das Boot begann zu schwanken.

Marric nahm den Dolch von meinem Genick und sagte: »Nun, so weit, so gut. Der Bursche hat uns mit seinem Feuer einen prächtigen Dienst erwiesen. Niemand hatte Zeit, den Fluß zu beobachten. Niemand hat unser Boot gesehen. Und jetzt, Bursche, laß hören, was du uns zu erzählen hast. Wie heißt du?«

»Myrddin Emrys.«

»Und du sagst, du warst – halt mal, Augenblick! Myrddin, sagst du? Doch nicht der Bastard?«

»Doch.«

Pfeifend blies er den Atem von sich, und Hanno schien für Sekunden das Steuern zu vergessen. Das Boot legte sich quer gegen die Strömung und schaukelte wild.

»Hast du das gehört, Hanno? Der Bastard ist's. Warum, in Dreiteufelsnamen, hast du uns dann erzählt, du seist ein Sklave?«

»Ich wußte ja nicht, wer ihr seid. Und ich hoffte, daß ihr mich laufen ließet, falls ihr Diebe wärt oder welche von Vortigerns Leuten.«

»Bündel und Pony . . . du wolltest also wirklich fliehen?« fragte er und fügte nachdenklich hinzu: »Wenn es stimmt, was man sich so erzählt, dann kann man dir das kaum verübeln. Aber warum hast du den Palast in Brand gesteckt?«

»Das habe ich euch schon gesagt, und es ist die Wahrheit. Camlach hat Cerdic, den Angelsachsen, getötet, einen Freund von mir, der unschuldig war. Und ich bin überzeugt, daß er nur deshalb den Tod fand, weil er mir gehörte. Auch glaube ich, daß sie nur einen Vorwand gegen mich suchten. Die Leiche legten sie in meine Kammer, wo ich sie finden mußte. Und so habe ich den Raum angezündet. Bei Cerdics Volk ist es Sitte, auf diese Weise zu den Göttern zu gehen.«

»Und die anderen im Palast mochte getrost der Teufel holen, wie?«

Ich sagte gleichgültig: »Der Gesindeflügel war leer. Sie saßen beim Essen oder suchten nach mir oder dienten Camlach. Erstaunlich – oder vielleicht auch nicht –, wie rasch die Menschen sich auf die andere Seite schlagen. Das Feuer wird bestimmt gelöscht, bevor es zu den Gemächern des Königs gelangen kann.«

Er musterte mich schweigend. Immer noch trieben wir im Gezeitenstrom, jetzt schon ein Stück in der eigentlichen Flußmündung. Hanno machte keine Anstalten, das weiter entlegene Ufer anzusteuern. Fröstelnd zog ich meinen Umhang enger um meine Schultern.

»Zu wem wolltest du denn?« fragte Marric.

»Zu niemandem.«

»Lüge nicht, Myrddin. Heraus mit der Wahrheit, oder du gehst sogleich über Bord, und wenn du tausendmal ein Bastardprinz bist. Hörst du? Also. Da du auf eigene Faust kaum eine Woche existieren könntest, mußt du dir schon jemanden suchen, in dessen Dienste du trittst. An wen hast du da gedacht? An Vortigern?«

»Das wäre so unklug nicht. Da Camlach sich ja mit Vortimer verbünden wird.«

»Er wird was?« fragte er scharf. »Bist du sicher?«

»Völlig sicher. Mit dem Gedanken spielte er schon früher, und deswegen hatte er ja auch mit dem alten König Streit. Wahrscheinlich hätte er sich mit seinen Leuten so und so auf Vortimers Seite geschlagen. Jetzt hat er natürlich mehr in das Bündnis einzubringen als nur seine Mannen – das ganze Königreich, das Vortigern nun verschlossen bleibt.«

»Und wem geöffnet?«

»Das habe ich nicht erlauschen können. Aber wer wäre denn da noch? Camlach hat wohlweislich darüber geschwiegen, solange sein Vater am Leben war.«

»Hm.« Er grübelte einen Augenblick. »Der alte König hinterläßt einen zweiten Sohn. Und wenn die Edlen dieses Bündnis nicht wünschen –«

»Ein kleines Kind? Damit ist doch kaum zu rechnen. Schließlich hat Camlach ja ein gutes Beispiel vor Augen: Vortimer wäre nicht dort, wo er ist, wenn sein Vater nicht genau das getan hätte, was Camlach tun wird.«

»Was meinst du damit?«

»Das liegt doch auf der Hand. Aber warum soll ich euch mehr verraten, ehe ich weiß, wer ihr seid? Es wird doch wohl Zeit, daß ihr mir das sagt.«

Er hörte nicht darauf. Nachdenklich sagte er: »Du scheinst ja viel darüber zu wissen. Wie alt bist du eigentlich?«

»Zwölf. Im September werde ich dreizehn. Aber zu meinem Wissen gehört nicht viel Klugheit. Von dem geplanten Bündnis mit Vortimer habe ich aus Camlachs eigenem Munde gehört.«

»Wahrhaftig? Und was hast du noch gehört?«

»Eine ganze Menge. Ich war ja immer dabei. Niemand hat auf mich geachtet. Aber jetzt zieht meine Mutter sich nach St. Peter zurück, und um meine Zukunft am Hofe ist es nicht gerade gut bestellt. Da habe ich es vorgezogen, das Weite zu suchen.«

»Um dich Vortigern anzuschließen?«

Ich sagte aufrichtig: »Das weiß ich nicht. Ich – ich habe keine Pläne. Aber vielleicht muß ich am Ende zu Vortigern. Welche Wahl bleibt mir sonst, wo die angelsächsischen Wölfe uns an der Kehle hängen, bis sie Britannien in Stücke gerissen und verschlungen haben? Wen gäbe es denn noch außer ihm?«

»Nun«, sagte Marric, »Ambrosius.«

Ich lachte. »Oh, ja. Ambrosius. Das ist natürlich nicht im Ernst gemeint. Zwar verraten mir eure Stimmen, daß ihr von Niederbritannien seid, doch –«

»Du hast gefragt, wer wir sind. Wir sind Ambrosius' Leute.«

Wir schwiegen. Und jetzt erst wurde mir bewußt, daß von den Ufern des Flusses nichts mehr zu sehen war. Fern in der Dunkelheit, gen Norden hin, schimmerte ein Licht: der Leuchtturm. Irgendwann in der Zwischenzeit hatte der Regen nachgelassen und schließlich ganz aufgehört. Jetzt war es kalt, rauh blies der Wind, und mit kurzen, harten Stößen schlugen die Wellen gegen das Boot, das unruhig tanzte und schlingerte. Ein erster Druck von Übelkeit stieg in mir auf. Ich preßte die Hände gegen den Leib und fragte dann hastig: »Ambrosius' Leute? Dann seid ihr also Spione? Seine Spione?«

»Nenn uns seine treuen Anhänger.«

»Dann ist es also wahr, daß er in Niederbritannien wartet?«

»Ja, es ist wahr.«

Erschrocken fragte ich: »Und dort wollt ihr jetzt hin? Aber doch unmöglich in diesem winzig kleinen Boot?«

Marric lachte, und Hanno sagte säuerlich: »Womöglich schon, wenn das Schiff nicht da ist.«

»Was für ein Schiff soll denn jetzt im Winter da sein?« fragte ich. »Bei diesem Wetter würde doch niemand segeln.«

»O doch«, sagte Marric trocken. »Wenn man nämlich genug bezahlt. Und das tut Ambrosius. Sorgen wir uns also nicht um das Schiff. Es ist bestimmt da.« Fast sanft legte er mir die Hand auf die Schulter. »Lassen wir das jetzt. Es gibt noch so manches, was ich wissen möchte.«

Die Arme um den Leib geschlungen, krümmte ich mich zusammen und atmete hastig die kalte, frische Luft. »Natürlich gibt es noch viel, was ich euch berichten könnte. Aber wenn ihr mich sowieso über Bord werft, habe ich ja nichts zu verlieren, nicht wahr? Warum sollte ich also mein Wissen nicht für mich behalten – oder abwarten, ob Ambrosius mich dafür bezahlt? Und dort liegt euer Schiff. Wenn ihr's nicht sehen könnt, müßt ihr blind sein. Laßt mich jetzt in Frieden. Mir ist übel.«

Er lachte leise. »Du hast es wirklich faustdick hinter den Ohren. Ja, da ist das Schiff. Ich kann's jetzt deutlich ausmachen. Also gut, wir werden dich an Bord nehmen. Erstens, weil du kein Irgendwer bist, und zweitens, weil der Tod deines Freundes dir so nahegegangen ist. Das klang sehr wahr. Treue ist für dich also kein leeres Wort, wie? Sie an Camlach oder Vortigern zu verschwenden, hast du wenig Anlaß. Glaubst du, daß du sie Ambrosius halten könntest?«

»Das werde ich wissen, wenn ich ihn sehe.«

Seine Faust stieß mich zu Boden. »Nimm deine Zunge in acht, wenn du von ihm sprichst. Es gibt Hunderte von Männern, die in ihm ihren rechtgeborenen König sehen.«

Würgende Übelkeit in der Kehle, raffte ich mich hoch. Ein halblauter Ruf klang zu uns herüber, und dann schaukelte das Boot im tiefen Schatten des Schiffs.

»Wenn er ein Mann ist, dann ist das genug«, sagte ich.

Klein und gedrungen, lag das Schiff tief im Wasser — ohne den geringsten Schimmer von Licht, nur ein schwarzer Umriß auf der See. Schräg neigte sich der schwankende Mast, ein schroffer Strich unter der tieftreibenden Wolke, die, um weniges heller nur, unter dem finsteren Himmel glitt. Betakelt war das Schiff wie jene Kauffahrer, die bei Segelwetter Maridunum anliefen, doch wirkte es auf mich schnittiger und schneller.

Marric beantwortete den Ruf. Dann wurde ein Tau über die Bordwand herabgeworfen, und Hanno griff danach und machte es fest.

»Los doch, beweg dich. Klettern wirst du doch wohl können, wie?«

Irgendwie gelangte ich im wild schaukelnden Coracle auf die Füße. Das Tau war naß und ruckte in meinen Händen. Von oben drängte eine Stimme: »Beeilt euch doch. Ein übles Wetter zieht herauf. Wir können von Glück sagen, wenn uns die Heimfahrt gelingt.«

»Hinauf mit dir, verdammt noch mal«, fluchte Marric und gab mir einen Stoß. Und prompt geschah es. Das Tau rutschte mir aus den Händen, und ich stürzte halb über die Seite des Bootes, wo ich keuchend und würgend hing, völlig ergeben und gleichgültig gegen mein Schicksal. Und hätte Marric mich mit seinen kraftvollen Fäusten gänzlich über Bord befördert, so wäre, in diesem Augenblick jedenfalls, der Tod mir eine Erlösung gewesen. Wie ein Bündel nasser Lumpen hing ich und erbrach mich.

An das, was dann geschah, erinnere ich mich nur noch bruchstückhaft: laute Flüche; Hannos Stimme, die Marric drängte, sich meiner auf diese bequeme Weise zu entledigen; Fäuste, die mich hochschwangen zu den wartenden Händen oben; Männerarme, die mich halb schleppten, halb trugen und unter Deck auf ein Lager warfen; frische Luft, die von der offenen Backbordseite über mein schweißnasses Gesicht strich; und neben mir, in Reichweite, ein Eimer.

Vier Tage, glaube ich, dauerte die Reise. Rauhes Wetter folgte uns, ohne das Schiff je zu erreichen, und wir machten gute Fahrt. Ich blieb die ganze Zeit unten und wagte, mich unter die Wolldecken verkriechend, kaum einmal, den Kopf zu heben. Schließlich hatte die Seekrankheit ihren Höhepunkt überschritten, doch einer Bewegung war ich auch danach nur mit Mühe fähig. Gottlob ließ man mich in Frieden, und mit meiner Krankheit mußte ich allein fertigwerden.

Einmal kam Marric zu mir herab. Nur undeutlich, wie in einem Traum, erinnere ich mich daran. Über einen Haufen alter Ankerketten hinwegsteigend, trat er zu mir und stand starrend und mit gebeugtem Kopf. Dann sagte er: »Wir hätten dich doch gleich über Bord werfen sollen, das hätte uns viel Ärger erspart. Zu berichten wirst du ohnehin kaum noch etwas haben, oder?«

Ich antwortete nicht.

Er gab einen leisen Grunzlaut von sich, der wie ein unterdrücktes Lachen klang, und ging wieder. Erschöpft fiel ich in Schlaf.

Als ich erwachte, fand ich mich von meiner nassen Kleidung befreit und lag nackt und eng umhüllt in Wolldecken. Dicht bei meinem Kopf stand ein Wasserkrug. Auch Brot sah ich.

Ich begriff. Doch berühren mochte ich nichts. Ich schloß die Augen und schlief.

Und dann, eines Tages kurz vor der Dämmerung, kam die Wilde Küste in Sicht, und das Schiff ankerte in den ruhigen Wassern von Morbihan, allgemein die Kleine See genannt.

ZWEITES BUCH

Der Falke

1

Das erste, was mir bewußt machte, daß die Küste nicht weit sein konnte, waren Stimmen über mir. Sie weckten mich aus tiefem Erschöpfungsschlaf.

»Nun gut, du glaubst ihm. Aber meinst du denn wirklich, daß selbst ein Bastardprinz in solchen Kleidern herumlaufen würde? Nicht einmal eine goldene Gürtelspange. Und schau dir nur die Sandalen an. Der Umhang – ein gutes Stück, aber zerrissen. Mir will eher scheinen, daß die erste Geschichte zutrifft. Er ist ein entlaufener Sklave, der seinem Herrn einige Sachen entwendet hat.«

Es war Hannos Stimme, und er sprach bretonisch. Glücklicherweise lag ich mit dem Rücken zu den Männern, und mich schlafend zu stellen war ein leichtes. Ich lag ohne die geringste Bewegung und versuchte, gleichmäßig zu atmen.

»O nein, das ist schon der Bastard, und hätten wir ein Licht bei uns gehabt, so würde ich ihn schon früher erkannt haben.« Die tiefere Stimme gehörte Marric. »Aber ob Sklave oder Bastard, das spielt hier kaum eine Rolle – im Palast hat er viel gehört, was Ambrosius interessieren wird. Er hat einen hellen Kopf, und für mich besteht kein Zweifel, daß er wirklich Myrddin ist. Die kühle Art und diese Redeweise – das lernt man nicht vom Küchengesinde.«

»Gut. Aber ...« Das plötzliche Zischeln in Hannos Stimme kroch wie ein Frösteln über mich hinweg. Ich zwang meinen Körper zur Ruhe.

»Aber was?«

Das Wiesel dämpfte seine Stimme vollends zum Flüstern. »Wenn nun wir es wären, die ihn zuerst zum Reden brächten ... Sieh die Sache doch einmal von dieser Seite. Ich meine, was er uns da von König Camlach und dessen Plänen erzählt hat ... Wenn wir herausbekämen, was er weiß, und Ambrosius davon berichteten, so fiele doch eine dicke Belohnung für uns ab.«

Marric grunzte unwillig. »Und wenn er dann an Land jemandem sagt, woher er kommt und wer er ist? Ambrosius würde das bestimmt erfahren. Er erfährt ja alles.«

»Bist du so dumm, oder stellst du dich nur so?« fragte Hanno gereizt.

Es hielt mich kaum mehr auf meinem Lager. Kalt spannte sich die Haut zwischen meinen Schulterblättern, und schon glaubte ich, die Spitze des Dolches zu spüren.

»Nein, so dumm bin ich nicht. Ich begreife schon. Aber ich sehe nicht, wie –«

»In Maridunum weiß niemand, wohin er sich gewandt hat«, flüsterte Hanno hastig, getrieben fast. »Und die Männer, die ihn an Bord kommen sahen, werden glauben, daß wir ihn mitgenommen haben. Genau das werden wir auch tun — ihn jetzt mitnehmen. Und dann . . . Nun, von hier bis zur Stadt gibt es viele Stellen, wo . . .« Ich hörte, wie er schluckte. »Ich war ja von Anfang an der Meinung, daß das Geld für seine Überfahrt hinausgeworfen ist.«

»Wenn wir ihn uns vom Halse schaffen wollten«, sagte Marric schroff, »dann hätten wir das Geld allerdings sparen können. Und nun sei vernünftig. Wir bekommen's schon wieder zurück und vielleicht einen ganzen Batzen dazu.«

»Wie kommst du denn darauf?«

»Nun, wenn der Bursche wirklich noch was weiß, dann wird Ambrosius die Überfahrt bezahlen, da kannst du sicher sein. Und sollte sich herausstellen, daß er der Bastard ist – wovon ich überzeugt bin – so winkt wohl auch eine Belohnung. Für Königssöhne oder -enkel hat man immer Verwendung, und wer weiß das besser als Ambrosius?«

»Aber Ambrosius weiß auch, daß dieser Bursche als Geisel nicht zu gebrauchen ist«, sagte Hanno mürrisch.

»Wer will das sagen? Sollte Ambrosius wirklich nichts mit ihm anzufangen wissen, so können wir den Burschen ja verkaufen und den Erlös zwischen uns teilen. Schlag dir also den Unsinn aus dem Kopf, hörst du? Nur lebend kann er uns etwas einbringen. Tot ist er weniger wert als nichts. Und irgendwie müssen wir ja die Kosten für seine Überfahrt wieder hereinbringen.«

Ich spürte einen harten Stoß, Hannos Fuß. »Sieht so schon völlig erschlagen aus. Wie kann einer nur so seekrank werden? Muß einen Magen haben wie ein Mädchen. Ob er sich überhaupt auf den Beinen halten kann?«

»Das werden wir gleich haben«, sagte Marric und schüttelte mich. »He, Bursche, steh auf.«

Ich ächzte, wälzte mich langsam herum und wandte ihnen mein, wie ich hoffte, erbärmlich blasses Gesicht zu. »Was ist denn? Sind wir da?« fragte ich auf walisisch.

»Ja, das sind wir. Und nun los, steh auf, wir gehen an Land.«

Wieder ächzte ich kläglich und schlang die Arme um den Leib. »O Gott, nein, laßt mich in Frieden.«

»Ein Eimer voll Seewasser«, schlug Hanno vor.

Marric richtete sich auf. »Dazu bleibt kaum Zeit.« Er sprach jetzt bretonisch. »Wir werden ihn wohl tragen müssen. Oder nein. Wir lassen ihn erst mal hier. Vergiß nicht, daß der Graf uns erwartet. Das Treffen ist für heute ausgemacht. Er wird bereits wissen, daß das Schiff vor Anker liegt, und gewiß will er uns sehen, bevor er fort muß. Wenn wir ihm nicht umgehend Bericht erstatten, gibt es Ärger. Also lassen wir den Knaben besser erst mal hier. Wir können ihn ja einsperren und der Wache sagen, daß sie ein Auge auf ihn hat. Und vor Mitternacht sind wir vielleicht längst zurück.«

»Du vielleicht«, sagte Hanno säuerlich. »Ich habe da etwas, das nicht warten wird.«

»Ambrosius wird auch nicht warten. Wenn du also das Geld willst, dann komm jetzt. Sie sind mit dem Löschen der Ladung schon halb fertig. Wer ist auf Wacht?«

Was Hanno ihm erwiderte, verstand ich nicht. Sie zogen die schwere Tür hinter sich zu. Lautes Knarren und dann das Rasseln der vorgelegten Riegel. Gedämpft klangen jetzt ihre Stimmen und Schritte, und rasch verloren sie sich völlig in dem Lärm, der von draußen hereindrang: das Quietschen der Winden, die Rufe der Männer und das Pochen und Prallen der Lasten, die vom Schiff an Land befördert wurden.

Ich warf die Wolldecken zur Seite und setzte mich auf. Jetzt, wo das Schiff nicht mehr schaukelte und schwankte, sondern fast bewegungslos lag, fühlte ich mich besser – ja nahezu wohl und durchdrungen von einem eigentümlichen Gefühl leichter und reiner Leere, die mich in einer Art Schwebezustand beließ, gleich jener unwirklichen Macht, wie man sie in Träumen besitzt. Ich rutschte empor auf die Knie und schaute mich um.

Draußen war es jetzt schon sehr dunkel, und die Männer am Pier arbeiteten im Licht von Laternen, das durch die rechteckige Öffnung in der Bordwand auch zu mir hereindrang. Dicht neben meinem Lager sah ich den Wasserkrug und ein großes Stück Gerstenbrot. Ich nahm das Stück Tuch, das in der Tülle des Kruges stak, heraus und kostete vorsichtig das Wasser. Es schmeckte ein wenig schal, ließ sich jedoch trinken und spülte mir die Übelkeit aus dem Mund. Das Brot war knochenhart, doch ich tunkte es in das Wasser, bis ich ein Stück abbrechen und kauen konnte. Dann erhob ich mich und versuchte, durch die Luke hinauszuspähen.

Mein Gefängnis lag im Bug, und während das Schiff in der Mitte dicht am Pier vertäut war, klaffte zwischen Bug und Land eine Strecke von etwa fünfzehn Fuß Wasser. Von der Reling über mir spannte sich ein Tau zum Pier. Licht gab es hier nicht. Am Ufer, bis zu den Gebäuden hin, breitete sich wohltuende Dunkelheit. Ja, ich würde warten müssen: warten, bis die Ladung gelöscht war und die Karren, und mit ihnen hoffentlich auch die Soldaten, verschwanden. Noch war es zur Flucht zu früh. Denn fliehen mußte ich. Wenn ich blieb, so lag meine einzige Hoffnung in Marrics Wohlwollen, und dieses Wohlwollen hing ganz vom Ausgang seiner Unterredung mit Ambrosius ab. Und falls Marric aus irgendwelchen Gründen verhindert war und Hanno allein zurückkehrte ...

Außerdem hatte ich Hunger. Das schale Wasser und der scheußliche Brotbrocken hatten die Säfte meines ausgeleerten Magens wieder in Gang gesetzt und wilde Gier geweckt. Ich hatte nicht die geringste Lust, noch stundenlang auf ein ordentliches Mahl zu warten.

Und dann: Selbst wenn Ambrosius nach mir schickte, konnte ich nicht sicher sein, welches Schicksal mich von seiner Hand erwartete, wenn er nur erst wußte, was ich zu berichten hatte. Und das war ohnehin spärlich genug. Dazu war ich als Geisel für ihn tatsächlich ohne Wert. Denn, Bastard, der ich war, zählte mein Rang nur wenig. Und so mochte, bei einigem Glück, Sklaverei mein Los sein. Andernfalls winkte mir ein sang- und klangloser Tod.

Und darauf zu warten, hatte ich nicht die mindeste Absicht.

Aber noch mußte ich Geduld üben. Kalter Lufthauch strich über mich hinweg, und erst jetzt wurde mir bewußt, daß ich nackt stand. Rasch glitt ich von der Öffnung herab und stöberte nach meinen Kleidern.

Das Licht der Laternen schimmerte nur schwach, genügte aber, um mir meine Umgebung zu zeigen. Mein enges Gefängnis, fast nur ein Loch; die Decken, die verknäult auf dem Haufen alter Säcke lagen, welche mir als Lager gedient hatten; die alte, zersplitterte Seekiste an einem Schott; ein Haufen rostiger, schwerer Ketten; Wasserkrug und Brot; und in der Ecke ein stinkender Eimer, halb noch mit Erbrochenem gefüllt. Aber das war auch alles. Meine Kleider waren nirgends zu sehen. Mochte Marric mir meine nassen Sachen auch aus sehr menschlicher Regung vom Leibe gezogen haben – entweder hatte er vergessen, sie zurückzubringen, oder er hielt sie mit Vorbedacht versteckt, um meine Flucht zu verhindern.

Wenige Blicke zeigten mir, daß die Seekiste nur wenig enthielt; Schreibtafeln, einen Bronzebecher, Sandalenriemen. Richtig: Meine Sandalen, die hatten sie mir wenigstens gelassen. Zwar war ich durchaus gewohnt, barfuß zu gehen, doch nicht im Winter und nicht auf harten Straßen.

Zur Flucht war ich nach wie vor entschlossen, und sollte ich sie auch nackt bewerkstelligen müssen. Wohin? Ich wußte es nicht. Doch hatte mich der Gott nicht aus Camlachs Händen errettet und sicher über die Kleine See gesandt? Ich vertraute meinem Geschick. Soweit ich überhaupt einen Plan hatte, bestand er darin, nach Möglichkeit Ambrosius in Augenschein zu nehmen, um zu sehen, was für ein Mensch er war. Und sollte ich mir von ihm Schutz oder wenigstens Gnade versprechen, so konnte ich vor ihn treten und ihm mein Wissen und meine Dienste anbieten. Daß ihm die Huldigung eines Zwölfjährigen kaum mehr entlocken mochte als ein Lächeln, kam mir gar nicht in den Sinn. Für den Fall, daß er meine Dienste ausschlug, kam mir eine recht verschwommene Idee; mich nämlich durchzuschlagen zu jenem nördlich von Kerrec gelegenen Dorf, aus dem Moravik stammte, und dort bei ihrer Familie Unterschlupf zu suchen.

Die Säcke, auf denen ich gelegen hatte, waren alt und schon halb verrottet. Ich nahm einen und riß an einigen Stellen die Nähte auf, so daß Kopf und Arme hindurchpaßten. Ein abscheuliches Gewand, aber doch besser als nichts. Der Wärme halber stülpte ich mir noch einen zweiten über. Ein dritter hätte mich zu unbeholfen gemacht. Sehnsüchtig betastete ich die Decken. Doch sie waren noch in gutem Zustand und ließen sich nicht aufreißen. Beim Klettern durch die Luke und über das Tau hätten sie mich behindert. Widerstrebend ließ ich sie liegen. Dann nahm ich etliche der Sandalenriemen, knotete sie aneinander und schlang sie mir als Gürtel um den Leib. Das Stück Gerstenbrot fand vorn auf meiner Brust Platz. Mit dem Rest des Wassers wusch ich mir Hände, Gesicht und Haar und trat dann rasch wieder an die Luke.

Denn inzwischen hatte ich Rufe und Geräusche gehört, die darauf hinwiesen, daß die Männer sich zum Abmarsch bereitmachten. Und so war es in der Tat. Männer und Karren waren bereits in Bewegung. Schwerbeladen schwankten die Fahrzeuge dahin. Peitschen knallten. Hart klang der Tritt marschierender Füße. Was mochte die Ladung enthalten? Getreide konnte es um diese Jahreszeit kaum sein; eher schon Metall oder Erz, unter militärischer Bewachung ausgeladen und zur Stadt befördert. Die Geräusche klangen ab. Ich spähte sorgsam. Noch hingen die Laternen an den Pfählen, doch das Ufer wirkte menschenleer. Es wurde Zeit. Ich mußte mich davonmachen, ehe es der Wache einfiel, nach dem Gefangenen zu sehen.

Besonders schwer war es nicht. Bald hockte ich auf dem Rand der Lukenöffnung, Beine noch in meinem Verlies, Körper schon außerhalb, und streckte die Arme nach dem Tau. Für Sekunden tanzte alles wild vor meinen Augen: Auf diese Weise konnte ich nicht herangelangen – ich mußte aufstehen und, über dem dunklen Abgrund zwischen Schiff und Pier schwebend, mich irgendwie an den Schiffsleib klammern, um das Tau mit den Händen zu erreichen. Aber ich schaffte es. An die Planken gekrallt wie eine der kletternden Ratten, schob ich mich Stück für Stück höher und griff schließlich nach dem Tau, das sich in sachtem Bogen zum Poller am Pier spannte. Es war trocken. Ich packte mit beiden Händen zu, stieß mich vom Schiff ab und schwang die Beine hinauf.

Ich hatte geglaubt, recht bequem Hand über Hand auf das überschattete Ufer zuhangeln zu können, doch es zeigte sich, daß selbst mein geringes Gewicht das Schiff zur Seite neigen ließ und den Bug näher zum Pier zog. Das Tau sackte schlaff durch und hing dort, wo ich mich wie ein Äffchen daran klammerte, fast senkrecht herab. Meine Füße verloren ihren Halt und glitten weg, und meine Hände hatten nicht genügend Kraft. Wie eine Perle an ihrer Schnur rutschte ich tiefer.

Leicht hätte ich zwischen Pier und Bordwand zermalmt werden können. Und hätte das hängende Tau, an dem ich tiefer und tiefer glitt, im unrechten Augenblick das Wasser erreicht, so wäre ich wohl ertrunken. Doch ich hatte Glück. Hin und her rukkend wie ein scheuender Gaul, schwenkte das Schiff langsam auf das Ufer zu, und als es gegen den Pier stieß, befand ich mich just darüber und stürzte, außerstande, mich länger zu halten, der Länge nach zu Boden. Kaum eine Handbreit neben dem Poller lag ich auf frosthartem Grund im Schatten einer Mauer.

2

Ob ich mich beim Aufprall verletzt hatte, wußte ich nicht. Aber für solche Gedanken blieb jetzt auch keine Zeit. Über mir auf dem Deck hörte ich den raschen Takt nackter Füße. Offenbar die Wache, die sehen wollte, was los war. Schnell rollte ich herum, sprang auf die Füße und lief davon, noch ehe die schwankende Laterne, die der Mann hielt, ihren Schein über mich werfen konnte.

Es war kalt. Grau wölkte mein Atem in der schwarzen und eisigen Luft. Der Mond war nicht zu sehen, doch von hoch oben funkelten die Sterne wie Wolfsaugen.

Wie so nahe bei der See kaum anders zu erwarten, umgab ein hoher Damm die Stadt, aufgeschüttetes Erdreich mit einer Palisade oben. Unten zog sich ein breiter Graben entlang, wo weißlich Eis schimmerte, das hier und dort aufgeschlagen war, so daß es niemanden tragen konnte. Die Löcher in der dicken Eisschicht waren schon wieder von einer dünnen Haut überzogen und spiegelten das Funkeln der Sterne. Eine hölzerne Brücke führte zum geschlossenen Tor.

Kaum wahrnehmbar führte am Rande des Grabens ein Pfad in östlicher Richtung. Angestrengt folgte ich ihm mit den Augen und gewahrte in einiger Entfernung, außerhalb der Stadt, weitere Lichter, eine Ansiedlung offenbar oder doch ein Gehöft.

Sofort setzte ich mich in Trab, während meine Hand mechanisch den Brocken Brot hervorholte und ich zu kauen begann.

Nach einiger Zeit sah ich, daß das Licht tatsächlich von einem Gehöft kam, dessen Gebäude einen Hof umschlossen. Auf der einen Seite stand das Wohnhaus, zwei Stockwerke hoch, während die übrigen drei Seiten von einstöckigen Gebäuden gebildet wurden — von Bädern, Gesindequartieren, Ställen, Backhaus; das Ganze eine Art hoher Mauer, in der nur hier und da durch Fensterschlitze Licht blinkte. Neben einem Torbogen qualmte in einem eisernen Halter eine Fackel, deren Pech offenbar feucht geworden war. Vom Hof her schimmerten weitere Lichter, doch waren weder Stimmen noch Geräusche zu vernehmen. Das Tor war natürlich verschlossen.

Nicht daß ich, wäre es auch offen gewesen, diesen Weg genommen hätte, um von einem rauhbeinigen Wächter womöglich grob durchgebeutelt zu werden. Ich zog es vor, langsam an der Mauer entlangzuschleichen und nach einem Loch zu spähen, durch das ich schlüpfen konnte. Das dritte Fenster gehörte zum Backhaus, wie die Gerüche, schal schon und längst erkaltet und dennoch sehr verlockend, mir verrieten. Doch das Fenster war nur ein enger Schlitz, der selbst mich nicht hindurchließ.

Dann kam ein Stall und noch ein zweiter ... warm vermischte sich der Brodem der Pferde und anderer Tiere mit dem Geruch süßen Heus. Danach das Wohnhaus, völlig ohne Fenster nach außen. Und das Bad, auch hier keine Hoffnung. Und wieder zurück zum Tor.

Plötzlich rasselte eine Kette, und wenige Schritte von mir, knapp innerhalb der Mauer, schlug scharf ein großer Hund an. Erschrokken sprang ich zur Seite und schmiegte mich an die Steine, während irgendwo ganz in der Nähe eine Tür geöffnet wurde. Der Hund knurrte, und ein Mann schien zu lauschen, ehe er das Tier barsch anfuhr. Die Tür schlug wieder zu. Unten am Tor schnüffelnd, murrte der Hund noch einen Augenblick. Dann schleppte er seine klirrende Kette zu seiner Hütte zurück, und ich hörte, wie er sich auf raschelndes Stroh niederließ.

Offenbar gab es auch nicht die geringste Möglichkeit, heimlich in das Gehöft einzudringen, um dort Unterschlupf zu finden. Angestrengt grübelnd stand ich mit dem Rücken an der eiskalten Mauer, die jedoch immer noch wärmer schien als die frostige Luft. Heftig schüttelten mich Kälteschauer, und es war, als ob mir buchstäblich jeder Knochen klappere. War es richtig gewesen, das Schiff zu verlassen? Ja, ich war davon überzeugt. Und gewiß hatte ich auch recht daran getan, mich den Soldaten nicht auf

Gnade oder Ungnade auszuliefern. Aber jetzt begann ich mich zu fragen, ob es nicht das beste war, ans Tor zu pochen und um Obdach zu bitten. Natürlich würde man mich als Bettler recht unsanft anfassen, aber wenn ich hier draußen blieb, so war ich vor Morgengrauen längst erfroren.

Die Fackel qualmte rußig. Und dann gewahrte ich, schon außerhalb des Lichtkreises, den sie warf, die flachen, dunklen Umrisse eines Gebäudes, irgendein Viehstall offenbar, rund zwanzig Schritt entfernt an der Ecke eines Feldes und umgeben von einer niedrigen Böschung, auf der Dornengestrüpp stand. Ja, ich hatte mich nicht getäuscht. Dort waren Tiere untergebracht. Ich hörte, wie sie sich bewegten. Ihre Wärme würde mir guttun, und wenn erst die Erstarrung aus meinen Gliedern gewichen war und meine Zähne nicht mehr so klapperten, dann blieb mir zur Stärkung ja auch noch mein Stück Brot.

Langsam löste ich mich von der Mauer, ohne den geringsten Laut, wie ich hätte schwören mögen. Doch kaum hatte ich auch nur einen Schritt getan, als der Hund abermals wild kläffend aus seiner Hütte stürzte. Diesmal flog die Haustür unverzüglich auf. Auf dem Hof erklangen die Schritte eines Mannes, die sich dem Tor näherten. Metallenes Schaben ertönte. Offenbar wurde eine Waffe gezogen. Eben wollte ich mich umwenden und davonlaufen, als ich vernahm, was der Hund gehört haben mußte: galoppierende Hufschläge, die auf das Gehöft zustrebten.

Gedankenschnell rannte ich auf den Viehstall zu. In der Böschung war ein Einschnitt, der von einem abgestorbenen Dornenbaum blockiert wurde. Ich zwängte mich daran vorbei und kroch dann, so lautlos wie möglich, zum Eingang.

Der Stall war eher ein primitiver Schuppen mit kaum mannshohen Wänden, überdacht mit Stroh und vollgepfercht mit Vieh, Jungstieren in der Hauptsache, wie mir schien. Sie standen so dicht beieinander, daß zum Liegen kein Platz blieb. Doch wenigstens Wärme und Futter hatten sie und waren's offenbar zufrieden. Ein Balken, quer im offenen Eingang, versperrte ihnen den Weg nach draußen. Davor streckte sich, öde und grau in Sternenlicht und Frost, das Feld. In der Mitte stand einer jener hochragenden Steine.

Ich lauschte. Drüben hinter dem Tor sprach der Mann auf den Hund ein, um ihn zum Schweigen zu bringen. Die Hufschläge klangen jetzt lauter. Und dann tauchte aus der Dunkelheit der Reiter hervor und zügelte sein Roß, während Metall auf Stein knirschte und Steingeröll und Grasfetzen aufflogen. Die Hufe schienen unmittelbar gegen das Holz des Tores zu prallen. Von innen klang eine Frage, und der Reiter, mit hartem Schwung aus dem Sattel gleitend, antwortete:

»Natürlich, wer sonst? So öffnet schon das Tor.«

Das Tor knarrte auf, und dann hörte ich, daß die beiden Männer miteinander sprachen, konnte jedoch nur dann und wann ein Wort verstehen. Der Pförtner (oder wer immer es war, der das Tor geöffnet hatte) trug jetzt die Fackel, die in dem eisernen Halter gewesen war. Und plötzlich sah ich, daß sie, das Pferd führend, sich dem Stall näherten, wo die Jungstiere standen.

»Ja, so ist's schon recht«, sagte der Reiter ungeduldig. »Wenn es dazu kommen sollte, ist es mir sehr lieb, mich rasch davonmachen zu können. Futter ist doch dort?«

»Ja, Sir. Ich habe die jungen Tiere da draußen eingepfercht, um Platz für die Pferde zu schaffen.«

»Dann wartet wohl schon eine ganze Versammlung, wie?« fragte der Reiter. Seine Stimme klang jung und schroff, die Stimme eines Aristokraten, geprägt von jenem sorglosen Ungestüm, mit dem der Reiter sein Roß kurz vor dem Tor hart zurückgerissen hatte.

»Ja, Sir, es sind schon viele da«, erwiderte der Pförtner. »Hier entlang. Vielleicht ist es besser, ich gehe mit der Fackel voraus und . . .«

»Ich kann gut genug sehen«, sagte der junge Mann gereizt, »wenn du mir bloß nicht die Fackel ins Gesicht stößt.« Und zu dem Pferd, das einen Augenblick zu zaudern schien. »Vorwärts mir dir.«

»Laßt mich lieber vorangehen, Sir. Da ist ein Dornenbaum und ein Balken, der den Eingang versperrt. Wartet nur eine Sekunde, ich räume das fort.«

Inzwischen hatte ich mich lautlos um die Ecke gestohlen, wo die rauhe Wand gegen die Böschung stieß. Hier lag ein hoher Haufen Reisig, hinter dem ich mich versteckte.

Ich hörte, wie der Balken hochgehoben und zur Seite geschleudert wurde. »Es ist gut, Sir, Ihr könnt Euer Tier hereinbringen. Viel Platz gibt es hier ja nicht, aber wenn Ihr Euer Pferd lieber hier draußen lassen wollt –«

»Ja, schon gut. Beeil dich doch, Mensch. Ich bin ohnehin recht spät dran.«

»Überlaßt mir das Tier getrost, Sir. Ich werde es für Euch absatteln.«

»Nicht nötig. Für ein oder zwei Stunden geht es auch so. Lockre ihm nur den Gurt. Vielleicht sollte ich ihm meinen Umhang überwerfen. Gott, ist das kalt . . . Nimm ihm das Zaumzeug ab, hörst du? Ich gehe jetzt hinein . . .«

Mit klirrenden Sporen schritt er davon. Der Balken wurde vorgelegt, auch der Dornenbaum kam wieder an Ort und Stelle. Dann eilte der Pförtner rasch hinterher, und gedämpft, halb verschwommen schon, hörte ich noch einen Satz: »Laß mich hinten ein, wo der Vater mich nicht sieht.«

Hinter ihnen schloß sich das große Tor. Die Kette rasselte, doch der Hund blieb stumm. Die Schritte der Männer klangen über den Hof, und dann ging hinter ihnen die Haustür zu.

3

Kaum war das Tor zugeschlagen, als ich auch schon wieder in den Stall schlüpfte. Der Gott hatte seine Schuldigkeit getan und mir Wärme beschert und noch mehr, wie ich entdeckte – Nahrung nämlich.

Bewichtigend sprach ich auf das Pferd ein, während ich ihm sacht den Umhang vom Rücken zog. Es schwitzte kaum. Offenbar war es nur die knappe Meile von der Stadt herbeigaloppiert. Hier im Schuppen bei den enggedrängten Rindern konnte ihm die Kälte nichts anhaben, und selbst wenn: Ich war des wärmenden Stoffs bedürftiger. Es war ein Offiziersmantel, dickes, weiches, gutes Tuch. Und während ich noch mit der Hand darüberstrich, fand ich voll Erregung, daß mein Gott nicht nur für den Mantel, sondern auch für volle Satteltaschen gesorgt hatte. Ich reckte mich auf die Zehenspitzen empor und tastete mit spürenden Fingern hinein.

Eine lederne Flasche. Ich schüttelte sie. Sie war fast noch voll. Wein wahrscheinlich; Wasser würde der junge Reiter kaum mit sich führen. Ein Mundtuch, in das Brot gewickelt war und Rosinen und einige Streifen getrocknetes Fleisch.

Die Rinder drängten näher heran und bliesen mir ihren warmen Atem entgegen. Der lange Umhang war mir vom Arm gerutscht und mit einem Zipfel in den Schmutz unter ihren Hufen geraten. Ich raffte ihn hoch, nahm Flasche und Mundtuch und schlüpfte unter der Schranke hinaus. Der Reisighaufen draußen war sauber, doch ich glaube, in diesem Augenblick hätte mich selbst ein Mistberg nicht abgeschreckt. Dicht in den Umhang gehüllt, vergrub ich mich tief im Reisig und aß und trank voll Behagen, was der Gott mir gesandt hatte.

Was auch immer geschehen mochte, einschlafen durfte ich auf keinen Fall. Denn leider hatte der junge Reiter ja nicht die Absicht, sich hier länger aufzuhalten als höchstens ein bis zwei Stunden. Doch eben diese Frist, zusammen mit dem guten Essen, mochte hinreichen, mich gut durchzuwärmen, so daß ich die Zeit bis zum Morgengrauen ohne Schaden überstehen konnte. Jetzt blieb mir sogar Muße, mich in aller Ruhe auszustrecken. Sollte irgendwer vom Gehöft her kommen, würde ich rechtzeitig zum Schuppen eilen, um den Umhang wieder an Ort und Stelle zu bringen. Daß seine Wegzehrung aus der Satteltasche verschwunden war, würde der junge Reiter sicherlich kaum bemerken.

Ich trank noch einige Schluck Wein. Erstaunlich, wie selbst der schale Brocken Gerstenbrot dadurch an Geschmack gewann. Ein starkes und süßes Getränk, in dem das Aroma von Rosinen spürbar wurde. Warm lief es mir durch die Kehle in den Körper und taute meine Glieder auf, bis alles Schütteln und Klappern wich und ich mich wohlig entspannt in mein dunkles Nest kuscheln konnte, rundum von Reisig umgeben und gegen die Kälte geschützt.

Ich mußte ein wenig geschlafen haben. Wovon ich wach wurde, weiß ich nicht.

Offenbar lag ich zu tief und zu behaglich in meinem Reisighaufen, um das Wehen des Windes zu hören. Und ebensowenig hörte ich den jungen Reiter, der an der Schranke des Dornenbaums vorbei auf den Schuppen zuging. Doch plötzlich war er da, eine hochgewachsene Gestalt, lautlos und schattenhaft wie der Wind.

Ich schrumpfte zusammen wie eine Schnecke in ihrem Gehäuse. Zu spät, noch eilends den Umhang zurückzubringen. Meine einzige Hoffnung bestand darin, daß der junge Mann annahm, der Dieb sei längst über alle Berge, und nicht in der näheren Umgebung nach mir suchte. Aber dann sah ich, daß er gar nicht auf den Schuppen zuhielt. Er ging quer über das Feld auf den ragenden Stein zu, wo, halb im Schatten, sein Schimmel stand und graste. Irgendwie mußte es dem Tier gelungen sein, aus dem Verschlag zu entkommen. Was es dort im winterlichen Feld zu fressen fand, wußten wohl allein die Götter. Doch ich sah es deutlich genug in geisterhaft schwankenden Umrissen. Grasend stand es neben dem Stein. Offensichtlich hatte es sich auch des Gurts entledigt, denn der ganze Sattel war fort.

Ich hatte also Glück. Während er das Tier einfing, konnte ich bequem entkommen ... oder besser noch: den Umhang beim Schuppen fallen lassen, so daß der Mann annehmen mußte, er sei dem Pferd vom Rücken geglitten, und dann zu meinem warmen Nest zurückzukehren, bis Roß und Reiter verschwunden waren. Vorsichtig schob ich mich höher und wartete ab.

Das grasende Pferd hatte den Kopf gehoben. Es blickte dem Mann entgegen. Eine Wolke trieb über die Sterne und verdunkelte das Feld. Dann lief wieder schimmernde Helle über die frostige Fläche und traf auf den hohen Stein. Und jetzt sah ich, daß ich mich geirrt hatte. Wohl war es ein Tier, das dort stand, doch weder das Pferd noch, wie ich zu erkennen glaubte, einer der Jungstiere aus dem Verschlag. Dies hier war ein Bulle, ein massiges weißes Tier, voll ausgewachsen, mit majestätisch gereckten Hörnern und machtvollem Nacken. Jetzt senkte er den Kopf, bis die Wamme über den Boden streifte und scharrte ein-, zweimal mit den Hufen.

Der junge Mann blieb stehen. Im Schein der Sterne konnte ich ihn deutlich erkennen. Eine hochgewachsene, kräftige Gestalt mit hellem Haar. Er trug ein fremdartiges Gewand – mit Riemen verschnürte Beinkleider und darüber eine Art Tunika, die tief auf den Hüften gegürtet war. Eine hohe Kappe bedeckte seinen Kopf. Darunter umwehte helles Haar strahlengleich sein Gesicht. In der Hand hielt er ein Seil. Sein kurzer, dunkler Umhang, dessen Farbe ich im trüben Licht nicht genau ausmachen konnte, flog im Wind.

Sein Umhang? Dann konnte es also nicht mein junger Reiter sein. Wie wäre dieser hochmütige junge Mensch auch dazu gekommen, mitten in der Nacht einen entlaufenen Bullen einzufangen?

Und plötzlich, ohne Warnzeichen, ohne den geringsten Laut, griff das Tier an. Schatten und Licht, in eins vermengt, stürzten mit dem massigen Körper daher. Das Seil sauste durch die Luft, und eine Schlinge senkte sich auf die Hörner. Der Mann sprang zur Seite. Das riesige Tier stürmte an ihm vorüber und kam zu einem gleitenden Halt, während das Seil hart strammte und von den Hufen wolkig der Frost hochstob.

Der Bulle wirbelte herum und griff erneut an. Die Füße leicht gespreizt, wartete der Mann reglos und fast verächtlich ab. Erst als das Tier unmittelbar vor ihm auftauchte, wich er mühelos wie ein Tänzer zur Seite. Der Bulle strich so dicht an ihm vorbei, daß eines der Hörner den wehenden Umhang aufschlitzte. Dann schwang wieder das Seil durch die Luft, und eine zweite Schlinge legte sich um die majestätischen Hörner. Und während der Bulle erneut zum Halt kam, stemmte der Mann sich mit aller Kraft ein.

Und dann sprang er. Sprang zum Bullen und schwang sich auf den breiten Nacken, wo er tief die Knie in die Wamme grub und das Seil mit sehnigen Händen wie einen Zügel straffte.

Beine gespreizt und den Kopf sperrig gegen das Seil gesenkt, verhielt das Tier auf der Stelle. Noch immer kein Laut, nicht das geringste Geräusch, weder das Stampfen der Hufe noch zorniges Schnauben. Ich stand vor meinem Reisighaufen und starrte: sah nichts als den Kampf zwischen Mensch und Tier.

Wieder hüllte eine Wolke das Feld in Dunkelheit. Ich raffte mich zusammen. Wollte zum Schuppen stürzen und den Balken holen, um Beistand zu leisten, so gut ich es mit meinen schwachen Kräften vermochte. Doch noch ehe ich mich in Bewegung setzen konnte, war die Wolke davongeflohen, und ich sah das unveränderte Bild: den mit gespreizten Beinen stehenden Bullen und den auf seinem Nacken thronenden Mann. Jetzt begann das Tier, den Kopf zu heben.

Nein. Nicht das Tier hob den Kopf, sondern die Fäuste des Mannes, jetzt um die Hörner gespannt, zwangen den wuchtigen Schädel Stück für Stück zurück ... weiter ... höher ... in einem Ritual bedingungsloser Unterwerfung streckte sich der machtvolle Hals und lag bloß.

In der rechten Hand des Mannes blitzte es auf Er beugte sich vor, und sein Messer stieß zu.

Langsam und immer noch ohne Laut sank das Tier in die Knie. Schwarze Flut ergoß sich über das weiße Fell, den weißen Boden, den weißen Fuß des Steins.

Ohne zu wissen, was ich tat, lief ich schreiend über das Feld auf Mann und Tier zu. Er wandte den Kopf und sah mir entgegen. Ein Lächeln prägte sein Gesicht, das dennoch ausdruckslos schien und eigentümlich unmenschlich wirkte. Keine Spur von Anstrengung war ihm anzumerken. Auch die Augen, kalt und dunkel und ohne ein Lächeln, blieben ausdruckslos.

Ich verfing mich mit den Füßen im schleppenden Umhang und stolperte und fiel. Wie ein lächerliches und hilfloses Bündel rollte ich auf den Mann zu, während im gleichen Augenblick der Bulle zusammenbrach. Ein harter Stoß, ein Tritt wohl, traf meine Schläfe, und ich hörte schrilles kindliches Greinen, mein eigenes Schluchzen. Dann wurde es dunkel.

4

Ein zweiter Tritt traf mich, in die Rippen diesmal. Stöhnend rollte ich herum und versuchte, den Füßen zu entkommen, doch mein Umhang behinderte mich. Eine stinkende, schwärzlich qualmende Fackel wurde mir fast ins Gesicht gestoßen. Und dann sagte die vertraute junge Stimme zornig: »Bei Gott, das ist ja mein Umhang! Schnappt euch den Kerl, aber schnell! Ich fasse ihn nicht an. Der starrt ja vor Schmutz.«

Rings um mich waren flackernde Fackeln, scharrende Füße, zornige oder belustigte Stimmen. Auch stampfende Hufe, denn einige der Männer saßen zu Pferde, und ihre Tiere, am Rande der Gruppe, tänzelten unruhig in der Kälte.

Angestrengt zwinkernd, krümmte ich mich zusammen. Mein

Kopf schmerzte. Wie wesenlos verschwamm das Bild, als seien Traum und Wirklichkeit unentwirrbar ineinander verschränkt, um meine Sinne zu narren. Feuer, Stimmen, ein schlingerndes Schiff, ein stürzender weißer Bulle . . .

Eine Hand griff nach dem Umhang und riß in gleicher schroffer Bewegung auch einen Fetzen von der verrotteten Sackleinwand mit. Von der Schulter bis zur Hüfte lag mein Körper auf der einen Seite bloß. Eine zweite Hand packte meinen Arm und zwang mich empor auf die Füße. Finger krallten sich in mein Haar und schoben mein Gesicht dem Mann entgegen, der hochaufgerichtet vor mir stand. Er war jung und sehr groß. Rötlich schimmerte sein hellbraunes Haar im Schein der Fackeln. Ein eleganter Bart zierte sein Kinn. Seine Augen waren blau und funkelten mich zornig an. In der linken Hand hielt er eine Peitsche. Einen Umhang trug er nicht.

Angewidert musterte er mich. »Stinkende Bettlerbrut. Ich werde den Umhang wohl verbrennen müssen. Aber dafür wirst du mir büßen, du schmutzige kleine Ratte. Wolltest mir gewiß auch noch das Pferd stehlen.«

»Nein, Sir. Mir lag nur an dem Umhang. Und den hätte ich auch wieder zurückgebracht, das schwöre ich.«

»Und die Spange?«

»Welche Spange?«

»Die Spange ist noch an Eurem Umhang, Herr«, sagte der Mann, der mich hielt.

»Ich habe ihn mir nur ausgeliehen«, warf ich rasch ein. »Es war so kalt, und da –«

»Da mochte lieber mein Pferd frieren. Das meinst du doch.«

»Euer Pferd stand ja im warmen Schuppen, Sir. Und den Umhang wollte ich wirklich nicht behalten.«

»Ja, glaubst du, daß ich den jetzt noch tragen kann, du stinkende kleine Ratte? Ich sollte dir dafür den Hals durchschneiden.«

Einer der Reiter sagte: »Nun laßt schon gut sein. Vom Umhang mal abgesehen, ist Euch ja kein Schaden entstanden. Der arme Tropf ist halbnackt, und bei dieser Kälte würde selbst ein Salamander erfrieren. Laßt ihn gehen.«

»Wenigstens durchpeitschen werde ich ihn«, sagte der junge Offizier zwischen den Zähnen. »Das wird mich wärmen. Bleib ja stehen, du – Cadal, halt ihn fest.«

Die Peitsche schwang zurück. Vergeblich versuchte ich, den rauhen Fäusten zu entkommen. Doch ehe die Peitsche auf mich herabsausen konnte, glitt ein Schatten an den Fackeln vorbei, und eine Hand legte sich leicht auf den Arm des jungen Offiziers.

»Was soll das hier?« fragte eine Stimme.

Die Männer verstummten wie auf Befehl. Der junge Offizier wandte den Kopf und ließ die Peitsche sinken.

Cadals Griff hatte sich gelockert, und vielleicht hätte ich, meine Hände mit plötzlichem Ruck befreiend, entkommen können, obschon gewiß nicht sehr weit. Doch ich dachte nicht an Flucht. Ich starrte.

Der Neuankömmling überragte den jungen Offizier noch um einen halben Kopf. Da er zwischen mir und den Fackeln stand, konnte ich ihn gegen die gleißende Helle nur undeutlich erkennen. Nach wie vor schmerzte mein Kopf, immer noch verschwamm mir die Szenerie vor den Augen, und erneut sprang die Kälte mich an wie ein wildes Tier. Das einzige, was ich wahrnahm, war eine hohe, schattenhafte Gestalt: ein ausdrucksloses Gesicht mit dunkel auf mir ruhenden Augen.

Ich atmete keuchend. »Das wart doch Ihr! Ihr habt mich gesehen, nicht wahr? Ich wollte Euch zu Hilfe kommen. Aber ich stolperte und fiel. Ich hatte nicht die Absicht fortzulaufen – sagt ihm das bitte, Herr. Ich hätte ihm den Umhang bestimmt zurückgebracht. Bitte sagt ihm doch, was geschehen ist!«

»Wovon sprichst du? Was soll ich ihm sagen?«

Mit verkniffenen Augen starrte ich gegen das sprühende Licht. »Das, was Ihr getan habt. Denn Ihr – Ihr wart es doch, der den Bullen tötete.«

»Der was?«

War es schon vorher still gewesen, so herrschte jetzt völliges Schweigen. Nichts war zu hören als das Atmen der dichter herandrängenden Männer und das Schnauben der Pferde.

»Was für ein Bulle?« fragte der junge Offizier scharf.

»Der weiße Bulle«, sagte ich. »Er schnitt dem Tier die Kehle durch, und das Blut stürzte hervor wie aus einem Quell. Und Euer Umhang wurde schmutzig, weil ich –«

»Woher, zum Teufel, weißt du von dem Bullen? Wo hast du gesteckt? Wer hat hier geplaudert?«

»Niemand«, sagte ich überrascht. »Ich habe es selbst gesehen. Ist es denn ein Geheimnis? Ich glaubte zuerst zu träumen, weil ich vom Wein noch so schläfrig war –«

»Beim Satan!« stieß der junge Offizier wütend hervor. Auch die anderen schrien jetzt: »Er lügt.« – »Lügt, um seine erbärmliche Haut zu retten.« – »Er muß ein Spion sein.« – »Tötet ihn doch.«

Unbeweglich und stumm stand die hohe Gestalt vor mir. Immer noch musterten die dunklen Augen mich eindringlich. Und plötzlich stieg flammender Zorn in mir auf. Hitzig sagte ich zu dem schweigenden Mann: »Ich bin weder ein Spion noch ein Dieb! So lasse ich nicht von mir reden! Was sollte ich denn tun? Etwa zu Tode frieren, damit auch ja dem Pferd nichts geschah?«

Von hinten legte sich eine Hand auf meinen Arm, doch ich schüttelte sie schroff von mir ab. »Auch bin ich kein Bettler, Herr. Ich bin ein freier Mann, und als freier Mann komme ich, Ambrosius meine Dienste anzubieten, so er sie haben mag. Deshalb habe ich mein Vaterland verlassen, und daß ich meine Kleider verlor, ist einem unglücklichen Zufall zuzuschreiben. Gewiß bin ich noch sehr – sehr jung, aber ich verfüge über wertvolle Kunde, und ich spreche fünf Sprachen . . .«

Gedämpftes Gelächter schien aufzuklingen. Unwillkürlich stockte ich, fuhr dann jedoch, meinen zitternden Körper zur Ruhe zwingend, würdevoll fort: »Ich bitte Euch, Herr, mir für den Augenblick Obdach zu gewähren und mir zu sagen, wo ich ihn am Morgen finden kann.«

Wieder trat jene eigentümliche Stille ein. Dann schien der junge Offizier sprechen zu wollen, doch in derselben Sekunde hob der andere die Hand, und dieser Wink genügte. Offenbar war er der Anführer der Schar. »Heb die Fackel höher, Lucius. Wie lautet dein Name?«

»Myrddin, Sir.«

»Nun, Myrddin, ich werde dich anhören. Doch sei deine Rede klar und kurz. Berichte von dem Bullen. Fang ganz von vorn an. Du sahst, wie mein Bruder sein Pferd in den Schuppen da drüben brachte, und nahmst seinen Umhang, um dich zu wärmen. Was geschah dann?«

»Nun, Sir«, sagte ich, »in den Satteltaschen fand ich Brot und Wein, und –«

»Sprichst du etwa von *meinem* Brot und *meinem* Wein?« fragte der junge Offizier.

»Ja, Sir. Es tut mir leid, aber da ich seit vier Tagen kaum einen Bissen zu mir genommen hatte –«

»Schon gut«, unterbrach mich der Befehlshaber kurz. »Sprich weiter.«

»Ich verbarg mich im Reisighaufen dort an der Ecke des Schuppens und muß wohl eingeschlafen sein. Als ich wieder erwachte, sah ich den Bullen bei dem stehenden Stein. Er graste dort still für sich. Und dann kamt Ihr mit dem Seil. Der Bulle griff Euch an, und Ihr fingt ihn ein. Und dann sah ich Euch auf seinem Rücken. Und sah, wie Eure Fäuste seinen Kopf emporzwangen und Euer Messer zustieß. Überall strömte Blut. Ich rannte auf Euch zu, um zu helfen. Was ich hätte tun können, weiß ich nicht. Und dann stolperte ich über den Mantel und fiel hin. Das ist alles.«

Ich schwieg. Ein Pferd stampfte mit den Hufen. Ein Mann räusperte sich. Niemand sprach ein Wort. Cadal, der Bedienstete, der mich festgehalten hatte, schien ein Stück zurückzuweichen.

»Neben dem stehenden Stein?« fragte der Befehlshaber mit ruhiger Stimme.

»Ja, Sir.«

Er drehte den Kopf. Der Stein war nicht weit entfernt. Hinter den Schultern der Reiter sah ich ihn. Vom Fackellicht überstrahlt ragte er hoch in den nächtlichen Himmel empor.

»Macht Platz, damit er besser sehen kann«, befahl der Anführer, und in die Männer kam Bewegung.

Jetzt konnte ich den Stein in ganzer Höhe sehen. Neben seinem Fuß, im gefrorenen Gras, zeigten sich Stiefel- und Hufspuren. Sonst nichts. Wo ich den weißen Bullen gesehen hatte, seinen Sturz und das schwarz aus der Kehle quellende Blut, war nichts als zerstampfte Erde und der Schatten des Steins.

Das Fackellicht fiel von vorn auf die hohe Gestalt, und zum erstenmal sah ich den Anführer deutlich. Er war nicht so jung, wie ich geglaubt hatte. Sein Gesicht war durchfurcht. Die Brauen hielt er nachdenklich gesenkt. Seine Augen waren nicht blau wie die seines Bruders, sondern tatsächlich dunkel. Auch war er breiter und kraftvoller gebaut, als es den Anschein gehabt hatte. Von Hals und Handgelenken blitzte es golden, und ein schwerer Umhang hüllte ihn von Kopf bis Fuß.

»Das wart nicht Ihr«, sagte ich stammelnd. »Verzeiht, aber – aber jetzt begreife ich erst, daß ich geträumt haben muß. Wer würde es auch, nur mit einem Seil und einem Messer bewaffnet, allein mit einem Bullen aufnehmen . . . Niemand hätte die Kraft, seinen Schädel emporzuzwingen und ihm die Kehle aufzuschlitzen . . . Das war eines meiner – es war ein Traum. Und jetzt sehe ich auch, daß nicht Ihr jener Mann gewesen seid. Ich — ich habe mich getäuscht. Verzeiht.«

Die Männer murmelten, und der junge Offizier fragte neugierig: »Was war denn das für ein Mann?«

»Er trug eine Kappe –«

»Eine Kappe?«

»Ja, und –«

»Lassen wir das jetzt«, befahl der Anführer kurz. Er schob eine Hand unter mein Kinn und hob es ein Stück höher. »Du heißt also Myrddin. Und woher stammst du?«

»Aus Wales, Sir.«

»Ah. Dann bist du wohl der Knabe, den sie aus Maridunum mitgebracht haben?«

»Ja. Ihr wißt also von mir? Oh!« Mochten Kälte und Benommenheit mir den nüchternen Verstand geraubt haben – jetzt endlich begriff ich, was ich längst schon hätte ahnen müssen. Ein eigentümliches, aus Furcht und Erregung gemischtes Gefühl stieg in mir auf. »Ihr müßt der Graf sein Ihr müßt Ambrosius sein.«

Er machte sich nicht die Mühe, zu antworten. »Wie alt bist du?«

»Zwölf, Sir.«

»Und wer bist du, Myrddin, daß du davon sprichst, in meine Dienste treten zu wollen? Was wohl hättest du zu bieten, das mich davon abhalten könnte, dich an Ort und Stelle niederzumachen, damit diese Herren hier nicht länger der Kälte ausgesetzt sind?«

»Wer ich bin, macht keinen Unterschied, Sir. Ich bin der Enkel des Königs von Südwales. Doch ist mein Großvater jetzt tot, und auf dem Thron sitzt mein Onkel Camlach, der mich am liebsten tot sähe. So kann ich Eurer Sache nicht einmal als Geisel dienen. Nein, was oder wer ich bin, ist für Euch nicht von Wichtigkeit. Dennoch habe ich Euch etwas zu bieten, wie Ihr selbst sehen werdet, wenn Ihr mich bis zum Morgen am Leben laßt.«

»Ah ja, wertvolle Kunde und fünf Sprachen. Auch Träume, wie es scheint.« Aus den Worten klang Spott, doch kein Lächeln trat in seine Züge. »Des alten Königs Enkel, sagst du? Und Camlach ist nicht dein Vater? Auch Dyved nicht? Ich wußte nicht, daß der alte König außer Camlachs Sproß noch einen Enkel hatte. Nach dem, was meine Spione mir berichteten, hielt ich dich für seinen eigenen Bastard.«

»Dafür hat er mich auch manchmal ausgegeben – um meiner Mutter die Schande zu ersparen, wie er sagte. Sie selbst hat das nie so empfunden, und sie sollte es ja am besten wissen. Meine Mutter war Niniane, des alten Königs Tochter.«

»Ah.« Kurzes Schweigen. »War?«

Ich sagte: »Sie lebt noch, ist jetzt aber im Nonnenkloster von St. Peter, dem sie im Grunde schon vor Jahren beigetreten ist. Doch erst nach dem Tode des alten Königs durfte sie den Palast verlassen.«

»Und dein Vater?«

»Sie hat nie von ihm gesprochen. Zu niemandem. Man sagt, daß es der Fürst der Dunkelheit war.«

Ich erwartete die übliche Reaktion, die gekreuzten Finger oder den raschen Blick über die Schulter. Weder das eine noch das andere trat ein. Er lachte.

»Dann ist es ja kein Wunder, daß du von Göttern unter Sternen träumst und davon sprichst, Königen zu ihren Königreichen zu verhelfen.« Mit schwingendem Umhang wandte er sich zur Seite. »Mag ihn einer von euch zu sich aufs Pferd nehmen. Und laß du, Uther, ihm getrost wieder deinen Mantel, damit er uns nicht doch noch zu Tode friert.«

»Du glaubst doch nicht, daß ich das Stück nach ihm noch anrühre, und wäre er der Fürst der Dunkelheit persönlich«, sagte Uther.

Ambrosius lachte. »Wenn du dein Tier so scharf hernimmst wie sonst, wird dir auch ohne Mantel warm werden. Und wenn wirklich das Blut des Stieres darauf sein sollte, wäre er jetzt ja auch nichts für dich, nicht wahr?«

»Lästerst du?«

»Ich?« fragte Ambrosius ausdruckslos.

Sein Bruder öffnete den Mund, besann sich jedoch und schwang sich auf seinen Grauschimmel. Irgendwer warf mir den Umhang zu, und während ich ihn mir noch mit zitternden Händen um den Leib schlang, wurde ich gepackt, emporgehoben und einem Reiter gereicht. Ambrosius saß auf dem Sattel eines riesigen Rappen.

»Kommt, ihr Herren.«

Der Rappe sprengte voraus, und Ambrosius' Umhang wehte hoch. Der Grauschimmel galoppierte ihm auf der Spur. Dann folgte der Rest des Reitertrupps.

5

Ambrosius' Hauptquartier lag in der Stadt. Später erfuhr ich, daß die Stadt um das Lager gewachsen war, wo Ambrosius und sein Bruder seit etwa zwei Jahren jenes Heer um sich sammelten, das bislang für Vortigern eine mythische Drohung gewesen war. Jetzt wurde es, nicht zuletzt mit König Budecs Hilfe, zur Tatsache. Aus vielen Ländern Galliens strömten Krieger herbei. Budec war König von Niederbritannien und ein Vetter von Ambrosius und Uther. Zwanzig Jahre war es nun her, daß er die beiden nach Vortigerns Mord an ihrem ältesten Bruder, dem König, zu sich genommen hatte. Damals war Ambrosius erst zehn Jahre alt gewesen und Uther noch ein Säugling. Budecs eigene Burg lag kaum einen Steinwurf von Ambrosius' Lager entfernt, und um diese beiden Festen breitete sich die Stadt, eine buntgemischte Ansammlung von Häusern, Hütten und Kaufläden, rings zum Schutz von Mauer und Graben umgeben. Budec, ein alter Mann jetzt, hatte Ambrosius als seinen Erben eingesetzt und zum Comes oder Graf seiner Truppen ernannt. Früher hatte man geglaubt, daß die Brüder sich damit zufriedengeben würden, nach Budecs Tod über Niederbritannien zu herrschen; jetzt jedoch, da sich Vortigerns Griff um die britische Insel zu lockern begann, war es ein offenes Geheimnis, daß Ambrosius für sich selbst Süd- und Westbritannien im Auge hatte, während Niederbritannien, die Bretagne also, für Uther blieb. Auf diese Weise hoffte man für die weitere Zukunft ein romanokeltisches Bollwerk gegen die Barbaren aus dem Norden zu schaffen.

In einer Hinsicht war Ambrosius, wie ich bald herausfand, durch und durch Römer. Denn kaum hatte mein Reiter mich bei der Vorhalle abgesetzt, als ich auch schon gepackt, ausgehüllt und ins Bad geschleppt wurde. Anders als bei meinem Großvater befand sich die Anlage in bestem Zustand. Siedend heiß strömte das Wasser, und in drei äußerst schmerzhaften, wenn auch ekstatischen Minuten war mein durchfrorener Körper aufgetaut. Gebadet wurde ich von Cadal, der mich auch auf seinem Pferd hergebracht hatte und ein Leibdiener des Grafen war. Das Bad hatte Ambrosius höchstselbst angeordnet, erklärte er mir knapp, während er mich schrubbte und ölte und trocknete. Schließlich legte ich ein sauberes weißes Gewand an, das mir lang und lose um den Körper schlotterte.

»Gut so«, sagte er, mich aufmerksam musternd. »Da wirst du wenigstens nicht in Versuchung kommen, dich wieder davonzumachen. Er möchte mit dir reden, aber frag mich nicht, warum. Deine Sandalen kannst du hier nicht tragen, mag Dia wissen, wo du dich damit herumgetrieben hast.« Er rümpfte die Nase. »Im Kuhstall doch wohl, oder? Du kannst mit bloßen Füßen gehen, der Boden ist warm. Na, jedenfalls bist du jetzt sauber. Hast du Hunger?«

»Was für eine Frage!«

»Dann komm mit zur Küche. Falls du nicht, als Großbastard eines Königs, zu stolz bist, dort zu essen.«

»Für dieses Mal«, sagte ich, »mag's noch hingehen.«

Er warf mir einen scharfen Blick zu und lächelte dann. »Mut hast du, das muß man dir lassen. Hast dich prächtig gegen sie gehalten. Möchte bloß wissen, wie du dir das alles so schnell ausgedacht hast. Hattest sie ja prompt im Sack. Dabei hätte ich keinen Pfifferling für dich gegeben, als Uther dich vornahm. Jetzt hast du eine Unterredung mit Ambrosius.«

»Ich habe nur die Wahrheit gesagt.«

»Gewiß, gewiß. Königsbastard, nicht wahr? Na, das kannst du ihm ja gleich noch einmal erzählen. Aber mach deine Sache ja gut. Er vergeudet nicht gern seine Zeit.«

»So spät noch?«

»Sicher. Er schläft nicht viel. Und Prinz Uther auch nicht. Aber der arbeitet ja auch nicht. Nicht an seinen Papieren jedenfalls. Eher schon in anderer Richtung, heißt es. Na, komm schon.«

Bald drangen warme Gerüche herbei und mit ihnen das Geräusch des Brutzelns.

Die Küche war von riesigem Ausmaß. Glatte, rote Kacheln deckten den Boden. Zwei Herde standen an je einem Ende des Raums. An den Wänden sah ich Borde mit Wein- und Ölkrügen unten und Geschirr oben. Bei einem der Herde stand ein verschlafener junger Bursche, der in einer Pfanne Öl heißmachte. Auf einer anderen Stelle brodelte ein Topf mit Suppe, und über einem Rost prasselten und zischten Würste. Auch der Geruch von Brathuhn hing in der Luft. Mochte Cadal meiner Geschichte auch wenig Glauben schenken – der Teller, der mir gereicht wurde, war feinste samische Töpferware, wie sie sich gewiß auch auf der Tafel des Grafen fand; und der Wein, aus versiegeltem Krug eingeschenkt, funkelte durch geschliffenes Glas. Selbst ein Mundtuch von blendendem Weiß fehlte nicht.

Der Küchenbursche, offenbar eigens meinetwegen aus dem Bett geholt, kratzte, kaum daß er mir aufgetischt hatte, hastig die Herdlöcher sauber und reinigte Pfannen und Töpfe. Dann blickte er Cadal fragend an und entschwand gähnend. Cadal bediente mich selbst und ließ sich sogar herbei, frisches Brot aus dem Backhaus zu holen, wo gerade der erste Schub für den Morgen herausgekommen war. Die Suppe war ein schmackhaftes Muschelgericht, wie man es in Niederbritannien fast tagtäglich ißt, und ich glaubte, noch nie besser gespeist zu haben, bis dann das knusprige Hühnchen und die würzigen Würste an die Reihe kamen. Ich aß und aß und wischte schließlich den Teller mit dem frischen Brot sauber. Als Cadal mir getrocknete Datteln, Käse und Honigkuchen reichte, schüttelte ich den Kopf.

»Nein, danke.«

»Genug?«

»Oh, ja.« Ich schob den Teller fort. »Etwas so Gutes ist mir noch nie vorgesetzt worden. Danke.«

»Hunger ist der beste Koch, heißt es«, sagte er. »Aber zugegeben: Was die Küche hier zu bieten hat, läßt sich schon essen.« Er brachte frisches Wasser und ein Tuch und wartete, während ich mir die Hände spülte und trocknete. »So allmählich glaube ich dir sogar deine Geschichte.«

Ich blickte hoch. »Wie meinst du das?«

»Nun, vom Küchengesinde hast du deine Manieren nicht, soviel ist klar. Fertig? Dann komm. Er hat gesagt, wir könnten ihn getrost bei der Arbeit unterbrechen.«

Doch Ambrosius arbeitete nicht, als wir sein Gemach betraten. Zwar war sein Tisch – ein riesiges Stück aus Marmor – mit Rollen und Karten und Schreibgerät überhäuft, doch der Graf, in dem großen Stuhl dahinter, saß halb zur Seite geneigt und starrte, Kinn auf der Faust, in die Glut des offenen Ofens, der das Zimmer mit Wärme und Holzgeruch erfüllte.

Als Cadal mit der Wache sprach, die ihn waffenklirrend vorbeiließ, blickte Ambrosius nicht auf.

»Der Knabe, Sir«, sagte Cadal ehrerbietig.

»Danke. Du magst jetzt zu Bett gehen, Cadal.«

»Sir.«

Er verschwand. Hinter ihm schlossen sich die Ledervorhänge. Und jetzt erst wandte Ambrosius den Kopf. Etliche Minuten musterte er mich stumm. Dann wies er mit dem Kopf auf einen Schemel.

»Setz dich.«

Ich gehorchte.

»Ein Gewand hat man für dich gefunden, wie ich sehe. Hat man dir auch zu essen gegeben?«

»Ja. Danke, Sir.«

»Ist dir jetzt auch warm genug? Rück den Schemel näher zum Feuer, wenn du willst.«

Er richtete sich auf und lehnte sich dann zurück. Seine Hände ruhten auf den geschnitzten Löwenköpfen der Armstützen. Zwischen uns auf dem Tisch stand eine Lampe, und in ihrem hellen, ruhigen Licht verwischte sich jede Ähnlichkeit zwischen Ambrosius und dem fremden Mann aus meinem Traum.

Welchen echten ersten Eindruck er auf mich machte, läßt sich nach so unendlich langer Zeit nur noch schwer sagen. Damals war er kaum über dreißig, doch auf mich, den Zwölfjährigen, wirkte er naturgemäß altehrwürdig. Tatsächlich schien er frühzeitig gealtert zu sein – eine natürliche Folge des Lebens, das er geführt, und der schweren Verantwortung, die er seit frühester Jugend getragen hatte. Falten zogen sich um seine Augen, und zwischen seinen Brauen saßen zwei tiefe Furchten, die Tatkraft und wohl auch Jähzorn verrieten. Der Mund war ein gerader und harter Strich, den selten ein Lächeln zierte. Dunkel wie sein Haupthaar schimmerten die Brauen, die oft lange Schatten über die Augen warfen. Vom linken Ohr lief eine schmale weißliche Narbe halb über die Wange. Die kühne Nase wirkte römisch, doch war die Haut weniger olivfarben als sonnengebräunt, und irgend etwas in seinen Augen verwies eher auf einen schwarzen Kelten als auf einen Römer. Es war ein freudloses Gesicht, ein Gesicht (wie ich noch erfahren sollte), das sich verdunkeln konnte in Zorn und Enttäuschung oder auch in der harten Selbstbeherrschung, die er übte – doch ein Gesicht, dem man vertraute. Ein Mann, der einem Zuneigung oder gar Liebe abgewann, war er nicht. Ihn haßte oder verehrte man. Für ihn oder gegen ihn streiten: Es gab nur dieses Entweder-Oder. Einmal in seiner Nähe, fand man keinen Frieden mehr.

Doch all dies begriff ich erst später. Als Erinnerung an damals bleibt mir kaum mehr, als jener Blick aus tiefen, dunklen Augen, der mich über den Tisch hinweg musterte, und die auf den Löwenköpfen ruhenden Hände. Die Worte hingegen, die gesprochen wurden, weiß ich noch genau.

Seine Augen streiften über mich hin. »Myrddin, Sohn der Niniane, Tochter des Königs von Südwales ... Und Mitwisser der Geheimnisse des Palastes zu Maridunum, wie ich höre.«

»Das – das soll ich gesagt haben? Ich habe doch nur erzählt, daß ich dort gelebt und auch einiges erfahren habe.«

»Meine Leute nahmen dich mit sich über die Kleine See, weil du von Geheimnissen sprachst, die mir nützlich sein könnten. Stimmt das nicht?«

»Sir«, sagte ich ein wenig verzweifelt, »wie sollte ich wissen, was Euch nützlich zu sein vermag. Mit Euren Leuten sprach ich die Sprache, von der ich hoffte, sie würden sie verstehen. Ich hatte Grund zu der Annahme, daß sie mich töten wollten. Ich rettete dadurch mein Leben.«

»Ich begreife. Nun, hier bei mir bist du jetzt in Sicherheit. Warum hast du deine Heimat verlassen?«

»Weil nach meines Großvaters Tod mein Leben in Gefahr war. Meine Mutter wollte ins Kloster, und mein Onkel Camlach hatte schon einmal versucht, mich zu ermorden. Außerdem hatten seine Diener meinen Freund umgebracht.«

»Deinen Freund?«

»Cerdic, meinen Diener. Er war ein Sklave.«

»Richtig. Davon hat man mir berichtet. Man sagte mir auch, daß du den Palast in Brand gesteckt hättest. War das nicht ein wenig – drastisch?«

»Mag sein. Doch irgendwer mußte Cerdic die Ehre erweisen. Und er gehörte ja mir.«

Seine Brauen hoben sich. »Führst du das als Begründung an – oder als Verpflichtung?«

»Sir?« Ich grübelte einen Augenblick und sagte dann langsam: »Beides, glaube ich.«

Er blickte auf seine Hände, die jetzt ineinanderverschränkt vor ihm auf dem Tisch lagen. Plötzlich sagte er: »Und deine Mutter, die Prinzessin – hat man auch ihr etwas angetan?«

»Natürlich nicht!«

Er musterte mich scharf. Ich erklärte hastig: »Verzeiht, Herr – aber wie hätte ich sie im Stich lassen können, wenn sie in Gefahr gewesen wäre? Nein, Camlach würde ihr nie etwas antun. Seit Jahren schon trug sie sich mit der Absicht, in das Nonnenkloster von St. Peter einzutreten. Aber mein Großvater erlaubte es ihr nicht. Er und der Bischof von Caerlon gerieten ihret- und auch meinetwegen sogar in Streit ... Der Bischof wollte mich getauft sehen, und mein Großvater mochte nichts davon hören. Das – das war wohl so ein Köder für meine Mutter. Damit sie ihm endlich verriete, wer mein Vater war. Oder aber einwillige, sich mit dem Mann seiner Wahl zu vermählen. Doch er kam bei ihr nicht ans

Ziel.« Unwillkürlich stockte ich. Hatte ich schon zuviel ausgeplaudert? Der Comes beobachtete mich mit festem, aufmerksamem Blick. »Mein Großvater schwor, sie nie ins Kloster zu lassen«, fuhr ich fort, »doch sogleich nach seinem Tode bat sie dann Camlach, und er erlaubte es ihr. Auch mich hätte er dort eingesperrt. Deswegen zog ich es vor, zu fliehen.«

Er nickte. »Und wohin wolltest du?«

»Ich hatte keinen bestimmten Plan. Natürlich trifft zu, was Marric auf dem Schiff sagte: daß ich nämlich nicht umhin könnte, mich irgend jemandem anzuschließen. Da ich mit zwölf Jahren noch nicht mein eigener Herr sein kann, muß ich mir einen Herrn suchen. Doch wollte ich weder zu Vortigern noch zu Vortimer. Wohin aber sonst, wußte ich nicht.«

»Und so brachtest du Marric und Hanno dazu, dich nicht zu töten, sondern zu mir zu bringen?«

»Eigentlich nicht«, sagte ich aufrichtig. »Denn zuerst wußte ich ja gar nicht, wohin sie wollten. Um mein Leben zu retten, sagte ich, was mir gerade in den Kopf kam. Ich hatte mich dem Gott in die Hände gegeben, und er hatte mich ihnen in den Weg geschickt. Und dann war das Schiff da. Erst in diesem Augenblick überredete ich sie dazu, mich mitzunehmen.«

»Zu mir?«

Ich nickte. Ofenglut flackerte, und Schatten tanzten. Wie ein dunkles Lächeln glitt es schimmernd über Ambrosius' Wange. »Und warum hast du dann nicht gewartet, bis sie dich zu mir brachten? Warum bist du vom Schiff geflohen und hast lieber der Eiseskälte getrotzt?«

»Weil ich fürchtete, daß sie mich am Ende doch nicht zu Euch bringen würden. Denn mittlerweile mochte ihnen ja klargeworden sein, von wie – wie geringem Nutzen ich für Euch war.«

»Also gingst du mitten in einer Winternacht in einem fremden Land auf eigene Faust auf Abenteuer, und der Gott schleudert dich mir unmittelbar vor die Füße. Du und dein Gott, ihr scheint unwiderstehlich zu sein, Myrddin. Mir bleibt offenbar keine Wahl.«

»Herr?«

»Aber wer weiß. Vielleicht kannst du mir auf diese oder jene Weise doch dienlich sein.« Er senkte den Blick wieder auf den Tisch und nahm eine Schreibfeder, die er, sie hin und her wendend, zu prüfen schien. »Aber sage mir doch erst einmal, warum du Myrddin genannt wirst. Deine Mutter hat nie davon gesprochen, wer dein Vater war? Könnte es nicht sein, daß sie dich nach ihm benannt hat, dir seinen Namen gegeben hat?«

»Nein, Sir. Denn Myrddin, das ist einer der alten Götter. Nahe dem Tor von St. Peter steht ein Schrein für ihn. Myrddin war der

Gott des Hügels dort und, wie es heißt, auch anderer Gebiete außerhalb von Südwales. Aber ich habe noch einen anderen Namen.« Ich zögerte. »Es ist das erste Mal, daß ich jemandem davon erzähle. Dieser Name war gewiß auch der Name meines Vaters.«

»Und wie lautet er?«

»Emrys. Als ich noch klein war, hörte ich eines Nachts, wie sie zu ihm sprach. Ich habe es nie vergessen. Da war so etwas in ihrer Stimme. Man kann das spüren.«

Die Feder verharrte. Unter gerunzelten Brauen blickte er mich an. »Mit ihm sprach? Dann war es also jemand im Palast?«

»O nein, nicht so. Es war ja nicht wirklich.«

»Ein Traum, meinst du? Eine Vision? Wie die Sache mit dem Stier heute nacht?«

»Nein, Sir. Und auch das würde ich keinen Traum nennen – es war gleichfalls wirklich, wenn auch auf andere Weise. Ich sehe und höre manchmal solche Dinge. Aber damals, als ich meine Mutter sprechen hörte ... Im Palast gab es ein altes Hypokaustum, das seit Jahren außer Gebrauch war; später wurde es zugeschüttet, aber als ich noch jung ... noch sehr klein war, benutzte ich es als Schlupfwinkel, um für mich allein zu sein. Und dort bewahrte ich auch so manches auf, was man mir sonst weggenommen hätte – Dinge, mit denen ein kleines Kind gerne spielt.«

»Ich weiß. Sprich weiter.«

»Oh, Ihr wißt? Ich – nun, ich kroch oft durch das Hypokaustum, und eines Nachts war ich unter der Kammer meiner Mutter und hörte, daß sie laut mit sich sprach, wie man es manchmal beim Gebet tut. Sie sagte: ›Emrys‹, aber an mehr erinnere ich mich nicht.« Ich sah ihn an. »Ihr wißt ja, wie man seinen Namen selbst dann hört, wenn man sonst kaum etwas versteht. Damals glaubte ich, daß meine Mutter für mich betete. Aber als ich mich dann nach Jahren daran erinnerte, wurde mir plötzlich klar, daß ›Emrys‹ mein Vater sein mußte. Da war so etwas in ihrer Stimme ... und außerdem nannte sie mich ja nie so; sie nannte mich Merlin.«

»Warum?«

»Nach einem Falken. Es ist ein Name für den *Corwalch.*«

»Dann werde auch ich dich Merlin nennen. Du hast Mut, und mir will scheinen, daß deine Augen sehr weit sehen können. Vielleicht werden sie mir eines Tages von Nutzen sein. Aber jetzt magst du mir von einfacheren Dingen berichten. Erzähle mir von zu Hause. Was schaust du mich so an?«

»Wenn ich Euch dienen darf, dann ... Natürlich will ich Euch alles sagen, was ich weiß, aber –« Ich stockte, und er vollendete den Satz für mich:

»Aber du möchtest mein Versprechen, daß deiner Mutter kein Leid geschieht, wenn ich in Britannien einfalle? Gut. Mein Wort darauf. Weder deiner Mutter noch sonst irgendeinem Menschen, um dessen Schonung du mich bittest, soll etwas geschehen.«

Ich blickte ihn überrascht an. »Ihr – Ihr seid sehr großmütig.«

»Wenn ich Britannien erobere, wird mir das nicht schwerfallen. Aber vielleicht hätte ich doch Einschränkungen machen sollen.« Er lächelte. »Denn womöglich bittest du auch für deinen Onkel Camlach um Schonung.«

»Dazu wird es nicht kommen«, sagte ich. »Wenn Ihr Britannien erobert, wird er tot sein.«

Schweigen. Er sah mich an, schien fragen zu wollen, besann sich jedoch und sagte nur: »Ja, deine Augen werden mir sicher einmal von Nutzen sein. Nun, mein Versprechen hast du. Berichte also. Erzähle von allem, was du weißt, auch wenn es dich nicht wichtig dünkt. Laß mich darüber befinden.«

Ich tat, wie geheißen. Und nahm es als selbstverständlich hin, daß er mich wie einen Ebenbürtigen behandelte und mir stundenlang Fragen stellte, die ihm zum Teil auch seine Spione hätten beantworten können. Ein- oder zweimal trat ein Sklave ein und füllte den Ofen auf. Später wurde draußen die Wache abgelöst. Befehle drangen zu uns herein. Ambrosius fragte, und manchmal glitt seine Hand über die Schreibtafel vor ihm. Meist jedoch saß er, Kinn auf der Faust, und hörte mir aufmerksam zu, während seine Augen mit dunklem, stetem Blick auf mir ruhten. Geriet ich ins Stocken oder auf Nebenpfade, die ihm belanglos schienen, so führten seine Fragen mich auf jenen Weg zurück, der einem nur ihm sichtbaren Ziel entgegenstrebte.

»Diese Festung am Seint-Fluß, wo dein Großvater und Vortigern zusammentrafen. Wie weit nördlich von Caerlon? Über welche Straße? Beschreibe sie mir ... Wie kann man die Festung von der See her erreichen?«

Und: »Jener Turm, wo der Hohe König wohnte, Maximus' Turm – oder Macsens Turm, wie du ihn nennst ... Erzähl mir davon. Wie viele Männer waren dort untergebracht. Welche Straße führt zum Hafen ...«

Oder: »Das Gefolge des Königs machte also in einem Tal südlich des Schneeberges Rast, und die beiden Könige wanderten gemeinsam ein Stück zu Fuß. Zu einem alten Turm auf dem Felsen, wie dein Diener Cerdic meinte. Kannst du mir das genauer beschreiben? ... Wie hoch ist der Fels? ... Wie weit kann man vom Gipfel sehen ... nach Norden ... nach Süden ... nach Osten?«

Oder: »Jetzt zu den Edlen deines Großvaters. Wie viele von ihnen werden zu Camlach stehen? Wie heißen sie? Und seine Verbündeten, wer sind sie? Wie ist es um ihre Stärke bestellt ... über welche Kampfkraft verfügen sie?«

Und dann, plötzlich: »Nun sage mir eines. Woher willst du wissen, daß Camlach sich auf Vortimers Seite schlägt?«

»Weil er es meiner Mutter gesagt hat«, erwiderte ich. »Am Totenbett meines Großvaters. Ich konnte es ganz deutlich hören. Getuschelt hatte man schon lange davon, und es war auch bekannt, daß er mit meinem Großvater in Streit geraten war. Doch etwas Genaues wußte niemand. Selbst meine Mutter ahnte wohl nur, was er vorhatte. Aber sobald der König tot war, scheute Camlach sich nicht, es ihr zu sagen.«

»Er verkündete es ihr vor aller Ohren? Nun, wie kommt es dann, daß weder Marric noch Hanno etwas davon erfuhren, vom Streit zwischen Camlach und seinem Vater einmal abgesehen?«

Die endlosen, unerbittlichen Fragen und meine bleierne Müdigkeit hatten mich unvorsichtig werden lassen. Unbedacht sagte ich: »Er hat es nicht vor aller Ohren verkündet. Er hat es nur ihr gesagt. Sie waren beide allein.«

»Allein? Und wo warst du?« Seine Stimme klang urplötzlich so verändert, daß ich unwillkürlich auf meinem Schemel zusammenzuckte. Sein Blick, unter den dunklen Brauen, war starr auf mich gerichtet. »Hast du mir nicht erzählt, daß das Hypokaustum zugeschüttet worden war?«

Ich saß und sah ihn stumm an. Keine glaubwürdige Erklärung wollte mir einfallen.

»Es ist doch recht sonderbar«, sagte er mit fast tonloser Stimme, »daß er deiner Mutter dies in deiner Gegenwart eröffnet haben soll, obschon er doch wissen mußte, daß er dich zum Feinde hatte. Denn war nicht dein Diener soeben von seinen Leuten getötet worden? Und wie konnte es dir, nachdem du von seinen geheimen Plänen wußtest, noch gelingen, aus dem Palast zu entschlüpfen, wo du dann meinen Leuten in die Hände fielst, die du dazu ›bewogst‹, dich zu mir zu bringen?«

»Nun ...«, stammelte ich. »Herr, Ihr werdet doch nicht glauben, daß ich – Herr, ich habe Euch versichert, daß ich kein Spion bin. Alles, was ich Euch gesagt habe, beruht auf Wahrheit. Und ich schwöre Euch, daß Camlach wirklich von seinen geheimen Plänen gesprochen hat.«

»Überlege dir jedes Wort genau. Denn es ist wichtig, ob dies der Wahrheit entspricht. Hat deine Mutter es dir gesagt?«

»Nein.«

»Sklavengerede also? Nichts als das?«

Verzweifelt sagte ich: »Ich habe es mit eigenen Ohren gehört.«

»Wo warst du?«

Ich sah ihm in die Augen. Und ohne recht zu wissen, warum,

sagte ich die Wahrheit: »Herr, ich schlief in den Hügeln, sechs Meilen vom Palast.«

Schweigen. Zwischen uns dehnte sich die Stille und schien endlos zu währen. Im offenen Ofen prasselten und knackten die Holzscheite. Irgendwo in der Ferne bellte ein Hund. Stumm wartete ich auf den Ausbruch von Zorn.

»Merlin.«

Ich hob den Kopf.

»Woher hast du den – Blick? Von deiner Mutter?«

Überraschend glaubte er mir. Ich sagte eifrig: »Ja. Aber es ist doch anders als bei ihr. Sie konnte nur Dinge sehen, die Frauen betrafen, die mit Liebe zu tun hatten. Doch schließlich begann sie, die Macht zu fürchten und gab sie auf.«

»Und du? Fürchtest du sie nicht?«

»Ich werde eines Tages ein Mann sein.«

»Und ein Mann nimmt sich Macht, wo sie sich ihm bietet. Ja. Hast du verstanden, was du heute nacht gesehen hast?«

»Der Mann auf dem Stier? Nein, Herr. Nur, daß es etwas Geheimnisvolles war.«

»Nun, eines Tages wirst du es erfahren, aber nicht jetzt. Da, hör nur.«

Hell und schrill wie ein Trompetenstoß klang von draußen das Krähen eines Hahns. Ambrosius sagte: »Das wird deine Geister jetzt wohl verscheuchen. Es ist auch höchste Zeit, daß du zur Ruhe kommst. Du kannst dich ja kaum noch aufrecht halten.« Er erhob sich. Ich glitt rasch vom Schemel. Einen Augenblick stand er und sah zu mir herab. Dann sagte er: »Ich war zehn, als ich damals nach Niederbritannien segelte. Und während der gesamten Überfahrt fühlte ich mich so krank, daß ich hätte sterben mögen.«

»Ich auch«, sagte ich.

Er lachte. »Dann wirst du wohl genauso erschöpft sein wie ich seinerzeit. Ruh dich jetzt also aus. Später werden wir dann sehen, was wir mit dir anfangen.« Er griff nach einer Schelle, und sofort öffnete ein Sklave die Tür und trat wartend beiseite. »Du wirst heute in meinem Gemach schlafen. Hier entlang.«

Auch die Schlafkammer wirkte römisch und in meinen Augen sehr luxuriös. Erst später sollte ich entdecken, daß sie, im Vergleich zu Uthers Räumen etwa, äußerst schlicht war. Jetzt kam sie mir, der ich vom so abseits gelegenen Maridunum recht bescheidene Verhältnisse gewohnt war, äußerst üppig vor. Auf dem großen Bett lagen scharlachrote Wolldecken. Pelze und Schafsfelle zierten den Boden. Über alles ragte ein mannshoher Bronzeständer, der drei drachenförmige Lampen hielt, die winzige Flammenzungen spien. Dicke braune Vorhänge hielten die kalte Nacht fern, und es war sehr still.

An der Tür standen zwei Wachen, völlig unbeweglich bis auf das Gleiten der Augen, die prüfend über mich hinwegtasteten. Und während ich Ambrosius in den Raum folgte, fragte ich mich unwillkürlich, ob er nicht auch in anderer Hinsicht römisch geprägt war. Aber ich schob den Gedanken beiseite.

Er deutete auf einen Winkel, wo ein gleichfalls brauner Vorhang eine Nische mit einem Bett verbarg. Wahrscheinlich schlief dort gelegentlich, in Rufweite gleichsam, ein Sklave.

Der Bedienstete schob den Vorhang zur Seite und zeigte mir die Wolldecken und die weichen Kissen. Dann trat er zu Ambrosius.

Ich streifte mein weißes Gewand ab und legte es sorgfältig zusammen. Die Wolldecken waren dick und dufteten nach Zedernholz. Ambrosius und der Sklave sprachen leise miteinander. Wie Widerhall aus einer tiefen, stillen Höhle drangen ihre Stimmen an mein Ohr. Es war ein Segen, endlich wieder in einem richtigen Bett liegen zu können, warm und satt, fernab der See. Und geborgen.

Mit halbem Ohr hörte ich noch, wie Ambrosius »Gute Nacht« sagte, doch schon tauchte ich, außerstande, mich zu einer Antwort aufzuraffen, tiefer und tiefer in Schlaf. Nur undeutlich gewahrte ich, wie der Sklave leise zum Bronzeständer trat, um die Lampen zu löschen.

6

Als ich am nächsten Morgen erwachte, war es schon spät. Die jetzt offenen Vorhänge ließen das graue Licht des Wintertages ein. Ambrosius' Bett war leer. Draußen vor dem Fenster sah ich einen kleinen Hof. Eine Kolonnade säumte einen quadratischen Garten, in dessen Mitte ein Springbrunnen sprudelte – in Totenstille, dachte ich, ehe ich sah, daß das quellende Wasser hartgefrorenes Eis war.

Die Bodenkacheln unter meinen bloßen Füßen fühlten sich warm an. Ich langte nach meinem Gewand, das ich vor dem Schlafengehen auf einen Schemel gelegt hatte – und fand statt dessen eine neue, passende Tunika von dunklem Grün, der Farbe des Eibenbaumes. Ein feiner Ledergürtel gehörte dazu. Auch neue Sandalen fand ich und sogar einen Umhang von lindem Buchengrün mit einer Kupferspange, in die, scharlachrot glasiert, die Gestalt eines Drachen getrieben war, das gleiche Zeichen, das ich in der Nacht auf Ambrosius' Siegelring gesehen hatte.

Ich weiß noch, was ich damals empfand: daß ich zum erstenmal in meinem Leben wie ein Prinz aussah, und dies in einem Augenblick, da mein Schicksal sich endgültig gegen mich gewendet haben müßte. Hier in Niederbritannien besaß ich nichts, was mich hätte schützen können, keine Anverwandten, kein Vermögen, nicht einmal den Rang eines königlichen Bastards. Außer mit Ambrosius hatte ich kaum mit jemandem gesprochen, und für ihn war ich ein Diener, ein Werkzeug, dessen er sich bediente, und einzig durch seine Gnade am Leben.

Cadal brachte mir mein Frühstück, braunes Brot und Honigwaben und getrocknete Feigen. Ich fragte ihn, wo denn Ambrosius sei.

»Beim Üben, draußen mit seinen Kriegern. Oder eher: die Übungen überwachend. Er ist jeden Tag dort.«

»Weißt du, was er mit mir vorhat?«

»Nein. Er sagte nur, daß du bleiben kannst, bis du wieder bei Kräften bist. Und daß du dich wie zu Hause fühlen sollst. Ich habe den Auftrag, jemanden zum Schiff zu schicken. Sag mir also, was für Zeug du dort zurückgelassen hast, dann lasse ich's herschaffen.«

»Es ist nur wenig, ich hatte ja keine Zeit. Einige Gewänder und ein Paar Sandalen, in einen blauen Umhang gewickelt. Dazu noch einige Kleinigkeiten – Broschen und eine Karneolspange, Geschenke meiner Mutter.« Mit der Hand strich ich über die Tunika, die ich trug. »Nichts, was sich hiermit vergleichen ließe. Ich hoffe, daß ich ihm dienlich sein kann, Cadal. Hat er denn wirklich nicht gesagt, was er von mir will?«

»Kein Wort. Du glaubst doch wohl nicht, daß er mir seine geheimen Gedanken anvertraut, wie? Und jetzt tu, wie dir geheißen. Mach's dir bequem, aber halte den Mund und sieh zu, daß du dich nirgendwo in die Nesseln setzt. Viel wirst du von ihm gewiß nicht zu sehen bekommen.«

»Das will ich gern glauben«, sagte ich. »Und wo soll ich wohnen?«

»Hier.«

»In dieser Kammer?«

»Nicht doch. Hier im Hause meine ich.«

Ich schob meinen Teller beiseite. »Sag mal, Cadal – hat Uther ein eigenes Haus?«

Cadal blinzelte mich vielsagend an. Er war ein kurzwüchsiger, vierschrötiger Mensch mit breitem, rötlichem Gesicht, schwarzer Mähne und kleinen schwarzen Augen, kaum größer als Oliven. Ihr Glitzern zeigte mir, daß er genau wußte, was ich dachte, und mehr noch: Es verriet mir, daß meine Unterredung mit Ambrosius höchstwahrscheinlich Tagesgespräch war.

»Nein, hat er nicht. Er wohnt gleichfalls hier. Wange an Wange sozusagen.«

»Oh.«

»Keine Sorge. Von dem wirst du auch nicht viel sehen. In ein oder zwei Wochen zieht er gen Norden. Das Wetter dürfte ihn bald abkühlen ... Todsicher verschwendet der keinen weiteren Gedanken an dich.« Lächelnd ging er hinaus.

Er sollte recht behalten. Während der folgenden zwei Wochen sah ich sehr wenig von Uther. Und dann zog der jüngere der beiden Brüder tatsächlich in Richtung Norden ab mit einer Kriegerschar, die bei dieser Gelegenheit das Angenehme mit dem Nützlichen verband: Übung und Beutezug. Ganz wie Cadal vermutete, war ich über Uthers Abwesenheit froh, schien dieser doch wenig erbaut über die Gastlichkeit und Freundlichkeit, die sein Bruder mir entgegenbrachte.

Ich hatte erwartet, nach jener ersten nächtlichen Unterredung nur noch wenig vom Grafen zu sehen. Doch auch in der Folgezeit schickte er meistens nach mir, wenn er abends frei war. In der Regel fragte er mich dann weiter nach meiner Heimat aus. War er jedoch müde, schlug er auch Spiele vor, gelegentlich sogar Schach. Zu meinem Erstaunen konnte ich es hierin mit ihm aufnehmen. Daß er mich gewinnen ließ, glaube ich nicht. Er sei aus der Übung, sagte er. Das Würfelspiel, sonst allerorten üblich, war ihm bei mir, dem Zwölfjährigen mit dem magischen Blick, offenbar zu riskant. Schach hingegen, eher eine Sache der Mathematik, dünkte ihn gegen die Schwarze Kunst wohl weniger anfällig.

Er hielt sein Versprechen und erzählte mir, was ich in jener ersten Nacht am stehenden Stein gesehen hatte. Die Erinnerung daran war mehr und mehr in mir verblaßt, und ich war zunehmend geneigt, das Ganze als Traum abzutun, den Hunger und Kälte mir eingegeben hatten – und jenes in Gedächtnistiefen ruhende Bild auf der römischen Truhe in meiner Kammer in Maridunum, halb verblichener Schmuck: der kniende Stier und der Mann mit dem Messer unter sternenübersätem Himmelsgewölbe. Doch als Ambrosius dann darüber sprach, wurde mir klar, daß ich mehr gesehen hatte, als das Bild zeigte. Ich hatte den Soldatengott erblickt, das Wort, das Licht, den guten Hirten, den Mittler zwischen dem einen und einzigen Gott und dem Menschen: Mithras, der vor tausend Jahren aus Asien gekommen war; geboren im Winter in einer Höhle vor den Augen von Hirten und unter funkelndem Stern; geboren aus Erde und Licht und entsprungen dem Fels, eine Fackel in der Linken und ein Messer in der Rechten. Den Stier tötete er, um mit dem vergossenen Blut der Erde Leben und Fruchtbarkeit zu bringen, und nach seinem letzten Mahl von Brot und Wein wurde er in den Himmel gerufen. Er war der Gott der Stärke und der Güte, des Mutes und der Selbstbeherrschung. »Der Gott der Soldaten«, wie Ambrosius abermals sagte, um dann fortzufahren: »Und darum haben wir seinen Kult auch erneuert. Für die römischen Heere ergab sich dadurch mit ihren Verbündeten etwas Gemeinsames. Und eben dies streben auch wir an für alle jene Fürsten und Kleinkönige, die auf unserer Seite kämpfen. Über den Kult selbst darf ich dir nichts verraten, das unterliegt strengstem Verbot. Doch wirst du dir schon gedacht haben, daß meine Offiziere und ich in jener ersten Nacht zur Verehrung des Mithras versammelt waren. Und als du von Brot und Wein und der Tötung des Stieres sprachst, klang das, als hättest du unsere Zeremonie mit angesehen. Nun, eines Tages wirst du vielleicht alles wissen. Bis dahin sei jedoch gewarnt. Und solltest du je nach deiner Vision gefragt werden, so vergiß nicht, daß es nur ein Traum war. Hast du verstanden?«

Ich nickte. Bilder stiegen und sanken in raschem Wechsel: meine Mutter und die christlichen Priester, Galapas und der Quell des Myrddin; und jene Dinge, die im Wasser zu sehen und im Winde zu hören waren. Und dann kam der Gedanke, der alles übrige verdrängte: »Ihr wollt, daß ich mich dem Mithras weihe?«

»Ein Mann nimmt sich Macht, wo sie sich ihm bietet«, sagte er wieder. »Hast du mir nicht gesagt, daß du nicht weißt, welcher Gott seine Hand über dich hält? Nun, vielleicht ist es Mithras, dessen Weg du gewählt hast und der dich zu mir führte. Wir werden sehen. Aber wie dem auch sei: Er ist immer noch der Gott der Heere, und wir werden seine Hilfe brauchen ... Jetzt hol deine Harfe, wenn du magst, und sing mir etwas vor.«

Hier bei Ambrosius war ich, was ich am Hofe meines Großvaters nie hatte sein dürfen: ein mit Ehrerbietung behandelter Prinz.

Als Leibdiener wurde mir Cadal zugewiesen, der, anders als ich erwartet hatte, von dieser Pflicht eher angetan als enttäuscht schien. Bald waren wir recht vertraut miteinander, und da es hier keine anderen Knaben meines Alters gab, waren wir fast ständig zusammen. Auch ein Pferd bekam ich, zuerst eines von Ambrosius' eigenen Tieren, das ich jedoch bereits nach einem Tag gegen einen kleinen, kräftigen Grauschimmel eintauschte, der mehr meiner eigenen Größe entsprach. In einer vorübergehenden Anwandlung von Heimweh taufte ich ihn Aster.

So vergingen die ersten Tage. Mit Cadal ritt ich ins Land hinaus, das immer noch unter Frost lag. Doch dann wich er strömendem Regen, und auf Feldern und Wegen quoll Schlamm. Tag und Nacht pfiff kalter Wind über die Ebenen. Auf der eisengrauen Kleinen See sprühte weiße Gischt, und die stehenden Steine ragten schwarz vor Nässe. Jener Stein, auf dem ich im trüben Sternenlicht eine

Axt gesehen hatte, fiel mir ein, doch ich suchte vergeblich nach ihm. Statt dessen fand ich andere seiner Art; einen, der bei ungewisser Helle einen eingekerbten Dolch aufschimmern ließ; einen zweiten, der, unter Flechten und Vogelmist, ein starrendes Auge zeigte. Bei Tageslicht strich der Atem der Steine nicht so kalt herbei, und doch blieb da etwas Eigentümliches, fast Bedrohliches. Selbst mein Pferd scheute ihre Nähe.

Natürlich durchforschte ich auch die Stadt. König Budecs Burg lag in ihrer Mitte auf einer felsigen Anhöhe, die von einer hohen Mauer gekrönt wurde. Ein Steinpfad führte zu dem schwer bewachten Tor, und oft ritten Ambrosius und seine Offiziere dort hinauf. Ich selbst gelangte nie hinein. Gelegentlich sah ich König Budec mit seinen Mannen beim Ausritt. Er trug einen langen Bart, und sein Haar war fast weiß, doch er ritt seinen braunen Wallachen mit der Kraft eines Kriegers im besten Mannesalter. Zahllose Geschichten über sein Waffengeschick waren in Umlauf, und es hieß, daß er geschworen habe, Vortigerns Mord an Constantius zu rächen, und sollte es auch ein Leben lang dauern. Genau das drohte Wirklichkeit zu werden, denn für ein so armes Land schien es nahezu unmöglich, eine Streitmacht auf die Beine zu stellen, die Vortigern und die Angelsachsen besiegen und danach Großbritannien halten konnte. Doch bald schon, sagten die Männer, bald ...

Ungeachtet des Wetters übten sie Tag für Tag auf den Feldern vor der Stadtmauer. Wie ich erfuhr, hatte Ambrosius inzwischen ein stehendes Heer von etwa viertausend Mann beisammen, und Budec, so sagte man, sei davon überzeugt, daß es sich mehr als bezahlt machte, da kaum dreißig Meilen entfernt das Reich eines jungen, beutegierigen Königs lag, den einzig die Gerüchte von Ambrosius' wachsender Macht von räuberischen Einfällen abhielten. Ambrosius wie Budec beteuerten, daß ihr Heer hauptsächlich der Verteidigung diene, und setzten alles daran, Vortigern über ihre wahren Absichten im unklaren zu lassen. Was diesem zu Ohren kam, waren die altbekannten Gerüchte über eine bevorstehende Invasion, und die klangen genauso zweifelhaft wie eh und je, dafür sorgten schon Ambrosius' Spione. So wurde Vortigern zu dem Glauben verführt, zu dem man ihn verführen wollte: zu der Überzeugung, daß Ambrosius und Uther sich mit ihrem Schicksal abgefunden hätten; daß sie sich darauf beschränken würden, nach Budecs Tod dessen Erbe anzutreten; daß das Heer der Sicherung der Grenzen ihres zukünftigen Reiches diente.

Und tatsächlich schien dieses Heer auch eher anderen Zwecken zu dienen als dem eigentlichen Kampf. Es gab nichts, was für Ambrosius' Mannen zu niedrig oder zu rauh war. Arbeiten, die selbst von den abgestumpften Kriegern meines Großvaters verschmäht worden wären, wurden von diesen harten Burschen ohne Wimperzucken angepackt. Sie fällten Bäume und stapelten das Holz in der Stadt. Sie stachen Torf und brannten Holzkohle. Sie bauten Schmieden, in denen sie nicht nur Waffen, sondern auch Arbeits- und Ackergerät herstellten – Spaten, Pflugscharen, Äxte, Sicheln. Sie ritten Pferde ein, hüteten Viehherden, schlachteten Kühe; sie bauten Karren; sie waren imstande, binnen zwei Stunden ein geschütztes Lager zu errichten und es in der halben Zeit wieder abzubrechen. In zahllosen Werkstätten arbeitete ein ganzer Trupp von Ingenieuren, die vom Türschloß bis zum Landungsschiff alles liefern konnten. Kurz: Man rüstete sich zur Eroberung eines fremden Landes, wo man mit allem zu rechnen hatte. »Denn ein Krieg ist kein fröhliches Jagdtreiben«, wie Ambrosius zu seinen Offizieren sagte. »Wenn ich kämpfe, dann um zu siegen und das Errungene gegen alle Feinde zu halten. Doch Britannien ist ein großes Land, mit dem verglichen dieser Zipfel Galliens wie eine Weide erscheint. Also heißt es, gegen alles gewappnet sein, auch gegen jedes Wetter. Wir werden nicht das Frühjahr und den Sommer hindurch kämpfen, um uns beim ersten Oktoberfrost zurückzuziehen und auf das kommende Jahr zu warten. Nein – wir werden weiterkämpfen, selbst im Schnee, wenn es sein muß, oder in Sturm und Frost und Schlamm. Und wir müssen dafür sorgen, daß während dieser ganzen Zeit unsere Männer zu essen haben – gut zu essen.«

Etwa einen Monat nach meiner Ankunft in Niederbritannien endeten meine Tage der Freiheit. Ambrosius fand für mich einen Lehrer.

Belasius war von völlig anderem Schlage als Galapas oder auch der sanftmütige Säufer Demetrius. Er gehörte zu den ›Geschäftsleuten‹ des Grafen und schien mit den Finanzen befaßt. Von Haus aus war er Mathematiker und Astronom. Der Abstammung nach halb gallo-römisch, halb sizilianisch, stand er im besten Alter: ein schwarzäugiger Mann mit olivenfarbener Haut, in dessen länglichem, melancholischem Gesicht ein grausamer Mund saß. Er besaß eine scharfe Zunge und neigte zu Jähzorn, war jedoch nie launisch. Seinen Sarkasmus und seine schwere Hand vermied ich am sichersten durch pünktliche und wohlgetane Arbeit, und da mir das nicht schwerfiel und sogar Freude machte, verstanden wir uns schon bald und kamen recht gut miteinander aus.

An einem Nachmittag Ende März saßen wir wie gewöhnlich zusammen. Durch den wolkenüberzogenen Himmel drang nur spärliches Licht, und so brannte schon zu so früher Stunde die Lampe. Wir hatten gerade Mathematik, und Belasius war mit mir zufrieden; denn der Tag gehörte zu jenen, an denen ich mit schlafwandlerischer Sicherheit alle mir gestellten Aufgaben löste und mich ohne jede Schwierigkeit auch im verschlungensten Labyrinth zurechtfand.

Er wischte mit flacher Hand über das Wachs, um meine Zeichnung auszulöschen, und schob die Schreibtafel beiseite. Dann erhob er sich.

»Ausgezeichnet hast du heute gearbeitet, was mir sehr gelegen kommt, da ich schon früh wieder fort muß.«

Er griff nach der Schelle, läutete, und sofort öffnete sich die Tür. Offenbar hatte sein Diener davor schon gewartet. Einen Umhang über dem Arm, trat er rasch ein und half seinem Herrn, hineinzuschlüpfen. Wie gebannt hing sein Blick an Belasius; augenscheinlich fürchtete er ihn. Er war kaum älter als ich, eher sogar jünger, das kurzgeschorene Haar saß ihm wie eine Wollkappe auf dem Schädel. Die grauen Augen wirkten viel zu groß für sein Gesicht.

Belasius verschwendete weder einen Blick noch ein Wort an ihn, sondern kehrte nur den Rücken gegen den dargebotenen Umhang. Der Knabe reckte sich empor, um die Spange zu schließen. Über seinen Kopf hinweg sagte Belasius zu mir: »Ich werde dem Grafen von deinen Fortschritten berichten. Er wird sich darüber freuen.«

Sein Gesicht zeigte einen Ausdruck, den man für ein flüchtiges Lächeln halten mochte, eine bei ihm sonst ungewohnte Regung. Ich fühlte mich zu der Frage ermutigt, die mich wieder und wieder beschäftigte: »Belasius –«

Auf halbem Wege zur Türe blieb er stehen. »Ja?«

»Ich möchte so gerne wissen, welche Pläne der Graf für mich hat.«

»Nun, das liegt doch auf der Hand. Du sollst Mathematik und Astronomie lernen und dich weiterhin in Sprachen üben.«

Seine Antwort klang sehr behende, fast mechanisch, doch seine Augen musterten mich belustigt.

»Um was zu werden?« beharrte ich.

»Was möchtest du denn werden?« fragte er dagegen.

Als ich schwieg, nickte er wie zur Bestätigung: »Ganz recht. Wenn er einen Krieger aus dir machten wollte, so wärst du jetzt da draußen bei den Männern.«

»Aber – was soll dieses Leben hier mit Diener und Lehrer, wie ein Prinz? Ich begreife das nicht. Ich müßte ihm doch irgendwie dienen und nicht nur lernen. Ich weiß sehr wohl, daß ich einzig durch seine Gnade noch am Leben bin.«

Seine Augen, unter eigentümlich langen Lidern, glitten wie prüfend über mich hinweg. »Und das solltest du auch nie vergessen. Hast du ihm nicht einmal gesagt, daß nur zähle, was du seist, und nicht, wer du seist? Er wird dich benutzen, wie er jedermann benutzt, das magst du mir getrost glauben. Frag also nicht weiter, sondern laß es auf sich beruhen. Und jetzt muß ich fort.«

Der Knabe öffnete ihm die Tür. Draußen sah ich Cadal, der offenbar zu uns wollte.

»Verzeiht, Sir. Ich möchte nur fragen, wann der Unterricht heute zu Ende ist. Die Pferde stehen schon bereit.«

»Wir sind fertig«, sagte Belasius. In der Tür wandte er sich zu mir um. »Wo soll es denn hingehen?«

»Nach Norden zu. Auf der Straße, die durch den Wald führt. Dort ist die Strecke bestimmt trocken.«

Einen Augenblick schien er zu grübeln. Dann sagte er, mehr zu Cadal als zu mir: »Haltet euch auf der Straße und kehrt vor Einbruch der Dunkelheit zurück.« Er nickte und ging, von seinem Diener gefolgt, hinaus.

»Vor Einbruch der Dunkelheit?« sagte Cadal. »Als ob's nicht schon den ganzen Tag dunkel wäre. Zu allem regnet es jetzt auch noch. Hör mal, Merlin –« (Wenn wir unter uns waren, ließ er das »Sir« und das »Herr« fort) »– wollen wir nicht lieber durch die Werkstätten wandern? Das macht dir doch immer Spaß, und inzwischen müßte Tremorius auch den Sturmbock fertig haben. Bleiben wir doch in der Stadt.«

Ich schüttelte den Kopf. »Tut mir leid, Cadal, aber ich muß einfach hinaus, ob's nun regnet oder nicht. Ich brauche Bewegung, und die kann ich mir nur draußen verschaffen.«

»Na schön, ein oder zwei Meilen zum Hafen hin sollten genügen. Komm, hier ist dein Umhang. Draußen im Wald ist es stockfinster. Sei vernünftig.«

»Zum Wald, Cadal«, beharrte ich und wandte den Kopf, während er die Spange befestigte. »Und streite dich nicht mit mir herum. Ich muß schon sagen, daß Belasius das richtig macht. Dessen Diener wagt überhaupt kein Wort, von Widerworten ganz zu schweigen. Ich sollte das genauso halten – und fange am besten gleich damit an . . . Was soll dein Lächeln?«

»Nichts. Also gut, ich weiß schon, wann ich zurückzustecken habe. Auf in den Wald, selbst wenn wir uns verirren und nicht lebendig zurückkehren sollten. Wenigstens sterbe ich dann an deiner Seite und brauche dem Grafen nicht vor die Augen zu treten.«

»Ich glaube kaum, daß er sich übermäßig sorgen würde.«

»Ganz recht«, sagte Cadal und hielt die Tür für mich auf. »Das war auch nur so eine Redensart. Ich bezweifle sogar, daß er's überhaupt bemerke würde.«

7

Draußen war es weniger dunkel, als ich angenommen hatte, und außerdem war es warm: einer jener trüben, schwermütigen Tage, an denen alles von Nebel umhüllt scheint. Sprühregen haftete auf der dicken Wolle unserer Mäntel wie Frost.

Etwa eine Meile nördlich der Stadt begann das flache Grasland bewaldetem Gelände zu weichen, verstreute Bäume zuerst, allein und in Gruppen, um deren untere Äste sich Nebelschleier schlangen, die sich auch weit über die grasige Ebene dehnten, nur hier und dort aufbrechend und jäh hochwirbelnd, wenn ein Hirsch hindurchfloh.

»Schlagen wir diesen Weg ein, Cadal.«

»Er hat doch gesagt, daß wir auf der Straße bleiben sollen.«

»Gewiß, das hat er. Aber warum eigentlich? Im Wald ist es doch völlig sicher.«

Und das stimmte. Auch dies war Ambrosius zu danken: daß man sich in der näheren Umgebung der Stadt ohne Furcht bewegen konnte.

»Außerdem«, fuhr ich fort, »hat er mir nichts zu befehlen. Er ist ja nicht mein Herr, sondern nur mein Lehrer. Wenn wir uns auf dem Weg halten, können wir uns nicht verirren, und bald wird es für einen Galopp zu dunkel sein. Beklagst du dich nicht immer über meine mangelnden Reitkünste? Wie soll ich sie aber verbessern, wenn wir auf der harten Straße nur immer im Trab reiten? Bitte, Cadal.«

»Nun, ich bin ja ebensowenig dein Herr wie Belasius. Also schön. Aber nicht sehr weit. Und gib auf dein Pony acht. Unter den Bäumen ist es dunkler. Laß am besten mich vorausreiten.«

Ich streckte die Hand nach seinen Zügeln. »Nein, Cadal. Bitte, laß mich. Und halte dich ein Stück zurück. Ich – ich bin so selten einmal allein. Früher war ich daran gewöhnt, und das fehlt mir.« Rasch fügte ich hinzu: »Ich bin gern mit dir zusammen, Cadal, aber manchmal braucht man auch etwas Zeit für sich. Das verstehst du doch.«

Er straffte sofort die Zügel. Dann räusperte er sich. »Ich habe dir ja gesagt, daß ich nicht dein Herr bin. Reite nur zu. Aber gib gut acht.«

Ich trieb Aster zu leichtem Galopp, und da er seit drei Tagen nicht aus dem Stall gekommen war, gehorchte er nur allzu willig. Mit angelegten Ohren stob er über die Grasnarbe am Wegrand. Der Nebel war jetzt fast völlig fort. Nur hier und da wallten dünne Schwaden in Sattelhöhe dahin.

Ein ganzes Stück hinter mir hörte ich die stampfenden Hufe von Cadals Stute. Die Luft war frisch und kühl. Würziger Kiefernduft stieg auf. Über uns fleuchte mit fast flüsterndem Ruf eine Waldschnepfe über die Wipfel, und ein Fichtenzweig sprühte mir eine Handvoll Tropfen über Mund und Nacken. Lachend schüttelte ich den Kopf, und das Pony griff rascher aus und preschte durch schwebende Nebelschleier. Der Weg verengte sich, und Geäst peitschte nach uns. Ich beugte mich tiefer über den Hals meines Pferdes. Es wurde dunkler. Zwischen den Baumwipfeln zog die Nacht herauf. Wie in wilder, finsterer Wolke wogte der Wald vorbei. Betäubend umfing mich sein Duft. Stille herrschte, durchbrochen nur vom Stampfen der Hufe.

Cadal rief. Doch ich reagierte nicht, und unbeirrt jagte Aster dahin. Rascher trommelten die Hufe der Stute. Aster spitzte die Ohren und fiel in gestreckten Galopp. Ich zügelte ihn ohne Mühe, denn das Geläuf war schwer, und er schwitzte. Cadal kam heran. Nichts war zu hören als das Schnauben der Pferde.

»Nun«, fragte er, »hast du gehabt, was du wolltest?«

»Ja. Es war nur ein wenig kurz.«

»Wenn wir das Essen nicht versäumen wollen, müssen wir jetzt umkehren. Galoppiert ganz zügig, das Pony. Möchtest du wieder vorausreiten?«

»Wenn ich darf.«

»Natürlich darfst du, das ist doch keine Frage. Um auf eigene Faust auszureiten, bist du noch zu jung, und meine Aufgabe ist es, darauf zu achten, daß du nicht zu Schaden kommst. Das ist alles.«

»Wie sollte ich hier zu Schaden kommen? In meiner Heimat bin ich immer allein ausgeritten.«

»Dies ist eben nicht deine Heimat. Du kennst das Land noch nicht. Allzu leicht könntest du dich verirren. Oder vom Pferd stürzen und hilflos mit gebrochenem Bein liegen –«

»Das glaubst du doch selber nicht. Man hat dir befohlen, mich im Auge zu behalten, nicht wahr?«

»Auf dich aufzupassen.«

»Das kommt so ziemlich auf eins heraus. Und nennt man dich nicht den ›Wachhund‹?«

Er grunzte. »So? ›Merlins schwarzer Hund‹ heißt es doch wohl eher. Aber was kümmert mich, was die Leute sagen. Ich tu', was man mir befiehlt, und stelle keine Fragen. Sollte mir aber leid tun, wenn es dich kränkt.«

»Oh, nein, nein. So habe ich das nicht gemeint . . . Es ist schon recht so, nur . . . Cadal –«

»Ja?«

»Bin ich für ihn am Ende doch eine Geisel?«

»Weiß ich nicht«, erwiderte Cadal kurz. »Komm jetzt. Hast du genug Platz?«

Der Weg war an dieser Stelle besonders schmal. In der Mitte, über tiefen, schlammigen Furchen, stand eine spiegelnde Wasserlache. Ich wendete Aster, während Cadal, um mich vorbeizulassen, seine Stute in ein angrenzendes Dickicht zurückdrängte. Plötzlich knackte und krachte es laut hinter ihr, und aus dem Gestrüpp, fast unter dem Bauch des Pferdes, brach irgendein Tier, das unmittelbar vor meinem Pony über den Weg hetzte.

Wild bäumten beide Pferde sich hoch. Dann stürzte die Stute auf die Vorderhufe zurück, während Aster noch scheute und mich halb aus dem Sattel warf. Die Stute prallte gegen seine Schulter, und das Pony geriet ins Schwanken. Ich schleuderte vom auskeilenden Tier.

Einen rissigen Baumstumpf nur um eine Handbreit verfehlend, landete ich auf dem Grasstreifen neben der Wasserlache. Ich versuchte, mich hochzuraffen, und spürte, als ich den Fuß aufsetzte, einen stechenden Schmerz, der für Augenblicke alles vor meinen Augen verschwimmen ließ.

Sofort glitt Cadal aus dem Sattel, warf die Zügel über einen Ast und beugte sich über mich.

»Merlin – Merlin, was ist denn?«

Ich hockte mit zusammengebissenen Zähnen. »Mein Fuß. Ich habe mir den Fuß verstaucht.«

»Laß mal sehen ... Nein. Stillhalten. Verdammt, dafür wird Ambrosius mir die Ohren abreißen.«

»Was war es denn bloß?«

»Ein Keiler wahrscheinlich. Zu klein für einen Hirsch, zu groß für einen Fuchs.«

»Ja, ich glaube auch. Roch auch so. Wo ist bloß mein Pony hin?«

»Auf halbem Wege zum Stall, fürchte ich. Du mußtest natürlich die Zügel loslassen, nicht?«

»Tut mir leid. Ist der Fuß gebrochen?«

Tastend, spürend glitten seine Hände über den Knöchel. »Ich glaube nicht ... Nein, bestimmt nicht. Komm, versuch mal, ob du darauf stehen kannst. Die Stute trägt uns beide, und wir müssen zurück, ehe dein Pony in der Stadt mit leerem Sattel auftaucht. Wenn Ambrosius das Tier so sieht, bin ich geliefert.«

»Es war doch nicht deine Schuld. Ist er denn so ungerecht?«

»Er würde mir die Schuld geben und wäre damit nicht mal so weit vom Schuß. Komm jetzt, versuch's.«

»Nein, warte noch einen Augenblick. Und mach dir wegen Ambrosius keine Sorgen. Aster steht gar nicht weit von hier auf dem Weg. Hole ihn.«

Er kniete über mir. Schwach zeichneten seine Umrisse sich gegen den nächtlichen Himmel ab. Ich sah, wie er den Kopf wandte und den Weg entlangspähte. Dicht neben uns stand die Stute, reglos bis auf die spielenden Ohren. Nirgendwo ein Laut außer dem Schrei einer Eule, der von fernem Echo beantwortet wurde.

»Es ist so finster, daß man kaum seine Hand vor Augen sieht«, sagte Cadal. »Ich kann nichts entdecken. Hast du denn gehört, daß er stehengeblieben ist?«

»Ja«, log ich rasch. »Hole ihn, Cadal, schnell doch. Zu Fuß. Er ist ja ganz in der Nähe.«

Er starrte mich einen Augenblick an. Dann richtete er sich ohne ein Wort auf und ging den Weg entlang. Deutlich, wie bei Tageslicht, gewahrte ich den Ausdruck von Bestürzung auf seinem Gesicht, und scharf fühlte ich mich an Cerdic erinnert, an jenen Tag bei der Königsfeste.

Weich klang Hufschlag auf dem hohen Gras. Dann kam, geisterhaft grau im Mantel der Nacht, Aster in Sicht. Wie ein Schatten thronte Cadal über seinem Kopf.

»Er war wirklich dort«, sagte er, »und das nicht ohne Grund. Er lahmt nämlich. Muß sich irgendwas vertreten haben.«

»Dann kann er wenigstens nicht vor uns in der Stadt sein.«

»Ärger wegen heute abend bekommen wir so und so, egal, wann wir nun nach Hause kommen. Steh jetzt auf, ich werde dich auf Rufa setzen.«

Von Cadals Händen gestützt, erhob ich mich achtsam. Beim Auftreten schmerzte der Fuß immer noch stark, doch es schien wirklich nichts als ein verstauchtes Gelenk zu sein, eine Sache, die mich nicht lange behindern würde. Cadal hob mich auf die Stute. Dann streifte er die Zügel vom Ast und reichte sie mir. Aster führend, schritt er voraus.

»Was tust du denn?« fragte ich. »Die Stute kann uns doch beide tragen.«

»Sicher«, erwiderte er. »Aber du siehst doch, wie sehr dein Aster lahmt. Ich muß ihn also führen. Wenn er vorausgeht, kann er das Tempo bestimmen. Die Stute wird sich nach ihm richten. – Kannst du da oben denn auch sitzen?«

»Sehr gut, danke.«

Das graue Pony lahmte tatsächlich schwer. Langsam und mit gesenktem Kopf ging es neben Cadal gleich einer träge durch die Dunkelheit ziehenden Rauchwolke. Die Stute folgte mit ruhigem Schritt. Im günstigsten Falle, überlegte ich, würden wir etwa zwei Stunden brauchen, bis wir in der Stadt anlangten.

Wie vorhin, als ich allein vorausgeritten war, schien ich ganz für mich zu sein, allem wie entrückt. Auf dem Rücken der großen Stute hockend, die mich mit leise wiegendem Schritt trug, war ich allein in Wald und Dunkel.

Als wir etwa eine Meile zurückgelegt hatten, sah ich durch das Geäst einer riesigen Eiche einen hellen, gleichmäßig strahlenden Stern.

»Gibt es denn keinen kürzeren Rückweg, Cadal? Soweit ich mich erinnere, führt von der Eiche dort ein Pfad ab. Von Nebel ist jetzt ja nichts mehr zu sehen, und die Sterne können uns den Weg zeigen. Schau, dort oben ist der Große Bär.«

Aus der Dunkelheit klang seine Stimme zu mir herüber. »Ich möchte lieber zur Straße zurück.« Doch nur wenige Schritte weiter, am abbiegenden Pfade, hielt er das Pony an und wartete auf mich.

»Sieht doch gar nicht so schlecht aus, nicht wahr?« fragte ich. »Läuft sehr gerade und ist auch nicht so schlammig wie der Weg hier. Wir müssen nur darauf achten, daß wir den Nordstern im Rücken behalten. Nach ein oder zwei Meilen sollten wir schon die See riechen können. Kennst du dich denn im Wald nicht aus?«

»Ich kenne mich hier gut genug aus. Nun, kürzer wär's schon. Falls wir den Pfad immer sehen können . . .« Ich hörte, wie er sein Kurzschwert in der Scheide lockerte. »Nicht daß ich Angst hätte, es könnte uns jemand auflauern. Aber es kann nie schaden, für alle Fälle gewappnet zu sein. Sprich jetzt also leise und halte deinen Dolch bereit. Und noch eines, Merlin. Sollte irgend etwas geschehen, reite allein weiter und überlaß das mir. Verstanden?«

»Wieder Ambrosius' Befehl?«

»So könnte man es nennen.«

»Nun gut, wenn es dich beruhigt, so verspreche ich dir, notfalls in vollem Galopp davonzusprengen. Aber es wird nichts geschehen.«

»Man möchte fast meinen, daß du das im voraus weißt.«

Ich lachte. »Das tu' ich auch.«

Einen Atemzug lang fing sich das Sternenlicht im Weiß seiner Augen, und hastig schien er ein Zeichen zu machen. Dann wandte er sich wortlos um und führte Aster den neuen Pfad entlang.

8

Der Pfad war breit genug für uns beide, doch genau wie auf dem Weg hielten wir uns hintereinander. Es wurde kälter, und fröstelnd hüllte ich mich dichter in den Mantel. Die Nacht war sternenklar, und da kein Nebel jetzt mehr störte, konnte man sich leichter zurechtfinden. Riesige Bäume ragten, Eichen zumeist, weit voneinander abgesetzt mit jungen Schößlingen dazwischen, wild und dicht wuchernd und umrankt von Efeu. Auch Heckenkirschen und Dornenbüsche sprossen. Hier und dort hoben sich schwarz gespreizte Fichten gegen den Himmel. Gelegentlich tropfte es dumpf aus Geäst und Gezweig, und einmal hörte ich den Schrei einer winzigen Kreatur, die unter den Krallen einer Eule verendete. Schwer hing der Geruch von Nässe und Laub in der Luft.

Den Blick fest auf den Pfad geheftet, trottete Cadal schweigend voran. Ab und zu versperrte herabgestürztes und faulendes Holz den Weg, und Mensch und Tier zwängten sich daran vorbei. Immer noch durchflutete mich jenes eigentümlich erregende und erhebende Gefühl von Macht. Irgendwo voraus wartete etwas auf uns, das war so sicher wie jener Fingerzeig des Merlin, der bei der Königsfeste zur Entdeckung der Höhle geführt hatte.

Rufa hob den Kopf und schnaubte leise. Doch Cadal hörte nichts, und das graue Pony, kläglich vor sich hin trottend, schien die anderen Pferde nicht zu wittern. Doch ich wußte, daß sie da waren; wußte es, noch ehe Rufa etwas spürte.

Der Pfad schlug einen Bogen und begann, sacht bergab zu führen. Zu beiden Seiten wichen die Bäume ein wenig zurück, so daß es heller wurde. Der Pfad grub sich tiefer in den Boden, und links wie rechts stiegen Wälle aus Fels und Sand empor, im Sommer gewiß mit Fingerhut und Adlerfarn bewachsen, jetzt wild überwuchert von Brombeergestrüpp. Kratzend klangen die Hufe der Pferde den Abhang hinab.

Und plötzlich schleuderte Rufa den Kopf empor und stieß ein langgezogenes Wiehern aus. Cadal rief ihr warnend zu und blieb wie angewurzelt stehen. Mit hochgestrecktem Hals, die Ohren lauschend zur Seite geneigt, schob die Stute sich dicht zu ihm heran. Cadal griff nach ihrem Zügel und zog ihren Kopf herab. Dann preßte er die Ellenbogenbeuge gegen ihre Nüstern. Auch Aster stand lauschend, gab jedoch keinen Laut von sich.

»Pferde«, sagte ich leise. »Kannst du sie nicht riechen?«

»Riechen«, murmelte Cadal. »Riechen? Scheint nichts zu geben, was du nicht wittern kannst. Mußt eine Nase haben wie ein Fuchs.« Hastig zerrte er die Stute zum Rand des Pfades. »Zurück können wir jetzt nicht mehr, denn bestimmt haben die das Wiehern gehört. Am besten verdrücken wir uns in den Wald.«

Ich sagte beschwichtigend: »Nicht nötig. Denn da droht keine Gefahr, das kannst du mir glauben. Weiter, Cadal.«

»Woher willst du das wissen?«

»Ich weiß es eben. Außerdem hätten wir's auch schon längst zu spüren bekommen, wenn sie uns feindlich gesinnt wären. Denn bestimmt haben sie uns gehört und wissen, daß es nur zwei Pferde sind, von denen eines sogar lahmt.«

Doch immer noch stand er unentschlossen, Hand auf dem Kurzschwert. Mich überlief Erregung wie eine siedende Welle. Gebannt starrte ich auf die Stute. Ihre lauschenden Ohren wiesen ein Stück voraus. Etwa fünfzig Schritt weiter auf der rechten Seite oberhalb des Pfades lag ein Kieferngehölz, schwarz gespreiztes Geäst vor der Schwärze des umgebenden Waldes. Und plötzlich hielt ich es nicht länger aus. Ungeduldig sagte ich: »Ich will dort hin. Ob du mir folgst oder nicht, ist deine Sache.« Mit jähem Ruck straffte ich die Zügel und trieb Rufa mit meinem gesunden Fuß an. Gehorsam sprengte die Stute am grauen Pony vorbei den Erdwall hinauf zum Kieferngehölz.

Die Pferde waren dort. Deutlich sichtbar standen sie im Sternenlicht, das durch eine Lücke im verschlungenen Baumgeäst einfiel. Zwei Tiere, reglos und mit gesenkten Köpfen. Und dann sah ich die schmale Gestalt neben ihnen. Ängstlich preßte sie sich die Nüstern der Pferde gegen die Brust und wandte den Kopf. Unter der herabgleitenden Kapuze starrte ein ovales, blasses Gesicht. Niemand sonst war dort.

Für einen verworrenen Augenblick wollte es mir scheinen, daß eines der Pferde Ambrosius' riesiger Rappe sei, aber dann erkannte ich die Blesse auf der Stirn des Tieres. Wie Schuppen fiel es mir von den Augen. Jetzt wußte ich, warum ich hierhergeführt worden war.

Hinter mir zerrte fluchend Cadal das Pony ins Gehölz. Grau schimmerte sein gezücktes Schwert. »Wer ist denn das?« fragte er.

Ohne mich umzuwenden, sagte ich: »Steck's wieder ein. Es ist Belasius ... Jedenfalls sein Pferd. Und ein zweites mit seinem Diener.«

Er kam näher. Das Schwert glitt in die Scheide zurück. »Alle Teufel, du hast recht. Die Blesse ist ja nicht zu verkennen. He, Ulfin, was treibst du hier, wo ist denn dein Herr?«

Ich hörte, wie der Knabe erleichtert aufatmete. »Oh, du bist's, Cadal ... Und Herr Merlin ... Ich hörte, wie das Pferd wieherte, und dachte schon ... Sonst reitet nämlich niemand auf dem Pfad dort.«

Ich trieb die Stute noch einige Schritte vorwärts und blickte zu ihm hinab. Sein Gesicht war ein fahler, verschwommener Fleck, in dem riesengroß die Augen saßen. Seine Angst war offenkundig.

»Außer Belasius meinst du wohl«, sagte ich. »Was tut er hier?«

»Er – er sagt's mir nicht, Herr.«

Cadal rief ärgerlich dazwischen: »Lüge uns nicht an. Es weiß doch jeder, daß du fast Tag und Nacht mit ihm zusammensteckst und über alles im Bilde bist. Also heraus damit. Wo ist dein Herr?«

»Er – er wird bald wieder hier sein.«

»Wir können nicht auf ihn warten«, sagte Cadal. »Was wir brauchen, ist ein Pferd. Reite also zu ihm und sage ihm Bescheid. Herr Merlin hat sich verletzt, und das Pony lahmt, und wir müssen rasch zurück ... Nun? Warum zögerst du noch? Was ist mit dir los?«

»Ich kann nicht. Ich darf nicht. Er hat mir befohlen, mich nicht von der Stelle zu rühren.«

»So wie er uns befohlen hat, auf der Straße zu bleiben, nicht wahr?« sagte ich. »Ja. Nun, du heißt Ulfin? Also, Ulfin, lassen wir jetzt das Gerede um das Pferd. Ich möchte wissen, wo Belasius ist.«

»Das – das weiß ich nicht.«

»Aber du mußt doch wenigstens gesehen haben, in welche Richtung er gegangen ist.«

»N-nein, Herr.«

»Zum Teufel«, rief Cadal aus, »was kümmert uns, wo er steckt, solange wir nur das Pferd bekommen? Hör her, Ulfin, und nimm Vernunft an. Wir können nicht die halbe Nacht auf deinen Herrn warten, wir müssen nach Hause. Gib uns also dein Pferd und sage ihm, daß es für Herrn Merlin ist. Er wird dich schon nicht bei lebendigem Leibe auffressen, oder?« Und als Ulfin verworren zu stammeln begann: »Wir können natürlich auch versuchen, ihn auf eigene Faust zu finden, damit er uns die Erlaubnis gibt.«

Wie närrisch preßte Ulfin die Faust gegen die Lippen und stotterte undeutlich: »Nein ... bitte nicht ... bitte nicht ...!«

»Beim Mithras«, sagte ich, dem Vorbild des Ambrosius getreu. »Was treibt er denn? Ermordet er jemanden?«

Und im selben Augenblick, wie auf ein Stichwort, erklang der Schrei.

Kein Schrei des Schmerzes. Schlimmer. Das Gellen eines Menschen in Todesfurcht. Ein Wort schien laut zu werden, in dem der Schrecken Gestalt gewann, doch es war kein Wort, das ich kannte. Das Schrillen stieg und stieg, als wolle es die Kehle zersprengen – und brach plötzlich ab wie unter betäubendem Schlag. Grauenvolles Schweigen fiel, in das ein schwaches Echo drang, das beengte Keuchen Ulfins.

Cadal stand wie erstarrt, eine Hand auf dem Schwert, die andere auf Asters Zügel. Ich zwang der Stute den Kopf herum und stieß mit der gesunden Ferse zu. Mit wildem Satz sprang das Tier vorwärts, und rasch duckte ich mich tief über den mächtigen Hals und krallte mich fest, während rauhes Kieferngezweig über mich hinwegstrich. Weder Cadal noch Ulfin hatten eine Bewegung gemacht.

Rutschend gelangte die Stute den Erdwall hinunter auf den Weg zurück, wo ich sofort einen zweiten Pfad entdeckte, der, schmal und überwachsen, in entgegengesetzter Richtung des Kieferngehölzes führte.

Ich hatte Mühe mit der Stute. Denn sie dachte nicht daran, sanftem Zügeldruck zu folgen, sondern strebte den breiteren Weg entlang, der auf die Stadt zulief. Ich peitschte ihr die Lederriemen über den Kopf, und sie gehorchte. Mit angelegten Ohren galoppierte sie den neuentdeckten Pfad entlang.

Doch nicht lange. Denn der Pfad schlängelte sich wie wild, und aus dem scharfen Galopp wurde ein mühseliges Traben. Aber weiter ging es, auf jene Stelle zu, von wo der grauenvolle Schrei gekommen war. Im Sternenlicht war deutlich zu erkennen, daß hier vor kurzem jemand geritten sein mußte. Wintergras und Heidekraut, ein wuchernder Teppich, waren frisch niedergedrückt. Fast lautlos trabte Rufa voran.

Folgte Cadal mir nicht? Angestrengt lauschte ich. Hinter mir kein Geräusch. Aber gewiß glaubte mein Diener, daß ich seinen Rat befolgt hatte: bei Gefahr spornstreichs davonzuflüchten.

Ich nahm die Zügel kürzer, und willig fiel Rufa in Schritt. Erst jetzt bemerkte ich das erregte Beben, das über ihren Körper glitt; auch sie hatte ja den Schrei vernommen. Etwa dreihundert Schritt voraus schien der Wald plötzlich zu enden. Lichter schimmerte der Himmel. Doch keine Bewegung zeichnete sich gegen den helleren Hintergrund ab.

Und dann, ganz leise, so leise, daß ich zuerst glaubte, es sei das Flüstern des Windes oder das Rauschen der See, klang plötzlich Gesang.

Ein Prickeln überlief meine Haut. Jetzt wußte ich, wo Belasius war und warum Ulfin sich so gefürchtet hatte; und wußte auch, weshalb Belasius uns geraten hatte, auf der Straße zu bleiben.

Kerzengerade saß ich im Sattel. Wie in stürmischen kleinen Wellen brandete Hitze über mich hinweg. Ich atmete hastig, beengt. Furcht? Einen Augenblick glaubte ich es. Dann wußte ich es besser. Erregung war es, tief wurzelnd und unbezähmbar. Ich hielt die Stute an und glitt leise aus dem Sattel. Ein kurzes Stück abseits des Pfades, im Wald, band ich sie an. Mein Fuß schmerzte, doch blieb das Zucken erträglich, und bald vergaß ich es ganz. Rasch humpelnd strebte ich auf das Singen und den helleren Himmel zu.

9

Ich hatte richtig vermutet: Die See war nah. Und der Wald endete in ihr. Von Bäumen dicht umschlossen, schien ein Waldgewässer sich zu breiten. Doch dann roch ich den Salzhauch und sah den dunklen Schimmer des Seetangs. Auf hochstrebender Uferbank ragten Bäume, deren Wurzeln von der ewig anbrandenden Flut zum Teil freigelegt waren. Darunter zog sich ein schmaler Strand, Kies zumeist, hier und dort jedoch auch sandige Flächen. Still lag die Bucht, wie erdrückt noch vom Frost der vergangenen Wochen. In der Lücke zwischen den beiden Landspitzen schimmerte unter dunklem Himmelsgewölbe ein hellerer Strich, die offene See. Nach Süden zu klomm der schwarze Wald zu hohem Hügelkamm, während gen Norden hin das Land sich sanfter dehnte. Ein vollkommener Hafen, wie man glauben mußte, bevor man die geringe Tiefe entdeckte und, bei Ebbe, sah, wie Fels und Felsgestein, tangübersät, im Sternenlicht glommen.

In der Mitte der Bucht lag ein Stück Land, das jetzt eine Halbinsel bildete, bei Flut jedoch eine Insel sein mußte. Oval geformt, war sie durch einen künstlichen Damm gleich einer Nabelschnur mit dem Kiesufer verbunden, und auf der einen Seite dieses Dammes lagen einige kleine Boote – Coracles, wie mir schien.

Hier, dicht neben der Bucht, war auch wieder Nebel, der zwischen den Zweigen hing wie zum Trocknen aufgespannte Fischernetze. Schwaden trieben dicht über die Wasseroberfläche und schienen sich, dünner werdend, aufzulösen in nichts und ballten sich wieder an anderem Ort und krochen, Rauchwolken gleich, über das Wasser dahin. Über der eigentlichen Insel lag der Nebel so dicht, daß es war, als schwebe sie halb in der Luft. Doch das glitzernde Sternenlicht durchdrang das wogende Grau und ließ mich alles deutlich sehen.

Wie ein Werk von Menschenhand, hatte die Insel fast genau die Form eines Eies. Am entfernteren Ende erhob sich, ebenmäßig wie ein Bienenkorb, ein kleiner Hügel, der umgeben war von einem Kreis stehender Steine, durchbrochen nur an einer Stelle in der Mitte, von wo, gleich einer Säulenstraße, zwei Steinreihen in gerader Linie auf den nähergelegenen Damm zustrebten.

Nirgendwo eine Bewegung oder ein Laut. Und wären jene Boote am Damm nicht gewesen, so hätte ich alles wohl für Ausgeburten meiner Phantasie gehalten, den Schrei wie den Gesang. Den linken Arm um eine junge Esche geschlungen, um meinen Fuß zu entlasten, stand ich knapp innerhalb des Waldes, und meinen ans Nachtdunkel gewöhnten Augen erschien die nebellichte Insel so hell wie der Tag.

Am Fuß des Hügels, unmittelbar in der Lücke zwischen den stehenden Steinen, flammte plötzlich eine Fackel, die für Augenblicke eine tief gelegenen Öffnung erhellte. Davor zeichnete sich deutlich die weißgewandete Gestalt des Fackelträgers ab. Und dann sah ich, daß jenes lichte Grau, das ich für Nebelschwaden im Schatten der druidischen Steine gehalten hatte, etwas ganz anderes war – Gruppen regloser und gleichfalls weißgewandeter Gestalten. Während die Fackel sich hob, begann wieder unendlich leise der Gesang, ein eigentümlich unsteter, wie wandernder Rhythmus, der mir unbekannt war. Dann schienen Fackel und Fackelträger allmählich der Erde zuzusinken, und ich begriff, daß die Öffnung in die Tiefe führte und der Mann Stufe für Stufe hinabschritt ins Herz des Hügels. Die anderen folgten ihm, traubenförmige Gruppen, die sich um den Eingang ballten und eingesogen wurden von der Tiefe wie wehender Rauch.

Der Gesang tönte fort, doch schwächer jetzt und gedämpfter noch, so daß er eher dem Summen in einem Bienenkorb glich. Und dann schrumpfte alles zu bloßem Rhythmus, zu einem Pulsen und Pochen der Luft, das eher zu fühlen war als zu hören – Laute, die immer rascher und hastiger trieben, bis sie zu rasendem, hartem Stampfen wurden, in dem auch mein Blut mitschwang . . .

Plötzlich brach es ab. Tödliche Stille trat ein, eine Stille, in der sich etwas zu ballen schien. Würgen stieg mir in die Kehle, ich atmete kaum. Ohne es zu wissen, war ich hervorgetreten aus dem Wald und stand jetzt auf der grasbewachsenen Uferbank. Füße flach und fest auf dem Boden, als sei mein Körper dort verwurzelt und sauge aus der Erde die Kraft wie der Baum seine Säfte. Und wie der Sproß eines Baums, wachsend und drängend, stieg und schwoll die Erregung in mir an, angestachelt von etwas Unnennbarem aus der Tiefe der Insel, das zu mir auslangte über die Nabelschnur des Damms und eindrang in Leib wie in Seele, so daß, als schließlich der Schrei kam, er sich meinem eigenen Körper zu entringen schien.

Der Schrei – völlig anders diesmal; dünn und spitz, undeutbar in seiner Art, vielleicht Triumph, vielleicht auch Schmerz oder Hingabe an ein Letztes. Der Todesschrei, doch nicht vom Opfer, sondern vom Opfernden.

Und wieder die Stille. Die Nacht lag starr, lag stumm. Auf der Insel wölbte sich der Bienenkorb des Hügels über alles, was die Tiefe an Leben bergen mochte.

Dann tauchte der Anführer auf. (Jedenfalls nahm ich an, daß kein anderer als er es sei, obschon jetzt keine Fackel brannte.) Stufe für Stufe klomm er herauf. Ihm folgten die übrigen, nicht in geordneter Prozession, sondern fast unmerklich zu Gruppen verschmelzend und sich wieder lösend, emporfließend, emporwallend in gleichsam lautlosem Tanz, bis schließlich wieder zwei Reihen sich bildeten und reglos standen neben den Kromlechs, den ragenden Steinen.

Die Stille, die völlige Lautlosigkeit. Dann der langsam sich hebende Arm des Anführers. Und wie auf ein Zeichen, weißstrahlend und messerscharf, der Rand der Mondscheibe, die über die Hügelkuppe stieg.

Dann der Schrei, der dritte nun, aufgellend aus dem Mund des Mannes, unverkennbar jetzt Triumph und triumphaler Gruß, während die Arme hoch über den Kopf sich streckten, als böten sie dar, was die Hände hielten.

Mit Gesang und Gegengesang antwortete die Menge. Der Mond klomm über den Hügel, und der Priester ließ die Arme sinken und wandte sich herum. Bot, was er der Göttin dargeboten, jetzt den Andächtigen dar. Die Menge trat näher.

Von der Zeremonie dort auf der Insel völlig gebannt, hatte ich die Küste aus den Augen gelassen und nicht bemerkt, daß der Nebel höher und höher gestiegen war, bis er jetzt die von den Riesensteinen gesäumte Straße verschwimmen ließ. Die Menschen in ihren weißen Gewändern schienen in ihn eingewoben wie Teile strudelnder und wirbelnder heller Klumpen.

Jetzt erst begriff ich, was geschah. Die Menge löste sich auf. Zu zweit und zu dritt schritten Menschen schweigend die steingesäumte Straße entlang, bald in schroffen Schatten verschwindend, bald wieder daraus hervortauchend. Sie strebten den Booten am Damm entgegen.

Wie lange das alles gedauert hatte, weiß ich nicht. Doch als ich nun zu mir kam, spürte ich, wie steif ich war. Mein Umhang lag zu meinen Füßen, und ich war gleichsam durchtränkt von Nebelnässe. Ich schüttelte mich wie ein Hund und trat zurück in den Schutz der Bäume. Alle Erregung hatte sich verloren. Wie in lauem Schwall war sie aus Seele und Körper geströmt, und ich fühlte mich leer und beschämt. Dumpf wurde mir bewußt, daß sich dies unterschied von jener Macht, die mir gegeben und gewährt war. Auch handelte es sich nicht um jene Öde, wie sie dem Gipfelpunkt der Macht oftmals folgen mochte. Sonst hatte ich mich stets leicht und frei und aller Last ledig gefühlt. Jetzt war mir zumute wie einem ausgewrungenen Fetzen Tuch.

Hüftsteif beugte ich mich vor, riß ein Grasbüschel ab und begann, mich zu säubern: schrubbte mir die Hände und wusch mir das Gesicht mit der Nebelfeuchte auf den Halmen. Die Nässe roch nach Gras und klammer Luft und brachte Erinnerungen herbei, an Galapas und den heiligen Quell und den Becher aus Horn. Ich trocknete mir die Hände an der Innenseite meines Mantels, den ich sodann dicht um mich schlang. Mit einigen raschen Schritten trat ich zurück zu meinem Posten an der Esche.

Die Bucht war übertüpfelt mit davonziehenden Coracles. Die Insel hingegen schien leer. Doch dann sah ich eine hohe, weiße Gestalt, die inmitten der Straße entlangschritt. Nebelfetzen umhüllten sie. Und gaben sie wieder frei und verschleierten sie erneut. Der Priester. Sein Weg schien nicht zu den Booten zu führen, sondern über den Damm direkt zum Ufer. Doch als er das Ende der Straße erreicht hatte, verweilte er im Schatten des letzten Steins und war dann wie vom Erdboden verschluckt.

Ich wartete. Stand benommen und kältelahm und sehnte mich nach einem Schluck frischen Wassers und der Wärme meiner Kammer. Kein Zauber lag in der Luft. Die Nacht schien schal wie alter, abgestandener Wein. Bald sah ich den Mann wieder hervortreten ins Mondlicht des Damms. Jetzt trug er ein dunkles Gewand. Er hatte sich also nur seiner weißen Hülle entledigt, die über seinem Arm hing.

Das letzte Boot entschwand in der Dunkelheit. Rasch überquerte der Mann den Damm zum Ufer hin. Ich trat aus dem Schatten der Bäume und stieg hinab zum Strand, ihm entgegen.

10

Belasius sah mich, noch ehe ich das Dunkel des Waldes ganz verlassen hatte. Mit keiner Bewegung zeigte er Überraschung oder gar Bestürzung. Ohne jede Eile schritt er auf mich zu und stand und blickte zu mir herab.

»Ah.« Es klang wie ein kurzer Gruß. »Ich hätte es mir denken können. Wie lange bist du schon hier?«

»Ich weiß nicht genau. Die Zeit ist so schnell vergangen. Es – es gab so viel zu sehen.«

Er schwieg. Schräg fiel helles Mondlicht auf seine rechte Wange. Die Augen unter den langen Lidern konnte ich nicht sehen, doch seine Stimme klang sonderbar ruhig, verschlafen fast, und müde und erschöpft wirkte auch seine Haltung. Genau so hatte ich mich ja nach jenem letzten Schrei gefühlt. Ein erschlaffter Bogen, nachdem der Pfeil davongeschwirrt war.

Er überhörte meinen letzten Satz und fragte nur: »Was hat dich denn hergeführt?«

»Der erste Schrei.«

Ah«, machte er wieder und fragte dann weiter: »Und wo warst du gerade?«

»In dem Kiefergehölz, wo Euer Pferd steht.«

»Warum bist du in den Wald geritten? Habe ich dir nicht gesagt, du solltest auf der Straße bleiben?«

»Ja schon. Aber ich wollte galoppieren, und deswegen bogen wir auf den Waldweg ab, wo ich dann mit Aster einen Unfall hatte. Da er lahmt, mußten wir ihn zurückführen. Um uns nicht allzusehr zu verspäten, nahmen wir dann die Abkürzung.«

»Ich verstehe. Und wo ist Cadal?«

»Der wird geglaubt haben, daß ich zur Stadt geritten bin, und mir dorthin nach sein. Hierher ist er mir jedenfalls nicht gefolgt.«

»Sehr vernünftig von ihm«, sagte Belasius. Er wirkte immer noch ruhig und schläfrig fast – doch schläfrig wie eine Katze, die jeden Augenblick ihre Krallen zeigen mag. »Trotz allem, was du – gehört hast, ist es dir nicht eingefallen, nach Hause zu reiten?«

»Natürlich nicht.«

Unter den langen Lidern blitzte es kurz auf. »Natürlich nicht?«

»Ich mußte wissen, was vor sich ging.«

»Ah. Wußtest du, daß ich hier war?«

»Erst als ich Ulfin und die Pferde sah. Aber ich – nun ja, ich ahnte doch, daß sich heute nacht hier draußen im Wald irgend etwas abspielen würde. Und ich mußte herausfinden, was es war.«

Er musterte mich eindringlich. Doch auch jetzt zeigte er keine Überraschung. Dann schleuderte er kurz den Kopf. »Komm jetzt. Es ist kalt, und ich brauche meinen Mantel.« Während ich ihm über den knirschenden Kies folgte, setzte er hinzu: »Ulfin ist doch noch dort?«

»Ich glaube schon. Er hat ja viel zu große Furcht vor Euch.«

»Dazu besteht für ihn kein Grund – solange er nichts sieht und nichts hört.«

»Dann weiß er also wirklich nichts?«

»Mag er wissen, was er will«, sagte Belasius gleichgültig, »solange er nur den Mund darüber hält. Wenn er mir in diesen Dingen treu gehorcht, werde ich ihm zur Flucht verhelfen, und das weiß er.«

»Flucht? Wovor?«

»Vor dem Tod. Wenn ich sterbe. Es ist üblich, die Diener des Priesters zusammen mit diesem auf den Weg zu schicken.«

Seite an Seite gingen wir den Pfad entlang. Ich warf ihm einen Blick zu. Sein dunkles Gewand war eleganter als alles, was ich in meiner Heimat gesehen hatte. Herrlich gearbeitet auch der Ledergürtel, der vermutlich italienischer Herkunft war. Auf der großen, runden Brosche an Belasius' Schulter fing sich Mondlicht. Es zeigte ein goldenes Muster aus Kreisen und Schlangen. Alles in allem ein Mann, der völlig von römischer Kultur und römischer Zivilisation geprägt schien. Ich sagte: »Verzeiht, Belasius, aber hat dergleichen nicht mit den Ägyptern sein Ende gefunden? Selbst in Wales käme uns das altmodisch vor.«

»Möglich. Doch genausogut könnte man sagen, daß auch die Göttin altmodisch ist und so verehrt werden möchte, wie sie es seit jeher kennt. Und die Art unserer Verehrung ist fast so alt wie sie selbst, älter jedenfalls als Menschengedenken. Lange bevor man in Persien Stiere tötete, lange ehe die Himmelsgötter aus Afrika kamen und diese Steine ihnen zu Ehren errichtet wurden, war schon die Göttin hier im heiligen Hain. Jetzt ist der Wald uns verschlossen, und wir verehren sie, wo es uns möglich ist, doch wo immer die Göttin sich befindet, in Stein oder Baum oder Höhle, gibt es einen Hain namens Nemet, und dort bringen wir das Opfer dar. – Ich sehe, daß du mich verstehst.«

»Sehr gut sogar. Denn all dies habe ich schon in Wales gelernt. Doch ein Opfer, wie Ihr es heute nacht dargebracht habt, hat es seit etlichen hundert Jahren nicht gegeben.«

Seine Stimme klang ölglatt. »Er starb eines Gottesfrevels wegen. Hat man dich nicht gelehrt, daß –?« Schroff brach er ab, und seine Hand glitt zur Hüfte. Mit veränderter Stimme sagte er: »Das ist doch Cadals Pferd.«

»Ganz recht«, sagte ich. »Da mein Pony lahmt, habe ich die Stute geritten. Cadal wird längst zu Hause sein. Wahrscheinlich hat er eines von Euren Pferden genommen.«

Ich band Rufa los und führte sie ins Mondlicht des offenen Pfades. Belasius ließ seinen Dolch in die Scheide zurückgleiten. Die Stute hinter mir herziehend, schritt ich an seiner Seite weiter. Mein Fuß schmerzte kaum noch.

Ich sagte: »Also auch Tod für Cadal? Es geht dann wohl nicht nur um Gottesfrevel? Sind eure Zeremonien denn so geheim? Oder sind sie ganz einfach verboten?«

»Sie sind geheim und verboten. Wir kommen zusammen, wo immer wir können. Heute nacht war es die Insel. Dort ist es sicher – in der Nacht des Äquinoktiums würde sich normalerweise keine Menschenseele dorthin verirren. Doch wenn Budec davon erfährt, gäbe es Verdruß. Denn der Mann, den wir heute nacht töteten, gehörte zu den Leuten des Königs. Acht Tage lang hielten wir ihn gefangen, und während dieser Zeit ließ Budec überall nach ihm suchen. Aber er mußte sterben.«

»Wird man ihn jetzt finden?«

»Ja. Weit von hier im Wald. Und man wird glauben, daß ein Keiler ihn aufgeschlitzt hat.« Wieder jener prüfende Blick. »Man kann getrost sagen, daß er im Grunde einen leichten Tod gefunden hat. In früheren Zeiten hätte man ihm den Nabel herausgeschnitten und ihn wieder und wieder um den heiligen Baum gepeitscht, bis seine Eingeweide sich um den Stamm gespannt hätten wie die Wolle auf einer Spindel.«

»Und weiß Ambrosius davon?«

»Auch Ambrosius ist ein Mann des Königs.«

Einen Augenblick schwiegen wir. »Und was habe ich zu erwarten, Belasius?«

»Nichts.«

»Ist es denn kein Frevel, eure Geheimnisse auszukundschaften?«

»Du kannst dich sicher fühlen«, sagte er kurz. »Ambrosius' Macht reicht weit. Warum siehst du mich so an?«

Ich schüttelte den Kopf. Mir war, als sei ich, eben noch schutzlos, plötzlich von starkem Schild beschirmt.

»Hattest du denn keine Angst?« fragte er.

»Nein.«

»Bei der Göttin, ich glaube dir. Ambrosius hat sich nicht geirrt. Mut kann man dir keinesfalls absprechen.«

»Ja, vielleicht habe ich Mut – aber kaum so, daß er zu bewundern wäre. Früher fühlte ich mich den anderen Knaben überlegen, weil ich die meisten ihrer Ängste weder teilen noch verstehen konnte. Natürlich empfand auch ich oft Furcht, aber ich lernte es, sie für mich zu behalten. Das war wohl so eine Art Stolz. Jetzt erst beginne ich zu begreifen, warum Gefahr und Tod mich nicht schrecken, auch wenn sie offen auf meinem Wege liegen.«

Er blieb stehen. Wir waren nicht weit vom Kieferngehölz. »Dann sage mir, warum?«

»Weil sie nicht für mich bestimmt sind. Wenn ich Furcht empfand, dann stets für andere Menschen, nie jedoch für mich. Noch nicht jedenfalls. Was Menschen fürchten, ist das Unbekannte. Sie fürchten Schmerzen und Tod, die überall auf sie lauern können. Doch manchmal weiß ich um das Unbekannte, das Verborgene: sehe deutlich, was auf dem Wege liegt; sehe auch, wo Schmerz und Gefahr auf mich lauern; und weiß, daß mir der Tod noch nicht bestimmt ist. Also fürchte ich mich nicht. Das aber ist kein Mut.«

Langsam sagte er: »Ja. Ja, ich wußte, daß du den Blick besitzt.«

»Er kommt nur manchmal über mich, nach dem Willen des Gottes, nicht nach meinem eigenen.« Ich hatte schon zuviel gesagt; Belasius war nicht der Mensch, mit dem man seinen Gott teilte. Um ihn abzulenken, fuhr ich rasch fort: »Hört, Ulfin trägt an allem nicht die geringste Schuld. Er hat uns nichts verraten. Und wäre er dazu imstande gewesen, hätte er gewiß versucht, mich zurückzuhalten.«

»Du meinst also, wenn es hier etwas zu begleichen gilt, dann willst du selbst dafür geradestehen?«

»Nun ja, das wäre doch nicht mehr als recht und billig, und schließlich kann ich es mir leisten.« Geschützt durch meinen unsichtbaren Schild, lachte ich vergnügt auf. »Was soll es denn sein? Eine altmodische Religion wie die Eure hält doch gewiß auch ein paar mindere Bußen bereit. Werde ich heute nacht im Schlaf an

Krämpfen sterben, oder wird mich beim nächsten Ritt durch den Wald ein Keiler aufschlitzen?«

Zum erstenmal lächelte er. »Glaube lieber nicht, daß du völlig ungeschoren davonkommen wirst. Denn für dich und deinen Blick habe ich gute Verwendung. Ambrosius ist nicht der einzige, der Menschen zu seinem eigenen Nutzen zu gebrauchen versteht. Du hast behauptet, heute nacht hierhergeführt worden zu sein. Nun, es war die Göttin selbst, die das tat, und zur Göttin mußt du gehen.« Er legte einen Arm um meine Schultern. »Du wirst für heute nacht zahlen, Merlin Emrys; zahlen in einer Münze, die sie erfreut. Die Göttin wird dich erjagen, wie sie es mit jedem tut, der in ihr Geheimnis einzudringen sucht – aber nicht, um dich zu vernichten. Oh, nein, nicht Actaeon, mein aufgeweckter kleiner Schüler, sondern Endymion. Du wirst ihrer Umarmung erliegen. Oder anders gesagt: Du wirst studieren, bis du so weit bist, daß ich dich mit mir zum Heiligtum nehmen kann, um dich dort zu präsentieren.«

Am liebsten hätte ich gesagt: ›Nie. Und wenn du meine Eingeweide um jeden Baum im Wald schlingen würdest.‹ Doch ich hütete wohlweislich meine Zunge. *Macht nimmt man, wo sie sich einem bietet* – ich hatte diesen Spruch nicht vergessen. Und wenn ich an meine Wacht bei der Esche dachte, so ... Ja, dort hatte ich so etwas wie Macht gespürt. Nun, wir würden sehen. Sacht befreite ich mich von Belasius' Arm und schritt voraus zum Kieferngehölz hinauf.

War Ulfin schon vorher voll Furcht gewesen, so schien er jetzt, da er seinen Herrn sah und begriff, wo ich gewesen war, vor Schrecken sprachlos.

»Herr«, stammelte er schließlich, »ich – ich glaubte, er sei heimgeritten ... Wirklich, Herr, auch Cadal meinte doch ...«

»Reich mir meinen Umhang«, unterbrach Belasius ihn, »und steck das hier in die Satteltasche.«

Er ließ das weiße Gewand, das er über dem Arm getragen hatte, zu Boden fallen. Es landete, sich breit auseinanderfaltend, dicht bei dem Baum, an den Aster gebunden war, und das Pony scheute schnaubend – aus Angst vor dem geisterhaft geblähten Weiß, wie ich zuerst glaubte, ehe meine Augen trotz der Dunkelheit des Gehölzes auf dem hellen Stoff die Flecken und Spritzer entdeckten und ich den Dunst von Rauch und frischem Blut roch.

Ulfin hielt Belasius den Mantel mechanisch hin. »Herr –«. Er atmete beengt, keuchend fast. »– Cadal hat das Packpferd genommen. Wir glaubten doch beide, daß Herr Merlin in die Stadt zurückgeritten sei. Wirklich, Sir, ich war dessen so sicher. Verraten habe ich ihm nichts, das schwöre ich –«

»Steck das da in die Satteltasche von Cadals Stute.« Belasius zog sich den Umhang um die Schultern und befestigte ihn. Dann griff er nach dem Zügel. »Hilf mir hinauf.«

Der Knabe gehorchte und sprach eifrig weiter in dem unverkennbaren Bestreben, Belasius' Zorn zu dämpfen. «Bitte, Herr, glaubt mir doch, daß ich nichts gesagt habe. Das schwöre ich Euch bei allen Göttern.«

Belasius beachtete ihn nicht. Daß er grausam sein konnte, wußte ich: Noch nie hatte ich bei ihm erlebt, daß er auf die Ängste oder Schmerzen eines anderen auch nur einen Gedanken verschwendet hatte; offenbar war es ihm unvorstellbar, daß es dergleichen überhaupt geben könne. In diesem Augenblick war Ulfin für ihn vielleicht weniger wirklich als das Pferd, neben dem er stand. Mühelos schwang er sich in den Sattel, sagte kurz: »Tritt zurück«, und dann zu mir: »Glaubst du, die Stute beim Galopp meistern zu können? Ich möchte in der Stadt sein, ehe Cadal dort wegen deiner Abwesenheit Alarm schlagen kann.«

»Ich werde es versuchen. Was wird mit Ulfin?«

»Was schon. Er wird dein Pony nach Hause führen.«

Er riß sein Pferd herum und sprengte aus dem Gehölz.

Ulfin hatte das blutbefleckte Gewand bereits in der Satteltasche der Stute verstaut. Jetzt beeilte er sich, mir die Schulter hinzuhalten, und irgendwie gelang es mir schließlich auch, in den Sattel zu klimmen. Schweigend trat der Knabe zurück. Unter mir hatte ich sein Zittern gespürt. Mochte sein, daß es für einen Sklaven ganz normal war, sich so zu fürchten. Wahrscheinlich hatte er auch Angst, mein Pony allein in der Nacht durch den Wald zu führen.

Ich beugte mich ein Stück zu ihm hinab. »Er ist nicht auf dich zornig, Ulfin. Ich schwöre dir, daß dir nichts geschehen wird. Fürchte dich also nicht.«

»Habt Ihr . . . habt Ihr etwas gesehen, Herr?«

»Nichts.« Soweit es zählte, entsprach dies sogar der Wahrheit. Ich sah ihn ernst an. »Tiefes Dunkel«, sagte ich, »und ein unschuldiger Mond. Doch selbst wenn ich etwas gesehen hätte, es würde keine Rolle spielen, denn ich soll geweiht werden. Begreifst du jetzt, warum er nicht zornig ist?«

Ich zog meinen Dolch aus der Scheide und schleuderte ihn mit kurzem Schwung in den Waldboden, wo er zitternd steckenblieb.

»Vielleicht beruhigt dich das«, sagte ich, »aber du wirst ihn nicht gebrauchen. Nichts wird dir geschehen, das kannst du mir glauben. Ich weiß es. Und gehe behutsam mit meinem Pony um, ja?«

Energisch trieb ich die Stute an und folgte Belasius.

Er wartete auf mich, oder genauer: ritt nur in leichtem Kanter, der sich zu flotterem Handgalopp steigerte, nachdem ich ihn eingeholt hatte.

Eifrig stampfte die Stute hinter ihm her. Ich packte den Genickriemen und klammerte mich an wie eine Klette.

Im Mondlicht lag der Pfad deutlich sichtbar vor uns. Tief den Wald durchfurchend, glitt er schlängelnd empor zu einer Anhöhe, von wo man die glitzernden Lichter der Stadt erkennen konnte. Dann strebte er wieder hügelabwärts, bis wir schließlich den Wald hinter uns ließen und durch die Salzebenen ritten, die das Meer säumten.

Belasius sprengte in unverminderter Gangart dahin. Kein Wort wurde zwischen uns gewechselt. Den Blick unverwandt auf den Weg gerichtet, hing ich auf der Stute und fragte mich, ob wir wohl Cadal begegnen würden, wenn er, allein oder in Begleitung, sich auf die Suche nach mir machte.

Wir ritten durch einen flachen Bach, und dann bog der Pfad nach rechts, zur Hauptstraße, hin. Jetzt wußte ich, wo wir uns befanden. In wenigen Minuten mußten wir die Brücke kurz vor dem Waldrand erreichen.

Belasius verlangsamte den Galopp und blickte über die Schulter zu mir zurück. Die Stute holte sein Pferd ein. Er straffte die Zügel, und ich folgte seinem Beispiel. Die Tiere gingen im Schritt.

»Hörst du's?«

Hufe. Unendlich viele Hufe, die in raschem Trab über die gepflasterte Straße in Richtung auf die Stadt strebten.

Die Stimme eines Mannes. Ein kurzer Ruf nur, ein Befehl wohl. Über die Brücke schwankte ein Wall flackernder Fackeln, und dann sahen wir sie, eine ganze Reiterschar. Das Banner, unter Fackelhelle, zeigte einen scharlachroten Drachen.

Schroff packte Belasius' Hand meine Zügel. Unsere Pferde standen still.

»Ambrosius' Mannen«, sagte er, oder eher: begann er zu sagen, denn im selben Augenblick, schrill wie ein Hahnenschrei, fing die Stute zu wiehern an, und ein Pferd aus der Schar antwortete ihr.

Jemand bellte einen Befehl. Die Schar kam zum Halt. Ein zweiter Befehl, und die Pferde sprengten in scharfem Galopp in unsere Richtung.

Leise fluchend ließ Belasius meine Zügel los.

»Hier trennen sich unsere Wege. Nimm dich jetzt zusammen und hüte deine Zunge. Vor einem Fluch würde dich auch der starke Arm eines Ambrosius nicht beschützen können.« Er gab der Stute einen Schlag auf das Hinterteil, und sie machte einen Satz, der mich beinahe aus dem Sattel warf. Hinter mir hörte ich ein Spritzen und Knacken. Belasius' Rappe sprang durch den Bach und wurde vom Wald verschluckt – Sekunden ehe die Krieger auf mich stießen und mich zu ihrem Offizier zurückbegleiteten.

Der graue Hengst tänzelte unruhig im hüpfenden Licht der Fackeln. Einer der Männer hielt die Zügel meiner Stute und führte mich vorwärts.

Er salutierte. »Nur dieser hier, Sir. Er ist unbewaffnet.«

Der Offizier schob sein Visier hoch. Blaue Augen weiteten sich, und Uthers mir nur allzugut bekannte Stimme sagte: »Wer außer dir konnte es wohl auch sein? Nun, Merlin, du Bastard, was treibst du hier so allein, und wo bist du gewesen?«

11

Ich antwortete nicht sofort. Was sollte ich auch sagen, wieviel wohl erklären? Jedem anderen Offizier hätte ich flugs ein paar Halbwahrheiten aufgetischt, aber Uther war eben nicht irgendein Offizier, sondern zu allem auch noch ein Mann von äußerster Gefährlichkeit, der sich gewiß nicht mit etlichen Ausflüchten abspeisen ließ. Er würde es mir keinesfalls leicht machen, die ›geheime und verbotene‹ Zeremonie, der ich als ferner Zeuge beigewohnt hatte, zu verschweigen. Natürlich gab es für mich nicht den geringsten Anlaß, Belasius zu schützen. Andererseits schuldete ich niemandem eine Erklärung außer Ambrosius. Aber so oder so: Ich mußte alles daransetzen, nicht Uthers Zorn auf mich zu ziehen.

Und so wandte ich ihm meine Augen mit einem Ausdruck zu, von dem ich hoffte, daß er offen und ehrlich wirke. »Da mein Pony zu lahmen anfing, befahl ich meinem Diener, es nach Hause zu führen, Sir, und nahm mir zum Rückritt dessen Pferd.« Als er zur Antwort ansetzte, hob ich behende den Schild, den Belasius mir in die Hand gedrückt hatte. »Für gewöhnlich läßt Euer Bruder mich nach dem Abendessen zu sich kommen, und ich wollte ihn nicht warten lassen.«

Er legte die Stirn in Falten, sagte jedoch nur: »Und warum zu dieser Stunde auf jenem Weg dort und nicht auf der Straße?«

»Wir waren schon ein Stück im Wald, als Aster sich verletzte. Und von dort bog ein Pfad in südlicher Richtung ab, der den Rückweg zu verkürzen schien. Da beim Mondenschein alles deutlich zu erkennen war, schlugen wir ihn ein.«

»Was für ein Pfad war das?«

»Ich kenne mich im Wald nicht aus, Sir. Der Pfad führte zu

einer Anhöhe empor und von dort hinab zu einer Art Bach, einer Furt jedenfalls.«

Er musterte mich mit gerunzelten Brauen. »Wo hast du dich von deinem Diener getrennt?«

»Ein Stück vor der Anhöhe. Wir wollten sichergehen, daß es der richtige Weg war, ehe er mich allein weiterreiten ließ. Inzwischen wird er wohl auf dem Hügelkamm sein.« Jeden Gott, der gewillt war, mir in diesem Augenblick sein Ohr zu leihen, flehte ich an: Gib, daß Cadal nicht gerade jetzt auf der Suche nach mir von der Stadt zurückkommt.

Von seinem tänzelnden Pferd starrte Uther mich an, als sei ich gar nicht vorhanden. Zum erstenmal wurde mir bewußt, wie sehr er doch seinem Bruder glich. Und zum erstenmal spürte ich in ihm auch so etwas wie Macht. Von seinen Fähigkeiten als Befehlshaber hatte Ambrosius mir zur Genüge erzählt. Er war imstande, einen Mann bis aufs letzte Tüpfelchen zu beurteilen. Jetzt schien er durch mich hindurchzusehen, schien eine Lüge zu wittern, nicht wissend wo und warum, doch entschlossen, allem auf den Grund zu kommen.

Ohne jede Spur von Erregung oder Hitze, ja behutsam fast fragte er: »Du lügst, nicht wahr? Warum?«

»Aber es ist die Wahrheit, Herr. Wenn Ihr mein Pony seht, werdet Ihr feststellen können –«

»Gewiß, gewiß. Daß dein Pferd lahmt, bezweifle ich ja nicht. Auch wird es wohl stimmen, daß Cadal das Pony zurückführt. Aber –«

Ich unterbrach ihn rasch: »Nicht Cadal, Sir – Ulfin. Cadal hatte andere Pflichten, und Belasius schickte Ulfin mit mir mit.«

»Zwei vom gleichen Schlage?« Aus den Worten sprach Verachtung.

»Herr?«

Seine Stimme schwang plötzlich aus wie eine Peitsche. »Stell dich nicht dumm, du kleiner Bastard. Du lügst, das sehe ich dir an. Was verschweigst du mir?« Sein Blick glitt an mir vorbei. In verändertem Tonfall fragte er: »Was ist das dort in deiner Satteltasche?« Erschreckt sah ich, daß ein Zipfel des weißen Gewandes heraushing. Uther nickte einem der Männer an meiner Seite zu. Der Mann schob die Hand in die Satteltasche und zog das Tuch hervor. Auf dem hellen Untergrund traten deutlich und unverkennbar die dunklen Flecken hervor. Trotz des starken Harzgeruchs der Fackeln wurde der Dunst des Blutes spürbar.

Pferde schnaubten und schleuderten die Köpfe. Die Männer wechselten Blicke. Dann schienen aller Augen sich auf mich zu richten. Leises Murmeln schwoll auf.

Uther sagte heftig: »Bei allen Göttern der Tiefe, das war es also! Einer von jenen bist du! Das hätte ich mir gleich denken sollen. Der heilige Rauch in deinen Gewändern ist ja von hier zu riechen. Also gut, Bastard, der du so frei mit dem Namen meines Bruders umgehst und so hoch in seiner Gunst stehst – wollen mal sehen, was er dazu zu sagen hat. Und was sagst du selbst? Leugnen dürfte jetzt kaum noch einen Sinn haben, nicht wahr?«

Ich hob den Kopf. Auf meiner großen Stute saß ich ihm fast Auge in Auge gegenüber. »Leugnen? Ich leugne, daß ich ein Gesetz gebrochen oder sonst etwas getan habe, was dem Grafen mißfallen könnte — und nur auf diese beiden Dinge kommt es an, mein Herr Uther. Ihm werde ich auch alles erklären.«

»Bei Gott, das wirst du! Ulfin hat dich also dorthin geleitet?«

Ich sagte scharf: »Ulfin hatte nichts damit zu schaffen. Ich hatte mich bereits von ihm getrennt. Außerdem ist er ein Sklave und hat zu tun, wie ihm geheißen.«

Plötzlich gab er seinem Pferd die Sporen. Mit einem Satz stand der Hengst neben der Stute. Uther beugte sich vor, packte mich am Nackenteil meines Umhangs und hob mich halb aus dem Sattel. Schmerzhaft preßte sein gepanzertes Knie sich gegen meinen Schenkel. Gesicht dicht vor meinem, sagte er leise durch die Zähne: »Und du hast zu tun, wie dir geheißen. Du hast mir zu gehorchen wie meinem Bruder.« Seinen Griff noch straffend, schüttelte er mich. »Verstanden, Merlin Emrys?«

Ich nickte. Plötzlich fluchte er und ließ mich los. Die Nadel meiner Brosche hatte ihn gekratzt. Er starrte darauf. Dann winkte er einem Fackelträger. Der Mann kam näher und hielt die Flamme hoch. »Dies hat er dir gegeben? Den roten Drachen?« Seine Augen suchten mein Gesicht und hafteten, sich weitend, darauf fest. Das tiefe Blau schien zu sprühen. Er riß den Kopf seines zur Seite tänzelnden Hengstes so scharf herum, daß dem Tier der Schaum vom Maul flockte.

»Merlin Emrys . . .«, wiederholte er wie für sich selbst und so leise, daß ich ihn kaum verstand. Und er stieß ein hartes Lachen aus, wie ich es noch nie von ihm gehört hatte.

»Nun, Merlin Emrys, die Antwort auf die Frage, wo du heute nacht warst, bist du ihm noch schuldig!« Er warf den Hengst herum und rief seinen Leuten über die Schulter zu: »Bringt ihn mit und paßt auf, daß er nicht herunterfällt. Mein Bruder scheint ihn sehr zu schätzen.«

Der graue Hengst sprengte voran, und die Schar folgte ihm, darunter auch ich mit meinen beiden Wächtern, die die Zügel meines Pferdes hielten.

Von zahllosen Hufen in den Schmutz getrampelt, lag das Druidengewand auf der Straße. Ob Belasius es wohl entdecken und es sich zur Warnung dienen lassen würde?

Dann vergaß ich ihn. Ich würde Ambrosius Rede und Antwort stehen müssen.

Cadal war in meiner Kammer. Erleichtert sagte ich: »Den Göttern sei Dank, daß du dich nicht auf die Suche nach mir gemacht hast. Ich bin von Uthers Schar abgefangen worden. Er ist vor Zorn außer sich. Er weiß nämlich, wo ich war.«

»Das ist mir nicht neu«, sagte Cadal grimmig. »Ich habe es ja gesehen.«

»Was heißt das?«

»Nun – ich war eben doch auf der Suche nach dir. Als wir im Wald jenen – Laut hörten und du davonsprengtest, nahm ich zuerst an, du seist vernünftig genug gewesen, schnurstracks nach Hause zu reiten. Ich folgte dir, konnte dich aber nirgendwo entdecken und war überzeugt, daß du mit wahrem Höllentempo dahinbraustest, wo ich selbst doch wie ein Besessener durch die Nacht jagte. Als dann –«

»Du ahntest, was geschah? Wo Belasius war?«

»O ja.« Er drehte den Kopf, wie um auf den Boden zu speien, besann sich jedoch und machte das Zeichen gegen den bösen Blick. »Nun, als ich hier eintraf und nirgendwo eine Spur von dir fand, wußte ich natürlich, wohin du geritten warst. Du hochmütiger kleiner Narr. Wer sich mit jener Bande einläßt, kann leicht zuschanden werden.«

»Mag sein. Jedenfalls bist du wieder zurückgeritten.«

»Was blieb mir übrig? Hättest nur hören sollen, wie ich dich beschimpft habe. Pestbrut – das war noch das Geringste. So etwa eine halbe Meile vor der Stadt sah ich dann die Schar und ritt zur Seite, um sie vorbeizulassen. Du kennst doch die Ruinen von der alten Reisestation. Dort versteckte ich mich. Sie zogen vorüber, und ganz am Schluß kamst du mit deinen Wächtern. Also dachte ich mir, daß Uther Bescheid wüßte. Ich folgte euch in einigem Abstand und ritt dann durch die Seitenstraßen voraus. Erst seit ein oder zwei Minuten bin ich hier. Uther hat also alles entdeckt?«

Ich nickte und löste meinen Umhang.

»Na, dann wird ja die Hölle los sein, aber wie«, sagte Cadal. »Und *wie* hat er es entdeckt?«

»Sie fanden Belasius' Gewand in meiner Satteltasche und glauben nun, es gehöre mir.« Ich lächelte. »Nach der Größe zu sehen fiel ihnen gar nicht ein, sonst hätten sie es sich wohl zweimal überlegt. So ließen sie es dort auf der Straße.«

»Gut so.« Er kniete sich hin, um mir die Sandalen von den Füßen zu ziehen. »Belasius' Gewand? Soll das etwa heißen, daß er dich gesehen und mit dir gesprochen hat?«

»Ja. Ich wartete auf ihn, und wir gingen zusammen zu den Pferden zurück. Ulfin bringt übrigens Aster her.«

Er starrte vor sich hin. Die Farbe schien aus seinem Gesicht zu weichen.

»Aber Uther hat Belasius nicht gesehen«, fuhr ich fort. »Der machte sich rechtzeitig davon. Sie hatten Rufas Wiehern gehört, und so mußte ich daran glauben, sonst hätten sie uns wohl beide verfolgt. Daß sein Gewand in meiner Satteltasche steckte, hatte Belasius wohl vergessen. Vielleicht glaubte er auch, daß niemand es dort entdecken würde. Wer außer Uther hätte auch eine solche Spürnase gehabt?«

»Du hättest dich mit Belasius niemals einlassen dürfen. Das ist ja noch übler, als ich befürchtet hatte. Komm, ich helfe dir. Deine Hände sind kalt.« Er zog die Drachenbrosche aus dem Umhang. »Gib ja gut auf dich acht. Mit Belasius ist nicht zu spaßen – mit keinem von diesen Brüdern, aber mit dem am wenigsten.«

»Wußtest du das von ihm?«

»Wissen? – Nein. Aber ahnen ließ es sich schon. Schlägt sozusagen in sein Fach, wenn du mich fragst. Aber was ich meine ist, daß man mit denen besser nicht anbindet.«

»Nun, er ist der Erzdruide oder doch wenigstens das Oberhaupt dieser Sekte hier, und so wird er schon über einige Macht verfügen. Schau nicht so besorgt drein, Cadal. Ich glaube nicht, daß er mir etwas antut oder es auch nur zuläßt, daß mir etwas geschieht.«

»Hat er dir gedroht?«

Ich lachte. »Ja. Mit einem Fluch.«

»Es heißt, daß solche Dinge tatsächlich wirken. Es heißt, daß die Druiden einem ein Messer nachjagen können, das einen tagelang hetzt, und das einzige, was man hört, ist das Zischen in der Luft, kurz bevor der Dolch zustößt.«

»Die Leute reden alles mögliche. Cadal, ist da noch eine anständige Tunika für mich? Meine beste müßte inzwischen doch von der Wäsche zurück sein. Und dann möchte ich noch ein Bad nehmen, ehe ich zum Grafen gehe.«

Während er in der Kleidertruhe nach einer frischen Tunika suchte, musterte er mich von der Seite. »Uther wird ohne Säumen zu ihm gegangen sein. Das ist dir doch wohl klar?«

Ich lachte. »Natürlich. Und soll ich dir etwas verraten? Ich werde Ambrosius die Wahrheit erzählen.«

»Ohne Abstriche?«

»Ohne.«

»Nun, wahrscheinlich ist das das beste«, sagte er. »Wenn es einen gibt, der dich vor ihnen schützen kann, dann –«

»Darum geht es nicht. Vielmehr glaube ich, daß ich's ihm sagen muß. Er hat ein Recht darauf. Und außerdem: Was hätte ich vor ihm zu verheimlichen?«

»Aber der Fluch«, sagte er beklommen. »Selbst Ambrosius mag außerstande sein, dich davor zu schirmen.«

»Ach, der Fluch.« Ich machte eine geringschätzige Geste. »Den magst du getrost vergessen. Wir haben beide nichts Unrechtes getan, und ich denke nicht daran, Ambrosius anzulügen.«

»Eines Tages wirst du schon noch lernen, was Angst ist, Merlin.«

»Möglich.«

»Hast du dich denn nicht einmal vor Belasius gefürchtet?«

»Aber wieso denn? Er wird mir gewiß nichts tun.« Ich hakte den Gürtel meiner Tunika auf und warf ihn aufs Bett. Mein Blick haftete auf Cadal. »Hättest du denn Angst, wenn du wüßtest, daß dich nichts Schlimmes erwartet, da du dein eigenes Ende im voraus kennst?«

»Ja, bei allen Göttern — kennst du es denn?«

»Manchmal schon, in Bruchstücken. Manchmal sehe ich es. Und *dann* erfüllt mich Furcht.«

Entsetzt starrte er mich an. »Was — was ist es denn?«

»Eine Höhle. Die Kristallhöhle. Oft denke ich, das sei der Tod. Aber dann wieder kommt es mir vor wie eine Geburt oder ein Tor zu Visionen oder wie das dunkle Verlies des Schlafes ... Ich weiß es nicht. Aber eines Tages wird es sich mir enthüllen. Doch bis dahin werde ich anderes kaum fürchten. Am Ende werde ich in der Höhle sein, so wie du —« Ich verstummte.

»Was?« fragte er hastig. »Was wolltest du da über mich sagen?«

Ich lächelte. »So wie du ein hohes Alter erreichen wirst — das meinte ich.«

»Du lügst«, sagte er grob. »Ich habe doch deine Augen gesehen. Wenn der Blick über dich kommt, dann werden sie ganz sonderbar, das ist mir schon früher aufgefallen. Das Schwarze dehnt sich und scheint zu verschwimmen, wie im Traum — aber nicht weich; nein, dein Blick wird kalt, so kalt wie Eisen, als würde alles um dich herum wesenlos. Und du sprichst, als wärst du nicht mehr ein Mensch, sondern nur noch eine Stimme ... Oder als wärst du irgendwohin entschwunden und hättest deinen Körper zurückgelassen, durch den jetzt ein anderer spräche. Wie ein Horn, durch das ein fremder Atem bläst. Oh, gewiß, ich habe es erst wenige Male gesehen und auch für Augenblicke nur. Aber es ist unheimlich und macht mir Angst.«

»Es macht mir selber Angst, Cadal.« Die grüne Tunika war von meinem Körper zu Boden geglitten. Cadal reichte mir das graue Gewand, das ich sonst zur Nacht trug. Geistesabwesend nahm ich es und setzte mich auf die Bettkante. Wie im Selbstgespräch fuhr ich fort: »Ja, es macht mir selber Angst. Und es stimmt schon, genau so fühlt es sich: als wäre ich eine leere Hülse, in der etwas Fremdes am Werke ist. Ich sehe und denke und sage Dinge, von denen ich bis dahin nichts wußte. Aber es ist nicht wahr, daß ich dabei nichts empfinde. Es schmerzt mich – vielleicht deshalb, weil ich noch nicht gebieten kann über das, was durch mich spricht. Ja: noch nicht. Denn eines Tages werde ich es können. Auch dies weiß ich. Die Zeit wird kommen, da ich Herr bin über jenen Teil von mir, welcher weiß und sieht, diesen Gott, und das erst wird wirkliche Macht bedeuten. Ich werde wissen, wann meine Weissagungen menschlichem Instinkt entspringen und wann dem Schatten Gottes.«

»Und was war es, als du eben von meinem Ende sprachst?«

Ich blickte auf. Sonderbarerweise fiel es mir schwerer, Cadal zu belügen als vorhin Uther. »Aber ich habe deinen Tod wirklich nicht gesehen, Cadal. Einzig über meinen eigenen weiß ich Bescheid. Ich war ganz einfach unhöflich. Ich wollte nämlich sagen: ›So wie du dein Grab in fremder Erde finden wirst . . .‹« Ich lächelte. »Wo ich doch weiß, daß das für einen Bretonen schlimmer ist als die Hölle. Aber so wird es dir wohl ergehen . . . das heißt, falls du mein Diener bleibst.«

Sein Gesicht hellte sich auf. Erleichtert erwiderte er mein Lächeln. War es nicht, dachte ich, echte Macht, wenn ein bloßes Wort von mir Menschen so in Furcht versetzen konnte? Cadal sagte: »Oh, der will ich gerne bleiben, selbst wenn der Graf es mir nicht befohlen hätte. Du hast so eine ungezwungene Art an dir, und die macht es zum Vergnügen, dir zu dienen.«

»Wirklich? Und ich glaubte schon, für dich sei ich nichts, als ein hochmütiger kleiner Narr und die reine – Pestbrut.«

»Nun, da haben wir's ja. Zu einem anderen deines Standes hätte ich das nie zu sagen gewagt. Du aber lachst nur und bist doch zwiefach königlich.«

»*Zwiefach* königlich? Ja, zählst du denn etwa meinen Großvater und meine Mut . . .« Ich brach ab. Sein Gesicht war es, das mich stutzig machte. Er stand mit halbgeöffnetem Mund, als wolle er die Worte, gedankenlos hingesprochen, buchstäblich wieder in sich einsaugen: ungesagt machen.

Meine schmutzige Tunika in der Hand, verharrte er stumm. Ich erhob mich langsam. Von meinen Knien glitt das Nachtgewand zu Boden. Nein, es brauchte kein weiteres Wort von Cadal. Ich begriff. Jetzt endlich begriff ich. Unvorstellbar, wie es mir hatte entgehen können – gleich damals, als ich auf frostigem Felde vor Ambrosius gestanden und er mich im Fackellicht angestarrt hatte. Er schien es sofort erkannt zu haben. Und hundert andere hatten es wohl erraten. Die verstohlenen Seitenblicke der Mannen, das leise Geflüster der Offiziere — ja, ich erinnerte mich genau; und begriff auch, daß die Ergebenheit der Diener, die ich Ambrosius' Befehlen zugeschrieben hatte, wirklich mir galt: seinem Sohn.

In der Kammer war es totenstill. Im offenen Ofen flackerten die Flammen, und sprühend brach sich das Licht im Bronzespiegel an der Wand. Ich blickte hinein. Und sah in der feuerhellen Bronze meinen nackten Körper, schattenhaft leicht, ein wie wesenloses Gebilde aus Helle und Dunkel im schwankenden Spiel der Flammen. Deutlich zu sehen jedoch das Gesicht, scharf umrissene Flächen aus Feuer und Schatten, in denen ich seine Züge erblickte, so wie ich mich ihrer erinnerte: Wenn er in seinem Gemach am Ofen saß und auf mich wartete. Wartete, um mich über Niniane ausfragen zu können.

Und auch hier wieder hatte der Blick mir nicht geholfen. Männer, denen Gottessicht gegeben, sind leider oft menschenblind.

Ich sagte zu Cadal: »Wissen es alle?«

Er nickte, ohne zu fragen, was ich damit meinte. »Es wird davon gesprochen. Du bist ihm in vielem sehr ähnlich.«

»Dann wird sich jetzt wohl auch Uther so seine Gedanken machen. Aber vorher hat er nichts gewußt?«

»Nein. Das Gerede begann ja erst, als er mit seinen Mannen schon losgezogen war. Wenn er sich gegen dich gestellt hat, dann also nicht deswegen.«

»Nun, das höre ich gern«, sagte ich. »Aus welchem Grunde aber sonst? Nur weil ich ihm damals bei der Sache mit dem stehenden Stein in die Quere gekommen bin?«

»Ja. Und anderer Dinge wegen.«

»Zum Beispiel?«

Cadal sah mich an. Dann sagte er offen: »Er hat dich für Ambrosius' Lustknaben gehalten. Aus Frauen macht der Graf sich ja nicht viel. Aus Knaben genaugenommen auch nicht. Aber Uther wird wohl nie verstehen, wie ein Mann es aushalten kann, ohne sich Nacht für Nacht jemanden ins Bett zu nehmen. Und als sein Bruder sich so um dich mühte und dich zu sich ins Haus nahm und mich zu deinem Diener machte und so weiter, nun, da glaubte er zu wissen, was es damit auf sich habe, und der Gedanke behagte ihm gar nicht.«

»Ich verstehe. Er sprach auch heute so geringschätzig zu mir, aber ich schrieb das den Umständen zu.«

»Hätte wirklich nichts schaden können, wenn er dich etwas genauer ins Auge gefaßt oder sich ein bißchen umgehört hätte. Dann wäre ihm schon lange ein Licht aufgegangen.«

»Er weiß es jetzt«, sagte ich, meiner Sache plötzlich völlig sicher. »Auf der Straße sah er die Drachenbrosche, die der Graf mir gab. Da muß es ihm klargeworden sein. Denn natürlich weiß er so gut wie jeder andere, daß Ambrosius einen Lustknaben nie mit dem königlichen Zeichen ehren würde. Um sich alles genau zu betrachten, ließ Uther eigens einen Fackelträger näher kommen. Ich bin überzeugt, daß er in diesem Augenblick alles begriffen hat.« Ich fügte einen Nachgedanken hinzu: »Wenn ich es mir recht überlege – auch Belasius scheint Bescheid zu wissen.«

»Das glaube ich auch«, sagte Cadal. »Aber woraus schließt du das?«

»Nun, die Art, in der er zu mir sprach ... Als ob er genau wüßte, daß er mich nicht antasten dürfe. Deswegen wohl auch die Drohung mit dem Fluch. Er ist doch wirklich mit allen Wassern gewaschen. Auf dem Rückweg zum Kieferngehölz muß er sich weidlich den Kopf zerbrochen haben. Mich wegen Gottesfrevels stillschweigend aus dem Wege zu räumen, wagte er nicht. Aber irgendwie mußte er mich zum Schweigen bringen. Daher der Fluch. Und auch –« Ich unterbrach mich.

»Und auch was?«

»Nun schau nicht so erschreckt drein, Cadal. Nur so ein Schlich von ihm, mich sich gefügig zu machen.«

»Im Namen des Gottes – was denn?«

Ich griff nach dem Gewand zu meinen Füßen und zuckte die Schultern. »Er versprach mir, mich zum Heiligtum mitzunehmen. Offenbar möchte er einen Druiden aus mir machen.«

»Das hat er gesagt?« Wieder das altvertraute Zeichen gegen den bösen Blick. »Und was willst du tun?«

»Ihn begleiten ... einmal wenigstens. Öfter werde ich kaum hingehen wollen. Beruhige dich also, Cadal.« Ich sah ihn ernst an. »Aber es gibt nichts auf der Welt, was ich nicht sehen und kennenlernen möchte – auch keinen Gott, dem ich mich nicht in der ihm gemäßen Weise nähern würde. Habe ich dir nicht gesagt, daß die Wahrheit der Schatten Gottes ist? Wenn ich mich ihrer bedienen will, muß ich auch wissen, wer Er ist. Verstehst du das?«

»Wie könnte ich? Von welchem Gott sprichst du?«

»Ich glaube, daß es nur einen gibt. Oh, gewiß, Götter sind überall, in den hohlen Hügeln, im Wind und im Meer, selbst im Gras, auf dem wir schreiten, und in der Luft, die wir atmen; auch in den blutbefleckten Schatten, wo Männer wie Belasius ihrer harren. Doch ich glaube, daß es einen geben muß, der Gott selbst ist, dem Ozean ähnlich, und wir übrigen alle, kleine Götter und kleinere Menschen, münden wie Ströme und Flüsse am Ende in Ihn. – Ist das Bad bereit?«

Zwanzig Minuten später ging ich in dunkelblauer Tunika, an der Schulter die Drachenbrosche, zu meinem Vater.

12

Der Sekretär in der Vorhalle tat äußerst geschäftig. Hinter dem Vorhang hörte ich Ambrosius' ruhige Stimme. Die beiden Wachtposten an der Tür standen in hölzerner Starre.

Dann wurde der Vorhang zur Seite gezogen, und Uther trat vor. Als er mich erblickte, stand er einen Augenblick wie angewurzelt. Schon im Begriff, zu sprechen, gewahrte er den neugierigen Blick des Sekretärs. Er besann sich und schritt mit aufbauschendem rotem Umhang an mir vorbei. Der Geruch von Pferden wehte hinter ihm her. Es schien, als sauge Uther derartige Dünste geradezu in sich auf. In der Regel verrieten sie recht genau, wo er gewesen war. Seinen Bruder hatte er offenbar aufgesucht, ohne sich nach dem Ritt auch nur flüchtig zu säubern.

Der Sekretär, ein gewisser Sollius, sagte zu mir: »Ihr könnt sofort eintreten, Sir. Er erwartet Euch schon.«

Kaum, daß das »Sir« mir noch auffiel. Ich schien daran bereits gewöhnt.

Er stand über den Tisch gebeugt, mit dem Rücken zur Tür. Vor ihm lagen Schreibtafeln und ein Griffel. Offenbar war er bei irgendwelchen Notizen unterbrochen worden. Auf dem Tisch des Sekretärs beim Fenster sah ich ein halb aufgerolltes Buch.

Hinter mir schloß sich die Tür. Ich blieb stehen. Der Ledervorhang rauschte. Ambrosius wandte sich um.

Stumm verschränkten sich unsere Blicke ineinander, für endlose Sekunden, wie es schien. Dann räusperte er sich und sagte: »Ah, Merlin«, und mit einer kaum wahrnehmbaren Handbewegung: »Setz dich.«

Gehorsam nahm ich auf meinem angestammten Schemel neben dem Ofen Platz. Schweigend starrte Ambrosius auf den Tisch. Dann nahm er den Griffel in die Hand, blickte geistesabwesend auf die wächserne Schreibfläche und fügte ein Wort hinzu. Ich wartete. Er runzelte die Stirn, strich das Wort wieder aus und warf den Griffel hin. Abrupt sagte er: »Uther war soeben hier.«

»Ja, Sir.«

Er hob den Kopf. »Er hat dich draußen vor der Stadt aufgegriffen, wo du ohne Begleitung herumgeritten bist.«

Ich sagte rasch: »Das stimmt nicht ganz, Sir. Zu Anfang war Cadal bei mir gewesen.«

»Cadal?«

»Ja, Sir.«

»Hast du Uther von allem wahrheitsgemäß berichtet?«

»Nein, Sir.«

Sein Blick glitt prüfend über mich. »Sprich weiter.«

»Cadal steht mir immer zur Seite, Sir. Er – er ist mehr als nur treu. Wir ritten zusammen die Straße entlang und bogen dann in den Holzweg ab. Dort begann mein Pony zu lahmen. Cadal gab mir seine Stute, und wir kehrten um.« Ich atmete tief. »Um schneller nach Hause zu kommen, schlugen wir eine Abkürzung ein, wo wir auf Belasius und seinen Diener trafen. Belasius begleitete mich ein Stück des Weges. Da er jedoch eine Begegnung mit Prinz Uther vermeiden wollte, trennte er sich von mir.«

»So.« Seine Stimme verriet mir nichts, doch er schien weniger im dunkeln zu tappen, als er sich anmerken ließ. Seine nächste Frage bewies es. »Warst du bei der Druideninsel?«

»Ihr wißt also davon?« sagte ich überrascht. Und fuhr dann, als er stumm blieb, mit meinem Bericht fort: »Cadal und ich schlugen also diese Abkürzung ein. Wenn Ihr die Insel kennt, wißt Ihr bestimmt auch, welchem Pfad wir folgten. An der Stelle, wo es zum Meer geht, steht ein Kieferngehölz. Dort fanden wir Ulfin, Belasius' Diener, mit zwei Pferden. Cadal bat Ulfin, ihm eines der Tiere zu überlassen. Während sie noch miteinander sprachen, ertönte aus östlicher Richtung plötzlich ein Schrei, ein wildes Gellen. Ich sprengte sofort los. Von der Insel und von dem, was sich dort abspielte, ahnte ich nichts. Cadal auch nicht. Und wäre er beritten gewesen wie ich, hätte er mich bestimmt zurückgehalten. Doch ehe er sich auf Ulfins Pferd schwingen und mir nachsetzen konnte, war ich schon fort. Er glaubte, ich sei nach Hause geritten, denn das hatte er mir vorher ans Herz gelegt. Als er hier dann keine Spur von mir fand, kehrte er wieder um, um nach mir zu suchen, aber zu dem Zeitpunkt hatte mich schon Uthers Schar entdeckt.« Ich saß still, die Hände zwischen die Knie gezwängt. »Warum ich zur Insel ritt, weiß ich selber nicht. Oder doch ... Da war ja der Schrei, und ich wollte natürlich ... Aber es war nicht nur der Schrei, der mich ... Ich kann's nicht erklären, noch nicht ...« Ich atmete hastiger. »Herr –«

»Ja?«

»Ich muß es Euch sagen. Heute nacht ist dort auf der Insel ein Mann getötet worden. Wer es war, weiß ich zwar nicht, aber er soll zu den Mannen des Königs gehört haben. Seit Tagen schon war er verschwunden. Seine Leiche wird man irgendwo im Wald finden, wie von wilden Tieren zerrissen.« Ich stockte. Sein Gesicht blieb ausdruckslos. »Ich glaubte, Euch das berichten zu müssen.«

»Warst du auf der Insel?«

»Oh, nein! Sonst wäre ich wohl kaum noch am Leben. Über den Mann, der dort sein Ende fand, erfuhr ich erst später etwas. Er soll einen Gottesfrevel begangen haben.« Abermals zögerte ich. »Ich blieb an der Küste, wo ich zwischen den Bäumen wartete und alles mit ansah – den Tanz und das Opfer. Auch den Gesang konnte ich hören. Daß es hier verboten ist, wußte ich nicht ... In meiner Heimat, dort natürlich. Aber man weiß ja, daß es trotzdem noch gemacht wird, und ich dachte, hier sei es vielleicht erlaubt. Doch als Herr Uther hörte, wo ich gewesen war, wurde er sehr zornig. Er scheint die Druiden zu hassen.«

»Die Druiden?« fragte er zerstreut. Seine Finger spielten mit dem Griffel. »Ach, richtig. Nein, Uther liebt sie nicht. Er ist ein fanatischer Mithras-Anhänger, und das Licht ist nun mal der Feind der Dunkelheit. Was gibt's denn?« Dies als scharfe Frage an Sollius, der untertänig eintrat und knapp hinter der Tür verharrte.

»Verzeiht, Sir«, sagte der Sekretär. »König Budec hat einen Boten gesandt. Ich habe ihm gesagt, daß Ihr beschäftigt seid, aber er beharrt darauf, er habe Wichtiges zu vermelden. Soll er warten?«

»Führe ihn herein«, sagte Ambrosius. Der Mann kam mit einer Schriftrolle, die er dem Grafen reichte. Dieser setzte sich und las stirnrunzelnd. Ich beobachtete ihn. Auf dem offenen Ofen prasselte Glut. Flammen flackerten und lohten empor, sich weitend, breitend, hinzuckend über das Gesicht, das ich nun fast schon kannte wie mein eigenes. Und tiefer wurde das Glühen. Licht gloste, und Feuer ballte sich blitzend. Helle senkte sich in meine Augen, vor denen es sich auftat ...

»Merlin Emrys? Merlin.«

Das Echo erstarb zu ganz normaler Stimme. Die Vision floh. Ich sah auf meinem Schemel in Ambrosius' Gemach und starrte auf meine Hände zwischen den Knien. Die Gestalt des Grafen hatte sich zwischen mich und das Feuer geschoben. Er stand gebeugt. Der Sekretär war fort.

Er wiederholte meinen Namen, und blinzelnd raffte ich mich zusammen.

Erneut seine Stimme. »Was siehst du dort im Feuer, Merlin?«

Ich antwortete, ohne aufzublicken. »Einen Weißdornhain auf einem Hügelhang und ein Mädchen auf einem braunen Pony und einen jungen Mann mit einer Drachenbrosche an der Schulter. Kniehoch wallt der Nebel.«

Er atmete lange und tief ein. Dann spürte ich seine Hand unter meinem Kinn. Er hob mein Gesicht höher. Starr, fast stechend hafteten seine Augen auf mir.

»Dann hast du ihn also wirklich, den Blick. Und ich glaubte schon – aber nein, es gibt gar keinen Zweifel. Damals in jener ersten Nacht beim stehenden Stein, was sollte das schon besagen? Es mochte ein Traum sein oder ein Ammenmärchen oder ein geschickter Schachzug, mein Interesse zu erregen. Doch dies ... Ich habe mich nicht in dir geirrt.« Er löste die Hand von meinem Gesicht und richtete sich auf. »Konntest du das Gesicht des Mädchens erkennen?«

Ich nickte.

»Und das des Mannes?«

Ich sah ihm in die Augen. »Ja, Sir.«

Er wandte sich schroff ab und stand mit dem Rücken zu mir. Dann nahm er wieder den Griffel in die Hand und drehte ihn zwischen den Fingern. Nach einer Weile sagte er: »Seit wann weißt du es?«

»Erst seit heute nacht. Cadal sagte etwas, was mir dieses und jenes in Erinnerung brachte. Zum Beispiel, wie erstaunt Euer Bruder starrte, als er dies hier bei mir sah.« Ich wies auf die Drachenbrosche an meinem Gewand.

Er nickte. »War dies das erstemal, daß du diese – Vision hattest?«

»Ja. Ich hatte ja keine Ahnung. Jetzt erscheint es mir sonderbar, daß mir nie auch nur die Vermutung gekommen ist – aber so ist es tatsächlich.«

Er stand stumm, eine Hand auf den Tisch gestützt. Ich weiß nicht, was ich erwartet hatte: Gewiß aber nicht, daß der große Aurelius Ambrosius irgendwann um Worte verlegen sein könne. Er durchquerte den Raum. Ging zum Fenster. Kam zurück. Und jetzt erst begann er zu sprechen. »Eine sonderbare Begegnung, Merlin. So vieles, was es zu sagen gäbe, und doch so wenig. Verstehst du jetzt, warum ich dir so viele Fragen gestellt habe? Warum ich immer wieder herauszufinden suchte, was dich hergeführt hatte?«

»Das Werk der Götter, Herr. Sie haben mich hergeführt«, sagte ich. »Warum habt Ihr meine Mutter verlassen?«

Gegen meinen Willen platzte die Frage schroff und anklagend heraus. Doch sie hatte schon so lange in mir emporgedrängt, daß sie sich nicht länger zurückdämmen ließ. Verlegen begann ich zu stammeln, doch er beschwichtigte mich mit einer kurzen Handbewegung und entgegnete ruhig:

»Ich war damals achtzehn, Merlin, und auf meinen Kopf stand ein Preis, sollte ich es wagen, mein eigenes Königreich zu betreten. Du kennst die Geschichte – wie mein Vetter Budec mich zu sich nahm, als mein Bruder, der König, ermordet wurde; und daß er unablässig auf Vergeltung an Vortigern sann, obschon dies viele Jahre lang unmöglich schien. Immer wieder schickte er Kundschafter aus, empfing Berichte und entwarf neue Pläne. Als ich dann achtzehn war, sandte er mich in geheimer Mission selbst hinüber zu Gorlois von Cornwall, einem einstigen Freund meines Vaters, dem Vortigern verhaßt war. Gorlois gab mir einige zuverlässige Leute mit, und ich zog nach Norden, um zu erkunden, wie es im Lande stand. Wo genau ich war und was dort geschah, sollst du später erfahren, nicht jetzt. Jetzt will ich mich auf das beschränken, was für dich wesentlicher ist . . . Ende Oktober ritten wir wieder gen Süden in Richtung Cornwall, um uns dort nach der Bretagne einzuschiffen. Plötzlich wurden wir überfallen und mußten uns unserer Haut wehren. Vortigerns Leute waren es, doch bis auf den heutigen Tag weiß ich nicht, ob sie vermuteten, wer ich war, oder ob einzig Mordlust und Blutgier sie trieb – wie man das von Angelsachsen und Füchsen ja kennt. Meine beiden Begleiter fielen ihnen zum Opfer. Ich selbst hatte Glück und trug nur eine Fleischwunde davon und einen Hieb auf den Kopf, der mich bewußtlos zu Boden warf. Sie ließen mich liegen. Offenbar hielten sie mich für tot. Dies geschah bei Einbruch der Nacht. Als ich wieder zu mir kam und mich umsah, war es bereits Morgen, und neben mir stand ein braunes Pony, auf dem ein junges Mädchen saß, das stumm auf mich und auf die Toten an meiner Seite starrte.« Der erste Schimmer eines Lächelns, wie lichter Erinnerungsschatten. »Ich versuchte zu sprechen, doch der starke Blutverlust hatte mich sehr geschwächt, auch war durch die Nacht im Freien ein Fieber geweckt worden. Lange Sekunden fürchtete ich, das Mädchen würde vor Schrecken davongaloppieren. Doch sie blieb. Sie fing mein Pferd ein, holte meine Sachen aus der Satteltasche und gab mir zu trinken. Sie säuberte meine Wunde und verband sie. Nur Gott weiß, wie sie es fertigbrachte, mich auf das Pferd zu heben. Sie sprach von einem verborgenen Ort, den sie kenne; näher bei der Stadt und doch völlig geheim; nie käme dort jemand hin. Es war eine Höhle mit einem Quell – Aber was hast du?«

»Nichts«, sagte ich. »Ich hätte es mir denken müssen. Sprecht weiter. Wohnte damals niemand dort?«

»Nein. Als wir dort ankamen, fieberte ich wohl stark. Jedenfalls kann ich mich an nichts erinnern. Sie verbarg mich in der Höhle, und auch mein Pferd fand irgendwo ein Versteck. Brot und Wein waren noch in meiner Satteltasche, auch hatte ich meinen Umhang und eine Decke. Inzwischen war es schon später Nachmittag, und sie ritt nach Hause. Dort hörte sie, daß man die beiden Toten und ihre Pferde inzwischen gefunden hatte. Vortigerns Leute waren gen Norden geritten. In der Stadt konnte also kaum jemand wissen, daß ein Opfer fehlte. Ich war in Sicherheit. Am nächsten Tag kam sie wieder zur Höhle und brachte mir Nahrung und Arzneien . . . Und am Tage darauf war es nicht anders.« Er schwieg einen Augenblick. »Das Ende der Geschichte kennst du ja.«

»Und wann erfuhr sie von Euch, wer Ihr wart?«

»Als sie mir sagte, warum sie Maridunum nicht verlassen und mit mir gehen könne. Bis dahin hatte ich geglaubt, sie gehöre vielleicht zu den Frauen der Königin, denn ihre ganze Art verriet mir, daß sie an einem Königshofe aufgewachsen sein mußte. Möglich, daß es ihr mit mir ähnlich erging. Aber all das zählte nicht. Es zählte nur eines: daß ich ein Mann war und sie eine Frau. Beide wußten wir vom ersten Tage an, was geschehen würde. Wie es war, wirst du verstehen, wenn du älter bist.« Wieder das Lächeln, in den Augen und jetzt auch um den Mund. »Ja, Merlin, auf dieses Wissen wirst du wohl noch warten müssen. In Liebesdingen wird dir der Blick kaum helfen.«

»Ihr habt sie gebeten, mit Euch zu gehen – hierher zurückzukehren?«

Er nickte. »Noch ehe ich wußte, wer sie war. Als ich es dann erfuhr, fürchtete ich für sie und bedrängte sie noch heftiger, konnte sie jedoch nicht dazu bewegen. Dabei wußte ich, daß sie die Angelsachsen haßte und von Vortigern für das Reich ihres Vaters und auch die anderen Königreiche das Schlimmste erwartete. Dennoch wollte sie bleiben. Zu tun, was sie getan habe, sagte sie, sei eine Sache – dem Mann zu folgen, der bei seiner Rückkehr ihres Vaters Feind sein müsse, eine andere. So wie das Jahr zur Neige ginge, müsse es auch zwischen uns enden. Wir sollten beide vergessen.«

Er schwieg und starrte auf seine Hände.

Ich fragte: »Und Ihr habt nie gewußt, daß sie ein Kind geboren hatte?«

»Nein. Obschon der Gedanke mir natürlich kam. Im folgenden Frühjahr sand ich eine Botschaft, die jedoch unbeantwortet blieb. So nahm ich von weiteren Versuchen denn Abstand. Wenn sie mich wollte, wußte sie ja, wo ich zu finden war. Etwa zwei Jahre später hörte ich dann von einem Verlöbnis. Jetzt weiß ich, daß das nicht stimmte, aber damals ließ es mich jeden Gedanken an sie aufgeben.« Er blickte mich an. »Verstehst du das?«

Ich nickte. »Vielleicht traf es sogar zu, wenn auch anders, als Ihr glaubt, Herr. Für die Zeit, da ich sie nicht mehr brauchen würde, weihte sie sich nämlich der Kirche. Christen nennen das ein Verlöbnis.«

»So?« Er grübelte einen Augenblick. »Nun, wie dem auch immer war – ich schickte jedenfalls keine Botschaften mehr. Als später dann von einem Kind, einem Bastard, gesprochen wurde, kam mir gar nicht in den Sinn, daß es von mir stammen könne. Einmal tauchte ein reisender Augenarzt hier auf, der in Wales gewesen war, und ihn befragte ich eingehend. Ja, war seine Antwort, einen Bastard gäbe es am Hofe, so und so alt, rothaarig und Sproß des Königs selbst.«

»Dinias«, sagte ich. »Mich wird der Mann nie gesehen haben, denn fremden Augen hielt man mich fern ... Und manchmal gab mein Großvater mich für seinen eigenen Bastard aus. Von denen liefen ja etliche herum.«

»Genau das vermutete ich. Als später dann wieder von einem Knaben die Rede war, von einem Bastard des Königs oder vielleicht auch seiner Tochter, achtete ich kaum noch darauf. Es war ja alles so lange her, und so viele Dinge harrten ihrer Erledigung. Auch kam mir immer wieder ein und derselbe Gedanke: Wenn sie mir ein Kind geboren hatte, würde sie es mich dann nicht wissen lassen? Wenn sie mich wollte, würde sie mir dann nicht Nachricht geben?«

Er verstummte lange Zeit. Ob ich damals alles deutlich verstand, weiß ich nicht mehr. Als sich die Einzelteile später dann zum Mosaik fügten, wurde mir jedenfalls alles sehr klar. Jener Stolz, der ihr verboten hatte, ihrem Geliebten zu folgen, hatte sie später daran gehindert, ihm ihre Schwangerschaft zu entdekken und ihn zu sich zurückzurufen. Ein unbeugbarer Stolz. Ein Stolz, der ihr auch über die folgenden Monate hinweghalf, und mehr als das: Denn hätte sie, durch Flucht oder auf andere Weise, verraten, wer der Mann ihrer Liebe war, so hätte nichts ihre Brüder davon abhalten können, an König Budecs Hof zu reisen und Ambrosius zu töten. Kein Zweifel, daß gegen den Vater ihres Bastards die wildesten Verwünschungen laut geworden waren. Doch mit verrinnender Zeit mußte sein Wiederkommen für Niniane in immer weitere Ferne gerückt sein, bis er für sie nur noch ein Mythos war und eine Erinnerung in der Nacht. Und dann war jene andere Liebe in ihr Leben getreten und hatte ihn mehr und mehr verdrängt. Ihre Welt war jetzt die Welt der Priester. Vergessen war die Episode jenes Winters – bis auf das Kind, das seinem Vater so sehr glich. Doch waren ihre Mutterpflichten einmal erfüllt, so stand ihr der Weg offen zu Frieden und Einsamkeit – jene Sehnsucht also, die sie vor so vielen Jahren in jenes Tal geführt hatte, wo ich später auf demselben Pfad nach womöglich denselben Dingen spürte.

Dann erklang urplötzlich wieder seine Stimme, und unwillkürlich fuhr ich zusammen. »Du hast es gewiß sehr schwer gehabt als sogenannter Bastard.«

»Schwer genug.«

»Glaubst du mir, wenn ich dir versichere, daß ich von allem keine Ahnung hatte?«

»Ich glaube Euch alles, was Ihr sagt, Herr.«

»Haßt du mich sehr deswegen, Merlin?«

Ich blickte auf meine Hände. Langsam sagte ich: »Als Bastard, der nicht weiß, von wem er stammt, steht es einem frei, sich seinen Vater auszumalen. Man kann sich vorstellen, was einem beliebt, vom Schlimmsten bis zum Besten. Man kann sich seinen eigenen Vater erschaffen, in Sekundenschnelle. Als ich alt genug war, um zu wissen, was es mit mir auf sich hatte, sah ich meinen Vater in jedem Krieger und jedem Prinzen und sogar jedem Priester. Und mehr. Selbst in jedem stattlichen Sklaven von Südwales sah ich ihn.«

Er sagte sehr leise: »Und jetzt siehst du ihn leibhaftig vor dir, Merlin Emrys. Sage mir jetzt, ob du mich haßt für das Leben, das ich dir gegeben habe.«

Ich starrte in die Flammen. Ohne den Kopf zu heben, erwiderte ich: »Bisher hatte ich die ganze Welt, um mir meinen Vater daraus zu erwählen. Von allen, Aurelius Ambrosius, wäre meine Wahl auf Euch gefallen.«

Schweigen. Wie Herzschlag schienen die Flammen zu pulsieren.

Bemüht, dem Augenblick die lastende Schwere zu nehmen, fügte ich rasch hinzu: »Schließlich würde sich wohl jeder Knabe den König von ganz Britannien als Vater wünschen.«

Wieder schob sich seine Hand unter mein Kinn. Mit sachtem Druck drehte sie meinen Kopf zur Seite, fort von den hüpfenden Flammen. »Was sagst du da?«

»Daß ich von allen Euch gewählt hätte.«

Seine Finger faßten schärfer zu. »Das meine ich nicht. Aber du – du hast mich König von ganz Britannien genannt.«

»Wirklich?«

»Und das ist –« Er brach ab. Sein Blick schien sich in mich einzusengen. Dann löste er seine Hand von meinem Kinn und richtete sich auf. »Lassen wir das. Wenn es damit etwas auf sich hat, wird der Gott schon wieder sprechen.« Er lächelte mich an. »Wichtiger ist jetzt das andere. Denn nicht jedem Mann ist es gegeben, dies von seinem Sohn zu hören. Wer weiß – vielleicht ist es gut so, daß wir einander erst jetzt begegnen, wo du schon halb erwachsen bist und jeder dem anderen etwas bedeuten kann. Aber du magst mir glauben, daß es ein eigentümliches Gefühl ist, sein eigenes Gesicht bei einem Knaben wiederzufinden – wie ich jetzt bei dir.«

»Bin ich Euch wirklich so ähnlich?«

»So sagt man. Mir und auch Uther. Jedenfalls begreife ich sehr gut, warum man dich hier sofort für meinen Sohn gehalten hat.«

»Bloß Uther selbst wohl nicht«, sagte ich. »Ist er nun sehr zornig? Oder nur erleichtert, weil er jetzt weiß, daß ich nicht Euer Lustknabe bin?«

»Ah«, sagte er belustigt, »das wußtest du also. Nun, es könnte ihm nichts schaden, wenn er gelegentlich mit dem Kopf statt mit dem Körper denken würde. Aber wir kommen auch so recht gut miteinander aus. Er erledigt seine Aufgaben und ich die meinen.

Sollte es mir gelingen, den Weg zu ebnen, so wird er nach mir König werden, sofern ich keinen —«

Abrupt verstummte er. Das Schweigen war wie eine schroffe Mauer. Ich starrte auf den Boden.

»Verzeih«, fuhr er schließlich fort. »Das war recht gedankenlos von mir. Aber ich bin eben schon sehr lange an die Vorstellung gewöhnt, keinen Sohn zu haben.«

Ich blickte auf. »In dem von Euch gemeinten Sinn ist das auch jetzt noch so. Und für Uther bleibt das gewiß auch die Wahrheit.«

»Wenn du das ebenso siehst wie er, wird mein Weg weniger steinig sein.«

Ich lachte. »Ich als König, das kann ich mir nicht vorstellen. Dazu wird mir immer sehr viel fehlen. Fügte man Uther und mich jedoch zusammen — ihn, der so gerne tatkräftig zupackt, und mich, den es weniger zum Handeln als zum Denken drängt —, so würde *aus uns beiden* vielleicht ein König — wenn Ihr einmal nicht mehr sein solltet. Ein wenig überlebensgroß hat Euer Bruder sich ja jetzt schon, findet Ihr nicht?«

Doch meine Bemerkung vermochte ihm kein Lächeln zu entlocken. Aus verengten Augen spähend, entgegnete er: »Diese oder doch ähnliche Gedanken sind mir auch schon gekommen. Hattest du das erraten?«

»Aber nein, Sir, woher sollte ich?« Und jetzt erst begriff ich ganz, was er meinte: »Sir, ist es das, was Ihr mit mir vorhabt? Sind das Eure Pläne für mich? Natürlich weiß ich jetzt, warum Ihr mich in Euer Haus aufgenommen und so königlich behandelt habt — aber ich meinte auch zu verstehen, daß Ihr annahmt, ich könne Euch auf besondere Weise von Nutzen sein. Belasius behauptet, daß Ihr Euch eines jeden gemäß seiner Fähigkeit bedient und Ihr auf jeden Fall Verwendung für mich hättet, wenn schon nicht als Krieger, dann auf andere Art. Ist das wahr?«

»Völlig wahr. Das wußte ich schon, ehe sich herausstellte, daß du mein Sohn bist. Ich sah es sofort in jener Nacht, als du auf dem Feld vor Uther standst, in den Augen noch die Visionen und jene Ausstrahlung deiner eigentümlichen Macht. Nein, Merlin, weder ein König noch ein Fürst wird je aus dir werden, jedenfalls nicht in den Augen der Menge. Was du werden wirst, ist etwas anderes: ein Mann, wie Könige ihn brauchen, wenn sie über die Welt herrschen wollen. Das glaube ich gewiß. Begreifst du nun, warum ich dir Belasius zum Lehrer gegeben habe?«

»Weil er sehr gelehrt ist«, sagte ich behutsam.

»Er ist verderbt, und er ist gefährlich«, erwiderte Ambrosius unverblümt. »Aber er kann für sich auch in Anspruch nehmen, weltklug und weitgereist zu sein. Gewiß kann er dir vieles zeigen, wozu du in Wales niemals Gelegenheit gehabt hättest. Lerne von ihm. Lernen, hörst du, nicht folgen. Denn das könnte leicht ein übles Ende nehmen. Lerne jedoch, was immer du von ihm lernen kannst.«

Ich nickte. »Ihr wißt über ihn Bescheid.« Es war keine Frage, sondern eine Feststellung.

»Ich weiß, daß er ein Priester der alten Religion ist. Ja.«

»Und Ihr nehmt keinen Anstoß daran?«

»Ich kann es mir noch nicht leisten, ein brauchbares Werkzeug beiseite zu schleudern, nur weil seine Form mir nicht behagt«, sagte er. »Er ist nützlich, also benutze ich ihn. Und wenn du klug bist, wirst du es genauso halten.«

»Er möchte mich zur nächsten Versammlung mitnehmen.«

Er hob die Augenbrauen, schwieg jedoch.

»Werdet Ihr es mir verbieten?«

»Nein. Wirst du gehen?«

»Ja«, sagte ich langsam und sehr ernst. Ich suchte nach Worten: »Herr, wenn man auf der Suche ist . . . so wie ich auf der Suche bin . . . dann darf man auch vor fremdem Ort nicht zurückscheuen. In die Sonne kann der Mensch nicht schauen. Nur ihren Widerschein nimmt er vielleicht wahr. Auch wenn sie sich in schmutziger Pfütze widerspiegelt, so ist und bleibt sie doch die Sonne. Und ich werde überall suchen, um sie zu finden.«

Er lächelte. »Ja, mir scheint, daß du keinen besonderen Schutz brauchst, außer jenem, den Cadal dir vielleicht zu geben vermag.« Er lehnte sich gegen die Tischkante zurück, halb sitzend jetzt und entspannt, gelöst. »Emrys hat sie dich genannt, Kind des Lichts. Von den Unsterblichen. Göttlich. Du weißt, daß dies die Bedeutung ist?«

»Ja.«

»Weißt du aber auch, daß ich den gleichen Namen trage?«

»Wie ich?« fragte ich verdutzt.

Er nickte. »Emrys . . . Ambrosius; es ist das gleiche Wort. Merlinus Ambrosius — sie hat dich nach mir benannt.«

Ich starrte ihn an. »Ich — ja, natürlich. Daß ich daran nie gedacht habe.« Ich lachte.

»Warum lachst du?«

»Wegen unserer Namen. Ambrosius, Prinz des Lichts . . . Und sie behauptete immer, mein Vater sei der Fürst der Dunkelheit. Sogar ein Lied gab es darüber. In Wales macht man über alles Lieder.«

»Das mußt du mir später einmal vorsingen.« Plötzlich wurde er sehr ernst. Seine Stimme klang tief, fast dumpf. »Merlinus Ambrosius, Kind des Lichts, schau jetzt ins Feuer und sage mir, was du siehst.« Und als ich erstaunt zu ihm aufblickte, drängte er noch heftiger: »Heute nacht noch, ehe das Feuer erlischt, während du müde bist und Schlaf in deinen Augen sitzt. Schau in den Ofen und sprich zu mir. Was wird mit Britannien geschehen? Was wird mit mir und mit Uther geschehen? Tu, was ich dir sage, mein Sohn, tu es für mich und berichte mir, was du siehst.«

Aber es half nichts; ich war wach, und die Flammen im Ofen fielen mehr und mehr in sich zusammen; verschwunden war die Macht, und zurück blieb ein Gemach voll tiefer Schatten. Zwei Menschen saßen wartend. Vergeblich. Doch weil ich ihn liebte, hielt ich meinen Blick gehorsam in die Glut gesenkt. Stille. Nur dann und wann das leise Zischen der Asche und das Knacken des auskühlenden Metalls.

Ich sagte: »Ich sehe nichts. Nur das erlöschende Feuer und die brennende Glut.«

»Versuch's weiter.«

Schweiß brach an meinem Körper aus; unter der Nase, unter den Achseln; Tröpfchen sammelten sich und liefen herab; rannen zwischen die Schenkel und ließen die Haut aneinanderkleben. Meine Hände, verkrampft zwischen den Knien, wie zwischen zwei Mühlsteinen. Mein Schädel zuckte, die Schläfen schmerzten. Um den Druck zu verjagen, schüttelte ich heftig den Kopf. Dann blickte ich hoch. »Es geht nicht, Herr. Verzeiht, aber es geht wirklich nicht. Ich kann dem Gott nicht befehlen, er befiehlt mir. Vielleicht wird das eines Tages anders sein. Vielleicht werde ich dann darüber verfügen, nach eigenem Willen oder nach Eurem Wunsch. Doch jetzt kommt es noch, wie es ihm beliebt. Oder es kommt gar nicht.« Bemüht, es ihm zu erklären, breitete ich die Hände. »Es ist, als warte es unter einer Wolkendecke, die sich unter plötzlichem Wind bewegt und aufbricht, so daß das Licht herabstößt und mich trifft, manchmal voll, manchmal jedoch nur mit einem Gemisch aus Halblicht und Halbschatten. Eines Tages werde ich vom Ungewissen befreit sein. Doch jetzt — jetzt sehe ich nichts.« Erschöpfung zerrte an mir. Ich hörte sie in meiner Stimme. »Verzeiht, Herr. Es hat keinen Sinn. Noch kann ich Euch als Prophet nicht dienen.«

»Nein«, sagte Ambrosius. Er trat näher heran und streckte eine Hand zu mir herab. Ich erhob mich, und er nahm mich in die Arme und küßte mich. »Geh jetzt zu Bett, Merlin, und schlafe tief und ohne Traum. Für Visionen bleibt noch viel Zeit. Gute Nacht.«

In dieser Nacht hatte ich keine Visionen mehr. Doch ich hatte einen Traum. Ich berichtete Ambrosius nicht davon. Wieder sah ich die Höhle im Hügel; sah das Mädchen Niniane, das herbeiritt durch den Nebel; sah den Mann, der neben dem Eingang auf sie wartete. Doch das Gesicht des Mädchens Niniane war nicht das Gesicht meiner Mutter, und der Mann bei der Höhle war nicht der junge Ambrosius. Es war ein Greis, und sein Gesicht gehörte mir.

DRITTES BUCH

Der Wolf

1

Fünf Jahre war ich bei Ambrosius in der Bretagne.

Gelegentlich trafen Nachrichten aus Britannien ein. Manchmal sogar, über Gorlois von Cornwall, aus meiner engeren Heimat.

Camlach hatte offenbar nach meines Großvaters Tod das alte Bündnis mit Vortigern nicht sofort aufgekündigt; für ein ungescheutes Überschwenken ins Lager Vortimers schien ihm die Lage nicht sicher genug. Auch hatte dieser noch nicht offen gegen seinen Vater rebelliert, was freilich wohl nur eine Frage der Zeit war. Vortigern stak wieder zwischen Skylla und Charybdis; wollte er König der Briten bleiben, so mußte er die Angelsachsen zu Hilfe rufen; diese jedoch schraubten ihre Forderungen so erbarmungslos hoch, daß das ganze Land unter dem angelsächsischen Terror blutete und der Aufstand gegen die Unterdrücker nur seines Führers harrte. Vortigerns Lage wurde so verzweifelt, daß er sich, entgegen seiner eigenen Überzeugung, gezwungen sah, die Streitkräfte im Westen des Landes Vortimer und jenen seiner Brüder anzuvertrauen, in deren Adern kein angelsächsisches Blut floß.

Über meine Mutter erfuhr ich nur, daß sie in St. Peter war. Ambrosius setzte sich nicht mit ihr in Verbindung. Sollte sie davon hören, daß ein gewisser Merlinus Ambrosius sich beim Grafen von Niederbritannien befand, so würde sie schon wissen, was das bedeutete; ein Brief oder eine Botschaft vom Feind des Königs konnte sie unnötig in Gefahr bringen; Ambrosius jedenfalls meinte, sie würde schon rechtzeitig wissen, was sich da vorbereitete.

Fünf Jahre gingen hin, ehe es soweit war, doch es schien, als verstriche die Zeit im Fluge. Im selben Maße, wie in Wales und in Cornwall die Unruhe wuchs, verstärkte Ambrosius seine Anstrengungen. Sollte dort im Westen ein Anführer gebraucht werden, so wollte er selbst die Rolle spielen. Zur rechten Zeit. Mochte Vortimer inzwischen getrost als Keil dienen. Ambrosius und Uther gedachten die Hämmer zu sein, die die Lücke dann vollends aufspalteten. Von Tag zu Tag stiegen in Niederbritannien Hoffnung und Erwartung; von überallher strömten frische Truppen und neue Bündnisse; das Land hallte wider vom Trappeln der Hufe und Stampfen der Füße; mit verdoppeltem Eifer arbeiteten Waffenschmiede und Ingenieure bis tief in die Nacht. Jetzt endlich winkte die entscheidende Stunde, und wenn es soweit war, durfte nichts, aber auch gar nichts versäumt worden sein. Alles mußte stimmen, Mannen und Waffen, Taktik und Zeit, auch der Wind, den der Himmel schickte: Die Götter selbst mußten das Tor aufstoßen. Und eben sie seien es ja auch gewesen, die mich zu ihm geführt hätten, sagte Ambrosius. Meine Visionen und meine siegesgewissen Worte hätten ihm (und nicht minder seinen Kriegern) in entscheidender Minute frischen Mut gemacht, und so glaube er für die Zukunft an den sicheren Erfolg.

Wie er mich zu gebrauchen gedachte, wurde aus seinen Reden deutlich genug, und zwischen Stolz und Furcht und Verlangen mühte ich mich zu lernen, was es zu lernen gab, um mich jener Macht zu öffnen, die das einzige war, was ich ihm geben konnte. Falls er sich jedoch einen verfügbaren Propheten gewünscht hatte, so fand er sich enttäuscht; während dieser Zeit sah ich nichts von Wichtigkeit. Wissen, so will mir scheinen, versperrt das Tor zur Vision. Doch auf die Erwerbung von Wissen kam es in ebendieser Zeit an.

Und so lernte ich von allen: von den alten Weibern, die zu Heilzwecken Pflanzen und Spinnweben und Seetang sammelten; von reisenden Händlern und Quacksalbern; von Tierärzten, Wahrsagern und Priestern. Überall hatte ich meine Ohren, die sich nichts entgehen ließen; nicht das Soldatengeschwätz vor den Wirtshäusern; nicht die Offiziersgespräche im Hause meines Vaters; nicht das Geplapper der Knaben auf den Straßen. Dennoch blieb da eines, wovon ich nichts wußte, nichts lernte, nichts erfuhr: Als ich mit siebzehn Jahren die Bretagne verließ, hatte ich noch keine Frau berührt. Dachte ich jedoch ans andere Geschlecht, was oft genug geschah, so beschwichtigte ich mich, dafür bliebe noch genügend Zeit, jetzt sei Wichtigeres zu tun. Doch die einfache Wahrheit war wohl, daß ich mich von ihnen fürchtete. Um so heftiger stürzte ich mich auf die Arbeit, und mir will jetzt scheinen, daß es der Gott selbst war, der mir die Scheu vor Frauen auferlegte.

Also wartete ich und bereitete mich vor, willens, meinem Vater mit aller Kraft zu dienen.

Eines Tages arbeitete ich in der Werkstatt des Tremorinus. Tremorinus war der Hauptingenieur, ein umgänglicher Mensch, der mir alles zeigte, was er wußte, und mich auf eigene Faust werken ließ. Als er an diesem Tage eintrat und sah, was ich tat, lachte er.

»Von diesen Dingern gibt's doch schon genug«, sagte er. »Da braucht man doch wahrhaftig nicht noch mehr.«

»Mich interessiert, wie man sie dort hingeschafft hat«, erwiderte ich und ließ das verkleinerte Modell des stehenden Steins wieder in die Waagrechte gleiten.

Er sah mich überrascht an, und ich begriff auch, warum. Sein ganzes Leben hatte er in der Bretagne zugebracht, und so nahm er die Steine, von denen die Landschaft hier geradezu überwuchert schien, kaum noch wahr. Tag für Tag gingen er und die Menschen hier durch einen Wald aus Stein, der für sie abgestorben war ... nicht jedoch für mich. Mir sagten diese stummen Zeugen etwas, und dem wollte ich auf den Grund kommen; aber davon verriet ich Tremorinus nichts. Und so sagte ich nur: »Ich war gerade dabei, alles maßstabgerecht auszuarbeiten.«

»Nun, dann laßt Euch eines sagen: Das hat man bereits versucht, doch es geht leider nicht.« Er wies auf den Flaschenzug, den ich für das Modell gefertigt hatte. »Der läßt sich vielleicht für die aufrecht stehenden Steine verwenden und selbst da nur für die leichteren. Für die Decksteine reicht das nicht aus.«

»Ja, das habe ich auch schon herausgefunden. Aber mir ist da eine Idee gekommen ... Ich wollte es ganz anders angehen.«

»Damit vergeudet Ihr nur Eure Zeit. Nehmt Euch lieber etwas Praktisches vor, das für uns von Nutzen sein kann. Dieser leichte, bewegliche Kran zum Beispiel, von dem Ihr gesprochen habt, der könnte die Mühe gewiß lohnen ...«

Wenige Minuten später mußte er wieder fort. Ich baute das Modell ab und brütete über meinen Kalkulationen, von denen ich Tremorinus natürlich nichts gesagt hatte. Für ihn gab es Wichtigeres zu tun. Auch wäre ich seines Gelächters sicher gewesen, wenn er gewußt hätte, woher meine Idee, die stehenden Steine zu heben, stammte: sie war nämlich von einem Dichter.

Und das war so gekommen.

Als ich vor etwa einer Woche am Wassergraben vor der Stadtmauer entlangspaziert war, hatte ich einen Mann singen hören. Eine alte, schwankende und heisere Stimme — die ausgeleierte Stimme eines Berufssängers, der sein Leben lang gewohnt war, Menschenmengen zu überschreien und auch in grimmigster Winterkälte nicht zu verstummen. Doch weder die belegte Stimme noch die kaum erkennbare Weise waren es, die meine Aufmerksamkeit erregten. Es war der Klang meines eigenen Namens.

Merlin, Merlin, wo wohl gehst du hin?

Bettelschale in der Hand, saß er an der Brücke. Ich sah, daß er blind war, doch was seine brüchige Stimme noch hergab, klang echt. Auch machte er keine Anstalten, mir seine Bettelschale entgegenzustrecken, als er mich näher kommen und stehenbleiben hörte. Er saß, wie man an der Harfe sitzt, Kopf lauschend den Saiten zugeneigt und mit gleichsam sacht zupfenden Fingern. Zweifellos hatte er schon vor Königen gesungen.

Merlin, Merlin, wo wohl gehst du hin
So früh am Morgen mit deinem schwarzen Hund?
Ich habe nach dem Ei gesucht,
Dem roten Ei der Seeschlange,
Das da liegt am Ufer im hohlen Stein.
Und ich gehe auf der Wiese Kressen sammeln,
Die grüne Kresse und die güldenen Gräser,
Das güldene Moos, das Schlaf verleiht,
Und die Mistel hoch auf der Eiche, den Druidenzweig,
Der da wächst tief im Wald beim fließenden Wasser.

Merlin, Merlin, kehr zurück von Wald und Quell!
Laß die Eiche und die güldenen Gräser,
Laß die Kresse auf der Wasserwiese,
Laß der Seeschlange rotes Ei
Im Schaum beim hohlen Steine!

Merlin, Merlin, laß dein Suchen!
Nichts ist göttlich außer Gott.

Heutzutage ist dieses Lied nicht weniger bekannt als etwa Mary, die Maid. Damals jedoch erklang es für meine Ohren zum erstenmal. Der Alte spürte offenbar, wer ich war, und als ich mich dann zu ihm setzte und Fragen zu stellen begann, schien er sehr erfreut. Wir sprachen vom Lied und auch von ihm selbst. Als junger Mensch war er auf Mona, der Druideninsel, gewesen, und auch Caer'n-ar-Von und Snowdon kannte er. Sein Augenlicht hatte er auf der Druideninsel verloren; auf welche Weise, verriet er mir jedoch nicht. Ich versicherte ihm, daß ich den Tang und die Kressen nicht zu Zauber-, sondern zu Heilzwecken sammelte, und er lächelte und sang ein Lied, das ich schon von meiner Mutter gehört hatte — eine Weise, die Schutz verlieh, wie er betonte; wogegen, erklärte er nicht, und ich bezähmte meine Neugier. Ich legte Münzen in seine Schale, und er nahm mit Würde an; doch als ich ihm eine Harfe versprach, verstummte er schroff und starrte aus leeren Augenhöhlen — er schenkte meinen Worten keinen Glauben. Gleich am nächsten Tag brachte ich ihm das Instrument. Mein Vater war großzügig, und ich brauchte über das erbetene Geld nicht einmal Rechenschaft abzulegen. Als ich dem alten Sänger die Harfe in die Hände drückte, weinte er und nahm dann meine Hände und küßte sie.

In der Folgezeit suchte ich ihn oft auf. Er war weit gereist, bis nach Irland, ja selbst bis nach Afrika, und aus jedem Land kannte er Lieder, die er mich lehrte, aus Italien und Gallien und vom weißen Norden, auch ältere Weisen aus dem Osten, die aus uralten Zeiten stammten und westwärts gewandert waren mit jenen Männern von den Inseln der aufgehenden Sonne, die dann die stehenden Steine errichtet hatten, im Besitz noch jener Kunde, die jetzt nur in alten Liedern lebte. Auch für den Alten selbst, so schien mir, waren es nichts als Zaubergesänge und Dichterworte; doch je öfter ich darüber nachsann, desto deutlicher hörte ich in ihnen den Widerhall von Menschen, die wahrhaftig gelebt hatten und deren Wirken sichtbar geblieben war in den ragenden Steinriesen, die sie zu Ehren der Götter und Könige errichtet hatten.

Ich sprach kurz zu Tremorinus davon, der sich für gewöhnlich doch Zeit für mich nahm; doch er lachte nur und schob es beiseite. Ich schwieg. Gerade in dieser Zeit hatten Ambrosius' Ingenieure alle Hände voll zu tun. Was sollte ich sie also mit Kalkulationen plagen, die für den kommenden Feldzug ohne jeden praktischen Nutzen waren? Ich behielt meine Gedanken für mich.

Im Frühling meines achtzehnten Lebensjahres trafen endlich Nachrichten aus Britannien ein. Den Januar und den Februar hindurch hatte der Winter noch die Seewege versperrt. Erst im März, das stille, kalte Wetter vor dem Einsetzen der Stürme nutzend, lief ein kleines Handelsschiff im Hafen ein, und Ambrosius erhielt Botschaft.

Eine erregende Botschaft. Wenige Stunden später sprengten bereits berittene Boten nach Norden und Osten, um in Windeseile die Verbündeten zusammenzurufen, denn die Meldung war verspätet eingetroffen.

Vortimer hatte offenbar vor kurzem mit seinem Vater und dessen angelsächsischer Gemahlin gebrochen. Überdrüssig eines Königs, der trotz allen Bitten nicht mit seinen angelsächsischen Verbündeten brach, vor denen er sein eigenes Volk nicht zu schützen vermochte, hatten verschiedene britische Fürsten — darunter auch die Männer des Westens — Vortimer ersucht, die Sache selbst in die Hände zu nehmen, und sich mit ihm erhoben. Ihn zu ihrem König ausrufend, war es ihnen unter seinem Banner gelungen, die Angelsachsen so weit nach Süden und Osten zu drängen, daß diese schließlich mit ihren Langschiffen auf der Insel Thanet Zuflucht suchten. Doch auch dort waren sie vor ihm nicht sicher gewesen. Er hatte sie im Herbst und noch zu Winteranfang belagert, bis sie ihn angefleht hatten, in Frieden nach Germanien zurückkehren zu dürfen. Ihre Frauen und Kinder waren dortgeblieben.

Doch Vortimers Herrschaft war nur von kurzer Dauer. Was genau geschehen war, blieb im dunkeln. Gerüchte sprachen von einem erfolgreichen Giftanschlag durch einen Vertrauten der Königin. Wie auch immer: An seinem Tod bestand kein Zweifel, und am Ruder war wieder Vortigern, sein Vater, der sofort (auf Einflüsterung seines Weibes, wie es hieß) Hengist und seine Sachsen nach Britannien zurückrief. »Mit kleiner Streitmacht, um im Land für Ruhe und Ordnung zu sorgen und das Königreich zusammenzuhalten«, wie er gesagt haben sollte. Hengist jedoch kam mit einem großen Heer, selbst wenn anzunehmen war, daß die dreihunderttausend Mann, von denen gesprochen wurde, nicht viel mehr waren als eben Geschwätz.

Auch von Maridunum erhielten wir Nachricht, nur Gerüchte zwar, doch schlimm genug. Mein Onkel Camlach hatte mit seinen Edlen an Vortimers Seite gekämpft und war in der zweiten Schlacht, bei Episford, zusammen mit Vortimers Bruder Katigern gefallen. Ärger als dies klang in meinen Ohren die Rache, die Vortigern an seinen Feinden genommen haben sollte. Er hatte Camlachs Reich an sich gerissen und Geiseln in Gewahrsam genommen. Camlachs Kinder, die er der Königin Rowena überließ. Ob sie noch lebten, wußten wir nicht. Ebensowenig wußten wir, was aus Olwens Sohn geworden war, der das gleiche Schicksal erlitten hatte. Über das Los meiner Mutter erfuhren wir nichts.

Zwei Tage nach dem Eintreffen dieser Nachrichten setzten die Frühlingsstürme ein, und wieder waren wir abgeschlossen gegen die See, über die jetzt keine Neuigkeiten zu uns gelangten. Doch fiel dies kaum ins Gewicht. Eher schon hatte es auch seine Vorteile: Konnten wir nichts von dort hören, so erfuhr man dort auch nichts von uns und mithin auch nicht von den letzten beschleunigten Vorbereitungen für die Invasion von Westbritannien. Denn daß die Stunde der Entscheidung unaufhaltsam näherrückte, war klar. Und es galt nicht nur, Wales und Cornwall zu befreien: Wenn es noch Mannen gab, die sich um den Roten Drachen scharten, so mußte der Rote Drache noch in diesem Jahr um seine Krone kämpfen.

»Du wirst mit auf dem ersten Schiff sein«, sagte Ambrosius zu mir, ohne den Blick von der Landkarte zu heben, die ausgebreitet vor ihm auf dem Tisch lag.

Ich stand ein Stück von ihm entfernt am Fenster. Trotz der geschlossenen Läden und der zugezogenen Vorhänge konnte ich deutlich das Pfeifen des Windes vernehmen. Zugluft strich herein und bauschte leicht den Stoff. Ich sagte: »Ja, Sir«, und trat zum

Tisch. Dann erkannte ich, wohin auf der Karte seine Finger wiesen. »Ich soll nach Maridunum gehen?«

Er nickte. »Du bist auf dem ersten Schiff, das nach Westen fährt. Sobald du an Land kommst, schlägst du dich in deine Heimat durch. Suche dort Galapas auf und trachte alles zu erfahren, was er weiß. Gewiß würde dich in der Stadt niemand erkennen. Setze jedoch nichts aufs Spiel. Bei Galapas bist du sicher. Und seine Höhle kannst du gut als eigenen Unterschlupf benutzen.«

»Aus Cornwall ist also noch keine Nachricht eingetroffen?«

»Nein. Nur das Gerücht, daß Gorlois sich auf Vortigerns Seite geschlagen habe.«

»Auf Vortigerns Seite?« Ich grübelte einen Augenblick. »Er hat sich nicht mit Vortimer erhoben?«

»Nein. Soweit mir bekannt ist.«

»Dann laviert er wohl zwischen den Fronten?«

»Vielleicht. Es fällt mir schwer, diesem Gerücht Glauben zu schenken. Möglich, daß es nichts weiter damit auf sich hat. Er soll sich eine junge Frau genommen haben. Vielleicht wollte er sie nur den Winter über warmhalten. Oder aber er sah Vortimers Ende voraus und hielt es für klüger, meiner Sache zu dienen, indem er sich dem Hohen König ergeben zeigt. Doch ehe ich mich mit ihm selbst in Verbindung setze, muß ich schon Genaues wissen. Es könnte ja sein, daß er unter Beobachtung steht. Versuche von Galapas alles zu erfahren, was er über die Verhältnisse in Wales weiß. Dort soll sich nämlich Vortigern verkrochen haben, während ganz Ostbritannien für Hengist offenliegt. Ehe ich den Westen vereinigt gegen die Sachsen führen kann, muß ich den alten Wolf ausräuchern. Aber das muß schnell geschehen. Auch brauche ich Carleon.« Jetzt erst blickte er von der Karte auf. »Ich werde dir einen alten Freund mitgeben — Marric. Den magst du mir dann mit den Nachrichten zurückschicken. Hoffentlich machst du keine bösen Entdeckungen. Natürlich wirst du wissen wollen, wie es in deiner Heimat aussieht.«

»Das kann warten«, sagte ich.

Er blickte mich nur stumm und mit leicht erhobenen Brauen an. Dann wendete er sich wieder der Landkarte zu. »Setz dich und laß mich das Notwendige erklären. Hoffen wir, daß bald schon ein Schiff in See stechen kann.«

Ich wies auf die schwankenden Vorhänge. »Ich darf gar nicht daran denken, wie übel mir wieder sein wird.«

Er hob den Kopf und lachte. »Beim Mithras, da hast du recht. Ob mir das ähnlich ergehen wird? Eine verdammt unrühmliche Art, in die eigene Heimat zurückzukehren.«

»Ins eigene Königreich«, sagte ich.

2

Ich machte die Überfahrt Anfang April auf demselben Schiff, auf dem ich vor Jahren gekommen war. Doch welch ein Unterschied zu damals! Hier fuhr nicht mehr Myrddin, der Flüchtling von einst; hier reiste Merlinus, ein gutgekleideter junger Römer, mit Geld in der Tasche und Dienern im Gefolge. Und hatte Myrddin seinerzeit nackt in einem dunklen Verlies gesteckt, so bewohnte Merlinus jetzt eine behagliche Kajüte und wurde vom Kapitän hofiert. Meine Diener waren Cadal und, weniger zu seinem als zu meinem Vergnügen, Marric (dessen Kumpan Hanno einen frühen Tod gefunden hatte; als Opfer seiner eigenen Ränke vielleicht?). Doch wenn sonst auch nichts an mir auf meine Verbindung mit Ambrosius hinwies, von der Drachenbrosche mochte ich mich nicht trennen, und so trug ich sie auf der Innenseite meiner Tunika, an der Schulter. Daß irgendwer in mir den jungen Myrddin wiedererkannte, war kaum anzunehmen. Dennoch trug ich Sorge, mich abseits zu halten und nur bretonisch zu sprechen.

Wie der Zufall es wollte, strebte das Schiff der Mündung des Tywy entgegen, um dort bei Maridunum vor Anker zu gehen. Cadal und mich sollte jedoch sofort bei Erreichen der Bucht ein Boot absetzen.

Es war also meine frühere Reise mit umgekehrten Vorzeichen, bis auf einen Punkt; genau wie damals war mir während der gesamten Überfahrt sterbensübel. Daran änderte auch die Tatsache nichts, daß ich diesmal eine bequemere Kajüte und den treusorgenden Cadal hatte, statt jenes trüben Lochs im Bug mit dem Lager aus Säcken und dem Eimer. Sobald das sichere Gestade hinter uns lag und rauhe Aprilwinde die See hochpeitschten, verfügte ich mich schleunigst unter Deck und legte mich hin.

Und so erfuhr ich gleichsam nur vom Hörensagen, wie unsere Reise verlief: daß nämlich ein günstiger Wind uns kräftig vorantrieb, bis wir schließlich eines Tages in der Flußmündung ankerten.

Es war kurz vor Morgengrauen. In Nebel und Kälte schien alles totenstill. Es war die Stunde des Gezeitenwechsels. Die Flut begann die Flußmündung hinaufzudrängen, und während unser Boot vom Schiff ablegte, war nichts zu hören als das leise Glucksen des Wassers, das an den Schiffswänden vorbeistrich. Dann kam von fernher metallisch, doch schwach, der erste Hahnenschrei, dem das dumpfe Blöken von Schafen antwortete. Die Luft, sanft und klar und voller Salzhauch, schmeckte irgendwie nach Heimat.

Unser Plan war, ein Stück von Maridunum entfernt am Ufer der Flußmündung zu landen. Von dort konnten wir ungesehen zu der Straße gelangen, die von Süden kam. Später würden wir uns als Reisende von Cornwall ausgeben. Die Sprache des Landes beherrschte ich ja, und Cadals Akzent mußte für Uneingeweihte echt klingen. Ich hatte einige Salbentöpfe und ein Kästchen voll Heilmittel mit, konnte mich also im Notfall als reisender Arzt ausgeben, eine Verkleidung, die mir, davon war ich überzeugt, überall von Nutzen sein würde.

Marric war noch an Bord. Er sollte im Hafen an Land gehen und von seinen Verbindungsleuten in der Stadt zu erfahren suchen, was sie wußten. Cadals Aufgabe war es, mich zu Galapas zu begleiten und die Neuigkeiten, die wir dort hörten, Marric zu übermitteln. In drei Tagen fuhr dieser mit dem Schiff dann wieder zurück. Ob auch Cadal und ich wieder an Bord gingen, hing ganz von den Umständen ab; denn eines war klar: Nach Camlachs Abfall hatte Vortigern, und mit ihm vielleicht auch seine Sachsen, in Maridunum wie der Fuchs im Hühnerstall gehaust. Meine erste Pflicht war, alles in Erfahrung zu bringen, was Vortigern betraf, und die Nachrichten Marric mit auf den Weg zu geben; meine zweite, meine Mutter zu finden und für ihre Sicherheit zu sorgen.

Es tat gut, wieder Boden unter den Füßen zu spüren, wenn auch nicht gerade festen oder gar trockenen; denn das Gras am Ufer war lang und troff vor Nässe. Doch als das Boot im Nebel entschwand, spürte ich, wie mich prickelnde Erregung durchpulste. Unverzüglich strebten wir landeinwärts der Straße entgegen. Was ich eigentlich in Maridunum erwartete, vermag ich nicht zu sagen, und ich glaube auch nicht, daß mir an dem Ort selbst sehr viel lag. Was mich so berauschte, war weniger die Heimkehr als das Gefühl, endlich für Ambrosius meinen Mann zu stehen, wenn ich ihm denn schon bislang als Prophet nicht hatte dienen können. Und insgeheim hoffte ich wohl, mein Leben für ihn opfern zu dürfen. Ich war noch sehr jung.

Ohne Zwischenfall gelangten wir zur Brücke. Und dort war das Glück uns hold, denn wir stießen auf einen Pferdehändler, der zwei Klepper bei sich hatte, die er in der Stadt zu verkaufen hoffte. Um keinen Verdacht aufkommen zu lassen, feilschte ich ein wenig mit ihm, ehe ich eines der Tiere kaufte.

Ich stieg auf und schlug den Weg am Fluß ein. Cadal schritt an meiner Seite. »Weit kommst du mit diesem alten Schinder nicht. Haben wir noch eine lange Strecke vor uns?«

»Nun, es ist lange her, daß ich hier war, aber mehr als sechs Meilen sind es gewiß nicht.«

»Überwiegend hügelauf, hast du gesagt?«

»Ich kann jederzeit absteigen und zu Fuß gehen.« Mit der Hand strich ich über den mageren Pferdehals. »Ein so entsetzliches

Wrack, wie du meinst, ist er gar nicht. Kräftiges Futter würde ihn schon wieder auf die Beine bringen.«

»Dann hättest du bei dem Handel wenigstens kein Geld verloren. Aber was spähst du da über die Mauer hinweg?«

»Dort habe ich einmal gelebt.«

Das Haus meines Großvaters wirkte völlig unverändert. Ich sah den Garten. Mit flammenden Farben öffneten Quittenblüten sich der Morgensonne. Dort hatte Camlach mir die vergiftete Aprikose gegeben.

Weiter trottete das Pferd. Der Obstgarten. Die schwellenden Knospen der Apfelbäume, das rauhe und grüne Gras um die kleine Terrasse, wo Moravik saß und spann, während ich zu ihren Füßen spielte. Dann die Stelle, wo ich, eben auf der Flucht, Hanno und Marric in die Hände fiel. Hier war die Mauer zusammengestürzt. Ich hielt das Pferd an und starrte. Dort also war ich gelaufen in jener Nacht, fort von den lodernden Flammen hinter mir, fort von meiner brennenden Kammer, wo Cerdic ein würdiges Totenfeuer fand. Offenbar hatte der Brand schlimm gewütet. Zwar standen die Ställe noch genau wie früher, doch von den alten Gesindehäusern war nichts mehr zu sehen. Auch der einstige Säuleneingang stand nicht mehr. Statt seiner erhob sich eine neue Kolonnade in modernem Stil, ohne jeden Bezug zum übrigen; große, rauhe Steine, grobes Gemäuer und viereckige Säulen, die ein Holzdach hielten. Häßlich war es, abstoßend fast, und der Schutz gegen prasselnden Regen war sein einziger Wert. Lieber schon, dachte ich, würde ich in einer Höhle leben. Ich trieb das Pferd wieder an.

»Worüber lächelst du?« fragte Cadal.

»Darüber, wie römisch ich doch geworden bin. Ich empfinde dies hier nicht mehr als meine Heimat. Doch um ehrlich zu sein: Auch in Niederbritannien ist sie wohl nicht.«

»Wo denn sonst?«

»Ich weiß es nicht. Vermutlich überall dort, wo der Graf ist. Also für etliche Zeit wohl da drüben.« Ich wies auf die Mauern der alten römischen Kasernen hinter dem Palast. Sie waren verlassen, kaum mehr als Ruinen. Um so besser, dachte ich, dann gibt es ihretwegen nicht erst Kampf, und unter Uthers Leitung braucht's keine vierundzwanzig Stunden, bis das alles wieder instand ist.

St. Peter tauchte auf. Nirgendwo eine Spur von Brand oder Verwüstung. »Weißt du was«, sagte ich plötzlich zu Cadal, während wir den Fluß entlang auf die Mühle zustrebten, »wenn ich mich irgendwo heimisch fühle, dann wohl am ehesten in Galapas' Höhle.«

»Und da behauptest du, römisch geworden zu sein«, sagte Cadal. »Mir ist jedenfalls ein Wirtshaus lieber, o ja. Ein weiches Bett und eine saftige Hammelkeule, das lobe ich mir. Deine Höhlen behalte getrost für dich.«

Selbst mit diesem kümmerlichen Klepper kam mir die Strecke kürzer vor, als ich sie in Erinnerung hatte. Bald waren wir an der Mühle, wo wir den Pfad ins Tal einschlugen.

Dann schob sich vor meinen Augen der Hügel empor, in dem die Höhle lag. Ich hielt an.

»Wir sind da. Die Höhle liegt dort oben oberhalb des Felsens.« Ich schwang mich aus dem Sattel und reichte Cadal die Zügel. »Bleibe hier und warte auf mich. Frühestens in einer Stunde magst du nachkommen.« Langsam fügte ich hinzu: »Und erschrecke nicht, wenn dir so etwas wie eine Rauchwolke entgegenschlägt. Das sind die Fledermäuse, die aus der Höhle kommen.«

Lange hatte ich es nicht mehr bei ihm gesehen, das Zeichen gegen den bösen Blick. Jetzt machte er es hastig. Ich lachte und ließ ihn allein.

3

Ich wußte es, noch ehe ich, um den kleinen Felsvorsprung kletternd, auf das Gras vor der Höhle gelangt war.

Vorahnung? Vielleicht. Denn nirgendwo fand sich eine verräterische Spur. Stille, natürlich. Doch still war es hier immer schon gewesen. Doch diesmal schien es anders. Und nach Sekunden wurde mir auch bewußt, warum. Das Plätschern des Quells war nicht zu hören.

Rasch stieg ich weiter und stand auf dem grünen Gras und sah. Begriff, auch ohne die Höhle zu betreten, daß er nicht dort war und nie wieder dort sein würde.

Vor dem Höhleneingang lag ein Trümmerhaufen. Ich trat näher.

Lange konnte es noch nicht her sein, daß das Feuer hier gebrannt hatte. Züngelnde Flammen, vom Regen erstickt, noch ehe alles völlig vernichtet war. Ein winziger Hügel türmte sich. Halbverkohltes Holz, zerfetzter Stoff, Pergamentpapier, zu Brei gequollen, mit brandgeschwärzten Rändern. Mit dem Fuß stieß ich gegen angesengtes Holz und sah die Schnitzerei. Es war ein Teil der Truhe, in der er seine Bücher aufbewahrt hatte.

Ich suchte nicht weiter nach Überresten. Die Bücher waren vernichtet. Vernichtet war alles.

Langsam trat ich auf den Eingang der Höhle zu. Und verhielt am Quell und sah, warum kein Plätschern zu hören war. Im

Becken häuften sich Erde und Steine und Trümmer. Noch quoll das Wasser. Doch stumm rann es herab auf den Morast. Ich sah ein winziges Skelett, von einer Fledermaus wohl. Vom Wasser weißgewaschene Knöchelchen.

Sonderbarerweise war, genau wie früher, die Fackel dort. Oben auf dem Felsrand neben dem Eingang. Ich zündete sie an und betrat die Höhle.

Ein eisiger Wind schien mir entgegenzuwehen. Frösteln kroch über meine Haut. Ich wußte, was ich finden würde.

Die Höhle war leer. Alles war fort. Bis auf den Bronzespiegel. Dieser war aus der Wand gerissen und stand schräg angelehnt, torkelnd gleichsam. Ich begriff: Verbrennen hatte er sich nicht lassen, als Beute war er zu schwer gewesen. Sonst fand sich nichts, und nichts war zu hören. Nicht einmal das Flattern von Fledermausflügeln. Betäubend lastete die Leere.

Ich streckte die Fackel empor und blickte zur Kristallhöhle. Und fand sie nicht.

Einen Atemzug lang begann ich zu hoffen. Daß es ihm gelungen sei, die innere Höhle zu tarnen und sich dort zu verbergen. Dann sah und verstand ich.

Der Spalt zur Kristallhöhle war noch dort. Doch Glück oder Zufall hatten es so gefügt, daß er uneingeweihten Augen verhüllt bleiben mußte. Denn das Licht des Spiegels sammelte sich jetzt auf einer Felsspitze, die einen schroffen Schattenkeil über den Spalt warf. Er lag in tiefem Schwarz, unsichtbar jenen Blicken, die sich hier in Beutesucht und Zerstörungswut verzehrt hatten.

»Galapas?« rief ich leise in die Leere. »Galapas?«

Aus der Kristallhöhle kam ein Wispern als Antwort. Geisterhaft süßes Summen, fast wie Musik. Keine menschlichen Laute; das hatte ich auch nicht erwartet. Dennoch klomm ich den Felsabsatz empor und kniete nieder und spähte hinein.

Das Fackellicht fing sich in den Kristallen und warf den Schatten meiner Harfe schwankend über die Wände der Hohlkugel. Und jetzt sah ich es deutlich, mein altes Instrument, dort in der Mitte der Höhle. Sonst nichts. Nur jenes Wispern, das mit dem flackernden Licht über die gleißende Wandung zu gleiten schien. Visionen, ja, hier mußten sie sein im zuckenden Wechselspiel der Helle. Doch ich wußte, daß sie mir jetzt verschlossen waren.

Ich sprang zurück auf den Boden der äußeren Höhle. Aus dem schräg lehnenden Spiegel empfing ich mein Bild: ein hochgewachsener Jüngling, eine flammen- und rauchsprühende Fackel in der Hand; bleiches Gesicht und unnatürlich geweitete schwarze Augen. Ich lief hinaus, trat an den Rand des Felsvorsprungs und legte die linke Hand an den Mund, um nach Cadal zu rufen. Doch ehe ich dazu kam, ließen schrille Laute mich herumfahren.

Krächzen. Hoch oben über dem Gipfel kreisten zwei Raben und eine Aaskrähe, die zornig auf mich loszankten.

Ich besann mich nicht lange. Mit bedachtsamen Schritten stieg ich den Pfad empor, der, am Quell vorbei, zum Hang über der Höhle führte. Die Vögel schwangen sich schimpfend höher. Zwei weitere Krähen stoben vom jungen Adlerfarn hoch. Andere hockten noch, emsig stochernd, zwischen blühendem Schlehdorn. Ich schleuderte die Fackel, um sie zu verscheuchen. Dann rannte ich los auf das, was dort lag.

Nichts verriet, wie lange er schon tot war. Die Vogelschnäbel hatten am Skelett kaum noch einen Rest gelassen. Ich erkannte die fahlbraunen Fetzen vom Tuch seines Gewandes und die alte, halbverschlissene Sandale. Die rechte Hand war vom Arm abgefallen. Vor meinem Fuß lagen die Knochen. Ich sah die Bruchstelle am kleinen Finger, krumm wieder zusammengewachsen. Durch das kahle Rippengebein wucherte schon frisches Frühlingsgras. Die Luft, warm und rein, roch nach blühendem Ginster.

Die Fackel lag erloschen auf dem Boden. Ich hob sie auf. Grübelnd stand ich und dachte: Ich hätte sie nicht schleudern sollen, nicht auf seine Vögel; er ist gewiß einverstanden mit dem Abschied, den sie ihm bereitet haben.

Dann klangen Schritte hinter mir. Es war Cadal.

»Ich sah, wie die Vögel aufflogen«, sagte er und blickte auf das Skelett. »Galapas?«

Ich nickte.

»Ich ahnte es, als ich die Trümmer vor der Höhle sah.« Er zögerte einen Augenblick. »Überlaß mir das. Ich werde ihn begraben. Warte du solange unten beim Pferd. Vielleicht findet sich in der Höhle eine Art Schaufel –«

»Nein, laß ihn dort unter dem Schlehdorn liegen. Wir werden einen Grabhügel über ihn häufen – wir beide zusammen, Cadal.«

Steine dafür fanden wir genug. Mit unseren Dolchen schnitten wir grasüberwachsene Erdstücke aus dem Boden und deckten sie darüber. Gegen Ende des Sommers würden sich Adlerfarn und Fingerhut darüber breiten. Er lag in guter Hut.

Wir stiegen den Hügel hinab, an der Höhle vorbei. Ich dachte an das letztemal, da ich diesen Weg gegangen war. Damals hatte ich geweint, über Cerdics Tod, über die Trennung von meiner Mutter und von Galapas, über die ungewisse Zukunft. *Ja, du wirst mich wiedersehen,* hatte er gesagt, *das verspreche ich dir.* Nun, ich hatte ihn ja wiedergesehen. Eines Tages würde gewiß auch sein anderes Versprechen Wahrheit werden.

Ich schauderte zusammen. Cadal warf mir einen prüfenden

Blick zu. Hastig sagte ich: »Hoffentlich warst du so vernünftig, eine Flasche mitzunehmen. Ich kann jetzt einen Schluck vertragen.«

4

Cadal hatte nicht nur eine wohlgefüllte Flasche mit, sondern auch ein paar kräftige Bissen – gesalzenes Hammelfleisch und Brot und Oliven. Uns am Waldrand niederlassend, aßen wir, während in der Nähe das Pferd weidete und unten in der Ferne das Silberband des Flusses zwischen grünenden Feldern und bewaldeten Hügeln blinkte. Letzte Nebelschleier waren längst gewichen. Es versprach ein wunderschöner Tag zu werden.

»Nun«, fragte Cadal schließlich, »was jetzt?«

»Wir werden meine Mutter aufsuchen. Falls sie noch dort ist, natürlich.« Und dann brach es mit plötzlichem Ingrimm aus mir hervor: »Beim Mithras, wenn ich nur wüßte, wer das da oben auf dem Gewissen hat.«

»Nun, wer schon außer Vortigern?«

»Wer? Fast jeder. Vortimer, Pascentius. Und so weiter. Ein weiser und edler Mensch hat offenbar überall Feinde«, fügte ich bitter hinzu. »Wer kann ihn nicht alles ermordet haben? Ein Räuber – um einen Bissen Brot. Ein Krieger – um einen Schluck Wasser. Ein Hirte – um Obdach.«

»Das war kein solcher Mord.«

»Was denn sonst?«

»Ich meine, das hat nicht einer allein getan. Das war eine ganze Horde, und im Rudel sind Männer wie Wölfe. Sehr wahrscheinlich Vortigerns Leute auf ihrem Wege von der Stadt.«

»Das mag schon sein. Ich werde es herausfinden.«

»Wirst du denn deine Mutter überhaupt zu sehen bekommen?«

»Ich muß es versuchen.«

»Hat er – hast du ihr etwas Besonderes mitzuteilen?« fragte er in der Art eines Vertrauten, der nicht recht weiß, ob seine Neugier nicht zu weit geht.

Ich antwortete ihm ohne Scheu. »Du möchtest wissen, ob Ambrosius eine Botschaft für sie hat. Nein. Das hat er mir überlassen. Was ich ihr sagen werde, hängt von den Umständen ab. Schließlich weiß ich nicht, was inzwischen geschehen ist. Es ist ja Jahre her, seit ich sie gesehen habe. Und Menschen ändern sich nun mal. Sie geben alte Bindungen auf und gehen neue ein. Nimm mich als Beispiel. Damals war ich ein Kind, und was mir geblieben ist, sind nichts als Kindheitserinnerungen. Wahrscheinlich habe ich nicht im mindesten begriffen, was meine Mutter dachte und empfand. Und ihre Bindungen? Die Kirche, vielleicht. Aber vielleicht nicht nur die Kirche. Vielleicht auch noch Ambrosius. Doch wer wollte ihr Vorwürfe machen, wenn sich das gewandelt hätte? Sie schuldete Ambrosius nichts. Dafür hat sie Sorge getragen.«

Den Blick verloren in der grünen Ferne, durch die der glitzernde Fluß sich schlängelte, sagte Cadal nachdenklich: »Das Nonnenkloster ist unversehrt geblieben.«

»Ganz recht. Gleichgültig wie arg Vortigern in der Stadt gewütet haben mag — St. Peter hat er verschont. Um so notwendiger ist es, zuerst herauszufinden, wer in wessen Lager steht. Und da meine Mutter lange Jahre über vieles im dunkeln war, mag sie es auch noch einige Tage bleiben. Keinesfalls darf ich es wagen, ihr zuviel zu erzählen.«

Er begann, die Reste des Mahls zu verstauen. Kinn auf die Hand gestützt, blieb ich sitzen und fuhr langsam fort: »Es sollte nicht schwer sein, zu erfahren, wo Vortigern jetzt ist und ob Hengist sich schon in Britannien befindet und mit wieviel Mann. Das wird Marric bald wissen. Mir hat der Graf andere Erkundigungen aufgetragen. Im Kloster werde ich das kaum erfragen können. Also bleibt mir, da Galapas jetzt tot ist, nur die Möglichkeit, es woanders zu versuchen. Wir werden hier warten, bis es dunkel ist, und dann nach St. Peter aufbrechen. Meine Mutter wird mir sagen können, an wen ich mich vertraulich wenden kann.« Ich sah ihn an. »Selbst wenn sie zu Vortigern halten sollte — ihren Sohn wird sie nicht verraten.«

»Da hast du natürlich recht. Na, hoffen wir, daß du sie überhaupt zu sehen bekommst.«

»Wenn sie weiß, daß ich es bin, der sie sehen will, wird auch die Äbtissin sie nicht zurückhalten können. Vergiß nicht, daß sie eine Königstochter ist.« Ich streckte mich auf dem warmen Gras aus und verschränkte die Hände hinter dem Kopf. »Auch wenn ich noch kein Königssohn bin . . .«

Doch Königssohn hin, Königssohn her: Das Nonnenkloster blieb für mich versperrt.

Unbeschädigt ragten die hohen Mauern auf. Die Tore waren neu und sehr massiv, Eiche mit Eisen beschlagen, und schienen jeden Eindringling von vornherein abweisen zu wollen. Keine Fackel erstrahlte in freundlichem Licht. Dunkel lag die schmale Straße in der frühen Abenddämmerung. Auf unser lautes Klopfen öffnete sich im Tor ein kleines, quadratisches Fenster. Ein spähendes Auge schob sich an das Gitter.

»Reisende aus Cornwall«, sagte ich. »Ich muß mit Lady Niniane sprechen.«

»Lady was?« klang die Frage im flachen Tonfall der Schwerhörigen. Ich trat dichter ans Tor und wiederholte, lauter jetzt: »Lady Niniane, Schwester des verstorbenen Königs. Ist sie noch bei euch?«

»Ja«, erwiderte die Pförtnerin, »aber sie empfängt niemanden. Habt Ihr einen Brief für sie?«

»Nein. Ich muß mit ihr sprechen. Sagt ihr, daß ein – Mitglied ihrer Familie hier ist.«

»Ihrer Familie?« Neugieriges Funkeln schien in die Augen zu treten. »Die sind doch fast alle tot oder fort. Wißt ihr denn in Cornwall nichts davon? Ihr Bruder, der König, fand letztes Jahr in der Schlacht den Tod, und die Kinder sind jetzt bei Vortigern. Ihr eigener Sohn lebt schon seit vielen Jahren nicht mehr.«

»Das weiß ich. Ich gehöre nicht zur Familie ihres Bruders. Dem Hohen König bin ich genauso ergeben wie sie. Geht und sagt ihr das. Und hier, nehmt dies für Eure ... Mühe.«

Der Geldbeutel, den ich durch das Gitter steckte, wurde mit raschem Griff gepackt. »Ich werde die Botschaft ausrichten. Nennt mir Euern Namen. Ob sie Euch jedoch empfangen wird, steht dahin. Mehr kann ich nicht für Euch tun. Wie also heißt Ihr?«

»Emrys«, sagte ich zögernd. »Sie kennt mich von früher. Sagt ihr das. Und beeilt Euch. Wir werden hier warten.«

Etwa zehn Minuten später hörte ich wieder Schritte, und einen Moment glaubte ich, es könne meine Mutter sein. Doch dann erschienen dieselben alten Augen hinter dem Gitter. »Sie will Euch sehen. Aber nicht jetzt, junger Herr, o nein. In das Kloster könnt Ihr nicht. Und sie kann erst heraus, wenn die Andacht vorüber ist. Dann will sie sich mit Euch auf dem Weg am Fluß treffen. Dort ist gleichfalls ein Tor in der Mauer. Laßt Euch jedoch von niemandem sehen.«

»Schon recht. Wir werden auf der Hut sein.«

Angestrengt spähten die alten Augen, um mich im Dunkeln zu erkennen. »Sie wußte sofort, wer Ihr seid. Emrys, wie? Nun, keine Sorge, ich sage nichts. Je weniger man in diesen bösen Zeiten spricht, desto besser.«

»Wann wird sie kommen?«

»Eine Stunde nach Mondaufgang. Ihr werdet die Glocke hören.«

»Ich werde zur Stelle sein«, sagte ich, doch das kleine Fenster war schon geschlossen.

Vom Fluß stieg Nebel auf. Gut so, dachte ich, das kann nichts schaden. Langsam schritten wir den Weg am Ufer zurück.

»Was nun?« fragte Cadal. »Der Mond geht erst in zwei Stunden auf, und wer weiß, ob wir ihn bei den Wolken überhaupt sehen werden. Willst du etwa in die Stadt? Das wäre doch zu gefährlich.«

»Da hast du recht.« Ich hob das Gesicht in den leichten Sprühregen, der vor kurzem eingesetzt hatte. »Aber ich denke nicht daran, bei diesem Wetter hier herumzustehen. Wir müssen irgendwo unterkommen, wo wir vor dem Regen geschützt sind und die Glocke hören können. Komm. Hier entlang.«

Das Tor, das zu den Stallungen führte, war zu. Ich vergeudete keine Zeit damit. Wir kletterten über die zusammengestürzte Mauer beim Obstgarten und gingen über das feuchte Gras. Nirgendwo im Palast war Licht. Die Luft roch dumpf nach nasser Erde. Düfte mischten sich darein, von Minze und Moos und jungem Laub.

Die Säulengänge waren leer, die Türen geschlossen, die Fenster mit Läden versperrt. Ratten huschten. Doch nirgends fand ich, soweit das im Dunkeln zu sehen war, irgendwelche Verwüstungen. Vielleicht hatte Vortigern den Palast für sich behalten wollen und seinen Sachsen deshalb das Plündern untersagt oder doch ausgeredet (so wie die Furcht vor den Bischöfen das Kloster St. Peter bewahrt zu haben schien). Desto besser für uns. So konnten wir hier wenigstens im Trockenen warten. Die Türschlösser würden mir keinen Widerstand bieten. Schließlich war ich bei Tremorinus nicht umsonst in die Lehre gegangen.

Noch während ich grübelte, vernahm ich plötzlich rasche, doch leise Schritte. An der Hausecke tauchte die Gestalt eines jungen Mannes auf, der wie angewurzelt stehenblieb, als er uns erblickte. Blitzschnell glitt seine Hand zur Hüfte. Auch Cadal griff zu seinem Dolch. Der junge Mann starrte. Ungläubig waren seine Augen auf mich gerichtet. »Bei der heiligen Eiche — das ist doch Myrddin!«

Sekundenlang stand ich, ohne zu erkennen oder zu begreifen. Dann sah ich, wer er war; breite Schultern, scharfes Kinn, der unverkennbare Rotschopf: Dinias, ehemals Prinz und Königssohn, während ich nur ein namenloser Bastard war; Dinias, mein ›Vetter‹, der für mich nichts als Verachtung gehabt hatte.

Für einen Prinzen konnte man ihn jetzt kaum noch halten. Das fahle Licht zeigte mir ein Gewand, wie es ein Kaufmann tragen mochte. Der einzige Schmuck war ein kupferner Armring, Ledergürtel und Dolchgriff wirkten äußerst einfach. Der Umhang, obschon von gutem Tuch, war verfleckt und an den Rändern ausgefranst. Und wenn ein Eindruck alle anderen überwog, dann dieser: Er schien es schwer zu haben, sich von Tag zu Tag, ja selbst von Mahl zu Mahl durchzuschlagen.

Allem zum Trotz war er jedoch unverkennbar mein Vetter Dinias, und da er mich nun einmal erkannt hatte, mochte ich auch getrost Farbe bekennen. Ich lächelte und streckte ihm die Hand entgegen. »Willkommen, Dinias. Es freut mich, endlich ein bekanntes Gesicht zu sehen.«

»Was, im Namen der Götter, tust du hier? Es hieß, du seist tot, aber das habe ich nie geglaubt.«

Prüfend glitten seine Augen über mich hinweg. »Nun, wo immer du gewesen sein magst, schlecht ist es dir offenbar nicht ergangen. Seit wann bist du wieder hier?«

»Erst seit heute.«

»Und du weißt . . .?«

»Nicht viel mehr, als daß Camlach tot ist. Er war zwar kein Freund von mir, aber . . .« Ich brach ab. Es war klüger, ihn sprechen zu lassen. Aus dem Augenwinkel sah ich, daß Cadal die Hand immer noch sorgsam an der Hüfte hielt. Ich beschwichtigte ihn mit einer kurzen Geste.

Dinias zuckte die Schultern. »Camlach? Er war ein Narr. Ich habe ihm ja gleich gesagt, woher der Wind weht.« Ich sah, wie sein Blick spähend ins Dunkel glitt. Er schien Lauscher zu fürchten. Mißtrauisch kehrten seine Augen zu mir zurück. »Was hast du vor? Warum bist du zurückgekommen?«

»Um meine Mutter zu besuchen. Ich war in Cornwall, und dorthin drangen nur spärliche Gerüchte. Als ich dann von Camlachs Tod und Vortimers Tod hörte, wollte ich natürlich wissen, was mit meiner Mutter geschehen war.«

»Nun, sie lebt. Denn der Hohe König –«, wieder hob sich seine Stimme, »– achtet die Kirche. Allerdings glaube ich kaum, daß man dir erlauben wird, deine Mutter zu sehen.«

»Das mag schon sein. Denn als ich vorhin beim Kloster war, wies man mich ab. Aber ich bleibe ja noch einige Tage hier. Vielleicht ist es meiner Mutter doch noch möglich, mich zu empfangen, so sie will. Wenigstens weiß ich jetzt, daß sie in Sicherheit ist. Was für ein Glück, dich hier zu treffen. Du wirst mir gewiß über alles berichten können. Da ich nicht wußte, was mich hier erwarten würde, kam ich in aller Stille, nur von meinem Diener begleitet.«

»In aller Stille, das kann man wohl sagen. Ich habe euch zuerst für Diebe gehalten. Ihr könnt von Glück sagen, daß ich euch nicht niedergemacht habe, ohne erst viel zu fragen.«

Das war der Dinias, wie ich ihn kannte: auftrumpfend, wo immer sich Gelegenheit dazu fand.

»Nun«, sagte ich, ohne mich durch seinen barschen Ton aus der Ruhe bringen zu lassen, »ich wollte mich vergewissern, wie die Dinge hier stehen. Nachdem ich bei St. Peter abgewiesen worden war, kam ich her, um mich ein wenig umzuschauen. Der Palast ist wohl unbewohnt?«

»*Ich* wohne noch hier. Wo auch sonst?«

Hohler, fast grotesker Hochmut. Einen Augenblick fühlte ich mich versucht, ihn um gastliche Aufnahme zu bitten. Was wohl würde er sagen? Aber er schien den Gedanken zu ahnen und fuhr rasch fort: »Cornwall, wie? Was gibt es dort Neues? Es heißt, daß Ambrosius' Boten wie Fliegen über die Kleine See schwärmen.«

Ich lachte. »Danach darfst du mich nicht fragen. Ich führe ein sehr zurückgezogenes Leben.«

»Das scheint in Cornwall so Sitte zu sein«, sagte er verächtlich. »Gorlois soll ja den ganzen Winter über mit einem Mädchen von kaum zwanzig im Bett gesteckt haben. Die Spiele, die die anderen Könige im Schnee trieben, schienen ihn wenig zu kümmern. Ist die junge Frau wirklich so schön, wie man sagt?«

»Ich habe sie nie gesehen. Er ist sehr eifersüchtig.«

»Etwa auf dich?« Er lachte auf und schloß eine höhnische Bemerkung an. Cadal, hinter mir, sog zornig die Luft ein. Dinias hingegen, plötzlich vergnügt, schien endgültig zu seinem alten Selbst zurückgefunden zu haben. Kein Zweifel: Für ihn war ich wieder jener kleine Bastard, auf den man keine Rücksicht zu nehmen brauchte. Bissig sagte er: »Das konnte dir wohl so passen. Du und der brünstige alte Gorlois, ihr seid gut über den Winter gekommen, während wir anderen hinter den Sachsen her waren.«

Alle Vorsicht vergessend, hatte er mir verraten, was ich wissen wollte: an Camlachs und Vortimers Seite war er in die Schlacht gezogen.

Ich sagte versöhnlich: »Was Gorlois tut, ist seine Sache, damals wie jetzt.«

»Du hast leicht reden. Weißt du nicht, daß er im Norden bei Vortigern war?«

»Ich weiß nur, daß er zu ihm stoßen wollte – bei Caer'n-ar-Von doch wohl, nicht wahr? Willst du vielleicht auch dorthin?« Fast demütig setzte ich hinzu: »Weißt du, ich war gar nicht in der Lage, viel Wichtiges zu erfahren.«

Kühler Lufthauch wirbelte zwischen den Säulen der Kolonnade. Vom Dach über uns sprühte plötzlich Wasser und klatschte auf den Boden. Dinias hüllte sich dichter in seinen Umhang. »Warum stehen wir eigentlich herum?« fragte er mit einer Herzlichkeit, die genauso aufgetragen klang wie sein Hochmut. »Komm. Plaudern können wir auch bei einer Flasche Wein.«

Ich zögerte; doch nur einen Augenblick. Dinias hate zweifellos seine Gründe, hier im leeren Palast zu hausen: Wahrscheinlich war ihm seine Verbindung zu Camlach nicht verziehen worden, sonst hätte er Vortigern gewiß als Offizier gedient. Außerdem wollte ich ihn jetzt, da er wußte, daß ich in Maridunum war, vorerst nicht aus den Augen lassen.

Und so gab ich mich geschmeichelt und nahm sein Angebot an: O ja, selbstverständlich, und natürlich müßten wir gemeinsam zu Abend essen; wo man hier denn auf ein gutes Mahl zählen könne, irgendwo im Trockenen, das wüßte er doch sicherlich . . .

Noch ehe ich den letzten Satz ganz heraus hatte, nahm er mich beim Arm und führte mich durch das Atrium zu einer unverschlossenen Tür. Wir traten auf die Straße.

»Gut, gut«, sagte er. »Da drüben bei der Brücke ist ein Wirtshaus. Ausgezeichnetes Essen — und keine neugierigen Gäste.« Er zwinkerte mir zu. »Willst doch nicht etwa ein Mädchen für die Nacht, wie? Obwohl . . . na ja, nach einem trockenen Schreiberling siehst du mir eigentlich nicht aus. Aber nur auf der Hut geblieben. Viel reden ist heutzutage gefährlich — entweder verübeln's einem die Waliser oder aber Vortigerns Leute. Und es wimmelt ja nur so von Spitzeln und Spionen. Gerade jetzt. Offenbar suchen sie jemanden. Ich weiß zwar nicht wen, aber man erzählt sich — nein. Scher dich aus dem Weg.« Dies zu einem Bettler, der uns ein Kästchen mit rohgeschliffenen Steinen und Lederbändern entgegenreckte. Wortlos wich der Mann zurück. Ich sah, daß er auf einem Auge blind war. Eine häßliche Narbe zog sich von der Höhle über die Wange und die abgeplattete Nase. Hier hatte offenbar ein Schwert vernichtende Arbeit geleistet.

Ich ließ eine Münze in das Kästchen fallen. Dinias warf mir einen unfreundlichen Blick zu. »Die Zeiten haben sich geändert, wie? Du mußt es in Cornwall ja gut getroffen haben. Was war damals in jener Nacht eigentlich los? Wolltest du wirklich den ganzen verdammten Palast in Brand stecken?«

»Das werde ich dir beim Essen erzählen«, sagte ich und verstummte, bis wir den Schutz der Schenke erreichten, wo wir uns, Rücken zur Wand, in eine Ecke setzten.

5

Ich hatte mich nicht geirrt: Dinias war offenbar sehr arm. Selbst im trüben Licht der überfüllten Schenke war deutlich zu sehen, wie abgerissen seine Kleider waren. Verräterischer noch war sein halb gieriger, halb neidischer Blick, als ich für uns ein Mahl und einen Krug vom besten Wein bestellte. Noch ehe aufgetragen wurde, nutzte ich eine günstige Gelegenheit, um Cadal auf die Seite zu ziehen und ein rasches Wort mit ihm zu wechseln.

»Vielleicht kann ich einiges aus ihm herausbekommen, was ich wissen möchte. Aber wie auch immer – es ist besser, jetzt bei ihm zu bleiben und ihn im Auge zu behalten. Bis der Mond aufgeht, ist er bestimmt so betrunken, daß er uns nicht mehr gefährlich werden kann. Dann werde ich dafür sorgen, daß er in den Armen eines Mädchens liegt. Oder aber ich bringe ihn auf dem Rückweg wieder zum Palast. Sollte es mir jedoch nicht gelingen, hier rechtzeitig freizukommen, so mußt du zu meiner Mutter gehen. Sage ihr, daß ich nachkomme, wenn ich Dinias losgeworden bin. Sie wird dafür Verständnis haben. Und jetzt verschaffe dir etwas zu essen.«

»Sei auf der Hut, Merlin. Dein Vetter, wie? Ist mir nicht ganz geheuer, der Bursche. Er kann dich nicht ausstehen.«

Ich lachte. »Das ist nichts Neues. Und beruht auf Gegenseitigkeit.«

»Oh. Nun, dann sei doppelt auf der Hut.«

»Keine Sorge.«

Cadal ging. Ich setzte mich und schenkte für Dinias und mich Wein ein. Er hatte nicht übertrieben. Das Mahl war wirklich ausgezeichnet. Fleisch- und Austernpastete in sämiger, dampfender Tunke; frisches Gerstenbrot; vorzüglicher Käse. Auch sonst schien die Schenke einiges zu bieten zu haben. Von Zeit zu Zeit lugte ein kicherndes Mädchen durch einen Türvorhang. Dann setzte, bald hier, bald dort, ein Mann seinen Becher ab und folgte ihr. Dinias ließ den Vorhang selbst während des Essens kaum aus den Augen. Ich atmete auf. Hatte ich erst einmal erfahren, was ich erfahren wollte, würde es mit ihm kaum Schwierigkeiten geben.

Ich wartete, bis er sich mit ein paar Bissen gestärkt hatte, und begann dann zu fragen, rascher als eigentlich geplant, denn Dinias sprach dem Wein nur allzu eifrig zu, und ich wollte Antworten, ehe ihm der Kopf vernebelt war. Klare Antworten.

Behutsam tastete ich mich vor auf dem unbekannten Gelände, wo überall Tücken lauern konnten. Zum Glück verfiel ich auf einen einfachen Ausweg. Fragen nach meiner Familie mußten unverfänglich klingen und konnten doch von Nutzen sein. Dinias antwortete bereitwillig und ohne Zögern.

Was ich erfuhr, war dies: Seit jener Brandnacht hatte man mich für tot gehalten. Von Cerdics Leiche war nichts übriggeblieben. Auch ein Teil des Gesindehauses war in Flammen aufgegangen. Als schließlich mein Pony ohne mich zurückgekommen war, hatte man für sicher gehalten, daß ich mit Cerdic in den Flammen verbrannt sei. Camlach und meine Mutter hatten überall in der Umgebung nach mir suchen lassen, doch war natürlich keine Spur von mir gefunden worden. Daß mir der Weg über das Meer offen gestanden haben könnte, schien nicht erwogen worden zu sein. Das Handelsschiff hatte ja nicht im Hafen geankert, und das Coracle hatte niemand gesehen.

Viel Aufsehen hatte mein Verschwinden nicht erregt, was kaum verwundern konnte. Meine Mutter war bald darauf ins Kloster gegangen, und Camlach, der neue König, hatte Olwen der Form halber seinen Schutz angeboten. Doch da er selber einen Sohn hatte und ein zweites Kind unterwegs war, schien es ein offenes Geheimnis, daß Olwen bei erster Gelegenheit mit irgendeinem kleinen Fürsten vermählt würde . . . Und so weiter.

Die erste Ausbeute war für mich also enttäuschend. Denn all dies wußte ich bereits oder dachte es mir doch, und für Ambrosius war es völlig ohne Wert. Es wurde Zeit, von den alten Geschichten der Vergangenheit zu den brennenden Fragen der Gegenwart überzuleiten.

Dinias, gesättigt jetzt, lehnte sich gegen die Wand zurück und lockerte den Gürtel. Die Schenke hatte sich noch mehr gefüllt. Lautes Stimmengewirr herrschte. Aus den inneren Räumen waren zwei Mädchen gekommen, mit denen die Männer lachend ihre derben Späße trieben. Draußen war es jetzt stockdunkel, auch schien es heftiger zu regnen als zuvor, denn immer wieder trat nässesprühend ein neuer Gast ein, der sofort nach einem heißen Trunk verlangte. Die Luft, von Torfrauch und Bratrostschwaden wie geschwängert, war schwer und so dicht, daß ich um ein Erkanntwerden nicht zu fürchten brauchte. Wer mich deutlich sehen wollte, mußte sich schon zu mir über den Tisch beugen.

»Soll ich noch Fleisch kommen lassen?« fragte ich.

Dinias rülpste und schüttelte lächelnd den Kopf. »Nein, danke. War ausgezeichnet. Ich bin in deiner Schuld. Aber jetzt zu dir. Wo bist du in all diesen Jahren gewesen?« Wieder langte er nach dem Weinkrug, doch es tröpfelte nur noch, und er sah mich enttäuscht an. »Das verdammte Ding ist ja leer. Nun, es gibt sicher noch welchen, nicht?«

Ich zögerte. Er schien nicht viel vertragen zu können, und noch brauchte ich seinen klaren Kopf.

Er mißverstand mein Zaudern. »Na, na, du wirst mir doch das bißchen Wein noch gönnen, wie? Schließlich kommt nicht jeden Tag ein reicher, junger Vetter aus Cornwall. Wie bist du da überhaupt gelandet? Und was hast du die ganze Zeit über getrieben? Nur zu, Myrddin, laß mal hören. Doch zuerst den Wein.«

»Aber gern, natürlich«, sagte ich und winkte den Schankgehilfen herbei. Dann wandte ich mich wieder zu Dinias. »Übrigens wäre es mir lieber, du würdest mich nicht Myrddin nennen, sondern Emrys — solange ich nicht weiß, wie der Wind hier weht.« Er nickte, und es schien, als wolle er sagen: Recht hast du, man kann hier nicht vorsichtig genug sein. Offenbar war die Lage in Maridunum noch heikler, als ich angenommen hatte. Ich warf einen raschen Blick in die Runde. Die meisten Männer sahen walisisch aus. Doch bei der Tür saß eine Gruppe mit Blondhaar und Blondbärten, Sachsen wahrscheinlich, Vortigerns Leute.

Der Schankgehilfe brachte den frischen Krug, und Dinias füllte seinen Becher. Dann lehnte er sich wieder zurück und sah mich fragend an.

»Nun berichte von dir. Was war damals in jener Nacht? Wem hast du dich angeschlossen? Du warst damals doch höchstens zwölf oder dreizehn Jahre alt.«

Ich sagte langsam: »Ich traf auf ein paar Händler, die nach Süden zogen. Als Reisegeld diente eine der Broschen, die mir mein Gr ... die mir der alte König geschenkt hatte. Die Händler nahmen mich bis Glastonbury mit. Und dort hatte ich dann Glück – ich fand einen Kaufmann, der nach Cornwall reiste und mich mitnahm.« Ich schwieg einen Augenblick und drehte den Becher zwischen den Fingern, als sei es mir peinlich fortzufahren. »Dieser Kaufmann hatte den Ehrgeiz, ein herrschaftliches Haus zu führen, und da glaubte er, es würde sein Ansehen fördern, wenn er einen Knaben hatte, der lesen und schreiben – und auch singen und Harfe spielen konnte.«

»Hm. Kann's mir schon denken«, sagte er.

Ganz offensichtlich erzielte meine Geschichte die beabsichtigte Wirkung. Er glaubte sie und fühlte sich in seinen Ansichten über mich bestätigt. Daß er mich um so mehr verachtete, konnte mir gleichgültig sein.

»Und dann?« fragte er.

»Oh, ich blieb einige Monate bei ihm, und er und seine Freunde zeigten sich sehr großzügig. Bald schon hatte ich etwas Geld zusammen.«

»Durchs Harfespiel?« fragte er spöttisch.

»Ja. Und auch durch Lesen und Schreiben – ich ging dem Mann bei seinen Geschäften zur Hand. Als er dann später nach Norden zurückkehrte, wollte er mich mitnehmen, doch ich schlug ab. Es war mir zu gefährlich. Nun, in einem Kloster unterzukommen fiel nicht schwer. Natürlich nicht als Mönch oder Priester. Dazu war ich ja zu jung. Um es ganz ehrlich zu gestehen: Das Leben dort hat mir viel Freude gemacht. Alles ist so still und so friedlich. In der letzten Zeit habe ich dabei geholfen, Abschriften von der Geschichte des Trojanischen Krieges anzufertigen.« Er blickte mich so angewidert an, daß ich am liebsten laut aufgelacht hätte. Rasch starrte ich wieder auf meinen Becher. Gute samische Ware, wie ich sah, hellglänzend und mit deutlich sichtbarem Töpferzeichen. M.A. *Merlinus Ambrosius*, ging es mir plötzlich durch den Kopf. Merlinus *und* Ambrosius. Mit dem Daumen strich ich sacht über die Buchstaben hin und beendete schnell meinen Bericht vom langweiligen Leben eines Klosterknaben. »Ich arbeitete dort, bis die Gerüchte von hier zu uns drangen. Zuerst achtete ich nicht weiter auf sie. Erzählt wird ja immer viel. Aber als wir dann hörten, daß Camlach und Vortimer wirklich tot waren, begann ich doch, mich zu beunruhigen. Ich wollte unbedingt meine Mutter wiedersehen.«

»Und – wirst du hierbleiben?«

»Das glaube ich kaum. Es gefällt mir in Cornwall. Auch habe ich dort ja eine Art Zuhause.«

»Dann wirst du wohl Priester werden.«

Ich zuckte die Schultern. »Das weiß ich noch nicht. Geplant war das für mich ja seit eh und je. Aber was mir die Zukunft auch bringen mag – hier habe ich nichts mehr verloren. Und ein Krieger bin ich ohnehin nicht.«

Er lachte. »Nun, dazu hast du wohl noch nie getaugt. Und der Krieg hier ist noch nicht vorüber, oder, genauer gesagt: Er hat kaum erst angefangen.« Vertraulich beugte er sich mir über den Tisch entgegen und stieß dabei gegen seinen Becher, der ins Schwanken geriet. Wein schwappte zum Rand empor. Rasch griff Dinias zu. »Ums Haar verschüttet. Und der Krug ist auch schon fast wieder leer. Läßt sich trinken, nicht? Wie wär's mit einem neuen?«

»Wenn du willst. Aber du sagtest eben –«

»Cornwall«, murmelte er. »Da wollte ich immer schon gern mal hin. Was spricht man denn dort von Ambrosius?«

Seine Stimme hatte sich gehoben, und die letzte Frage klang laut in die Schenke. Einige Köpfe drehten sich zu uns. Dinias, vom Wein schon leicht berauscht, achtete nicht darauf.

»Ihr da unten hört gewiß mehr als wir – falls es überhaupt etwas zu hören gibt. Denn in Cornwall, sagt man, würde er ja landen, nicht?«

»Oh«, sagte ich leichthin, »geredet wird eigentlich immer. Das geht nun schon seit Jahren so, du weißt ja, wie das ist. Aber bisher hat er sich noch nicht blicken lassen. Also bin ich genauso auf Vermutungen angewiesen wie du.«

»Wie wär's mit einer Wette?« fragte er und holte aus einem Beutel, den er am Gürtel trug, zwei Würfel. Er ließ sie zwischen den geschlossenen Händen klappern. »Komm, spielen wir ein bißchen.«

»Nein, danke. Jedenfalls nicht hier. Ich habe eine bessere Idee. Nehmen wir ein oder zwei Krüge mit und gehen wir zu dir.«

»Zu mir?« fragte er höhnisch. »Wo ist das? In einem leeren Palast?«

Er sprach immer noch sehr laut, und plötzlich bemerkte ich,

daß wir beobachtet wurden. Zwei Männer in dunkler Kleidung spähten mit verstohlenen Blicken, schwarzbärtig der eine, rothaarig und mit langem Fuchsgesicht der andere. Waliser, dem Aussehen nach. Vor ihnen stand ein Weinkrug. Doch sie schienen kaum zu trinken. Ich warf Dinias einen Blick zu. Offenbar befand er sich in jenem Zustand, wo das Pendel zwischen Friedfertigkeit und Streitsucht schwang. Um kein Aufsehen zu erregen, schien es ratsam, zu bleiben, wo wir waren. Was konnte es schon schaden, wenn Ambrosius' Name fiel? Schließlich war er in aller Munde, besonders in letzter Zeit, wo die Luft vor Gerüchten nur so schwirrte.

Dinias warf die Würfel auf den Tisch. Ich überlegte kurz: Vielleicht lenkte das Spiel ihn vom Wein ab. Auch mußte es für neugierige Augen unverfänglich wirken.

Ich holte eine Handvoll kleinerer Münzen hervor. »Also schön, wenn du so versessen darauf bist. Was kannst du dagegenhalten?«

Während wir zu spielen begannen, versuchte ich, die beiden Männer dort drüben unauffällig im Auge zu behalten. Schwarzbart und Rotfuchs. Wer waren sie? Zufällige Gäste wie wir, oder . . .? Die Sachsen an der Tür, stark angetrunken fast alle, sprachen laut und wirkten harmlos. Doch Schwarzbart und sein Genosse?

Ich warf die Würfel. Fünf und vier. Viel zu gut. Schließlich sollte Dinias gewinnen. Ihm Geld in die Hand zu drücken, damit er mit einem Mädchen hinter dem Vorhang verschwinden konnte, wäre beleidigend gewesen.

Um Schwarzbart von der Spur abzubringen, sagte ich laut: »Ambrosius, wie? Nun, du kennst die Gerüchte ja. Genaues weiß ich auch nicht, nur das, was man sich schon seit zehn Jahren erzählt. Natürlich spricht alles davon, daß er kommen wird, mal nach Cornwall, dann wieder nach Maridunum oder auch nach London. Gerede, was sonst. Du bist dran.« Schwarzbart und Rotfuchs schienen befriedigt. Sie wandten die Köpfe ab, anderen Tischen zu. Ich beugte mich vor, wie um Dinias' Wurf zu beobachten, und senkte die Stimme. »Aber wenn er nun käme, was würde geschehen? Das mußt du doch besser wissen als ich. Würde sich der Westen für ihn erheben oder treu zu Vortigern stehen?«

»Der Westen würde in Flammen aufgehen. Weiß Gott, genauso war es ja schon. Ein Feuer würde es geben wie damals, als du dich davongemacht hast. Das war mir vielleicht ein Spaß: Steckt dieser Bursche den Palast in Brand und verschwindet dann. Warum hast du das nur getan? Halt mal, zwei Fünfen. Was sagst du nun?«

»Getan? Du meinst, warum ich verschwunden bin? Nun, aus Angst vor Camlach, wie ich schon sagte.«

»Nein, nicht das. Ich meine, warum du den Palst angezündet hast. Und erzähle mir nicht, daß das Zufall oder Mißgeschick war. Denn das glaube ich dir nicht.«

»Der Brand war ein Totenfeuer. Für meinen Diener, den sie umgebracht hatten.«

Die Würfel für eine Sekunde unbeweglich in der Hand, starrte er mich fassungslos an. »Wie denn? Für einen *Sklaven* hast du den Königspalast in Flammen aufgehen lassen?«

»Ja. Warum auch nicht? An meinem Diener hing ich mehr als an Camlach.«

Er musterte mich verwirrt und machte dann seinen Wurf. Eine Zwei und eine Vier. Ich schob ein paar von seinen Münzen auf meinen Haufen zu.

»Verdammt«, sagte er, »du hast es gerade nötig, besitzt doch schon genug. Also schön. Für deinen Diener, wie? Kommst dir wohl großartig vor als Schreiberling in einer Klosterzelle, Bastard, der du doch bist.«

Ich lachte. »Vergiß nicht, daß du selber ein Bastard bist, lieber Vetter.«

»Mag sein. Aber ich weiß wenigstens, wer mein Vater war.«

»Nicht so laut. Hier sind überall Lauscher. Jetzt bin ich wieder an der Reihe.«

Besorgt schüttelte ich die klappernden Würfel. Bisher waren die Würfel allzu günstig für mich gewesen. Schade, dachte ich; schade, daß ich nicht die Macht habe, nach Belieben über sie zu verfügen, das würde mir vieles erleichtern. Oder auch nicht. Denn wenn ich eines allmählich begriffen hatte, dann dies: Macht glättete die Wege nicht; wenn sie kam, sprang sie mich an wie ein Wolf. Manchmal war ich mir vorgekommen wie jener Knabe aus alter Sage, der die Sonnenrösser schirrte und mit ihnen gottgleich um die Welt stob, bis die Macht ihn verbrannte. Würde ich diese Flammen je wieder spüren?

Die Würfel fielen auf den Tisch. Eine Zwei und eine Eins. Solange man das Glück auf seiner Seite hatte, ging es auch ohne Macht. Dinias lachte zufrieden und nahm die Würfel, während ich ihm ein paar Münzen zuschob. Das Spiel ging weiter. Die folgenden drei Würfe verlor ich, und das Häufchen an seiner Seite wuchs beträchtlich. Behaglich lehnte er sich zurück. Niemand achtete auf uns. Vielleicht hatte ich mir das auch nur eingebildet. Es wurde langsam Zeit für weitere Fragen.

»Wo ist der König jetzt, Dinias?«

»Wie? Ach so, der König. Ist schon seit fast einem Monat von hier fort. Zog nach Norden, sobald das Wetter sich besserte und die Straßen wieder brauchbar wurden.«

»Nach Caer'n-ar-Von? Aber hast du vorhin nicht von Segontium gesprochen?«

»Habe ich das? Ach was, das ist doch nur so eine Art Hauptlager. Im Ernstfall dürfte er sich in dem Winkel zwischen Y Wyddfa und dem Meer nicht in die Zange nehmen lassen. Nein, wie es heißt, baut er sich eine neue Feste. Wo bleibt der nächste Krug Wein?«

»Da kommt er schon. Schenk dir nur ein, ich habe genug getrunken. Eine Feste, sagst du? Wo denn?«

»Was? Ach so. Guter Wein, das. Wo er sie baut, weiß ich auch nicht. Irgendwo in Snowdon wohl. Dinas Brenin nennt man sie . . . Das heißt, so soll sie mal heißen, wenn er zum Bauen kommt.«

»Wieso? Wer hindert ihn daran? Hat er da oben immer noch Schwierigkeiten? Vortimers Anhänger oder neue Gegner? In Cornwall erzählt man sich, hinter ihm stünden dreißigtausend Sachsen.«

»Hinter ihm und neben ihm und wo nicht sonst noch – Sachsen überall. Nur daß er recht wenig davon hat. Denn das sind nun einmal Hengists Leute, und Hengist und Vortigern leben auf gespanntem Fuß. Oh, er sitzt schon gehörig in der Klemme, unser Hoher König, das kannst du mir glauben.« Ich sah mich rasch um. Niemand schien uns im allgemeinen Lärm gehört zu haben. Dinias schüttelte die Würfel und murmelte weiter leise vor sich hin. Mich hatte er offenbar fast vergessen. Er warf und starrte auf den Tisch. »Was sagt man dazu? Diese Teufelsdinger sind wohl verflucht. Genau wie die Königsfeste.«

Irgendwo in der Tiefe klang bei mir eine Erinnerung an, doch so fern und so flüchtig wie das Summen einer Biene durch Blütengezweig.

Während ich meinen Wurf machte, sagte ich nebenhin: »Verflucht? Wieso?«

»Ha, das gefällt mir schon besser. Diesmal steche ich dich aus. Wieso? Na, du kennst diese Nordmänner doch – bläst der Wind einen Morgen mal kühler, so behaupten sie gleich, der Geist eines Toten striche vorbei. Wo die Burschen auch gehen und stehen, überall haben sie Wahrsager bei sich. Und was Vortigern und seine Feste betrifft, so . . . viermal waren die Mauern schon mannshoch gebaut, doch am Tage darauf zeigten sich jedesmal tiefe Risse. Na also, endlich mal ein guter Wurf.«

»Nicht übel. Höher komme ich bestimmt nicht. Hat er denn keine Wachen aufgestellt?«

»Natürlich. Aber die haben nichts gesehen.«

»So.«

Ich warf. Die Würfel rollten und kamen zum Stillstand. Zwei Sechser. Dinias fluchte leise und schob mir die Hälfte seines Haufens zu.

Ich sagte: »Es könnte doch eine ganz einfache Erklärung geben. Offenbar hat er sich zu weichen Untergrund ausgesucht. Warum versucht er es nicht an einer anderen Stelle?«

»Zu weich? Auf gar keinen Fall. Die Feste soll auf einer Felshöhe stehen, die sich vorzüglich zur Verteidigung eignet. In ganz Wales findest du keinen besseren Platz. Von dort beherrscht man das Tal nach Norden und nach Süden hin, und die Straße führt unmittelbar unter der Höhe vorbei. Und außerdem hat da schon früher ein Turm gestanden, vor Urzeiten von den Einheimischen gleichfalls Königsfeste genannt.«

Königsfeste ... Dinas Brenin ... Das ferne Summen schwoll an und mündete in eine Erinnerung. Grellweiße Birken vor milchblauem Himmelszelt. Der Schrei eines Falken. Die beiden Könige hinter dem großen Stein und Cerdics Stimme, die zu mir sagte: *»Komm zum Troß. Da kannst du beim Würfelspiel mitmachen.«*

Und plötzlich wußte ich, was zu tun war, und tat es kaum weniger geschickt als Cerdic früher einmal. Mit flinken Fingern stieß ich gegen die noch tanzenden Würfel. Dinias, Weinkrug in der Hand, bemerkte nichts. Die Würfel kamen zum Stillstand. Eine Zwei und eine Eins. Kleinlaut sagte ich: »Das kannst du bestimmt besser.«

Er konnte es besser, wenn auch nur mit Mühe. Triumphierend strich er seinen Gewinn ein und sackte dann halb über den Tisch, Ellbogen in einer Weinlache. Der erste Teil meines Plans war aufgegangen. Jetzt hatte er genügend Geld. Aber wie diesen berauschten Narren unauffällig zu dem Vorhang schaffen, der zum Bordell führte?

Ich war wieder an der Reihe. Während ich die Würfel schüttelte, entdeckte ich Cadal in der Tür, Blick warnend auf mich gerichtet. Es wurde Zeit aufzubrechen. Ich nickte, und er verschwand. Während Dinias noch betrunken spähte, wem mein Zeichen gegolten hatte, warf ich erneut und wischte rasch mit dem Ärmel gegen die drohende Sechs. Eins und drei. Dinias grunzte befriedigt und langte mit der Hand nach den Würfeln.

»Hör mal«, sagte ich, »noch ein Wurf und wir machen uns fort. Wir können ja einen Weinkrug mitnehmen und in meinem Quartier trinken. Da haben wir's behaglicher als hier.« Gelang es mir, ihn ohne Aufhebens ins Freie zu schaffen, so waren wir aus dem Gröbsten heraus.

»Quartier? Hättest du auch bei mir haben können. Ist ja genügend Platz da. Brauchtest deinen Diener nicht erst auf Quartiersuche zu schicken. Außerdem kann man heutzutage gar nicht vorsichtig genug sein. Da. Zwei Fünfen. Mal sehen, ob du's besser kannst, Merlin, du Bastard.« Er kippte den letzten Wein und lehnte sich grinsend zurück.

»Ich gebe auf«, sagte ich, schob ihm die Münzen zu und sah mich nach dem Schankgehilfen um. Dinias schlug krachend mit der flachen Hand auf den Tisch. Die Würfel rollten klappernd Ein Becher fiel um und stürzte dann von der Tischkante auf den Boden. Köpfe fuhren herum, und neugierige Augen starrten. Niemand sprach.

»Kommt ja nicht in Frage«, schrie Dinias. »Hier wird weitergespielt. Jetzt, wo ich eine Glückssträhne habe. Und du machst mit, verstanden. Bleib sitzen und nimm die Würfel, du Bastard!«

»Dinias, nun hör mal her –«

»Ja doch, versteh schon, bin selbst ein Bastard. Aber immer noch besser, Bastard eines Königs zu sein, als ein Kind, das überhaupt keinen Vater hatte!«

Er lallte mit schwerer Zunge. Ich griff rasch nach den Würfeln. »Schon gut, Dinias«, sagte ich, »wir werden sie mitnehmen. Trinken und spielen können wir auch in meinem Quartier.«

Mit hartem Griff fiel eine Hand auf meine Schulter. Ehe ich sehen konnte, wer es war, packte ein zweiter Mann meinen Arm. Dinias starrte erschrocken. Auch die übrigen Zecher blickten mit angespannten Gesichtern.

Schwarzbarts Fäuste spannten sich fester. »Nun hübsch ruhig, junger Sir. Wir wollen doch keinen Streit, nicht wahr? Könnten wir vielleicht draußen ein Wort mit Euch wechseln?«

6

Ich erhob mich. Den gaffenden Gesichtern ringsum war nichts zu entnehmen.

»Was soll das?«

»Kommt mit nach draußen«, wiederholte Schwarzbart. »Wir wollen keinen Streit.«

»Nun«, sagte ich kurz, »mir soll's nicht darauf ankommen. Keinen Schritt gehe ich mit Euch, ehe Ihr mir nicht sagt, wer Ihr seid. Und als erstes laßt gefälligst Eure Hände von mir. Wirt, wer sind diese Leute hier?«

»Männer des Königs, Sir. Tut lieber, was sie Euch sagen. Wenn Ihr nichts zu verbergen habt, dann –«

» – habt Ihr auch nichts zu fürchten?« vollendete ich den Satz. »Nun, das kennt man ja.« Ich stieß Schwarzbarts Hand von meiner Schulter und wandte mich ihm zu. Dinias blickte ungläubig. Dies war gewiß nicht der Myrddin, den er von früher her kannte. Damit hatte es jetzt ein Ende. Ich sagte: »Heraus mit der Sprache. Was wollt Ihr von mir?«

»Nun, Euer Freund hier war soeben recht gesprächig und –«

»Dann unterhaltet Euch doch mit ihm.«

»Alles zu seiner Zeit. Sagt Ihr mir erst, wer Ihr seid und woher Ihr kommt?«

»Mein Name ist Emrys, und ich stamme aus Maridunum. Vor Jahren, als Kind noch, ging ich nach Cornwall. Jetzt bin ich zurückgekommen, um zu sehen, wie es hier steht. Das ist alles.«

»Und dieser junge Mann hier? Wer ist er?«

»Ein entfernter Verwandter.«

»Nannte er Euch nicht ›Bastard‹?«

»Ja, das tat er.«

»Wartet einen Augenblick«, klang eine Stimme aus der Menge. Ein älterer Mann mit grauem Haar schob sich herbei. »Ich kenne ihn. Er sagt die Wahrheit. Gar kein Zweifel: Dies ist Myrddin Emrys, Enkelsohn des alten Königs.« Dann zu mir: »Ich war der Diener bei Euerm Großvater, Sir. Vielleicht erinnert Ihr Euch an mich.« Und wieder zu Schwarzbart: »Es ist wirklich so, wie ich sage. Dieser junge Herr ist Myrddin Emrys, der Maridunum vor fünf Jahren verließ – in jener Nacht, da der alte König starb. Niemand wußte, was aus ihm geworden war. Aber Ihr könnt sicher sein, daß er gegen König Vortigern nie die Hand erheben würde. Es war ihm schon seit frühester Jugend bestimmt, Priester zu werden. Das Waffenhandwerk lag ihm nicht. Und warum soll er sich nicht mit Prinz Dinias zu einem Trunk zusammensetzen? Sie sind ja miteinander verwandt und haben sich nach so langer Zeit gewiß viel zu erzählen.« Er nickte mir freundlich zu. »Myrddin Emrys, kein Kind mehr, sondern ein erwachsener Mann – trotzdem würde ich Euch überall erkennen, Sir. Und laßt Euch versichern, daß ich sehr froh bin, Euch lebendig vor mir zu sehen. Es wurde ja befürchtet, daß Ihr in den Flammen umgekommen wärt.«

Schwarzbart achtete nicht auf ihn. Ohne mich auch nur für eine Sekunde aus den Augen zu lassen, sagte er langsam: »Myrddin Emrys, Enkel des alten Königs. Und ein Bastard? Wessen Sohn denn?«

»Meine Mutter war Niniane, Tochter des Königs«, entgegnete ich.

Die schwarzen Augen verengten sich zu schmalem Spalt. »Ist das wahr?«

»Völlig wahr«, versicherte der grauhaarige Alte mit eifriger Stimme.

Schwarzbart musterte mich. Ich sah, wie die nächste Frage sich auf seinen Lippen formte. Siedend heiß stieg das Blut mir ins Gesicht.

»Und Euer Vater?«

»Das weiß ich nicht.« Wahrscheinlich hielt er das Blut in meinem Gesicht für Schamröte.

»Was Ihr nicht sagt. Nun, dann versucht, Euch zu erinnern. Wer war Euer Vater?«

»Ich weiß es nicht.«

Spöttisch glitt sein Blick über mich hinweg. »Aber an Eure Mutter erinnert Ihr Euch noch gut, wie?«

»Ja.«

»Und sie hat Euch nie gesagt, wer Euer Vater war? Das sollen wir Euch glauben?«

»Was Ihr glaubt oder nicht glaubt, ist Eure Sache«, erwiderte ich gereizt. »Es ist nicht das erstemal, daß man mir diese Frage stellt – und mir nicht glaubt. Aber sie hat es mir wirklich nie verraten. Und wohl auch niemandem sonst. Sie hat mir nur gesagt, daß mich ein Teufel gezeugt habe.« Ich schleuderte ungeduldig die Hand. »Und vielleicht stimmt das. Warum fragt Ihr überhaupt?«

»Nun, wir konnten nicht umhin, zu hören, was Euer Freund hier laut und deutlich verkündet hat.« Er betrachtete mich mit festem Blick. »Aber immer noch besser, Bastard eines Königs zu sein, als ein Kind, das überhaupt keinen Vater hat.«

»Und Ihr meint, ich sollte mich beleidigt fühlen? Seht Ihr nicht, daß er berauscht ist?«

»Wir wollten uns nur vergewissern. Und das haben wir jetzt. Ihr sollt zum König.«

»Zum König?« fragte ich bestürzt.

Er nickte. »Zu Vortigern. Wir sind schon seit drei Wochen auf der Suche nach Euch. Ihr müßt zu ihm.«

»Ich verstehe nicht. Was will der König von mir?« Ich empfand weniger Furcht als Verwirrung. Plötzlich schien mein ganzes Vorhaben hier gescheitert. Dennoch fühlte ich so etwas wie Erleichterung: Wenn man mich schon seit drei Wochen suchte, dann konnte das mit Ambrosius gewiß nichts zu tun haben.

Dinias hockte unbeteiligt in seiner Ecke. Bezecht, wie er war, schien er nicht zu begreifen und nicht zu hören. Plötzlich jedoch beugte er sich vor und fragte laut: »Was will Vortigern denn von ihm? Sagt mir das!«

»Das ist nicht Eure Sache«, erwiderte Schwarzbart verächtlich. Er zögerte einen Augenblick und fügte dann hinzu: »Doch immerhin habt Ihr Euch die Belohnung verdient. Schließlich verdanken wir es Euch, daß wir ihn gefunden haben.«

»Belohnung?« fragte ich. »Wovon sprecht Ihr?«

Dinias wirkte plötzlich stocknüchtern. »Wieso? Ich habe doch nichts gesagt.«

Schwarzbart nickte. »O doch. Ohne Euch hätten wir ihn nicht entdeckt. Jedenfalls nicht jetzt.«

»Wir haben uns nur unterhalten. Über die Familie. Schließlich war er sehr lange fort«, sagte Dinias. »Ihr habt uns zugehört. Jeder konnte uns zuhören. Wir haben doch keine Verschwörung ausgeheckt.«

»Wer spricht hier von Verschwörung? Ich tue nur meine Pflicht. Der König will ihn sehen, also muß er mit.«

Besorgt warf der grauhaarige Alte ein: »Er ist wirklich Myrddin Emrys, Ninianes Sohn. Ihr könnt sie ja selbst fragen.«

Schwarzbart sah ihn prüfend an. »Sie lebt noch?«

»Ja, natürlich. Kaum einen Steinwurf entfernt im Nonnenkloster von St. Peter.«

»Laßt meine Mutter aus dem Spiel«, sagte ich, jetzt wirklich erschrocken. »Vergeßt nicht, wer sie ist. Selbst Vortigern hat es nicht gewagt, sich an ihr zu vergreifen. Außerdem habt Ihr keine Macht über sie. Und auch über mich nicht.«

»Glaubt Ihr das wirklich?«

»Nun, welche Macht hätte Ihr denn?«

»Diese hier.« In seiner Hand blitzte ein Kurzschwert.

Ich sagte: »Vortigerns Gesetz, nicht wahr? Ein bündiges Beweismittel. Nun gut, ich werde also mit Euch gehen. Doch bei meiner Mutter wird Euch das nichts nützen. Laßt sie aus dem Spiel. Ihr könnt von ihr auch nicht mehr erfahren als von mir.«

»Mal sehen, ob sie bei ihrer Behauptung bleibt, nicht zu wissen, wer Euer Vater war.«

»Aber so hört doch«, rief der grauköpfige Alte beschwörend. »Mein ganzes Leben habe ich im Palast gedient und nie etwas anderes gehört, als daß sie ihn vom Teufel empfangen hätte, vom Fürsten der Dunkelheit.«

Rundum hoben sich Hände und machten rasch das Zeichen.

Der Alte sagte zu mir: »Geht getrost mit, junger Herr. Sie werden weder Niniane noch ihrem Sohn etwas zuleide tun. Denn niemand weiß besser als der König selbst, daß eine Zeit kommen wird, wo er die Menschen hier im Westen braucht.«

»Nun ja«, sagte ich, »es wird mir kaum etwas anderes übrigbleiben.« Und dann zu Dinias: »Schon gut, es war ja nicht deine Schuld. Sage meinem Diener, wo ich bin.« Und zu Schwarzbart: »Also bringt mich zu Vortigern. Aber laßt Eure Hände von mir weg.«

Zwischen Schwarzbart und Rotfuchs ging ich zur Tür. Eilfertig machten die Zecher uns Platz. Torkelnd raffte Dinias sich hoch und versuchte, uns zu folgen. Schwarzbart drehte sich zu ihm um. »Fast hätte ich's vergessen. Hier, das gehört Euch.«

Ein prallgefüllter Geldbeutel fiel Dinias klirrend vor die Füße.

Während wir durch die Tür ins Freie traten, sah ich aus den Augenwinkeln, wie Dinias mit hastigem, huschendem Blick den Beutel nahm und in den Gürtel zwängte.

7

Vortigern wirkte sehr verändert. Nichts mehr erinnerte an jenen Eindruck von ungebrochener Kraft, den er mir vor Jahren noch gemacht hatte. Er glich einem in die Enge getriebenen Tier, von allen Seiten umstellt, doch desto gefährlicher. Denn immer noch war er der reißende Wolf von ehedem.

Und seinen Schlupfwinkel hatte er sich zweifellos gut gewählt. Die Königsfeste war genau so, wie ich sie in Erinnerung hatte: eine Felshöhle, die das Flußtal beherrschte. Eine wilde und nicht recht geheure Gegend. Gelang es dem Wolf erst einmal, sich oben auf der Felsenhöhe zu verschanzen, so mußte es selbst Ambrosius schwerfallen, ihn dort auszuräuchern.

Die Reise dauerte sechs Tage.

Ob Schwarzbart meine Mutter zur Reise überredet hatte oder aber gezwungen wie mich, wußte ich nicht. Gelegenheit, ihr unter vier Augen diese und andere Fragen zu stellen, fand sich nicht. Sie reiste in geschlossener Sänfte und wurde von zwei Frauen aus dem Kloster begleitet, die weder Tag noch Nacht von ihrer Seite wichen. Oft spürte ich ihren Blick auf mir, neugierig und voll Erstaunen, doch wenn sie sprach, so klang ihre Stimme ruhig und zurückhaltend. Da wir nie für uns allein waren, erzählte ich ihr die gleiche Geschichte wie Dinias und auch Schwarzbart. Damit mußte sie sich vorerst zufriedengeben; denn natürlich durfte ich weder von Niederbritannien noch von irgendwelchen Freunden dort sprechen; das war mir, da es ihre Gedanken allzu leicht auf Ambrosius bringen konnte, zu gefährlich.

Ich fand sie sehr verändert. Sie war blaß und still und wirkte nicht mehr so schlank wie früher. Fast schien es, als habe mit ihrem Körper auch ihr Geist Gewicht angesetzt, ein befremdliches Gefühl. Erst nach ein oder zwei Tagen kam ich darauf, was es war, das mich so stutzen ließ: Jene gewisse Macht, die ihr einmal eigen gewesen war, hatte sich verloren. Wodurch dies bewirkt worden war, durch Krankheit vielleicht oder die völlige Hinwendung zum christlichen Glauben, dessen Symbol sie über der Brust trug, wußte ich nicht. Doch die Wandlung blieb spürbar.

In einem Punkt wurde ich umgehend jeglicher Sorge enthoben. Man behandelte meine Mutter mit jener Höflichkeit, ja Ritterlichkeit, wie es ihr als Königstochter zukam. Mir selbst erwies man so viel Ehre nicht. Immerhin erhielt ich ein gutes Pferd und konnte mich auch über mein jeweiliges Nachtlager nicht beklagen. Die mir zugewiesenen Begleiter waren nicht ohne Artigkeit, machten jedoch im übrigen wenig Umstände mit mir. Auf Fragen antworteten sie einfach nicht. Doch schien mir, daß sie genau wußten, warum wir überhaupt zum König sollten (eine Frage, die ich auch meiner Mutter nur zu gern gestellt hätte). Manchmal trafen mich ihre neugierigen Blicke. Auch so etwas Ähnliches wie Mitleid glaubte ich darin zu gewahren.

Wir wurden sofort zum König gebracht. Sein Hauptquartier lag auf dem flachen Landstück zwischen Felshöhe und Fluß. Von dort hoffte er wohl, den Bau seiner Feste überwachen zu können. Das Lager unterschied sich sehr von jenen, die ich von Niederbritannien her kannte, obschon auch sie zumeist nur Notbehelf gewesen waren. Hier wohnten die Männer in der Mehrzahl in Zelten, und man schien sich fast ausschließlich auf den natürlichen Schutz der Landschaft zu verlassen. Nur gegen die Straße hin fand sich ein hoher Erdwall mit Palisaden.

Vortigern selbst residierte recht königlich. Er empfing uns in einer Halle, deren Holzsäulen mit reich besticktem Tuch umkleidet waren. Auf dem Boden, grünlichem Schiefergestein, sah ich frisch gestreute Binsen. Der hohe Stuhl auf dem Thronhimmel war geschnitzt und vergoldet. Daneben, auf einem gleichermaßen verzierten und nur geringfügig kleineren Stuhl, saß Rowena, Vortigerns sächsische Gemahlin. In der Halle drängten sich viele Menschen, darunter auch einige wenige in den Gewändern von Höflingen. Die meisten Männer trugen jedoch Waffen. Auch eine Anzahl von Sachsen war zu sehen. Hinter Vortigerns Stuhl stand eine Gruppe von Priestern und heiligen Männern.

Als wir eintraten, fiel Schweigen. Aller Blicke sammelten sich auf uns. Dann erhob sich der König und kam, vom Thronhimmel herabsteigend, lächelnd und mit ausgestreckten Händen meiner Mutter entgegen.

»Ich entbiete Euch mein Willkommen, Prinzessin«, sagte er und stellte, mit zeremonieller Höflichkeit, meine Mutter sodann der Königin vor.

Flüstern lief durch den Saal, und Blicke wurden getauscht. Denn das Verhalten des Königs machte deutlich, daß er nicht daran dachte, meine Mutter für Camlachs Teilnahme am jüngsten Aufstand zur Rechenschaft zu ziehen. Mich musterte er mit kurzem, doch eindringlichem Blick. Ein Nicken war sein Gruß. Dann führte er meine Mutter den Thronhimmel hinauf. Auf seinen

Wink wurde ein weiterer Stuhl herbeigeschafft und auf die Stufe unter ihm gestellt. Er bat meine Mutter, Platz zu nehmen. Auch er und Rowena setzten sich wieder. Ich stand zwischen meinen Wächtern vor dem Thronhimmel.

Vortigern legte seine Hände auf die Armlehnen des Stuhls. Lächelnd und offenbar sehr befriedigt wanderte sein Blick von meiner Mutter zu mir und wieder zurück. Im Saal herrschte jetzt erneutes Schweigen. Die Anwesenden starrten erwartungsvoll.

Doch der König sagte nur: »Wollt Ihr mir wohl verzeihen, Prinzessin, daß ich Euch zu dieser Jahreszeit zur Reise genötigt habe? Ich hoffe, daß man Euch jede nur denkbare Annehmlichkeit hat angedeihen lassen.« Weitere nichtssagende Höflichkeitsfloskeln folgten. Meine Mutter antwortete in der gleichen unverbindlichen Art. Hinter ihrem Stuhl, Hofdamen gleich, standen die beiden Nonnen, die sie begleitet hatten. Trotz ihrer so einfachen braunen Tracht wirkte meine Mutter so königlich wie eh und je.

Lächelnd fragte Vortigern: »Würdet Ihr mir jetzt wohl Euern Sohn vorstellen?«

»Mein Sohn heißt Merlin. Vor fünf Jahren, nach dem Tode meines Vaters, verließ er Maridunum. Seitdem lebt er in Cornwall in einem Kloster. Ich möchte ihn Euch anempfehlen.«

Der König wandte sich mir zu. »Vor fünf Jahren? Dann kannst du nur wenig mehr sein als ein Kind, Merlin. Wie alt bist du jetzt?«

»Ich bin siebzehn, Sir.« Ich blickte ihm fest in die Augen. »Warum habt Ihr meine Mutter und mich holen lassen? Ich war soeben erst in Maridunum angelangt, als Eure Leute mich mit Gewalt fortschleppten.«

»Das bedaure ich sehr. Verzeiht ihnen den Übereifer. Sie wußten nur, daß es dringend war, und beeilten sich, meinen Befehl auf dem kürzesten Wege auszuführen.« Er wandte sich wieder meiner Mutter zu. »Muß ich Euch versichern, Lady Niniane, daß Euch kein Leid geschehen wird? Ich schwöre es Euch. Ich weiß, daß Ihr seit nunmehr fünf Jahren im Kloster von St. Peter lebt und keine Kenntnis hattet von dem, was Euren Bruder betraf.«

»Und ebensowenig Kenntnis von dem, was meinen eigenen Sohn betraf«, sagte sie ruhig. »Merlin verließ Maridunum in der Todesnacht meines Vaters, und erst vor wenigen Tagen hörte ich wieder von ihm. Eines ist jedoch sicher. Mit der Rebellion hatte er nichts zu tun. Er war damals ja noch ein Kind, und wenn ich recht vermute, so floh er aus Furcht vor meinem Bruder Camlach, der ihm nicht gerade wohlgesonnen war. Ich versichere Euch, daß mein Sohn nicht das geringste von Camlachs Plänen wußte, und es ist mir unerfindlich, warum Ihr ihn überhaupt habt holen lassen.«

Vortigern schwieg. Kinn auf die Faust gestützt, beobachtete er meine Mutter unter kaum merklich zusammengezogenen Brauen. Haltung und Blick waren nach wie vor von vollendeter Ehrerbietung. Dennoch wurde um mich her etwas spürbar, das mich beunruhigte. Und plötzlich wußte ich auch, was es war. Während der König und meine Mutter weiter miteinander sprachen, lagen die Blicke der Priester auf mir. Und als ich, mit kurzer Wendung, den Kopf zurückdrehte, fand ich, daß auch hinter mir aller Augen auf mich gerichtet waren. Jeder schien voller Anspannung auf etwas zu warten, und unvermittelt schoß es mir durch den Kopf: *Jetzt wird er zur Sache kommen.*

Leise und fast nachdenklich fragte er: »Ihr habt Euch nie vermählt?«

»Nein.« Sofort senkten sich ihre Augenlider, und ich wußte: Sie war auf der Hut.

»Dann starb der Vater Eures Sohnes wohl, ehe sich Gelegenheit dazu fand? In der Schlacht womöglich?«

»Nein, mein König.« Ihre Stimme klang ruhig und sehr klar. Doch ihre Finger zuckten leicht.

»Er lebt also noch?«

Ohne zu antworten, beugte sie rasch den Kopf. Ihre Haube glitt tiefer und verbarg den Menschen im Saal ihr Gesicht. Den Blikken jener auf dem Thronhimmel war sie jedoch nicht entzogen. Die Königin starrte neugierig und voll Verachtung. Ihr Mund war schmal. Sie hatte hellblaue Augen und große Brüste, die milchweiß über das enge, blaue Mieder quollen. Weiß waren auch ihre Hände, doch die Finger wirkten dick und häßlich wie die einer Dienerin. Gold- und Kupferringe schmückten sie.

Der König saß mit gerunzelter Stirn. Doch seine Stimme klang immer noch liebenswürdig. »Sagt mir bitte eines, Lady Niniane: Habt Ihr Euerm Sohn je den Namen seines Vaters genannt?«

»Nein.«

Die Antwort klang kurz und stolz, ganz im Gegensatz zu ihrer Haltung – der Haltung einer Frau, die sich schämte. Doch eben ihre Stimme weckte in mir die Erinnerung an jene Niniane, die, ihrem Vater trotzend, Gorlan abgewiesen hatte, den König von Lanascol. Und eine zweite Erinnerung tauchte auf, an das Gesicht meines Vaters, der mich im Lampenlicht über seinen Tisch hinweg ansah: ein Bild von so unmittelbarer Eindringlichkeit, daß ich kaum glauben mochte, es sei nicht jedem hier ebenso sichtbar wie mir. Ich verdrängte es. Und begriff dann mit plötzlichem Erschrecken, daß Vortigern, wenn er schon vielleicht nichts sah, so doch sehr deutlich ahnte. Oder gar wußte. Und deshalb waren wir hier. Vortigern kannte die Zusammenhänge besser, als mir lieb sein konnte, und die Frage war nur, ob er mich als Spion oder als Geisel behandeln würde.

Unwillkürlich hatte ich mich wohl bewegt. Meine Mutter hob den Kopf, und ich sah ihre Augen. Sah die Furcht darin und lächelte ihr ermutigend zu, und sie lächelte zurück. Doch die Furcht blieb. Die Angst um mich.

Ich verharrte still und wartete ab. Jetzt war Vortigern am Zug.

Er drehte den großen Ring, der seine rechte Hand schmückte. »Das hat Euer Sohn auch meinen Leuten erzählt. Wie es heißt, kennt niemand außer Euch den Namen seines Vaters. Nun, Lady Niniane, nach allem, was ich über Euch weiß, kann sein Vater unmöglich ein Mann niederer Herkunft gewesen sein. Warum also habt Ihr Euerm Sohn den Namen verschwiegen? Meint Ihr nicht, daß er ein Recht hat, ihn zu erfahren?«

Alle Vorsicht vergessend, rief ich zornig: »Was geht Euch das an?«

Meine Mutter warf mir einen warnenden Blick zu. Dann sagte sie zu Vortigern: »*Warum* fragt Ihr?«

»Prinzessin«, erwiderte der König, »ich habe Euch und Euern Sohn kommen lassen, um eine einzige Antwort zu erhalten. Ich will und muß wissen, wer sein Vater ist.«

»Ich wiederhole: Warum fragt Ihr?«

Er lächelte. Ein kurzes Zucken in den Mundwinkeln nur. Ich trat vor. »Mutter, er hat kein Recht dazu. Und er wird nicht wagen —«

»Bringt ihn zum Schweigen«, befahl Vortigern.

Einer meiner beiden Wächter schlug mir mit der Hand über den Mund und packte meinen Arm. Der zweite zog sein Schwert und preßte die Spitze gegen meine Brust. Ich stand, ohne mich zu rühren.

Meine Mutter schrie auf. Dann rief sie: »Wenn ihm etwas geschieht, Vortigern, so werdet Ihr nie etwas erfahren, und solltet Ihr mich auch töten. Glaubt Ihr, ich hätte meinem Vater und meinem Bruder und selbst meinem Sohn all diese Jahre die Wahrheit verschwiegen, bloß um jetzt Eure Neugierde zu befriedigen?«

»Ich glaube schon«, sagte Vortigern. »Um Eures Sohnes willen.«

Er gab meinen Wächtern einen Wink. Die Hand, noch über meinem Mund, löste sich. Der Mann trat zurück, hielt jedoch weiterhin meinen Arm gepackt. Auch die Schwertspitze blieb dicht an meiner Brust.

Meine Mutter schob ihre Haube zurück und saß mit bleichem Gesicht aufrecht auf ihrem Stuhl. In der Halle herrschte Totenstille. Die Männer hinter dem König starrten mich an. Und blitzhaft ging es mir durch den Kopf: Wenn das dort Priester sind und Zauberer, dann darf kein Gedanke an Ambrosius mein Gehirn kreuzen. Schon der Name könnte ihnen alles verraten. Ich spürte, wie überall an meinem Körper der Schweiß ausbrach. Verzweifelt versuchte ich, meine Gedanken in eine Richtung zu lenken, meiner Mutter zu. Sie mußte ich erreichen mit aller Kraft, ohne daß jene Männer dort Verdacht schöpften. Aber die Macht, die ich doch oftmals besessen, schien völlig verloren, und auch die Götter ließen mich im Stich. Und dann kam die Angst: die Angst, daß meine Mutter, um mich zu retten, sprechen würde, sobald man wieder Gewalt gegen mich gebrauchte ...

Plötzlich schien es, als sei es mir doch gelungen, etwas zu bewirken. Denn als habe eine Hand sie berührt, wandte meine Mutter sich zu mir herum. Aber als unsere Blicke zueinanderfanden, begriff ich, daß hier nichts Übernatürliches im Spiel war. Ganz nach Frauenart versuchte sie es mit stummer Augensprache. Stille Botschaft, in der wohl von Liebe die Rede war und von Ermutigung. Genau verstand ich das nicht.

Sie wandte sich wieder Vortigern zu. »Ihr habt für Eure Fragen einen sonderbaren Ort gewählt, König. Glaubt Ihr im Ernst, ich würde hier in offener Halle vor aller Ohren von diesen Dingen sprechen?«

Er grübelte einen Augenblick mit dicht gerunzelten Brauen. Auf seinem Gesicht schimmerte Schweiß. Die Hände auf den Armlehnen zuckten vor Ungeduld und Anspannung. Es war, als schwinge sein ganzer Körper wie eine Harfensaite. Mit pulsenden Stößen strömte die mühsam bezähmte Erregung fast greifbar von ihm aus. Ein Prickeln glitt über meine Haut, und die kalte Kralle der Furcht kroch mir den Rücken herauf. Einer der Priester beugte sich vor und flüsterte. Schließlich nickte der König. »Niemand darf bleiben. Bis auf die Priester und Zauberer.«

Widerstrebend setzte die Menge sich in Bewegung. Halblautes Stimmengewirr klang durch die Halle, die sich jedoch mehr und mehr leerte. Nur jene Männer in langen Gewändern, die hinter dem Königspaar standen, wichen nicht. Ich betrachtete sie genauer. Der, welcher mit dem König gesprochen hatte, schien ihr Oberhaupt zu sein. Mit schmutziger, beringter Hand fuhr er sich durch den grauen Bart und lächelte. Ich forschte in seinem Gesicht, suchte auch in den Gesichtern der anderen. Doch nichts war zu finden von jener unnennbaren Macht, der sie sich gewiß rühmten. Das einzige, was in ihren Augen stand wie Urteilsspruch, war der Tod. Wieder langte die kalte Kralle der Furcht nach mir. Ich stand wie erschlafft, fremde Hand auf meinem Arm, Schwertspitze an meiner Brust.

»Laßt ihn los«, befahl Vortigern. »Dem Sohn der Lady Niniane soll nichts geschehen. Doch hüte dich, Merlin. Solltest du abermals ungefragt sprechen, so werde ich dich von hier fortschaffen lassen.«

Die beiden Wächter ließen mich frei und traten einen halben Schritt zurück. Doch das Schwert blieb in Bereitschaft. Ich fühlte mich hilflos wie ein Kind, nackt gerade und verlassen von aller Welt, verlassen vor allem von den Göttern. Nichts war mir geblieben von jener einstigen Macht. Und mit bitterer Schärfe wurde mir bewußt, daß ich jetzt selbst in der Kristallhöhle bei loderndem Feuer und unter den Augen meines Herrn nichts gesehen hätte. Gar nichts. Und jäh fiel mir ein, daß Galapas ja tot war. Hatte einzig er mir jene Macht verliehen? War sie vielleicht mit ihm wieder entschwunden?

Aus tiefliegenden Augen richtete der König den Blick auf meine Mutter. Dann beugte er sich schroff vor. Gereiztheit prägte sein Gesicht.

»Nun, Prinzessin? Wollt Ihr meine Frage jetzt endlich beantworten.?«

»Gewiß«, gab sie zurück. »Warum nicht?«

8

Ihre Stimme klang so ruhig, daß der König sie überrascht musterte. Mit sicherer Hand schob sie sich die Haube aus der Stirn und begegnete gelassen seinem Blick.

»Warum nicht? Niemandem wird die Wahrheit jetzt mehr schaden können. Und hättet Ihr mich nicht vor aller Welt und so voll Ungestüm gefragt, Ihr würdet sie längst schon erfahren haben. Doch mag sie jetzt getrost bekannt werden. Ich gehöre nicht mehr zu dieser Welt, und Augen und Zungen der Menschen bleiben mir fern. Und da auch mein Sohn dem weltlichen Leben entsagt hat, wird ihn gewiß ebensowenig kümmern, was man über ihn spricht. So will ich Euch sagen, was Ihr zu wissen begehrt. Und wenn Ihr es hört, werdet Ihr auch verstehen, warum ich nie zuvor davon gesprochen habe, nicht einmal zu meinem Vater oder meinem Sohn.«

Nichts an ihr verriet jetzt die geringste Furcht. Sie lächelte sogar. Mit Mühe zwang ich meinem Gesicht den gleichen Ausdruck von Gelassenheit auf, den meine Mutter zur Schau trug. Sie schien ihrer Sache so sicher, und ich wußte: Was immer sie Vortigern erzählen mochte, mit keiner Silbe würde sie die Wahrheit preisgeben. Sie spielte ihr eigenes Spiel – zu meiner Sicherheit (und jetzt begriff ich, daß auch ihre Scham vorhin nur gespielt gewesen war). Nie würde der Name Ambrosius hier über ihre Lippen kommen. Dennoch blieb jenes bedrückende Gefühl: daß überall in der Halle der Tod lauerte. Draußen regnete es, und der Tag neigte sich dem Abend zu. Ein Diener trat ein, Fackeln in der Hand, doch Vortigern wies ihn mit kurzer Geste hinaus, wahrscheinlich, um die Gefühle meiner Mutter zu schonen. Mit greller Schärfe formte sich ein Gedanke in mir: *Hier vermag jetzt nichts zu helfen, weder Licht noch Feuer . . .*

»Sprecht also«, befahl Vortigern. »Wer hat Euern Sohn gezeugt?«

»Ich habe ihn nie gesehen«, sagte sie. »Es war kein Mann, den ich kannte.« Sie schwieg eine Sekunde und fuhr dann, Augen auf den König, fort: »Mein Sohn wird mir gewiß verzeihen, was zu hören er jetzt nicht umhin kann. Aber Ihr habt mich ja dazu gezwungen, und ich zähle auf sein Verständnis.«

Vortigern warf mir einen kurzen Blick zu. Ich hielt ihm in aller Ruhe stand. Jetzt war ich meiner Mutter sicher.

Sie fuhr fort: »Als es geschah, war ich noch sehr jung, sechzehn Jahre erst. Es war am Abend vor dem Martinstag. Meine Frauen und ich waren schon zu Bett gegangen. Eines der Mädchen schlief in meiner Kammer, die übrigen draußen in einem Vorraum. Ich selbst fand keine Ruhe. Und so erhob ich mich nach einer Weile und trat ans Fenster. Es war eine mondbeschienene und sehr klare Nacht. Als ich mich umdrehte, erblickte ich mitten in der Kammer plötzlich die Gestalt eines jungen Mannes. Er war hübsch und jung und trug eine Tunika und einen langen Mantel. An seiner Seite sah ich ein Kurzschwert. Auch kostbares Geschmeide war zu erkennen. Es schien, daß er, während meine Frauen schliefen, heimlich durch den Vorraum eingedrungen sei. Anders jedenfalls konnte ich mir seine Gegenwart nicht erklären. Schon öffnete ich den Mund, um meine Frauen zu rufen, als er mir mit einem Lächeln und einer Geste bedeutete, daß er nichts Böses im Schilde führe. Dann trat er seitlich in einen Schatten, und als ich neugierig folgte, fand ich dort niemanden.«

Sie schwieg. Niemand sprach. Und ich erinnerte mich. Genauso hatte sie mir Geschichten erzählt, als ich noch klein gewesen war. Der Wächter neben mir scharrte unruhig mit den Füßen. Sein Genosse gaffte aus weit aufgerissenen Augen. Rowena, die Königin, saß mit schlaff geöffneten Lippen, halb hingerissen und halb (wie mir schien) voll Neid.

Meine Mutter heftete ihren Blick auf die Wand dicht über des Königs Kopf. »Ich hielt es für einen Traum, für eine Jungmädchenphantasie im Mondenschein, und ging wieder ins Bett, ohne jemandem etwas davon zu sagen. Doch er kam wieder. Nicht nur nachts; und nicht nur wenn ich allein war. Ein Traum konnte es also nicht sein. Es war eine Erscheinung, ein Geist, und dieser Geist wollte etwas von mir. All mein Beten bewahrte mich nicht vor ihm. Er kam immer wieder. Wenn ich mit den Frauen beim Spinnen saß; wenn ich mich im Garten meines Vaters erging: Seine Berührung glitt über meinen Arm, seine Stimme flüsterte in mein Ohr. Sehen konnte ich ihn hierbei nicht.«

Sie griff nach dem Kreuz auf ihrer Brust und schlang die Finger darum. Die Geste wirkte ungezwungen und völlig natürlich, kein Suchen um Schutz, sondern die Bitte um Vergebung; und ich dachte: Den Christengott hast du bei dieser Lüge gewiß auch nicht zu fürchten, doch ist das Spiel mit übernatürlichen Mächten nicht auch ein Spiel mit dem Feuer? Der König, die Augen fast flammend auf sie gerichtet, schien zu triumphieren. Die Priester starrten voll Haß.

»Den ganzen Winter hindurch kam er zu mir. Und er kam nachts. Allein war ich in meiner Kammer nie. Doch er durchdrang Türen und Fenster und Wände und legte sich zu mir. Sehen konnte ich ihn nicht mehr. Aber ich hörte seine Stimme und spürte seinen Körper. Als ich, im Sommer, dann hochschwanger war, verließ er mich.« Sie hielt einen Augenblick inne. »Mein Vater schlug mich und sperrte mich ein. Und als das Kind dann geboren war, weigerte er sich, ihm einen christlichen Namen zu geben, wie es einem Prinzen geziemte. Da es im September zur Welt gekommen war, nannte er es nach dem Himmelsgott, dem Wanderer, der keine Heimstätte hat außer der schimmernden Luft. Ich rief es jedoch stets Merlin, weil am Tage seiner Geburt ein wilder Falke durchs Fenster flog, sich über dem Bett niederließ und mich mit den Augen meines Geliebten ansah.«

Kurz traf ihr Blick auf mich. Dies also stimmte. Und auch der Name Emrys, den sie mir gegeben hatte, war eine Erinnerung an meinen wahren Vater.

Sie sprach weiter. »Gewiß, mein König, wird Euch kaum überraschen können, was ich Euch zu berichten hatte. Denn daß mein Sohn kein gewöhnlicher Knabe war, ist ja allgemein bekannt, und Gerede über seine Herkunft gab es seit eh und je. Jetzt habe ich Euch ohne Umschweife die Wahrheit gestanden. Laßt uns beide also in Frieden ziehen und zurückkehren zu unserem Leben in den Klöstern.«

Wie vorhin beugte sie den Kopf, als wolle sie ihr Gesicht vor Scham verbergen. Ich beobachtete den König und die Männer hinter ihm. Zu meinem Erstaunen schien er nicht im geringsten erzürnt. Seine Stirn glättete sich, er verzog den Mund zu einem Lächeln. Als er jedoch sprechen wollte, kam die Königin ihm zuvor. Rasch fuhr sie sich mit der Zunge über die roten Lippen und wandte sich dann den Priestern zu.

»Maugan – ist das möglich?«

Es war jener Graubärtige, der Hohepriester, den sie fragte, und er antwortete ihr ohne Zögern. »Ja, es ist möglich. Wer hätte nicht schon vernommen von diesen Wesen der Luft und der Finsternis, die sich den Sterblichen beigesellen? Immer wieder ist in alten Sagen und Büchern davon die Rede, daß Kinder auf diese Weise in die Welt gesetzt worden sind.« Er wandte sich dem König zu. »Selbst in römischen und griechischen Quellen verbürgt man sich dafür. Schon damals wußte man, daß gewisse Geister des Nachts auf unsteter Wanderung zwischen Mond und Erde, in männlicher Gestalt irdischen Frauen beiwohnen. Und so ist es in der Tat möglich, daß diese Dame königlichen Geblüts – eine Dame höchster Tugendhaftigkeit – einem solchen Wesen zum Opfer fiel. Die Gerüchte, die in all diesen Jahren nicht verstummen wollten, kennen wir. Auch hat eine der Hofdamen der Prinzessin mir versichert, daß einzig der Teufel dieses Kind gezeugt haben könne, denn nie habe sich ihr ein Mann genaht. Und der Sohn selbst genoß schon als Kind einen eigentümlichen Ruf. Kein Zweifel also: Lady Ninianes Geschichte ist wahr.«

Doch niemand achtete jetzt mehr auf meine Mutter. Aller Augen hefteten sich auf mich. Im Gesicht des Königs zeigte sich ein Wechselspiel von Wildheit und kindlicher Genugtuung. Er glich einem Raubtier, das die Beute sicher glaubt. Doch welche Beute? Denn wenn die Priester meiner Mutter glaubten und Vortigern den Priestern, dann blieb mir unbegreiflich, woher uns Gefahr drohen sollte. Mit keinem Wort, mit keiner Silbe war ein Gedanke auf Ambrosius gelenkt worden. Maugan und der König schienen nur zu bereit, den Köder zu schlucken, den meine Mutter für sie ausgelegt hatte.

Fast unmerklich waren meine beiden Wächter weiter zurückgewichen. Offenbar fürchteten sie die Nähe der Teufelsbrut. Auf einen Wink des Königs traten sie wieder zu mir. Immer noch hielt der eine sein Schwert gezückt, doch seine Hand zitterte. Verstohlen packte auch der andere den Griff seiner Waffe. Beide atmeten beengt.

Die Priester nickten weise, und einige streckten sacht die Hände vor: das Zeichen gegen bösen Zauber. Augenscheinlich hatte die Geschichte meiner Mutter ihnen nur bestätigt, was sie ohnehin zu wissen glaubten. Und jetzt begriff ich auch, daß man uns aus ebendiesem Grund hergebracht hatte.

Aber worum genau ging es? Was wollten sie? Ich grübelte angestrengt. Vortigerns unausrottbarer Aberglaube war allgemein bekannt. Aber was hatte das mit mir zu tun? Dann fiel mir ein, was Dinias mir erzählt hatte: daß nämlich immer wieder die

Mauern der Feste barsten, die der König bauen wollte – ein Spiel des Teufels, wie die Wahrsager Vortigern versichert hatten.

Glaubten etwa er und seine Priester, ich könnte ihnen dabei von Nutzen sein? Wenn dem so war, und alles deutete darauf hin, dann mochte es mir gelingen, hier, unmittelbar im Feindeslager, Ambrosius zu dienen. Hatte mich vielleicht der Gott hierhergeleitet zu ebendiesem Zweck und Ziel? Nun, ich würde abwarten müssen. Wenn ich auch jene Macht nicht mehr (oder noch nicht wieder?) besaß, so verfügte ich doch über das notwendige Wissen.

Denn ich entsann mich sehr wohl jenes Tages bei der Königsfeste, wo der Traum mich ins Bergwerk geführt hatte: in das Herz des Felsens. Warum ihre Fundamente nicht hielten, lag für mich auf der Hand. Was es hier zu erklären gab, war Sache eines Ingenieurs und nicht eines Zauberes. Doch gerade daran schien ihnen zu liegen. Maugan, die trüben Fischaugen auf mich gerichtet und die schmutzigen Hände unablässig gegeneinanderreibend, beobachtete mich lauernd, und ich dachte: Ihr sollt haben, wonach euch verlangt. Und Vortigern mit euch.

Ich hob den Kopf. »König Vortigern!«

Es war, als hätte ich einen Stein in einen Teich geschleudert. Wie in Wellen strömte der Klang meiner Stimme von mir fort und schien alle zu bannen.

Ich sagte: »Meine Mutter hat Euch erzählt, worum Ihr sie gebeten habt. Jetzt werdet Ihr mir gewiß sagen, auf welche Weise ich Euch dienen kann. Doch zuvor muß ich Euch bitten, Euer königliches Wort einzulösen und meine Mutter gehen zu lassen.«

Seine Antwort klang mechanisch. »Sie ist unser Ehrengast.« Er warf einen Blick durch den offenen Bogengang. Über den grauen Himmel zogen sich helle Strähnen; Regen prasselte. Der König wandte sich meiner Mutter zu. »Es steht Euch und Eurem Sohn frei, nach Maridunum zurückzukehren, wann immer Ihr wollt. Doch gewiß werdet Ihr es vorziehen, über Nacht hierzubleiben und besseres Wetter abzuwarten.« Er erhob sich. Auch Rowena stand auf. »Die Königin wird Euch jetzt zu Euren Gemächern führen, wo Ihr vor dem Abendmahl ein wenig ruhen mögt. Übermäßig behaglich werdet Ihr mein notdürftiges Lager nicht finden, doch was immer ich zu bieten habe, steht Euch zu Diensten. Morgen könnt Ihr Euch in Begleitung auf den Heimweg machen.«

»Und mein Sohn? Noch immer wissen wir nicht, was der Zweck Eurer Fragen war.«

»Euer Sohn ist jetzt frei wie Ihr. Doch kann er mir dienen. Denn er verfügt über Kräfte, die mir von Nutzen sind. Ich werde mit ihm darüber reden.« Er schwieg einen Augenblick und hob dann die Hand. »Ich möchte Euch dafür danken, daß Ihr mir bestätigt habt, was ich schon ahnte. Und glaubt mir, Lady Niniane, weder jetzt noch jemals sonst will ich ihm seine Geburt zum Vorwurf machen, das schwöre ich Euch bei allen Göttern.«

Sie betrachtete ihn kurz, neigte dann den Kopf und stieg vom Thronhimmel herab. Mit ausgestreckten Händen kam sie mir entgegen. Ich eilte auf sie zu. Klein und kalt lagen ihre Hände zwischen meinen Fingern. Ein eigentümliches Gefühl, daß jetzt sie es war, die zu mir emporblicken mußte. Doch ihre Augen wirkten noch genau wie einst. Besorgnis stand in ihnen, auch eine Spur von Zorn – und eine stumm übermittelte Botschaft.

»Lieber wäre es mir gewesen, dir dies ersparen zu können, Merlin. Auf solche Weise solltest du es nicht erfahren.« Doch ihre Augen sprachen eine andere Sprache, sprachen von anderen Dingen.

Lächelnd und behutsam jedes Wort wählend sagte ich: »Nichts, was Ihr zu berichten hattet, konnte mich überraschen. Denn ich wußte bereits alles. Beruhigt Euch also.«

Sie stutzte und forschte eindringlich in meinem Gesicht. Langsam fuhr ich fort: »Ihr habt ja den Schwur des Königs gehört, der gelobt hat, mir meine Geburt – oder meinen Vater – nie zum Vorwurf zu machen. Mehr brauchen wir nicht zu wissen.«

Sie fragte verwirrt: »Du hast es gewußt? Du hast es wirklich gewußt?«

»Ja. Denn in all diesen Jahren ist mir Zeit geblieben, darüber nachzudenken und nachzuforschen. Und mehr. Mein Vater selbst hat sich mir zu erkennen gegeben. Oft, sehr oft sogar haben wir miteinander gesprochen. Und es ist mir unmöglich, an meiner Geburt etwas zu finden, dessen ich mich zu schämen hätte.«

Einen Augenblick starrte sie noch ungläubig. Dann senkte sie den Kopf und nickte. Leichte Röte überhauchte ihr Gesicht. Sie hatte verstanden.

Zwischen dem Königspaar und gefolgt von ihren Frauen, verließ sie die Halle. Die Priester verweilten. Ich hörte ihr Getuschel, achtete jedoch nicht weiter auf sie. Während die Frauen entschwanden und ihre Stimmen verklangen, blieb der König am Eingang stehen. Der Regen rauschte. Es dunkelte rasch.

Und plötzlich fuhr Vortigern schroff herum und kam zurück, hinter sich seine Krieger.

9

Ein Kreis umdrängte mich wie Hunde, ehe sie sich auf die Beute stürzen, um sie zu zerfetzen. Alles schien wie vorhin. In jedem Winkel der Halle lauerte der Tod, unfaßbar und unerklärlich und dennoch deutlich zu spüren. Ich machte einen raschen Schritt, als wolle jetzt auch ich die Halle verlassen. Doch sofort hoben sich die Schwerter meiner Wächter. Ich blieb stehen.

»Was soll das?« fragte ich den König scharf. »Ihr habt Euer Wort gegeben. Wollt Ihr es jetzt schon brechen?«

»Durchaus nicht. Ich habe geschworen, an deiner Geburt keinen Anstoß zu nehmen – und gesagt, daß du mir dienen kannst. Und eben dies wirst du tun, Merlin, *wegen* deiner Geburt.«

Langsam stieg er zum Thron empor und setzte sich wieder. In der Halle standen dicht an dicht seine Gefolgsleute. Fackeln sprühten und füllten den Raum mit rauchigem Licht. Draußen goß der Regen herab.

Der König beugte sich vor. »Heute haben wir erfahren, was wir schon ahnten, Merlin. Daß du nicht das Kind eines Mannes bist, sondern Teufelsbrut. Und als Teufelsbrut verdienst du keines Menschen Gnade. Doch ist deine Mutter eine Königstochter, und so wollen wir Langmut üben. Höre jetzt. Vielleicht weißt du, daß ich auf der Felsenhöhle hier eine Feste errichten will.«

»Nun, das weiß jeder«, erwiderte ich. »Auch ist bekannt, daß die Mauern, kaum mannshoch, immer wieder zusammenstürzen.«

Er nickte. »Meine Zauberer und meine weisen Ratgeber hier haben mir auch den Grund dafür genannt. Das Fundament sei nicht richtig gelegt.«

»Das«, sagte ich, »klingt mir ganz vernünftig.«

Neben den Priestern stand ein hochgewachsener Greis mit weißem Bart und blauen Augen, der mich, wie mir schien, mitleidig betrachtete. Während ich noch sprach, hob er die Hand zum Mund, als wolle er ein Lächeln verbergen.

Vortigern schien meine Antwort nicht gehört zu haben. »Sie sagen«, fuhr er fort, »daß die Feste eines Königs auf Blut gebaut sein müsse.«

»Was sie gewiß als Gleichnis meinen«, sagte ich höflich.

Maugan stieß den Stab, den er in der Hand trug, krachend auf den Boden. »Nein«, rief er, »ganz und gar nicht! Der Mörtel sollte mit Blut vermischt werden! Und auch die Fundamente selbst sollte man mit Blut besprengen. Früher haben Könige dieses Ritual nie außer acht gelassen. Das Blut eines starken Mannes, eines Kriegers soll es sein, das die Mauern aufrechterhält.«

Schweigen trat ein, eine tiefe, betäubende Leere, in die langsam, doch schroff mein Herzschlag pulste. Für Sekunden waren meine Glieder wie abgestorben. Ich fragte kalt: »Und was hat das mit mir zu tun? Ich bin kein Krieger.«

»Nein«, sagte Vortigern hart, »das bist du nicht. Du bist nicht einmal ein Mensch. Und eben dies ist der Zauber, zu dem sie mir geraten haben, Merlin: eine Kreatur auszuwählen, die nie einen Vater hatte, und mit ihrem Blut das Fundament zu festigen.«

Ich starrte ihn an, blickte dann zu dem Kreis der Gesichter um mich her. Wenige Augenpaare nur hielten mir stand. Doch überall sah ich, was zu spüren gewesen war, seit ich die Halle betreten hatte — den Tod.

Ich wandte mich wieder dem König zu. »Was soll der Unsinn? In Wales hatte ich das Gefühl, in einem Lande zu sein, das sich einiger Kultur rühmen konnte und wo für viele Platz war, für Künstler wie Gelehrte, für Könige wie Krieger. Wo ein Mann, wenn er für sein Vaterland kämpfte, seine Feinde nicht heimtückisch abschlachtete. Und jetzt sprecht Ihr von Blut und Menschenopfer. Wollt Ihr Wales zurückwerfen in die Zeiten des alten Babylon oder Kreta?«

»Menschenopfer?« fragt Vortigern. »Du vergißt wohl, daß du keinen menschlichen Vater hattest.«

In der Stille hörte man deutlich, wie draußen der Regen in plätschernde Pfützen peitschte. Jemand räusperte sich. Ich sah, daß die wildblauen Augen des weißbärtigen alten Kriegers auf mir ruhten, und fand sie, jetzt unverhohlen, voller Mitleid. Er allein unter den vielen hier schien den Wahn zu begreifen. Doch zur Wehr setzen dagegen würde auch er sich nicht.

Endlich lagen die Zusammenhänge klar. Dies hatte weder mit Ambrosius noch mit meiner Mutter etwas zu tun. Ihr würde nichts geschehen. Unwillentlich hatte sie ihnen in die Hände gespielt und ihnen bezeugt, was sie ohnehin glauben wollten. Und an Ambrosius hatte niemand hier auch nur von fern gedacht. Nicht als sein Sohn, sein Spion, sein Bote war ich hier, sondern als zu wahnwitzigem Opfer ausersehene ›Teufelsbrut‹.

Welch eine Ironie! Denn ich, ihre Beute, war nichts weniger als das: war jetzt nicht einmal mehr der Knabe, der gewisse übernatürliche Kräfte sein eigen hatte nennen können. Der ihnen hier hilflos ausgeliefert schien, verfügte über nichts als nur menschlichen Verstand. Und doch — vielleicht genügten erworbener Scharfsinn und angeborener Mutterwitz, um sie mit ihren eigenen Waffen zu bekämpfen.

Ich ließ den Blick unauffällig in die Runde gleiten. Die Priester, wie fasziniert, machten nach wie vor das Zeichen gegen bösen Zauber. Und Maugan, ihr Oberhaupt, preßte seinen Stab wie zum Schutz gegen die Brust. Unwillkürlich lächelte ich. »Und woher wollt ihr wissen, daß mir nicht mein Vater, der Teufel, zu Hilfe kommen wird?«

»Leere Worte, König«, versicherte Maugan hastig und überlaut. »Nichts als leere Worte.« Von den anderen Priestern gefolgt, drängte er dichter zu Vortigern. Alle sprachen durcheinander.

»Tötet ihn. Wir haben keine Zeit zu verlieren. Schafft ihn hinauf zum Felsen und tötet ihn. Jetzt. Jetzt gleich. Das wird die Götter versöhnen. Und endlich werden die Mauern stehen. Seine Mutter braucht nichts davon zu wissen. Und selbst wenn sie's erfährt, was kann sie schon tun?«

Enger zog sich der Ring um mich. Unmerklich fast schob die Meute sich näher. Leer wirbelten meine Gedanken. Wie Pesthauch stach mir die rauchgeschwängerte Luft in die Nase, und schon schien der Geruch frischen Blutes beigemengt. Blanke Schwerter blitzten im Fackellicht. Ich starrte darauf. Und versuchte, mein Hirn zu leeren. Frei zu machen wie früher – für den Blick. Und sah nichts als das kahle Gebein des Galapas, hoch auf dem Hügel im Sonnenschein, kreisende Vögel darüber . . .

Wie abgelöst von mir, sagte meine Stimme: »Verratet mir eines: Wer hat Galapas getötet?«

»Was hat er gesagt? Was hat die Teufelsbrut gesagt?« ging es raunend durch die Halle. Und dann klang es laut: »Laßt ihn doch sprechen.« Es war der graubärtige Krieger.

»Wer hat Galapas getötet – Galapas, den Zauberer, der auf Bryn Myrddin bei Maridunum wohnte?«

Sie schwiegen, und dann fragte Vortigern: »Der Greis? Es hieß, er sei ein Spion.«

»Er war ein Zauberer – und mein Lehrer«, sagte ich. »Was ich kann und was ich weiß, das habe ich von ihm.«

»Und was wäre das?«

Ich lächelte. »Genug. Genug, um zu erkennen, daß diese Männer Narren und Scharlatane sind. Aber gut, Vortigern. Bringt mich zum Felsen und vergeßt auch die Messer nicht, Ihr und Eure Wahrsager. Zeigt mir die Feste und die geborstenen Mauern und seht, ob ich Euch nicht besser als jeder sonst sagen kann, worin das Übel liegt.« Ich hielt einen Augenblick inne und fuhr dann fort: »Teufelsbrut – das ist das einzige, woran diese alten Narren sich klammern, weil sie nicht weiterwissen. Sollte mein Blut wirklich Wunder wirken können, warum hat man Euch dann nicht schon nach dem ersten Einsturz zum Opfer geraten? Und noch eines: Glaubt Ihr nicht auch, daß der Sohn eines Dämons stärkeren Zauber besitzt als diese Narren hier? Führt mich zur Feste, und ich werde Euch sagen, was es damit auf sich hat. Doch beim Gott der Götter, Vortigern, wenn schon mein totes Blut so viel vermag, wie könnte ich Euch dann erst lebend von Diensten sein?«

»Hört nicht auf ihn, König«, rief Maugan, »denn jedes Wort ist Teufelswerk!«

Doch der alte Krieger fuhr grob dazwischen: »Mag er sich doch beweisen. Denn ob von Gott oder Teufel – Hilfe braucht Ihr nun mal, Vortigern.«

Und aus der Tiefe der Halle klang der Widerhall vieler Stimmen: »Ja! Ja! Recht gesprochen!«

Unentschlossen wanderten die Augen des Königs zwischen Priestern und Kriegern hin und her. Schließlich fragte er in die Halle: »Jetzt?«

»Ja«, riefen die Krieger. »Es bleibt nicht viel Zeit.«

»Dann laßt uns nicht säumen«, sagte ich laut. Wieder sammelten sich aller Blicke auf mir. »Seht Ihr, wie der Regen strömt, Vortigern? Doch was für eine Feste ist das wohl, die nicht einmal einem Guß standhalten kann? Wieder werdet Ihr Eure Mauern zerstört finden. Denn ein Werk, hinter dem diese blinden Narren stehen, kann nicht von Bestand sein. Führt mich jetzt zum Felsen, und ich werde Euch sagen, wie Ihr bauen müßt.«

Während ich noch sprach, hörte plötzlich der Regen auf, und wie durch einen aufklaffenden Vorhang glänzte die Sonne herab. Die Männer gafften betäubt. Selbst Maugan stand wie erstarrt.

Ich lachte. »Seht Ihr. Und nun laßt mich, in dieser Helle, die Feste in Augenschein nehmen. Doch bringt die Fackeln mit. Wir werden sie brauchen.«

10

Kaum hatten wir den Fuß des Felsens erreicht, als sich auch schon erwies, daß ich recht behalten sollte. Oben, am Rand der Höhe, drängten sich die Arbeiter und sahen dem König und seinem Gefolge entgegen. Ein großer, schwerer Mann, die Schultern mit sackartigem, nässetriefendem Tuch umhüllt, eilte auf uns zu und starrte, drei Schritt vor uns verhaltend, Vortigern ängstlich an. Nervös fuhr er sich mit dem Handrücken über das Gesicht.

»Wieder?« fragte der König kurz.

»Ja, Herr, und auch diesmal tragen wir so wenig die Schuld wie früher, das schwöre ich Euch. Ihr habt ja selbst gesehen, wie wir gestern ganz von neuem begannen. Wieder unmittelbar auf dem Felsboden. Und der ist doch hart und fest und müßte das Bauwerk tragen. Und doch sind die Mauern wieder geborsten.« Sein Blick traf auf mich und huschte rasch wieder fort. Wußte auch er, was der König und seine Priester mit mir vorhatten? »Wollt Ihr jetzt hinauf, Herr?« fragte er Vortigern.

»Ja. Sorge dafür, daß uns die Arbeiter nicht im Wege sind.«

Sofort wandte der Mann sich um und lief den Pfad hinauf. Ein Maultier wurde herbeigeführt. Während der König aufsaß, wurde ich mit dem Handgelenk an das Tier gefesselt. Meine beiden Wächter wichen mir nicht von der Seite. Um uns drängten sich, leise flüsternd, Krieger und Höflinge. Ein Stück zurück folgte die Schar der Priester. Sie schienen ihrer Sache nur zu sicher, wußten sie doch so gut wie ich, was es mit ihrer Zauberkunst auf sich hatte. Und daß ich mehr bewirken könne als sie, schien ihnen undenkbar. Was sollte ich, schienen ihre Gesichter zu sagen, ihren Machenschaften schon anderes entgegensetzen können als jene Tricks, mit denen sie selbst so gut vertraut waren? Nicht immer würde das Glück mir zur Seite stehen wie eben in der Halle, als wie auf mein Geheiß der Regen aufgehört hatte.

Die Sonne glitzerte auf den nassen Gräsern der Felsenhöhe. Hier waren wir hoch über dem Tal, wo sich der Fluß wie eine gleißende Schlange zwischen grünen Ufern wand. Vom Lager des Königs stieg Rauch. In der Mitte, aus Holz gebaut, standen die Halle und einige andere Gebäude. Darum scharte sich, Pilzen gleich, eine Vielzahl von Zelten.

Von hier aus wirkten die Menschen dort unten kaum größer als wimmelnde Ameisen. Der Felsen schien so uneinnehmbar wie ein Adlerhorst.

Vor einer Gruppe windzerzauster Eichen hielt der König sein Maultier an und deutete nach vorn.

»Gestern konnte man von hier die Mauern auf der Westseite sehen.«

Jenseits der Eichen befand sich ein nicht allzu breiter Grat, offenbar Zugangsweg für Arbeiter und Arbeitstiere. Denn nur über ihn konnte man zur eigentlichen, wild zerklüfteten Anhöhe gelangen, die auf den übrigen Seiten steil abfiel. Oben gab es ein Plateau von etwa hundert mal hundert Schritt. Dort mochten früher Gras und Bäume und Büsche gestanden haben. Jetzt glich die Fläche zerwühltem Morast, in dessen Mitte sich die Ruine des alten, verwunschenen Turms erhob. Auf drei Seiten, bis Schulterhöhe etwa, waren die Mauern der neuen Feste emporgewachsen. Auf der vierten Seite, halb geborsten und in wirren Trümmern, halb noch von Mörtel zusammengehalten, fand sich der Rest des begonnenen Bauwerks. Hier und dort waren Kieferstämme in den Boden getrieben, über die sich, zum Schutz gegen den Regen, Zelttuch spannte. Einige waren umgestürzt, und das Tuch hing naß und teilweise zerrissen herab.

Die Arbeiter drängten sich am Rand des Plateaus, nicht weit vom Zugangsweg. Stumm und mit angstvollen Blicken starrten sie. War es die Furcht vor dem Zorn des Königs? Oder vor jener, wie sie wohl glauben mußten, unfaßbaren Macht, die wieder und wieder ihr Werk zerstörte? Mir wollte scheinen, daß es die namenlose Gewalt war, die ihnen Grauen einflößte. Und die Wachsoldaten dort am Zugangsweg hatten wohl auch die Pflicht, die Arbeiter an der Flucht zu hindern.

»Vortigern«, sagte ich, als wir das Plateau erreicht hatten, »entkommen kann ich Euch hier nicht, es sei denn, ich stürzte mich den Felsen hinab. Und dann wäre mein Blut genau dort, wo Maugan es sich wünscht. Auch kann ich mir das Fundament nicht ansehen, wenn Ihr mich nicht losbinden laßt.«

Er nickte kurz, und einer meiner Wächter befreite mich von der Fessel. Ich schritt voran, hinter mir das Maultier mit dem König und das Gefolge. Aus dem Augenwinkel gewahrte ich, daß mit hastigen Bewegungen Maugan sich näherschob und auf Vortigern einzureden begann. Leise Wortfetzen drangen an mein Ohr: »Dem ist nicht zu trauen ... Flucht ... jetzt oder nie ... Blut ...«

Der König und seine Schar hielten. Eine Stimme sagte: »Hier, Merlin«, und ich sah, daß der Weißbart mir einen Stock reichen wollte. Abwehrend schüttelte ich den Kopf und ging allein weiter.

Schlamm und Wasser überall. Glitzernde Lachen zwischen Grasbüscheln und jungem Farn. Funkelnde Nässe auf grauem Fels. Schritt für Schritt drang ich vor und verengte die Augen gegen den blendenden Widerschein.

Die zusammengebrochene Mauer lag auf der Westseite. Ein Teil der Steine war nach innen gestürzt, doch lag auch außen ein Trümmerhaufen: unmittelbar am Rand des Felsens, wo vor kurzem ein Erdrutsch stattgefunden haben mußte, denn auf dem Boden schimmerte nackter, schmieriger Lehm.

In der Mauer auf der Nordseite fand sich eine Lücke, Platz für ein späteres Tor. Auf diesem Wege, zwischen Geröll und Gerät hindurch, gelangte ich nach innen.

Hier standen Schlamm und Wasser noch tiefer als zuvor. Mit betäubendem Kupferglanz prallte Sonnenlicht aus den Pfützen zurück. Letzte Glut der Abendhelle, die voll auf meine Augen traf, während ich Mauerrisse und Trümmergestein untersuchte.

Von der Menge drang unablässig Stimmengewirr zu mir herüber. Mehr und mehr schien Erregung um sich zu greifen. Grell blitzte es von gezückten Schwertern. Und schrill sprach Maugan an gegen das steinerne Schweigen des Königs. Wenn ich nicht bald etwas unternahm, konnte es dem Hohenpriester gelingen, die Stimmung gegen mich zum Siedepunkt zu schüren.

Außer dem König, der von seinem Maultier gute Sicht hatte, konnten mich wohl nur wenige durch die Lücke in der Nordmauer sehen. Möglich, daß dies die Unruhe noch steigerte. Deshalb klomm ich rasch, wenn auch nicht überstürzt, die geborstene Westmauer empor. Jetzt sahen mich wieder alle. Doch noch einen zweiten und wichtigeren Grund gab es dafür, daß ich diesen Weg nahm. Von hier aus konnte ich hinabschauen zu jenem Hang, wo ich vor Jahren zum unterirdischen Stollen gefunden hatte.

Mit wachsender Ungeduld klang das Stimmengewirr der wartenden Schar. Ich überlegte nicht lange. Wie um die Geister der Höhe zu beschwören, hob ich in priesterlichem Zeremoniell meine Arme der Sonne entgegen. Gaukelspiel und Zaubertrug. Aber vielleicht gelang es mir so, die Menge in Schach zu halten, die Priester in Zweifel und den König in Hoffnung. Ich mußte Zeit gewinnen. Denn keinesfalls durfte ich wie ein spürender Hund durch den Wald streunen. Ich hatte meiner Sache sicher zu sein. Klarstrebig wie der Falke seinerzeit mußte ich sie dem Ziel zuführen.

Und das Glück blieb mir treu. Während ich noch mit erhobenen Armen stand, tauchte die Sonne unter und blieb verschwunden. Dämmerung senkte sich.

Jetzt, da nichts mehr mich blendete, konnte ich besser sehen. Sorgsam forschend glitt mein Blick zum verbindenden Grat und von dort Stück für Stück tiefer über Hänge und Mulden, wo ich mich irgendwo vor nun so vielen Jahren abgesondert hatte vom Gefolge der beiden Könige. Dicht bewaldet war alles, viel dichter, als ich es in Erinnerung hatte. Im kleinen Talkessel unten, besser geschützt wohl vor der wütenden Witterung, sproß bereits erstes Laub auf den Bäumen. Doch der Weg, den ich damals durch den winterlichen Wald genommen hatte, wollte sich nicht zu erkennen geben. Angestrengt starrte ich ins immer tiefer werdende Dunkel und versuchte, sie zurückzurufen, die Bilder der Vergangenheit ...

Wir waren den Fluß entlang geritten und dann abgebogen in dieses kleine Tal. Dort auf jenem südlichen Hang unter Eichen hatten die Könige und ihr engeres Gefolge gesessen. Schärfer und deutlicher wurden die Bilder. Dort die Feuerstellen. Da drüben die Pferde. Mittagszeit war es gewesen, und als ich mich von der Menge entfernt hatte, war mir mein Schatten fast lotrecht auf die Füße gefallen. Dort, ja, dort war ich gegangen und hatte mich gesetzt und mit dem Rücken gegen einen Felsbrocken gelehnt ...

Da sah ich ihn. Graues Gestein, überwachsen von einer jungen Eiche. Auf der mir abgewandten Seite waren Vortigern und mein Großvater vorübergeschritten und wohl emporgestiegen zu Dinas Brenin. Und gar nicht weit von jenem Fels hatte der Flug des Falken durch dichtes Gehölz bis dicht zum Eingang des Stollens geführt.

Ich ließ die Arme sinken und wandte mich um. Graue Wolken trieben, und das Zwielicht spannte sich enger. Die Hänge unter mir hüllten sich in Dunkelheit. Hinter Vortigern und seiner Schar stand dichtes Gewölk, die Ränder von grellem Gelb gesäumt. Eine Säule aus dunstigem Licht stieß herab in das Schwarz ferner Hügel. Die Männer waren kaum mehr noch als schwankende Schatten, aufgebauscht vom feuchten Atem des Windes, der gegen ihre Gewänder strich. Fackeln loderten auf.

Langsam stieg ich von der Mauer herab. Im Zentrum des Innenhofes, am alten Turm, blieb ich stehen und streckte, voll im Blickfeld des Königs, mit abwärts gekehrten Handflächen die Arme vor, als verriete eine unsichtbare Wünschelrute mir das tiefe Geheimnis der Felsenhöhle. Gemurmel lief um, und dann klang verächtliches Lachen auf. Maugan.

Ich ließ die Hände fallen und kehrte zu Vortigern und seiner Schar zurück.

»Nun?« fragte er scharf. Vor Ungeduld schien es ihn kaum noch im Sattel zu halten.

Ohne ihn zu beachten, ging ich weiter, Hände an den Seiten, Blick auf den Boden gesenkt. Unruhig scharrende Füße und nur sekundenlanges Zögern. Dann machte die Menge mir Platz. Langsam und würdevoll schritt ich über den schlammigen und unebenen Boden zum Grat, dem Zugangsweg. Die Wachsoldaten machten keinen Versuch, mich aufzuhalten. Ich winkte einem Fackelträger, und wortlos eilte er herbei.

Dort, wo der Grat in den Pfad mündete, den wir gekommen waren, bog ein zweiter talwärts ab. Diesen, eine alte Hirschfährte, wie es schien, mußten damals auch Vortigern und mein Großvater eingeschlagen haben. Ich folgte ihm. Bald war ich beim gesuchten Felsbrocken angelangt. Die Kraft der jungen Eiche hatte den Stein gesprengt, und im Spalt wuchs Farn. Ohne auch nur eine Sekunde zu zögern, verließ ich den Pfad und strebte in das Gewirr der Bäume.

Es war sehr dicht überwuchert. Lange wohl war hier niemand mehr gegangen, vielleicht seit jenem Wintertag nicht, da Cerdic und ich uns hier vorgewagt hatten. Trotzdem fand ich den Weg mit fast schlafwandlerischer Sicherheit. Rasch drang ich vor und schritt gleichsam gleitend dahin, bedacht, jene Würde des Magiers zu wahren, mit der ich den König und sein Gefolge zu beeindrucken hoffte. Und ich habe keinen Zweifel, daß mir das gelang, wenn ich dafür auch mit Kratzern und Schrammen und zerschlissener Kleidung zu zahlen hatte. Als ich einmal mit dem Saum meines Umhangs an einem Zweig oder einer Wurzel hängenblieb, sprang sofort der Fackelträger herbei, um mich davon zu befreien.

Und hier, unmittelbar an der Seite der Mulde, war auch das eigentliche Dickicht. Felsgeröll, vom darüberliegenden Hang herabgestürzt, häufte sich zwischen Dornenbäumen. Ringsum zog sich Buschwerk – Holunder, Heckenkirschen, Brombeeren. Auch Efeu schimmerte im Schein der Fackel. Ich blieb stehen.

Dicht hinter mir kam das Maultier zum Halt. Und die Stimme des Königs fragte: »Was soll das? Was soll das? Wo führst du uns hin? Merlin, ich sage dir, deine Zeit läuft ab. Wenn du uns nichts zu zeigen hast –«

»Ich habe genug zu zeigen«, erwiderte ich mit erhobener Stimme, damit alle mich hören konnten. »Jedem, der Mut hat, mir zu folgen, werde ich das Ungeheuer zeigen, das unter Eurer Feste liegt und an Euren Fundamenten frißt, König Vortigern. – Gib mir die Fackel.«

Der Träger reichte sie mir. Ohne den Kopf zu wenden, trat ich zu den Büschen und zog die Zweige beiseite.

Der Eingang war noch offen. Ich beugte den Kopf, um nicht gegen den Querstreben zu prallen.

Dann trat ich mit vorgestreckter Fackel ein.

Die Höhle. Der schimmernde Teich auf dem Boden. Kindheitserinnerungen trügen oft, und auch hier war das nicht anders. Denn all dies wirkte noch größer, noch riesiger, als ich geglaubt hatte. Und gleichsam verdoppelt fand sich die finstere Leere im spiegelnden Wasser wieder, das die Höhle jetzt, bis auf einen Streifen von etwa sechs Fuß Breite, vollständig bedeckte. Irgendwo, tiefer im Hügel noch, klang Plätschern und leises Rauschen. Doch hier, auf der wie geschliffenen Fläche regte sich nichts. Wo damals an den Wänden Wasser gerieselt und getropft war, zeigten sich jetzt nur noch glitzernde Schleier aus Nässe, die unmerklich tiefer glitten, um den Teich weiter anschwellen zu lassen.

Die Fackel hochhaltend, trat ich dicht heran. Mühsam drängte die Flamme die Dunkelheit zurück: eine Dunkelheit, die mit Händen greifbar schien, tiefer noch als in jenen Nächten, wo Pechschwärze, dick wie Raubtierfell, einem den Atem benimmt. Wie von tausend Facetten strahlte und blitzte Licht, als der Schein der Fackel auf das Wasser fiel. Die Luft war still und kalt. Gedämpfter Widerhall schien in ihr zu klingen, wie Vogelstimmen aus tiefem Wald.

Hinter mir hörte ich scharrende Schritte. Ich überlegte rasch.

Natürlich konnte ich ihnen die nüchterne Wahrheit sagen. Konnte, Fackel in der Hand, die Verstrebungen emporklettern und auf die schadhaften Stellen deuten: hinweisen auf die Tatsache, daß unter dem Gewicht des neuen Bauwerks oben die Stützpfeiler nachgaben. Doch darauf hören würden sie kaum. Es blieb ihnen keine Zeit. Der Feind stand fast schon vor den Toren, und was Vortigern jetzt brauchte, war nicht die Logik eines Ingenieurs, sondern der Zauberspruch eines Magiers – etwas, das rasche Abhilfe versprach und ihm die Gefolgschaft seiner Anhänger bewahrte. Selbst wenn er Vernunftsgründen zugänglich sein sollte, er konnte sich kein Säumen leisten. Und mit einiger Sicherheit war vorauszusehen, daß er als erstes mich zum Opfer bringen würde, um die

Stützpfeiler, sie womöglich mit meinem Blut besprengend, erst später zu ersetzen. Denn sonst mußte er mit dem Abfall seiner Leute rechnen.

Wie schwirrende Insekten drängten König und Gefolge näher. Mehr und mehr Fackeln loderten, und die Dunkelheit wich weiter zurück. Schwerter glänzten, und Schmuck blitzte. Scheu und Furcht füllten starrende Augenpaare. Grau stiegen Atemströme in die kalte Luft. Gedämpftes Murmeln klang, wie an heiliger Stätte. Niemand wagte laut zu sprechen.

Ich winkte den König zu mir an den Rand des Teiches und deutete hinab. Unter dem Wasser schimmerten verschwommene Umrisse, ein Fels vielleicht, die einem Drachen ähnelten. Vortastend gleichsam begann ich zu sprechen. Dann fielen meine Worte laut und klar in die Stille wie hallende Wassertropfen auf harten Stein.

»Dies, König Vortigern, ist der Zauber, der unter Eurem Turm liegt und Eure Mauern zersprengt, kaum daß sie gebaut sind. Und ich bin es, der Euch gezeigt hat, was keiner Eurer weisen Männer Euch zeigen konnte.«

Seine beiden Fackelträger standen dicht bei ihm. Die übrigen Männer hielten sich achtungsvoll zurück. Doch es schien, als würden sie nach und nach von unwiderstehlicher Neugier nähergezogen. Fackeln ballten sich wie zu Trauben, und Helle wuchs, hinflackernd über die feuchten Wände, deren stärker und immer stärker strahlender Schein aufgefangen wurde vom funkelnden Teich, bis dieser flüssigem Feuer glich, das, zurückprallend, von abertausend Kristallen vervielfacht schien. Ja, das war es: Plötzlich schien hier die Kristallhöhle zum Leben erweckt, drehend und kreisend um mich herum gleich sternbestücktem, mitternächtlichem Himmel.

Ich atmete tief, schmerzhaft fast, und sprach weiter: »Wenn Ihr diesen Teich trockenlegen würdet, König Vortigern, um zu sehen, was darunterliegt —«

Ich stockte. Die Helle wandelte sich. Reglos stand die Luft, doch das Fackellicht schwankte in zitternden Händen. Den König konnte ich nicht mehr sehen: Flammen loderten zwischen uns. Schatten flohen vor Feuerströmen, und die Höhle war voller Augen und Schwingen und hämmernder Hufe. Ein riesiger scharlachroter Drache stürzte auf seine Beute los . . .

Schrill und monoton rief eine Stimme und brach dann keuchend ab. Eine Hand schien mich zu würgen. Durch Lenden und Leib sich breitend, durchstieß mich Schmerz gleich einer platzenden Wunde. Der Schädel wollte mir bersten, und feucht spürte ich unter meinem Gesicht die glatte Fläche des Felsen. Ich war bewußtlos geworden und lag jetzt, gepackt von ihren Händen, die begierig waren, mich zu töten: Die Nässe unter mir war mein Blut, bestimmt, in den Teich zu sickern, um ihren verrotteten Fundamenten Halt zu geben. Wie Galle würgte mich mein Atem in der Kehle. Meine Hände krallten sich in den Fels. Mit aufgerissenen Augen starrte ich und sah nichts und sah doch. Sah wirbelnde Banner und Adlerschwingen und Wolfsaugen. Sah in Übelkeit aufklaffende Münder. Sah den Schwanz eines Kometen wie Feuerstrahl. Sah Sterne, die herabschossen durch einen Regen von Blut.

Wieder durchfuhr mich Schmerz. In meinen Eingeweiden schien ein Messer zu wühlen. Ich schrie, und plötzlich waren meine Hände frei. Ich schleuderte sie empor zwischen mich und die sprühenden Visionen. Und vernahm meine eigene Stimme und verstand nicht, was sie rief. Vor mir wirbelten Bilder, zerrissen, zerstückt, und stiegen herauf ins blendende Licht und taumelten wieder hinab in Dunkelheit und Stille.

11

Ich erwachte in einem mit reichbestickten Vorhängen geschmückten Raum. Sonnenlicht strömte durchs Fenster und malte längliche Flecken auf den Boden.

Vorsichtig bewegte ich mich und fand meine Glieder heil. Nichts war mir geschehen. Nicht einmal Kopfschmerzen waren zu spüren. Warm und weich gebettet lag ich nackt unter Fellen. Überrascht und ungläubig blickte ich zum hellen Fenster und wandte dann den Kopf. Neben dem Bett stand Cadal. Ein erleichtertes Lächeln glitt über sein Gesicht.

»Wurde aber auch Zeit«, sagte er.

»Cadal! Beim Mithras, dich wiederzusehen! Wo sind wir hier?«

»In Vortigers bester Gästekammer. Na, den hast du geschafft, Merlin, den hast du wirklich geschafft.«

»So? Davon weiß ich nichts. Ich hatte eher das Gefühl, daß sie mich geschafft hätten. Willst du damit sagen, daß sie nicht mehr begierig darauf sind, mich abzuschlachten?«

»Dich abschlachten? Mitnichten. Eher schon, dich in eine heilige Höhle stecken und dir ein paar Jungfrauen zum Opfer bringen. Was allerdings reine Verschwendung wäre. Denn für dergleichen hätte ich selbst Verwendung.«

»Gut, ich werde sie dir überlassen. Tut mir das gut, dich zu sehen, Cadal. Wie bist du hierhergekommen?«

»Ich war gerade beim Tor des Nonnenklosters, als sie deine Mutter holen kamen. Ich hörte, daß sie nach ihr fragten. Sie erzählten auch, daß sie dich bereits hätten und euch beide zu Vortigern schaffen wollten. Aufbruch im ersten Morgengrauen. Die ganze Nacht versuchte ich, Marric zu finden. Und ein gutes Pferd. Mußte mich aber mit deinem Klepper zufriedengeben. Und mit dem kam ich nur langsam voran, so daß ich, als ihr schon in Pennal wart, etwa einen Tag hinter euch herhinkte. Nicht, daß ich's allzu eilig hatte, ehe ich wußte, wie der Hase bei euch lief ... Wie auch immer: Gestern abend kam ich schließlich hier an und fand, daß alles wie in einem aufgescheuchten Bienenkorb schwirrte.« Er lachte kurz auf. »Merlin hier und Merlin da und Merlin überall ... Weißt du, daß man dich bereits den ›Propheten des Königs‹ nennt? Als ich mich als dein Diener zu erkennen gab, konnten sie mich gar nicht rasch genug herführen. Scheint sich niemand um den Dienst bei einem Hexenmeister deines Ranges zu reißen. Möchtest du etwas essen?«

»Ja. Nein. Doch. Hunger hätte ich schon.« Ich stützte mich hoch. »Warte mal. Du sagst, du bist seit *gestern* hier? Wie lange habe ich denn geschlafen?«

»Die Nacht und den Tag hindurch. Es geht auf den Abend zu.«

»Die Nacht und den Tag? Dann wird wohl – Cadal, was ist mit meiner Mutter?«

»Auf dem Heimweg, in sicherem Geleit. Mach dir ihrethalben keine Sorgen. Hier, iß, während ich dir berichte.«

Er brachte eine Schüssel voll dampfendem Brei und einen Teller mit Fleisch, dazu Brot und Käse und getrocknete Aprikosen. Ich ließ das Fleisch liegen, aß jedoch das übrige.

Er erzählte: »Von dem, was sie mit dir vorhatten und was dann später geschah, weiß sie nichts. Als sie gestern abend nach dir fragte, gab man ihr den Bescheid, du seist ›königlich‹ untergebracht und stündest ›hoch in des Königs Gunst‹. Und warum? Weil du Vortigerns Priester so gewaltig ausgestochen hättest, daß ihnen Hören und Sehen vergangen sei: du, ein Prophet von Salomons Gaben. Und nun müßtest du dich erst einmal in aller Ruhe ausschlafen. Um sicherzugehen, kam sie heute morgen in deine Kammer. Als sie dich hier so friedlich liegen sah, fühlte sie sich unbesorgt. Mit ihr zu sprechen, fand sich für mich keine Gelegenheit. Aber ich sah, wie sie aufbrach. In prachtvollem Geleit und mit Sänften für ihre Frauen, die ihrer eigenen kaum nachstanden.«

»Du sagst, ich hätte die Priester ausgestochen? Und wohl auch prophezeit?« Ich fuhr mir mit der Hand über die Stirn. »Wenn ich mich bloß erinnern könnte ... Wir waren in der Höhle unter der Königsfeste – das wirst du gewiß schon erfahren haben?« Ich sah ihn an. »Aber was geschah, Cadal?«

»Wie denn? Daran erinnerst du dich nicht?«

Ich schüttelte den Kopf. »Ich weiß nur noch, daß sie mich töten wollten, um ihre verrotteten Mauern vor dem Einsturz zu bewahren. Da habe ich versucht, Vortigern hinters Licht zu führen. Wenn es mir gelang, ihn an seinen Priestern zweifeln zu lassen, konnte ich vielleicht meine Haut retten. Oder wenigstens genügend Zeit gewinnen, um mich bei passender Gelegenheit davonzumachen.«

»Ja, ich weiß, was sie mit dir vorhatten. Manche Menschen sind doch unglaublich dumm.« Doch der Blick, mit dem er mich musterte, schien gleichsam auf der Hut vor mir. »Immerhin wüßte ich recht gern, wie du auf diese List verfallen bist. Ich meine, woher konntest du ahnen, daß es diesen Stollen gab?«

»Ach, das. Das war leicht. Ich war schon als Kind einmal hier, vor vielen Jahren mit meinem Diener Cerdic. Ich folgte einem Falken durch den Wald und fand dabei den alten Stollen.«

»So ist das also. Manche würde da wohl von Glück sprechen — wenn sie dich nicht kennen. Du hattest dir's damals natürlich nicht nehmen lassen, ihn zu erforschen.«

»Ja. Und als ich von den zusammenstürzenden Mauern hörte, kam mir sehr bald der Gedanke, daß das mit dem alten Bergwerk zusammenhängen mußte.« Ich berichtete ihm kurz von den Vorgängen in der Höhle, soweit ich mich noch an sie erinnerte. »Die Lichterfülle«, sagte ich, »und das glitzernde Wasser und das Rufen ... Das war nicht wie die ›Gesichte‹, die ich früher gehabt hatte, der weiße Stier und all das andere. Nein, diesmal war es anders. Wie eine Folter, fast wie der Tod. Und ich verlor dabei wohl auch das Bewußtsein. Jedenfalls erinnere ich mich nicht mehr, wie ich hierhergekommen bin.«

»Das weiß ich auch nicht. Als man mich zu dir brachte, lagst du im tiefsten Schlaf und machtest mir einen ganz natürlichen Eindruck. Und du kannst mir glauben, daß ich dich sehr genau ins Auge gefaßt habe. Schließlich wollte ich wissen, ob dir auch nichts geschehen war. Keine Spur, außer ein paar Schrammen und Kratzern, die du dir im Wald geholt haben sollst. Na, und deine Kleider waren auch ganz hübsch mitgenommen, das kann ich dir versichern ... Nein, nach der Art, wie sie von dir sprachen, war mir klar, daß du vor ihnen sicher bist — fürs erste. Was es auch gewesen sein mag, Bewußtlosigkeit oder Beschwörung oder was weiß ich, du hast ihnen gehörig das Wasser abgegraben, aber wie!«

»Ja, aber auf welche Weise bloß? Haben sie dir das gesagt?«

»Haben sie. Ein paar von denen, die dabi waren. Berric, der Träger, der dir die Fackel gab, zum Beispiel. Wie es scheint, waren alle nur zu entschlossen, dir die Kehle durchzuschneiden, wie die Priester es geraten hatten. Und wäre der König, mit seiner Weisheit am Ende, nicht von deiner und deiner Mutter Furchtlosigkeit beeindruckt gewesen, so hätte er wohl keine Sekunde länger gewartet. Berric meint, er hätte keinen Pfifferling für dein Leben gegeben, als deine Mutter ihre Geschichte erzählte.« Er warf mir einen Blick zu. »Was für ein wildes Garn über den Teufel im Dunkeln. Dich so hineinzureiten. Was war bloß in sie gefahren?«

»Sie glaubte, damit sei uns am besten geholfen. Gewiß nahm sie an, Vortigern habe herausgefunden, wer mein Vater ist, und uns holen lassen, um von uns Ambrosius' Pläne zu erfahren. Ich selbst hielt das für wahrscheinlich.« Ich zögerte kurz und fuhr dann grübelnd fort: »Aber da war noch etwas anderes ... In dieser Halle lauerten geradezu spürbar Aberglaube und Furcht. Es war, als ob mir ein kalter Wind Schauer über den Rücken jagte. Auch meine Mutter muß das gefühlt haben. Und vielleicht tat sie letztlich nichts anderes als ich. Sie bekämpfte Zauber mit Zauber. Daher das alte Märchen, ein Inkubus habe mich gezeugt, ausgeschmückt noch mit ein paar Schnörkeln, um's glaubhafter zu machen.« Ich lächelte unwillkürlich. »Und eine gute Erzählerin ist sie ja. Hätte ich's nicht besser gewußt, wäre ich vielleicht selbst darauf hereingefallen. Aber lassen wir das jetzt. Berichte, was in der Höhle geschah? Was habe ich dort getan? Gesprochen? Und was?«

»Ja, wenn ich das so genau wüßte. Denn aus dem, was Berric mir erzählt hat, bin ich nicht recht schlau geworden. Dabei behauptet er, sich alles fast Wort für Wort gemerkt zu haben ... Also, er sagt, du standest da so und starrtest auf das Wasser. Und plötzlich fingst du an, zum König zu sprechen. Nichts Besonderes zuerst. Irgendwas über den Schacht und die Erzadern. Bis dann dieser alte Priester – Maugan heißt er doch wohl – plötzlich rief, das sei doch alles Narretei. Da hast du auf einmal einen so irren Schrei ausgestoßen, daß allen die Luft wegblieb, wie Berric das in seiner wenig vornehmen Ausdrucksweise beschreibt. Und dann, als wolltest du die Sterne vom Himmel pflücken, hast du die Arme emporgereckt und angefangen zu prophezeien.«

»Wirklich?«

»Das erzählen alle. Du sollst von Adlern und Wölfen und Löwen und Ebern gesprochen haben. Und noch von anderen wilden Tieren, die man mehr vom Hörensagen kennt, wie Drachen. Und deine Weissagungen hätten sich über Hunderte von Jahren in die Zukunft erstreckt, was nicht unbedingt eine Kunst ist, wenn du mich fragst, aber Berric meint, das hätte sich alles verdammt wahr angehört, so, als ob du selbst dein letztes Geld darauf verwetten würdest.«

»Habe ich auch etwas über Vortigern oder meinen Vater gesagt?«

»Hast du.«

»Dann heraus mit der Sprache. Schließlich muß ich mich ja daran halten.«

»Nun, es war alles ein bißchen verbrämt wie bei Dichtern oder Sängern und handelte von roten Drachen und weißen Drachen und wie sie miteinander kämpfen und was für Verwüstungen sie anrichten und daß Ströme von Blut fließen und so weiter. Offenbar hast du ihnen alles haargenau geschildert: den Kampf zwischen dem weißen Drachen der Sachsen und dem roten Drachen des Ambrosius, für den es am Anfang gar nicht sehr gut aussieht, der am Ende aber doch den Sieg erringt. Ja. Und dann das Kommen eines Bären von Cornwall her, dem nichts widerstehen kann.«

»Ein Bär? Du meinst wohl ein Eber, denn das ist Cornwalls Wappen. Hm. Sollte er vielleicht doch für meinen Vater . . .«

»Berric sprach von einem Bären. *Artos* war das Wort. Er hat sich's genau gemerkt, wie er sagt. Artos oder auch Arthur . . . das war der Name. Erinnerst du dich denn nicht mehr daran?«

»Nein.«

»Nun gut, Merlin. Viel mehr kann ich dir leider auch nicht sagen. Aber wenn der König, oder wer mit dir darüber sprechen will, kommt, kannst du vielleicht mehr in Erfahrung bringen. Ist schon sonderbar, wenn ein Prophet von den eigenen Weissagungen nichts weiß. Das Orakel ist blind, wie?«

»Kann schon sein.«

»Dann hör mir mal zu. Wenn du mit dem Essen fertig bist und dich soweit erholt fühlst, dann steh lieber auf und kleide dich an. Die warten draußen nämlich alle auf dich.«

»Warten? Aber worauf denn bloß? Doch nicht etwa auf weiteren Rat? Soll die Feste jetzt an anderem Ort errichtet werden?«

»Nein. Sie wollen deine Empfehlung befolgen.«

»Und was für eine Empfehlung ist das?«

»Den Teich in der Höhle trockenzulegen. Seit gestern nacht sind sie dabei, den Schacht leerzupumpen.«

»Aber wozu? Das macht doch die Fundamente der Feste auch nicht gerade sicherer. Vielleicht bringt sie das sogar erst richtig zum Einsturz und die halbe Felsenhöhe mit. Ja, ich bin mit dem Essen fertig. Nimm nur.« Ich gab ihm das Geschirr und schob die Felldecke zurück. »Cadal, willst du mir damit etwa sagen, daß ich ihnen dazu geraten hätte in — in meinem Zustand?«

»Gewiß doch. Den Teich trockenlegen. Auf dessen Grund würden sie dann die Ungeheuer finden, die an den Fundamenten der Königsfeste fräßen. Von Drachen hast du gesprochen, von roten und weißen Drachen.«

Kopf auf die Hände gestützt, saß ich auf der Bettkante. »Ich erinnere mich jetzt . . . an etwas, das ich sah. Ja, das muß es sein . . . Ich sah etwas unter Wasser, wahrscheinlich nur ein Stück Felsen von der Gestalt eines Drachen ... Und ich weiß jetzt auch wieder, daß ich zum König vom Trockenlegen des Teiches sprach ... Aber ich riet ihm nicht dazu. Ich sagte vielmehr: ›Wenn Ihr diesen Teich trockenlegen würdet, König Vortigern, um zu sehen, was darunterliegt, so könnte auch das Euch nicht helfen.‹ Jedenfalls war ich im Begriff, ihm das zu sagen.« Ich ließ die Hände sinken und hob den Kopf. »Und jetzt pumpen sie den Schacht also tatsächlich leer, weil sie hoffen, ein paar Wasserungeheuer zu finden, die ihre Feste ins Wanken bringen?«

»Genau wie du's ihnen verkündet hast, behauptet Berric.«

»Berric schmückt die Geschichte sicher aus.«

»Mag sein. Immerhin sind sie jetzt ganz kräftig am Werk, und die Pumpen arbeiten schon seit vielen Stunden. Im übrigen wartet der König auf dich.«

Ich saß schweigend. Er warf mir einen zweifelnden Blick zu und schaffte dann das Geschirr hinaus. Mit Handtüchern und einer Silberschüssel voll dampfendem Wasser kam er zurück. Während ich mich wusch, trat er an eine Truhe, aus der er Kleidungsstücke holte. Er fragte: »Bist du denn gar nicht besorgt? Denn wenn sie den Teich trockenlegen und auf dem Boden nichts finden —«

»Sie werden schon etwas finden. Was, weiß ich auch nicht. Aber wenn ich das gesagt habe, dann ... dann stimmt das auch. Denn was ich auf diese Weise sehe, ist wahr. Ich habe den Blick.«

Er zog die Stirn kraus. »Glaubst du, daß mir das neu ist? Hm. Als ob du mich nicht schon oft genug in Angst und Schrecken versetzt hättest mit deinen Worten und deinen Augen, die sehen, was sonst niemand sieht.«

»Du hast dich vor mir gefürchtet, Cadal?«

»Schon. Aber jetzt fürchte ich mich nicht, und so soll's fürs erste auch bleiben. Schließlich muß sich ja jemand um Euch kümmern, junger Herr, und wenn Ihr jetzt bereit wärt, dann könnten wir endlich sehen, ob Euch diese Sachen passen, die der König geschickt hat.«

»Der König? Für mich?«

»Ja. Offenbar meinte er, das Zeug hier sei gerade das richtige für einen Magier.«

Ich trat an die Truhe. »Himmel, Cadal! Doch nicht weiße Gewänder mit Sternen und Monden darauf und einen Stab, um den sich Schlangen ringeln —«

»Nun, was hilft's? Deine eigenen Sachen sind nicht mehr zu brauchen, und irgend etwas mußt du ja tragen. Sieh mal, das hier macht sich doch recht prächtig, und in deiner Lage würde ich alles daransetzen, den Burschen Eindruck zu machen.«

Ich lachte. »Vielleicht hast du recht. Zeig mal her. Nein, nicht das weiße. Ich will Maugan ja nicht den Rang ablaufen. Lieber etwas Dunkles. Und den schwarzen Umhang dort. Ja, das sollte gehen. Und dazu stecke ich mir die Drachenbrosche an.«

»Na, hoffentlich wagst du da nicht zuviel.« Er zögerte einen Augenblick. »Hm. Jetzt ist hier noch alles eitel Wonne und Bewunderung. Aber sollten wir uns nicht lieber in die Büsche schlagen, ehe sich das Blättchen wendet? Zwei Pferde könnte ich bestimmt besorgen —«

»›In die Büsche schlagen?‹ Ich gelte also immer noch als Gefangener?«

»Es ist alles von Wachen umstellt. Natürlich zu deinem Schutz und nicht zu deinem Schaden, aber, Teufel, wenn das nicht aufs gleiche hinausläuft.« Er blickte zum Fenster. »Bald ist es draußen dunkel. Wie wär's, wenn du hier in der Kammer bliebest, bis es Abend ist, während ich sie mit einer Ausrede hinhalte —«

»Nein. Ich darf nicht fort. Wenn ich Vortigern dazu bringen könnte, auf mich zu hören ... Laß mich nachdenken, Cadal. Marric müßte inzwischen mit dem Schiff auf dem Wege zu meinem Vater sein. Und der wird nicht lange zögern, wenn ich mich nicht täusche. Sollte es ihm gelingen, Vortigern hier im Westen abzufangen, ehe dieser Gelegenheit hat, sich mit Hengist zu vereinigen, so ...« Ich grübelte angestrengt. »Nun, das Schiff sollte vor drei, nein, vor vier Tagen auslaufen —«

»Das Schiff lief aus, noch ehe du Maridunum verlassen hattest«, sagte er kurz.

»*Was?*«

Er lächelte über mein verdutztes Gesicht. »Nun, was hast du erwartet? Schließlich hatten Vortigerns Häscher dich und deine Mutter geschnappt, und wenn auch keiner wußte, warum und weshalb, so gingen doch die wildesten Gerüchte um. Selbst unser Freund Marric sah ein, daß er mit einer solchen Meldung unverzüglich wieder zu Ambrosius mußte, und das Schiff segelte noch am selben Abend ab.«

Ich schwieg. Eifrig hantierte er an mir herum und legte mir schließlich den schwarzen Umhang über die Schultern, mit verstohlenem Griff eine Falte des Tuchs über die Drachenbrosche ziehend.

Ich sah ihn an. »Mehr brauche ich nicht zu wissen. Jetzt weiß ich, was ich zu tun habe. ›Prophet des Königs‹ nennen sie mich? Gut, daß sie nicht ahnen, wie recht sie damit haben. Der Prophet des Königs wird dafür sorgen, daß diesem sachsenhörigen Geschmeiß der Schrecken ins Gebein fährt und es seinen Schlupfwinkel hier in Wales aufgibt – damit Ambrosius es woanders desto besser ausräuchern und vernichten kann.«

»Du meinst, das läßt sich machen?«

»Ich weiß es.«

»Hoffentlich weißt du auch, wie wir von hier fortkommen, ehe die herausfinden, auf wessen Seite du stehst.«

»Keine Sorge. Sobald ich weiß, wohin Vortigern sich wendet, werden wir selbst meinem Vater die Nachricht überbringen.« Ich straffte den Umhang und lächelte. »Stiehl also getrost die Pferde, Cadal, und warte mit ihnen unten am Fluß. Quer über den Wasserlauf liegt ein gefallener Baum. Du kannst die Stelle nicht verfehlen. Verberge dich dort, bis ich komme. Vorher muß ich Vortigern nämlich helfen, die Drachen zu entdecken.«

Ich wollte zur Tür. Er verlegte mir rasch den Weg und sah mich angstvoll an. »Aber wie willst du denn entkommen? Du bist in dieser Meute doch ganz auf dich allein gestellt?«

»Auf mich allein gestellt? O nein. Vergiß doch nicht das, was in mir ist. Vertraue ihm, wie ich ihm vertraue. Der Gott kommt, wann er will und wie er will. Es ist, als zerrisse er mir das Fleisch, um in mich einzudringen. Und auch wenn er mich wieder verläßt, ist das für meinen Leib eine Qual. Doch später, so wie jetzt, fühle ich mich leer und leicht wie ein schwebender Engel . . . Nein, sie können mir nichts anhaben, Cadal. Sorge dich nicht. Ich habe die Macht.«

»Aber haben sie nicht Galapas getötet?«

»Vielleicht werden sie eines Tages auch mich töten«, sagte ich. »Aber nicht heute. Öffne die Tür.«

12

Sie warteten alle am Fuß der Felsenhöhe, wo der Pfad emporzusteigen begann. Vier uniformierte Männer, Schwerter an der Seite, geleiteten mich zum König – eine Ehrenwache, wenigstens dem äußeren Anschein nach.

Auf dem schlammigen Boden lagen Bretter, die eine Art Plattform bildeten. Dort, auf einem Stuhl, saß Vortigern, schweigend, Kinn auf die Faust gestützt. Zum Schutz gegen Wind und Witterung hatte man ein überdachtes Gestell aus jungen Baumstämmen und ineinanderverflochtenem Gezweig errichtet, das nur eine Seite offenließ und mit Tuchen und Fellen behängt war. Weder die Königin noch sonst eine Frau war zu sehen. Die Priester standen hinter dem König, auch sie schweigend. Zu beiden Seiten des Stuhls hatten die Unterführer Aufstellung genommen.

Hinter dem improvisierten Pavillon ging in scharlachroter Pracht die Sonne unter.

Auf ein Zeichen Vortigerns stieg ich auf die Plattform und stellte mich ihm zur Rechten, den Priestern gegenüber. Mit hölzernem Gesicht und abgewandtem Blick machten einige der Offiziere mir Platz. Ich sah, wie sie hastig die Finger kreuzten, und dachte: Mit euch werde ich schon fertig. Dann spürte ich ein Augenpaar auf mir und wandte den Kopf. Der graubärtige Krieger starrte gebannt auf die Drachenbrosche an meiner Schulter, die der Wind vom deckenden Tuch befreit hatte. Sein Blick huschte zu meinem Gesicht, und seine Augen weiteten sich. Dann kroch die rechte Hand zur Hüfte. Doch nicht, um das Zeichen zu machen, sondern um das Schwert in der Scheide zu lockern. Ich blickte fort. Niemand sprach.

Unbehagliches Warten.

Flach und rot fielen die letzten Strahlen der Sonne auf die Westmauer der Königsfeste. Arbeiter waren nirgends zu sehen; offenbar befanden sie sich sämtlich in der Höhle. Ab und zu kamen Knaben gelaufen, die über die Fortschritte dort berichteten: Die Pumpen arbeiteten gut ... In der letzten halben Stunde war das Wasser um zwei Spannen gesunken ... Wenn der König nur die Gnade haben wolle, sich zu gedulden ... die Pumpen seien jetzt verstopft und würden von den Ingenieuren überholt ... inzwischen habe man eine Winde aufgestellt, und Eimer wanderten von Hand zu Hand ... Alles wieder in guter Ordnung ... die Pumpen seien jetzt in Betrieb und der Wasserspiegel falle rasch ... Fast könne man schon den Boden sehen ...

Volle zwei Stunden vergingen, ehe endlich oben auf dem dunklen Pfad Lichter auftauchten – die Schar der Arbeiter. Schnell kamen sie, doch ungehetzt und, wie mir schien, auch ohne jede Angst. Noch bevor ich sie deutlich sehen konnte, wußte ich, wie die Suche ausgegangen war. Die Soldaten, die sich bei ihnen befanden, traten näher. Auch die übrigen drängten heran. Und meine Wächter behielten mich sorgsam im Auge.

Der Führer der Soldaten entbot dem König seinen Gruß.

»Ist der Teich leer?« fragte Vortigern.

»Ja, Sir.«

»Und was liegt auf seinem Boden?«

Einem erfahrenen Barden gleich, der klug die Aufmerksamkeit seiner Zuhörer zu bannen versteht, zögerte der Offizier die Antwort hinaus. Doch es war ein müßiges Spiel: Aller Augen lagen bereits auf ihm.

Ein jäher Windstoß, ungestümer als alle zuvor, riß wild an seinem Umhang und peitschte gegen den Pavillon. Oben, im Wirbelstrom, stob ein Vogel dahin. Kein Merlin; nicht jetzt. Nur eine verirrte Krähe.

»Nichts liegt auf dem Boden, Sir«, erwiderte der Offizier in kurzer, knapper Meldung. Gemurmel durchlief die Menge wie hochschäumender Gischt. Maugan reckte den Hals, und ich sah seinen Blick, die Augen eines Geiers. Doch noch schwieg er. Offenbar wollte er abwarten, wie sich der König entschied. Vortigern starrte den Offizier an.

»Bist du deiner Sache sicher? Habt ihr den Teich ganz und gar trockengelegt?«

»Ja, Sir.«

Auf den Wink des Offiziers traten einige Männer heran und luden vor der Plattform ein Gewirr von Gegenständen ab. Eine verrostete und zerbrochene Hacke; Äxte aus Feuerstein, die wohl vorrömischen Zeiten entstammten; eine Gürtelschnalle; ein Messer mit fast völlig zerfressener Klinge; eine kurze Kette; Scherben von Kochtöpfen; und etliche andere unkenntliche Stücke.

Der Offizier hob die Hand und kehrte die leere Innenfläche vor. »Mit ›nichts‹ meinte ich natürlich nur: nichts Besonderes. Lediglich das, was sich ohnehin erwarten läßt, Sir. Wie dieses Zeug hier. Und wir sind wirklich bis zum Grund vorgedrungen. Lauter Schlamm und Felsgestein. Wir schöpften alles bis zum letzten Eimer aus. Der Vorarbeiter wird das bestätigen.«

Auf seinen Wink kam der Mann näher, in der Hand einen vollen Eimer, über dessen Rand Wasser schwappte.

»Das ist wahr, Sir, wir konnten nichts finden. Leer bis auf den Grund, davon könnt Ihr Euch selbst überzeugen, wenn Ihr wollt. Allerdings möchte ich Euch davon abraten, denn der ganze Stollen ist jetzt voll Schlamm. Ich habe Euch den letzten Eimervoll mitgebracht, damit Ihr es selbst sehen könnt.«

Mit diesen Worten drehte er den Eimer um und schüttete das Wasser auf den regennassen Boden. Es lief in die Lache, die sich unten um die königliche Standarte gebildet hatte. Aus dem Eimer rutschten jetzt Schlamm und Steine. Dann fiel eine einzelne alte Silbermünze.

Langsam wandte der König mir die Augen zu. Die Priester schwiegen. Offenbar wagten sie sich nach den gestrigen Vorkommnissen nicht sofort zum Angriff vor. Und auch der König schien vorsichtig abzuwarten. Was er augenscheinlich wollte, war nicht eine Rechtfertigung, sondern eine Erklärung.

Während der vergangenen zwei Stunden hatte ich wahrlich genügend Zeit gehabt, mir alles durch den Kopf gehen zu lassen. Doch Denken konnte hier nicht helfen. Wenn der Gott in der Nähe war, mußte er sich jetzt zeigen. Ich starrte auf die Wasserlachen, die rot wie Blut im letzten Abendschimmer lagen. Oben über der Felsenhöhe blinkten die ersten Sterne am klaren östlichen Himmel. Und dann hörte ich, wie von fern her erneut der Wind anstürmte. Unten am Fluß, wo jetzt gewiß Cadal wartete, zerrte er in den Wipfeln der Eichen.

»Nun?« fragte Vortigern.

Ich trat dichter an den Rand der Plattform. In mir war alles leer. Doch ich würde sprechen müssen. Während ich mich noch bewegte, prallte mit der Schärfe eines Schwerthiebes der Windstoß gegen den Pavillon. Krachen folgte. Dann ein Gewirr von Geräuschen, kläffenden Hunden gleich, und ein kurz abgerissener, rasch erstickter Schrei. Weit gebaucht schwankte über unseren Köpfen das Königsbanner und blähte sich, praller noch, wie ein Segel unter der heranjagenden Wucht des Windes. Wild wippte die Stange hin und her und fiel dann, den Boden mehr und mehr lokkernd, mit plötzlichem Ruck um. Das Banner klatschte flach auf den schlammigen Grund zu des Königs Füßen.

Der Wind fauchte vorüber. Stille trat ein. Besudelt lag das Banner. Der weiße Drache auf grünem Feld. Mehr und mehr eingesogen von schmutziger Wasserlache. Wie Blutflecken kroch flüchtige Helle darüber hinweg. Eine Stimme sagte angstvoll: »Ein Omen!« Und eine zweite: »Großer Thor, der Drache liegt am Boden!« Erregte Rufe schwirrten durcheinander. Mit aschfahlem Gesicht beugte sich der Bannerträger, dessen stützende Hände das Unglück nicht hatten verhüten können, über das schmutzige Tuch. Doch noch ehe er es aufheben konnte, war ich von der Plattform herabgesprungen. Mich sichtbar vor aller Augen stellend, schleuderte ich die Arme empor.

»Wer kann noch zweifeln, daß der Gott gesprochen hat? Und jetzt hebt Euern Blick vom Boden und seht, wo er wieder spricht!«

Über den dunklen östlichen Himmel schoß mit einem Schweif wie ein Komet eine Sternschnuppe, von den Menschen Feuerdrache genannt.

»Dort jagt er hin!« rief ich. »Dort jagt er hin! Der Rote Drache des Westens! Vergeudet Eure Zeit nicht länger mit diesen aufgeblasenen Narren, König Vortigern. Sie schwatzen von Blutopfern, die Euern Mauern Halt geben sollen! Doch welche Mauern können dem Drachen widerstehen? Ich, Merlin, rate Euch, diese Priester fortzuschicken und mit Euerm Heer von Wales zurückzukehren in euer eigenes Land. Die Königsfeste ist nicht für Euch. Heute abend habt Ihr gesehen, wie der weiße Drache unter dem roten Drachen lag. Laßt Euch das zur Warnung dienen! Brecht Eure Zelte ab und zieht in Euer Land und hütet Eure Grenzen, damit der Drache Euch nicht folgen und Euch vernichten kann! Ich verkünde Euch die Wahrheit: Der Drache ist hier!«

Der König war aufgesprungen. Laut rufend umdrängte ihn sein Gefolge. Ich straffte meinen schwarzen Umhang und schritt ohne Eile zwischen der Menge der Arbeiter und Soldaten davon. Niemand versuchte, mich aufzuhalten. Eher schon, glaube ich, hätten sie die Hand nach einer Giftschlange gestreckt. Durch das Getöse hinter mir klang Maugans Stimme, und für Sekunden fürchtete ich, sie würden mir vielleicht doch nachsetzen. Augenscheinlich jedoch strebten die Offiziere, die auf der Plattform gestanden hatten, zum Lager zurück. Fackeln schleuderten wild. Fäuste richteten das Banner auf. Dem König wurde ein Weg gebahnt. Jetzt stand ich ganz am Rand der Menge. Und unauffällig im allgemeinen Wirrwarr glitt ich in die dunklen Schatten an der Seite des Pavillons.

Die dreihundert Schritt bis zu den Eichen waren rasch zurückgelegt. Unter ihnen plätscherte der Fluß über glattes Gestein.

Leise und drängend klang Cadals Stimme: »Hier entlang.« Ein Huf schlug aus Felsboden Funken. »Für Euch habe ich ein ruhiges Tier«, sagte er und schob eine Hand unter meinen Fuß, um mir in den Sattel zu helfen.

Ich lachte. »Heute könnte ich selbst den Feuerdrachen reiten. Du hast alles gesehen?«

»Ja, Herr. Und ich habe Euch gesehen und auch gehört.«

»Hast du nicht geschworen, dich nie vor mir zu fürchten, Cadal? Das war doch nur eine Sternschnuppe.«

»Die aber wie gerufen kam.«

»Ja. Und jetzt laß uns ohne Zögern aufbrechen. Jede Minute kann zählen.«

»Ihr solltet nicht darüber lachen, Herr.«

»Aber wer lacht denn, Cadal?«

Die Pferde trabten hervor unter regennassem Geäst. Rechts von uns, im Westen, erhob sich ein Hügel. Vor uns lag das eigentliche Flußtal.

Mühelos durchwateten die Pferde die Furt und schlugen am gegenüberliegenden Ufer sofort wieder einen scharfen Galopp an. Und dann gelangten wir auf die Straße, ein schimmerndes Band im schwebenden Sternenlicht, schnurstracks in südliche Richtung strebend.

Wir ritten die ganze Nacht hindurch. Niemand verfolgte uns. Drei Tage später, im frühesten Morgengrauen, landete Ambrosius.

VIERTES BUCH

Der rote Drache

1

Wenn man den Chronikern glauben will, so brauchte Ambrosius nicht mehr als zwei Monate, um sich zum König krönen und Britannien zu befrieden. In Wahrheit dauerte es über zwei Jahre.

Der erste Teil verlief reibungslos glatt. In den Jahren des langen Wartens in der Bretagne hatten Ambrosius und Uther die Zeit wohl zu nutzen gewußt, und die schlagkräftige Streitmacht, die sie mit so viel Mühe geformt hatten, übertraf vielleicht alles, was man seit römischen Zeiten in britischen Landen gesehen hatte. Von allem Nachschub unabhängig, war sie ein ungeheuer bewegliches Instrument, das doppelt so schnell vorstieß wie jeder ihrer denkbaren Gegner. Ein wahrer Cäsarenblitz, wie man das in meiner Jugend noch genannt hatte.

Bei günstigem Wind und ruhiger See landete Ambrosius bei Totnes in Devon, und kaum hatte er das Banner des roten Drachen aufgepflanzt, als sich auch schon der gesamte Westen für ihn erhob. Noch ehe er die Küste überhaupt verließ, war er schon König von Cornwall und Devon, und als er dann nordwärts zog, stießen unablässig Könige und Fürsten mit ihren Mannen zu ihm.

Über mangelnde Gefolgschaft also konnte er sich nicht beklagen – eher schon über Art und Wesen seiner Gefolgsleute. Vortigerns überdrüssig, brannten die alteingesessenen Britannier darauf, die Sachsen zu vertreiben und wieder ihr gewohntes Leben zu leben. Doch die meisten kämpften nur in kleinen Haufen, kannten keine andere Art der Kriegführung – eine Taktik, die den Feind zwar beunruhigen, jedoch nicht entscheidend treffen oder auch nur lähmen konnte. Überdies hatte jeder Haufe seinen eigenen Anführer und war kaum oder überhaupt nicht gewillt, sich Fremden zu unterstellen, um neue Kampfesweisen zu erproben. Seitdem vor fast einem Menschenalter die letzte gedrillte Legion von Britanniens Boden verschwunden war, hatten wir (wie ja auch schon in vorrömischen Zeiten) in Stämmen gekämpft. Und der Gedanke, etwa die Männer von Devet neben den Mannen aus Nordwales kämpfen zu lassen, war leider abwegig: Noch vor dem ersten Trompetenschall wären sie einander an die Kehle gefahren.

Doch hier, wie überall sonst, erwies sich Ambrosius als Herr der Lage. Wie eh und je wußte er jeden Mann voll zu seinem eigenen Vorteil zu nutzen. Sorgsam verteilte er seine Offiziere unter die Britannier – als reine Verbindungsleute, wie er betonte. Mit ihrer Hilfe gelang es ihm, die besondere Taktik jeder einzelnen Einheit nahtlos in seinen Gesamtplan einzufügen, wobei die Hauptlast des Angriffs von seinen eigenen, so sorgfältig ausgewählten und ausgebildeten Soldaten getragen wurde.

2

Während Ambrosius zum Angriff gegen Vortigern auf Doward vorging, befand ich mich in Maridunum.

Der erste Mensch, dem Cadal und ich auf der Straße nach St. Peter begegneten, war mein Vetter Dinias. Wir stießen überraschend an einer Häuserecke auf ihn. Kreidebleich sprang er zurück. Wahrscheinlich hatten sich seit der Rückkehr meiner kranken Mutter die Gerüchte wie ein Lauffeuer durch die Stadt verbreitet.

»Merlin. Ich – ich dachte –«

»Welch ein Glück, dich zu treffen, Vetter. Ich wollte ohnehin nach dir suchen.«

Er sagte hastig: »Glaub mir, ich hatte keine Ahnung, wer diese Männer waren –«

»Das weiß ich. Es macht dir ja auch niemand einen Vorwurf. Nicht deshalb wollte ich zu dir.«

»– und außerdem war ich betrunken, vergiß das nicht. Und selbst wenn ich ihnen die Häscher angesehen hätte – wie konnte ich ahnen, daß sie dich mitnehmen würden. Es schwirrte ja vor Gerüchten, wonach sie suchten, aber es kam mir natürlich nicht in den Sinn, daß du –«

»Du hast doch gehört, daß niemand dir einen Vorwurf macht. Außerdem siehst du mich ja wieder gesund und munter vor dir. Ende gut, alles gut. Lassen wir das jetzt. Ich möchte mit dir über etwas anderes reden.«

Doch er blieb beharrlich bei diesem Punkt. »Aber ich habe das Geld genommen. Du hast es gesehen, nicht wahr?«

»Nun, wenn schon. Du hast es dir ja erst hinterher genommen, ohne mich verraten zu haben. Und das ist doch wohl ein Unterschied. Wenn Vortigern sein Geld so gern verschleudert, dann mag sich jeder nur bedienen. Vergessen wir endlich die Geschichte. Weißt du etwas von meiner Mutter?«

»Ich komme soeben vom Kloster. Sie ist krank.«

»Davon habe ich schon auf dem Herritt gehört«, sagte ich. »Wie steht es um sie? Ist es schlimm?«

»Von Schüttelfrost spricht man, doch soll sie schon wieder auf dem Wege der Besserung sein. Ich selbst fand ihr Aussehen noch erschreckend, aber natürlich war sie von der Reise erschöpft und außerdem in Sorge um dich.«

»Dinias«, sagte ich, »es gibt viel zu berichten und viel zu besprechen. Doch zuvor möchte ich dich um etwas bitten.«

»Ja?«

»Um Gastfreundschaft. Da ich außer dir niemanden hier kenne und Wirtshäuser mir nicht liegen, hätte ich große Lust, wieder einmal im Haus meines Großvaters zu wohnen.«

Seine Antwort klang nicht nach Ausflucht, sondern nach schlichter Feststellung: »Es ist nicht mehr, was es einmal war.«

Ich lachte. »Was ist schon noch wie früher? Solange sich ein Dach gegen den scheußlichen Regen findet und ein Feuer, wo wir unsere Kleider trocknen können, und etwas zu essen, will ich's zufrieden sein. Ich mache dir einen Vorschlag. Wir lassen uns von Cadal besorgen, was wir brauchen, und machen's uns im alten Palast bei Pastete und Wein so gemütlich, wie's irgend geht. Aber ich warne dich — solltest du wieder mit deinen Würfeln rausrücken, so rufe ich gleich selbst nach Vortigerns Häschern.«

Er lachte gelöst. »Keine Sorge. Na, dann komm. Zum Teil ist das alte Gemäuer ja noch bewohnbar. Und ein Bett werden wir auch noch für dich finden.«

Ich erhielt Camlachs früheres Gemach, ein zugiges und verstaubtes Loch jetzt. Cadal ließ es sich nicht nehmen, das Bettzeug auszulüften und für eine volle Stunde vor das prasselnde Feuer zu legen. Einen Diener hatte Dinias nicht. Statt dessen schlurfte ein schlampiges Mädchen herum, das ihm offenbar auch im Bett gute Dienste leistete. Mürrisch befolgte sie die Anweisungen, die Cadal ihr gab, ehe er sich aufmachte, um für meine Mutter eine Botschaft zum Kloster zu bringen und aus der Schenke Essen und Wein zu holen.

Von Cadal bedient, aßen wir vor dem Feuer und unterhielten uns bis spät in die Nacht. Ich erzählte Dinias meine Geschichte, wenn auch nur in jenen Umrissen, die ich für ratsam hielt. Und wenn es mich zweifellos auch verlockte, ihm mein wahres Verhältnis zu Ambrosius aufzudecken, so hielt ich es doch für besser, darüber zu schweigen, solange sich Vortigerns Leute im Lande herumtrieben. So berichtete ich ihm nur, wie ich nach Niederbritannien gelangt war und daß ich mich Ambrosius angeschlossen hatte. Von dem, was ihm über meine ›Prophezeiung‹ in der Höhle zu Ohren gekommen war, schien Dinias so tief beeindruckt, daß er blindlings an Ambrosius' bevorstehenden Sieg glaubte. Und so endete unsere Unterhaltung mit seinem Versprechen, am Morgen unverzüglich aufzubrechen und nach Westen zu reiten, um dort, am Rande von Wales, alles an Hilfstruppen aufzutreiben, was sich für Ambrosius mobilisieren ließ. Daß er sein gegebenes Wort vielleicht brechen könne, fürchtete ich nicht; denn was immer die Soldaten über den Vorfall in Dinas Brenin erzählt haben mochten, es genügte vollständig, meinen schlichten Vetter mit tiefer Scheu vor meinen übernatürlichen Kräften zu erfüllen. Doch ich war überzeugt, ihm auch so vertrauen zu können. Als wir uns schließlich voneinander trennten, war der Morgen nicht mehr fern. Ich gab Dinias Geld und sagte gute Nacht.

(Als ich Stunden später erwachte, war er schon fort. Und er hielt sein Versprechen. Mit etlichen hundert Mann stieß er bei York zu Ambrosius. Er wurde mit allen Ehren aufgenommen und schlug sich tapfer. Doch bald schon, in einem kleineren Scharmützel, wurde ihm eine tiefe Wunde beigebracht, an der er später starb.)

Cadal zog die Tür hinter sich zu. »Wie gut, daß man den Raum abschließen und verriegeln kann.«

»Hast du Angst vor Dinias?« fragte ich.

»In dieser verruchten Stadt habe ich vor jedem Angst. Zufrieden bin ich erst wieder, wenn sie hinter uns liegt und wir bei Ambrosius sind.«

»Du machst dir unnötige Sorgen. Vortigerns Leute sind fort. Du hast doch gehört, was Dinias gesagt hat.«

»Ja. Und ich habe auch gehört, was du gesagt hast.« Er stand, Bettzeug in den Armen, und sah mich prüfend an. »Was hast du damit gemeint, daß du im Palast wohnen wolltest, bis deine eigene Unterkunft fertig wäre?«

Ich versuchte mich zu erinnern. Ja, ich hatte eine solche Bemerkung fallenlassen. Dinias gegenüber, am gestrigen Abend.

»Das soll ich gesagt haben, Cadal?«

»O ja. Und du weißt es auch ganz genau. Willst du dir hier etwa ein Haus einrichten?«

»Nein. Kein Haus.«

»Was dann? Die Höhle vielleicht?«

Ich mußte über sein entsetztes Gesicht lächeln. »Ja, Cadal. Wenn der Krieg vorbei ist und wieder Frieden im Lande herrscht, werde ich dort hinziehen. Ich habe dir ja einmal gesagt, daß du fern von deiner Heimat sein wirst, wenn du bei mir bleibst.«

»Aber soweit ich mich erinnere, sprachen wir damals vom Sterben. Und du meinst jetzt – dort leben?«

»Ich weiß nicht«, sagte ich. »Vielleicht auch nicht. Aber ich werde ein Plätzchen brauchen, wo ich mit mir allein sein kann, abseits von allem Getriebe. Denken und Planen ist die eine Seite des Lebens, Handeln die andere. Ein Mann kann nicht immer nur handeln.«

»Das solltest du einmal Uther sagen.«

»Ich bin nicht Uther.«

»Nun, es braucht beide Sorten, sagt man.« Er warf die Decken aufs Bett. »Worüber lächelst du?«

»Ich? Ich weiß nicht. Laß uns jetzt zu Bett gehen. Bald ist es Morgen, und wir müssen zum Kloster. Hast du die alte Pförtnerin wieder bestochen?«

»Alte Pförtnerin? Keine Spur.« Er richtete sich auf. »Diesmal war's ein junges Mädchen. Ein hübsches Ding, soweit ich das bei Haube und Kutte sehen konnte. Wer so etwas Süßes ins Kloster steckt, den sollte man doch . . .« Ehe er sich in Erklärungen verlieren konnte, unterbrach ich ihn.

»Hast du erfahren, wie es meiner Mutter geht?«

»Besser, hieß es. Das Fieber ist verschwunden. Aber Ruhe wird sie wohl erst finden, wenn sie dich gesehen hat. Wirst du ihr jetzt alles erzählen?«

»Ja.«

»Und dann?«

»Dann reiten wir wieder zu Ambrosius.«

»Ah«, sagte er nur und schleifte seine Matratze vor die Tür, die er inzwischen fest verriegelt hatte. Dann blies er die Lampe aus und legte sich ohne ein weiteres Wort hin.

Nach dem langen Ritt waren Bett und Kammer eitel Wohltat. Dennoch schlief ich schlecht. Im Halbtraum sah ich mich an Ambrosius' Seite auf dem Zug gegen Doward. Eine uneinnehmbare Feste, wie ich überall gehört hatte. Wäre es also nicht klüger gewesen, Vortigern in Dinas Brenin zu lassen? Dort bei dem verrotteten Turm hätte Ambrosius ihn mit Leichtigkeit zurücktreiben können bis hin ins Meer.

Nur mit Mühe und nicht ohne Überraschung rief ich mir meine eigene Prophezeiung zurück. Was ich in Dinas Brenin getan hatte, war nicht aus eigenem geschehen. Ein anderer als ich hatte beschlossen, Vortigern zur Flucht aus Wales zu bewegen. Aus dunkler Höhe, von den wild wirbelnden Sternen her, hatte eine Stimme mir zugerufen. Der rote Drache wird triumphieren, der weiße unterliegen. Die Stimme, die das verkündet hatte und auch jetzt, hier in der Kammer, verkündete, war nicht meine eigene; es war die Stimme des Gottes. Und ihr gehorchte man, ohne nach Gründen zu fragen.

3

Die Nonne, die die Klosterpforte für uns öffnete, war jenes Mädchen, von dem Cadal gesprochen hatte. Offenbar hatte sie schon auf uns gewartet, denn noch ehe Cadal die Schelle in Bewegung setzen konnte, ging das Tor auf, und die junge Nonne winkte uns herein. Kurz nur sah ich ihre Augen unter der braunen Haube. Sie wirkten sehr groß, und der in die grobe Kutte gehüllte Körper schien von geschmeidiger Biegsamkeit. Sie verriegelte die schwere Pforte wieder und führte uns, die Haube tiefer über Haar und Gesicht ziehend, rasch über den Hof. Die nackt in Tuchsandalen steckenden Füße waren mit Schlamm bespritzt, doch wohlgestaltet, und hübsch geformt waren auch ihre Hände. Schweigend schritt sie voraus und geleitete uns, zwischen zwei Gebäuden hindurch, zu einem zweiten, größeren Hof. Hier wuchsen an der Schutzmauer Obstbäume und auch ein paar Blumen, doch wildwuchernd zumeist und von Unkraut durchsetzt. Die Türen zu den einzelnen Nonnenzellen waren aus rauhem, ungestrichenem Holz und gaben hier und dort den Blick in kahle kleine Räume frei, die nicht mehr nur schlicht waren, sondern schon abstoßend schäbig und häßlich.

Anders in der Zelle meiner Mutter. Hier war es sehr wohnlich, denn sie hatte ihre eigenen Möbel mitbringen dürfen, und die Wände waren weiß getüncht und fleckenlos sauber. Durch das kleine Fenster fielen die Strahlen der Aprilsonne auf ihr Bett. Ich erinnerte mich: Dort hatte sie schon früher geschlafen, und den Vorhang am Fenster, rotes Tuch mit grünem Muster, hatte sie gewebt an jenem Tag, da mein Onkel Camlach heimgekehrt war. Auch des Wolfsfells auf dem Boden entsann ich mich. Mein Großvater hatte die Bestie mit bloßen Händen und dem Heft seines Dolches getötet. Glotzaugen und Reißzähne waren für mich als Kind ein Bild tiefen Grauens gewesen. An der Wand, zum Fußende des Bettes hin, hing ein Kruzifix aus trübem Silber mit einem Ornament aus ineinander verschlungenen, doch fließenden Linien und lichtfunkelnden Amethysten.

Das Mädchen führte mich schweigend in die Zelle und verschwand. Cadal wartete draußen auf einer Bank.

Übergossen von Sonnenlicht, lag meine Mutter auf dem Bett. Sie wirkte sehr blaß und erschöpft und sprach mit überaus leiser Stimme. Doch als ich mich nach ihrem Befinden erkundigte, behauptete sie, sich schon viel besser zu fühlen, und schob lächelnd meine prüfende Hand von ihrer Schläfe fort: Man sorge hier schon ganz vorzüglich für sie. Ich drang nicht weiter in sie. Das Vertrauen des Kranken ist schon die halbe Heilung, und für eine Mutter bleibt ihr Sohn wohl zeitlebens Kind. Außerdem sah ich, daß sie kein Fieber mehr hatte. Jetzt, wo sie mich in Sicherheit wußte, würde sie gewiß auch schlafen können.

So zog ich den einzigen Stuhl herbei, der sich in der Zelle fand, setzte mich und begann zu berichten, ohne erst auf ihre Fragen zu warten: von meiner Flucht und der Fahrt nach Niederbritannien und der Fügung des Gottes, die mich so geradewegs zu Ambrosius geführt hatte, und vor allem, was seither geschehen war. Von ihrem Kopfkissen her beobachtete sie mich mit wachsendem Staunen, in das sich immer stärker ein Gefühl zu mischen schien, wie es ein gefangener Vogel empfinden mag, der einen Sturmfalken ausgebrütet hat.

Als ich geendet hatte, war sie müde, und unter ihren Augen trat das Grau so scharf hervor, daß ich mich erhob, um zu gehen. Doch sie sagte zufrieden, als sei dies die Quintessenz der ganzen Geschichte, was es für sie wohl auch war:

»Er hat dich also als Sohn anerkannt.«

»Ja. Man nennt mich jetzt Merlin Ambrosius.«

Sie schwieg lächelnd. Ich trat zum Fenster und lehnte mich hinaus. Warm strahlte die Sonne herab. Cadal nickte mir schläfrig zu. Dann gewahrte ich eine Bewegung. Von einem überschatteten Mauerstück her starrte die junge Nonne auf die Tür meiner Mutter, als erwarte sie mich voll Anspannung. Sie hatte ihre Haube zurückgestreift, und trotz des schattigen Dunkels, in dem sie stand, sah ich deutlich ihr goldenes Haar und ihr liebliches Gesicht. Dann entdeckte sie mich. Sekundenlang blieben unsere Blicke ineinanderverschränkt. Und plötzlich wußte ich, warum seit altersher der grausamste aller Götter als mit Pfeilen bewaffnet gilt: Ich spürte den Stoß durch den ganzen Körper. Dann war sie fort, wie eingesogen von schirmender Haube und schützendem Schatten, und hinter mir sagte meine Mutter:

»Und jetzt? Was jetzt?«

Ich drehte mich zu ihr herum. »Ich muß wieder zu ihm. Aber erst wenn es Euch besser geht. Ich möchte ihm sagen können, daß Ihr bei bester Gesundheit seid.«

Sie sah mich besorgt an. »Du darfst nicht hierbleiben. In Maridunum ist es für dich zu gefährlich.«

»Das glaube ich nicht. Seit die Nachricht von der Landung gekommen ist, hat sich die Stadt von Vortigerns Leuten geleert. Auf dem Herweg mußten wir manchmal Nebenpfade einschlagen, weil es auf der Straße nur so von Reitern wimmelte.«

»Das mag schon sein, aber –«

»Ich werde mich so wenig wie möglich in der Stadt zeigen, das verspreche ich Euch. Gestern abend hatte ich das Glück, sofort nach meiner Ankunft auf Dinias zu stoßen. Er hat mich im alten Palast untergebracht.«

»*Dinias?*«

Ich mußte über ihre Verblüffung lachen. »Er hat aus bestimmten Gründen das Gefühl, in meiner Schuld zu stehen. Außerdem gehört er jetzt zu unseren Verbündeten.« Ich berichtete kurz von dem Versprechen, das er mir gegeben hatte.

Sie nickte. »Ja, es wird jeder Mann gebraucht, der ein Schwert halten kann.« Sie zog die Stirn kraus. »Es heißt, daß Hengist über dreihunderttausend Mann verfügt. Wird er«, fragte sie, und ich wußte sofort, wen sie meinte, »genügend Leute ins Feld führen können, um zuerst gegen Vortigern und dann gegen Hengist und die Sachsen zu kämpfen? Wird er siegen?«

War es die Erinnerung an die vergangene Nacht, an jene alle Zweifel wegfegende Stimme, die mich so rasch und überzeugt antworten ließ? »Ich habe es gesagt, und so muß es wahr sein.«

Eine hastige Bewegung auf dem Bett ließ mich aufmerken. Sie bekreuzigte sich. Verwirrung malte sich auf ihrem Gesicht. Und Furcht. »Merlin«, begann sie und wurde von plötzlichem Husten geschüttelt. Mühsam fuhr sie mit leiser Stimme fort: »Hüte dich vor Hochmut. Selbst wenn Gott dir Macht verliehen hat —«

Ich hob rasch die Hand. »Verzeiht«, sagte ich. »Ich habe mich mißverständlich ausgedrückt. Ich meinte, daß der Gott es durch mich gesagt hat und daß die Stimme des Gottes nicht trügen kann. Ambrosius wird siegen. Das steht in den Sternen.«

Sie nickte erleichtert, und ich sah, wie ihre verkrampften Finger sich allmählich entspannten.

Ich sagte behutsam: »Fürchtet nichts für mich, Mutter. Welcher Gott es auch immer ist, der sich meiner bedient, ich bin es zufrieden, ihm Stimme und Werkzeug zu sein. Und wenn er mich nicht mehr braucht, wird er mich auch wieder herführen.«

»Es gibt nur einen Gott«, sagte sie leise.

Ich lächelte ihr zu. »Dieser Gedanke ist mir auch nicht mehr fremd. Und jetzt schlafe. Ich werde morgen wiederkommen.«

In der Frühe des nächsten Tages machte ich mich erneut zu ihr auf. Allein diesmal. Dinias' Schlampe hatte sofort nach seinem Aufbrauch das Weite gesucht, so daß wir im menschenleeren Palastgemäuer uns selbst überlassen waren. Cadal mußte zum Markt.

An der Klosterpforte empfing mich wieder die junge Nonne. Genau wie gestern führte sie mich schweigend zur Zelle meiner Mutter. Als ich sie ansprach, zog sie die Haube tiefer, so daß ich von ihr nichts mehr sah als die schlanken Hände und Füße. Der Boden des Klosterhofs war heute trocken. Sie hatte sich die Füße gewaschen, und ich starrte auf die Sandalen: Zarte, blaugeäderte Blumen schienen emporzustreben. Wie Gesang saß es mir in der Kehle, jubelnder Laut, der doch so fehl am Platz schien. Doch der

Pfeil stak immer noch fest, wo er mich gestern getroffen, und ihr Anblick brachte meinen ganzen Körper zum Schwingen.

Sie deutete auf die Zelle und trat zurück, um zu warten.

Meiner Mutter schien es ein wenig besser zu gehen. Sie habe gut geruht, versicherte sie. Wir sprachen eine Weile miteinander. Sie erkundigte sich nach Einzelheiten, und ich berichtete gewissenhaft. Als ich mich schließlich erhob, fragte ich so beiläufig wie irgend möglich:

»Dieses Mädchen, das mir die Pforte öffnete – ist sie für das Kloster nicht noch recht jung? Wer ist sie?«

»Ihre Mutter arbeitete früher im Palast. Keridwen. Erinnerst du dich an sie?«

Ich schüttelte den Kopf. »Nein.«

»Nun ja.«

Ihr belustigtes Lächeln hielt mich von weiteren Fragen ab.

Am dritten Tage war es wieder die alte, schwerhörige Pförtnerin, die mich einließ, und ich fragte mich, ob hier etwa meine Mutter, mich tiefer durchschauend, als ich geglaubt hatte, ihre Hand im Spiel haben mochte. Doch meine Sorge erwies sich als unbegründet. Am vierten Tag war das Mädchen wieder da.

Sie mußte inzwischen von den Ereignissen in Dinas Brenin gehört haben. Denn als ich eintrat, spähte sie mir, den Schutz ihrer Haube diesmal ganz außer acht lassend, voll Neugier ins Gesicht, offenbar bedacht, sich den Anblick des Magiers nicht entgehen zu lassen. Ich meinerseits sah große, graublaue Augen, in denen märchengläubiges Staunen saß. Als ich sie lächelnd grüßte, senkte sie sofort wieder Kopf und Haube, antwortete diesmal jedoch. Ihre Stimme klang hell wie die eines Kindes, und sie nannte mich achtungsvoll »Herr«.

»Wie heißt du?« fragte ich sie.

»Keri, Herr.«

Ich versuchte, ein Gespräch in Gang zu bringen. »Wie geht es meiner Mutter heute, Keri?«

Doch sie gab keine Antwort. Stumm wie zuvor führte sie mich in den inneren Hof und entfernte sich sofort.

In der Nacht lag ich lange wach. Aber kein Gott sprach zu mir, um mir zu sagen, daß sie nicht für mich sei. Götter verkünden einem nicht, was man schon weiß.

Ende April hatte meine Mutter sich fast völlig erholt. Als ich sie besuchte, saß sie in wollenem Gewand auf dem sonnenbestrahlten Stuhl am Fenster. Draußen an der Schutzmauer stand ein Quittenbaum, zarte Blüten von Bienen umschwärmt, und auf dem Fensterbrett stolzierten zwei gurrende weiße Tauben.

»Du hast Neuigkeiten?« fragte sie, sobald sie mein Gesicht sah.

»Ja. Heute traf ein Bote ein. Vortigern und seine Königin sind tot. Wie es heißt, marschiert Hengist mit einer riesigen Streitmacht nach Süden, darunter auch Vortimers Bruder Pascentius mit dem Rest seines Heeres. Ambrosius zieht ihnen bereits entgegen.«

Mit starren Augen blickte sie an mir vorbei durchs Fenster. Sie hatte heute eine Gesellschafterin bei sich. Auf einem Schemel beim Bett saß eine jener Nonnen, die sie nach Dinas Brenin begleitet hatten. Die Frau fuhr sich mit dem Finger über die Brust. Sie machte das Zeichen des Kreuzes. Niniane hingegen, ohne die geringste Bewegung, hielt den Blick unverwandt auf einen entfernten Punkt gerichtet.

»Berichte, Merlin.«

Ich teilte ihr mit, was ich über die Belagerung bei Doward wußte. Die Nonne bekreuzigte sich wieder. Meine Mutter saß still auf ihrem Stuhl. Erst als ich geendet hatte, kehrte ihr Blick zu mir zurück.

»Und jetzt wirst du aufbrechen?«

»Ja. Soll ich ihm etwas von dir bestellen?«

»Dazu«, sagte sie, »wird noch Zeit sein, wenn ich ihn sehe.«

Als ich ging, blickte sie zur Wand, in eine ungewisse Ferne neben dem Kruzifix mit den funkelnden Amethysten.

Keri wartete nicht im inneren Hof. Suchend blieb ich stehen und ging dann zwischen den Gebäuden hindurch auf die Klosterpforte zu. Und dort, im Schatten des Torbogens, sah ich sie. Ich schritt rascher. Wirbelnd schoß mir durch den Kopf, was ich denn sagen könne, um hinauszuzögern, was nicht hinauszuzögern war. Doch all meine Mühe erübrigte sich. Sie streckte eine ihrer hübschen Hände vor und berührte damit bittend meinen Ärmel. »Herr —«

Die Haube war halb zurückgestreift. In Keris Augen schimmerten Tränen. »Was ist denn?« fragte ich hastig und glaubte für eine verwirrte Sekunde, daß ihre Tränen mir galten: meinem Abschied. »Was hast du, Keri?«

»Zahnweh.«

Mir war, als hätte ich eine Ohrfeige erhalten. Ich starrte sie verdutzt an.

»Hier«, sagte sie und strich sich mit der Hand über die Wange. »Es tut mir schon seit Tagen weh. Bitte, Herr —«

Ich sagte heiser: »Bin ich ein Zahnzieher?«

»Wenn Ihr es nur berühren wolltet —«

»Oder ein Zauberer?« wollte ich hinzufügen, brachte jedoch keinen Ton hervor, weil sie dicht zu mir trat. Honigblüten schienen auf ihrem Körper zu duften. Gerstenblond war ihr Haar, und ihre graublauen Augen glichen Glckenblumen, bevor sie sich öffnen. Ehe ich recht begriff, was geschah, nahm sie meine Hand zwischen ihre Hände und hob sie zu ihrer Wange.

Ich zuckte zusammen, wollte ihr meine Hand entziehen und überließ sie ihr dann doch. Sacht strich ich mit der Innenfläche über die Wange. Unschuldig blickten die graublauen Augen mich an. Als sie sich zu mir lehnte, wölbte der Oberteil ihrer Kutte sich vor, und ich konnte ihre Brüste sehen. Süß strich ihr Atem gegen mein Gesicht. Unter meiner Hand spürte ich die glatte Haut.

Ich löste meine Finger von ihr und trat zurück. »Da kann ich dir leider nicht helfen.« Meine Stimme klang rauh. Keri senkte den Blick. Ihre Wimpern waren kurz und dicht und so golden wie ihr Haar. Am Mundwinkel entdeckte ich ein winziges Muttermal.

»Wenn es morgen nicht besser ist, dann laß ihn dir ziehen.«

»Es ist schon besser, Herr. Der Schmerz hat sofort aufgehört, als Eure Hand die Wange berührte.« Kindliches Staunen war in ihrer Stimme, und ihre Finger glitten forschend zu der Stelle, wo meine Hand gelegen hatte. Die Geste glich einer Liebkosung, und ich spürte, wie das Blut heftiger durch meine Adern pulste, schmerzhaft fast. Mit raschem Griff nahm Keri abermals meine Hand. Sie beugte sich darüber und küßte sie.

Dann schwang die Pforte auf, und ich stand draußen auf der menschenleeren Straße.

4

Drei Tage vor Ende Mai zogen wir in York ein.

Nach York ging es in mühelosem Vorstoß nach London, von wenigen Scharmützeln abgesehen, völlig ohne Kampf. Die Aufgabe, der der König sich jetzt gegenübersah, bestand im Wiederaufbau und in der Festigung seines Reiches.

Die Geschichte seiner Krönung und seines ersten Wirkens als König von Britannien haben bereits andere erzählt, ja man hat sie sogar aufgeschrieben. Und so will ich an dieser Stelle nur sagen, daß ich, wie schon berichtet, während der ersten beiden Jahre bei ihm blieb, ihn dann jedoch, im Frühling meines zwanzigsten Lebensjahres, verließ.

Ich mußte ihn verlassen, mußte mich den tagtäglichen Anforderungen entziehen, die an ihn gestellt wurden und die ihn fast verschlangen. Denn der Gott spricht nicht zu jenen, die keine Zeit haben, ihm zu lauschen. Der Geist oder auch die Seele muß sich die Nahrung selber suchen. Und so begriff ich endlich, daß, welche Arbeit meiner auch immer harren mochte, ich sie in der Abgeschiedenheit meiner eigenen Hügel zu verrichten hatte. Als wir dann, im Frühjahr, nach Winchester kamen, sandte ich Cadal eine Botschaft und suchte dann Ambrosius auf, um ihm meinen Entschluß mitzuteilen.

»Ich kann dich nicht zurückhalten«, sagte er. »Du gehörst nicht zu meinen Offizieren, und du bist mein einziger Sohn. Du kannst gehen, wohin du willst.«

»Ich diene Euch. Das wißt Ihr. Und mir ist jetzt klargeworden, wie ich Euch am besten dienen kann. Neulich spracht Ihr davon, einen Trupp nach Caerleon zu schicken. Wen wollt Ihr entsenden?«

Er blickte auf ein Papier. Noch vor einem Jahr hätte er jeden Namen im Kopf gehabt. »Priscus, Valens. Wahrscheinlich auch Sidonius. In zwei Tagen werden sie aufbrechen.«

»Ich werde sie begleiten.«

Er sah mich an. Plötzlich war er wieder der Ambrosius von einst. »Ein Pfeil aus dem Dunkeln?«

»So könnte man es nennen. Ich weiß, daß ich gehen muß.«

»Dann geh und gib auf dich acht. Und kehre eines Tages zu mir zurück.«

Jemand trat ein und unterbrach unser Gespräch. Als ich meinen Vater verließ, war er schon dabei, Wort für Wort das neue Gesetzeswerk der Stadt durchzugehen.

5

Von Winchester nach Caerleon führt eine gute Straße, und da das Wetter warm und trocken war, zogen wir ohne Zwischenaufenthalt nordwärts über die Große Ebene, solange das Tageslicht noch hielt.

Nicht weit von Sarum liegt Ambrosius' Geburtsort. Wie die Stadt früher hieß, weiß ich nicht mehr, doch inzwischen hatte man sie nach ihm benannt: Amberesburg oder auch Amesbury. Ich war noch nie dort gewesen, wollte mir jedoch die günstige Gelegenheit nicht entgehen lassen. Daher beeilten wir uns und erreichten den Ort noch kurz vor Sonnenuntergang. Das behagliche Quartier, das mir und den Offizieren zugewiesen wurde, lag im Haus des Stadtältesten, sofern man diesen nicht zutreffender als Dorfältesten bezeichnen will, denn viel mehr als ein Dorf war die Ansiedlung nicht, wennschon sie sich ihres Ranges als Geburtsort des Königs auch sehr bewußt war. Nicht weit von Amesbury, nach Westen hin, lag jene Stelle, wo vor nunmehr vielen Jahren Hunderte von britannischen Edlen von den Sachsen abgeschlachtet und in einem Massengrab beerdigt worden waren. Diesen von einem Kreis ragender Steine umgebenen Ort nannte man den Hünentanz oder auch den Tanz der hängenden Steine – ›Stonehenge‹.

Ich hatte so viel von diesem sogenannten Tanz gehört, daß ich mich, kaum daß meine Reisegefährten sich für die Nacht niedergelassen hatten, entschuldigte und allein über die offene Ebene westwärts ritt. Ohne Hügel und ohne Tal dehnte die Weite sich Meile für Meile, durchbrochen nur von Dornen- und Ginstergestrüpp und vereinzelten windzerzausten Eichen. Spät erst geht die Sonne hier unter, und während ich an diesem Abend auf müdem Roß langsam voranritt, färbten noch letzte Strahlen den westlichen Himmel. Hinter mir jedoch türmte sich schieferblaues Gewölk, und schon funkelte ein früher Stern.

Wahrscheinlich hatte ich mir den Tanz weniger eindrucksvoll vorgestellt als jene unabsehbaren Steinkolonnen in der Bretagne, deren Anblick für mich zur Gewohnheit geworden war. Wenn ich eine Erwartung gehegt hatte, dann wohl eher in der Art jenes Steinkreises auf der Druideninsel. Doch diese Blöcke hier besaßen wahrhaft ungeheure Ausmaße, größer als alles, was ich je gesehen hatte; und ihr abgeschiedener Standort inmitten der weiten und leeren Ebene erfüllte das Herz mit ehrfurchtsvoller Scheu.

Langsam und mit aufgerissenen Augen umritt ich einen Teil des riesigen Runds. Dann stieg ich ab und ging, während mein Pferd zu grasen begann, auf zwei der Steine zu, die zum äußeren Ring gehörten. Und sah, wie zwischen ihre Schatten mein Schatten fiel, ein winziges, zwergenhaftes Gebilde. Unwillkürlich verharrte ich. Mir war, als hätten die Hünen ihre Hände ineinanderverschränkt, um mich aufzuhalten.

Ich erinnerte mich an Ambrosius' Frage: ob mich denn ›ein Pfeil aus dem Dunkeln‹ getroffen habe. Wahrheitsgemäß hatte ich ihm seine Vermutung bestätigt. Doch was es war, das mich hergeführt hatte, wußte ich noch nicht. Jetzt und hier zwischen den Steinen empfand ich nur einen Wunsch – weit fort zu sein: das gleiche Gefühl, das mich auch in Niederbritannien überfallen hatte, als ich damals zum erstenmal zwischen den Steinkolonnen entlanggeschritten war. Wieder strich es mir wie kalter Atemhauch über den Nacken, als blicke etwas, das älter war als selbst die Zeit, über die Schulter. Und doch war es diesmal nicht ganz das gleiche. Die Erde und die Steine, obschon noch warm von der Frühlingssonne, schienen den kalten Odem aus der Tiefe zu saugen.

Halb widerstrebend schritt ich weiter. Das letzte Licht des Tages sank rasch, und beim Vordringen ins Innere des Kreises galt es, vorsichtig zu sein. Zeit und Witterung und vielleicht auch die Götter des Krieges hatten ihr Werk getan, und viele der Steine waren in wildem Durcheinander umgestürzt, doch das Muster ließ sich immer noch deutlich erkennen. Es war ein Kreis, aber anders als alles, was ich je in der Bretagne gesehen oder mir in der Phantasie ausgemalt hatte. Ursprünglich war hier ein vollkommener Kreis gewesen, und dort, wo noch ein unzerstörtes Stück davon stand, sah ich, daß die aufrechten Blöcke von einer steten Reihe gleich großer Quersteine gekrönt waren, eine riesige, zusammenhängende Krümmung, die wie ein Zaun von Hünenhand gegen den Himmel ragte. Hier und dort standen noch Teile des äußeren Kreises, waren umgestürzt oder lehnten schief. Innerhalb des großen Ringes erhob sich ein kleinerer Kranz von aufrecht stehenden Blöcken, doch viele waren niedergerissen worden von den fallenden Hünen am Rand. In der Mitte der beiden Kreise befand sich, aus nicht weniger großen Steinen gefügt, ein Gebilde, das die Form eines Hufeisens hatte. Drei dieser Trilithen standen noch, zwei weitere lagen auf dem Boden. In diesem Hufeisen war ein zweites aus kleineren Steinen, die fast sämtlich noch standen. Das Zentrum, von Schatten überfleckt, war leer.

Die Sonne war fort, und mit ihrem Schwinden entfärbte der westliche Himmel sich mehr und mehr und ließ nur einen einzigen leuchtenden Stern in einem schwimmenden Meer von Grün zurück. Ich blieb stehen. Es war still, so still, daß ich hörte, wie mein Pferd mit leise klirrendem Zaumzeug das Gras abrupfte. Und noch ein Geräusch drang zu mir: das leise Geschwätz der Stare im Nest zwischen den großen Trilithen über mir.

Der Star ist ein den Druiden heiliger Vogel, und soweit ich wußte, war der Hünentanz vor Zeiten ein Weiheort der Druiden gewesen. Über das Heiligtum sind viele Geschichten im Umlauf: wie die Steine aus Afrika herbeigeschafft und von den Riesen der Urzeit aufgestellt wurden; daß die Blöcke nichts anderes seien als jene Riesen selbst, beim Rundtanz von einem Fluch überrascht und in Stein verwandelt. Doch was jetzt so kalt aus der Tiefe von Erde und Gestein atmete, waren weder Riesen noch Flüche. Dieses Heiligtum war Menschenwerk, besungen von Dichtern wie jenem blinden Greis in der Bretagne. Ein schwebender Lichtschimmer fiel über den Block neben mir, und ich sah die gewaltige Arbeit, die hier geleistet worden war, so wie ich es bei den Handwerkern in Niederbritannien und später in York, London und Winchester erlebt hatte. So gigantisch sie auch wirkten, die steinernen Sockel und Querstreben, so waren sie doch errichtet von Arbeitern, die den Befehlen von Ingenieuren gehorchten.

Langsam durchquerte ich die Mitte des Kreises. In Gestalt einer zweischneidigen Axt warf das fahle Licht des westlichen Himmels meinen Schatten auf einen Stein. Ich blieb stehen und schaute. Und während ich mich zur Seite drehte, begann mein Schatten, verlöschend gleichsam, zu schwanken. Ich ging weiter, trat in eine Mulde und fiel der Länge nach hin.

Es war nur eine flache Vertiefung im Boden, vor Jahren vielleicht durch einen stürzenden Stein entstanden. Oder durch ein Grab . . .

Doch keiner der großen Blöcke in der Nähe und nichts wies auf das Scharren von Schaufeln hin. Nein, hier war niemand begraben. Das Gras war glatt und dicht, Weidefläche für Schafe und Rinder, und als ich mich langsam hochraffte, sah ich unter meinen Händen die blassen Sterne der Gänseblümchen. Doch dieses Bild verwischte sich sofort, denn etwas anderes haftete in mir: Lang auf dem Boden liegend, hatte ich plötzlich das Heraufprallen von Kälte gespürt, ein Stoß, so heftig wie ein durchbohrender Pfeil. Und jetzt wußte ich, daß es dies war, was mich hergeführt hatte.

Ich schwang mich auf mein Pferd und ritt zum Geburtsort meines Vaters zurück.

Vier Tage später trafen wir in Caerleon ein. Die Stadt, von Ambrosius als eines seiner drei Hauptquartiere (neben London und York) geplant, wirkte völlig verändert. Hier war Tremorinus selbst an die Arbeit gegangen. Die Mauern standen wieder, und neu errichtet waren die Brücke über den Fluß und der nach Osten zu gelegene Kasernenblock. Caerleon, umgeben von flachen Hügeln und geschützt durch den Bogen, den der Fluß hier schlug, war vordem ein riesiges Militärlager gewesen; doch da seine Größe die vorhandenen Kräfte überforderte, hatte Tremorinus den Kasernenblock im Westen des Ortes niedergerissen und das Material für die neuen Bauvorhaben verwendet, darunter auch Bäder und Küchen. Und jetzt »wird jeder Mann in Britannien hier stationiert werden wollen«, wie ich zu Tremorinus sagte, ein Lob, über das er sich offensichtlich freute.

»Wir können auch gar nicht früh genug fertig werden«, erwiderte er. »Wenn nämlich stimmt, was man sich erzählt. Es soll wieder Ärger geben. Habt Ihr irgend etwas gehört?«

»Nichts. Wir waren ja auch fast eine Woche auf Reise. Was für Ärger denn? Doch nicht etwa wieder mit Octa?«

»Nein, mit Pascentius.« Ich erinnerte mich: Pascentius, Vortimers Bruder und Verbündeter im Kampf gegen ihren Vater, war nach Vortimers Tod nach Norden geflohen. »Ihr wißt doch wohl, daß er mit dem Schiff nach Germanien ist. Wie es heißt, will er zurückkehren.«

»Nun, das wird er eines Tages gewiß«, sagte ich. »Habt doch die Liebenswürdigkeit, mir eintreffende Nachrichten zukommen zu lassen.«

»Wie habe ich das zu verstehen? Bleibt Ihr denn nicht hier?«

»Nein. Ich will nach Maridunum. Dort ist nämlich meine Heimat.«

»Hatte ich ganz vergessen. Nun, vielleicht sehen wir uns doch gelegentlich. Ich bleibe ja noch eine Weile hier – wir sind jetzt dabei, uns die Kirche vorzunehmen.« Er grinste. »Der Bischof hat sich wie ein wütender Wolf auf mich gestürzt. Nach seiner Meinung hätte ich daran denken sollen, ehe ich mich mit ›irdischen‹ Dingen abgab. Außerdem spricht man davon, daß die Siege des Königs in einem Monument verewigt werden sollen. In Form eines Triumphbogens, behaupten manche, so im alten römischen Stil. Natürlich meint man hier in Caerleon, daß die Kirche dafür vollauf genügt – zum Ruhme Gottes mit Ambrosius als Zugabe. Aber wenn schon ein Bischof ein Recht darauf hätte, Gott und König sozusagen in einen Topf zu werfen, dann am ehesten der alte Eldad in Gloucester – und er soll Ambrosius deswegen auch schon in den Ohren gelegen haben. Habt Ihr ihn gesehen?«

»Nun, auf jeden Fall gehört.«

Er lachte. »Läßt sich denken. Ihr bleibt doch hoffentlich über Nacht hier? Laßt uns zusammen essen.«

»Danke. Sehr gern.«

Wir unterhielten uns bis spät in die Nacht. Er zeigte mir einige seiner Pläne und Entwürfe und beschwor mich, doch ja gelegentlich nach Caerleon zu kommen, um die einzelnen Phasen des Baues in Augenschein zu nehmen. Ich versprach es ihm. Am nächsten Tage bat der Lagerkommandant mich dringend, doch keinesfalls ohne Eskorte weiterzureisen, aber ich schlug sein Angebot aus und machte mich allein auf den Weg.

Zwei Tage dauerte mein gemächlicher Ritt nach Maridunum.

Ich überquerte den Pfad, der in die Hügel und zur Höhle führte, und hielt auf die Stadt zu. Meine erste Pflicht, so redete ich mir ein, sei es, in St. Peter vorzusprechen und das Grab meiner Mutter aufzusuchen. Doch als ich dann vor dem Kloster vom Pferd stieg und die Hand zur Schelle hob, bewies mir mein heftig klopfendes Herz, daß ich mir etwas vorgemacht hatte.

Ich hätte mir die Selbsttäuschung ersparen können. Es war die alte Pförtnerin, die mich einließ und ohne Umschweife durch den inneren Hof zu einem grünen Hang nahe dem Fluß führte. Hier also war meine Mutter begraben. Ein wunderhübscher Flecken dicht bei einer Mauer. Birnbäume, bei der Sonnenwärme schon in früher Blüte, ragten am Kopfende des Grabhügels empor, und über ihrem lichten Schnee wölbten weiße Tauben, von meiner Mutter so sehr geliebt, ihre Brüste dem Tagesgestirn zu. Von jenseits der Mauer drang das Rauschen des Flusses her, und durch das Flüstern des leicht bewegten Laubs klang leise das Glöckchen der Klosterkapelle.

Die Äbtissin empfing mich überaus freundlich. Doch was sie zu berichten wußte, ergänzte in keiner Weise die Nachricht, die ich bald nach dem Tode meiner Mutter erhalten und an meinen Vater weitergeleitet hatte. Ich gab ihr Geld für Bittgottesdienste und einen Grabstein. Einmal trat ein Mädchen ein und brachte uns Erfrischungen. Doch es war nicht Keri, und nach ihr zu fragen, wagte ich nicht. Ich mußte die Geschichte vergessen. Und so ritt ich zur Stadt hinaus und legte Meile für Meile den Weg zu meinem Tal zurück. Doch überall, in jeden Baum und Stein, schien das Bild ihres Gesichtes eingebrannt, und in jedem Sonnenstrahl funkelte das Gold ihres Haares.

Cadal hatte in dem Gebüsch am Fuß der Felsenhöhe einen neuen Verschlag errichtet, in dem mühelos zwei Pferde untergebracht werden konnten. Eines stand bereits dort – Cadals eigenes zweifellos.

Offenbar hatte er mich das Tal heraufreiten hören, denn kaum war ich abgestiegen, kam er auch schon den Pfad herab, griff nach dem Zügel und nahm dann meine Hände, um sie zu küssen.

»Aber was hast du denn?« fragte ich überrascht. Sorgen um mich hatte er sich wahrlich nicht zu machen brauchen, denn regelmäßig waren ihm von mir Nachrichten zugegangen. »Ich habe dir doch ausrichten lassen, daß ich komme. Oder hast du die Botschaft nicht erhalten?«

»Doch. Aber wir haben uns so lange nicht gesehen. Du siehst gut aus.«

»Du auch. Ist hier alles in Ordnung?«

»O ja. Sehr sogar. Wenn man schon an einem solchen Ort leben muß, so gibt's ja auch Möglichkeiten, es sich wohnlich zu machen. Und jetzt komm mit. Dein Essen wartet schon.«

Meine Bücher aus Niederbritannien waren gekommen. Die große Truhe stand, wo Galapas' Kiste gestanden hatte. Und wo sein Tisch gewesen war, war jetzt ein anderer, ein altes Stück aus dem Hause meines Großvaters, wie ich sah. An der Wand, am selben Platz wie einst, schimmerte der Bronzespiegel. Die Höhle war sauber und trocken. Nirgendwo ein Hauch von stickiger Luft. Neben einem neu errichteten Steinherd lagen Holzscheite. Im Herd selbst war alles bereitet, um ein Feuer aufprasseln zu lassen.

Verwundert wollte ich mir die Augen reiben. Mir war, als müsse dort auf dem Boden Galapas sitzen und auf der Felskante beim Eingang der Falke, so vertraut wirkte alles.

In der Nacht, nachdem das Feuer erloschen war, lag ich auf meinem Lager aus Farn und lauschte nach draußen. Raschelndes Laub und das Plätschern des Quells. Nichts sonst war zu hören, und nichts sonst gab es auf der Welt. Ich schloß die Augen und schlief, wie ich seit Kindheitstagen nicht mehr geschlafen hatte.

6

Gleich einem Trunkenbold, der sich, solange kein Wein zur Hand ist, von seiner Sucht geheilt wähnt, hatte ich geglaubt, von meinem Durst nach Stille und Einsamkeit befreit zu sein. Doch als ich dann am Morgen auf Bryn Myrddin erwachte, wußte ich, daß hier nicht nur ein Zufluchtsort war, sondern mein Zuhause. Der April wich dem Mai, Kuckucksrufe hallten von Hügel zu Hügel, im jungen Adlerfarn entfalteten sich die Glockenblumen, und abends klang das klagende Blöken von Lämmern durch die Luft. Ich blieb in meinen Hügeln und mied die Stadt, zu der tagtäglich Cadal ritt, um Vorräte zu beschaffen und sich nach Neuigkeiten umzuhören. Zweimal kam ein Bote das Tal herauf; mit einem Bündel von Entwürfen, die Tremorinus mir schickte; und dann mit Geld und Nachricht von meinem Vater – kein Brief, sondern nur eine Bestätigung, daß Pascentius in Germanien tatsächlich Truppen um sich scharte und noch vor Sommerende Krieg drohte.

Ansonsten las ich viel und wanderte durch die Natur, wo ich Kräuter sammelte, um Arzneien daraus zu gewinnen. Außerdem dachte ich mir Lieder aus und sang sie Cadal vor, der darüber nur den Kopf schüttelte. Einige von ihnen kann man auch heute noch hören, doch die meisten sind vergessen, und das zu Recht.

Als ich eines Tages, etwa eine Meile von der Höhle entfernt, auf der Suche nach Minze und Bitterkraut durch das bewaldete Tal wanderte, tauchte sie plötzlich zwischen den Farnen auf dem Pfad auf, ganz als hätte ich sie gerufen. Und vielleicht war es auch so. Denn ein Pfeil bleibt ein Pfeil, gleichgültig welcher Gott ihn von der Sehne schnellt.

Ich stand bei einem Birkengehölz und starrte: als könne sie sich jeden Augenblick wieder auflösen in nichts; als habe einzig mein Wunsch ihr Bild beschworen, ein Traumgespinst im Sonnenlicht. Und obschon doch alles in mir zu ihr drängte, verharrte ich bewegungslos. Sie sah mich, und ein Lachen sprang über ihr Gesicht. Leichtfüßig schreitend, kam sie näher. Im Wechselspiel von tanzender Helle und schwankenden Schatten wirkte sie immer noch wesenlos, als würde das Gras von ihren Füßen kaum berührt. Doch dann stand sie vor mir, und es war keine Vision, sondern Keri, wie sie leibte und lebte, in einfachem braunem Gewand und umgeben von einem Duft wie von Honig. Doch eine Haube trug sie jetzt nicht. Lose hing ihr das Haar über die Schultern herab, und ihre Füße waren bloß. Die Sonne strahlte durch pendelndes Laub und ließ ihr Haar erglitzern wie glasklares Wasser. In den Händen hielt sie ein Bündel Glockenblumen.

»Herr!« sagte sie atemlos, und ihre Freude war unverkennbar. Ich stand in würdevoller Haltung, die mich wie eine Hülle hielt. Doch darunter bäumte mein Körper sich gleichsam wie ein Pferd, das hemmende Zügel und stachelnde Sporen in einem fühlt. Ob sie wohl wieder meine Hand küssen würde? Und wenn ja, was sollte ich dann tun? »Keri! Was tust du denn hier?«

»Nun, ich pflücke Glockenblumen«, erwiderte sie lachend und hielt mir den Strauß entgegen. Nein, ich sah: Diesmal würde sie mir die Hände nicht küssen. »Habt Ihr nicht gewußt, daß ich von St. Peter fort bin?«

»Doch, man hat's mir gesagt. Ich dachte, du wärst vielleicht zu einem anderen Kloster.«

»Oh, nein. Niemals. Ich habe das Leben dort gehaßt. Wie in einem Käfig war das. Manche mochten es ja so. Sie fühlten sich geborgen. Aber für mich war das nichts.«

»Mich wollte man auch ins Kloster stecken«, sagte ich.

»Und? Seid Ihr auch weggelaufen?«

»Ja. Aber schon ehe sie mich einsperren konnten. Wo lebst du denn jetzt, Keri?«

Sie schien die Frage nicht zu hören. »Auch für Euch war das also nichts? Ich meine, so ein Leben in Ketten?«

»Nein. Nicht in jenen Ketten.«

Sie stutzte und schien zu grübeln, doch da ich selbst nicht recht wußte, was ich mit meinen Worten gemeint hatte, schwieg ich. Aufmerksam sah ich sie an und genoß diesen Augenblick des Glücks.

»Hat mir leid getan, das mit Eurer Mutter«, sagte sie.

»Danke, Keri.«

»Sie starb, kaum daß Ihr fort wart. Aber das hat man Euch gewiß schon alles erzählt.«

»Ja. Als ich wieder in Maridunum war, suchte ich sofort das Kloster auf.«

Sie schwieg sekundenlang und stieß, vor sich hinblickend, wie in scheuer, tänzerischer Bewegung mit den nackten Zehen ins Gras. »Ich habe gewußt, daß Ihr wieder zurückgekehrt seid. Jedermann spricht ja davon.«

»Wirklich?«

Sie nickte. »In der Stadt sagte man mir, Ihr wärt ein Prinz und ein großer Zauberer . . .« Sie hob den Kopf und musterte mich zweifelnd. Ich trug mein ältestes Gewand, Tuch voller Grasflecken, die selbst Cadal nicht mehr wegbrachte, und mein Mantel war hier und dort von Dornen zerrissen. Die Tuchsandalen an meinen Füßen glichen denen eines Sklaven; ledernes Schuhwerk eignete sich schlecht für Wanderungen durch hohes, nasses Gras. Gegen den schlicht gekleideten jungen Mann, als den sie mich zuvor gekannt hatte, mußte ich wie ein Bettler wirken. Sie fragte mit argloser Offenheit: »Seid Ihr denn immer noch ein Prinz, wo doch jetzt Eure Mutter tot ist?«

»Ja. Mein Vater ist der Hohe König.«

Einen Augenblick blieb sie stumm. Dann sagte sie hastig: »Euer Vater? Der König? Das habe ich nicht gewußt. Das hat mir auch niemand gesagt.«

»Es wissen auch nur wenige. Jetzt, nach dem Tode meiner Mutter, ist das nicht mehr von Wichtigkeit. Aber ich bin sein Sohn.«

»Der Sohn des Hohen Königs«, sagte sie ehrfürchtig. »Und ein Zauberer dazu. Das ist wahr. Ich weiß es.«

»Ja. Das ist wahr.«

»Aber damals habt Ihr das abgestritten.«

Ich lächelte. »Ich habe nur gesagt, daß ich dein Zahnweh nicht heilen könne.«

»Aber Ihr habt es doch geheilt.«

»Das hast du damals gesagt. Aber ich mochte es nicht ganz glauben.«

»Eure Hände könnten alles heilen«, sagte sie und trat dicht zu mir.

Ihr braunes Gewand gab den Hals frei. Die Haut schimmerte hell wie Kirschblüten. Ich spürte den Duft ihres Körpers und den Duft der Glockenblumen, die zwischen uns zerdrückt wurden. Mit der Hand strich ich ihr über den Nacken und fand die Schnur, die ihr Gewand zusammenhielt. Unter meinem Griff löste sie sich. Voll und rund und weich sah ich Keris Brüste vor mir, die sich wie Taubengefieder in meine Hände schmiegten. Wenn ich gefürchtet hatte, sie würde aufschreien und sich von mir losreißen, so irrte ich mich. Warm drängte sie näher und lachte und grub mir ihre Finger in Nacken und Haar und biß mich in die Lippen. Und plötzlich erschlaffte ihr ganzer Körper und zog mich, der ich sie zu halten suchte, strauchelnd mit sich auf den Boden, wo ich, während ringsumher die Blumen verstreuten, über ihr zu liegen kam.

Ich brauchte lange, um ganz zu begreifen. Atemloses Lachen war es zuerst. Ein wirbelnder Tanz all jener Bilder, die sich nachts so tief in Traum und Phantasie brennen. Klein und schmal lag sie unter mir, und ich hörte das gedämpfte Stöhnen, Ausdruck des Schmerzes, den ich ihr zufügte. Sanft und glatt war ihr Leib, und für Sekunden fühlte ich mich wie der Herr der Welt. Doch dann, plötzlich, stieg ein erstickter Laut in ihre Kehle, als würde sie von groben Händen gewürgt, und wie in wilden Todeszuckungen begann sie, sich in meinen Armen zu winden, und ihre Lippen hafteten wie ertrinkend an mir fest.

Und unvermittelt war ich es, der zu ersticken drohte. Wie Kletten umschlangen mich ihre Arme, saugend hing ihr Mund an mir, und ihr Körper zog mich hinab ins dichte und endgültige Dunkel, ganz ohne Licht, ohne Luft, ohne Atem, entledigt fast des Lebensfunkens. Ein Grab in einem Grab. Wie eine weiße, heiße Klinge, die meine Augen durchdrang, zuckte Furcht mir ins Gehirn. Ich öffnete die Lider und sah nichts als wirbelndes Licht und tanzende Schatten, die Umrisse eines Baums, dessen Dornen mich zu zerreißen schienen. Schrecken krallte sich mir ins Gesicht. Der Schatten des Dornenbaums schwoll und schwankte, klaffend gähnte eine Höhle auf, atmend gleichsam, und Felswände stürzten über mich her. Ich bäumte mich zurück, hinaus, hinfort. Und rollte weg von ihr, schweißüberströmt von Furcht und Scham.

»Was hast du denn?« Blinde Stimme im blinden Licht. Suchend tasteten ihre Hände nach der Stelle, wo ich eben noch gewesen.

»Es tut mir leid, Keri. Es tut mir leid.«

»Aber wieso denn? Was ist denn los?« Sie wandte den Kopf im flirrenden Gold ihres Haares. Wie überwölkt blickten ihre Augen. Sie streckte die Hände nach mir. »Oh, wenn es nur das ist, so komm. Komm her zu mir. Glaube doch, so ist es gut.«

»Nein.« Ich schob sie sacht fort. Meine Hände zitterten. »Nein, Keri. Laß mich. Nein.«

»Aber was hast du denn bloß?« Plötzlich öffneten sich ihre Augen weit. Sie stützte sich auf den Ellbogen hoch. »Sag einmal, ich glaube fast, du hast es noch nie gemacht. Nicht wahr? Nicht wahr?«

Ich schwieg.

Sie ließ ein Lachen hören, das fröhlich klingen sollte, mir jedoch schrill in den Ohren hallte. Wieder streckte sie die Hände nach mir. »Ach, laß nur. Mal mußt du doch anfangen, nicht wahr? Schließlich bist du ja ein Mann. Wenigstens habe ich das geglaubt . . .« Und plötzlich, mit zorniger Ungeduld: »Herr des Himmels, so mach doch schon. Es wird dir bestimmt gefallen.«

Ich griff nach ihren Händen und hielt sie fest. »Tut mir leid, Keri. Ich kann's nicht erklären, aber dies ist . . . Ich darf nicht, das ist alles, was ich weiß. Warte einen Augenblick, ich will versuchen, dir –«

»Laß mich los!«

Sie zog ihre Hände zurück und setzte sich auf. Ihre Augen funkelten böse. Verstreute Blumen schmückten ihr Haar.

Ich sagte: »Es ist nicht deinetwegen, Keri, glaub mir bitte. Mit dir hat das nichts zu tun –«

»Für dich nicht gut genug, wie? Weil meine Mutter eine Hure war?«

»Eine Hure? Aber das wußte ich doch gar nicht.« Plötzlich fühlte ich mich sehr müde. Ich sagte langsam: »Es hat wirklich nichts mit dir zu tun. Du bist sehr schön, Keri. Und vom ersten Augenblick an, da ich dich sah, fühlte ich – aber das hast du ja gewiß gemerkt. Aber dies hat nichts mit Gefühlen zu tun. Es ist zwischen mir und – es ist etwas, das –« Ich brach ab. Es war zwecklos. Groß und glänzend lag ihr Blick auf mir. Sie wandte den Kopf und ordnete ihr Kleid. Ich schloß: »Etwas, das mit – mit meinem Zauber zu tun hat.«

»Zauber.« Verächtlich die Lippen spreizend, schien sie das Wort durchzukosten. Mit heftigem Ruck straffte sie ihren Gürtel und begann, die verstreuten Glockenblumen aufzulesen. Geringschätzig wiederholte sie: »Zauber. Meinst du etwa, ich glaube an deinen dummen Zauber? Meinst du, ich hätte damals überhaupt Zahnweh gehabt?«

»Was weiß ich«, sagte ich überdrüssig und stand auf.

»Nun, vielleicht braucht ein Zauberer ja gar kein Mann zu sein. Du hättest wohl doch lieber ins Kloster gehen sollen.«

»Schon gut.«

Sie zupfte sich Blumen aus dem Haar. Der feine Flaum blinkte wie Spinnweb in der Sonne. Plötzlich sah ich die blaue Stelle an ihrem Handgelenk.

»Habe ich dir sehr weh getan?«

Sie antwortete nicht und hob auch nicht den Kopf. Ich wandte mich zum Gehen. »Adieu, Keri.«

Ich mochte etwa sechs Schritt zurückgelegt haben, als ihre Stimme mich verharren ließ. »Prinz –«

Ich drehte mich zu ihr herum.

»Darauf hört Ihr also, wie?« sagte sie. »Aber ich wundere mich doch. Sohn des Hohen Königs wollt Ihr sein und laßt mir für mein zerrissenes Gewand nicht einmal ein Silberstück zurück?«

Entgeistert starrte ich sie an. Mit trotziger Bewegung schleuderte sie ihr Goldhaar über die Schulter und lachte. Blind tastete ich nach dem Geldbeutel an meinem Gürtel. Eine Münze geriet mir zwischen die Finger. Gold. Langsam ging ich zurück. Immer noch lachend, stand sie vorgebeugt, die Hände wie zu einer Bettlerschale gekrümmt. Das zerrissene Gewand hing ihr lose um den schlanken Hals. Ich warf die Münze auf den Boden und rannte durch den Wald davon.

Ihr Lachen folgte mir. Keuchend lief ich und lief und war dann hinweg über die Hügelhöhe und im nächsten Tal. Endlich hörte ich sie nicht mehr. Ich streckte mich lang neben dem Bach hin und spülte ihren Duft von mir ab.

7

Im Juni kam Ambrosius nach Caerleon und rief mich zu sich. Ich ritt allein und kam erst am späten Abend an, als das Lager im Schein der brennenden Lampen schon zur Ruhe gekommen war. Der König arbeitete noch; aus dem Hauptquartier mit dem Drachenbanner davor fiel Licht. Eine hochgewachsene Gestalt trat hervor. Ich erkannte Uther.

Er strebte einer Tür zu, die dem Gemach des Königs gegenüberlag. Doch dann sah er mich und blieb stehen. »Merlin. Da bist du ja endlich. Hast dir wirklich Zeit gelassen.«

»Das war alles ein wenig überstürzt. Wenn ich außer Landes soll, muß ich ja zuvor meine Angelegenheiten in Ordnung bringen.«

Er sah mich aufmerksam an. »Wer hat dir gesagt, daß du außer Landes solltest?«

»Die Leute sprechen ja von nichts anderem. Nach Irland, nicht wahr? Pascentius soll dort ja recht gefährliche Verbündete gewonnen haben, die Ambrosius rasch vernichtet sehen möchte. Aber warum ich?«

»Weil es darum geht, ihre Hochburg zu zerstören. Hast du schon mal etwas von Killare gehört?«

»Wer wohl nicht? Man sagt, das sei eine Festung, die noch nie jemand erobert habe.«

»Das stimmt. Mitten in Irland liegt ein Berg, von dessen Gipfel man, wie es heißt, zu allen Küsten blicken kann. Und dort auf der Höhe steht diese Festung, die nicht etwa aus Erde und Palisaden errichtet ist, sondern aus starken Steinen. Und aus diesem Grunde, mein lieber Merlin, brauchen wir dich.«

»So ist das. Ihr braucht Maschinen.«

»Ja. Wir müssen Killare angreifen. Sollten wir die Feste nehmen können, so wird für etliche Jahre wohl Ruhe herrschen. Ich möchte Tremorinus mitnehmen, und Tremorinus besteht darauf, dich mitzunehmen.«

»Dann bleibt der König hier, wenn ich recht verstehe?«

»Ja. Und jetzt entschuldige mich. Ich habe noch einiges zu erledigen, sonst würde ich dich bitten, bei mir zu warten. Im Augenblick ist der Lagerkommandant bei ihm, aber das wird wohl nicht lange dauern.«

Er verabschiedete sich freundlich und betrat eilends und schon in der Tür nach dem Diener rufend sein Quartier.

Kaum eine Sekunde später salutierten die Wachen vor dem Gemach des Königs, und der Lagerkommandant kam heraus. Er sah mich nicht und wandte sich zu einem der Soldaten, mit dem er offenbar etwas zu besprechen hatte.

Während ich noch wartete, sah ich plötzlich aus dem Augenwinkel, wie sich drüben, wo Uther wohnte, etwas zwischen zwei Hauswänden schattengleich bewegte. Ich trat zurück aus dem Lichtkreis der nahen Fackel und spähte hinüber. Jetzt erkannte ich eine schlanke Gestalt mit Mantel und Kapuze. Eine weibliche Gestalt. An der beleuchteten Ecke blieb sie stehen und sah sich um. Dann zog sie sich mit verstohlener Handbewegung die Kapuze tiefer ins Gesicht. Die Geste war mir vertraut, und vertraut war auch der Duft, der von leisem Windhauch herbeigetragen wurde. Der Duft nach Honig. Unter der Kapuze lugte, hellglänzend im Schein der Fackel, eine goldene Haarsträhne hervor.

Ich stand ohne Bewegung. Warum war sie mir hierher gefolgt? Was erhoffte sie sich? Was ich empfand, war jetzt wohl weniger Scham als Schmerz – und immer noch Verlangen. Ich zögerte und trat dann einen Schritt vor.

»Keri?«

Doch sie hörte nicht. Hervorgleitend aus dem Halbschatten, lief sie die Stufen zu Uthers Tür hinauf. Dort gebot der Wachsoldat ihr Halt. Ich hörte hastiges Sprechen, dann das leise Lachen des Mannes.

Die Tür ging auf und schloß sich wieder. Und im Fackellicht sah ich das Gesicht des Soldaten, auf dem immer noch jenes wissende Lächeln lag.

Ambrosius, seinen Diener in achtungsvoller Entfernung hinter sich, saß am Tisch.

Er schob seine Papiere beiseite und begrüßte mich. Der Diener brachte Wein und zog sich dann, uns allein lassend, zurück.

Wir tauschten Neuigkeiten aus. Er berichtete, was sich seit meiner Abreise in Winchester ereignet hatte, und sprach von neuen Bauten und frischen Plänen. Dann kam die Rede auf Tremorinus' Arbeit in Caerleon und von dort unvermeidlich auf den Krieg. Ob sich denn die schlimmen Befürchtungen hinsichtlich Pascentius zu bewahrheiten drohten? fragte ich; denn »alles wartet doch tagtäglich darauf, von seiner Landung im Norden zu hören«.

»Nein«, erwiderte er. »Noch nicht. Und wenn sich meine Pläne auch nur einigermaßen verwirklichen lassen, so werden wir vor dem Frühjahr kaum etwas von ihm hören. Bis dahin können wir die notwendigen Vorkehrungen treffen. Doch jetzt gilt es, etwas gegen die drohende Landung zu unternehmen. Sonst mag er sich als gefährlicher entpuppen als jeder meiner bisherigen Feinde.«

»Ich habe bereits so etwas vernommen. Ihr meint doch die Lage in Irland?«

»Ja. Nicht gerade sehr ermutigend, was man von dort hört. Gilloman, ein junger König, sitzt auf dem Thron. Ein wahrer Feuerdrachen, wie es heißt, und überaus kriegslüstern. Und man erzählt sich, daß Pascentius mit Gillomans Schwester verlobt ist. Was das bedeuten könnte, liegt auf der Hand. Ein solches Bündnis könnte sowohl Nord- wie auch Westbritannien gefährden.«

»Befindet Pascentius sich denn in Irland? Wir hörten, er sei in Germanien, um dort Streitkräfte zu sammeln.«

»Ist er auch. Wieviel Mann er inzwischen auf die Beine gebracht hat, weiß ich nicht genau, aber ich schätze, so etwa zwanzigtausend. Leider habe ich auch keine Ahnung, was er und Gilloman genau im Schilde führen.« Er hob die Augenbrauen und betrachtete mich belustigt. »Keine Sorge, Merlin, ich habe dich nicht einer Prophezeiung halber hergerufen. Du hast mir das in Kaerconan ja deutlich genug erklärt. Ich werde mich also damit bescheiden, geduldig wie du auf deinen Gott zu warten.«

Ich lachte. »Ich weiß. Ihr wollt mich also für das, was Ihr ›echte Arbeit‹ nennt.«

»Ganz recht. Das gilt es jetzt. Denn womit ich mich *nicht* bescheiden werde, das ist, hier in Britannien zu warten, während die beiden in Irland und Germanien ihre Streitkräfte sammeln, um wie der Sturm über unsere Küsten hinwegzufahren und gemeinsam den Norden zu überwältigen. Noch liegt Britannien zwischen ihnen, und es muß gelingen, sie endgültig voneinander zu trennen, ehe sie Gelegenheit haben, sich überhaupt zu vereinigen.«

»Und so ist Irland das erste Ziel?«

»Gilloman«, sagte er und nickte. »Er ist jung und unerfahren – und außerdem näher. Uther wird noch vor Monatsende nach Irland segeln.« Er blickte auf die Landkarte, die vor ihm lag, und winkte mir. »Hier. Dies ist Gillomans Feste – Killare. Gewiß hast du schon davon gehört. Leider habe ich aber noch niemanden finden können, der sie mit eigenen Augen gesehen hätte. Ich weiß nur, daß sie praktisch uneinnehmbar sein soll und in der Tat wohl auch noch nie gefallen ist. Nun können wir es uns aber nicht leisten, Uther für eine monatelange Belagerung zu entbehren, während Pascentius bei uns zur Hintertür hereinschlüpft. Killare muß schnell genommen werden, doch soll, wie ich höre, Feuer da wenig nützen können.«

»Ja?« Neben den Landkarten auf dem Tisch hatte ich bereits einige Skizzen bemerkt: Entwürfe von in den Berg getriebenen Stollen.

Er sagte, gleichsam vortastend: »Tremorinus hat eine sehr hohe Meinung von dir.«

»Nett von ihm.« Und dann, geradezu: »Ich bin draußen Uther begegnet. Er hat von Euren Plänen gesprochen.«

»Und – wirst du ihn begleiten?«

»Natürlich stehe ich Euch zu Diensten. Aber, Sir«, sagte ich und wies auf die Skizzen auf dem Tisch, »neue Entwürfe kosten Zeit, und wenn wir so sehr in Druck sind –«

»Nein«, erwiderte er kurz, »neue Entwürfe erwarte ich nicht von dir. Die Maschinen, über die wir verfügen, sind ausgezeichnet – damit muß es gehen. Auch steht bereits alles zum Verladen bereit. Ich brauche dich für etwas anderes, das mir wichtiger scheint.« Er schwieg einen Augenblick. »Killare, Merlin, ist mehr als eine Feste. Es ist ein Heiligtum, das Heiligtum der Könige von Irland. Auf dem Gipfel soll sich ein Kreis aus Steinen befinden, ganz von der Art der sogenannten Tänze, wie du sie von der Bretagne her kennst. Und dort auf Killare, so sagt man, sei das Herz Irlands und das Heiligtum von Gillomans Königreich. Deine Aufgabe, Merlin, ist es, das Heiligtum zu vernichten und das Herz zu rauben.«

Ich schwieg.

»Ich habe mit Tremorinus darüber gesprochen«, sagte er, »und er hat mir geraten, dich kommen zu lassen. Wirst du also gehen?«

»Natürlich. Ich sagte es ja schon.«

Er dankte mir wie einem Ebenbürtigen und sprach dann weiter über Killare: was er noch von der Feste wußte und welche Vorkehrungen wir noch zu treffen hätten. Schließlich lehnte er sich lächelnd zurück und sagte: »Eines bedaure ich sehr. Ich werde jetzt ohne dich nach Maridunum reisen müssen, und ich hätte dich dort gern zur Gesellschaft gehabt. Aber dafür bleibt nun mal keine Zeit.«

»Danke, Sir. Aber ich würde kaum gewagt haben, Euch die Gastlichkeit einer Höhle anzubieten.«

»Ich würde sie sehr gerne sehen.«

»Den Weg dorthin kann Euch jeder weisen. Aber mein Schlupfwinkel dürfte kaum der geeignete Ort für Euch sein.«

Ich unterbrach mich. Über sein Gesicht glitt ein Lachen, das ihn um Jahre, wenn nicht Jahrzehnte zu verjüngen schien. Ich setzte meinen Becher ab. »Was für ein Narr bin ich doch. Es war mir völlig entfallen.«

»Was? Daß du dort gezeugt worden bist? Ich dachte es mir. Den Weg zur Höhle werde ich gewiß noch selber finden können.«

Dann begann er, von seinen eigenen Plänen zu sprechen. Er wolle in Caerleon bleiben, denn »wenn Pascentius angreift, so wird er wohl in dieser Richtung ziehen (sein Finger glitt über die

Landkarte), und ich kann ihn südlich von Carlisle abfangen. Was mich zum nächsten Punkt bringt. Denn da ist noch etwas, das ich mit dir erörtern möchte. Als du im vergangenen April, auf dem Wege nach Maridunum, in Caerleon warst, hattest du doch wohl ein Gespräch mit Tremorinus?«

Ich wartete.

»Über dies hier.« Er griff nach einem Bündel von Entwürfen und reichte es mir. Sie betrafen weder das Lager noch ein sonst mir bekanntes Gebäude. Ich sah eine Kirche, eine Halle, einen Turm. Minutenlang betrachtete ich sie stumm. Und fühlte mich, ohne zu wissen warum, plötzlich müde, als sei mein Herz für mich zu schwer. Die Lampe blakte und wurde trüb. Schatten tanzten über Tisch und Papiere. Mit Anstrengung raffte ich mich zusammen und blickte zu meinem Vater. »Ich verstehe. Ihr meint die Gedenkgebäude.«

Er lächelte. »Ich bin römisch genug, um mir ein sichtbares Monument zu wünschen.«

Ich wies auf die Zeichnungen. »Und britisch genug, um es in britischer Art zu wollen. Ja, darüber habe ich mit Tremorinus gesprochen.«

»Was hat Tremorinus dir erzählt?«

»Daß an die Errichtung eines Monuments zu Ehren Eurer Siege und Eurer Herrschaft über ein vereinigtes Königreich gedacht sei. Ich war mit Tremorinus der Meinung, daß ein Triumphbogen hier in Britannien verfehlt wäre. Tremorinus berichtete, daß die Geistlichkeit sich für diesen Zweck eine große Kirche wünsche – der Bischof von Caerleon zum Beispiel in seiner Stadt. Aber das würde wohl kaum angehen, Sir, nicht wahr? Denn wenn Ihr hier in Caerleon bauen ließet, so wären Euch gewiß Winchester und London und York gram. Und von allen hätte Winchester zweifellos das größte Recht darauf. Schließlich ist es Eure Hauptstadt.«

»Vielleicht. Aber ich hatte da einen anderen Gedanken. Auf meiner Reise von Winchester kam ich durch Amesbury ...« Er beugte sich plötzlich vor. »Was hast du, Merlin? Bist du krank?«

»Nein. Die Nacht ist nur so heiß. Wahrscheinlich ist ein Sturm im Anzug. Sprecht doch weiter. Ihr kamt durch Amesbury.«

»Wußtest du, daß ich dort geboren bin? Nun, die Errichtung des Monuments in Amesbury wäre doch keine schlechte Idee. Niemand könnte sich beklagen – und noch aus einem zweiten Grund wäre die Wahl vorzüglich.« Er runzelte die Stirn. »Du bist ja totenblaß, Merlin. Fehlt dir auch wirklich nichts?«

»Nein. Nur ein wenig müde bin ich.«

»Hast du überhaupt schon gegessen? Wie gedankenlos von mir, dich nicht schon längst danach zu fragen.«

»Ich habe mich unterwegs gestärkt, danke, Sir. Ich brauche wirklich nichts. Außer noch etwas Wein vielleicht.«

Ehe ich mich ganz erheben konnte, war er schon auf den Füßen und kam mit dem Krug um den Tisch, um mir einzuschenken. Während ich trank, verharrte er, gegen den Tisch gelehnt, in meiner Nähe. Ich fühlte mich an jenen Abend in Niederbritannien erinnert, da ich in ihm meinen Vater entdeckt hatte. Einen Augenblick stand das Bild vor mir und verschmolz mit der jetzigen Wirklichkeit. Ich lächelte.

»Ich fühle mich gut, Sir. Fahrt nur fort. Ihr spracht gerade von einem zweiten Grund, aus dem Amesbury für ein Monument der geeignete Ort wäre.«

»Es ist dir sicher nicht unbekannt, daß ganz in der Nähe der Stadt die von Hengist erschlagenen Britannier begraben liegen. Und niemand wird wohl bestreiten, daß ein Monument zu Ehren meiner Siege und zum Ruhm des vereinigten Königreiches auch diese Krieger würdigen sollte.« Er zögerte kurz und sagte dann: »Und man könnte wohl auch einen dritten Grund anführen, noch triftiger als die ersten beiden.«

In den Weinbecher blickend, ergänzte ich mit ruhiger Stimme: »Daß sich dort ja schon das größte Monument von ganz Britannien befindet? Das womöglich gewaltigste des gesamten Westens?«

»Ah.« Der Ausruf klang tief befriedigt. »Also findest auch du die Idee nicht schlecht? Ich nehme an, daß du den Hünentanz gesehen hast.«

»Auf der Reise nach Maridunum ritt ich von Amesbury aus zu der Stelle.«

Er richtete sich auf und ging um den Tisch herum zu seinem Stuhl zurück. Sich setzend, beugte er sich zu mir vor. »Dann verstehst du auch, worauf ich hinaus will. Du kennst diese Steine ja von der Bretagne her. Und du weißt auch, was der Tanz einmal bedeutet hat. Wie aber sieht es jetzt dort aus? Ein Chaos von Steingiganten an abgelegenem Ort, wo Sonne und Wind ihr Spiel treiben.« Mich sorgsam beobachtend, fügte er langsamer hinzu: »Ich habe mit Tremorinus hierüber gesprochen. Nach seiner Meinung ist Menschenmacht nicht imstande, die Steine aufzurichten.«

Ich lächelte. Und Ihr habt mich kommen lassen, damit dich das für Euch besorge?«

»Nun, du weißt ja, was man sagt. Daß nicht Menschenmacht, sondern Zauberkraft über sie geboten hat.«

»Dann«, sagte ich, »wird man das wohl auch diesmal wieder behaupten.«

Er starrte mich an. »Willst du damit sagen, daß du es tun kannst?«

»Warum nicht?«

Er schwieg und wartete. Und in seinen Augen sah ich auch nicht den Funken eines zweifelnden oder ungläubigen Lächelns.

Ich sagte: »Ich kenne die Geschichten, die man sich über die stehenden Steine erzählt – in Niederbritannien wie hier. Doch ihre Errichtung ist Menschenwerk, Sir. Und wozu Menschen früher imstande waren, werden auch wir fähig sein.«

»Du meinst, wenn ich schon keinen Magier zur Verfügung habe, so doch wenigstens einen fachkundigen Ingenieur?«

»Ganz recht.«

»Und wie willst du es bewerkstelligen?«

»Das weiß ich auch noch nicht. Aber was einmal gemacht worden ist, läßt sich auch wieder machen.«

»Du bist also bereit, es für mich zu tun, Merlin?«

»Natürlich. Habe ich nicht gesagt, daß ich hier bin, um Euch zu dienen, so gut ich es vermag? Ich werde den Hünentanz für Euch wieder aufbauen, Ambrosius.«

»Ein starkes Symbol für Britannien.« Den Blick auf seine Hände gerichtet, schien er zu grübeln. »Wenn meine Zeit kommt, Merlin, werde ich dort meine Ruhestätte finden. Der Leichnam des Königs unter den Steinen, auf denen das Licht der Sonne liegt. Der tote Krieger unter der Schwelle des britannischen Reiches.«

Jetzt erst sah ich, daß die Hand eines Dieners die Vorhänge an der Tür zurückgezogen hatte. Die Wachen waren nicht zu sehen. Über dem Lager breitete sich Stille. Die Türöffnung umrahmte eine blaue Nacht, in der funkelnde Sterne brannten. Rings um uns bäumten sich riesige Schatten, ragenden Steinen gleich, die sich wie ineinanderverwobene Baumstämme über einer Stätte erhoben: an einem Ort, wo vor Urzeiten unbekannte Hände ein Heiligtum für die Götter der Erde und der Luft und des Wassers errichtet hatten. Eine Stimme sprach; die Stimme eines Königs, die Stimme meines Vaters. Und wie dumpfer Widerhall aus dem Dunkeln drangen die Worte an mein Ohr.

». . . und solange der König dort unter den Steinen liegt, wird das Reich nicht fallen. Und unendlich viel länger als je zuvor soll der Tanz wieder stehen, und Licht aus dem lebenden Himmel wird sich über ihn ergießen. Und ich werde den großen Block zurückschaffen auf die Grabstelle, und dies soll das Herz von Britannien sein, und von nun an wird es statt vieler Könige nur noch einen König geben und statt vieler Götter nur noch einen Gott. Und ihr sollt wieder in Britannien leben für alle Zeit, und wir werden uns einen König schaffen, dessen Name gelten soll, solange die Steine stehen; einen König, der mehr sein wird als nur ein Symbol – nämlich Schild und lebendes Schwert zugleich.«

Doch nicht des Königs Stimme war es, die sprach; es war meine eigene. Ambrosius, die Hände still und flach auf den Dokumenten, saß auf der anderen Seite des Tisches und starrte aus überschatteten Augen. Die Lampe zwischen uns, von sachtem Luftstrom bewegt, warf ein trübes Licht.

Langsam klärte sich das Bild vor mir. Ich sah meinen Vater an. »Was – was habe ich gesagt?«

Er schüttelte lächelnd den Kopf und griff nach dem Weinkrug.

Ich sagte ärgerlich: »Das kommt über mich wie so eine plötzliche Ohnmacht bei einer Schwangeren. Erzähl mir bitte, was ich gesagt habe.«

»Du hast mir ein Königreich verliehen. Und Unsterblichkeit. Was sonst noch könnte ich mir wünschen. Trink jetzt, Ambrosius' Prophet.«

»Aber keinen Wein. Ist Wasser da?«

»Hier.« Er erhob sich. »Und jetzt geh und schlafe, wie auch ich schlafen werde. In aller Frühe werde ich nach Maridunum aufbrechen. Soll ich etwas für dich ausrichten?«

»Sagt Cadal, er möge Euch das silberne Kreuzifix mit den Amethysten geben.«

Schweigend standen wir einander einen Augenblick gegenüber, und ich sah, daß ich fast so groß war wie er. Mit leiser Stimme sagte er: »Also – Lebewohl.«

»Wie kann man einem König Lebewohl sagen, dem die Unsterblichkeit verliehen ist?«

Er warf mir einen sonderbaren Blick zu. »So werden wir also wieder zusammenkommen?«

»Ja, das werden wir, Ambrosius.«

In diesem Augenblick wußte ich, daß ich ihm seinen Tod geweissagt hatte.

8

Killare, so war mir gesagt worden, sei ein Berg mitten in Irland. Rundum, flach und grün, dehnt sich ohne nennenswerte Bodenwelle das Land gleichförmig nach Norden, Süden, Osten und Westen. Doch daß man von der Hügelhöhe freien Blick bis hin zu den Küsten habe, trifft nicht zu; was man unbeschränkt nach allen Seiten sieht, ist das flache, grüne Land unter sanftem und bewölktem Himmel.

Mild ist dort selbst die Luft.

Zeit und Land schienen jedem Gedanken an Krieg völlig fern. Und lange dauerte die blutige Auseinandersetzung auch nicht. Gilloman, der junge König, erst achtzehn, wie es hieß, schlug die Mahnungen seiner Ratgeber in den Wind. Ohne erst eine günstige Gelegenheit zur Schlacht abzuwarten, zog er, kaum daß die

Kunde von der Landung fremder Truppen zu ihm drang, unserem Heer entgegen und stelle sich den erprobten Kriegern zum Kampf: auf einer Ebene mit einem Hügel in unserem und einem Fluß in seinem Rücken. Uthers Soldaten widerstanden dem ersten wilden und kühnen Angriff, ohne auch nur einen Schritt zurückzuweichen. Dann gingen sie ihrerseits vor und trieben die Iren ins Wasser. Zum Glück für den Gegner war der Fluß breit und flach, und obschon er sich an diesem Abend rot färbte, gelang es doch vielen hundert Iren zu entkommen, darunter auch König Gilloman selbst. Als uns dann berichtet wurde, er sei mit einer Handvoll treuer Gefolgsleute nach Westen geflohen, lag die Vermutung nahe, er wolle sich in die Festung von Killare retten. Deshalb setzte Uther tausend Berittene auf seine Spur, die ihn vor Erreichen seines Ziels abfangen sollten. Und das gelang ihnen auch, eine knappe halbe Meile vor den Burgmauern am Fuß des Hügels. Die zweite Schlacht war kürzer und blutiger als die erste. Doch sie fand nachts statt, und im wirren Handgemenge glückte es Gilloman ein zweites Mal zu entkommen und mit wenigen seiner Mannen davonzugaloppieren – und diesmal wußte niemand, wohin. Aber die Entscheidung war gefallen, und als wir, der Hauptteil des Heeres, zum Hügel gelangten, hatten die britannischen Truppen die Feste schon besetzt, und die Tore waren uns geöffnet.

Über das, was dann geschah, ist viel Unsinniges verbreitet worden. Ich habe selbst einige der Lieder gehört und sogar einen schriftlichen Bericht darüber gelesen. Ambrosius war falsch unterrichtet worden. Killare war keineswegs aus großen, starken Steinen erbaut, oder, genauer: Die äußeren Befestigungen bestanden aus Erdwall und Palisaden mit einem Graben davor und einem zweiten tieferen und dornenbewehrten Graben dahinter. Die eigentliche Burgmauer bestand zwar aus Steinen, und großen dazu, hätte jedoch einem ernsthaften Angriff kaum übermäßig viel Widerstand geboten. Innerhalb dieser Burgmauer gab es eine Anzahl überwiegend aus Holz errichteter Gebäude und etliche feste Unterstände, wie man sie auch in Britannien findet. In der Mitte umkränzte eine letzte und innerste Mauer gleich einer Königskrone die hochragende Hügelspitze, auf der sich das Heiligtum befand: der Steinkreis also, jener Tanz, von dem gesagt wurde, in ihm sei das Herz Irlands enthalten. Gebildet von einem einzigen Kreis unverbundener Steine, hielt er zwar einem Vergleich mit dem großen Tanz von Amesbury nicht stand, war jedoch auf seine Weise durchaus eindrucksvoll, auch wenn, genau wie in Amesbury, ein Teil der Steine nicht mehr aufrecht stand.

Am selben Abend noch stieg ich allein empor. Auf den Hängen und am Fuß des Hügels vollzog sich, Nachspiel der Schlacht, jenes Lärmen und Treiben, das ich von Kaerconan her kannte. Doch als ich, die innerste Mauer durchquerend, auf den Gipfel gelangte, war es, als vertausche ich das Getöse einer menschenerfüllten Halle gegen die abgelegene Kammer eines Turmwächters. Während ich durch das hohe Sommergras schritt, schienen alle Geräusche hinabzusinken, und eine fast völlige Stille trat ein, in der ich mit mir allein war.

Am Himmel stand, tief noch und fahl, ein runder Mond, über den Wolkenschatten glitten. Hier und dort leuchtete Sternengeflirr, Schafherden gleich, die von einem Hirten geleitet wurden, und dem Mond gegenüber brannte ein einzelner großer Stern. Lang und sanft fiel strähniges Dunkel über das blühende Gras.

Leicht gegen Osten geneigt, ragte ein hoher Stein empor. Eine Grube oder Gruft schien sich anzuschließen, hinter der ein runder Findling schwarz gegen das Licht des Mondes stand. Unwillkürlich blieb ich stehen. Irgend etwas war dort, unnennbar zwar, aber dennoch deutlich zu spüren – fast als sei jener schwarze, alte Stein am Rande der Grube eine in sich gekauerte dunkle Kreatur. Ein Schauer rann mir über den Rücken, und ich wandte mich ab. Dort wollte ich nicht eindringen.

Als ich den Kreis aus Steinen betrat, hob sich, gleichsam mit mir klimmend, die weiße Mondscheibe über den Tanz empor und schien hell in die Mitte des Kreises. Meine Schritte knirschten über trockenen Boden. Hier waren, vor kurzem noch, Feuer entzündet worden. Ich sah weißlich schimmerndes Gebein und einen wie einen Altar geformten flachen Stein mit eingemeißeltem Muster ineinanderverschlungener Seile – oder Schlangen. Sacht ließ ich einen Finger darübergleiten. Ganz in der Nähe das Rascheln und Fiepen einer Maus. Sonst kein Geräusch. Alles wirkte tot und verlassen – verlassen auch von Gott oder Göttern. Ich ging weiter, durch Schatten, durch Licht. Wieder ein Stein, oben rund, einem Binenenkorb ähnlich. Und noch einer, umgestürzt ins hohe Gras, das ihn nahezu verbarg. Während ich vordrang, Schritt für Schritt, strich Windhauch durch die Halme und ließ das Licht taumeln und die Schatten schwanken. Mein Fuß verfing sich irgendwo. Ich geriet ins Straucheln und fiel auf die Knie. Vor mir, im Gras kaum zu sehen, lag ein langer, flacher Stein. Ich betastete ihn mit beiden Händen. Ein riesiger, unbehauener Naturstein, auf den sich jetzt Mondlicht ergoß. Und auch ohne die Kälte, die in meine Hände kroch, auch ohne das Zischeln des Windes im bleichen Gras wußte ich, daß dies der Stein war, der galt. Rings um mich, wie Tänzer, die sich zurückgezogen haben von einer Mitte, standen schwarz die schweigenden Steine. Auf der einen Seite die fahle Mondscheibe, auf der anderen der weißbrennende Königsstern. Langsam erhob ich mich und stand am Fuß des langen Steines – so wie man am Fuß eines Bettes steht und auf das Dahinscheiden eines Sterbenden wartet.

Wärme und Stimmengewirr weckten mich auf. Ich hob den Kopf. Halb kniend, halb liegend hatte ich Arme und Oberkörper auf den Stein gestützt. Die Morgensonne stand schon hoch und strahlte grell auf die Mitte des Tanzes herab. Aus dem feuchten Gras wölkte Nebel empor, dessen Schleier die unteren Hänge des Hügels verhüllten. Nicht weit von mir stand, leise flüsternd und mich nicht aus den Augen lassend, eine Gruppe von Männern. Während ich noch meine steifen Glieder bewegte, teilte sich die Gruppe, und Uther trat hervor, gefolgt von etwa einem halben Dutzend seiner Offiziere, darunter auch Tremorinus. Dann kamen zwei Soldaten, die einen Mann vor sich herschoben, einen irischen Gefangenen offenbar. Seine Hände waren gefesselt, und über eine Wange zog sich eine blutverkrustete Wunde. Doch er hielt sich gut und zeigte weniger Furcht als die Wächter an seiner Seite.

Wahrscheinlich ließen sich die Spuren der Nacht noch deutlich von meinem Gesicht ablesen, denn in den Augen der Offiziere sah ich jene Mischung aus Vorsicht und Verwirrung, mit der Menschen mich oft betrachteten. Selbst Uther schien zu stutzen, als er jetzt vor mir stand, und seine Stimme klang überlaut.

»Dein Zauber ist ihnen also gewachsen.«

Das helle Sonnenlicht blendete mich. Unwirklich und wesenlos wie ein Bild in bewegtem Wasser verschwamm Uthers Gestalt. Ich räusperte mich und versuchte zu sprechen und sagte schließlich: »Ich bin noch am Leben, falls Ihr das meint.«

Tremorinus sagte barsch: »Außer ihm hätte es keiner von uns gewagt, die Nacht hier zu verbringen.«

»Aus Furcht vor dem schwarzen Stein?«

Ich sah Uthers Hand. In unwillkürlicher Geste streckte sie sich, um das Zeichen zu machen. Er bemerkte meinen Blick und fragte ärgerlich: »Wer hat dir von dem schwarzen Stein erzählt?«

Bevor ich antworten konnte, sagte der irische Gefangene plötzlich: »Ihr habt ihn gesehen? Wer seid ihr?«

»Ich heiße Merlin.«

Er nickte langsam. Immer noch zeigte er keine Spur von Furcht oder Scheu. Er schien meine Gedanken zu lesen, denn sein plötzlich aufspringendes Lächeln besagte eindeutig: »Wir beide, wir werden die Lage schon meistern.«

»Warum hat man dich hierhergebracht?« fragte ich ihn.

»Um von mir zu erfahren, welches der Königsstein ist.«

»Laßt ihn gehen«, sagte ich. »Wir brauchen ihn nicht. Und kümmert euch nicht um den Altar. Dies hier ist der Stein.«

Sie schwiegen. Dann lachte der Ire auf. »Nun ja, gegen den Zauberer des Königs bleibt einem armen Dichter wohl wenig Hoffnung. Daß Ihr den Stein findet und mit Euch nehmt, stand in den Sternen und ist wohl auch nur gerecht. Denn nicht das Herz Irlands liegt in jenem Stein beschlossen, sondern Irlands Fluch, und vielleicht ist es für uns besser, wenn beide verschwinden.«

»Erkläre mir das«, sagte ich. Und zu Uther: »Laßt ihn frei.«

Uther nickte, und die Soldaten nahmen dem Gefangenen die Fesseln ab. Er rieb sich die Handgelenke und sah mich lächelnd an. Es war, als sei niemand hier außer uns beiden. »Man erzählt sich, daß dieser Stein vor langer Zeit von Britannien kam, aus den Bergen des Westens, nicht weit von der Irischen See; und daß der große König von ganz Irland, Fionn Mac Cumhaill mit Namen, ihn in einer Nacht in seinen Armen davongetragen und, das Meer durchschreitend, hier abgesetzt habe.«

»Und jetzt«, sagte ich, »werden wir ihn etwas mühseliger wieder nach Britannien bringen.«

Er lachte. »Ich hätte geglaubt, daß ein großer Zauberer wie Ihr ihn mit einer Hand aufheben kann.«

»Ich bin nicht Fionn«, sagte ich. »Und wenn du weise bist, Dichter, so kehrst du jetzt zu Herd und Harfe zurück und widmest dich anderen Künsten als der des Krieges. Besinge den Stein und seine künftige Geschichte: Wie Merlin ihn mit leichter Hand vom Tanz von Killare zum Tanz von Amesbury trug.«

Immer noch lachend, grüßte er und ging. Tatsächlich gelang es ihm, mit heiler Haut davonzukommen, wie ich erst viele Jahre später entdeckte, als ich nämlich irgendwann einmal sein Lied hörte.

Doch jetzt wurde sein Verschwinden kaum bemerkt. Grübelnd starrte Uther auf den Stein und blieb sekundenlang stumm. Schließlich sagte er: »Du hast dem König doch versichert, die Lösung zu haben. Stimmt das nicht?«

»Was Menschen hergeschafft haben, können Menschen auch wieder fortschaffen – das ist allerdings meine Meinung.«

Er runzelte die Stirn und musterte mich unsicher und immer noch ein wenig ärgerlich. »Weiß schon. Und bin derselben Ansicht. Hierfür braucht's weder Zauber noch Zauberspruch. Erprobte Leute mit den richtigen Maschinen genügen vollauf. Tremorinus!«

»Sir?«

»Außer um diesen Königsstein brauchen wir uns um den Rest wohl nicht weiter zu scheren. Reiß die Steine, wo irgend möglich, nieder und laß es damit genug sein.«

»Ja, Sir. Und wenn ich Merlin haben könnte –«

»Merlins Leute nehmen sich die Befestigungen vor. Sieh zu, daß du dich an die Arbeit machst, Merlin. Ich gebe dir vierundzwanzig Stunden Zeit.«

Hierin waren die Männer geübt: Sie ebneten die Erdwälle ein und füllten die Gräben damit. Palisaden und Gebäude wurden einfach in Brand gesteckt. Die Männer arbeiteten unverdrossen und in bester Stimmung, denn sie wußten die Großmut, die Uther stets gegen sie übte, wohl zu schätzen. Und so hatten sie Beute im Überfluß gemacht, kupferne und bronzene und goldene Armringe und Spangen sowie Waffen aller Art, die von bester irischer Handwerksarbeit zeugten. Gegen Sonnenuntergang waren wir fertig und zogen uns vom Hügel zur Ebene zurück, wo ein Behelfslager aufgeschlagen war. Oben auf der Kuppe flammten immer noch Feuer und auch Fackeln, deren Schein den Trümmern des Tanzes ein gespenstisches Leben verlieh.

Nach dem Essen suchte mich Tremorinus auf. Sein Gesicht war müde, doch in den Augen blitzte ein grimmiges Funkeln.

»Den ganzen Tag haben wir uns mit dem Stein abgeplagt«, sagte er mürrisch. »Und was haben wir geschafft? Ein paar Fuß in die Höhe, bis dann, vor einer halben Stunde, die Stützen zusammenbrachen und der Stein wieder zurückfiel. Warum, zum Teufel, mußte es denn gerade der sein? Mit dem Altar des Iren hätten wir weniger Ärger gehabt.«

»Was soll uns der Altar des Iren?«

»Was, zum Teufel, soll uns der Königsstein, wenn wir ihn doch nicht fortschaffen können? Hört, Merlin, ich schere mich einen Pfifferling um das, was Uther sagt. Schließlich hat er mir die Arbeit aufgehalst, und ich muß damit fertig werden. Kommt also und seht Euch die Sache einmal an, wenn Ihr wollt.«

Der Rest der Geschichte ist inzwischen zur geheimnisumwitterten Legende geworden. Eine genaue Schilderung unserer Arbeit wäre gewiß ermüdend, und so will ich nur sagen, daß es gar so schwer nicht war.

Die Kunde kam dann in Caerleon: Der König lag sterbenskrank in Winchester.

Und in dieser Nacht stieg, einem Feuerdrachen gleich, wie die Menschen einander zuraunten, der Königsstern erneut am Himmel empor und zog ein Gefolge aus flirrendem Sternendunst hinter sich. Doch auch ohne dieses Omen war mir bekannt, was ich gewußt hatte seit jener Nacht auf der Hügelhöhe von Killare: der Nacht, in der ich bereit gewesen war zu dem Gelübde, den großen Stein von Irland nach Britannien zu bringen, um ihn dort auf das Grab meines Vaters zu legen.

Und so kam es, daß wir den Königsstein wieder nach Amesbury schafften und ich die umgestürzten Kreise des Hünentanzes an Ort und Stelle aufrichten ließ als Monument für Ambrosius. Und während des nächsten Osterfestes wurde Uther Pendragon in London zum König gekrönt.

FÜNFTES BUCH

Das Kommen des Bären

1

Später sagte man, der große Drachenstern, der über Ambrosius' Tod leuchtete und von dem Uther seinen königlichen Namen Pendragon oder Drachenfürst ableitete, sei für den neuen Herrscher ein böser Vorbote gewesen. Tatsächlich schien sich zu Beginn alles gegen Uther zu verschwören. Wie auf ein langerwartetes Zeichen erhoben sich auf allen Seiten alte Feinde, um Ambrosius' Nachfolger zu vernichten.

Doch seine Schlacht gegen die Sachsen, ein glanzvoller Sieg nach fast unabwendbarer Niederlage, war genau das, was Uther zur Festigung seiner Herrschaft brauchte. Vergessen war Ambrosius' gesunkener Stern. Jeder sprach von dem neuen König wie von einer aufgehenden Sonne, und sein Name war auf aller Lippen, angefangen von den Handwerkern, die für ihn Paläste bauten, bis zu den Gaben und Ehren heischenden Edlen und Kriegern sowie den Damen des Hofes. Sie stolzierten gar, Mohnblumen gleich, in Gewändern einer neuen Farbe herum, dem sogenannten Pendragon-Rot.

Während dieser ersten Wochen sah ich ihn nur ein einziges Mal. Ich war in Amesbury, wo ich die Arbeit am Hünentanz leitete. Tremorinus befand sich im Norden, doch verfügte ich über ausgezeichnete Leute, die nach ihrer Erfahrung mit dem Königsstein von Killare darauf brannten, sich an den Riesenblöcken des Tanzes zu versuchen. Nachdem wir die entsprechenden Vorbereitungen getroffen hatten, das Graben von Standlöchern und das Aufstellen von Stützen, war das eigentliche Aufrichten der Steine mit Hilfe von Seilen, Scherkränen und Senkschnur leicht zu bewerkstelligen. Schwierig wurde es erst bei den riesigen Querblöcken. Doch das Wunder dieses Bauwerks war vor Urzeiten von Meistern vollendet worden, welche die gigantischen Klötze so paßgerecht zusammengefügt hatten, wie etwa ein Zimmermann das Dach eines Hauses. Was uns als Aufgabe blieb, war das Ersinnen einer Möglichkeit, sie emporzuheben. Und genau dieses Problem war es ja gewesen, mit dem ich mich, angeregt durch die vielen stehenden Steine in Niederbritannien, seinerzeit ausgiebig und lange beschäftigt hatte. Schließlich entwarf ich, von früheren Ideen ausgehend, eine Art Holzgerüst, dem gewiß Primitivität anhaftete, das jedoch, wie am kleinen Modell vor Jahren, auch hier seinen Zweck erfüllte. Eine äußerst mühevolle, doch erfolgreiche Arbeit. Und alle Plage wurde durch den Anblick belohnt, den die Stück für Stück an Ort und Stelle gebrachten Steine boten. Um einen dieser Giganten auch nur einen Fingerbreit zu bewegen, waren zweihundert Männer vonnöten, eingearbeitete Trupps, die, Ruderern gleich, zum Rhythmus von Musik arbeiteten. Es waren alte Lieder, deren ich mich noch aus Kindheitstagen entsann. Moravik, meine Kinderfrau, hatte sie mir vorgesungen, doch zu anderen Worten als die Männer hier, aus deren Mund die Lieder, rauh und derb in der Regel, oft auch als Spottgesänge auf die ›Höheren‹ erklangen. Weder Uther noch ich selbst wurden verschont, wenn schon die Lieder auch nie absichtlich in meiner Gegenwart gesungen wurden.

Jahre später habe ich gehört, daß man sich erzählt, ich hätte die Steine des Tanzes durch Magie und Musik bewegt. Und in gewisser Weise trifft das wohl auch zu. So etwa, will mir scheinen, muß auch die Sage entstanden sein, daß Phöbus Apollo die Mauern Trojas durch Musik errichtet habe. Doch Magie und Musik, die bei der Wiederherstellung des Hünentanzes am Werke waren, gehörten nicht mir allein: Sie teilte ich mit dem blinden Sänger von Kerrec, der mir von den stehenden Steinen und ihren Erbauern berichtet hatte.

Mitte November setzte scharfer Frost ein, aber wir waren auch fertig. Das letzte Lagerfeuer wurde gelöscht, der letzte Wagen voll Menschen und Material rollte in südlicher Richtung nach Sarum. Cadal war, mir voraus, nach Amesbury geritten, während ich noch, mein scheuendes Pferd zügelnd, wartete, bis die Wagen am Horizont der weiten Ebene verschwanden.

Ich war allein. Der Himmel wölbte sich wie eine Schüssel aus Zinn. Es war noch früh am Tag, und das Gras schimmerte frostweiß. Fahl zeichnete die dünne Wintersonne die Schatten der verbundenen Blöcke auf den Boden. Und plötzlich standen langvergangene Bilder vor meinen Augen: der stehende Stein in froststarrem Feld, der Stier und das Blut und der lächelnde junge Gott mit dem blonden Haar. Ich blickte auf die Grabstelle, wo, wie ich wußte, mein Vater mit dem Schwert in der Hand lag. Ich sagte zu ihm: »Zur Wintersonnenwende werden wir uns wiedersehen.« Dann verließ ich ihn und stieg auf mein Pferd und ritt nach Amesbury.

2

Im Dezember erhielt ich Nachricht über Uther; er war zum Weihnachtsfest von London nach Winchester geritten. Ich schickte ihm eine Botschaft, bekam jedoch keine Antwort und suchte mit Cadal abermals den Hünentanz auf. Einsam und frostbedeckt standen die Steine inmitten der Ebene. Es war der zwanzigste Dezember.

In einer flachen Mulde nicht weit vom Tanz banden wir unsere Pferde an und entzündeten ein Feuer. Die Nacht war frisch und klar, und in dichten Schwärmen funkelten die Sterne wie Staubkörner im Mondenschein.

»Versuch zu schlafen, wenn du das bei dieser Kälte kannst«, sagte Cadal. »Ich werde dich vor Tagesanbruch aufwecken. Warum glaubst du eigentlich, daß er kommen wird?« Und als ich nicht antwortete: »Na ja, als Magier mußt du das ja wissen. Aber falls all dein Zauber dir gegen diese Hundekälte nicht helfen sollte, so hätte ich hier noch einen Umhang für dich. Und keine Sorge, ich mache dich rechtzeitig wach.«

Dicht in die doppelte Hülle eingerollt, lag ich, Kopf auf meinem Sattel, nahe beim Feuer und döste eher, als daß ich schlief. Um mich her vernahm ich leise Laute, welche die tiefe Stille der Weite nur um so eindringlicher wirken ließen: das Zischen und Prasseln des Feuers, das Auflegen von frischem Holz von Cadals Hand, das Scharren und Grasen der Pferde, der Schrei einer jagenden Eule in der Luft; und dann, kurz vor Morgengrauen, jenen Klang, auf den ich gewartet hatte – stetes Pochen unter meinem Kopf, das Geräusch sich nähernder Pferdehufe.

Ich setzte mich auf. Cadal starrte aus trüben Augen und sagte mürrisch: »Hast bestimmt noch eine Stunde Zeit.«

»Schon gut. Ich habe genug geschlafen. Leg dein Ohr gegen den Boden und sag mir, was du hörst.«

Er gehorchte, lauschte ein, zwei Herzschläge lang und sprang dann hoch und auf unsere Pferde zu. Durch die Nacht hämmernde Hufe waren in dieser ruhelosen Zeit stets ein Alarmzeichen.

Ich rief: »Keine Angst, Cadal. Das ist Uther. Wie viele Pferde werden das sein?«

»Zwanzig. Vielleicht dreißig. Aber bist du auch sicher, daß das Uther ist?«

»Völlig sicher. Sattle jetzt die Pferde und bleibe bei ihnen.«

Es war jene Stunde zwischen Nacht und Morgen, in der die Luft stillzustehen scheint. Die Pferde näherten sich im Galopp. Dröhnend hallte das Stampfen der Hufe von der frostüberzogenen Ebene wider. Der Mond war verschwunden. Ich wartete neben dem Stein.

Ein Stück entfernt, trennte Uther sich von seiner Schar und ritt, von nur einem Begleiter flankiert, herbei. In der sternhellen Nacht hatten sie ihren Weg ohne Fackeln finden können, und ihre ans Dunkel gewöhnten Augen mußten das Flackern von Cadals ersterbendem Feuer längst entdeckt haben. Mich jedoch hatten sie noch nicht gesehen. In rascher Fahrt strebten sie auf den äußeren Kreis des Tanzes zu, und sekundenlang schien es, als wollten sie hineinreiten. Doch mit über den Boden knirschenden Hufen kamen die Pferde zum Halt. Der König schwang sich aus dem Sattel und warf seinem Begleiter die Zügel zu. »Führe das Tier herum«, hörte ich ihn sagen. Und dann kam er, ein rasch gleitender Schatten zwischen den Schatten der Giganten, auf mich zu.

»Merlin?«

»Herr?«

»Eine absonderliche Zeit hast du dir da ausgesucht. Mußte es denn mitten in der Nacht sein?« Seine Stimme klang hellwach und genausowenig huldvoll wie sonst. Doch gekommen war er jedenfalls.

Ich sagte: »Ihr wolltet doch sehen, was ich hier getan habe, und dies ist die Nacht, in der ich's Euch zeigen kann. Ich bin froh, daß Ihr gekommen seid.«

»Mir zeigen? Was denn? Eine Vision? Ist dies etwa wieder einer deiner Träume? Ich warne dich –«

»Nein. Nichts dergleichen, nicht jetzt. Doch ich möchte, daß Ihr etwas seht, was nur heute nacht gesehen werden kann. Allerdings werden wir darauf leider eine Weile warten müssen.«

»Lange? Es ist kalt.«

»Nicht sehr lange, Herr. Bis zum Morgengrauen.«

Er stand, mir gegenüber, auf der anderen Seite des Königssteins, und im schwachen Sternenlicht sah ich, wie er mit gebeugtem Kopf darauf niederblickte und sich über das Kinn strich. »Man sagt, daß du damals, als du die ganze Nacht neben diesem Stein zubrachtest, Visionen hattest. Und man hat mir sogar erzählt, daß er, sterbend, zu dir gesprochen habe, als wärest du in seinem Schlafgemach, unmittelbar am Fuß des Bettes. Ist das wahr?«

»Ja.«

Mit einem Ruck hob er den Kopf. »Dann hättest du also auf Killare gewußt, daß mein Bruder im Sterben lag und mir dennoch nichts davon gesagt?«

»Welchen Sinn hätte das gehabt? Ihr hättet ja doch nicht eher zurückkehren können. So ging alles unbeschwerten Sinnes vonstatten. Und als uns in Caerleon die böse Nachricht dann ereilte, sprach ich zu Euch ja davon.«

»Bei den Göttern, Merlin, es war nicht deine Sache, zu entscheiden, ob du mir das verschweigen solltest oder nicht! Nicht du bist der König. Du hättest sprechen müssen.«

»Auch Ihr wart damals nicht König, Uther Pendragon. Ich tat, wie er mich geheißen.«

Er machte eine unwillige Bewegung, beherrschte sich dann jedoch. »Das kann jeder behaupten.« Aber der Klang seiner Stimme zeigte, daß er mir glaubte. Und verriet noch mehr: Der Ort und ich, beides war ihm gleichermaßen unheimlich. »Und wo wir nun einmal hier sind und auf den Morgen warten, können wir vielleicht einiges zwischen uns klären. Du kannst mir nicht dienen, wie du meinem Bruder gedient hast. Das mußt du wissen. Ich will deine Prophezeiungen nicht. Mein Bruder hat sich geirrt, wenn er meinte, wir würden gemeinsam für Britannien wirken. Unsere Sterne werden nicht zusammenfinden. Zugegeben: In Niederbritannien und auch in Killare war mein Urteil über dich allzu hart. Das bedaure ich. Doch jetzt ist es zu spät. Wir werden getrennte Wege gehen.«

»Ja, ich weiß.«

Ich sagte es ohne besonderen Ausdruck, als nüchterne Feststellung. Und hörte überrascht, wie er leise für sich lachte. Dann legte er mir, keineswegs unfreundlich, die Hand auf die Schulter. »Wir verstehen einander also. Ganz so einfach hatte ich mir das nicht vorgestellt. Wenn du wüßtest, wie erfrischend das ist nach all den Wochen, in denen ich von bittenden, bettelnden, flehenden Menschen umdrängt worden bin. Und jetzt geht der einzige Mann im Reich, der das Recht hätte, etwas von mir zu verlangen, seinen eigenen Weg und läßt mich den meinen gehen?«

»Gewiß. Unsere Pfade werden sich noch kreuzen, wenn auch nicht jetzt. Dann werden wir aufeinander angewiesen sein.«

»Das bleibt abzuwarten. Zweifellos verfügst du über gewisse Kräfte. Doch was sollte ich damit? Ich brauche keine Priester.« Er sprach mit eigentümlich beschwingter Stimme, als gelte es, die Fremdheit der Nacht zu verscheuchen. Er war und blieb ein Mann von irdischem, allzu irdischem Zuschnitt. Ambrosius hätte begriffen, was ich sagte. Uther hingegen witterte nichts als die Spur, die er unmittelbar vor der Nase hatte. »Mir will scheinen, daß du mir schon ausgezeichnet gedient hast. In Killare und hier mit den Hängenden Steinen. Dafür, wenn schon für nichts anderes, bin ich dir etwas schuldig.«

»Wo immer ich kann, werde ich Euch zu Diensten sein. Wenn Ihr mich braucht, wißt Ihr ja, wo ich zu finden bin.«

»Nicht an meinem Hof?«

»Nein. In Maridunum. Dort bin ich zu Hause.«

»Ah ja, die berühmte Höhle. Ich schulde dir etwas mehr als das, meine ich.«

»Ich habe keinen Wunsch«, sagte ich.

Es war jetzt etwas heller. Ich sah, wie er mir einen Blick zuwarf. »Ich habe heute nacht zu dir gesprochen wie noch nie zu einem Menschen. Machst du mir zum Vorwurf, was früher war, Bastard Merlin?«

»Ich mache Euch nichts zum Vorwurf, Herr.«

»Nichts?«

»Ein Mädchen in Caerleon. Ihr könnt sie getrost nichts nennen.«

Er starrte mich an und lächelte dann. »Wann war das?«

»Es zählt wirklich nicht. Und Ihr habt es gewiß längst vergessen.«

»Beim Teufel, ich habe dich wirklich falsch eingeschätzt«, sagte er mit einer Wärme, wie ich sie an ihm nicht kannte. Wenn er wüßte, dachte ich, würde er lachen.

Ich sagte: »Es zählt nicht weiter. Damals schon nicht und jetzt schon gar nicht.«

»Du hast mir immer noch nicht verraten, warum ich gerade um diese Zeit hierherkommen sollte. Schau zum Himmel. Bald ist der Morgen da.« Er wandte den Kopf und blickte zum östlichen Horizont. »Ein schöner Tag steht bevor, und ich bin doch recht gespannt, wie dein Werk bei Licht aussieht. Tremorinus hat nämlich immer behauptet, daß es sich nicht bewerkstelligen ließe. Prophet oder nicht Prophet, Merlin, du bist auch so ganz brauchbar.«

Helle wuchs, und das Dunkel wich immer mehr zurück. Ich sah ihn jetzt deutlicher, mit hocherhobenem Haupt, mit der Hand über das Kinn streichend. Ich sagte: »Außer an Eurer Stimme hätte ich Euch kaum erkannt. Durch den Vollbart seht Ihr völlig verändert aus.«

»Königlicher, wie? Nun, während des Feldzuges hatte ich auf anderes zu achten. Als wir zum Humber vorstießen . . .« Er begann zu berichten. Zum erstenmal, seit ich ihn kannte, sprach er natürlich und unverkrampft. Vielleicht lag es daran, daß ich, von all seinen Untertanen, das einzige verwandte Blut für ihn war, und Blut, so heißt es ja, spricht zu Blut. Er sprach über den Feldzug, die Kämpfe, die üblen Verheerungen durch die Sachsen. »Und jetzt werden wir die Weihnachten in Winchester verbringen. Im kommenden Frühjahr dann die Krönung in London, und schon –«

»Wartet.« Es war nicht meine Absicht gewesen, ihm, dem König, so schroff ins Wort zu fallen. Doch die Dinge duldeten keinen Aufschub: das emporströmende Licht, der sich machtvoll überwölbende Himmel. Ich sagte hastig: »Es kommt jetzt. Stellt Euch zu mir an den Fuß des Steins.«

Ich trat zur genannten Stelle und wandte den Blick voll dem aufglühenden Osten zu, ohne weiter auf Uther zu achten. Er schnaufte gereizt, beherrschte sich dann jedoch. Mit blitzenden Juwelen und gleißender Rüstung kam er meiner Aufforderung nach. Zu unseren Füßen erstreckte sich der Stein.

Im Osten erschlaffte die Nacht. Schwarze Schleier wichen, und die Sonne ging auf. Durch die graue Luft stieß, einer geschleuderten Fackel oder einem Feuerpfeil gleich, das Licht herbei, eine gerade Linie vom Horizont bis zum Königsstein zu unseren Füßen. Etwa zwanzig Herzschläge lang ragte der riesige Trilith, die blendende Winterhelle rahmend, schwarz und starr vor uns auf. Dann stieg die Sonne so rasch über den Horizont empor, daß der Schatten des verbundenen Steinkreises in langer Ellipse wanderte, ehe er, Augenblicke später schon, im strahlenden Licht des Wintermorgens zu verschwimmen und verblassen begann.

Ich schaute zum König. Groß und glänzend waren seine Augen auf den Stein zu seinen Füßen gerichtet. Doch was er dachte, verriet sein Gesichtsausdruck nicht. Er hob den Kopf und sah zum äußeren Kreis. Dann trat er einen Schritt beiseite und ließ, sich langsam um sich selbst drehend, das volle Bild der Hängenden Steine an seinen Augen vorübergleiten. Rötlich schimmerte sein krauser Bart. Auch das Haupthaar trug er länger als früher, und auf seinem Helm blitzte ein goldener Kreis. Im Licht des Morgens wirkten seine Augen so blau wie der Rauch eines Holzfeuers.

Er sah mich an. »Kein Wunder, daß du lächelst. Es ist in der Tat sehr eindrucksvoll.«

»Das ist vor Erleichterung«, sagte ich. »Die schwierigen Berechnungen haben mich wochenlang nicht zur Ruhe kommen lassen.«

»Tremorinus hat mir davon berichtet.« Er musterte mich sorgsam. »Und er hat mir auch erzählt, was du gesagt hast.«

»Was ich gesagt habe?«

»Ja. ›Ich will sein Grab mit nicht weniger bedecken als dem Licht selbst.‹«

Ich schwieg.

Er sagte langsam: »Mich kümmern weder Propheten noch Priester. Ich bin ein Soldat und denke wie ein Soldat. Aber dein Werk hier, das ist etwas, was ich verstehe. Vielleicht ist also doch für uns beide Platz. Ich habe dir ja gesagt, daß ich Weihnachten in Winchester verbringe. Hättest du nicht Lust, mit mir zu reiten?«

Es war eine Frage und kein Befehl. Und es schien, als könne dies ein Anfang werden. Doch wovon und wofür, das wußte ich noch nicht. Ich schüttelte den Kopf. »Vielleicht im Frühjahr. Ich möchte gern die Krönung sehen. Wenn Ihr mich brauchen solltet, so werde ich gewiß kommen. Doch jetzt muß ich zurück.«

»Zurück wohin? Zu deinem Loch im Berg? Aber wenn das dein Wunsch ist . . . Du hast wirklich wenige Wünsche, weiß Gott. Gibt es denn nichts, worum du mich bitten möchtest?« Mit ausgestreckter Hand wies er auf den stummen Kreis. »Man wird abfällig sprechen von einem König, der dich hierfür nicht belohnt.«

»Ich bin bereits belohnt.«

»Höre. Das Haus deines Großvaters in Maridunum, wäre das nicht ein Geschenk für dich?«

Ich schüttelte den Kopf. »Ich brauche kein Haus. Aber den Hügel würde ich nehmen.«

»Dann nimm ihn. Man soll ihn ja ohnehin schon Merlins Hügel nennen. Jetzt ist es heller Tag, und die Pferde werden vor Kälte steif sein. Wärst du je Soldat gewesen, Merlin, so würdest du wissen, daß es etwas gibt, was wichtiger ist als selbst Königsgräber – ein Pferd nicht in der Kälte stehen zu lassen.«

Er schlug mir auf die Schulter, wandte sich dann mit scharlachrot wirbelndem Mantel um und schritt auf sein wartendes Pferd zu. Ich machte mich auf die Suche nach Cadal.

3

Ostern kam heran, doch noch immer verspürte ich keine Lust, Bryn Myrddin zu verlassen. (Tatsächlich wich dieser Name immer mehr der Bezeichnung Merlins Hügel, vor allem, nachdem Uther, seinem Versprechen getreu, ihn mir geschenkt hatte.) Aber dann kam eine Botschaft vom König, und diesmal war es keine Bitte, sondern ein Befehl, der mich nach London lud. Um der Dringlichkeit Nachdruck zu verleihen, hatte Uther gleich eine Eskorte mitgeschickt. Hätte ich auf Begleitung warten müssen, wäre leicht eine Verzögerung eingetreten.

Reisen von Stadt zu Stadt waren in jenen Tagen immer noch gefährlich, und man ritt stets in Gruppen zu zwölf oder mehr und nie ohne Bewaffnung. Wer sich ein eigenes Geleit nicht leisten konnte, mußte warten, bis eine Reisegesellschaft beisammen war, und oft vereinigten sich mehrere Kaufleute, um Schutzwachen zu bezahlen. In wilderen Landesteilen trieben sich noch Flüchtlinge von Octas Heer sowie abgesprengte Iren herum, und die verstreuten Sachsen, Opfer ihrer helleren Hautfarbe, wurden, wenn man sie erkannte, erbarmungslos gejagt. Unterschlupf fanden diese Gruppen in Hügel- und Sumpfgelände, von wo sie häufig hervorbrachen, um Beute zu machen. Sie hielten die Straßen sorgfältig unter Beobachtung, und wer allein oder schlecht bewaffnet dahinzog, war vor ihnen nicht sicher. Für sie war jeder, der Sandalen oder Umhang trug, ein reicher Mann, auf den sich ein Überfall lohnte.

All das hätte mich jedoch nicht davon abgehalten, mit Cadal

als einzigem Begleiter von Maridunum nach London zu reiten. Keiner der Räuber hätte es gewagt, einen Blick, geschweige denn einen Fluch von mir auf sich zu laden. Seit den Ereignissen in Dinas Brenin, Killare und Amesbury hatte mein Ruhm sich verbreitet, ständig wachsend in Lied und Legende, bis ich schließlich meine eigenen Taten nicht wiedererkannte. Dinas Brenin war sogar umbenannt worden. Es hieß jetzt Dinas Emrys, zu meiner Ehre und zum Gedenken an Ambrosius' Landung und an die Feste, die er dort mit Erfolg gebaut hatte. Auch lebte ich nicht schlechter als früher im Palast meines Großvaters oder in Ambrosius' Haus. Unterhalb der Höhle wurden tagtäglich Gaben abgestellt, Speisen und Wein, und die Armen, die dergleichen nicht besaßen, brachten mir für meine Arzneien Brennholz und Pferdestreu oder gingen bei den verschiedensten Arbeiten zur Hand. So war der Winter friedlich und recht behaglich vergangen, bis dann an einem klaren Tage Anfang März Uthers Bote das Tal heraufgeritten kam.

Es war der erste trockene Tag nach über zwei Wochen voll Regen- und Graupelschauer, und ich war auf die Kuppe über der Höhle gestiegen, um nach ersten Pflanzen und Kräutern zu sehen. Am Rande eines Kieferngehölzes verharrend, erblickte ich den einsamen Reiter. Cadal hatte offenbar das Pochen der Hufe vernommen. Ich sah, wie er, eine kleine Gestalt unter mir, aus der Höhle hervortrat und den Mann begrüßte. Sein Arm wies in die Richtung, die ich genommen hatte. Sofort gab der Bote seinem Tier die Sporen und ritt, so rasch er konnte, den Hügel herauf.

Wenige Schritt vor mir hielt er an, schwang sich steif aus dem Sattel, machte das Zeichen und näherte sich.

Er war ein braunhaariger junger Mann und etwa im gleichen Alter wie ich. Sein Gesicht kam mir bekannt vor. Wahrscheinlich hatte ich ihn schon irgendwo bei Uthers Troß gesehen. Er war über und über mit Schmutz bespritzt und wirkte erschöpft, während das Pferd noch überaus frisch war. Offenbar hatte er es, für die letzte Wegstrecke, in Maridunum gewechselt.

»Herr Merlin. Ich überbringe Euch die Grüße des Königs aus London.«

»Das ehrt mich«, erwiderte ich förmlich.

»Er ersucht Euch um Eure Gegenwart während der Krönungsfeierlichkeiten. Und er hat eine Eskorte für Euch mitgeschickt, Herr. Die Leute warten in der Stadt, wo sie ihre Pferde rasten lassen.«

»›Ersucht‹ hast du gesagt?«

»›Gebietet‹ hätte ich wohl sagen sollen, Herr. Ich habe den Auftrag, Euch umgehend zurückzubegleiten.«

»Und das ist die gesamte Botschaft?«

»Weiter hat er mir nichts gesagt, Herr. Nur daß Ihr sofort zu ihm nach London sollt.«

»Dann werde ich natürlich kommen. Morgen früh, wenn eure Pferde ausgeruht sind?«

»Heute noch, Herr. Jetzt gleich.«

Ich bedauerte es fast, daß Uthers hochmütiger Befehl so rücksichtsvoll vorgetragen wurde. Ich betrachtete den Boten. »Du bist sofort zu mir gekommen?«

»Ja, Herr.«

»Ohne auch nur eine Minute zu ruhen?«

»Ja.«

»Wie lange hat der Ritt gedauert?«

»Vier Tage, Herr. Dies ist ein frisches Pferd. Ich bin bereit, noch heute zurückzukehren.«

Das Tier riß schroff den Kopf empor und schleuderte seine Hand mit, die den Zügel hielt. Ich sah, daß er zusammenzuckte.

»Hast du dich verletzt?«

»Nicht der Rede wert. Ich bin gestern gestürzt und habe mir dabei das Handgelenk verstaucht. Aber es ist die Rechte, und die brauche ich für den Zügel nicht.«

»Nein, aber für Dolch oder Schwert. Geh jetzt zur Höhle und erzähle meinem Diener, was du mir erzählt hast. Er soll dir zu essen und zu trinken geben. Wenn ich nachkomme, werde ich mich um dein Handgelenk kümmern.«

Er zögerte. »Herr, der König hat höchste Eile geboten. Dies ist mehr als eine Einladung zur Krönung.«

»Warte unten, während mein Diener packt und die Pferde sattelt. Auch werde ich mich noch ein wenig stärken. Dein Handgelenk ist in wenigen Minuten verbunden. Unterdessen magst du mir berichten, was in London vor sich geht und warum der König es so eilig hat. Geh jetzt. Ich komme bald nach.«

»Aber, Sir –«

Ich sagte: »Bis Cadal das Essen für uns drei fertig hat, bin ich bei euch. Mehr Eile kannst du von mir nicht verlangen.«

Er maß mich mit einem zweifelnden Blick und ging dann, das störrische Pferd am Zügel hinter sich herziehend, zu Fuß den regendurchtränkten Hang hinab. Zum Schutz gegen den Wind raffte ich meinen Umhang enger und schritt dann am Kieferngehölz vorbei außer Sichtweite der Höhle.

Ich trat an den Rand eines Felsvorsprungs, über den, vom Tal her, unbehindert der Wind strich. Hinter mir rauschte es in den Kiefern, und auch im kahlen Schlehdorngezweig an Galapas' Grab schwirrte es. Oben in der grauen Luft schrie ein früher Regenpfeifer. Ich hob das Gesicht zum Himmel empor und dachte an

Uther und London und an den Befehl, den der Bote gebracht hatte. Doch nichts war dort als Wind und Himmelsgewölbe.

Ich stieg zur Höhle hinab, wo Cadal mit seinen Kochtöpfen hantierte und der junge Mann soeben unsere Sättel aufheben wollte.

»Laß sie liegen«, sagte ich. »Cadal, ist heißes Wasser da?«

»Reichlich. Und jetzt geht's nach London, wie?« sagte Cadal erfreut. »Wurde auch mal Zeit für was Neues, wenn Ihr mich fragt. Weshalb wohl läßt der König Euch rufen. Der da« – er wies auf den jungen Mann –, »scheint nichts zu wissen – oder nichts sagen zu wollen. Steckt bestimmt was dahinter.«

»Möglich. Wir werden ja sehen. Hier, trockne dies.« Ich gab ihm meinen Umhang, ließ mich beim Feuer nieder und rief den jungen Mann herbei. »Zeig mir mal dein Handgelenk.«

Es war blau angeschwollen und offenbar druckempfindlich, doch die Knochen hatten keinen Schaden davongetragen. Während er sich wusch, machte ich einen Umschlag, den ich ihm dann anlegte. Er beobachtete mich scheu und zuckte vor meiner Berührung zurück und nicht nur vor Schmerz, wie mir schien. Jetzt, da er sich den Schmutz abgespült hatte und ich ihn besser sehen konnte, verstärkte sich noch das Gefühl, ihm schon früher begegnet zu sein. Ich musterte ihn über den Verband hinweg. »Ich kenne dich doch, nicht wahr?«

»Ihr werdet Euch meiner kaum entsinnen, Herr. Aber ich erinnere mich an Euch. Ihr habt Euch mir gegenüber einmal sehr gütig gezeigt.«

Ich lachte. »War das ein so seltsamer Fall? Wie heißt du denn?«

»Ulfin.«

»Ulfin? Der Name klingt vertraut . . . Warte einen Augenblick. Ja, jetzt habe ich's. Belasius' Diener?«

»Ja. Ihr erinnert Euch also noch an mich?«

»Sehr deutlich. Das war in jener Nacht im Wald, als mein Pferd lahmte, das du dann zurückführen mußtest. Wahrscheinlich habe ich dich auch sonst noch häufig gesehen, aber du bist mir nie aufgefallen, bis auf dieses eine Mal. Ist Belasius zur Krönung hier?«

»Er ist tot.«

Der Klang seiner Stimme ließ mich aufschauen. »So sehr hast du ihn gehaßt. Nein, antworte nicht. Ich ahnte ja so etwas, so jung ich damals auch noch war. Nun, ich werde dich nicht fragen, warum. Ich hatte auch nichts für ihn übrig, und dabei war ich ja nicht sein Sklave. Und jetzt ist er tot?«

»Ja. Er starb an einem Fieber, Herr.«

»Wie hast du es denn geschafft, ihn zu überleben. Denn da gibt es doch diese alte und barbarische Sitte, daß –«

»Prinz Uther nahm mich in seinen Dienst. Und bei ihm bin ich jetzt – beim König.«

Er sprach hastig und blickte zur Seite. Ich wußte, daß es keinen Sinn hatte, weiter in ihn zu dringen. »Und fürchtest du dich immer noch so vor der Welt, Ulfin?«

Doch er antwortete nicht darauf, sondern starrte auf sein verbundenes Handgelenk. Ich war fertig. »Grausame Zeiten«, sagte ich. »Überall Mord und Totschlag. Aber es wird auch wieder anders werden, und ich denke, du wirst mir dabei helfen. Jetzt iß etwas. Cadal, erinnerst du dich an Ulfin? Den Knaben, der Aster zurückbrachte, als wir damals im Dunkeln auf Uthers Trupp stießen?«

»Bei Gott, wahrhaftig.« Cadal musterte ihn. »Hast dich aber ganz gut herausgemacht. Was ist aus dem Druiden geworden? An einem Fluch gestorben? Komm jetzt und iß etwas. Euer Mahl steht hier, Merlin, und eßt endlich mal wie ein Mensch und nicht bloß wie eins Eurer kostbaren Vögelchen.«

»Will's versuchen«, sagte ich gefügig und lachte dann über Ulfin, der verdutzt von mir zu meinem Diener und von Cadal wieder zu mir blickte.

Wir übernachteten in einem Wirtshaus unweit jener Kreuzung, von der eine Straße nördlich in Richtung Fünf Hügel und Goldbergwerk führte. Ich aß allein in meinem Zimmer, wo Cadal mich bediente, der offenbar viel Neues erfahren hatte, denn es sprudelte geradezu über seine Lippen.

»Na, da ist ja wirklich allerlei los in London.«

»Wie kaum anders zu erwarten, Cadal«, sagte ich. »Wenn ich richtig gehört habe, so ist Budec dort und mit ihm die meisten Könige von drüben. Und viele von ihnen und auch von ihren Edlen sollen ihre Töchter mitgebracht haben mit Blick auf den leeren Platz neben dem Thron.« Ich lachte. »Uther wird entzückt sein.«

»Es heißt, daß er schon die Mädchen von halb London durch hat«, sagte Cadal und stellte eine Schüssel vor mich hin, walisischer Hammel mit ausgezeichneter Zwiebeltunke, sehr heiß und sehr schmackhaft. Ich langte zu.

»Es gibt ja wenig, was man sich nicht über Uther erzählt. Und es könnte sogar stimmen.«

»Ja. Aber ganz im Ernst. Man spricht von ernsten Schwierigkeiten. Wegen einer Frau.«

»Bitte, Cadal, verschone mich damit. Als ob Uther wegen seiner Weibergeschichten nicht dauernd in der Klemme säße.«

»Aber bestimmt nicht so wie jetzt. Die Männer von der Eskorte haben darüber geredet. Kein Wunder, daß Ulfin sich uns gegenüber ausschweigen will. Diesmal ist die Sache wirklich übel. Gorlois' Frau.«

Ich sah bestürzt auf. »Die Fürstin von Cornwall? Das kann nicht wahr sein.«

»Na, noch wohl nicht. Aber es heißt, daß sich da einiges anspinnt.«

Ich trank Wein. »Das ist bestimmt nur Gerede. Sie ist kaum halb so alt wie Gorlois und soll sehr schön sein. Da wird Uther sie, die Gemahlin seines Stellvertreters, natürlich mit Aufmerksamkeiten bedenken. Bei seinem Ruf und seiner Stellung kann es ja nicht ausbleiben, daß die Leute schwatzen.«

Cadal stützte die Fäuste auf den Tisch und starrte zu mir herab. Er war ungewöhnlich ernst. »Aufmerksamkeiten, meinst du? Soll sie mit den Augen fast verschlingen. Läßt ihr die besten Leckerbissen vorsetzen. Besteht darauf, daß sie vor allen, sogar vor ihm selbst, bedient wird. Trinkt ihr zu, wann immer er den Becher erhebt. Von London bis Winchester spricht man von nichts anderem. In den Küchen soll das Gesinde schon Wetten abschließen.«

»Das will ich gern glauben. Und wie stellt Gorlois sich dazu?«

»Soll zuerst versucht haben, darüber hinwegzusehen, bis es dann solche Ausmaße annahm, daß er sich beim besten Willen nicht mehr blind stellen konnte. Hat dann so getan, als glaube er, daß Uther ihn nebst Gemahlin mit Ehren überhäufe. Aber als der König Lady Ygraine – so heißt sie – dann zu seiner Rechten setzte, während er Gorlois sechs Plätze weiter auf die andere Seite verbannte, da –« Er stockte.

Ich sagte unbehaglich: »Er muß verrückt sein. Zerwürfnisse kann er sich doch noch längst nicht leisten, geschweige denn einen Streit dieser Art und dazu noch ausgerechnet mit Gorlois. Denn, bei allen Göttern, Cadal, es war doch Cornwall, das Ambrosius die erfolgreiche Landung und so manches andere ermöglichte. Und auch Uther verdankt seinen Thron letztlich Cornwall. Wessen Plan hat ihm denn die Schlacht vom Damen-Hill gewonnen, nachdem er vor York Schiffbruch erlitten hatte?«

»Genau das meinen auch die Leute.«

»So spricht man also?« Ich grübelte einen Augenblick. »Und Ygraine? Was erzählt man sich über sie, vom üblichen Gemunkel einmal abgesehen?«

»Daß sie von Tag zu Tag weniger spricht. Möchte wetten, daß Gorlois sie abends, wenn er mit ihr allein ist, gehörig ins Gebet nimmt. Jedenfalls soll sie jetzt in der Öffentlichkeit kaum noch den Blick heben – wenn nämlich der König sie über seinen Becher hinweg anstarrt oder sich über den Tisch beugt, um ihr Kleid von oben bis unten ausgiebig zu begaffen.«

»Genau das ist es, was ich mit Gemunkel meine, Cadal. Ich möchte von dir wissen, wie sie ist.«

»Nun, davon spricht keiner. Außer daß sie kaum einen Ton

sagt und bildschön ist und so weiter.« Er richtete sich auf. »Allerdings behauptet auch niemand, daß sie auf Uthers Spiel eingeht. Ich verstehe das nicht. Uther hat's doch wirklich nicht nötig, sich wie ein Verhungernder auf eine volle Schüssel zu stürzen. Der kann doch mit beiden Händen zulangen, wann immer es ihm gefällt. In ganz London gibt es kaum ein Mädchen, das sich nicht um ihn reißen würde.«

»Das will ich meinen. Hat es zwischen ihm und Gorlois Streit gegeben – offenen Streit?«

»Davon habe ich nichts gehört. Uther soll sich überfreundlich geben, womit er in den ersten Tagen bei Gorlois wohl auch Eindruck machte. Der alte Mann fühlte sich geschmeichelt. Aber wer weiß, wie die Geschichte noch ausgeht, Merlin? Ygraine ist ja noch blutjung und verdämmert ihr Leben in einer dieser alten Burgen in Cornwall, wo sie nichts zu tun hat, als ihrem Mann Waffenröcke zu weben und darüber zu träumen. Und das gewiß nicht von einem alten Mann mit grauem Bart.«

Ich war mit dem Essen fertig. Uthers Handlungsweise ließ mich eigentümlich unberührt. Doch Cadals letzte Bemerkung weckte eine unbehagliche Erinnerung: an eine andere junge Frau, die gleichfalls nichts zu tun gehabt hatte, als zu Hause zu sitzen und zu weben und zu träumen . . .

Ich sagte abrupt: »Schön, Cadal. Gut zu wissen, woran wir sind. Ich hoffe nur, daß wir uns da heraushalten können. Es ist nicht das erste Mal, daß Uther wegen einer Frau den Kopf verliert. Aber bisher waren sie für ihn stets erreichbar. Dies ist Selbstmord.«

»Verrückt, hast du gesagt. Und das sagen auch die Männer«, erwiderte Cadal. »Verhext, nennen sie es.« Er warf mir einen schrägen Blick zu. »Vielleicht hat er deshalb Ulfin Hals über Kopf zu dir geschickt, um dich nach London zu holen. Vielleicht braucht er dich, um den Zauber zu brechen.«

»Ich breche keinen Zauber«, sagte ich. »Ich mache ihn.«

Er starrte sekundenlang und unterdrückte, was ihm offensichtlich auf den Lippen lag. Dann wandte er sich zur Seite und griff nach dem Weinkrug. Während er mir einschenkte, sah ich, daß er mit der linken Hand das Zeichen machte. Kein weiteres Wort wurde zwischen uns gewechselt.

4

Sobald ich Uther wiedersah, wußte ich, daß Cadal recht gehabt hatte. Etwas lag in der Luft.

Wir erreichten London am Vorabend des Krönungstages. Es

war schon spät, und wir fanden die Stadttore geschlossen. Doch offenbar hatte man Befehl gegeben, uns ohne lange Fragen einzulassen und sofort zum Schloß zu bringen. Das geschah mit einer solchen Geschwindigkeit, daß mir kaum Zeit blieb, mich meiner schmutzigen Kleidung zu entledigen, bevor ich zu Uthers Schlafgemach geführt wurde. Der Diener zog sich sofort zurück.

Uther, schon zur Nachtruhe gerüstet, trug ein langes Schlafgewand aus dunkelbraunem, mit Pelz besetztem Samt. Sein hoher Stuhl stand nahe einem prasselnden Holzfeuer, und auf einem Schemel daneben sah ich zwei Becher sowie einen Silberkrug, aus dem Dampf sacht emporkräuselte. Der Geruch gewürzten Weins stieg auf, und ich spürte, wie es in meiner ausgedörrten Kehle verlangend zuckte, doch der König bot mir keinen Trunk an. Ruhelos wie ein eingepferchtes Tier wanderte er hin und her. Schritt für Schritt gefolgt von seinem Wolfshund.

Kaum daß die Tür sich hinter mir geschlossen hatte, sagte er schroff: »Du hast dir viel Zeit gelassen.«

»Vier Tage? Ihr hättet bessere Pferde schicken sollen.«

Er sah mich überrascht an. Widerspruch hatte er nicht erwartet. Schließlich sagte er versöhnlich: »Es waren die besten, die ich hatte.«

»Nun, um eher hier zu sein, hätten wir schon geflügelte Rösser gebraucht, Herr. Und zähere Männer. Zwei von ihnen hielten nicht durch.«

Aber er schien nicht zu hören. In Gedanken versunken, nahm er seine rastlose Wanderung auf. Ich betrachtete ihn. Er wirkte hager. Seine Bewegungen, hastig und überstürzt, glichen denen eines ausgehungerten Wolfes. Tief lagen seine von Schlaflosigkeit gezeichneten Augen, und befremdet gewahrte ich das ruhelose Spiel seiner Hände. Sie verschränkten sich auf dem Rücken und lösten sich wieder; Finger zerrte an Finger und hob sich sofort, um am Gewand oder am Bart zu zupfen.

Den Kopf schroff wendend, sagte er über die Schulter: »Ich brauche deine Hilfe.«

»Das läßt sich denken.«

Jetzt erst drehte er sich ganz zu mir herum. »Du weißt also?«

Ich hob die Schultern. »Es wird ja von nichts anderem gesprochen als von Eurer Begierde nach Ygraine. Ihr scheint Eure Gefühle auch nicht verborgen zu haben. Aber seit Ihr Ulfin nach mir geschickt habt, ist über eine Woche vergangen. Was ist inzwischen geschehen? Sind Gorlois und Ygraine noch hier?«

»Natürlich sind sie noch hier. Ohne meine Einwilligung können sie ja nicht fort.«

»Ich verstehe. Ist schon zwischen Euch und Gorlois darüber gesprochen worden?«

»Nein.«

»Aber er weiß es doch.«

»Es geht ihm dabei wie mir. Wenn diese Sache einmal zur Sprache kommt, so sind die Folgen nicht mehr abzusehen. Und morgen ist die Krönung. Ich kann nicht mit ihm sprechen.«

»Und mit ihr?«

»Nein. Nein. Gott, Merlin, ich komme ja nicht in ihre Nähe. Sie wird bewacht wie Danae.«

Ich zog die Brauen zusammen. »Gorlois läßt sie bewachen? Das ist äußerst ungewöhnlich und kommt einem öffentlichen Eingeständnis gleich, daß da etwas nicht stimmt.«

»Ich meine nur, daß seine Diener und auch seine Mannen dauernd um sie sind. Nicht nur seine Leibwache – auch von seinen Kriegern, die mit uns im Norden waren, sind viele hier. Ich kann mich ihr nur in aller Öffentlichkeit nähern, Merlin. Aber das wirst du schon wissen.«

»Ja. Ist es Euch gelungen, ihr eine geheime Botschaft zukommen zu lassen?«

»Unmöglich. Sie ist ja selbst auf der Hut. Den ganzen Tag über steckt sie mit ihren Frauen zusammen. Die Türen werden von Dienern bewacht. Und er –« Uther stockte. Schweiß glänzte auf seinem Gesicht. »Er ist jede Nacht bei ihr.«

Wieder nahm er seine ruhelose Wanderung auf. Im Schatten, den das flackernde Feuer warf, blieb er stehen und wandte sich dann um, Hände vorgestreckt wie ein ratloses Kind.

»Merlin, was soll ich tun?«

Ich trat an den Schemel, schenkte Wein in die beiden Becher ein und reichte ihm eines der Gefäße. »Nun kommt erst einmal und nehmt Platz. Zu einem Wirbelwind kann ich nicht reden. Hier.«

Er gehorchte. Den Becher in den Händen, ließ er sich auf dem großen Stuhl nieder. Ich trank behaglich und setzte mich ihm gegenüber.

Uther nahm keinen Schluck. Er schien kaum zu wissen, was er in den Händen hielt. Durch den dünn vom Becher aufsteigenden Dampf starrte er ins Feuer. »Als er sie hereinführte und mir vorstellte, traf es mich wie ein Schlag. Gott weiß, daß ich es anfangs für ein Fieber hielt wie schon tausendmal zuvor – nur daß es tausendmal stärker war.«

»Ein Fieber, das stets noch gelöscht worden ist«, sagte ich. »In einer Nacht, in zwei Nächten, in dreißig Nächten vielleicht. Ich weiß nicht, wie lange eine Frau Euch je hat halten können, Uther, aber sind ein, zwei oder selbst drei Monate genug, um dafür ein Königreich zugrunde zu richten?«

Sein Blick, blaublitzend wie ein Schwertstreich, gemahnte an den

Uther, wie ich ihn von früher kannte. »Beim Hades, warum wohl, glaubst du, habe ich dich holen lassen? Warum wohl ist in den vergangenen Wochen, allem zum Trotz, nichts Unwiderrufliches geschehen? Warum wohl habe ich mich von diesem Wahn noch nicht gänzlich hinreißen lassen? Denn Wahn ist es und war es auch so schon genug, das weiß ich nur zu gut. Aber ich sage dir, dies ist ein Fieber, wie ich es noch nie gekannt habe. Es will und will sich nicht legen. Es brennt so tief in mir, daß ich keinen Schlaf finde. Aber wie soll ich meinen Aufgaben nachkommen, wenn ich nicht schlafen kann?«

»Habt Ihr ein Mädchen zu Euch ins Bett genommen?«

Er starrte mich an und trank dann. »Bist du verrückt?«

»Verzeiht, das war eine törichte Frage. Also nicht einmal dann könnt Ihr schlafen?«

»Nein.« Er stellte den Becher ab und preßte die Hände gegeneinander. »Es hilft nichts. Nichts hilft mehr. Du mußt sie zu mir bringen, Merlin. Du hast die Macht dazu. Deshalb habe ich dich holen lassen. Bringe sie heimlich zu mir. Mach, daß sie mich liebt. Bringe sie zu mir, während er schläft. Du kannst es doch.«

»Bewirken, daß sie Euch liebt? Mit Hilfe der Magie? Nein, Uther, das ist etwas, wo selbst Magie machtlos ist. Das müßtet Ihr doch wissen.«

»Was soll das heißen? Jedes alte Weib hat sich doch schon daran versucht. Und du – du verfügst doch über gewisse Kräfte wie kein Mensch sonst. Du hast die Hängenden Steine wieder aufgerichtet. Und du hast auch den Königsstein bewältigt, an dem Tremorinus scheiterte.«

»Weil ich mich besser auf Mathematik verstehe, das ist alles. Um Gottes willen, Uther, was auch immer darüber geredet werden mag – Ihr wißt doch, wie es bewerkstelligt wurde. Ohne jedwede Magie.«

»Du hast mit meinem Bruder gesprochen, als er im Sterben lag. Willst du das jetzt bestreiten?«

»Nein.«

»Oder daß du geschworen hast, mir zu dienen, wenn ich dich brauche?«

»Nein.«

»Und jetzt brauche ich dich. Deine Macht, welcher Art sie auch sei. Oder leugnest du, daß du ein Magier bist?«

»Jedenfalls keiner von der Sorte, die Mauern durchdringen oder gar Menschen durch geschlossene Türen tragen können«, sagte ich. Er machte eine schroffe Bewegung, und ich sah den fiebrigen Glanz seiner Augen, nicht vor Zorn, wie mir diesmal schien, sondern vor Schmerz. Ich fügte hinzu: »Aber meine Hilfe verweigere ich Euch keineswegs.«

Seine Augen blitzten. »Dann wirst du dich also für mich einsetzen?«

»Ja. Ich habe Euch ja schon bei unserem letzten Zusammentreffen gesagt, daß die Zeit kommen wird, in der wir gemeinsam handeln müssen. Jetzt ist es soweit. Was ich zu tun habe, wird sich mir noch enthüllen. Vertrauen wir auf den Gott. Doch eines kann ich schon jetzt tun – Euch zum Schlaf verhelfen. Nein, sprecht nicht ... mögt Ihr morgen auch gekrönt werden und Britannien in Eure Hände nehmen, heute habt Ihr Euch nach meinen Worten zu richten. Also hört. Ich gebe Euch einen Schlaftrunk, und Ihr nehmt, wie gewöhnlich, ein Mädchen mit ins Bett. Es könnte sich nämlich als nützlich erweisen, außer Euerm Diener noch jemanden zu haben, der beschwört, daß Ihr in Euerm Schlafgemach wart.«

»Wozu? Was hast du vor?«

»Ich werde versuchen, mit Ygraine zu sprechen.«

Mit einem Ruck beugte er sich vor. »Ja. Tu das. Wenn du zu ihr gelangen kannst, dann sage ihr –«

»Wartet. Ihr wollt, daß ich sie zu Euch bringe. Wißt Ihr denn, ob sie aus freien Stücken käme, wenn sie dazu in der Lage wäre? Wißt Ihr, ob sie etwas für Euch empfindet? Ihr habt zu ihr doch noch nie von Eurer Liebe gesprochen?«

»Nein. Aber ich glaube es zu wissen. Ich weiß es. Sie ist die Frau, die ich mir immer schon ersehnt habe.«

Er schwieg. Die Flammen flackerten. Und über die Wand hinter Uthers Bett sprang ein großer, rotgoldener Drache. Im wildbewegten Licht streckte er die Tatzen.

Der König sagte: »Bei unserem letzten Gespräch inmitten der Hängenden Steine hast du dir nichts von mir gewünscht. Bis auf deinen Hügel. Doch bei allen Göttern, Merlin, wenn du mir jetzt hilfst, wenn du sie sicher zu mir bringst, dann kannst Du von mir verlangen, was immer du willst.«

Ich schüttelte den Kopf, und er verstummte wieder. Ob er wohl sah, daß andere Mächte mich jetzt in der Gewalt hatten? Der Drache flammte auf der dunklen Wand. Und in seinem Schatten erhob sich ein zweiter, der, Flamme in Flamme tauchend, mit ihm verschmolz. Wie Prankenhieb traf es auf meine Augen. Rasch ließ ich die Lider sinken. Stille rundum. Erst Sekunden später wagte ich wieder zu blicken. Die Feuerdrachen waren fort, und die Wand lag wieder im Dunkeln. Bewegungslos wartend, saß der König auf seinem Stuhl. Ich sagte langsam: »Eines werde ich jetzt von Euch verlangen.«

»Ja?«

»Daß, wenn ich sie sicher zu Euch bringe, Ihr ein Kind macht.«

Verdutzt starrte er mich an und lachte dann: »Nun, das liegt doch bei den Göttern.«

»Ja, das liegt bei Gott.«

Wie von einer Last befreit, lehnte er sich zurück. »Soweit es in meiner Macht steht, werde ich alles tun, was du verlangst. Auch dein Schlaftrunk soll mir recht sein.«

Ich erhob mich. »Dann werde ich ihn jetzt zubereiten und Euch schicken.«

»Du wirst mit Ygraine sprechen?«

»Ich werde bei ihr sein. Gute Nacht.«

Ulfin wartete vor der Tür. Er blinzelte mich schläfrig an.

»Soll ich jetzt zum König?«

»Später. Komm zuerst mit zu meiner Kammer. Ich werde dir einen Schlaftrunk für ihn geben. Achte darauf, daß er ihn auch nimmt. Morgen steht uns ein langer Tag bevor.«

In einem Winkel auf Kissengewirr lag unter einer blauen Decke ein junges Mädchen. Ich sah eine nackte Schulter und einen braunen, gewellten Haarschopf. Das Mädchen war noch sehr jung.

Ich sah Ulfin an, und er nickte und wies dann mit dem Kopf fragend auf die geschlossene Tür.

»Ja«, sagte ich, »Aber erst später. Wenn du ihm den Trunk bringst. Laß sie noch schlafen. Übrigens scheinst du mir selbst etwas Ruhe nötig zu haben, Ulfin.«

»Wenn er heute nacht schläft, werde ich vielleicht dazu kommen.« Ein kaum merkliches Lächeln glitt über sein Gesicht. »Könnt Ihr den Trunk wohl stark machen, Herr? Und schmackhaft?«

»Keine Sorge, er wird ihn schon trinken.«

»Ich dachte da weniger an ihn als an mich«, sagte Ulfin.

»An dich? Ach, ich verstehe. Du mußt ihn wohl vorkosten?«

Er nickte.

»Mußt du das immer tun? Bei jeder Mahlzeit? Und selbst beim Liebestrank?«

»Liebestrank? Für ihn?« Er starrte mich ungläubig an und lachte schließlich. »Ihr scherzt.«

»Nun ja«, sagte ich lächelnd, »nennen wir es so. Hier ist schon meine Kammer. Warte einen Augenblick. Es dauert nicht lange.«

Meine Kammer war ein recht behaglicher Raum in der Krümmung einer Turmmauer. Cadal saß wartend an dem Feuer, das er offenbar fleißig in Gang gehalten hatte. An einem eisernen Gestell hing ein großer Wasserkessel, aus dem Dampfwolken stiegen. Auf meinem Bett, säuberlich ausgebreitet, sah ich ein wollenes Nachtgewand.

Ich ließ meinen Blick zu der Truhe beim Fenster wandern, wo

ein Stapel Kleider lag, golden und scharlachrot schimmerndes Tuch sowie Pelz. Ich setzte mich und ließ mir von Cadal die Schuhe ausziehen. »Was ist das da?« fragte ich ihn.

»Das Gewand, das Euch der König für morgen geschickt hat, Herr«, sagte Cadal betont förmlich, da wir nicht allein waren. Aus ängstlichen Augen starrend, goß ein Knabe das Bad ein. Er schöpfte mit zitternder Hand, und Wasser sprühte auf den Boden. Kaum daß er fertig war, hastete er auf ein Kopfnicken Cadals hinaus.

»Was hat der Bursche denn?«

»Nun, man bereitet ja nicht jeden Tag einem Zauberer das Bad.«

»Um Himmels willen, was hast du ihm von mir erzählt?«

»Daß du ihn in eine Fledermaus verwandeln würdest, wenn er sich etwas zuschulden kommen ließe.«

»Narr. Aber bring mir jetzt meinen Kasten, Cadal. Ulfin wartet draußen. Ich will ihm einen Schlaftrunk mitgeben.«

Cadal gehorchte. »Was ist denn? Plagt ihn sein Handgelenk noch so sehr?«

»Das ist nicht für ihn, sondern für den König.«

»Ah«, sagte er nur.

Ich braute den Trunk und gab ihn Ulfin. Als ich mich zum Baden entkleidete, bemerkte ich Cadals neugierigen Blick. »Ist es wirklich so schlimm, wie man sich erzählt?« fragte er.

»Schlimmer.« Ich berichtete ihm kurz von meinem Gespräch mit Uther.

Stirnrunzelnd hörte er mir zu. »Und was soll jetzt werden?«

»Ich muß versuchen, mit Ygraine zusammenzukommen. Nein, nicht das Nachtgewand – leider noch nicht. Suche etwas heraus, das ich jetzt anlegen kann. Möglichst dunkel.«

»Willst du etwa jetzt noch zu ihr? Es ist bereits nach Mitternacht.«

»Ich gehe nicht fort. Wenn ich noch mit jemandem spreche, dann hier.«

»Aber Gorlois wird ihr nicht von der Seite weichen –«

»Schluß jetzt, Cadal. Ich muß nachdenken. Laß mich allein. Gute Nacht.«

Die Tür schloß sich hinter ihm. Ich ging zum Stuhl neben dem Feuer und setzte mich. Ich brauchte keine Zeit zum Nachdenken. Was ich brauchte, war Stille – und das Feuer. Stück für Stück machte ich mich langsam leer. Wie Sand aus einem Stundenglas strömten die Gedanken aus mir hinaus und ließen mich hohl und leicht zurück. Ich wartete. Erschlafft lagen meine Hände auf dem grauen Tuch meines Gewandes. Es war sehr still. In einer dunklen Ecke der Kammer knackte es leise. Morsches Holz. Das Feuer flackerte. Wie abwesend blickte ich in die Flammen, doch völlig ohne Traum und Traumgebilde. Gleich einem dürren Blatt trieb ich auf der Flut, die in dieser Nacht dem Meer zustrebte.

Plötzlich klangen Geräusche vor der Tür. Stimmen. Dann hastiges Pochen auf dem Holz. Cadal trat ein. Seine Augen forschten besorgt in meinem Gesicht.

»Gorlois?« fragte ich.

Er schluckte und nickte dann.

»Führe ihn herein.«

»Er wollte wissen, ob du beim König warst. Ich habe ihm gesagt, in den wenigen Stunden, die du hier bist, sei dafür noch keine Zeit gewesen. War das so richtig?«

Ich lächelte. »Du warst auf der Hut. Laß ihn jetzt herein.«

Gorlois erschien, und ich erhob mich, um ihn zu begrüßen. Er wirkte nicht weniger verändert als Uther. Seine hohe Gestalt war gebeugt. Zum erstenmal konnte man ihm die Last der Jahre ansehen.

Er hielt sich nicht lange bei der Vorrede auf. »Ihr seid noch nicht im Bett? Man sagte mir, Ihr wäret erst vor kurzem eingetroffen.«

»Gerade noch rechtzeitig zur Krönung, die ich nun also doch sehen werde. Wollt Ihr Euch nicht setzen?«

»Danke, nein. Ich bin gekommen, um Euch um Hilfe zu bitten, Merlin. Für meine Frau.« Huschend glitt sein Blick über mich hinweg. »Niemand könnte je Eure Gedanken erraten, aber gewiß habt Ihr es schon gehört, nicht wahr?«

»Gerede«, sagte ich bedeutsam, »wie es über Uther ja immer Gerede gibt. Doch mir ist kein einziges Wort zu Ohren gekommen, das gegen Eure Gattin gerichtet gewesen wäre.«

»Bei Gott, das sollte auch niemand wagen! Aber nicht deswegen bin ich zu Euch gekommen. Denn selbst Ihr könntet da nichts ausrichten – obschon Ihr vielleicht der einzige sein, auf den der König hören würde. Sicher werdet Ihr erst nach der Krönung mit ihm zusammenkommen. Aber wenn Ihr ihn dann dazu veranlassen könntet, uns vor Ende der Festlichkeiten nach Cornwall zu entlassen . . . Würdet Ihr das wohl für mich tun?«

»Falls es mir möglich ist.«

»Ich wußte doch, daß ich auf Euch zählen konnte. Bei der jetzigen Lage kann man ja kaum noch einem Menschen vertrauen. Uther etwas abzuringen ist gewiß nicht leicht. Aber Euch könnte es glücken. Und Ihr besitzt auch den Mut dazu. Ihr seid der wahre Sohn Eures Vaters, und um meines alten Freundes willen –«

»Ich habe doch bereits ja gesagt.«

»Was habt Ihr? Seid Ihr nicht wohlauf?«

»Nur ein wenig müde. Ich habe einen harten Ritt hinter mir. Wahrscheinlich werde ich den König schon morgen früh sehen, noch vor der Krönung.«

Er nickte kurz. »Das ist nicht das einzige, was ich von Euch erbitten möchte. Würdet Ihr mich wohl noch heute nacht zu meiner Frau begleiten?«

Endlos schien das Schweigen sich zwischen uns zu dehnen. Schließlich sagte ich: »Gewiß – wenn Ihr wollt. Doch aus welchem Grund?«

»Sie ist krank, und es wäre mir sehr lieb, wenn Ihr nach ihr sehen wolltet. Als sie von ihren Frauen erfuhr, daß Ihr in London seid, bat sie mich, Euch holen zu lassen. Und glaubt mir, daß auch ich für Eure Anwesenheit hier dankbar bin. Es gibt kaum einen Menschen sonst, dem ich jetzt vertrauen würde, bei Gott. Aber Euch vertraue ich.«

Ein Holzscheit sackte prasselnd tiefer. Flammen schossen hoch. Blutroter Widerschein spülte über das Gesicht des alten Mannes.

»Werdet Ihr kommen?« fragte er.

»Natürlich.« Ich blickte von ihm fort. »Ich komme auf der Stelle.«

5

Mit seiner Behauptung, Lady Ygraine sei gut bewacht, hatte Uther nicht übertrieben. Das so ungleiche Paar bewohnte einen Seitenflügel. Überall drängten sich bewaffnete Krieger. Im Schlafgemach selbst befand sich etwa ein Halbdutzend Frauen, von denen die älteste, grauhaarig schon und mit besorgtem Gesicht, bei meinem Eintritt erleichtert herbeieilte.

»Prinz Merlin.« Sie verneigte sich ehrerbietig vor mir und führte mich dann zum Bett.

Es war warm hier und roch nach Lampenöl und Brennholz. Das Bett stand an der Wand, dem Feuer gegenüber. Ich sah grauseidene Kissen mit goldenen Quasten. Die Schlafdecke war mit Blumen, Vögeln und anderem Getier bestickt. Ich erinnerte mich an das einzige Frauengemach, das ich außer diesem je gesehen hatte, die Kammer meiner Mutter: einfaches Holzbett, geschnitzte Eichentruhe, Webstuhl, rissiges Mosaik auf dem Boden.

Ich trat ans Fußende des Bettes und blickte zu Lady Ygraine hinab.

Von Cadal war mir berichtet worden, daß sie schön sei. Auch hatte ich die Gier im Gesicht des Königs gesehen und wußte also, daß sie begehrenswert war. Doch während ich jetzt im von mannigfachen Düften erfüllten Raum stand, nahm ich die Frau, die dort mit geschlossenen Augen lag, gar nicht als Frau wahr. Und ich bemerkte auch nichts von meiner Umgebung. Das einzige, was ich sah, war das Strömen und Pulsen von Licht wie in kristallener Kugel.

Ohne meinen Blick vom Bett zu wenden, begann ich zu sprechen. »Eine ihrer Frauen bleibe. Die übrigen sollen gehen. Ihr auch, Gorlois.« Er fügte sich widerspruchslos und verließ mit den Frauen den Raum. Nur die Grauhaarige blieb. Kaum daß die Tür sich wieder schloß, öffnete Ygraine die Augen. Sekundenlang blickten wir einander wortlos an. Dann fragte ich: »Was wollt Ihr von mir?«

Sie antwortete rasch und geradeheraus: »Ich habe Euch holen lassen, Prinz, weil ich Eure Hilfe brauche.«

Ich nickte. »In Sachen des Königs.«

»Ihr wißt also? Und habt erraten, daß ich gar nicht krank bin?«

»Ja.«

»Dann werdet Ihr Euch auch denken können, was ich von Euch will.«

»Nicht ganz. Aber sagt – hättet Ihr nicht schon früher selbst mit dem König sprechen können? Das wäre vielleicht für alle Teile besser gewesen.«

Sie musterte mich aus großen Augen. »Wie hätte ich wohl mit dem König sprechen können? Seid Ihr soeben durch den Hof gekommen?«

»Ja.«

»Dann habt Ihr ja selbst die vielen Krieger gesehen. Was wohl wäre geschehen, wenn ich versucht hätte, mit Uther zu sprechen? Und selbst wenn es mir möglich gewesen wäre, ihn heimlich zu treffen – binnen einer Stunde hätte ganz London davon gewußt. Nein, ich konnte nicht mit ihm sprechen. Nicht einmal eine Botschaft konnte ich ihm schicken. Schweigen war mein einziger Schutz.«

Ich sagte langsam: »Wenn Ihr Uther nur mitteilen wolltet, daß Ihr Euerm Gatten in unverbrüchlicher Treue ergeben seid, so hätte sich für eine solche Botschaft wohl immer Zeit und Gelegenheit gefunden.«

Sie lächelte. Und senkte den Kopf.

Ich sagte: »So ist das also. Nun, das wollte ich wissen. Ihr seid aufrichtig, Ygraine.«

»Welchen Sinn hätte es, Euch anzulügen? Ich habe von Euch gehört. Gewiß bin ich nicht so dumm, alles zu glauben, was in Liedern und Legenden berichtet wird. Aber Ihr seid sehr klug und sehr erfahren, und man sagt, daß Ihr keine Frau liebt und keinem Mann Euch unterwerft. Ihr werdet Euch Euer eigenes Urteil bilden.« Sie blickte auf ihre Hände und hob dann den Kopf. »Aber ich glaube, daß Ihr in die Zukunft blicken könnt. Ich möchte, daß Ihr mir sagt, was mich erwartet.«

»Ich bin kein altes Weib, das anderen die Zukunft enthüllt. Habt Ihr mich deswegen holen lassen?«

»Nein. Ihr seid der einzige Mann, mit dem ich vertraulich sprechen kann, ohne Gorlois' Zorn und Verdacht zu erregen – und außerdem besitzt Ihr das Ohr des Königs.« Sie sprach einfach und sehr bestimmt, und für Augenblicke schien es, als stünde ich einer Königin gegenüber. »Hat Uther schon mit Euch gesprochen?«

»Das erübrigt sich. Jeder weiß, wie es um ihn steht.«

»Und – werdet Ihr ihm sagen, was Ihr soeben von mir erfahren habt?«

»Das kommt darauf an.«

»Worauf?« fragte sie.

Ich sagte langsam: »Auf Euch selbst. Bislang habt Ihr Euch klug verhalten. Wärt Ihr weniger auf der Hut gewesen, so hätte es Streit gegeben, vielleicht sogar Krieg. Augenscheinlich habt Ihr sorgsam darauf geachtet, keinen einzigen Augenblick allein oder unbehütet zu sein, sondern Euch bemüht, über jede Sekunde Rechenschaft ablegen zu können.«

Mit leicht erhobenen Brauen blickte sie mich stumm an. Dann sagte sie: »Natürlich.«

»Nun, Lady Ygraine, nicht viele Frauen, die begehren, was Ihr begehrt, wären dazu imstande gewesen.«

»Ich bin nicht ›viele Frauen‹«, sagte sie verächtlich und setzte sich, das schwarze Haar zurückschleudernd, plötzlich auf. Die grauhaarige Alte eilte mit einem langen, blauen Gewand herbei. Ygraine warf es sich über das weiße Nachthemd und stand auf. Mit unruhigen Schritten ging sie zum Fenster, wo sie stehenblieb.

Für eine Frau war sie sehr hoch gewachsen, und ihre Formen hätten gewiß auch einen kaltblütigeren Mann als Uther entflammen können. Langer und schlanker Hals mit anmutig erhobenem Kopf. Dunkles Haar, das locker über den Rücken strömte. Blaue Augen von der tiefen Tönung der Kelten. Ein stolzer Mund. Doch so lieblich sie auch wirkte, ein Spielzeug in den Händen eines Mannes war sie sicher nicht. Wenn Uther sie wollte, dann, so ging es mir durch den Kopf, mußte er sie schon zur Königin machen.

Sie stand nicht unmittelbar am Fenster, sondern ein kurzes Stück entfernt, so daß sie vom Hof her nicht gesehen werden konnte. Wirlich eine Frau, die in jeder Lage einen kühlen Kopf behielt.

Sie wandte sich um. »Ich bin die Tochter eines Königs und entstamme einer langen Reihe von Königen. Begreift Ihr nicht, wie sehr es mich getrieben haben muß, um auch nur zu denken, wie ich jetzt denke?« fragte sie und wiederholte leidenschaftlich: »Begreift Ihr denn nicht? Mit sechzehn gab man mich dem Fürsten von Cornwall zur Frau. Er ist ein guter Mensch. Ich ehre und achte ihn. Bevor ich nach London kam, hatte ich mich so ziemlich damit abgefunden, dort in Cornwall mein Leben zu verdämmern und zu beschließen. Doch dann brachte Gorlois mich her, und nun ist es geschehen. Jetzt weiß ich, was ich haben muß. Und doch ist es mir, der Gattin des Gorlois von Cornwall, unerreichbar. Was also soll ich tun? Ich kann nur warten und schweigen, denn an meinem Schweigen hängt nicht nur meine eigene Ehre und die meines Mannes und meines Hauses, sondern auch die Sicherheit des Reiches, für das Ambrosius gestorben ist und Uther mit Feuer und Blut gekämpft hat.«

Sie machte ein, zwei Schritte und blieb wieder stehen. »Ich will keine Helena sein, deretwegen Männer verderben und Königreiche in Rauch aufgehen. Ich bin nicht der Preis für den Sieger nach mörderischem Zwist. Ich kann und darf weder Gorlois noch den König in den Augen der Menschen entehren. Und ich kann und darf mich auch nicht heimlich mit Uther treffen und mich in meinen eigenen Augen entehren. Ich bin eine liebeskranke Frau, ja. Aber ich bin auch Ygraine von Cornwall.«

Ich sagte kalt: »Und so ist es also Eure Absicht, zu warten, bis Ihr in Ehren zu ihm gehen könnt — als seine Königin?«

»Was sonst kann ich tun?«

»Ist dies die Botschaft, die ich ihm überbringen soll?«

Sie schwieg.

Ich sagte: »Oder habt Ihr mich herbestellt, damit ich Euch die Zukunft voraussage? Wie lange Euer Gatte noch zu leben hat?«

Sie schwieg immer noch.

»Ygraine«, sagte ich, »beides bleibt sich recht gleich. Denn wenn Uther von mir erfährt, daß Ihr ihn zwar liebt, ihm jedoch unerreichbar seid, solange Euer Gemahl lebt — nun, welche Lebensdauer würdet Ihr Gorlois dann noch prophezeien?«

Auch diesmal blieb sie stumm. Ja, dachte ich, die Gabe des Schweigens. Zwischen ihr und dem Feuer stehend, sah ich, wie die Helle sie gleichsam überhauchte, huschend über das Blau und Weiß der Gewänder und gefolgt von pulsenden Schatten. Wie bewegtes Wasser oder Wind im Gras strich es über sie hin. Eine Flamme hüpfte, und mein eigener Schatten sprang auf sie zu und wuchs über sie empor zur Wand, wo er sich, umspült von tanzendem Licht, mit ihrem Schatten vereinte — kein Drache aus Gold oder Rot, kein Feuerdrache mit flammendem Schweif, sondern ein riesiges, wolkengleiches Gebilde aus Luft und Dunkel, hingeschleudert von der jähen Lohe hinter mir und sinkend, als die Flamme wieder sank, und stetig schrumpfend, bis nur noch Ygraines Schatten blieb, der Schatten einer Frau, rank und schlank wie ein Schwert. Und wo ich stand, dort war nichts.

Sie bewegte sich, und jetzt ließ der Schein der Lampen den Raum wieder warm und wirklich hervortreten. Irgend etwas in ihrem Gesicht wirkte plötzlich verändert. Sie beobachtete mich und sagte dann mit ruhiger Stimme: »Ihr wißt ja, daß ich Euch nichts verberge. Und so ist es nur recht, daß Ihr in Worte kleidet, was meinen Gedanken entspricht. Doch ich hatte gehofft, mich und auch den König gleichsam freisprechen zu können, indem ich nach Euch schickte.«

»Wenn ein dunkler Gedanke in Worte gekleidet wird, so steht er im Licht. Ihr wie auch der König hättet Eure Sehnsucht längst nach Gutdünken stillen können.« Wie von selbst strömten die Sätze jetzt aus mir heraus. »Wenn Ihr wollt, so werde ich Euch sagen, wie die Liebe des Königs und Eure eigene sich vereinbaren lassen, ohne ihn oder Euern Gatten zu entehren. Würdet Ihr, wenn ich Euch die Lösung verrate, zu ihm gehen?«

Ich sah das kurze Aufleuchten in ihren Augen. Dennoch nahm sie sich für ihre Antwort Zeit. »Ja.« Ihre Stimme klang unbewegt.

»Ih müßtet mir aber gehorchen«, sagte ich.

»Was soll ich tun?«

»Ihr seid also bereit, Euch zu fügen?«

»Nicht gar so schnell«, sagte sie nüchtern. »Oder würdet Ihr etwa die Katze im Sack kaufen?«

Ich lächelte. »Nein. Also gut, hört mir zu. Als Ihr, um mich holen zu lassen, Krankheit vorschütztet — was habt Ihr da euerm Gatten und Euern Frauen erzählt?«

»Nur daß ich mich schwach und unwohl fühlte und jeglicher Gesellschaft abgeneigt sei. Und daß ich eines Arztes bedürfe, sofern ich morgen an der Seite meines Gatten der Krönung beiwohnen solle.« Sie lächelte. »Außerdem traf ich Vorsorge, während des Festes nicht neben dem König zu sitzen.«

»Sehr gut. Und jetzt werdet Ihr Gorlois sagen, daß Ihr schwanger seid.«

»Daß ich schwanger bin?« Zum erstenmal schien sie außer Fassung. Sie starrte mich an.

»Wäre es denn nicht möglich? Er ist zwar ein alter Mann, aber ich dachte —«

»Ja, es wäre möglich. Doch . . .« Sie biß sich auf die Lippen. Sekunden später sagte sie ruhig: »Sprecht weiter. Ich habe Euch um Euern Rat gebeten, also muß ich ihn mir wohl auch anhören.«

Sie war die erste Frau, zu der ich ohne Umschweife sprechen konnte, ganz wie zu einem Mann. Ich sagte: »Euer Gatte hat keinen Anlaß, zu argwöhnen, Ihr könntet von einem anderen Mann schwanger sein. Sagt es ihm also getrost und betont, daß Ihr hier in London, ausgesetzt dem allgemeinen Gerede und den Aufmerksamkeiten des Königs, für die Gesundheit des Kindes fürchtet. Bittet ihn, sofort nach der Krönung und also noch vor dem Fest, das mit seinen Anspannungen Euch nicht zuzumuten sei, die Stadt zu verlassen. Morgen vor Sonnenuntergang, noch ehe die Stadttore schließen, werdet Ihr mit Gorlois und seinen Mannen aufbrechen. Uther wird davon erst erfahren, wenn das Fest schon in vollem Gange ist.«

»Aber«, sagte sie stockend, »das ist doch Torheit. Hätten wir nicht den Zorn des Königs gefürchtet, so wäre Gorlois wohl schon vor Tagen oder Wochen aufgebrochen. Ehe er uns nicht die Erlaubnis dazu gibt, können wir nicht von hier fort. Verlassen wir London aber doch, aus welchem Grund auch immer, dann —«

Ich unterbrach sie. »Am Krönungstag kann Uther nichts unternehmen. Und auch während der folgenden Festtage muß er hierbleiben. Er könnte es sich gar nicht leisten, Budec und Merrovius und die übrigen in London versammelten Könige vor den Kopf zu stoßen. Bevor er handeln kann, seid Ihr längst in Cornwall.«

»Aber dann wird er handeln«, rief sie und schleuderte ungeduldig die Hand. »Dann wird es Krieg geben, wo der Frieden doch endlich die Wunden des Reiches heilen sollte. Und er kann nicht einmal siegen, denn triumphiert er auf dem Schlachtfeld, so wird der Westen ihm zum unversöhnlichen Feind. Ob Sieg oder Niederlage — Britannien ist wieder geteilt und fällt ins einstige Dunkel zurück.«

Ja, sie hatte das Zeug zu einer Königin. Für Uther nicht weniger entbrannt als er für sie, behielt sie dennoch einen kühlen Kopf. Sie war klüger und kaltblütiger als er und, wie mir schien, auch die stärkere Persönlichkeit.

»Ganz recht«, sagte ich, »handeln wird er gewiß.« Ich hob die Hand. »Aber hört mir bitte zu. Noch vor der Krönung werde ich mit Uther sprechen und ihm alles erzählen. Von der vorgetäuschten Schwangerschaft. Von meinem Rat an Euch, London zu verlassen. Er wird in gespieltem Zorn öffentlich Rache schwören für die Beleidigung, die Gorlois ihm anläßlich der Krönung zugefügt hat — und bereit sein, Euch nach Beendigung des Festes sofort zu folgen —«

»Während unsere Truppen mittlerweile Londons Mauern ohne Zwischenfall hinter sich gelassen haben. Allmählich beginne ich, Euch zu Begreifen. Fahrt fort.« Die Hände in die Ärmellöcher des blauen Gewandes steckend, kreuzte sie die Arme über der Brust. Ganz so unerschütterlich, wie sie auf den ersten Blick wirkte, war sie denn doch nicht, die Lady Ygraine. »Und dann?«

»Dann seid Ihr in Sicherheit, ohne daß Eure oder Cornwalls Ehre Schaden gelitten hätte.«

»In Sicherheit, ja. Denn in Tintagel bin ich selbst für Uther unerreichbar. Habt Ihr die Feste gesehen, Merlin? Die Küstenklippen sind steil und hoch, und von dort führt nur ein schmaler Felsgrat zu der Insel, auf der die Burg steht. Der Zugang ist so messerdünn, daß dort nicht einmal zwei Männer nebeneinander Platz haben. Das landwärts gelegene Ende des Felsgrats wird durch eine zweite Feste auf der Hauptklippe geschützt, wo Wasser und Lebensmittel für ein ganzes Jahr gelagert sind. In ganz Cornwall gibt es keine stärkere Festung als diese, die weder vom Land noch von der See her eingenommen werden kann. Wer mich für immer von Uther trennen will, findet da gerade den rechten Ort.«

»Das dachte ich mir. Dorthin wird Gorlois Euch also schicken. Aber, Ygraine, würde er sich auch damit zufriedengeben, ein Jahr mit Euch in der Feste zu warten wie ein Tier in der Falle? Und könnte er seine Streitmacht mit sich in die Burg nehmen?«

Sie schüttelte den Kopf. »So uneinnehmbar die Feste auch ist, als Stützpunkt läßt sie sich nicht benutzen. Man kann nicht mehr tun, als abwarten, bis das Ende der Belagerung gekommen ist.«

»Dann müßt Ihr Gorlois dazu bringen, Cornwall dem König nicht kampflos preiszugeben und in der Feste abzuwarten, sondern die Entscheidung woanders zu suchen.«

Sie schlug die Hände gegeneinander. »Das wird er tun. Er könnte gar nicht abwarten, während Cornwall leidet. Aber ich muß schon sagen, Merlin, daß ich Euern Plan ganz und gar nicht verstehe. Wenn Ihr darauf abzielt, König und Reich vor mir zu bewahren, dann sagt es doch offen. Ich kann Krankheit vorschützen, bis Uther keine andere Wahl bleibt, als uns in Gnaden zu entlassen. Wir könnten ohne Zank und ohne Zwist heimkehren.«

Ich sagte scharf: »Habt Ihr nicht versprochen, Euch meinen Rat anzuhören? Uns bleibt nicht viel Zeit.«

Sie sah mich ruhig an. »Gut. Ich höre.«

»Gorlois wird Euch also in Tintagel von der Welt absperren. Wo aber wird er sich Uther stellen?«

»Vermutlich in Dimilioc, einige Meilen von Tintagel, die Küste hinauf. Dimilioc ist eine sehr starke Burg und das Gelände zum Kampf gut geeignet. Aber was dann? Glaubt Ihr etwa, daß Gorlois nicht kämpft?« Sie ging zu einem Stuhl neben dem Feuer und setzte sich. Einen Augenblick glitten ihre Hände, auf den Knien, wie haltlos tiefer. Dann hatte sie sich wieder in der Gewalt. »Und meint Ihr vielleicht, daß der König zu mir nach Tintagel kommen kann, ob Gorlois nun dort ist oder nicht?«

»Wenn Ihr tut, wie ich Euch geheißen, so mögt Ihr und Uther sehr wohl zueinanderkommen. Alles übrige überlaßt nur mir — dem Magier. Wartet in Tintagel in aller Ruhe ab. Ich werde Uther dort zu Euch bringen. Und ich gelobe Euch an des Königs Statt, daß es zwischen ihm und Gorlois nicht zur Schlacht kommen wird. Ihr und Uther werdet einander in Liebe begegnen, und Cornwall wird wieder seinen Frieden habe. Ich weiß nur, was ich weiß, und alles andere steht bei Gott. Die Macht, die ich jetzt in mir spüre, stammt von ihm, und wir, in seine Hände gegeben, sind Werkzeug zum Heil oder Unheil. Aber ich kann Euch auch sagen, Ygraine, daß ich eine lodernde Flamme sah und darinnen eine Krone und ein Schwert, aufragend von einem Altar wie ein Kreuz.«

Sie sprang vom Stuhl auf. Zum erstenmal sah ich so etwas wie Furcht in ihren Augen. Einen Herzschlag schien es, als wolle sie sprechen. Dann preßte sie die Lippen aufeinander und wandte sich dem Fenster zu. Sie machte einen Schritt, einen zweiten. Und blieb stehen und hob den Kopf, als ringe sie um Luft. Nein, mehr: als verlange es sie unwiderstehlich, sich emporzuschwingen in die Höhe, um sich von allem zu befreien. Sie, die in Tintagel jahrelang gleichsam gefangen gewesen war, schien ihre eigene Erdenschwere zu verachten.

Sie hob beide Hände und strich sich das Haar aus dem Gesicht. Dann, den Blick zum Fenster gerichtet, begann sie zu sprechen. »Ich werde es tun. Wenn ich ihm sage, daß ich schwanger bin, wird er mich nach Tintagel bringen. Denn dort sind alle Herzöge von Cornwall geboren worden. Im übrigen muß ich auf Euch vertrauen.« Sie wandte sich um und sah mich an. »Wenn ich nur ein einziges Mal mit Uther sprechen könnte ... sei es auch nur, um ... Aber wenn Ihr durch mich Blutvergießen über Cornwall bringt ... oder meinem Gatten den Tod ... dann werde ich bis an mein Lebensende zu allen Göttern beten, daß auch Ihr, Merlin, den Tod finden sollt ... durch den Verrat einer Frau.«

»Eure Gebete werde ich kaum zu fürchten haben. Und jetzt muß ich gehen. Könntet Ihr jemanden mit mir mitschicken, dem ich einen Trank für Euch geben kann? Nur eine harmlose Labe. Ihr könnt ihn ohne Furcht genießen.«

»Nehmt Ralf, meinen Pagen, mit. Ihr findet ihn vor der Tür. Er ist Marcias Enkel und genauso vertrauenswürdig wie sie.« Mit dem Kopf wies sie auf die grauhaarige Alte.

»Dann werde ich etwaige Botschaften durch meinen Diener Cadal an ihn übergeben lassen«, sagte ich. »Und jetzt wünsche ich Euch eine gute Nacht.«

Die Alte eilte zur Tür, um mir zu öffnen. Ygraine stand in der Mitte des Gemachs, von Flammenhelle umzügelt.

6

Wir hatten einen wilden Ritt nach Cornwall.

Ostern war in diesem Jahr auf einen sehr frühen Zeitpunkt gefallen, und so bewegten wir uns gleichsam auf der Grenze zwischen Winter und Lenz, als wir in schwarzer Nacht unsere Pferde auf den Klippenhöhen unweit Tintagel zügelten und hinabspähten in den Rachen des brausenden Winds. Wir waren nur vier, Uther, ich selbst, Ulfin und Cadal. Bislang war alles glatt und nach Plan gegangen. Es war der vierundzwanzigste März, und Mitternacht rückte heran.

Ygraine hatte sich streng an meinen Rat gehalten. Ich selbst war, um Gorlois keinen Anlaß zu Verdacht zu geben, erst am nächsten Morgen zu Uther gegangen, während man ihn badete und zur Krönung fertig machte. Bis auf Ulfin schickte er sämtliche Diener fort, so daß ich ihm genau sagen konnte, wie er sich zu verhalten hatte. Der Schlaf in der vergangenen Nacht schien ihn erfrischt zu haben. Er begrüßte mich lebhaft und hörte mir, Glanz in den noch immer tief liegenden Augen, eifrig zu.

»Und du bist sicher, daß sie sich an deinen Rat halten wird?«

»Ja. Ich habe ihr Wort. Und Ihr? Werdet Ihr ihn auch befolgen?«

»Natürlich.« Er musterte mich aufmerksam. »Aber willst du mir nicht verraten, was du dir von allem versprichst?«

»Das habe ich Euch doch schon gesagt. Ein Kind.«

»Ach, das.« Er zuckte unwillig mit den Schultern. »Du bist genau wie mein Bruder; er dachte an nichts anderes ... Arbeitest wohl immer noch für ihn?«

»So könnte man es nennen.«

»Nun schön. Früher oder später muß das wohl ohnehin sein. Aber etwas anderes. Was wird mit Gorlois? Ist da nicht doch ein gewisses Wagnis?«

»Natürlich. Ihr werdet, genau wie ich, auf Euern guten Stern vertrauen müssen. Immerhin kann ich Euch versichern, daß weder Euer Name noch Euer Reich einen Schaden davontragen werden.«

Kurzes Schweigen. Er maß mich mit den Augen. »Nun ja, aus deinem Munde genügt das wohl. Ich will's zufrieden sein.«

»Daran tut Ihr recht. Ihr werdet ihn überleben, Uther.«

Er lachte plötzlich. »Güter Himmel, Mann, zu der Prophezeiung gehört wohl nicht viel. Gorlois hat mir dreißig Jahre voraus und stürzt sich immer noch in jedes Schlachtgetümmel. Ein Grund mehr, nicht unnötig sein Blut auf mich zu laden. Und jetzt höre ...«

Er wandte sich Ulfin zu und begann, Befehle zu erteilen. Dies war wieder der Uther, wie ich ihn von früher kannte, kurz, klar, bestimmt. Boten wurden nach Caerleon geschickt mit Anweisungen für die Truppen und der Order, auf der Strecke unseres baldigen Rittes nach Cornwall überall für frische Pferde zu sorgen. Es ging darum, Gorlois, obschon er vier Tage Vorsprung vor Uther haben würde, fast auf den Fersen zu folgen.

Es kam, wie von mir geplant. Bei der Krönung sah ich Ygraine, still und stumm, sehr beherrscht und so bleich, daß ich, hätte ich es nicht besser gewußt, selbst an eine Krankheit oder eine Schwangerschaft geglaubt haben würde. Erstaunlich, ja fast schon unbegreiflich, welcher Täuschungskünste Frauen fähig sind, gleich ob Fürstin oder Dirne. Wie Sklaven oder auch Tiere, die in dauernder Furcht leben, scheinen sie einen Instinkt entwickelt zu haben, der sie Fährnisse überlisten läßt. Blaß und hinfällig durchstand Ygraine die lange und glanzvolle Zeremonie. Anschließend ließ sie sich, schwach auf ihre Frauen gestützt, davonführen. Und nicht viel später, im Festsaal schon, wo inzwischen fleißig die Weinhumpen kreisten, verließ Gorlois unbemerkt den Raum und kam nicht mehr zurück.

Uther spielte seine Rolle nicht ganz so überragend wie Ygraine, war aber doch, befeuert von Krönung und Gelage und Zukunftsgedanken, überzeugend genug. Und wenn sein Zornesausbruch über Gorlois' und Ygraines Verschwinden auch ein wenig überlaut klingen mochte, so paßte dergleichen doch recht gut in das Bild, das man sich allgemein vom oft recht unbeherrschten König machte. Außerdem erstrahlte sein Stern jetzt so hell, daß ganz London ihm zu Füßen lag. Die finsteren Drohungen, die er gegen Gorlois ausstieß, vergab man ihm allzu willig. Eher schon verübelte man Ygraine, daß sie sich ihm, wie es schien, verweigert hatte.

Wenige Tage später waren wir auf dem Wege nach Cornwall. Wie befohlen, standen überall frische Wechselpferde bereit, und so brauchten wir für den Ritt nur zwei Tage und eine Nacht. Unsere Truppen fanden wir im vorgesehenen Lager wenige Meilen von der Grenze. Dort erfuhren wir, daß wie erwartet, Ygraine sich mit einer Schutzwache in Tintagel befand, während Gorlois mit der übrigen Streitmacht nach Dimilioc gezogen war, nicht ohne seine Untertanen im Land zum Beistand aufzurufen. Daß Uthers Truppen nicht weit waren, wußte er zweifellos, doch mit der so raschen Ankunft des Königs konnte er keinesfalls rechnen.

Heimlich ritten wir im Abenddunkel ins Lager und nahmen, statt im Quartier des Königs, bei einem vertrauenswürdigen Unterführer Wohnung. Dort wartete schon Cadal, der die notwendigen Verkleidungen vorbereitet hatte. Was jetzt noch ausstand, war eine Botschaft von Ralf, daß die Zeit günstig sei.

Mein Plan war von jener Einfachheit, die so oft Erfolg bringt. Um ihn zu verstehen, mußte man wissen, daß Gorlois die Gewohnheit hatte, jede Nacht von Dimilioc oder einer seiner anderen Festen nach Tintagel zu Ygraine zu reiten. Da die unstillbare Verliebtheit des alten Mannes allzuoft zur Zielscheibe des Gespötts geworden war, hatte er es schließlich vorgezogen, Ygraine in aller Heimlichkeit aufzusuchen. Einlaß in Tintagel fand er durch eine verborgene Pforte, die nur wenige kannten. Mein Plan war nun einfach der, Uther, Ulfin und mich zu verkleiden, um, sofern wir gesehen wurden, als Gorlois mit Gefährten und Diener gelten zu können. An der Pforte würde Ralf uns einlassen. Das größte Hindernis bestand darin, daß ja Gorlois allnächtlich zur Feste kam. Hier war es Ygraines Aufgabe, ihn mit einer Ausflucht hinzuhalten. Gelang ihr dies, so stand uns kaum noch etwas im Wege.

Ralfs Botschaft kam, und in der Dunkelheit machten wir uns auf. In scharfem Galopp ging es in Richtung Tintagel. Unsere Verkleidung erschien mir sehr geglückt und konnte, jetzt bei der Nachtschwärze jedenfalls, kaum Verdacht erregen. Uthers Bart war grau gefärbt. Die Kapuze seines Mantels, nur natürlich in einer so stürmischen Nacht, verbarg weitgehend sein Gesicht. Den Mundwinkel deckte ein Verband, der, sollte Uther sprechen müssen, seine Stimme auf erklärliche Weise undeutlich machte. Ulfin sollte als Jordan gelten, ein Diener, der ihm in Körperbau und Haarfarbe glich. Ich selbst spielte Brithael, Gorlois' Freund und Hauptmann, der, älter zwar als ich, mir im Stimmklang nicht unähnlich war. Cadal blieb ohne Verkleidung. Seine Aufgabe war es, draußen bei den Pferden zu warten und sich für den Notfall bereitzuhalten.

Ich lenkte mein Tier dicht zum König und sagte: »Kaum noch eine Meile bis Tintagel. Jetzt geht es zur Küste. Dort wird Ralf uns erwarten. Soll ich vorausreiten?«

Er nickte. Trotz des tiefen Dunkels gewahrte ich in seinen Augen einen unverkennbaren Glanz. Ich fügte hinzu: »Bezähmt Euch, Uther. Oder glaubt Ihr, so hält man Euch für Gorlois, einen immerhin altgedienten Ehemann?«

Er lachte, und ich ritt vorsichtig weiter.

Der Weg zur Küste führte durch ein kleines Tal, eine tiefe Rinne, durch die ein Bach floß. Die Strecke war ganz und gar nicht ungefährlich. Geröllhänge und Gestrüpp waren zu überwinden. Hintereinander ritten wir den Bach entlang. Von der Höhe fauchte grimmig der Sturm herbei. Ein Stück weiter, wo genau, konnte ich in der Dunkelheit nicht erkennen, tauchte plötzlich eine Gestalt auf. Mein Pferd verhielt mit einem Ruck. Der Schatten glitt herbei und griff nach dem Zügel. Mein Tier schnaubte angstvoll. Ich spürte das Zittern des mächtigen Leibes unter mir.

»Brithael«, sagte ich. »Alles in Ordnung?«

Ich hörte einen erstaunten Ausruf. Der Mann drängte näher und spähte zu mir herauf. Hinter mir kam jetzt auch Uthers Grauschimmel zum Halt. Die Gestalt an meiner Seite fragte unsicher: »Herr Gorlois ...? Wir haben Euch heute nicht erwartet. Ist ... ist etwas vorgefallen?«

Es war Ralfs Stimme. Ich sagte: »So leicht kann man uns also verwechseln? Im Dunklen jedenfalls?«

Er atmete hastig. »Ja, Herr«, sagte er. »Im Augenblick hielt ich Euch tatsächlich für Brithael. Und dann der Grauschimmel . . . Ist das der König darauf?«

»Für diese Nacht«, erwiderte ich, »ist das der Herzog von Cornwall. Alles in Ordnung?«

»Ja, Sir.«

»Dann führe uns. Wir haben keine Zeit zu verlieren.«

Er tat wie geheißen, und ich war ihm dankbar dafür, denn der Pfad, fast ungangbar selbst bei Tageslicht, konnte nur von einem Eingeweihten gefunden werden. Die anderen folgten, wenn schon ihre Tiere auch bei jedem zweiten Schritt scheuten. Auch mein Pferd bäumte sich und hätte mich wohl aus dem Sattel geschleudert, wenn Ralf nicht gewesen wäre. Ich fluchte leise und fragte: »Wie weit noch?«

»Noch etwa zweihundert Schritt bis zur Küste, Sir. Dort lassen wir die Pferde und gehen zu Fuß weiter.«

»Bei allen Göttern, ich will froh sein, diesem Sturm den Rükken zu kehren. Hast du Schwierigkeiten gehabt?«

»Nein, Sir.« Um sich verständlich zu machen, mußte er fast schreien, war aber gewiß drei Schritt weiter schon nicht mehr zu hören. »Lady Ygraine hat Felix, dem Pförtner, selbst gesagt, daß sie den Herzog erwartet, sobald in Dimilioc alles Notwendige erledigt ist. Da sie für schwanger gilt, scheint es nur natürlich, daß sie ihn trotz der Kriegsgefahr bei sich haben möchte. Sie hat Felix auch davon unterrichtet, daß er durch die verborgene Pforte kommen wird, um etwaige Spione des Königs zu täuschen. Außerdem hat sie ihm eingeschärft, das Geheimnis für sich zu behalten. Er ist völlig arglos. Warum sollte er auch Verdacht schöpfen?«

»Außer diesem Pförtner ist also niemand am Tor?«

»Nein. Aber im Wachtturm sind zwei Soldaten.«

»Sind sie eingeweiht?«

Er schüttelte den Kopf. »Das konnten wir nicht wagen, Herr. Die Krieger in der Feste sind alle vom Herzog persönlich ausgesucht.«

»Sind die Treppen hell erleuchtet?«

»Eine Fackel. Ich habe dafür gesorgt, daß sie nicht viel Licht hergibt.«

Ich blickte über die Schulter zurück. Gespenstisch trottete der Grauschimmel durch das Dunkel. Der König schien auf das, was zwischen uns gesprochen wurde, nicht weiter zu achten. Stumm, wie seit Beginn der Reise, saß er auf seinem Roß. Offenbar vertraute er völlig seinem Stern. Oder mir.

Ich wandte den Kopf wieder zurück und beugte mich über den Hals des Pferdes hinab. »Gibt es eine Losung?«

»Ja, Herr. Sie lautet: *Pilger*. Und Lady Ygraine hat für den König einen Ring mitgeschickt, den der Herzog manchmal trägt. Hier ist übrigens der Pfad zu Ende, und es geht steil zum Strand hinab. Gebt Obacht und haltet Euch gut fest.« Mit kraftvollem Griff zog er mein Tier hinter sich her. Hufe glitten knirschend über Gestein. Dann kamen wir zum Halt. »Hier werden wir die Pferde lassen, Herr.«

Ich schwang mich dankbar aus dem Sattel. Soweit ich sehen konnte, befanden wir uns in einer kleinen Einbuchtung, die durch ein mächtiges Vorgebirge zur Linken vorm Wind geschützt war. Doch an dieser Landspitze donnerten mit vernichtender Wut riesige Wogen vorbei, die sich an vorgelagerten Felsen brachen und ihren schäumenden Gischt hoch aufsprühen ließen. Auf der rechten Seite sah ich ein zweites Vorgebirge. Hinter uns, über eine niedrige Klippe, stürzte der Bach in zwei langen Kaskaden herab, die wie zwei Haarsträhnen vom Wind aufgewirbelt wurden. Nicht weit davon, unter überhängendem Fels, bot sich Unterschlupf für die Pferde.

Ralf deutete mit der Hand empor. »Der König und die anderen mögen jetzt folgen. Aber Vorsicht! Jeder falsche Tritt kann Unheil bringen.«

Rutschend kam der Grauschimmel herab. Dann stand der König neben mir. Ich hörte sein Lachen, den gleichen hellen und übermütigen Laut. Auch ohne den Lohn, der ihm heute nacht winkte, wäre das kaum anders gewesen. Gefahr war für Uther Trank und Traum zugleich.

Auch Ulfin und Cadal waren jetzt unten. Der König trat dicht zu mir heran und wies über das Wasser. »Sollen wir jetzt etwa schwimmen?«

»Weiß Gott, vielleicht müssen wir das wirklich. Denn mir will scheinen, daß die Wellen bis zur Burgmauer hinaufschlagen.«

Still und reglos stand er da und starrte hinauf zur Landspitze, wo hoch oben unter sturmbewölktem Himmel ein Licht brannte.

Ich sagte: »Hört, Uther. Es ist alles, wie wir's erwartet haben. Da ist Felix, der Pförtner. Im Wachtraum sitzen zwei Soldaten. Die Beleuchtung ist trüb. Den Weg hat man Euch ja beschrieben. Wenn wir eintreten, murmelt Ihr nur einen kurzen Gruß und steigt rasch die Treppe hinauf. Marcia, Ygraines Vertraute, empfängt Euch oben am Eingang zu den Gemächern. Alles übrige könnt Ihr uns überlassen. Sollte es Schwierigkeiten geben, so stehen wir drei gegen drei, und zu hören ist in einer solchen Nacht gewiß nichts. Ich werde eine Stunde vor Morgengrauen kommen und Marcia zu Euch hineinschicken. Jetzt dürfen wir kein Wort mehr miteinander wechseln. Folgt Ralf dichtauf. Der Weg ist sehr gefährlich. Ralf hat einen Ring, der Gorlois gehört, für Euch und die Losung. Geht jetzt.«

Er wandte sich um und ging auf Ralf zu. Cadal stand neben mir, die Zügel der vier Pferde in der Hand. Sein Gesicht, von Nässe übersprüht wie mein eignes, glänzte stumpf. Wie eine Sturmwolke bauschte sich sein Umhang.

Ich sagte: »Du hast ja gehört. Eine Stunde vor Morgengrauen.«

Ich sah, daß auch er jetzt zur Felsenhöhe emporstarrte, wo sich die Burg erhob. Für einen Augenblick waren im Sternenlicht, das durch jäh aufreißendes Gewölk herabschimmerte, die Mauern deutlicher zu erkennen. Sie schienen hervorzuwachsen aus nacktem Gestein. Darunter fielen die Klippen fast senkrecht zur brüllenden See hinab. Zwischen Vorgebirge und Festland streckte sich der schmale Felsgrat, der beide miteinander verband: vom Meer dünn und glatt gewetzt wie eine Schwertklinge. Vom Strand, wo wir standen, schien der einzige Ausweg durch das Tal zu führen. So konnte es nicht wundernehmen, daß man den Zugang zur Burg nicht eigens bewachte. Der schmale Pfad konnte von einem einzigen Mann gegen ein ganzes Heer gehalten werden.

Cadal sagte: »Ich werde die Tiere dort unter den Felsvorsprung bringen. Und versucht um Himmels willen, pünktlich zurück zu sein. Wenn jemand Verdacht schöpft, sitzen wir allesamt in der Falle. Tal wie Burgzugang lassen sich mühelos absperren. Und nach Schwimmen ist mir eigentlich ganz und gar nicht zumute.«

»Mir auch nicht, Cadal. Aber beruhige dich. Ich weiß genau, was ich zu tun habe.«

»Ich glaube Euch. Ihr habt so etwas an Euch . . . Wie Ihr da eben zum König gesprochen habt, so kurz und schroff. Und er hat sich ja auch wortlos gefügt. Ja, Ihr scheint wirklich Herr der Lage zu sein. Und das ist auch gut so. Denn es wäre übel, das Leben des Königs von Britannien für eine Liebesnacht aufs Spiel zu setzen.«

Ich tat etwas, was ich noch nie getan hatte: Ich streckte meine Hand nach Cadals Faust, die die Zügel hielt. Die Pferde standen still in Wind und Nässe.

Ich sagte: »Wenn Uther sich heute nacht mit ihr vereint, Cadal, dann, so wahr mir Gott helfe, ist sein Leben oder auch sein Tod ohne Belang. Denn, ich sage dir, ein König wird gezeugt werden, dessen Name Schild und Schirm sein wird für alle, bis dieses schöne Land von Küste zu Küste wieder dem Meer anheimgegeben wird, dem es entstammt. Ist Uther denn ein König? Nein. Er ist nur ein Regent für den, der vor ihm war, und den, der nach ihm wieder kommen wird: Platzhalter für den früheren und den künftigen König. Und heute nacht ist er nicht einmal das, sondern nur ein Werkzeug, so wie sie ein Gefäß ist, und ich . . . ein Geist, ja ein Wort nur, ein Gebilde aus Luft und Dunkelheit, das so wenig einen eigenen Willen hat wie ein Schilfrohr, über das der Wind

Gottes weht. Wir beide, Cadal, du wie ich, sind hilflos wie das tote Laub, das im Wasser dieser Bucht treibt.« Ich nahm meine Hand fort. »Eine Stunde vor Morgengrauen also.«

»Ja, Herr.«

Ulfin hinter mir, folgte ich Ralf und dem König zum Fuß der schwarzen Klippe.

7

Ich glaube nicht, daß ich, selbst bei Tageshelle, den Weg ohne Führer wiederfinden, geschweige denn ihn erklettern könnte. Ralf, die Hand des Königs auf der Schulter, ging voraus. Ich meinerseits hielt mich an Uthers Mantel fest, und Ulfin machte es ebenso bei mir. Glücklicherweise waren wir hier, obschon der Burg nicht mehr fern, vor dem Sturm geschützt. Hätte er seine volle Macht entfalten können, wären wir wie Flaumfedern von den Klippen gerissen worden. Ungeschützt jedoch waren wir gegen die See. Vierzig Fuß peitschten die Wellen empor, und die machtvollsten Wogen, turmgleich hochgebäumt und uns übersprühend mit salzigem Schaum, erreichten wohl gar eine Höhe von sechzig Fuß.

Doch einen Vorteil hatte das gischtende Ungestüm immerhin. Das weitgestreckte Weiß warf zurück, was an trüber Helle vom Himmel drang. Und so sahen wir schließlich über uns deutlicher die aus den Felsen aufragenden Mauern der Burg. Unerklimmbar schon bei trockenem Wetter, wurden sie jetzt von Nässe überspült. Nirgendwo sah ich eine Tür, ein Tor, ein irgendwas, das die abweisende Glätte durchbrochen hätte. Jetzt stieg der Pfad steiler empor, und auf dem Gipfelpunkt fiel, bestiengleich, wieder der Wind über uns her. Ralf hob die Hand: »Vorsicht!«, und ging weiter. Wir übrigen folgten, verbissen ankämpfend gegen die rauhe Gewalt des Sturms, ehe, ein Stück weiter dann, ein vorspringendes Mauerstück uns Schutz gewährte und wir dahinstrauchelten über schlüpfrigen, abfallenden Felsboden, bis plötzlich, tief zurückversetzt unterhalb der Burgmauer und unter überhängendem Gestein fast verborgen, die geheime Pforte vor uns auftauchte.

Ralf warf einen prüfenden Blick empor. Wachen waren offenbar nicht zu sehen. Wozu auch auf dieser nach der See hin gelegenen Seite? Er zog seinen Dolch und schlug mit dem Knauf mehrmals hart gegen die Tür, ein verabredetes Zeichen wohl, von dem wir, obschon dicht hinter ihm, im Windesbrausen kaum etwas hörten.

Der Pförtner hatte augenscheinlich schon gewartet, denn sofort ging, wenn auch eine Handbreit nur, die Tür auf. Dann rasselte eine Kette. Im Spalt zeigte sich eine Hand, die eine Fackel hielt. Uther zog seine Kapuze tiefer. Ich trat rasch an ihm vorbei, die Schultern gegen die unbarmherzigen Stöße des Sturms krümmend und den Umhang schützend zum Mund gerafft.

Unter der emporgehaltenen Fackel zeigten sich die spähenden Augen des Pförtners. Ralf, im Schein des Lichts, sagte drängend: »Schnell doch, Mann. Ein Pilger. Ich bin es. Mit dem Herzog.«

Die Fackel reckte sich langsam höher. Ich sah das Aufblitzen des großen Smarags an Uthers Finger und sagte schroff in Brithaels Stimme: »So öffne schon, Felix, und laß uns ein. Der Herzog ist heute morgen vom Pferd gestürzt, und sein Verband ist durch und durch naß. Außer uns vieren ist hier niemand. Beeil dich.«

Die Kette rasselte wieder, und dann schwang die Pforte weit auf. Sofort stellte sich Ralf, scheinbar bemüht, die Tür für seinen Herrn aufzuhalten, zwischen Felix und den eintretenden König.

Der Pförtner verneigte sich, und Uther, Nässe von sich sprühend wie ein Hund, erwiderte seinen Gruß mit einem halben Murmeln. Dann schritt er, die Hand mit dem funkelnden Smaragd hebend, sofort auf die Treppe zur rechten Seite zu und stieg rasch empor.

Während Ulfin und ich dem König schon folgten, nahm Ralf dem Pförtner die Fackel aus der Hand. »Ich werde ihnen hiermit leuchten. Schließe und verriegle wieder die Tür. Ich komme später noch einmal zu dir, Felix. Wir sind alle naß wie ersäufte Katzen und brauchen jetzt ein Feuer. Im Wachtraum ist sicher eins.«

»Ja«, sagte der Pförtner, schon damit beschäftigt, die Kette vorzulegen.

Inzwischen waren Ulfin und ich hinter dem König auf der Treppe, die, genau wie Ralf uns berichtet hatte, nur von trübem Wandlicht erhellt wurde. Bisher war alles glatt gegangen. — Zu glatt.

Plötzlich leuchtete uns, von oben her, sprühender Fackelschein entgegen. Zwei bewaffnete Männer traten aus einer Tür.

Uther, mir etwa sechs Stufen voraus, zögerte einen halben Atemzug lang, schritt dann jedoch weiter. Ich sah, wie seine Hand unter dem Mantel zum Schwert glitt. Auch ich lockerte meine Waffe.

Dann hörte ich Ralf hinter uns, der leichtfüßig heraufeilte.

»Herr Gorlois!«

Erleichert, wie mir schien, blieb Uther stehen und wandte sich, den Rücken den Wachen zugekehrt, herum.

»Herr Gorlois, erlaubt, daß ich Euch leuchte — ah, da oben haben sie ja eine Fackel.« Überrascht, als bemerke er die beiden Soldaten erst jetzt, blickte er auf und lief dann, an Uther vorbei, rasch auf sie zu. »Holla, Marcus, Sellic, gebt mir eure Fackel, damit ich meinen Herrn zur Herzogin führen kann. Dieses verruchte Ding hier gibt mehr Rauch als Licht.«

Unter der emporgereckten Fackel starrten die Augen der beiden Krieger uns an. Ralf zögerte keinen Augenblick. Ohne auf die gezückten Schwerter zu achten, hastete er auf die Männer zu und nahm die Fackel an sich, noch ehe die beiden Zeit hatten, sich zu besinnen. Die erste Fackel drückte er rasch in einem Kübel voll Sand aus, der neben der Tür zum Wachtraum stand. Anders als erhofft, war das Licht jetzt geradezu grell, doch Ralf, halb schon hinter die Soldaten tretend, sorgte dafür, daß die schwankenden Schatten der Männer riesenhaft über uns fielen und vor den forschenden Blicken Schutz boten. Uther nutzte die Gelegenheit und ging weiter, die Hand mit Gorlois' Ring erhoben, um den Gruß der beiden Krieger zu erwidern. Sie traten zur Seite. Doch nicht ohne Widerstreben. Und sie nahmen links und rechts gleichsam Aufstellung, die Schwerter immer noch in der Hand.

Unter meinem Mantel hielt ich meine Waffe bereit. Ein leises Geräusch hinter mir verriet, daß auch Ulfin sein Schwert lockerte. Ohne Kampf kamen wir an den Wachen nicht vorbei. Wir mußten sie töten. Und Ulfin würde sich, während wir die Wachen unschädlich machten, des Pförtners anzunehmen haben.

Doch es kam nicht dazu. Denn plötzlich öffnete sich oberhalb der zweiten, anschließenden Treppe eine Tür, in der, von blendendem Licht umstrahlt, Ygraine erschien: ganz in Weiß, wie ich sie schon zuvor gesehen, doch nicht im Nachtgewand diesmal, sondern in einem langen Kleid, das wie silbriges Wasser schimmerte. Über Arm und Schulter trug sie, nach römischer Art, ein togaähnliches Übergewand aus sanftem Dunkelblau. Ihr Haar war mit Edelsteinen geschmückt. Sie streckte beide Hände aus, und blaues wie weißes Tuch glitten herab und gaben ihre Handgelenke frei, an denen es rotgolden glänzte.

»Willkommen, du, mein Herr!« sagte sie, und der Klang ihrer hohen und hellen Stimme ließ die beiden Soldaten unwillkürlich herumfahren. Uther besann sich nicht lange. Mit raschen, riesigen Schritten stieg er die letzten Stufen hinauf zu dem Absatz, auf dem die Wachen standen, und schon war er, mit seinem Umhang die gezückten Schwerter streifend, an ihnen vorbei und vorüber auch an Ralfs hellodernder Fackel. Ohne auch nur eine Sekunde zu zögern, stieg er die zweite Treppe hinauf.

Mit einem Ruck wandten die Soldaten ihre Köpfe wieder zurück und standen, dicht an der Wand, in achtungsvoller Haltung. Hinter mir hörte ich, wie Ulfin hastiger atmete, doch er folgte mir sehr beherrscht, ganz ohne Hast und Überstürzung, während jetzt auch ich den Treppenabsatz erreichte.

Zweifellos hat es einen Vorteil, als Prinz geboren worden zu sein, und sei es auch nur als Bastard: All meine Erfahrung sagte mir in diesem Augenblick, daß die Gegenwart der Herzogin die beiden Wächter an die Wand bannte, als seien sie dort, blind und stumm, angenagelt. Zwischen ihren Schwertern hindurch schritt ich, von Ulfin gefolgt, hinter dem König her.

Uther stand inzwischen oben. Er nahm die Hände der Herzogin. Und dann, der im Fackelschein funkelnden Schwerter seiner Feinde wohl kaum noch bewußt, beugte er den Kopf und küßte Ygraine. Sein scharlachroter Mantel schwang herum und umhüllte das Blau und das Weiß. Hinter dem Paar sah ich den Schatten Marcias, die die Tür aufhielt.

Der König sagte: »Komm«, und führte, den Arm um sie schlingend, Ygraine in das von Feuerschein erhellte Gemach. Die Tür schloß sich.

So nahmen wir Tintagel.

8

Doch im Augenblick standen wir, Ulfin und ich, noch recht verloren auf der Treppe, die geschlossene Tür über und die Soldaten unter uns. Es war ein Glück, daß Ralf auch diesmal blitzschnell handelte. Während die beiden Wachen ihre Schwerter zurücksteckten, rief er:

»Himmel und Hölle, ist das eine Plackerei diese Nacht! Und nachher muß ich den Herzog auch wieder hinausbegleiten. Sagt, Marcus und Sellic, habt ihr nicht ein Feuer in euerm Raum? Gut. Dann können wir uns, während wir warten, wenigstens trocknen. Ihr mögt jetzt gehen und alles weitere uns überlassen. Nun los, was zögert ihr? Ihr habt eure Pflicht getan. Und merkt euch — kein Wort hierüber, zu niemandem.«

Der eine der beiden Männer kehrte sich widerspruchslos dem Wachtraum zu. Doch der andere blickte unsicher zu mir empor. »Herr Brithael, ist es so auch recht? Dürfen wir wirklich gehen?«

»Ja«, sagte ich. »Wenn wir wieder aufbrechen, lassen wir euch durch den Pförtner holen. Und wie Ralf schon gesagt hat: Über die Anwesenheit des Herzogs habt ihr völliges Stillschweigen zu bewahren. Vergeßt das nicht.« Ich wandte mich Ulfin zu. »Jordan, halte oben vor der Tür Wache. Und gib mir deinen Umhang. Ich werde ihn zum Feuer bringen.«

Dankbar gehorchte er und nahm, Schwert jetzt in der Hand, vor dem Gemach Aufstellung. Aus dem Wachtraum hörte ich die Stimme Ralfs, der den beiden Soldaten noch einmal nachdrücklich meine Befehle einschärfte. Ich ließ ihm Zeit, sich der Männer zu entledigen. Während ich langsam hinabstieg, hörte ich von innen das Klappen einer Tür. Ich trat ein. Nur Ralf war im Wachtraum, der von Fackel und Feuer erhellt wurde.

Der Page lächelte mit nervös zuckendem Mund. »Nie wieder, Sir, nicht für alles Gold in Cornwall!«

»Das wird auch nicht nötig sein. Du hast deine Sache mehr als nur gut gemacht, Ralf. Der König wird das nicht vergessen.«

Er steckte die Fackel in einen Wandhalter und starrte mir plötzlich besorgt ins Gesicht: »Was ist Euch, Sir? Seid Ihr krank?«

»Nein. Läßt sich die Tür dort abschließen?« Ich wies auf den Ausgang, durch den die Soldaten verschwunden waren.

»Ja. Und ich habe sie auch schon abgeschlossen. Die Männer haben keinen Verdacht geschöpft, sonst hätten sie mir den Schlüssel gewiß nicht gegeben. Wie sollten sie auch etwas ahnen? Ich selbst hätte schwören mögen, daß es Brithael war, der soeben auf der Treppe sprach. Es war – wie Zauber.« Das letzte Wort enthielt eine Frage, und ich spürte seinen neugierigen Blick. Doch als ich nicht antwortete, sagte er nur: »Und was jetzt, Sir?«

»Geh zum Pförtner und halte ihn von hier fort.« Ich lächelte. »Am Feuer bist du leider erst an der Reihe, wenn wir fort sind.«

Leichtfüßig wie stets stieg er die Treppe hinab. Ich hörte seine unbekümmerte Stimme, dann das Lachen des Pförtners. Erleichtert nahm ich meinen nassen Umhang ab und breitete ihn, zusammen mit Ulfins, zum Trocknen. Eine Weile saß ich, die Hände zum Feuer gestreckt. Es war sehr still in dem hellen Raum. Doch draußen durchdrang das Toben der See und des Sturms die Luft und prallte gegen die Burgmauern.

Meine Gedanken stachen wie Dolchspitzen. Unruhig stand ich auf und wanderte im engen Raum hin und her. Unaufhörlich stieß von draußen das Krachen der Gewalten herbei. Ich trat zur Tür. Von unten klang das Murmeln von Stimmen und das Rollen der Würfel, mit denen Ralf und Felix sich die Zeit vertrieben. Ich drehte den Kopf und blickte die Treppe hinauf. Nichts. Kein Laut. Nur die Gestalt Ulfins, vielleicht auch nur sein Schatten, reglos dort oben vor dem Gemach . . .

Leise kam jemand die Stufen herab. Eine in einen Umhang gehüllte Frau, die etwas trug. Sie näherte sich mir mehr und mehr. Ulfin hatte sich nicht bewegt. Alles blieb stumm. Ich trat vor den Wachtraum, und Licht und Schatten, vom Feuer her, schienen mir zu folgen.

Es war Marcia. Ich sah, daß auf ihren Wangen Tränen glitzerten, während sie den Kopf beugte über das, was in ihren Armen lag. Ein Kind, warm umhüllt gegen die winterliche Kälte. Sie sah mich und streckte mir das Bündel entgegen. »Behütet ihn gut«, sagte sie, und durch den Glanz der Tränen sah ich, wie durch ein Nichts, deutlich die Umrisse der Stufen. »Behütet ihn gut . . .«

Das Wispern verwehte im Flackern der Fackel und im Seufzen des Sturms. Ich stand allein, vor mir die Treppe, über mir die geschlossene Tür. Ulfin stand in unveränderter Haltung.

Leer ließ ich die Arme sinken und ging zurück zum Feuer, das tiefer gesackt war. Ich ließ es wieder auflodern und gewann doch keinen Trost daraus, denn erneut stach mich das Licht. Ich hatte gesehen, was ich sehen wollte, aber da war mehr – Tod irgendwo, vielleicht schon vollzogen, vielleicht sich vollziehend; und diese plötzliche Gewißheit ängstigte mich. Ich nahm meinen fas trockenen Umhang, schlang ihn mir um die Schultern und ging, über den Treppenabsatz hinweg, zu einer kleinen Tür in der äußeren Mauer. Gegen die Wucht des Windes stieß ich sie auf und trat hinaus.

Ich blickte hinauf zu Ygraines dunklem Fenster, hinter dem die beiden jetzt schliefen.

9

Langsam ging ich zur Tür in der Mauer zurück. Als ich sie öffnete, klang plötzlich von der verborgenen Pforte unten scharfes und lautes Klopfen.

Auf dem Treppenabsatz stehend, beobachtete ich, wie Felix auf sie zutrat. Doch unversehens tauchte Ralf hinter ihm auf. In seiner hocherhobenen Hand sah ich einen umgedrehten Dolch. Rasch glitt der Page herbei und schlug mit dem Knauf zu. Felix fiel. Aber der Mann draußen hatte offenbar etwas gehört, denn durch das Rauschen der See tönte seine drängende Frage: »Was ist? Felix?« Und wieder das Klopfen, heftiger noch.

Im Nu war ich unten. Ralf stand über den Pförtner gebeugt. Er vernahm meine Schritte und wandte den Kopf. Ich winkte hastig. Er folgte sofort. Sich aufrichtend, rief er laut:

»Wer da?«

»Ein Pilger.«

Eine rauhe, wie atemlose Stimme. Ich nahm meinen Umhang ab und wand ihn mir um den linken Arm. Ralf warf mir einen besorgten Blick zu. Aber er stellte keine Frage. Er kannte die Antwort so gut wie ich.

»Wer ist der Pilger?« rief er.

»Brithael. Und jetzt öffne. Schnell doch.«

»Herr ... Herr, ich darf nicht. Es ist mir verboten, hier irgend jemanden einzulassen ...« Er fuhr sich mit der Zunge über die Lippen und starrte aus geweiteten Augen, während ich den bewußtlosen Pförtner unter den Achselhöhlen packte und leise in die angrenzende Kammer schleppte, wo er sich aufzuhalten pflegte.

»Ihr könnt doch beim Haupttor Einlaß finden, Herr. Die Herzogin liegt im Schlaf, und ich habe keine Erlaubnis ...«

»Wer spricht da?« fragte Brithael. »Ralf, der Stimme nach. Wo ist Felix?«

»Oben im Wachtraum, Sir.«

»Dann soll er dir den Schlüssel geben oder selber kommen.« Wieder ein dröhnender Faustschlag. »Und jetzt gehorche, Page, oder du wirst es bereuen. Ich habe eine Botschaft für die Herzogin. Halte mich also nicht länger auf. Öffne!«

»Den ... den Schlüssel habe ich hier, Herr. Einen Augenblick.« Umständlich machte er sich am Schloß zu schaffen und sah mich verzweifelt an. Ich beugte mich dicht zu ihm und flüsterte ihm ins Ohr:

»Sieh erst nach, ob er allein ist. Und laß ihn dann ein.«

Er nickte, und die Tür öffnete sich bei noch vorgelegter Kette. Das Schwert in der Hand, trat ich hinter den Pagen, so daß ich durch die aufschwingende Pforte Brithaels Blicken entzogen sein würde. Ralf spähte durch den Spalt, nickte mir unmerklich zu und begann die Kette zu lösen. »Verzeiht, Herr«, sagte er demütig zu Brithael. »Ich mußte mich erst vergewissern. Ist ... ist etwas vorgefallen?«

»Allerdings.«

Mit einem Ruck stieß Brithael die Pforte auf. Doch ehe sie gegen mich prallen konnte, fing Ralf den Schwung ab. Brithael trat ein. Ich sah seinen Schatten, der den Pagen um mehr als Hauptes-länge überragte.

»Verzeiht, Herr«, wiederholte Ralf.

»Schon recht, daß du auf der Hut bist. Wollte heute nacht noch jemand durch diese Pforte?«

»Aber nein, Herr. Jedenfalls nicht, während ich hier war. Und Felix hat kein Wort darüber gesagt. Was ... was ist denn geschehen?«

»Unten am Strand stießen wir auf einen Reiter. Er griff uns an. Ich überließ ihn Jordan. Hier war also niemand, und alles ist in Ordnung?«

»Ja, Herr.«

»Dann verschließe die Pforte und lasse außer Jordan niemanden herein. Ich muß jetzt zur Herzogin. Böse Nachricht, Ralf. Der Herzog ist tot.«

»Der Herzog?« stammelte der Page verwirrt. »Der Herzog t-tot? Ermordet?«

»Ermordet? Aber nein. Wer sollte das tun? Das ist nicht Uthers Art. Nein, nein. Wir versuchten, dem König zuvorzukommen, und griffen deshalb heute nacht sein Lager an. Doch die Überrumplung gelang nicht. Gorlois wurde getötet. Ich machte mich sofort mit Jordan auf, um der Herzogin die Nachricht zu überbringen.«

Er wandte sich der Treppe zu. Jetzt sah ich die hohe Gestalt. Rasch trat ich aus dem Schatten hinter der Tür.

»Brithael.«

Er fuhr herum. Und schon hielt er mit geübter und dennoch verblüffender Schnelligkeit sein Schwert in der Hand. Auge in Auge standen wir einander gegenüber, und ich sah, daß er mich erkannte.

Vielleicht war es ein Fehler, ihn überhaupt anzurufen. Doch es gibt gewisse Dinge, um die ein Prinz nicht umhin kann. Aber der Preis dafür war hoch, und leicht hätte es mich mein Leben kosten können. Vernünftiger wäre es wohl gewesen, mir klarzumachen, daß ich in dieser Nacht nicht Prinz war, sondern Werkzeug des Schicksals, wie unbewußt und ungewollt auch Gorlois, den ich verraten hatte, und Brithael, den ich jetzt töten mußte.

Ja, er erkannte mich. Ich gewahrte seinen Schrecken und die Furcht, die kurz in seinen Augen aufzuckte. Doch sofort hatte er sich wieder gefangen. Denn dies, der nun unvermeidliche Waffengang mit blanken Schwertern, war ja seine ureigene Art zu kämpfen.

Er starrte mich haßerfüllt an. »Magier, Zauberer, Hexenmeister! Verfluchter Hund! Ich hätte es wissen müssen. Denn Jordan meinte, das sei Euer Mann gewesen dort unten. Ralf! Felix! Wache – holla, Wache!«

Er glaubte also, ich sei soeben erst eingetreten, sah sich jedoch sofort eines Schlimmeren belehrt. Denn niemand antwortete auf seine Rufe. Überdies versuchte Ralf, die Pforte zu schließen.

Brithael handelte blitzschnell. Seine gepanzerte Linke schwang aus und traf den Kopf des Pagen, der zu Boden stürzte.

Brithael sprang durch die offene Pforte zurück. »Jordan! Jordan! Her zu mir! Verrat!«

Ich folgte ihm. Unsere Schwerter klirrten gegeneinander, und Funken stoben.

Hinter mir auf der Treppe hörte ich rasche Schritte. Ulfins Stimme: »Herr, was –?«

Ich rief keuchend: »Ulfin . . . sag dem König . . . daß Gorlois tot ist . . . Wir müssen zurück . . . Eile . . .«

Er hastete hinauf. Brithael sagte durch die Zähne: »Der König? Jetzt begreife ich, Ihr Hurenhund.«

Er war von kraftvollem Wuchs, ein erprobter Krieger, während ich über keine Erfahrung im Kampf verfügte. Doch ich mußte mich gegen ihn behaupten. Jetzt war ich nicht länger Prinz oder Mann oder Mensch. Ich war ein wildes Tier, das töten wollte, weil es töten mußte. Kampfregeln galten mir nichts.

Seine Waffe beiseite schlagend, sprang ich auf ihn zu und hieb ihm mit der freien Hand ins Gesicht. Er starrte bestürzt und wich zurück. Sein Schwert schwang in schützendem Kreis. Ich duckte mich unter die sausende Klinge und stieß mit dem Fuß hart gegen sein Knie. Für den Hauch einer Sekunde spürte ich, von oben herab über meine Wange schlitzend, die Spitze seines Schwertes. Schmerz stach, und Blut troff. Dann glitt er, unter der Wucht meines Trittes strauchelnd, auf dem nassen Gras aus und fiel. Sein Arm prallte gegen einen Stein, und das Schwert schleuderte aus der Hand.

Ich ließ ihm keine Zeit, die Waffe wieder an sich zu bringen. Mit aller Kraft warf ich mich auf ihn und stach mit meinem Schwert nach seiner Kehle.

Im Schein der frühen Dämmerung sah ich seine Augen, die Verachtung und den ungeheuren Zorn. Gedankenschnell rollte er zur Seite. Mein Stoß ging fehl. Tief drang die Klinge in den Boden. Und in dieser ungeschützten Sekunde, während ich noch am Heft zerrte, vergalt er mir Gleiches mit Gleichem. Hart traf mich die gepanzerte Faust hinter dem Ohr. Benommen sah ich, wie er auf die Füße kam und jener Stelle zustrebte, wo, ein Stück hangabwärts, sein Schwert lag.

Gelang es ihm, seiner Waffe habhaft zu werden, so war ich verloren. Mich aus meiner Kauerstellung lösend, schnellte ich, halb noch auf den Knien, hinter ihm her. Tritte trafen mich, an der Seite, im Rücken. Schmerz durchstieß mich wie ein glühender Speer, und ich fiel wieder lang hin, doch mein Fuß prallte gegen Metall, und dann sah ich, halb betäubt noch, wie seine Waffe zum Rand der Klippe glitt und sacht aufschimmernd dahinter verschwand. Sekunden später hörte ich durch das Dröhnen der Wellen das Klirren des Eisens tief unten auf Gestein.

Doch schon wieder war Brithael über mir. Durch das Blut in meinen Augen sah ich den Hieb kommen und versuchte, ihm zu entgehen, indem ich mich zur Seite bäumte. Doch die gepanzerte Faust traf mich an der Kehle und schleuderte mich auf die Klippe zu. Wenige Schritte trennten mich von der Tiefe. Das Schwert noch in der rechten Hand, versuchte ich emporzukommen. Doch abermals war Brithael bei mir. Diesmal stampfte er mit beiden Füßen. Unter der Wucht seines Gewichts brach meine Hand. Ich spürte, wie die Knochen splitterten. Irgendwie gelang es mir, das Schwert auf die andere Seite zu wechseln. Wieder trat Brithael zu. Eine Stimme schrie. Blind vor Schmerz rollte ich weiter herum, auf den Klippenrand zu. Und stach dann mit letzter Kraft gegen den Körper über mir und spürte, wie es mir die Waffe aus der Hand riß; und lag widerstandslos wartend; auf den letzten Tritt, der mich in die Tiefe schicken würde.

Ich lag. Atemnot würgte mir die Kehle, und gallenbitterer Geschmack stieg mir in den Mund. Ich lag mit dem Gesicht zum Boden, die gesunde Hand in Gras und Erde gekrallt wie ein Anker, der mich noch ans Leben band. Unter mir erzitterten die Klippen vor dem Ansturm der See, und dieses leise Beben schien den Schmerz, der in mir wühlte, noch zu steigern. Dann wurde mir bewußt, daß es Blut war, was ich im Munde spürte. In der rechten Hand stach und brannte es wie mit Foltereisen. Von irgendwoher hörte ich ein leises Wimmern.

Das Blut quoll mir über die Lippen und tropfte das Kinn herab auf den Boden. Die Stimme, das Stöhnen: aus meinem Mund. Merlin, Sohn des Ambrosius, Prinz und mächtiger Magier. Ich preßte hart die Lippen aufeinander und schluckte. Mich mühsam hochraffend, versuchte ich, auf die Beine zu kommen.

Die rechte Hand. Rasende Qual, die kaum noch zu ertragen war. Mehr noch, als ich es spürte, hörte ich das Knirschen der Knochen gegeneinander. Auf den Knien hockend, richtete ich den Oberkörper auf und wurde übermannt von Schwindelgefühl. Unmöglich durfte ich es wagen, mich so nah am Klippenrand zu erheben. Unter mir prallte eine riesige Woge gegen den Fels und schleuderte donnernd Sprühregen empor, ehe sie zurücksank in die folgende Welle. In der Luft stob ein kreischender Seevogel über mich hin.

Ich kroch von der Klippenkante fort und stand auf.

Brithael lag langgestreckt auf dem Bauch unweit der geheimen Pforte. Offenbar hatte er, kriechend wie ich soeben, mit letzter Kraft versucht, die Burg zu erreichen. Hinter ihm auf dem Gras sah ich eine breite Blutspur, rot glänzend auf den Halmen wie die Schleiffährte einer Schnecke. Mein letzter verzweifelter Schwertstoß hatte eine Hauptader in seinen Lenden getroffen, und Schwall auf Schwall mußte das Blut aus ihm herausgepulst sein, während er nach Hilfe kroch.

Ich kniete neben ihm nieder und vergewisserte mich, daß er auch wirklich tot war. Dann rollte ich ihn mit der gesunden Hand Stück für Stück auf den Klippenrand zu, bis er, seinem Schwert folgend, hinabstürzte in die See. Gegen das verräterische Blut konnte ich nichts unternehmen. Doch es hatte zu regnen begonnen, und mit etwas Glück mochte bald auch die letzte Spur beseitigt sein.

Die Pforte stand nach wie vor auf. Vor Schwäche taumelnd ging ich darauf zu und lehnte mich gegen die Mauer. Blut verschleierte mir die Augen. Ich wischte es mit dem Handrücken fort.

Ralf war verschwunden. Auch den Pförtner konnte ich nicht sehen. Die Fackel, im Wandhalter, war tief herabgebrannt, und das rauchige Licht zeigte nichts. In der Burg war alles still. Oben auf dem Treppenabsatz sah ich die halbgeöffnete Tür zum Wachtzimmer. Und jetzt erkannte ich auch den flackernden Schein und hörte Stimmen. Ruhige Stimmen, drängend zwar, doch ohne Erregung. Alles schien soweit in Ordnung. Niemand hatte Alarm geschlagen.

Ich fröstelte in der Morgenkühle. Den Umhang, vor Beginn des Kampfes um meinen Arm gewunden, hatte ich verloren. Irgendwo, irgendwann. Ich suchte nicht danach. Langsam stützte ich mich von der Mauer ab und stand jetzt ohne Schwanken. Dann machte ich mich auf den Weg, die Klippe hinab zum Strand an der Bucht.

10

Es war jetzt hell genug, um den Pfad zu erkennen: hell genug auch, um zu sehen, wie steil die Klippen zur tödlichen Tiefe hin abfielen. Und wenn ich kaum einen Blick darauf verschwendete, dann wohl nur, weil die Schwäche meines Körpers meine Aufmerksamkeit in eine andere Richtung zwang. Ich war völlig damit beschäftigt, mich aufrecht zu halten und mit der linken Hand, die gebrochene schonend, den Weg zu ertasten. Der erste Teil der Strecke lag bald hinter mir. Doch jetzt ging es tiefer, und halb kriechend nur kam ich voran auf dem abschüssigen Pfad, der mich Stück für Stück, über Geröll hinweg, auf das gegen den Strand brandende Meer zuführte. Dröhnend rauschte die See herauf. Gischt sprühte und stach gegen mein Gesicht mit Nadelspitzen aus Salz, das sich mit dem Salz meines Blutes mischte. Die Flut stand jetzt am Morgen sehr hoch, und als Nachwehen des nächtlichen Sturms bäumten sich weiter mächtige Wogen und ließen ihre eisigen Zungen emporlecken über den Fels bis hinauf zu mir, wo sie sprühend barsten und ihr Donnern meinen geschundenen Körper durchschüttelte. Klatschend ergoß sich die Nässe über den Pfad, auf dem ich mich, halb strauchelnd, halb kriechend, voranbewegte.

Ich fand ihn auf halbem Wege zum Strand, mit dem Gesicht zum Boden, ein Arm über die Klippenkante hängend und leicht schwankend unter den Stößen der Luft, die das tosende Meer herauftrieb. Die andere Hand lag steif. Erstarrt waren die blutverkrusteten Finger um einen Stein gekrallt.

Irgendwie gelang es mir, ihn vom Abgrund fortzuzerren. Ich kniete neben ihm nieder.

»Cadal. Cadal.«

In der trüben Helle sah ich, daß Blut sein Gesicht bedeckte, ausgeströmt von einer Wunde oben an der Stirn. Ich tastete danach. Ein Schnitt, von einem Schwert vermutlich, doch keinesfalls tödlich. Ich versuchte seinen Puls zu fühlen, doch wieder und wieder glitt meine klamme Hand vom nassen Fleisch ab, und ich spürte nichts. Ich zerrte an seinem durchnäßten Gewand, und endlich gab die Spange nach, und der Stoff riß und gab die Brust frei.

Doch als ich sah, was das Tuch bisher verborgen hatte, wußte ich, daß es keine Hoffnung mehr gab. Ich schob das Gewand wieder zurück, als könne es ihn wärmen, und hob den Kopf. Jetzt erst sah ich, daß mir zwei Männer auf dem Pfad gefolgt waren, Uther und Ulfin.

Das Schwert in der Hand und den Umhang über den linken Arm geschlungen, stieg der König leichtfüßig den Klippenweg herab. Ihm auf den Fersen folgte Ulfin, totenblaß.

Uther blieb neben mir stehen und verharrte sekundenlang schweigend. Dann sagte er nur:

»Tot?«

»Ja.«

»Und Jordan?«

»Sicher auch tot. Sonst wäre es Cadal kaum gelungen, so weit zu kommen, um uns zu warnen.«

»Und Brithael?«

»Tot.«

»Hast du all das schon gewußt, bevor wir nach Tintagel kamen?«

»Nein«, erwiderte ich.

»Auch nicht von Gorlois' Tod?«

»Nein.«

»Wärst du ein Prophet, wie du es doch behauptest, so hättest du das wissen müssen.« Seine Stimme klang scharf und erbittert. Ich blickte auf. Sein Gesicht wirkte ruhig, alles Fieber war fort. Doch in den Augen, schiefergrau im grauen Licht, saß Erschöpfung.

Ich sagte kurz: »Habe ich Euch nicht gesagt, daß ihr Euerm Schicksal vertrauen müßt? Und die Zeit war günstig. Denn es ist uns ja gelungen.«

»Hätten wir bis morgen gewartet, so wären diese Männer noch am Leben. Tot wäre nur Gorlois, und der Weg zu seiner Witwe stünde mir frei . . . ohne diese vielen unsinnigen Opfer und ohne die unvermeidlichen Gerüchte.«

»Aber morgen hättet Ihr ein anderes Kind gezeugt.«

»Ein rechtmäßiges Kind«, sagte er rasch. »Und keinen Bastard wie diesen. Beim Haupte des Mithras, glaubst du denn im Ernst, daß mein wie auch ihr Name diese Vorfälle unbeschadet überstehen kann? Selbst wenn wir noch in dieser Woche Hochzeit hielten, verstummen würde das Gerede nie, das mich jetzt zu Gorlois' Mörder macht. Auch wird man glauben, daß sie, wie sie ja selbst behauptet hat, in Wahrheit von ihm schwanger war, dies also sein Kind ist.«

»Das wird keiner sagen. Niemand wird daran zweifeln, daß er von Euch stammt, Uther, und der rechtmäßig geborene König von ganz Britannien ist.«

Er stieß ein Lachen aus, das kein Lachen war, sondern Ausdruck der Verachtung. »Glaubst du etwa, daß ich je wieder auf dich hören werde? Was hat es mit deiner Magie, deiner sogenannten ›Macht‹ schon auf sich? Eitel Betrug ist sie, ein plumper Versuch, dich in der Staatskunst zu üben, die mein Bruder dich gelehrt hat. Denn Betrug ist es, Menschen die Erfüllung ihrer Wünsche zu verheißen und sie glauben zu machen, du könntest sie ihnen gewähren – den Preis, der zu entrichten ist, jedoch zu verschweigen.«

»Es ist Gott, der den Preis verschweigt, Uther, und nicht ich.«

»Gott? Gott? Welcher Gott? Ich habe dich schon von so vielen Göttern sprechen hören –«

»Mithras, Christus, Apollo, Artus – nennt ihn, wie Ihr wollt«, sagte ich. »Die Menschen geben dem Licht viele Namen. Doch es ist und bleibt dasselbe Licht, in dem Menschen leben und Menschen sterben. Ich weiß nur, daß es von Gott kommt – alles Licht, das die Welt je erleuchtet hat. Sein Wille ist es, der jeden von uns umgibt wie ein Strom, gegen den wir uns nicht stemmen und den wir nicht wenden können. Uns bleibt nur, davon zu trinken, solange wir leben, und darin unterzutauchen, wenn wir sterben.«

Ich spürte, daß mir wieder Blut aus dem Mund quoll, und wischte es mit dem Ärmel fort. Uther beobachtete mich ausdruckslos. Offenbar hatte er mir kaum zugehört. Er sagte mit jener Gleichgültigkeit, die zwischen uns stand wie eine Mauer:

»Das sind nichts als Worte. Du scheust nicht einmal davor zurück, Gott deinen Zielen nutzbar zu machen. ›Es ist Gott, der mir dies und jenes befiehlt; es ist Gott, der den Preis fordert; es ist Gott, der andere zahlen läßt . . .‹ Wofür, Merlin? Für deinen Ehrgeiz? Für den großen Propheten und Zauberer, von dem die Menschen mit verhaltenem Atem sprechen? Dem sie mehr Verehrung entgegenbringen als einem König oder dessen Hohepriester? Und wer denn hat Gott den Preis zu entrichten für die Verwirklichung deiner Pläne? Nicht du. Sondern die Männer, die dein Spiel für dich spielen. Ambrosius, Vortigern, Gorlois. Und die anderen Toten dieser Nacht. Du jedoch zahlst nie. Du nicht.«

Eine Welle donnerte herbei, und Schaum sprühte über Cadals Gesicht. Ich beugte mich über ihn und wischte die Nässe fort. »Nein«, sagte ich.

»Mich jedoch, Merlin«, fuhr Uther fort, »wirst du nicht länger mißbrauchen können. Ich bin nicht mehr dein Spielzeug. Halte dich also von mir fern. Und höre: Den Bastard, den ich heute nacht gezeugt habe, werde ich nie als Sohn anerkennen.«

Die Stimme des Königs, der keinen Widerspruch duldete. Hochaufgerichtet stand er vor dem grauen Morgenhimmel, über der Schulter den funkelnden Stern. Ich schwieg.

»Hast du verstanden?«

»Ja.«

Er winkte Ulfin, und der junge Mann half ihm dabei, den Umhang über die Schultern zu legen. Der König sprach weiter.

»Für deine Dienste, wenn wir sie so nennen wollen, magst du das Land behalten, das ich dir gegeben habe. Kehre also zu deinen walisischen Bergen zurück und belästige mich nie wieder.«

Ich sagte müde: »Ich werde Euch nie wieder belästigen, Uther. Ihr werdet mich nicht mehr brauchen.«

Er schien zu zögern. Dann sagte er schroff: »Ulfin wird dir helfen, deinen Diener zum Strand zu tragen.«

Ich wandte mich ab. »Das braucht er nicht. Laßt mich jetzt allein.«

Schweigen, erfüllt vom Tosen der See. Ich hatte gesprochen, ohne meine Worte zu bedenken. Doch das kümmerte mich nicht länger. Ich wollte nur, daß er endlich ging. Vor mir, in Augenhöhe, sah ich die Spitze seines Schwertes. Sie zuckte bedrohlich, und für eine Sekunde schien es, daß er sie im Zorn gegen mich wenden würde. Dann hob er die Waffe mit kurzem Ruck und stieß sie in die Scheide. Ohne ein weiteres Wort wandte er sich um und schritt den Pfad hinab. Ulfin folgte ihm rasch. Noch ehe sie um den nächsten Felsvorsprung entschwunden waren, hatte die brausende See ihre Tritte verschluckt.

Ich drehte den Kopf. Und sah Cadals Augen auf mir.

»*Cadal!*«

»Was sagt man zu so einem König.« Seine Stimme war kaum mehr als ein Flüstern, heiser und eigentümlich belustigt. »Gib ihm, wonach er gierig verlangt, und er kommt dir mit: ›Glaubst du, daß mein Name die Vorfälle dieser Nacht unbeschadet überstehen kann?‹ Was bei dem vorgefallen ist, sieht man ihm recht deutlich an.«

»Cadal –«

»Und du? Blut im Gesicht? Du bist verwundet? Was ist mit deiner Hand?«

»Nichts. Nichts, was nicht wieder heilt. Aber du – du –«

Er bewegte den Kopf. »Mit mir ist es aus. Mag es kommen, wie es kommen muß.«

»Hast du Schmerzen?«

»Nein. Aber kalt ist es.«

Ich schob mich näher und versuchte, ihn mit meinem Körper

vor dem fliegenden Gischt zu schützen. Dann nahm ich seine Hand in meine gesunde Linke und preßte sie, zwischen dem Tuch meines Gewandes, gegen meine Brust. »Den Umhang habe ich leider verloren«, sagte ich. »Jordan ist also tot?«

»Ja.« Er zögerte einen Augenblick. »Wie ist es oben auf der Burg gegangen?«

»Genau nach Plan zuerst. Aber Gorlois verlor bei einem Angriff auf das Lager des Königs das Leben. Und Brithael und Jordan kamen nach Tintagel, um der Herzogin diese Nachricht zu überbringen.«

»Ich hörte sie und wußte natürlich, daß sie mich und die Pferde entdecken würden. Ich wollte sie aufhalten, um euch rechtzeitig zu warnen . . .« Er brach erschöpft ab.

»Sprich nicht«, bat ich ihn. »Es ist ja vorbei, und –«

Doch er achtete nicht darauf. Deutlich, wenn auch von Wort zu Wort schwächer, klang seine Stimme durch das Brausen der See.

»Also saß ich auf und ritt ihnen ein Stück entgegen . . . auf der anderen Seite des Bachs . . . und als sie dann heran waren, sprang ich darüber hinweg und stellte mich ihnen in den Weg.« Er atmete beengt. »Aber Brithael . . . was für ein Kämpfer! Schnell wie eine Schlange. Eh ich mich besinnen konnte, hatte ich schon sein Schwert im Leib. Den Rest zu besorgen, überließ er Jordan.«

»Sein Fehler.«

Ein schwaches Lächeln glitt über sein Gesicht. Nach einer Weile fragte er: »Hat er die Pferde eigentlich gesehen?«

»Nein. Als er kam, war Ralf an der Pforte. Brithael fragte nur, ob sich schon jemand habe blicken lassen, weil er unten auf einen Reiter gestoßen sei. Als Ralf verneinte, war er zufrieden. Wir ließen ihn ein und töteten ihn dann.«

»Uther.« Es war eine Feststellung. Er lag mit geschlossenen Augen.

»Nein. Uther war noch bei der Herzogin. Ich mußte verhindern, daß Brithael über den unbewaffneten König herfiel.«

Mit einem Ruck schoben sich seine Lider empor. Er starrte mich ungläubig an. *»Du?«*

»Wenig schmeichelhaft von dir, Cadal«, sagte ich mit einem halben Lächeln. »Allerdings hätte ich dir auch kaum Ehre gemacht. Es war ein sehr schmutziger Kampf. Ohne Gnade und jenseits aller Regeln.«

Er erwiderte mein Lächeln. »Merlin . . . der kleine Merlin, der nicht mal richtig auf einem Pferd sitzen konnte . . . Brithaels Tod ist wirklich dein Werk?«

Die Wellen schlugen jetzt schwächer. Nur feiner Sprühregen wehte herauf. Offenbar stand der Gezeitenwechsel bevor.

»Dein Tod auch, Cadal«, sagte ich.

Er atmete tief. Zitternd saugte seine Lunge die Luft in sich ein. »Die Götter . . .«, murmelte er, und ich begriff. Seine Zeit ging zu Ende. Auf dem Pfad vermischte sich die Nässe mit dem Blut, das unaufhörlich aus seinem Körper rann.

»Hat der König recht?« fragte er flüsternd. »Hätte es auch geschehen können ohne . . . all dies?«

»Nein, Cadal.«

Er schwieg. Dann sagte er nur: »Gut.« Doch in dieser einen Silbe lag das gläubige Vertrauen der vergangenen acht Jahre. Seine Lippen waren erschlafft, die Augen bleich auf mich gerichtet. Ich schob meinen gesunden Arm unter seinen Nacken und hob seinen Kopf ein wenig an. Dann sagte ich:

»Es wird geschehen, wie mein Vater es wünschte und Gott es durch mich wollte. Auch wenn Uther das Kind nicht anerkennt, so ändert das nichts. Ygraine hat es in dieser Nacht empfangen, und sie wird es nach der Geburt vor dem König in Sicherheit bringen. Zu mir. Ich werde ihren Sohn schützen und aufziehen. Und ihn alles lehren, was Galapas mich gelehrt hat und Ambrosius und du und selbst Belasius. Er wird all unsere Leben in sich vereinen. Und wenn er ein Mann ist, dann wird er zurückkehren und in Winchester zum König gekrönt werden.«

»Das weißt du? Schwörst du mir, daß du das weißt?« Abgerissen kam sein Atem. Die Worte waren kaum noch zu verstehen. Weiß und blind starrten die Augen.

Ich umschlang seine Schultern mit festem Griff und sagte leise und deutlich: »Ich weiß es. Das schwöre ich, Merlin, Prinz und Prophet.«

Schlaff sank sein Kopf gegen meine Brust. Seine Augen waren geschlossen. Stammeln kam von seinen Lippen. Doch dann, plötzlich, klang seine Stimme noch einmal klar an mein Ohr. Er sagte: »Mach das Zeichen für mich«, und starb.

Ich übergab ihn der See; zu Brithael, der ihn getötet hatte. Die Ebbe würde ihn mit sich nehmen, weit hin zum westlichen Horizont.

Im Tal war nichts zu hören als das Stampfen der Hufe und das leise Klirren von Metall. Der Sturm hatte sich gelegt. Selbst das Rauschen der See verlor sich völlig. Über dem Bach schwebten noch dünne Nebelschleier. Am Himmel zeigte sich bleiche Helle. Es war kurz vor Sonnenaufgang. Doch noch immer hing dort, hoch und stetig jetzt, der Stern.

Während ich schaute, wuchs das Licht. Gold und sanftes Feuer fluteten. Dann sprang es auf wie ein gleißender Strom und brandete herbei über das Land. Und am Himmel tauchte der Stern in den Strahlenkranz der jungen Sonne.

Nachwort

Dieses Buch will keinen Anspruch darauf erheben, als ernsthaftes Geschichtswerk zu gelten. Ernsthafte Historiker, dessen bin ich sicher, werden mir ohnehin nicht bis zum Schluß gefolgt sein, da sie zweifellos längst schon erkannt haben, auf welche Hauptquelle meine Erzählung sich stützt, nämlich auf Geoffrey von Monmouths *Geschichte der Könige von Britannien.*

Für ernsthafte Historiker hat Geoffreys Name einen anrüchigen Klang. In seiner Studierkammer im Oxford des zwölften Jahrhunderts produzierte er einen langen und gepfefferten Mischmasch aus »Geschichte«, angefangen vom Trojanischen Krieg (in dem Brutus, »König von Britannien«, focht) bis hin ins siebte nachchristliche Jahrhundert. Tatsachen stutzte er beliebig zurecht, und gingen sie ihm aus (was praktisch auf jeder Seite geschah), so erfand er sie schlicht. Geschichtlich betrachtet, ist die *Historia Regum Brittaniae* kaum diskutabel, doch als Sammlung von Fabulierstoff bildet sie eine wahre Fundgrube, und sie ist es auch, die zur Quelle und zur Inspiration wurde für eine Fülle von Erzählungen, von Malorys *Morte d'Arthur* bis zu Tennysons *Idylls of the King,* von *Parsifal* bis *Camelot.*

Die Hauptgestalt der *Historia* ist Artus (oder Arthur), König des ersten vereinigten Britannien. Geoffreys Artus ist der Held der Sage, doch gibt es keinen Zweifel, daß Artus wirklich existiert hat, und das gleiche, glaube ich, gilt auch für Merlin, wennschon der »Merlin«, den wir kennen, eine Verschmelzung von wenigstens vier Menschen ist: Prinz, Prophet, Poet und Ingenieur. In der Sage begegnet er uns erstmals als Jüngling. Meine Schilderung seiner Jugend wurde angeregt durch zwei Stellen in der *Historia,* einen kurzen Satz und eine Erwähnung: »der Quell des Galapas*, wo er zu weilen pflegte«, und: »mein Lehrmeister Blaise« – aus dem bei mir Belasius wird. Die Merlin-Sage ist in der Bretagne und in Britannien gleichermaßen lebendig.

Zum Schluß noch ein oder zwei Anmerkungen.

Ich nannte Merlins Mutter Niniane, weil dies der Name des Mädchens (Vivian/Niniane/Nimue) ist, das, der Sage nach, Merlin im Alter verführte und, ihn so seiner Macht beraubend, in seiner Höhle in Schlaf bannte bis an das Ende der Zeiten. Andere Frauen werden mit ihm nicht in Verbindung gebracht. In Sage (und auch in Geschichte) besteht ein so starker Zusammenhang zwi-

* So wird fontes galabes gelegentlich übersetzt.

schen Keuschheit und übernatürlichen Kräften, daß ich es für angebracht hielt, auf Merlins Unberührtheit zu beharren.

Als Kolorit habe ich in die Fabel auch den Mithraskult eingeflochten, und die Gründe, die Ambrosius für die Wiederbelebung dieser Religion in seinem Bereich nennt, erscheinen plausibel. Nach allem, was wir von dem geschichtlichen Ambrosius wissen, war er Römer genug, um dem »Soldatengott« anzuhängen*.

Über die alten Druiden ist so wenig bekannt, daß man sie (wie ein von mir befragter Gelehrter versicherte) als »Freiwild« betrachten kann. Dasselbe gilt für die Megalithe von Carnac (Kerrec) in der Bretagne und für den Hünentanz von Stonehenge bei Amesbury. Stonehenge wurde um 1500 v. Chr. errichtet, und so ließ ich Merlin nur einen Stein von Killare bringen. Tatsächlich unterscheidet sich in Stonehenge einer, und zwar der größte der Blöcke von den übrigen. Den Geologen zufolge stammt er aus der Nähe von Milford Haven in Wales. Auch trifft zu, daß sich im Kreis ein Grab befindet, wenn auch nicht genau in der Mitte. Deshalb benutzte ich die Winter- und nicht die Sommersonnenwende, auf die der Tanz eigentlich ausgerichtet ist.

Die von mir beschriebenen Orte sind authentisch, mit der einen bedeutsamen Ausnahme der Galapas-Höhle – aber sollte Merlin wirklich dort schlafen, »umgeben von all seinen Feuern und in Pracht und Herrlichkeit«, so wird man erwarten dürfen, daß sie unsichtbar ist. Der Quell jedoch befindet sich auf Bryn Myrrdin, und oben auf dem Gipfel liegt auch ein Grabhügel.

Für die Verwandtschaft zwischen Merlin und Ambrosius findet sich (glaube ich) in der Sage kein Anhaltspunkt. Nennius, Historiker im neunten Jahrhundert, von dem Geoffrey so manches übernahm, nennt seinen Propheten »Ambrosius«, und er erzählt auch die Geschichte von den beiden Drachen im unterirdischen Teich und von des jungen Sehers dortiger Weissagung. Geoffrey bringt die beiden Propheten stillschweigend auf einen Nenner: »Dann sprach Merlin, welcher auch Ambrosius genannt wird . . .« Dieses Stück beiläufiger »Unverfrorenheit«, wie Professor Gwyn Jones** es formuliert, brachte mich darauf, den »Fürsten der Finsternis«, der Merlin zeugte, zu identifizieren – und lieferte mir in der Tat den Grundeinfall für den ganzen Roman.

* Beda, der Historiker aus dem siebten nachchristlichen Jahrhundert, nennt ihn »Ambrosius, ein Römer«. (Ecclesiastical History of the English Nation).

** In der Einführung zur Volksausgabe der *Geschichte der Könige von Britannien.*

Den größten Dank schulde ich unverkennbar Geoffrey von Monmouth, dem Meister mittelalterlicher Romantik. Meine anderen Gläubiger, denen ich mich in besonderem Maß verpflichtet fühle, seien im folgenden genannt: Mr. Francis Jones, County-Archivar, Carmarthen; Mr. und Mrs. Morris, Bryn Myrddin, Carmarthen; Mr. G. B. Lancashire, The Chase Hotel, Ross-on-Wye; Brigadegeneral R. Waller, Wyaston Leys, Monmouthshire, auf dessen Land Lesser Doward und die Römerstraße liegen; Professor Hermann Brück, Königlicher Astronom für Schottland, und Mrs. Brück; Professor Stuart Pigott, Department für Archäologie der Universität Edinburgh; Miß Elizabeth Manners, Vorstand des Felixstowe College; und Mr. Robert Denniston vom Verlag Hodder & Stoughton, London.

Februar 1968 – Februar 1970 *M. S.*